PATRICK ROBINSON

BARRACUDA 945
Gefährlicher Einsatz

Roman

Aus dem Amerikanischen
von
Karl-Heinz Ebnet

HEYNE

Die Originalausgabe erschien unter dem Titel *Barracuda 945*
bei HarperCollins Publishers, New York

Der Wilhelm Heyne Verlag ist ein Verlag der
Ullstein Heyne List GmbH & Co. KG
Satz: Leingärtner, Nabburg
Druck und Bindung: Bercker, Kevelaer
Printed in Germany

ISBN 3-453- 86503-0

Dieses Buch widme ich voller Respekt
meinem guten Freund Lt. Colonel Oliver North
für seine Großzügigkeit und Ermutigung,
die er mir in all den Jahren zuteil werden ließ.
Seine militärischen und weltpolitischen Kenntnisse
sind so erstaunlich, dass man auf ihn noch öfter hören sollte,
als dies sowieso schon der Fall ist.

PERSONEN DER HANDLUNG

Oberste Militärführung

Der Präsident der Vereinigten Staaten von Amerika (Oberster Befehlshaber der US-Streitkräfte)

Vice-Admiral Arnold Morgan (Nationaler Sicherheitsberater)

Robert »Bob« MacPherson (Verteidigungsminister)

Harcourt Travis (Außenminister)

General Tim Scannell (Vorsitzender der Vereinigten Stabschefs)

Jack Smith (Energieminister)

National Security Agency, Fort Meade

Rear Admiral George R. Morris (Direktor)

Lt. Commander James Ramshawe (Assistent des Direktors)

Captain Scott Wade (Nachrichtenoffzier)

Oberkommando der U.S. Navy

Admiral Alan Dickson (Chef der Marineoperationen [CNO])

Admiral Dick Greening (Oberbefehlshaber der Pazifikflotte [CINCPACFLT])

Rear Admiral Freddie Curran (Oberbefehlshaber der Unterseebootflotte Pazifik [COMSUBPAC])

Rear Admiral John Bergstrom (Oberbefehlshaber des Special War Command [SPECWARCOM])

Britischer Special Air Service (SAS)

Lt. Colonel Russell Makin (befehlshabender Offizier des 22. SAS-Regiments)

Major Ray Kerman (befehlshabender Offizier des Stützpunkts in Israel)
Sergeant Fred O'Hara (Berater der Israelischen Verteidigungsstreitkräfte [IDF])
Sergeant Charlie Morgan (Berater der Israelischen Verteidigungsstreitkräfte [IDF])

Hamas-Terroristen
General Ravi Rashud (Oberbefehlshaber der Angriffstruppe)
Korvettenkapitän Shakira Rashud (Waffenoffizier, Zielerfassung, *Barracuda* 945)
Kapitän Ben Badr (Kommandant der *Barracuda* 945)
Korvettenkapitän Ali Akbar Mohtaj (Kommandant der *Barracuda II*)
Korvettenkapitän Abbas Shafii (Stabsoffizier der iranischen U-Boot-Waffe)
Stabsbootsmann Ali Zahedi (Antriebssystem)
Stabsbootsmann Ardeshir Tikku (Hilfssystem)
Major Ahmed Sabah (Freiheitskämpfer)

Internationale Strategen
Admiral Zhang Yushu (Vizevorsitzender der Volksbefreiungsarmee/Marineausschuss, China)
Admiral Witali Rankow (Oberbefehlshaber der russischen Marine)
Admiral Mohammed Badr (Iranische Marine)
hochrangige Ayatollahs und Hojjats (Iran)

U.S. Navy SEALs
Lt. Commander Bill Peavey (Einsatzleiter)
Lieutenant Patrick Hogan Rougeau (Stellvertretender Einsatzleiter, Führer des Erkundungstrupps)
Lieutenant Brantley Jordan (Einsatzführungsgruppe)
Lieutenant Zane Green (Einsatzführungsgruppe)
Lieutenant Brian Slocum (Einsatzführungsgruppe)
Chief Petty Officer Chris O'Riordan (Kampfschwimmer)

Petty Officer 2nd Class Brian Ingram (Leibwächter von Lt. Rougeau)
Petty Officer Mitch Stetter (Sprengstoffexperte und Assistent von Lt. Commander Peavey)
Petty Officers Joe Little und Tony McQuade (Landungsgebiet, Materialsicherung)

Navy Air Wing
Lt. Commander Steve Ghutzman (COD[Carrier On Delivery]-Pilot)

Verwandte und Bekannte
Kathy O'Brien (Verlobte und persönliche Assistentin von Admiral Morgan)
Mr. und Mrs. Richard Kerman (Eltern von Major Ray Kerman)
Rupert Studley-Bryce, Unterhausmitglied (Schulfreund von Major Kerman)

PROLOG

Sonntag, 19. Februar 1995

Captain Ray Kerman zitterte. Halb erfroren legte er sich auf den eisigen Betonboden der Zelle und wollte sich ausstrecken, tatsächlich rollte er sich aber wie ein Embryo zusammen. Er lechzte nach Wärme. Mit dem Rücken ragte er in eine kalte Lache, in der zehn Zentimeter hoch das Wasser stand. Oder Schlimmeres.

Man hatte ihm die Kapuze abgenommen. Er trug seine Stiefel nicht mehr, nur noch zerschlissene, blutdurchtränkte Socken. Hose und Hemd waren schlammverkrustet, die warme Uniformjacke war konfisziert worden. Die Halluzinationen verstärkten sich, er driftete durch ein Niemandsland irgendwo zwischen Wirklichkeit und Wahnvorstellung. In der eisigen Finsternis der Zelle wusste er nicht einmal mehr zu sagen, ob er die Augen offen oder geschlossen hielt.

Irgendwo befand sich ein Krug mit Wasser. Aus Angst, er könnte ihn umstoßen, wagte er in der Dunkelheit nicht danach zu tasten. Also verharrte er in seiner Haltung, zusammengekauert, mit ausgedörrtem Mund, am ganzen Körper so sehr von Kälte gepeinigt, dass er glaubte, das Herz werde ihm gefrieren und aufhören zu schlagen.

Irgendwann in der Nacht holten sie ihn, zerrten ihn hoch, schoben ihn durch einen Gang und stießen ihn schließlich in einen Raum. Beide Wärter trugen die Uniform einer osteuropäischen Armee. Sie richteten eine Bogenlichtlampe auf sein Gesicht. Zwei junge Offiziere kamen herein, auch sie in ähnlichen Uniformen. Einer davon packte Ray am Kinn und sagte mit starkem Akzent auf Englisch: »Sie werden uns verraten, was Sie da draußen vorhatten. Falls Sie nicht halb zu Tode geprügelt werden wollen ... Das ist nämlich meine Spezialität – mickrige Schnüffler durch den Fleischwolf zu drehen ... *Was hatten Sie draußen im Moor zu suchen ...?«*

»538624. Ich bin Captain Ray Kerman ...« Dienstnummer, Dienstrang und Name.

Der Offizier ging nach hinten und kehrte mit einem hölzernen Schlagstock zurück. »Sehen Sie den? Ein Schlag damit direkt auf den Mund, und Sie werden nie mehr so aussehen wie jetzt.« Er reckte den Knüppel in die Höhe und brüllte: *»Sagen Sie es mir, oder ich werde Ihnen Ihre hässliche Fresse polieren ...«*

»538624. Captain Ray Kerman ...«

Sie behielten ihn einige Stunden dort und wechselten sich darin ab, ihn zu bedrohen oder mit ihm zu verhandeln. Drohten, seine Gefährten umzubringen, ihn zu zwanzig Jahren Gefängnis zu verurteilen. Wollten erfahren, was er über die Abtei wusste.

Schließlich zerrten sie ihn in die Zelle zurück, fesselten ihn und stülpten ihm die Kapuze über. Später hörte er Schritte, dann die unmissverständlichen Laute eines Mannes, der geschlagen wurde, Geräusche von Fäusten, die auf ein Gesicht eindroschen. Das dumpfe Krachen von Stiefeln, die in einen menschlichen Körper gerammt wurden. Stöhnen, Schreie, schreckliche Schreie, eine flehende Stimme. *Bitte nicht ... Bitte nicht ... Bitte nicht.*

Dann stieß jemand die Tür zu seiner Zelle auf. Er wurde gepackt, die Kapuze wurde abgenommen, jemand griff ihm fest und hart in die Haare. »So, jetzt versuchen wir es mal anders.«

Die Schreie im Gang wurden lauter. Der Unsichtbare bettelte weiterhin darum, nicht mehr geschlagen zu werden.

»538624. Captain Ray Kerman ...«

Sie hielten ihn die gesamte Nacht über wach, überschütteten ihn mit Fragen, forderten, drohten, immer wieder Drohungen. Der Offizier von zuvor schritt mit seinem Schlagstock auf und ab. Ein weiterer Offizier erschien mit einer Reitgerte. Sie gaben ihm Wasser, sonst nichts.

Sie drohten damit, Andy zu foltern. Sie sagten ihm, dass das aber eigentlich gar nicht mehr nötig sei, weil Charlie sowieso schon zusammengebrochen sei und ihnen alles erzählt habe. Sie wollten nur, dass er als Offizier alles bestätigte. Nur die Einzelheiten zu ihrem Einsatz im Moor.

»538624. Captain Ray Kerman …«

Am Morgen brachten sie ihn in die Zelle zurück. Gaben ihm altbackenes Brot. Dann weckten sie ihn in halbstündigen Abständen, kamen insgesamt vierunddreißig Mal in seine Zelle. Und dann, um Mitternacht herum, beschallten sie seine Zelle mit ohrenbetäubender Musik, hämmerndem Rock. Ray steckte sich die Finger in die Ohren.

Sie brachten ihn in eine andere Zelle, stießen, schleiften ihn in einen Keller hinab, in dem das gefrierende Wasser noch höher stand. Dort ließen sie ihn liegen, zwei Stunden lang gestatteten sie ihm einen unruhigen Schlaf, dann wurde er wieder hinausgeschafft. Sie gossen einen Kübel eiskalten Wassers über ihn und schleppten ihn in den Verhörraum. Ray zitterte am ganzen Leib.

Diesmal waren vier Lampen auf sein Gesicht gerichtet. Zwei Männer standen vor ihm, einer gab sich unterwürfig, verständnisvoll, bereit zum Verhandeln. Der andere war rücksichtslos brutal, einschüchternd, Gewalt und Folter androhend. Immer wieder packte er Ray am Kinn, stierte ihm in die Augen, beleidigte ihn, schrie ihn an.

Und Ray sagte: *»538624. Captain Ray Kerman …«*

Er wusste nicht mehr, ob es Nacht oder Tag war. Er hatte jegliches Zeitgefühl verloren. Er wusste nicht mehr, welcher Tag war, wo er sich befand, ob er überhaupt noch er selbst war. Seiner Würde, der meisten Kleidung beraubt, ausgehungert, vor Kälte zitternd, ohne Kontrolle über seine Worte und Handlungen, wusste er nur noch, dass er sich am Rand des Zusammenbruchs befand.

Alles, was er noch besaß, war seine Unnachgiebigkeit. Seine halsstarrige, eigensinnige Unnachgiebigkeit. Die konnten sie ihm nicht nehmen. Aber sie versuchten es. Sie führten ihn zum Verhörraum. Schrien und brüllten, brachten ihn zurück in den Keller, stießen ihn ins Wasser, das jetzt seltsamerweise noch tiefer zu sein schien. Es gab keinen einzigen trockenen Fleck. So lag er nur da, zitterte, versuchte zu schlafen und die Schreie der Gefolterten nicht zu hören, die sich nun in seine Träume schlichen.

Er glaubte, es sei Nacht, als die beiden, die ihn verhört hatten, die Treppe herabpolterten und die Tür aufstießen. Aber er war sich da nicht sicher. Sie hievten ihn auf die Beine, schleiften ihn die Treppe hinauf und streiften ihm dann die Kapuze ab. Vor ihm stand der befehlshabende Offizier, der jetzt eine andere, frisch gebügelte Uniform trug.

Halluzinierend, instinktiv, ohne zu wissen, ob er sich in der Wirklichkeit oder in einem Traum befand, sagte er: *»538624. Captain Ray Kerman …«*

Zu seiner Überraschung streckte ihm der Offizier die Hand entgegen. »Hallo, Ray«, sagte er. »Willkommen beim SAS … Stell doch mal einer dieses verdammte Tonband draußen ab. – Na dann, Ray, gehen wir in die Offiziersmesse. Es ist fünf Uhr morgens. Sie können sich duschen, etwas frühstücken und dann den Tag durchschlafen. Wir haben auch eine saubere Uniform für Sie bereitgelegt. Ich dachte mir, wir fliegen am Spätnachmittag dann nach Hereford zurück. Sie haben sich sehr gut geschlagen, wirklich sehr gut. Allerdings muss ich mit Bedauern sagen, dass es diesmal kein besonders guter Jahrgang war – von den achtzig Bewerbern haben es nur fünf geschafft.«

»Kenne ich einen davon?«

»Ja, den jungen Offizier von den Fallschirmjägern, Lieutenant James. Und den Corporal, mit dem Sie im Moor waren, Charlie Rider … Eine ganze Reihe der Jungs sind uns verloren gegangen, als wir sie, am Jeep festgebunden, durchs Moor geschleift haben. Ihr anderer Kumpel, der Sergeant, Bob heißt er wohl, der ist vor etwa zwei Stunden während des Verhörs eingeknickt.«

»Mein Gott, Sie verstehen es wirklich, einen durch die Hölle zu schicken ...«

»Wir wissen eben genau, was wir wollen. Und es hat auch nie einer behauptet, dass das Ganze hier ein Zuckerschlecken ist.«

»Nein, Sir ... das nicht.«

Montag, 20. Februar 1995, 10 Uhr
Büro des befehlshabenden Offiziers
Stirling Lines, Hereford

Captain Ray Kerman stand in Habachtstellung vor Lieutenant Colonel Russell Makin, dem Kommandeur des 22. SAS-Regiments. »Es ist mir eine große Freude, Sie in unserem Regiment willkommen zu heißen, Captain Kerman. Ihrem Dienstzeugnis entnehme ich, dass Sie vor einigen Jahren in Sandhurst mit dem Sword ausgezeichnet wurden. Sie sind es also gewohnt, sich hervorzutun. Ich bin mir sicher, dass sich hier im Special Air Service zahlreiche Gelegenheiten ergeben werden, bei denen Sie Ihre offensichtlichen Talente unter Beweis stellen können.«

»Danke, Sir.«

»Aus Ihrer Ausbildung und der Spezialschulung wissen Sie, was wir verlangen. Ich hoffe, es beruhigt Sie zu wissen, dass Sie hier keinem begegnen werden, der das nicht ebenfalls durchgemacht hat. Wir sind mit anderen Regimentern nicht zu vergleichen – wenn zum Aufbruch geblasen wird, werden Sie feststellen, dass Sie mit den hervorragendsten Vertretern unserer Zunft zusammenarbeiten.«

»Ja, Sir. Dessen bin ich mir sicher.«

Der Colonel trat vor und überreichte Captain Ray Kerman das begehrte beigefarbene Barett des SAS. An der Vorderseite befand sich das Stoffabzeichen des Regiments, ein geflügelter Degen. Darunter standen die Worte: »Wer wagt, gewinnt.«

So wurde Captain Raymond Kerman an jenem Montagmorgen, vier Minuten nach zehn Uhr, in eine der beiden besten militärischen Eliteeinheiten der Welt aufgenommen. Von der anderen Einheit, den U.S. Navy SEALs, hielten sich zu dem Zeitpunkt, als Ray zum ersten Mal das Barett aufsetzte, vier Mitglieder in Hereford auf.

Er salutierte dem Colonel, machte auf dem Absatz kehrt und verließ den Raum. Niemand sonst war bei dieser kleinen Zeremonie anwesend, und nur jene, die im SAS gedient hatten, wussten um deren Bedeutung – aber die Seele eines Soldaten war ein strenger Zuchtmeister, und auf Ray Kermans Gesicht lag ein Lächeln.

KAPITEL EINS

Mittwoch, 12. Mai 2004, 1900
SAS-Ausbildungslager (Terroristenbekämpfung)
südliches Israel (Ort: GEHEIM)

Major Ray Kerman starrte nach Westen in Richtung der Wüstenstadt Beersheba. Trotz des Windes, der hier immer blies, und obwohl die Sonne bereits unterging, flirrte am Fuß der Dimona-Berge noch immer die aufsteigende Hitze. Beduinenkamele zogen, keine hundert Meter vom SAS-Stützpunkt entfernt, in einer langen Reihe über die Sanddünen zur letzten Oase nördlich des Flusses.

Die lang gezogenen Schatten der Karawane erstreckten sich fast bis zu Ray Kerman. Er beobachtete die Männer mit ihren schwarzen, um den Kopf geschlagenen Tüchern. Ihre Silhouetten schwankten im unermüdlichen Rhythmus der Kamele, deren breite Hufe auf dem weichen Wüstenboden kein Geräusch von sich gaben. Die Nomaden der Negevwüste wandten sich weder nach rechts noch nach links, schienen nichts wahrzunehmen, schon gar nicht den dunkelhäutigen, breitschultrigen Armeeoffizier in der israelischen Uniform. Ray jedoch spürte ihre harten, finsteren Blicke, er verstand, dass er für die Beduinen der West Bank immer ein Eindringling sein würde.

Auf dem Beduinenmarkt in Beersheba allerdings hatte er sie anders kennen gelernt. Oft genug wurde dort dem mutmaßlichen Käufer voller Freundschaft die Hand gereicht. Sein Sergeant allerdings, Fred O'Hara, hatte gemeint, »diese Kerle würden auch mit Moshe Dayan knutschen, wenn sie glauben würden, sie könnten ihm dann eine ihrer verschrumpelten Karotten verhökern«.

Ray hatte ein anderes Bild von ihnen. Vor seinem ersten Einsatz im Nahen Osten hatte er die Werke des bedeutenden Arabisten Wilfred Thesiger gelesen. Als er schließlich in der israelischen Wüste ankam, empfand er eine unausgesprochene Bewunderung für diese edlen Wilden der weiten, heißen, nahezu leeren Negevwüste... Männer, die, falls nötig, sieben Tage lang ohne Lebensmittel oder Wasser auskommen konnten, denen die erbarmungslose Sonne ebenso wenig ausmachte wie die eisigen Winternächte. Männer, die die fürchterlichsten Entbehrungen auf sich nehmen konnten und dennoch unbeugsam ihren Platz behaupteten. Männer, die den Tod nur dann akzeptierten, wenn die Kamele unter ihnen zusammenbrachen.

Der englische Offizier hatte den ersten Stammesangehörigen nicht vergessen, dem er in Beersheba begegnet war, einen großen, in einen Umhang gehüllten Nomaden, der auf dem Markt Schafe und Ziegen verkaufte. Nachdem er Ray vorgestellt worden war, hatte er ihm wortlos und eindringlich in die Augen geblickt.

Schließlich hatte er die Stirn berührt und daraufhin die Hand in einer anmutigen, ausladenden Bewegung, der traditionellen moslemischen Begrüßung, nach unten geführt. Mit sanfter Stimme hatte er gesagt: »*As-salamu alaikum,* Major. Friede sei mit dir. Ich bin Rashid. Ich bin Beduine.«

In diesem Augenblick verstand Ray Kerman, was Wilfred Thesiger meinte, als er von der Höflichkeit der Beduinen, ihrem Mut, ihrer Ausdauer, Geduld und unbekümmerten Tapferkeit sprach. »Unter keinem anderen Volk«, hatte Thesiger geschrieben, »habe ich das Gefühl erfahren, selbst so minderwertig zu sein.«

Ray verstand es als hohes Lob. Thesiger war nicht nur einer der beiden Weißen, die jemals die mörderische Reise durch die sengende Ödnis des südöstlichen Abschnitts der Arabischen Halbinsel überstanden hatten, er hatte an der Universität Oxford auch einen *Boxing Blue* gewonnen und während des Krieges im SAS gedient. Aufschlussreicher war jedoch die Tatsache, dass der knorrige, stahlharte Thesiger in Eton unterrichtet worden war, der Privatschule für die Oberschicht Englands, einem Ort, der in 560 Jahren keinen Schüler hervorgebracht hatte, der sich einem anderen, und schon gar keinem Kameltreiber, persönlich unterlegen gefühlt hätte. Ray kannte die Absolventen von Eton. Er selbst hatte Harrow besucht, das in Konkurrenz zu Eton stand und wo sich vor allem »Emporkömmlinge« einfanden; es wurde 1571 unter der Herrschaft der ersten protestantischen Königin, Elisabeth I., als protestantisches College gegründet und war auch die Alma Mater von Sir Winston Churchill gewesen.

Ray beobachtete weiterhin die Kamelkarawane, die nach Westen zog, hinein in die Sanddünen, in die Stille. Sie würden die Nacht in der Oase verbringen, bevor sie mit dem ersten Tageslicht zum Markt zogen. In der rechten Hand hielt er seine Maschinenpistole, eine Heckler & Koch, deren Lauf nach unten zeigte, und mit einem Kopfschütteln quittierte er seinen nächtlichen Einsatz.

Im Stillen dachte er für sich: »Hoffentlich kommt es nicht dazu, dass ich einen von ihnen erschießen muss. Vielleicht hätte ich dieses Kommando doch nicht übernehmen sollen.«

Trotz seiner glänzenden SAS-Karriere und seines vermeintlich jüdischen Nachnamens, dem er nun einmal nicht entrinnen konnte, war Major Kerman nicht der, der er zu sein schien. Seine Eltern waren iranische Moslems, die von arabischen Nomaden aus der im Süden des Landes, am Rand der weiten Wüste Dasht-e Lut gelegenen Stadt Kerman abstammten.

Als jedoch Mitte der Siebzigerjahre der Sturz des herrschenden Schahs unausweichlich erschien, war das wohlhabende Ehepaar mit seinem Sohn Ravi nach London emigriert. Von dort aus begannen sie mit dem Import der Teppiche, die in Familienbesitz befindliche Webereien und Knüpfereien in ihrer Heimatstadt herstellten.

Der Boom der britischen Wirtschaft unter Premierministerin Margaret Thatcher kam der Familie zugute. Aus Mr. und Mrs. Reza Rashud wurden schnell Mr. und Mrs. Richard Kerman. Wie viele Familien aus dem Mittleren Osten, die in der Fremde lebten, nannten auch sie sich nach ihrer alten Heimatstadt.

Während Dutzende von Stammesangehörigen in den Bergregionen nördlich von Bandar Abbas die herrlichen Muster webten und knüpften, eröffnete Richard Kerman in Südengland eine Warenhauskette und investierte in eine kleine Schifffahrtslinie, die die wertvollen Woll- und Seidenvorleger über den Suezkanal und weiter durch das Mittelmeer nach Southampton transportierte.

Zu den Frachtern kamen bald Öltanker, was dann auch zu den riesigen Gewinnen führte, die während der Achtzigerjahre nicht ungewöhnlich waren. Der Erfolg mit den iranischen Teppichen verhalf ihm dazu, sein Import-Imperium zu erweitern. Er hielt sich jedoch an die Dinge, von denen er etwas verstand, und so verschiffte er in Bandar Abbas erstklassige iranische Datteln, Tonnen über Tonnen, die alle aus der von Bäumen gesäumten, im 12. Jahrhundert angelegten Zitadelle Bam in der Provinz Kerman kamen. Die meisten dieser Datteln wurden von seinen Rashud-Verwandten kultiviert.

Es dauerte nicht lange, bis die Kermans ein nobles Giebelhaus im Norden Londons, in der für ihre vermögenden Anwohner berühmten Bishop's Avenue besaßen, gleich neben der alten kambodschanischen Botschaft.

In der Garage standen zwei Rolls Royce Silver Ghost. Nicht weit von ihrem Wohnsitz entfernt, neunzig Kilometer auf der M4 in Richtung Westen, im Berkshire-Dorf Lambourn, wurden sechs edle Vollblüter trainiert, die in den Sommermonaten unter Richard Kermans schwarzen und scharlachroten Farben bei Flachrennen antraten.

Der junge Ravi, der in den heißen, staubigen Straßen seiner in der Wüste gelegenen Heimatstadt mit ihrem Gewimmel und Gedränge das Licht der Welt erblickt hatte, wurde in Raymond umbenannt.

Nach sechs Jahren Vorbereitungsschule in einer der teuersten privaten Ausbildungsstätten Londons erhielt Raymond

Kerman einen britischen Pass und wurde im Alter von dreizehn Jahren in Harrow aufgenommen, der zweitbesten Privatschule des Landes, wie sogar Eton-Absolventen zugeben mussten. Außerdem war Harrow seit langem die bevorzugte Lehranstalt für die Söhne der Herrscherfamilien aus dem Mittleren Osten.

Auf dem Anmeldeformular hatte Richard Kerman die Konfession des Jungen als *anglikanisch* angegeben. In das Feld für den Geburtsort stand *Hampstead, London*. Eine offizielle Geburtsurkunde war nicht verlangt worden. Nichts wies darauf hin, dass Raymond Kerman in Wirklichkeit Ravi Rashud war, geboren im Südosten des Irans. Richard Kerman vertrat die Ansicht, dass es in England nicht besonders vernünftig sei, von der Mehrheit abzuweichen. Die aristokratische Oberschicht der Londoner Society hätte dies auch als geradezu beängstigend empfunden.

Als der junge Ray nach Harrow kam, glaubte man, er habe alles, was er je über die Religion des Islams gewusste hatte, vergessen. Was sogar zutraf. Mehr oder weniger. Seine Mutter nämlich, geborene Naz Allam, war sehr viel gläubiger als ihr Ehemann. Sie hatte Ravi im Alter von etwa sieben Jahren zu einer Reihe privater Unterrichtsstunden bei einem führenden Imam in einer Nordlondoner Moschee geschickt. Still hatte sie neben ihm gesessen, während er die vereinfachten Grundzüge des Korans kennen lernte, die in 114 Suren ausgearbeiteten Offenbarungen Gottes an seinen Propheten Mohammed.

Kurz bevor Ray in die Vorbereitungsschule in Knightsbridge eintrat, fanden diese Stunden und damit seine moslemische Ausbildung ihr Ende. Und Richard Kerman achtete darauf, dass dies auch so blieb. Später nahm sein Sohn Ray mit der großen Mehrheit an der Schule, die sich zur Kirche von England bekannte, an allen Gottesdiensten in Harrow teil. Mit den kleinen Minderheitengruppen, deren Eltern – Katholiken, Moslems oder Juden – darauf bestanden, dass ihre Sprösslinge ihrer Konfession treu blieben, hatte er nie etwas zu schaffen.

Hinter den Mauern der großen Schule wurde gemutmaßt, dass Ray Kerman vielleicht einen jüdischen Großvater hatte. Doch da in Harrow niemand wegen seiner Hautfarbe oder Herkunft diskriminiert wurde, war er niemals danach gefragt worden. Außerdem zählte Ray zu den härtesten Jungs in der Geschichte dieser Lehranstalt, er war ein knallharter Pitcher in der Cricketmannschaft und ein vor Kraft strotzender Stürmer im Rugbyteam der Schule, dessen Kapitän er auch war. Jungs wie ihm wurden *niemals* Fragen gestellt.

Der Antrag für ein Stipendium an der Royal Military Academy in Sandhurst wurde von seinem Schulleiter aufgrund der Schülerakte ausgefüllt. Und so trat Ray, ohne dass auch nur die leiseste Spur auf seine ursprüngliche Herkunft hingedeutet hätte, in die britische Armee ein. Sein vom Schulleiter in Harrow persönlich verfasstes und unterzeichnetes Zeugnis war so beeindruckend, dass man ihn, so unglaublich es auch klingen mochte, nie um eine offizielle Geburtsurkunde gebeten hatte.

Er war nun 2nd Lieutenant Raymond Kerman, der Beste seines Jahrgangs an der Academy, ein herausragender Sportler in Harrow, der Sohn von wohlhabenden, bekannten Nordlondoner Eltern, zukünftiger Erbe der Kerman-Schifffahrtsgesellschaft. Religion: Kirche von England.

Sein erstes Regiment waren die Devon and Dorsets, eine Infanterieeinheit, deren Soldaten traditionell aus dem Südwesten Englands einberufen wurden. Von dort gelangte er zum SAS, kämpfte sich durch den erbarmungslosen Ausleseprozess, bevor er vier Jahre lang in der Armee diente, im Kosovo dabei war und im darauf folgenden Jahr an einem SAS-Rettungseinsatz in Sierra Leone teilnahm, für den er mit der begehrten Queen's Gallantry Medal ausgezeichnet wurde.

Als Captain Kerman kehrte er zu seinem Regiment zurück, galt dort als anerkannter »harter« SAS-Mann, Experte im Nahkampf, vertraut im Umgang mit Sprengstoffen und der Satellitenkommunikation. Er war ausgebildet im Straßenkampf, kannte sich mit Navigation, mit Taktik und Strategie aus, wusste mit Kurzstreckenraketen umzugehen und war Fachmann für SAS-Sondertransporte in allen Geländeformen. Das Eindringen in feindliche Stellungen gehörte ebenfalls zu seiner Spezialität. An der geheimen Sprachenschule der Armee in Buckinghamshire hatte er Arabisch gelernt. Er war 34 Jahre alt und noch nicht verheiratet.

Im Jahr 2004 wurde Ray Kerman zu einem zweiten Einsatz für den SAS einberufen. Er befehligte ein kleines SAS-Team, das Mitglieder der Israelischen Verteidigungsstreitkräfte (IDF) im Kampf gegen Terroristen unterweisen sollte. Die als streng geheim eingestufte Operation wurde von der israelischen Regierung finanziert. Zu Rays Team gehörten sechs höherrangige Unteroffiziere, von denen jeder eine beachtliche militärische Erfahrung mitbrachte.

Eine Woche bevor sie Hereford verließen, um ihre Reise zum nirgends ausgewiesenen Armeestützpunkt in der Negevwüste anzutreten, wurde Captain Kerman zum befehlshabenden Offizier des SAS befohlen. Dort eröffnete man ihm, dass ihn der Verteidigungsminister durch einen Sondererlass zum Major befördert habe. »Ich darf sagen, wir sind darüber sehr erfreut«, sagte ihm der befehlshabende Offizier. »Sie haben es sich redlich verdient.«

Zu diesem Zeitpunkt genoss Ray Kerman bereits einen außerordentlichen Ruf in diesem außerordentlichen Regiment. Nun befand er sich seit einigen Wochen in der Wüste, wo er die meiste Zeit auf dem von Stacheldraht umzäunten, getarnten SAS-Gelände zugebracht hatte, zwischen deren eigens errichteten Straßenzügen die Israelis auf den Häuserkampf vorbereitet wurden.

Der SAS genießt bei der israelischen Armee einen hervorragenden Ruf, und Major Kerman, ein ernster, unerbittlicher Offizier, betrieb sein raues Geschäft mit tödlichem Ernst. Er war nicht besonders beliebt, doch erwarb er sich schnell ein gehöriges Maß an Respekt. Wie seinem Vater fehlte es ihm meist völlig an Humor, und wie dieser ging er seinem gewähltem Beruf unbarmherzig und kompromisslos nach. Diese Haltung versuchte er auch den israelischen Rekruten einzubläuen. Er ließ sie an ihre Grenzen gehen, zwang sie zu körperlichen Höchstleistungen, feuerte und trieb sie an und hämmerte ihnen das SAS-Motto ein: »Harte Ausbildung, leichter Kampf.«

Nur selten besuchte er die nahe gelegenen Wüstenstädte, Beersheba im Osten und einige Kilometer weiter nördlich Hebron, Unruheherd und Schauplatz so vieler blutiger israelisch-arabischer Zusammenstöße und zugleich die Grabesstätte von Abraham, Isaak und Jakob.

Der heilige Status, den diese Stadt in den Schriften der Juden, Moslems und Christen einnahm, hatte die nur allzu leicht entflammbaren Konflikte zwischen dem palästinischen und israelischen Bevölkerungsteil zusätzlich angeheizt. Bereits 1929 hatten moslemische Extremisten unter der jüdischen Minderheit in Hebron ein Massaker veranstaltet. Seitdem trugen beide Seiten zu dem endlosen Blutvergießen bei. 1994 erschoss ein jüdischer Extremist dreißig moslemische Gläubige. Auch nach 1997, als der Westteil der Stadt (H-1) zu einer palästinensisch kontrollierten autonomen Zone wurde, hatte sich nicht viel verändert. Unruhen und harte militärische Restriktionen beherrschten weiterhin die letzte Ruhestätte Abrahams.

Bei seinem ersten Besuch im alten Hebron war Ray zum ersten Mal in engen Kontakt mit der arabischen Bevölkerung gekommen. Er war in Begleitung seines groß gewachsenen, rothaarigen irischen Sergeants Fred O'Hara durch das Gassengewirr der Altstadt, der *Kasbah*, geschlendert, hatte den palästinischen Händlern zugesehen, den Männern in Umhängen, die Olivenholz schnitzten, den Glasbläsern, die das berühmte Buntglas der Stadt herstellten, den Obst- und Gemüseverkäufern. Ray und Fred hatten Zivilkleidung getragen und sich bemüht, wie Touristen auszusehen; sie hatten aus einer Tüte die blassen, süßen Pfirsiche aus Hebron gegessen, die als die besten der Welt galten.

In Wirklichkeit waren sie allerdings dienstlich unterwegs. Die beiden SAS-Männer versuchten sich mit dem Grundriss der Stadt vertraut zu machen. Wie so oft gab es Gerüchte, dass die Palästinenser Waffen und Material zur Sprengstoffherstellung horteten. Ray hatte einen Reiseführer dabei, den er den gesamten Nachmittag über sorgfältig mit Notizen voll kritzelte.

Natürlich wurde dem Major bewusst, dass er in einer ähnlichen Stadt geboren war, einer, die zwar nicht auf ein ähnlich reiches kulturelles Erbe zurückblicken konnte, aber eben auch am Rand einer großen Wüste lag; in der Menschen lebten, die Kaftans trugen und moslemischen Glaubens waren. Wie die Araber in Hebron musste sich auch sein Volk auf einem ähnlich heißen, staubigen Marktplatz abgemüht haben, um sich den dürftigen Lebensunterhalt zu verdienen. Er fragte sich, ob nicht tief in seinem Unbewussten die Erinnerung an einen anderen, ähnlichen Ort schlummerte, an dem er als Kind, als Ravi Rashud, Pfirsiche gegessen hatte und mit seiner Mutter Naz, die ihren langen schwarzen Tschador trug, durch die Straßen geschlendert war.

Die Jahre in London allerdings, die englischen Schulen, die Offiziersmessen, die westliche Kultur hatten das, was von seiner frühesten Kindheit noch vorhanden war, tief unter sich begraben. Er war Major Ray Kerman, und die Araber waren Fremde für ihn. Ihre Nähe allerdings weckte in ihm die Erinnerung an Geschichten, die ihm der bärtige Saudi in der Nordlondoner Moschee vor mehr als zwanzig Jahren erzählt hatte. An einige konnte er sich noch deutlich erinnern, insbesondere eine war ihm im Gedächtnis haften geblieben. Sie stammte aus dem Koran, eine Stelle, die auswendig zu lernen der Imam ihm aufgetragen hatte:

Haltet am Seil Allahs fest und lasst nicht los davon und seid eingedenk der Wohltaten, die euch Allah schenkt. Ihr wart Feinde, er aber vereinigte eure Herzen, und ihr seid, durch seine Gnade, Brüder geworden …

Er vermutete, dass all die bärtigen Männer in ihren langen Gewändern um ihn herum diese Worte ebenfalls kannten. Ein Gedanke, bei dem er sich ein bisschen unbehaglich fühlte. Darüber hinaus gab es noch etwas, was ihn von den anderen englischen Touristen unterschied. In den Straßen dieser Stadt überkam ihn ein unverwechselbares Deja-vu-Erlebnis. Er konnte sich nicht erinnern, jemals Häuser wie diese gesehen zu haben, die Symmetrie ihrer flachen Dächer, die Bogengänge, die unglaublich schmalen Gassen. Und dennoch kamen ihm die gelblichen Ziegel, das durch den abbröckelnden Verputz freigelegte Mauerwerk der Gebäude seltsam vertraut vor.

Ray war sich dieses Gefühls, schon einmal hier gewesen zu sein, nur undeutlich bewusst und verbannte es aus seinen Gedanken. Mit Fred sprach er über ihre Beobachtungen zu möglichen Standorten für Heckenschützen, die zweifellos auftauchen würden, sobald die Israelis die palästinischen Stadtteile abzuriegeln und zu durchkämmen begannen.

Daneben plauderten beide mit Arabern, vor allem Ray vertiefte sich in ein Gespräch mit einem jungen Mann etwa Mitte zwanzig, der Ziegen verkaufte. Er war ganz offensichtlich ein Beduine. Ray mochte ihn, ihm gefiel seine sanfte, höfliche Stimme, als er erzählte, dass er mit seinen Kamelen und seinen Herden bald wieder nach Osten in die Wüste und die bevorstehende sengende Sommerhitze zurückmusste – gelassen würde er sich ins Unvermeidliche fügen. Ray konnte sich vorstellen, dass der Beduine einen halbwegs passablen SAS-Soldaten abgegeben hätte.

Am Spätnachmittag überquerten er und Fred die Al-Shuhada-Straße in der Nähe des alten Busbahnhofs und traten vom großen palästinischen Teil der Stadt (H-1) in den von den Israelis besetzten Teil (H-2) über. Von dort gingen sie über den Markt, der südlich der kleinen israelischen Ansiedlung am Rand der Altstadt lag, zur großartigen Anlage des Grabs der Patriarchen, wo Abraham und seine Familie bestattet lagen.

Aus Rays Reiseführer erfuhren sie, dass hier, an diesem Ort, Abraham von Gott seine Vaterrolle für das jüdische Volk übertragen bekommen hatte. Doch nicht nur Abraham, Isaak und Jakob lagen hier begraben, sondern vermutlich auch alle zwölf Söhne Jakobs und vielleicht, wer weiß, sogar Adam und Eva.

Unterhalb des heiligen Ortes, auf dem rauen, sandigen Gelände, spürte Ray, wie Unruhe in ihm aufkam. Er stand neben einer Gruppe von sieben Arabern, die alle schwarze Gewänder trugen, und wie diese blickte er auf den Wall des wuchtigen Grabbaus und hatte dabei das Gefühl, dieses Gebäude oder einen Bau, der ihm sehr ähnlich war, bereits einmal gesehen zu haben.

Sein Herzschlag beschleunigte sich, während er sich bemühte, den Ort, die Zeit, die Umstände in Erinnerung zu rufen. Er war in seinem bisherigen Leben dem Ort Hebron noch nicht einmal auf tausend Kilometer nahe gekommen. Dennoch gab es in den abgeschiedenen Winkeln seines Gedächtnisses Bilder, die Erinnerung an einen langen, überdachten Basar voller Händler, in einem fernen Land. Zudem das Bild eines Gebäudes, eines riesigen, aus gelbem Stein errichteten Bauwerks. Er konnte es vom Basar aus sehen. Daran erinnerte er sich.

Die Einzelheiten allerdings entzogen sich ihm – in seinem Gedächtnis fanden sich auch keine genauen Bilder der Gegend, in der er aufgewachsen war, des Bazar-e Vakil mit seinem überwölbten unterirdischen Teehaus, wo er zusammen mit seinen Eltern häufig Süßgebäck gegessen hatte. Das Grab der Patriarchen spukte ihm durch den Kopf und versuchte das Bild der hoch aufragenden Masjed-e Jame wachzurufen. Doch die Moschee, das größte Gebäude in der Stadt Kerman, blieb im Nebel verborgen. Seine Mutter hatte ihn oft um dieses Gebäude herumgetragen, das an derselben Straße lag, in der sie wohnten. Doch auch dieser Teil war verschwunden, genau wie sein Name und seine Vergangenheit.

»Wo sind Sie mit Ihren Gedanken, Sir?«, sagte Sergeant O'Hara. »Überlegen Sie, reinzugehen?«

Major Kerman schüttelte den Kopf. »Nein, ich glaube nicht, Fred«, sagte er. »Wir sollten zurückfahren. Geben Sie dem Fahrer Bescheid. Sagen Sie ihm, wir befinden uns an der Südseite des Grabs, gleich in der Nähe des Haupteingangs.«

Fred entfernte sich sofort einige Schritte von den Arabern, wählte die Nummer und gab dem israelischen Corporal knappe Anweisungen.

Major Kerman war allein mit seinen Gedanken, die er für sich behielt; sie blieben sein Geheimnis. Was wohl auch besser so war, weil er sich in diesem Augenblick nämlich Fragen stellte, die bei seinen SAS-Kollegen nicht unbedingt auf große Begeisterung gestoßen wären – und schon gar nicht in der Bishop's Avenue, Hausnummer 86.

Warum bewundere ich diese Menschen so sehr? Liegt das nur am Einfluss von Wilfred Thesiger? Oder ist da etwas in mir, was ich nicht verstehe? Warum fühle ich mich hier in der Wüste so zu Hause?

Und zum ersten Mal in seinem Leben stellte er sich die nicht ganz ungefährliche Frage: *Wer zum Teufel bin ich? Bin ich hier, inmitten der letzten noch lebenden Beduinen des Negev, unter meinem eigenen Volk?*

An jenem Abend gab Major Kerman um 22 Uhr die letzten Anweisungen an das SAS-Team, das sich kurz darauf in einem israelischen Armee-Helikopter zu seinen Einsatzorten auf den Weg machen würde.

»Wie Sie alle wissen«, sagte er, »ist die Situation in Israel äußerst angespannt. Die Regierung steht unter immensem Druck seitens der USA, der UN und der europäischen Staaten, den Friedensprozess mit der palästinensischen Führung wiederaufleben zu lassen und sich zu einem dauerhaften Waffenstillstand mit der arabischen Welt zu verpflichten. Wir wissen, dass das verdammt schwierig ist. In meinen Augen hat sich die israelische Regierung bislang in Zurückhaltung geübt, trotz der wiederholten Gewalttaten durch Terrororganisationen wie der Hamas und des Islamischen Dschihad. Die jüngsten Attentate und Selbstmordanschläge gegen das israelische Volk in Jerusalem und Tel Aviv gehen auf das Konto von Gruppen, deren strategisches Ziel die völlige Vernichtung des Staates Israel ist. Hier kommen wir ins Spiel. Deshalb sind wir hier.«

Ray hielt kurz inne und schritt zu einer großen Karte, auf der die unmittelbare Umgebung Hebrons zu sehen war.

»Auf ausdrücklichem Wunsch der israelischen Regierung werden die IDF heute Abend eine koordinierte Militärintervention in die Wege leiten, eine groß angelegte Operation, bei der mehrere von Palästinensern besetzte Städte in der West Bank und in Gaza abgeriegelt und durchsucht werden. Es handelt sich dabei um die ›A-Gebiete‹, die wir bereits besprochen haben. Unser Ziel ist klar: Terroristenführer aufspüren und ihre Waffen- und Sprengstoffarsenale beschlagnahmen.

Dabei sollten wir uns keine Illusionen machen, dass dieses Ziel einfach und sauber zu erreichen ist. Ganz im Gegenteil, es wird eine ziemlich unschöne, vielleicht sogar eine äußerst schmutzige Angelegenheit. Angesichts unserer zahlenmäßigen Überlegenheit wird sie trotzdem erfolgreich verlaufen. Außerdem ist die israelische Regierung davon überzeugt, dass andere arabische Staaten den Palästinensern militärisch nicht zu Hilfe eilen werden, vor allem nicht in der kurzen Zeitspanne, die für die Operation vorgesehen ist.

Vergessen Sie nicht, unsere Rolle ist ganz klar festgelegt: Wir unterstützen und beraten die Israelis. Die meisten ihrer Kommandanten wurden von uns ausgebildet, sie wissen also, was zu tun ist. Dennoch müssen wir auf der Hut bleiben und ständig bereit sein, ihnen beratend zur Seite zu stehen – vielleicht auch an vorderster Front, wo immer es nötig ist. Alle SAS-Angehörigen werden IDF-Kampfuniformen und -Helme tragen, allerdings ohne Abzeichen. Sie haben Ihre persönliche Waffe bei sich, Ihre HK MP 5, die einzig und allein zu Ihrem eigenen Schutz dient. Sie werden Sie nur im äußersten Notfall einsetzen.«

Ray Kerman war sich nur allzu bewusst, dass die Operation eine nervenaufreibende Angelegenheit werden würde. In Hebron herrschte in diesen Tagen eine aufgeheizte Atmosphäre. Der kleinste Zwischenfall konnte zu einer gewaltigen Explosion führen. Er hatte nicht die geringste Lust, irgendeinen seiner besten Männer bei einer sinnlosen Schießerei in den staubigen Straßen der West Bank zu verlieren. Immer und immer wieder hatte er sie davor gewarnt.

»Es würde an ein verdammtes Wunder grenzen, wenn wir die Sache hinter uns bringen, ohne dass dabei einer durchdreht«, sagte er. »Aber das wird keinem von uns geschehen. Jeder von uns ist einem israelischen Verband zugeordnet. Versuchen Sie also Ruhe zu bewahren, überlegen Sie sich gut, was Sie den israelischen Offizieren raten, und halten Sie jeden davon ab, der im Begriff ist, irgendeine Dummheit zu begehen.«

Er umriss kurz die israelische Strategie, erklärte, dass in der kommenden Nacht die IDF mehrere Abschnitte im Gaza-Streifen sowie die wichtigsten palästinensischen Enklaven in der West Bank – Dschenin, Nablus, Ramalla, Bethlehem und Hebron – angreifen würden. Eine Menge nachrichtendienstlicher Erkenntnisse waren bereits zusammengetragen worden, sogar einige kleinere Truppenbewegungen hatten stattgefunden, um geeignete Interventionspunkte auszukundschaften. IDF-Reservisten waren einberufen worden und unterstanden nun, in voller Ausrüstung, ihrem jeweiligen Truppenverband.

»Ich persönlich bin dem Verband zugeordnet, der Hebron durchkämmen wird«, sagte der Major. »Sergeant O'Hara und Sergeant Morgan werden mich begleiten. Wir werden uns genauso verhalten wie alle anderen auch. Vergessen Sie nicht, dieser kleine Krieg wird morgen Nacht keinesfalls zu Ende sein, nützen wir also die Gelegenheit, um direkt vor Ort zu beobachten, wie sich die Israelis bei einer so prekären Operation anstellen.«

Eine halbe Stunde später hob der israelische Hubschrauber mit den SAS-Männern an Bord ab. Er flog über das Heilige Land, zunächst zum düsteren Hauptquartier des Nordkommandos, wo Ray Kerman, Fred und Charlie abgesetzt werden sollten, um sich der Golani-Brigade anzuschließen, dem straff geführten IDF-Verband, der den Hauptabsperrriegel um Hebron legen sollte.

Ray kannte die Vorgehensweise. Er hatte sie ihnen selbst beigebracht. Die Golanis, unterstützt von einem Panzerverband, der zusätzlichen Schutz und Feuerkraft versprach, würden Eliteeinheiten reinschicken, die mit dem Gebiet vertraut waren und das Stadtgebiet durchkämmen sollten. Weitere Unterstützung leistete ein israelisches Fallschirmjägerbataillon. Eigens ausgebildete Sprengstoffexperten sollten sich dann um die palästinensischen Waffenlager kümmern.

Ray hatte gegenüber allen israelischen Kommandoebenen betont, dass der Erfolg der Operation einzig und allein von der Speerspitze des Verbands abhing, der – ohne große Aufmerksamkeit zu erregen – einen eisernen Kordon um das Zielgebiet zu legen hatte. Tarnung und Geheimhaltung waren extrem wichtig, weshalb am darauf folgenden Tag im Nordkommando volle zwölf Stunden für das Briefing angesetzt waren.

Major Kerman würde die Operation vom Feldhauptquartier der Golani-Brigade im westlichen Hebron aus offiziell begleiten.

Freitag, 14. Mai 2004, 0100

Die IDF-Bataillone schwärmten in der West Bank aus und gingen gegen ihre Ziele vor. Still und leise, mit kalter Präzision, näherten sich die israelischen Truppen der Golani-Brigade von drei Seiten der Stadt Hebron.

Das Barak-Bataillon, das über die Straße 60 von Beersheba nach Norden vorgedrungen war, stand bereits drei Kilometer vor Hebron, unmittelbar südlich des kleinen Dorfes Beit Khagal; die Männer stiegen aus ihren Fahrzeugen und verteilten sich zu Fuß in der Dunkelheit.

Von Westen, auf der Straße 35, war das Gideon-Bataillon zum Dorf Beit Kahil vorgerückt. Auch hier marschierten die Soldaten mit erhobener Waffe über die verlassene Straße und starrten angestrengt in die pechschwarze Dunkelheit der mondlosen Negevwüste.

Major Kerman befand sich beim dritten Bataillon, den Golani-»Knospen« (frischen Rekruten), das von Männern aus der Egoz-Aufklärungseinheit unterstützt wurde. Mit abgedunkelten Scheinwerfern umfuhren sie auf Nebenwegen Bethlehem in Richtung Westen und kamen dann über die Straße 60 bei El Arub von Norden.

Der fest im jüdischen Sektor Hebrons stationierte Kommandant der IDF-Streitkräfte hatte seine verdeckten Patrouillen entlang der Demarkationslinie und in der Altstadt verdreifacht. Nun näherten sich ihm seine Gefährten aus den drei Kampfbataillonen der Golani-Brigade.

Um 0430 befanden sie sich innerhalb des Umschließungsrings. Die Barak-Gruppe, von Jabal Abu Sneina kommend, bezog sofort ihre Posten und schirmte das Gebiet unmittelbar südlich der Altstadt an der Demarkationslinie zwischen H-1 und H-2 ab. Gideon rückte nach Westen zur Bir-Al-Saba-Straße und dann in nördliche Richtung zur Umgehungsstraße vor. Das dritte Bataillon ging entlang des gesamten nördlichen Abschnitts in Stellung, während die Egoz-Einheit nach Süden vorrückte, wo sie die innerstädtische Demarkationslinie bis hin nach Westen zur Al-Qarantina-Straße besetzte.

Im Brigade-Hauptquartier westlich der Stadt errichteten die Truppen ein von Stacheldraht umzäuntes provisorisches Gefangenenlager für die festgenommenen Palästinenser. Daneben wurde Zelte aufgestellt, in denen die Gefangenen befragt werden konnten, außerdem dienten sie zur medizinischen Versorgung der Verwundeten.

Der israelische Panzerverband bezog Stellung entlang der Umgehungsstraße und deckte damit alle westlichen und nördlichen Zufahrtswege zur Stadt ab. Eine weitere Einheit bewachte die südlichen Zufahrten.

Um 0530, nachdem die Stadt abgeriegelt war, machten sich die Eliteeinheiten für ihren Einsatz bereit.

Im Brigadehauptquartier behielt Major Kerman alles wachsam im Auge, bevor beim ersten Tageslicht des schwülen Freitagmorgens, an dem am östlichen Horizont purpurrot der Himmel leuchtete, der Golani-Kommandeur die Furien des Krieges auf das schlafende Hebron hetzte.

Sie begannen im Norden. Die israelischen Spezialteams drangen in das Gebiet ein und durchsuchten Kaufläden, Werkstätten und einige Wohnhäuser, in denen Extremisten vermutet wurden. Es kam nur zu wenigen Verhaftungen, die einheimische Bevölkerung stellte sich ihnen nicht in den Weg. Der Kordon hielt, niemand wurde von außen in das Gebiet gelassen, außerdem verspürte niemand besondere Lust, sich mit den schwer bewaffneten Fallschirmjägern anzulegen, die den Eliteeinheiten den Rücken deckten.

Der Ras-al-Jura-Abschnitt, eine ausschließlich palästinensische Enklave, war in weniger als zwei Stunden durchkämmt. Ein halbes Dutzend Araber wurde verhaftet, lediglich eine Hand voll Waffen wurde aufgespürt. Von dort aus begannen die Trupps nach Süden vorzurücken, arbeiteten sich schnell zu beiden Seiten der Jerusalemstraße vor, hämmerten an Türen, brachen Schlösser auf und drangen in verriegelte Anwesen ein, wobei sie gelegentlich eine Alarmanlage auslösten, die sie mit einem Feuerstoß aus ihren automatischen Gewehren aber sofort zum Verstummen brachten.

Beharrlich bahnten sie sich ihren Weg ins Stadtzentrum, wo sie auf immer mehr verriegelte Läden stießen. Sie zögerten nicht, sich mit Gewalt Eintritt zu verschaffen. Plünderungen kamen nicht in Frage, die Räume wurden lediglich durchsucht. Die Israelis hielten sich an die eiserne Disziplin, auf die der SAS-Major Ray Kerman bei ihrer Ausbildung so großen Wert gelegt hatte.

Hinter ihnen war alles ruhig. Kein Araber, kein Terrorist, Handwerker oder Ziegenhirte wollte dem Weg der israelischen Fallschirmjäger folgen, die für ihre Härte gefürchtet waren. Doch vorn begannen sich um 0930 Unruhen zusammenzubrauen. Östlich der Jerusalemstraße, zwischen der breiten Einkaufsstraße und der Demarkationslinie zwischen den Zonen H-1 und H-2, rotteten sich arabische Jugendliche zusammen.

Sie versammelten sich im Haarat-Al-Sheik-Gebiet unmittelbar am Rand der Altstadt, der vermutlichen Stoßrichtung der Suchtrupps. Grölend verhöhnten sie die bewaffneten

Truppen, und um 0940 flogen die ersten Steine. Anfänglich handelte es sich um vereinzelte Würfe, die kaum gezielt abgegeben wurden, um zehn Uhr allerdings wurde daraus ein tödlicher Gesteinshagel. Die Steine wurden immer größer, faustgroße Brocken, vermischt mit Betonstücken, die aus den umliegenden Häuserruinen stammten.

Die Jugendlichen hatten sich mittlerweile zu einem wütenden Haufen zusammengerottet, in der Absicht, den israelischen Soldaten mit Hohn- und Spottrufen zuzusetzen. Natürlich hatten sie keine Vorstellung über die Stärke und tiefe Staffelung ihrer Gegner; sie rannten ihnen einfach entgegen, schleuderten Steine und riefen ihnen Beleidigungen zu.

Die Fallschirmjäger eilten sofort nach vorn und begannen Gummigeschosse in die Menge zu feuern, die sich nun offen dem israelischen Bataillon entgegenstellte. Die Auseinandersetzung eskalierte dann, weil die Israelis Tränengasgranaten abschossen. Sofort herrschte in den ersten Reihen der Demonstranten Verwirrung, mit tränenden Augen traten die Steinewerfer den Rückzug an. Kurz darauf rannten jedoch andere nach vorn, um den Platz der Zurückweichenden einzunehmen, was die Stimmung weiter aufheizte.

Unaufhörlich feuerten die Fallschirmjäger ihre Gummigeschosse in die Menge. Mittlerweile hatten sich auch Erwachsene unter die Jugendlichen gemischt. Die Stimmung wurde mit jeder Minute aufgebrachter und gewalttätiger. Plötzlich flogen zwischen den Steinen auch Molotowcocktails, die dann unmittelbar vor den Füßen der Israelis explodierten. Die Suchteams setzten währenddessen unbeirrt ihren Weg fort, traten Türen ein, verlangten Einlass, verwüsteten die kleinen Läden.

Feuerschutz boten ihnen die Fallschirmjäger, denen ein Furcht erregender Ruf vorauseilte. Die Auseinandersetzung aber nahm immer ernstere Züge an. Um 1015 gaben die Soldaten drei weitere Gummigeschosssalven ab; einige arabische Jugendliche, die aus dem Tumult heraus Steine geworfen hatten, gingen zu Boden. Ihre Gefährten, die nicht wussten, ob ihre Mitkämpfer tot oder nur betäubt waren, hetzten nach vorn, um sie in Sicherheit zu bringen. Sofort schossen die Fallschirmjäger mit Tränengasgranaten auf die zu Hilfe eilenden Araber.

Es folgte eine kurze Pause; der palästinensische Mob war in Verwirrung gestürzt. Zu dieser Zeit drangen die israelischen Suchtrupps im berüchtigten Gebiet nördlich der Kreuzung bei Bab Al-Zawiye in einen alten Handwerksladen ein. Kurze Zeit später kamen die Israelis wieder heraus und riefen nach Fahrzeugen, um eines der größten Waffen- und Sprengstofflager zu konfiszieren, das ihnen jemals untergekommen war. Das Material war in dem Laden und einem angrenzenden Schuppen versteckt.

Als schließlich ein Dutzend Araber mit über dem Kopf verschränkten Händen heraustaumelte, eilte eine Gruppe Fallschirmjäger hinzu, um die Bombenbauer zu verhaften und in militärischen Gewahrsam zu nehmen. Trotz der schweren Ausschreitungen hatten die IDF-Truppen bislang eiserne Disziplin an den Tag gelegt.

Als man dann jedoch begann, die arabischen Gefangenen auf die Laster zu verladen, wurden die ersten scharfen Geschosse abgefeuert. Nicht von den Israelis, sondern von palästinensischen Heckenschützen, die sich in den leer stehenden, halb verfallenen Gebäuden des Haarat Al-Sheik verborgen hatten. Sie feuerten von mehreren hoch gelegenen Punkten am Rand des heruntergekommenen Gebiets herab, die Sonne immer im Rücken.

Israelische Fallschirmjäger stürmten geduckt vorwärts, schleuderten Handgranaten und gaben Deckungsfeuer, damit die Suchtrupps in dem einzig offen stehenden Gebäude, dem Laden mit den Waffen und Sprengstoffen, Zuflucht suchen konnten.

Dann zogen sich die Fallschirmjäger, die die Heckenschützen zeitweise zum Verstummen gebracht hatten, in dasselbe Gebäude zurück. Plötzlich wimmelte es dort von israelischen Soldaten. Sie eilten die Treppe hinauf und nahmen in den obersten beiden Stockwerken des viergeschossigen Baus ihre Positionen ein.

Die Luft war erfüllt von Maschinengewehrfeuer; Handgranaten detonierten, während weitere Fallschirmjäger vorrückten, um die Heckenschützennester in der Trümmerlandschaft auszuheben.

Keiner sah den Hamas-Führer, der den Widerstand gegen das methodische Vorgehen der Israelis zu koordinieren versuchte, hier in diesem Stadtteil, in dem die Emotionen leicht überkochten. Bekleidet mit Jeans und Jacke, über den Schultern das schwarz-weiß karierte Kopftuch seines Volkes, griff sich der junge Kämpfer, der kaum älter als fünfundzwanzig war, einen tragbaren Raketenwerfer und feuerte damit aus etwa hundert Metern Distanz eine Panzerabwehrrakete durch das Erdgeschossfenster in den Handwerksladen.

Mit ohrenbetäubendem Krachen explodierte das Geschoss in dem engen Raum, riss ein Loch in die Decke sowie in jene im darüber liegenden Stockwerk, bevor das gesamte Gebäude in einer dichten Wolke aus Staub, Sand und Geröll in sich zusammensackte.

Vierzehn Israelis fanden den Tod, siebzehn wurden verletzt. Nur zwölfen gelang es, sich aus den Trümmern zu befreien. Allen waren durch die Detonation die Trommelfelle geplatzt, ihre Kleidung war zerrissen, sie waren blutüberströmt, die Gesichter rußverschmiert. Einige waren entsetzlich entstellt, konnten kaum noch gehen, vier unter ihnen hatten Arme oder Beine verloren.

Sekunden später war das Hauptquartier der Fallschirmjägerkompanie informiert. Sofort wurde Verstärkung in das Haarat-Al-Sheik-Viertel geschickt. Die Israelis hatten nun nur noch eines im Sinn: die Übeltäter aufzuspüren. Ungeachtet der offiziellen Anweisungen, ungeachtet der Ratschläge von Major Kerman sannen sie nun auf Vergeltung.

Sechs Krankenwagen, voll gepackt mit Sanitätern, rasten hinter dem Fallschirmjägerkonvoi über die Straße 35. Mit heulenden Sirenen jagten sie durch die Al-Qarantina-Straße. Zehn Minuten nach der Explosion sprangen die Israelis aus den Wagen, entsetzt über den Anblick, der sich ihnen bot. Ihre Kameraden, umgeben von den verwundeten und sterbenden Männern, waren bis zu diesem Zeitpunkt zur Hilflosigkeit verdammt gewesen. Die Heckenschützen hatten erneut das Feuer eröffnet und den Platz vor dem zerstörten Laden mit ihren Salven belegt.

Selten hatte eine israelische Brigade schneller und aggressiver reagiert. Die jungen Fallschirmjäger stürmten von beiden Seiten das Trümmergelände, ließen Handgranaten hochgehen, feuerten aus der Hüfte. Die Palästinenser, die sich zur Flucht wandten, wurden niedergemäht, Frauen und Kinder in den Seitengassen gerieten ins Kreuzfeuer.

Hamas-Führer schossen hinter niedrigen Mauern hervor aus drei Maschinengewehren, wurden aber bald darauf von den Handgranaten der israelischen Sturmtrupps ausgeschaltet. Die Ausschreitungen schienen unweigerlich auszuufern, niemand war da, der etwas dagegen hätte unternehmen können. Die israelischen Truppen hatten beschlossen, mit den palästinensischen Kämpfern kurzen Prozess zu machen. Dutzende arabischer »Freiheitskämpfer«, unter ihnen viele Verwundete, wurden von der Jerusalemstraße zurückgetrieben.

Mittlerweile war Ray Kerman in Begleitung von Sergeant O'Hara und Sergeant Morgan in einem gepanzerten Fahrzeug auf dem Weg in die Stadt. Sie fuhren durch die Al-Qarantina-Straße in Richtung des Blutvergießens im Haarat Al-Sheik. Linker Hand von ihnen konnten sie den Lärm des Gefechts hören, das an der Westseite der Jerusalemstraße tobte.

Dem Major war zwar bewusst, dass er am Schauplatz der Katastrophe kaum etwas würde ausrichten können, dennoch musste er nach irgendeiner Möglichkeit suchen. Als sie schließlich den Ort des Geschehens erreichten, war er entsetzt. Was er dort sah, war eine einst hoch disziplinierte Armee, die nun völlig die Kontrolle über sich verloren hatte. Soldaten wüteten wie Berserker, stürmten in blinder Wut vorwärts und brachten alles und jeden um, der sich bewegte.

»Mein Gott!«, sagte Major Kerman. Sofort hatte er erkannt, dass die israelischen Truppen in eine Hamas-Stellung gelockt worden waren, die die Palästinenser bis zum letzten

Mann verteidigen würden. Über Funk hörte er bereits die Golani-Kommandeure, die weitere Krankenwagen anforderten. In welchem Zustand sich die arabischen Kämpfer befanden, wusste nur Gott.

Unmittelbar vor ihm tobten die Kämpfe. Israelische Soldaten schwärmten in den Straßen des H2-Sektors aus. Sie warfen Handgranaten und fraßen mit ihren Maschinengewehren Löcher in die Gebäude an der Westseite der Jerusalemstraße.

Mindestens drei Israelis brachten ihre tragbaren Raketenwerfer zum Einsatz, Geräte ähnlich demjenigen, dem ihre Kameraden zum Opfer gefallen waren. Bereits die erste abgefeuerte Rakete verursachte einen immensen Schaden. Drei Häuser stürzten ein und begruben unter sich zahlreiche »Zivilopfer«.

Zum ersten Mal in seinem Leben fühlte Ray Kerman so etwas wie blankes Entsetzen. Das alles musste aufhören. Die Operation war aus dem Ruder gelaufen, hatte aber offenbar noch lange nicht den Punkt erreicht, an dem nicht alles noch sehr viel schlimmer werden konnte. Zudem bestand natürlich die Gefahr, dass sich die arabischen Nachbarstaaten auf die Seite der Palästinenser stellten, die zweifellos behaupten würden, die israelische Armee sei in den Morgenstunden des heiligen Freitags über sie hergefallen, um unschuldige, gesetzestreue arabische Bürger zu überfallen.

Ray erblickte den befehlshabenden Offizier der Fallschirmjäger, der in einem Hauseingang Deckung suchte. Keine zehn Meter von ihm entfernt, lösten zwei seiner Männer den Abzugsring ihrer Handgranaten und schleuderten sie dann in die Straße auf der anderen Seite der Mauer. Niemand unternahm etwas, um dem Gemetzel Einhalt zu gebieten.

Ray sah sich mit zwei drängenden Problemen konfrontiert:

Erstens gab es hier nichts zu gewinnen. Keine der beiden Seiten würde irgendetwas erreichen, sah man von weltweiten Schlagzeilen, weiterem Blutvergießen, Leid und Tränen ab.

Zweitens war die Linie der israelischen Truppen inzwischen weit auseinander gezogen, wobei sich die Soldaten, rasend vor Wut, kaum von der Verfolgung der Araber abhalten lassen würden, die ihre Kameraden auf dem Gewissen hatten.

In den engen Gassen hinter der Mauer drängten sich Frauen und Kinder. Sie alle würden sterben, falls das Feuergefecht nicht eingestellt wurde. Die Wahrscheinlichkeit war verdammt hoch, dass man diese Sache ihm, Major Kerman, persönlich anlasten würde. Schließlich bestand der wichtigste Teil seines Jobs darin, Vorfälle wie diese zu verhindern. Ein solches Chaos anrichten, das konnte jeder dahergelaufene Trottel. Dabei war die SAS-Einheit doch auf Wunsch der Regierung im Negev, um den Israelischen Verteidigungsstreitkräften etwas nüchterne Effizienz beizubringen.

Was sich hier vor seinen Augen jedoch abspielte, war der blanke Albtraum. Ray packte seine MP 5 und den Helm und spurtete über das Ruinengelände zum Befehlshaber der Fallschirmjäger. Hinter sich hörte er bereits das Dröhnen der israelischen Panzer, die auf dem Weg zum Schauplatz waren.

Der IDF-Offizier zuckte nur mit den Schultern und erwiderte, dass er nichts unternehmen könne. »Na ja«, sagte Ray, »wir könnten damit beginnen, die Raketenwerfer und die Handgranaten abzuziehen. Auf diese Weise würden wir uns nach Osten zur Demarkationslinie absetzen können. Ich gehe nicht davon aus, dass wir verfolgt werden. Es hängt einzig und allein von uns ab, die Sache hier zu beenden. Niemand wird es uns jedenfalls danken, wenn wir weitermachen. In der Knesset werden sie verrückt spielen.«

»Es ist zu spät«, sagte der Offizier. »Ich werde mich nicht über die Mauer vorwagen – überlassen Sie das den Jungs.«

»Dann werde ich mich verabschieden«, sagte der englische Major. »Heckenschützen sind eine Sache, arabische Zivilisten in ihren Häusern abzuknallen eine andere.«

Ray lief zum Ende der Mauer, umrundete sie, überquerte die Straße und ging bei einem Haus auf der rechten Straßenseite in Deckung. Geduckt kämpfte er sich zu einer Lücke in der Häuserreihe vorwärts, aus der zwei Gebäude herausgesprengt worden waren. Das nächste Gebäude aber war für seine Zwecke ideal. Das oberste Stockwerk war zwar zerstört, aber das Erdgeschoss bot Deckung, außerdem würde er sich dort in Rufweite der Fallschirmjäger mit ihren Granaten und Raketenwerfern befinden.

Krachend warf er sich gegen die Tür, das Schloss splitterte. Drinnen lag Geröll, halb durch die Decke hing der Leichnam eines Mannes. Draußen hatten die Kämpfe an Stärke noch zugenommen, überhall hing der Geruch von Kordit in der Luft. Unablässig ratterte das Gewehrfeuer, die gesamte Straße wurde in regelmäßigen Abständen von Explosionen erschüttert.

Mit der instinktiven Vorsicht eines SAS-Soldaten trat Ray die Tür zu einem weiteren Raum auf. Er war leer und größtenteils unzerstört. Es gab nur eine Tür. Ray stieß diese ebenfalls auf und fand sich daraufhin auf dem oberen Absatz einer Steintreppe wieder.

In diesem Augenblick erschütterte ein gewaltiger Knall die Überreste des Gebäudes. Von der Decke rieselte der Verputz. Dann verebbte die Detonation, und wieder war nur das Knattern der Gewehre zu hören. Und dann, sehr nah, das unheimliche Knistern von Feuer. Die Palästinenser, ging es Ray in diesem Bruchteil einer Sekunde durch den Kopf, mussten ebenfalls an Handgranaten gekommen sein.

Dann hörte er einen anderen Laut. Er kam tief aus dem Keller, irgendwo vom unteren Ende der Treppe. Er gab einen kurzen Feuerstoß ab und brüllte auf Arabisch: »*Kommt sofort raus, mit erhobenen Händen … oder ich schick euch alle in die Hölle.*«

Nichts. Sein Gefühl sagte ihm, dass dort Schwierigkeiten lauerten. Dort unten konnte ein halbes Dutzend schwer bewaffneter Araber sitzen – allerdings gab es keine Möglichkeit, seine Vermutung zu überprüfen.

Wieder brüllte er, dass sich alle, die sich im Keller befanden, ergeben sollten. Wieder kam keine Antwort. Dann wurde das Gebäude erneut durch eine gewaltige, keine dreißig Meter entfernte Explosion bis auf die sandigen Grundfesten erschüttert. Schließlich, nachdem wieder Ruhe eingekehrt war, vernahm er zwischen dem Gewehrfeuer klagende Laute. Deutlich hörte er, wie jemand weinte, eine weibliche Stimme.

»O Gott«, sagte er sich. »Das ist zu viel.« Dennoch begann er, dicht an die Wand gepresst, die Treppe hinabzusteigen. Unten angekommen, waren weitere Klagelaute zu hören, so als würde auch noch ein Kind wimmern.

Ray tastete nach einem Lichtschalter, fand zu seiner Verblüffung sogar einen und schaltete die nackte Glühbirne an der niedrigen Decke an. Noch war er nicht im Raum, vorsichtig schob er sich also weiter, die Maschinenpistole im Anschlag, bereit, jeden Gegner, der sich ihm entgegenstellen mochte, zu töten.

Aber es gab da keine Gegner. Nur drei zu Tode verängstigte, von Staub verhüllte Gestalten, die sich in eine Ecke drängten. Zwei davon waren Kinder im Alter von nicht mehr als sechs oder sieben Jahren. Die Frau, offenbar ihre Mutter, trug einen schwarzen Tschador, den sie aber nicht vor das Gesicht geschlagen hatte. Sie trug keine Kopfbedeckung, ihr Gesicht war tränenüberströmt, sie zitterte am ganzen Leib und versuchte ihre Kinder so fest wie möglich an sich zu drücken.

Dem älteren, einem Jungen, lief von einem tiefen Schnitt am Haaransatz das Blut übers Gesicht. Die Mutter, eine schöne junge Palästinenserin knapp Mitte zwanzig, starrte Ray aus weit aufgerissenen braunen Augen an und wiederholte unablässig: *»Bitte töte uns nicht … Bitte töte uns nicht …«*

Ray hatte nicht die geringste Absicht, irgendjemanden zu töten, solange nicht sein eigenes Leben bedroht war. Auf Arabisch antwortete er ihr: »Ich bin britischer Offizier und als Militärberater anwesend … Sie brauchen keine Angst zu haben – wenigstens nicht vor mir. Stehen Sie auf, und dann versuchen wir, hier rauszukommen, irgendwohin, wo es sicher ist.«

Wahrscheinlich wäre es für Ray Kerman leichter gewesen, die Kämpfe zu beenden, als die junge Frau zu beruhigen. Sie weinte und klammerte sich weiterhin verzweifelt an ihre Kinder. »*Aber die Israelis werden uns töten … Mein Mann ist tot … Wir können nirgendwohin …*«

»Als Erstes müssen wir hier raus, raus aus dem Keller«, sagte er. »Bevor das ganze Gebäude zusammenkracht … Kommen Sie … wir müssen die Treppe hoch …«

Die drei waren zu verängstigt, um sich zu rühren. Eine weitere Explosion draußen auf der Straße erschütterte das Haus.

Die Frau versuchte, die Kontrolle über sich zu gewinnen, noch immer schlotterte sie vor Angst. »Bitte, bitte, wenn wir rausgehen, werden sie uns umbringen … Wir wollen hier bleiben …«, flehte sie stockend.

»Wie heißen Sie?«, fragte Ray Kerman.

»Shakira.«

»Gut, hören Sie mir zu, Shakira. Wenn wir hier unten bleiben, werden wir wahrscheinlich lebendig begraben.«

»Vielleicht haben wir nicht mehr lange zu leben … Bevor wir gehen, muss ich noch mit meinen Kindern beten, es ist fast Mittag … Wir müssen für meinen Mann beten …« Dann starrte sie ihn plötzlich an, betrachtete seine dunklen Augen, seine dunkle Haut, und fragte ihn: »Sind Sie Moslem?«

»Eigentlich nicht«, erwiderte er. Doch dann platzte er, ohne weiter darüber nachzudenken, damit heraus. »Aber meine Eltern waren es.« Ein Satz, der ihm noch nie in seinem Leben über die Lippen gekommen war.

»Dann müssen Sie mit uns beten, Sir. Allah ist groß.«

Ray starrte sie ihn. Mittlerweile hatte sie sich erhoben. Sie war schlank und wirkte nun noch schöner als zuvor schon. Sie hatte langes dunkles Haar, ein fast vollkommen ovales Gesicht und die vollen Lippen, die so typisch für viele arabische Frauen waren. Ihr kleiner Sohn klammerte sich an ihre Hand; die Tochter, nicht älter als fünf, versuchte sich im Gewand ihrer Mutter zu verbergen.

Ray lächelte. »Wie heißen die beiden?«

»Das ist Irena. Und mein Sohn heißt Ravi.«

Kurz stockte Ray das Herz. Er war froh um den Tumult, der draußen gerade wieder anhob, weil er ihm Zeit gab, seine Gedanken zu sammeln.

»In Ordnung, Shakira. Sie bleiben noch kurz hier und beten mit Ihren Kindern. Ich gehe nach oben und versuche zu erkunden, wie wir hier alle rauskommen können ...«

Damit verließ Major Kerman den Keller und rannte die Treppe hinauf. Durch die offen stehende Tür waren hastende Gestalten zu sehen, israelische Soldaten, die zum Ruinengelände zurückliefen. Dann ertönte, etwa vierzig, fünfzig Meter entfernt, tiefer im palästinensischen Gebiet liegend, eine weitere heftige Explosion.

»Mein Gott«, dachte er. »Diese Wahnsinnigen werden noch die ganze Stadt in Schutt und Asche legen, wenn wir nichts unternehmen.«

Er eilte zur Kellertür zurück. »*Shakira!*«, rief er. »*Kommen Sie hoch!* Sie müssen hier raus. Das Haus kann jeden Moment wieder getroffen werden.«

Diesmal kamen sie die Treppe hoch. Die beiden Kinder weinten, während Shakira verzweifelt versuchte, sie zu trösten. Die Leiche ihres Vater, der noch immer die Maschinenpistole umfasst hielt, hing auf groteske Weise mit dem Kopf nach unten von der Decke. Ray trieb die drei in eine Ecke, von der aus die Leiche nicht zu sehen war.

Sicherlich hatten die Israelis inzwischen damit begonnen, die Gebäude entlang der Hauptstraßen systematisch zu durchkämmen. Doch bevor sie ein Haus stürmten, warfen sie üblicherweise Handgranaten hinein.

»Gibt es hier einen Hinterausgang?«, fragte er Shakira.

»Ja, auf einen kleinen Hof, dahinter liegt eine Gasse, die auf eine andere Straße führt. Von dort kommt man in die Stadt, da ist es ruhiger. Von dort gibt es keine Straße zum Ruinenviertel.«

Ray nickte. »Wohin werden Sie gehen?«

»Das weiß ich nicht. Meine Eltern sind in Saudi-Arabien, Mohammeds Eltern wohnen in Bethlehem. Vielleicht schaffen wir es bis da. Unser Wagen steht draußen in der Gasse.«

»Das hört sich doch gut an… Aber ich möchte, dass Sie sich mit den Kindern vorerst für den Rest des Tages verstecken, in einiger Entfernung von den Kämpfen. Ganz Hebron und Bethlehem sind vom Militär abgeriegelt…«

Bevor sie etwas erwidern konnte, ertönte von draußen ohrenbetäubendes Gewehrfeuer. Zwei Männer schrien, dann stürzte die wuchtige Gestalt von Sergeant Fred O'Hara durch die offene Tür, gefolgt von Sergeant Charlie Morgan.

Die beiden SAS-Männer blickten verwundert zu Ray.

»Großer Gott, Sir«, sagte Fred. »Wir haben Sie überall gesucht. Ich dachte schon, so ein verdammter Kopftuchträger hätte sie erschossen.«

»Mich doch nicht, Fred«, sagte Ray. »Ich bin hier immerhin der Befehlshaber.«

»Wenn Sie das sagen, Sir. Die Dinge sind jedenfalls außer Kontrolle geraten, und diese Scheißkerle haben nichts Besseres zu tun, als sich gegenseitig umzulegen. So was hab ich noch nicht gesehen. Offiziere, Soldaten, alle verrückt geworden. Gehen einfach aufeinander los, mit Gewehren, Sprengstoff, Handgranaten und weiß der Himmel mit was noch allem. Wenn wir hier nicht verdammt noch mal verschwinden, rücken die noch mit ihrer schweren Artillerie an. Wir haben hier nichts verloren, Sir. Wir müssen raus. Hier hat jeder den Verstand verloren.«

Fred hatte völlig Recht. Aber Ray fühlte sich mittlerweile auch für Shakira und deren Kinder verantwortlich, auch wenn es dafür eigentlich keinen Grund gab. Er und die beiden SAS-Unteroffiziere hätten einfach abhauen können, und vermutlich wäre das auch das Vernünftigste gewesen.

Für fast jeden Soldaten kam jedoch irgendwann der Moment, in dem er seinem Herzen, nicht seinem Verstand, seiner Ausbildung oder Erfahrung folgen sollte. Genau in einem solchen Augenblick befand sich Ray Kerman in dieser Situation.

Er wies auf die arabische Familie. Sergeant O'Hara fuhr herum und reagierte sofort auf die Bewegung, die er aus den Augenwinkeln wahrnahm. Der kleine Ravi hatte, sein Spielzeugraumschiff in der Hand, nämlich einen Schritt nach vorn gemacht, worauf der gedrungene SAS-Soldat, auf den in der vergangenen Stunde unzählige Schüsse abgegeben worden waren, sich wegduckte und den Abzug seiner MP 5 durchzog. Eine Hundertstelsekunde später klafften, sauber in einer Linie aufgereiht, fünf Löcher in der Stirn von Ray Kermans Namensvetter.

Irena schrie auf, stürzte zu ihrem Bruder, in der rechten Hand hielt sie einen Stoffbären. Alles, was Charlie in diesem Moment sah, war eine Handgranate. Kaltblütig, aus Angst, gleich werde eine weitere Explosion den Raum erschüttern, erschoss er sie.

Kurz herrschte Stille in dem Raum, dann schrie Shakira los und stürzte sich mit hoch erhobenen Händen auf Fred O'Hara, als wollte sie ihm mit den Fingernägeln das Gesicht zerkratzen. Charlie drehte sich nach rechts und richtete ihr in einer schnellen Bewegung die Maschinenpistole auf den Kopf. Genau in diesem Augenblick blies Major Ray Kerman mit einem Feuerstoß Charlie das Gesicht weg. Niemand schaffte es, einen SAS-Mann auf diese Weise zu töten. Außer ein anderer SAS-Mann.

Charlies MP 5 hatte im Augenblick seines Todes noch zwei Schüsse abgegeben. Dank Rays schneller Reaktion waren die beiden Geschosse niedrig gegangen, wobei eines davon eine tiefe Schramme an Rays linkem Oberschenkel hinterlassen hatte, der sofort heftig zu bluten begann.

Einige Sekunden lang geschah nichts. Dann wandte sich Sergeant O'Hara ungläubig an seinen befehlshabenden Offizier. »Sir… Sie haben gerade Charlie erschossen«, sagte er mit ausdrucksloser Stimme.

Rays Gedanken rasten. Das Wort »Mord« ging ihm durch den Kopf, dann »Kriegsgericht«, dann »Gefängnis«. Dann »Erschießungskommando«.

Er blickte zu den beiden kleinen Leichen am Boden, zu Shakira, die wimmernd Ravis Kopf wiegte, während ihr dessen Blut über das Gewand sickerte und sie mit der rechten Hand versuchte, nach Irena zu tasten. Aber das kleine Mädchen lag außerhalb ihrer Reichweite.

Fred trat vor und wollte sich vergewissern, dass sie keine Waffen bei sich hatte. »*Steh auf!*«, schrie er. Doch mit diesen groben Worten hatte er sein Leben verwirkt.

Ray Kerman wirbelte nach links, packte einen kleinen Stein und ließ ihn im nächsten Moment Fred zwischen die Augen krachen, was diesem den Schädel wie eine Walnuss knackte. Dann rammte er die behandschuhte rechte Faust mit aller Kraft gegen die Spitze von Freds großer irischer Nase. Durch die Wucht wurde ihm das Nasenbein ins Gehirn getrieben. Fred war bereits tot, bevor er am Boden aufschlug.

Zwei tote Kinder. Zwei tote SAS-Männer. Das biblische Ende zweier schrecklicher Minuten, in einer biblischen Stadt. Auge um Auge, Zahn um Zahn.

Ray wandte sich zu Shakira, die völlig unter Schock stand. Sie hatte aufgehört zu weinen, als hätte sie nichts mehr in sich außer einem gebrochenen Herzen.

»Haben Sie mir soeben das Leben gerettet, Sir?«, fragte sie leise.

»Sieht so aus«, sagte Ray.

»Ich wollte, Sie hätten es nicht getan.«

Dennoch war Shakira in der Lage, die Geschehnisse mit beinahe militärischer Kühle zu erfassen. Nachdem alle Mitglieder ihrer Familie tot im Staub und Geröll des zerstörten Hauses und die Leichen zweier SAS-Männer in israelischer Uniform auf dem Boden ihres Wohnzimmers lagen, befand sie sich in einer nahezu aussichtslosen Situation.

Sie war dem Tod nur um Haaresbreite entronnen, doch trotz ihres Leids wusste sie irgendwie, dass sie sich selbst retten musste. Sie musste weg von hier und außerdem aus ganz nahe liegenden Gründen dafür sorgen, dass der britische Offizier verschwinden konnte.

Zuerst ging sie jedoch zu einem Schrank, holte dort eine weiche Decke heraus und legte sie über ihre beiden Kinder.

Dann hörte Ray sich mit einer Selbstverständlichkeit, als wären es die Worte eines anderen, sagen: »Es ist gut zu trauern, aber machen Sie sich keine Sorgen. Sie ruhen beide jetzt in Allahs Armen.«

Die Worte des Nordlondoner Mullahs kamen ihm in den Sinn, und er erinnerte sich an die Geschichten vom Paradies und die Versprechen an die Märtyrer, die im Namen Allahs starben.

Schließlich erhob sich Shakira und sah ihn an. »Wohin werden Sie jetzt gehen?«, fragte sie ihn, sich der Unmöglichkeit seiner Situation völlig bewusst.

»Nun«, sagte er. »Vor zehn Minuten noch hätte ich Sie zur Hintertür hinausbegleitet und wäre dann selbst durch die Vordertür verschwunden, nach links abgebogen und hätte mich zu meinen Kameraden durchgekämpft.« Er sah zu den Leichen von O'Hara und Morgan, dann fuhr er fort: »Ich weiß nicht recht, was ich jetzt machen werde. Aber ganz sicher kann ich nicht zu den IDF zurück, nachdem ich gerade meine beiden Leibwächter umgebracht habe.«

»Werden sie herausfinden, dass Sie es waren?«

»Keine Ahnung. Vielleicht. Aber es geht nicht nur darum. Seitdem ich hier bin, habe ich mit den Palästinensern gelitten. Vielen geht es so, aber ich bin hier tief verwurzelt, hier im Nahen Osten, und etwas in mir hat sich verändert. Ich kann nicht mehr einer Militärmacht angehören, die glaubt, sie könne unter unschuldigen Menschen wüten und ganze Familien auslöschen. Sehen Sie sich Irena und Ravi an – sie waren Kinder, von Soldaten niedergemetzelt ... Tief in mir gehören Sie alle zu meinem Volk, und Ihre Tränen sind auch meine Tränen. Ich kann nicht mehr so weitermachen wie bisher. Nicht hier, nicht in der Wüste.«

Shakira sah die Tränen, die dem Major über die Wangen liefen, diesem Fremden, der ihr das Leben gerettet hatte. Sie ging auf ihn zu, umarmte ihn und zog ihn eng zu sich heran. Das Blut des kleinen Ravi befleckte seine Uniform, das Blut aus seinem Oberschenkel lief über ihren Tschador, und beider Tränen verschmolzen miteinander.

Draußen ging der Gefechtslärm weiter. Ray erkannte, dass die israelischen Panzer ihre Ziele mittlerweile erfasst hatten und die Straße mit Granaten belegten. Shakira ging zu einem anderen Schrank, und als sie zurückkehrte, reichte sie ihm ein langes weißes Gewand, den knöchellangen *Thaub*, dazu eine schwarz-weiß gemusterte *Ghutra* für den Kopf mitsamt dem *Aghal*, der doppelt geschlagenen Kordel zur Befestigung der Kopfbedeckung.

Ray zog die Jacke seines israelischen Kampfanzugs aus und stülpte sich den *Thaub* über den Kopf. Shakira half ihm bei der Kopfbedeckung und legte ihm das Tuch so um den Hals, dass er, falls nötig, den unteren Teil seines Gesichts verbergen konnte.

Dann besorgte sie sich selbst ein sauberes Gewand und brachte auch Bandagen, damit Ray sich den Oberschenkel verbinden konnte. Schließlich sagte sie mit leiser Stimme: »Wir müssen jetzt los… bevor die Israelis kommen.« Sie nahm ihn bei der Hand, murmelte »*Inschallah*« – so Gott will – und führte ihn durch die Hintertür aus ihrem verwüsteten Haus.

Sie liefen über den Hof – fünf Leichen ließen sie im Haus zurück. Hinter sich sahen sie Rauch und Staubwolken aus den Straßen aufsteigen, vor ihnen war alles ruhig.

»Nehmen wir den Wagen?«, fragte Ray.

»Lieber nicht. Wir müssen ins Hauptquartier der Hamas. Mein Bruder Ahmed wird dort sein. Die werden sich um Sie kümmern.«

»Sind Sie sich sicher, dass sie mich nicht töten werden?«, sagte Ray und verstärkte den Griff um die MP 5. Er musste sich mit seinem verletzten Bein anstrengen, um mit Shakira mitzuhalten.

»Ja, da bin ich mir sicher«, sagte sie.

»Woher wollen Sie das so genau wissen?«

»Weil ich nicht will, dass Sie sterben, und das genügt.«

Dienstag, 18. Mai 2004

Israelische Panzer hatten mittlerweile das gesamte Gebiet abgeriegelt, in dem am vorangegangenen Freitag die Ausschreitungen in der Jerusalemstraße stattgefunden hatten.

Mit rücksichtsloser Gründlichkeit hatten die IDF-Truppen das Gebiet evakuiert, hatten die arabischen Familien für gewisse Zeit weiter nach Westen gebracht, während sie die Ruinen nach weiteren Opfern und Leichen absuchten.

Sie rückten mit schwerem Räumgerät und Bulldozern an und vermieden ein Wiederaufflackern der Kämpfe, indem sie verlauten ließen, dass sie auch nach Palästinensern suchen und jedem medizinische Behandlung zukommen lassen würden, der noch lebend gefunden werden sollte.

Natürlich verschaffte ihnen das die Möglichkeit, das Gebiet ebenfalls nach Waffen und Sprengstoffen zu durchkämmen. In drei Tagen würde das Gebiet so »sauber« sein wie niemals zuvor. Obwohl alle wussten, dass die verschlagenen Araber seit Samstagmorgen militärisches Material zu ihren Verstecken am Stadtrand geschafft hatten.

Shakiras Haus war am Freitag nach Einbruch der Dunkelheit in sich zusammengestürzt und hatte alle fünf Leichen unter mehreren Tonnen Geröll begraben. Sie wurden am darauf folgenden Dienstagnachmittag geborgen und ins Leichenschauhaus im israelischen Teil der Stadt gebracht, wo bereits 38 IDF-Soldaten aufgebahrt waren. Später wurden die palästinensischen Toten, insgesamt 62 Männer, Frauen und Kinder, in ein ehemaliges Schulgebäude westlich der Bir-Al-Saba-Straße überführt.

Die Leichen der Sergeants O'Hara und Morgan waren die einzigen Todesopfer unter der SAS-Einheit; Major Ray Kerman galt als vermisst.

Da es sich bei ihm um den befehlshabenden Offizier der im Negev stationierten SAS-Einheit handelte, wurde sein Verschwinden wie auch der Tod der beiden Unteroffiziere des Regiments als ernsthafte Angelegenheit betrachtet. Das Hauptquartier in Hereford wurde umgehend informiert; die Antwort ließ nicht lange auf sich warten.

»Die Leichen von Sergeant O'Hara und Sergeant Morgan sind zu einer ersten Obduktion unverzüglich zum Hauptquartier der Israelischen Armee in Jerusalem zu überführen. Informieren Sie uns umgehend, falls für Major Kerman Lösegeld verlangt werden

sollte.« Der zweite Befehl war nicht mehr als eine Formsache. Angehörige des Regiments wurden, wenn überhaupt, nur selten gefangen genommen.

Auch zwei Tage später fehlte von Major Kerman noch jegliche Spur. In Israel allerdings war ein neuer SAS-Kommandeur eingetroffen. Major Roger Hill, der in der Zwischenzeit den Befehl über die Einheit übernommen hatte, las mit einigem Erstaunen des Bericht des IDF-Pathologen.

»*Sergeant Morgan starb an den Folgen von fünf Gewehrgeschossen, die, aus kürzester Entfernung abgegeben, in gerader Linie in die rechte Schädelseite eindrangen. Die Einschüsse erstrecken sich von etwa fünf Zentimeter oberhalb der Schläfe bis hinab zum Unterkiefer, der zerschmettert wurde. Alle fünf Geschosse durchschlugen das Gehirn, die oberen vier traten an der linken Schädelseite aus. Das unterste steckte im linken Kieferknochen. Das Geschoss entsprach der Munition, die von einer Maschinenpistole des Typs Heckler & Koch verwendet wird, und wurde zur weiteren Untersuchung ins gerichtsmedizinische Labor der Israelischen Armee in Tel Aviv geschickt.*«

Major Hill wusste, dass arabische Freiheitskämpfer nur selten eine Maschinenpistole so ruhig hielten, um eine dermaßen gleichmäßige Schussfolge abzugeben. Der Bericht zu Sergeant O'Hara allerdings las sich noch verwirrender. Big Fred war weder erschossen worden, noch war die Todesursache auf die eingebrochene Decke zurückzuführen, unter deren Trümmern er gefunden worden war.

Sergeant O'Hara hatte mit einem unregelmäßig geformten Objekt einen harten, tödlichen Schlag gegen den zentralen Schädelbereich zwischen den Augen empfangen. Das Nasenbein war acht Zentimeter tief ins Gehirn getrieben worden, wie es nach einem Sturz kopfüber gegen die Kante einer Tischplatte oder durch die Begegnung mit einem Nahkampfexperten der Eliteeinheiten Großbritanniens oder der USA geschehen könnte. Ein Sturz war mit hoher Wahrscheinlichkeit auszuschließen, da das Gesicht des SAS-Sergeants keine weiteren Verletzungen aufwies.

Major Hill war schnell klar, dass beide Männer von einem Angehörigen oder zumindest einem ehemaligen Angehörigen einer militärischen Eliteeinheit getötet worden sein könnten. Von denen gab es in diesen Tagen sehr viele. Wobei allerdings keine so effizient vorgingen wie der SAS oder die SEALs der U.S. Navy. Allerdings waren auch die Israelis sehr gut ausgebildet, ebenso die Iraker. Nach den vorliegenden Tatsachen zu schließen, waren die beiden toten SAS-Männer aus Hereford Opfer solch ausgebildeter Killer geworden – auch wenn beide unter den Geröllmassen ihre Maschinenpistolen noch umfasst hielten.

Die Suche nach dem vermissten SAS-Offizier ging in der Zwischenzeit weiter. Israelische Fahnder hielten sich im entsprechenden Gebiet auf, durchsuchten die Ruinen, befragten bekannte Hamas-Mitglieder. Keiner wusste etwas, keiner hatte ihn gesehen, keiner hatte ihn erschossen oder gefangen genommen.

Die besten Informationen lieferte der israelische Befehlshaber der vordersten Linie. Er bestätigte, er und Major Kerman hätten auf dem Höhepunkt der Ausschreitungen miteinander gesprochen; er habe gesehen, wie der britische Offizier die Mauer entlangging, dann dahinter verschwand, anschließend habe er noch mitbekommen, wie der Major geduckt die rechte Straßenseite entlanggelaufen sei, gleich neben den palästinensischen Gebäuden, die nun in Schutt und Asche lagen. Israelische Truppen allerdings hatten nicht die geringste Spur seiner Leiche gefunden.

Selbst eine Woche später hatte sich daran nichts geändert. Major Ray Kerman, ein Offizier, den viele bereits in den höchsten Rängen des SAS-Regiments gesehen hatten, blieb wie vom Erdboden verschluckt. Als hätte er sich in der heißen, staubigen Luft einfach aufgelöst.

KAPITEL ZWEI

Acht Monate später
Montag, 14. Februar 2005

Lieutenant-Colonel Russell Makin, befehlshabender Offizier des 22. SAS-Regiments, schritt auf dem Weg zu seinem Büro durch das verregnete, kalte Hereford. Unter dem rechten Arm trug er einen schweren schwarzen Plastikordner mit geheimen Dokumenten, die Hunderte von Seiten umfassten. Der Colonel, ein großer, kräftiger Mann, ehemaliger Frontoffizier während des Falklandkriegs, hatte zu seiner Zeit tragbare Abschussgeräte für Lenkraketen geschultert, die im geladenen Zustand wesentlich weniger gewogen hatten als die Akte hier.

Sie war seit den Sommermonaten stetig angewachsen. Auf dem Deckblatt standen nur die Worte »Streng vertraulich«, auf der ersten Seite der Name »Major Raymond Kerman«. Die folgenden 560 Seiten dokumentierten ausführlich, wie trotz der umfangreichsten Ermittlungen in den vergangenen Monaten nicht eine einzige Spur des vermissten Majors gefunden werden konnte.

Colonel Makin erreichte sein Büro, zog das Regencape aus, bat darum, ihm Kaffee zu bringen, und legte die Akte auf den Tisch. Er war bereits vier Stunden, seit 0500, auf den Beinen und hatte die meiste Zeit davon mit dem Ermittlungschef des Shin Bet im fernen, sonnendurchfluteten Tel Aviv telefoniert, das zwei Zeitzonen und mehrere Lichtjahre vom nebligen, regenüberströmten Hereford entfernt lag.

Die beiden Männer sprachen in jenen Tagen häufig über das doch einigen Staub aufwirbelnde Rätsel des SAS-Offiziers, der mitten in Hebron durch eine umkämpfte Straße gelaufen und daraufhin spurlos verschwunden war.

Alles, was Colonel Makin mit Sicherheit wusste, war die Tatsache, dass der Shin Bet, Israels skrupelloser Inlandsgeheimdienst, vergleichbar mit dem MI5 in London oder dem FBI in Washington, äußerst aufwändig und gründlich das Gebiet westlich der Jerusalemstraße abgesucht hatte. Sie hatten dabei Bulldozer und Bagger eingesetzt und auch akribische gerichtsmedizinische Untersuchungen vorgenommen. Das Ergebnis war gleich null.

Dabei hatten sie durchaus Indizien zusammengetragen, zwingende Indizien. Trotzdem hatte nichts in die Richtung geführt, in die sie hätten führen sollen. Das wichtigste Indiz betraf Sergeant O'Hara, der vorsätzlich und professionell von einem Angehörigen einer anderen Spezialeinheit getötet worden war. Sergeant Morgan war mit einer MP 5 erschossen worden, genau dem Waffentyp, den auch Major Kerman benutzte sowie jeder Soldat in den IDF und wer weiß wie viele Palästinenser, die Gewehre wie diese ins Land schmuggelten.

Im selben Haus waren die Leichen zweier Kinder gefunden worden, eines Jungen und eines Mädchens, beide waren mit einer MP 5 erschossen worden, wobei die Geschosse allerdings nicht aus der Waffe abgegeben wurden, mit der Sergeant Morgan liquidiert worden war. Der Zeitpunkt des Todes war bei allen vier ungefähr gleich. Eine weitere Leiche in jenem Haus war an den Folgen eines Granateinschlags gestorben, der das obere Stockwerk des Gebäudes getroffen hatte. Es handelte sich um einen Mann, offenbar Vater der beiden Kinder.

Seine Ehefrau, Shakira Sabah, lebte inzwischen, wie die Ermittlungen ergeben hatten, bei ihrem Bruder und dessen Familie, knapp einen Kilometer südöstlich ihres ehemaligen Hauses, noch mitten im H-1-Sektor. Der Bruder wurde der Hamas zugeordnet, doch fanden sich dafür bislang keinerlei

Beweise. Die Frau habe sich im Haus eines Nachbarn aufgehalten, als ihr Gebäude getroffen wurde, durch die Schutt- und Geröllhalden sei es ihr nicht mehr möglich gewesen, ihr Haus zu betreten. Von einem britischen Offizier wusste sie nichts, sie hatte nichts gesehen, hatte sich um nichts gekümmert, und durch den Tod ihrer Familie war sie so außer sich, dass sie niemandem eine große Hilfe war. Die Leute vom Shin Bet glaubten ihr nicht.

Das galt als ermutigendes Zeichen, führte aber ebenfalls nicht zum gegenwärtigen Aufenthaltsort von Ray Kerman. Die vom Shin Bet meinten, sie hätten unter dem Geröll des Hauses seine Jacke gefunden. Aber sie hatte keine persönlichen Gegenstände enthalten, trug keinen Schriftzug und gehörte – natürlich – zu einer israelischen Uniform.

Das Ganze passte gut zu den anderen Indizien. Der Major *könnte* seine Kameraden getötet, er *könnte* die Kinder umgebracht haben, es *könnte* seine Jacke gewesen und er selbst *könnte* auf der Flucht sein. Aber wovor floh er? Und wohin?

Dabei handelte es sich um keinen gewöhnlichen SAS-Soldaten, es ging immerhin um Ray Kerman, einen mit Auszeichnungen dekorierten Offizier untadeligen Charakters und ebensolcher Herkunft. Wenn er während des Gefechts gefallen war, wo war dann sein Leichnam abgeblieben? Wenn er sich als Gefangener oder als Geisel im Gewahrsam der Hamas befand, warum hatte diese dann mit niemandem Kontakt aufgenommen, um die Geisel auszutauschen oder Lösegeld zu fordern? Sonst war das doch auch ihre übliche Vorgehensweise.

Keine Antworten. Kein Major.

Ein Fall wie dieser war dem achtunddreißigjährigen Russ Makin, dem Karriereoffizier seit seiner Ausbildung an der Militärakademie Sandhurst, noch nie untergekommen. In seinen zwanzig Jahren als Offizier hatte er nicht ein einziges Mal davon gehört, dass dem SAS etwas abhanden gekommen war. Und zweifellos war Major Kerman eine sehr bedeutende Persönlichkeit, er hatte zu äußerst vielen Geheimnissen des geheimsten Kampfverbands Großbritanniens Zugang gehabt.

Seit Monaten hatte das Verteidigungsministerium ihn ruhig, aber bestimmt unter Druck gesetzt. Er hatte sich mit der Rechtsabteilung, der Abteilung für Öffentlichkeitsarbeit, der Pensionsstelle auseinander setzen müssen. Zudem hatte er endlose Fragen von den Mitarbeitern der Abteilungen zu ertragen gehabt, die für die Betreuung der Familienangehörigen und die Entschädigungszahlungen zuständig waren. Sollte die Akte mit dem Verweis »Nach Einsatz vermisst« endlich geschlossen werden?

Aber war der Major wirklich verschollen? Und überhaupt, gab es etwas über Major Kerman, was sonst niemand wusste?

Diese letzte Frage wurde vielleicht in der nächsten Stunde beantwortet. Um 1030 sollte ein Sonderkurier vom Verteidigungsministerium in Whitehall eintreffen und einen vertraulich eingestuften Bericht überreichen, das Ergebnis umfangreicher Nachforschungen, die vom Ministerium gemeinsam mit dem MI5 durchgeführt worden waren.

Der SAS-Kommandeur wusste, dass der Sonderkurier nicht nötig gewesen wäre, wenn es sich nicht um einen wirklich interessanten Inhalt handelte. Als das Dokument schließlich pünktlich eintraf, las er es mit wachsender Besorgnis.

Die Eltern von Ray Kerman, Mr. und Mrs. Richard Kerman, sesshaft im Norden Londons, hatten, ohne dass man sie sehr dazu drängen musste, bekannt, dass sie früher Mr. und Mrs. Reza Rashud gewesen waren mit letztem Wohnsitz in der Stadt Kerman im Südosten des Irans, wo auch Ravi Rashud zur Welt gekommen war.

»Ravi Rashud! Heilige Scheiße!«, murmelte Colonel Makin. »Darauf wäre ich nie gekommen.«

Natürlich war daran nichts Illegales. Tausende Familien waren aus dem Mittleren Osten nach England emigriert und hatten, um unter den Einheimischen weniger aufzufallen, ihren Namen ändern lassen. Und gewiss wünschten weder Richard Kerman noch seine Frau irgendetwas zu verbergen. Sie legten Rays Geburtsurkunde vor, die Immigrationspapiere der Familie mitsamt den offiziellen Dokumenten zur Namensänderung, die kurz vor Rays viertem Geburtstag ausgestellt worden waren. Dazu gehörte auch der Nachweis der britischen Staatsbürgerschaft, die dem Jungen im Alter von fünf Jahren verliehen wurde.

Sie legten die Schulzeugnisse vor und arrangierten sogar mithilfe des Direktors von Harrow, dass die Beamten des Ministeriums an der Privatschule weitere Ermittlungen in die Wege leiten konnten.

Die Ergebnisse dieser Befragungen waren in einem zweiten Dokument zusammengefasst, was zeigte, wie überaus ernst Whitehall das Verschwinden des Majors nahm. Man hatte zwei ehemalige Harrow-Absolventen aufgespürt, die mit Ray an der Schule gewesen waren. Einer davon, mittlerweile Rechtsanwalt in London, konnte sich an nichts erinnern, was bemerkenswert gewesen wäre.

Der andere, ein abgebrannter Dichter in Nordwales, erinnerte sich dagegen, dass er einmal in Rays Bücherregal eine Koranausgabe entdeckt hatte. Er hatte Ray darauf angesprochen und konnte sich sogar noch an dessen Antwort erinnern. Das Buch, so Ray, habe seiner Mutter gehört und enthalte einige wundervolle Passagen. Das Ganze hatte sogar derart das Interesse des zukünftigen Dichters geweckt, dass dieser – er hieß Reggie Carrington – sich später in einem Antiquariat selbst eine Koranausgabe besorgte. Mit Freude hatte er das Buch den Männern vom MI5 gezeigt.

Wie der Direktor von Harrow bestätigte auch der Kaplan der Royal Military Academy in Sandhurst, dass Raymond Kerman seines Wissens nie andere Gottesdienste oder Kirchenprozessionen besucht hätte als jene der Kirche von England.

Ray Kerman, von Geburt Moslem, mit moslemischen Eltern, war auf moslemischem Gebiet verschwunden. Daran gab es keinen Zweifel. Allerdings deutete bislang alles darauf hin, dass er weit vor seinem zehnten Geburtstag sang- und klanglos zum protestantischen Glauben übergetreten und völlig in der westlichen Kultur aufgewachsen war, bevor er sich für eine Karriere in der britischen Armee entschieden hatte, in der er tapfer ihrem Glaubensbekenntnis folgte, *für Gott, Königin und Vaterland* zu kämpfen.

Das Verteidigungsministerium hatte alle erdenklichen Maßnahmen ergriffen, um die Untersuchungen so verdeckt und dennoch so ausgedehnt wie möglich durchzuführen. Ganz offenkundig waren die israelischen Kollegen eingeweiht, die sich bereit erklärt hatten, die Leichen der beiden Unteroffiziere zu überführen.

Auch die britische Botschaft in Tel Aviv hatte eigene Ermittlungen in die Wege geleitet, war aber nicht weiter gekommen als die Männer vom Shin Bet. Die CIA in Langley, Virginia, hatte selbst herausgefunden, dass *»den gottverdammten Briten ein hochrangiger SAS-Offizier abhanden gekommen ist«*, was wirklich als eine äußerst schlechte Nachricht angesehen wurde.

Mithilfe ihrer vielfältigen arabischen Kontakte hatte die CIA versucht, sich an den Untersuchungen zu beteiligen, hatte aber nur einen arabischen Hamas-Angehörigen aufspüren können, der behauptete, dass der Major tot sei. Da es keine Leiche gab, die gefunden wurde, konnte auch niemand klären, ob er die Wahrheit erzählte oder nicht.

Colonel Makin verbrachte diesen verregneten Tag allein und las weite Teile des Berichts, Altes und Neues. Wie alle hohen Offiziere, die mit dem Fall zu tun hatten, roch er förmlich, dass hier etwas gewaltig zum Himmel stank. Es passte nicht zusammen. Wenn der Major tot wäre, hätten sie die Leiche gefunden. Wenn er als Geisel gefangen gehalten wurde, hätte man sie informiert. Selbst wenn er sich in Hebron lediglich mit einer neuen Herzensdame aus dem Staub gemacht oder etwas ähnlich Lächerliches durchgezogen hätte, hätte ihn jemand verpfiffen oder zumindest gesichtet.

In den vergangenen Monaten hatte er jeglichen Gedanken, dass Ray Kerman übergelaufen sein könnte, als lächerlich abgetan. Aber Ravi Rashud? Damit sah die Sache ganz anders aus. Auch das hohe Ansehen der Kermans konnte dem Kommandeur nicht den schaurigen Gedanken austreiben, dass der SAS zum ersten Mal in seiner Geschichte einen

Verräter in den eigenen Reihen gehabt hatte … einen Verräter, der von ihm selbst angeworben und gefördert worden war.

»Heilige Scheiße!«, sagte der Colonel zum zweiten Mal an diesem Morgen. Er nippte an seinem Kaffee und wartete nicht sonderlich begeistert auf den unvermeidlichen Anruf vom MI5, bei dem er gefragt werden würde, was er anhand der neuesten Entwicklung zu unternehmen gedenke.

In der Zwischenzeit waren an diesem Morgen im SAS-Hauptquartier in Hereford zwei, vielleicht sogar drei Anfragen von Journalisten eingegangen. Wie immer gab der SAS *nichts* bekannt und verwies alle Fragesteller direkt an das Verteidigungsministerium, dessen Pressestelle unverzüglich mitteilte, sie wisse, falls dies überhaupt möglich sei, sogar weniger als gar nichts.

Der Sicherheitskordon, der diese Sache umgab, war so dicht wie der Einschließungsring der IDF-Panzer in Hebron. Doch wenn eine Untersuchung so lange andauerte und immer mehr Menschen daran beteiligt wurden, war es nur eine Frage der Zeit, bis ein glaubwürdiger Informant das Interesse eines Reporters weckte oder, was noch wahrscheinlicher war, das eines renommierten Korrespondenten mit Whitehall-Kontakten.

In diesem Fall geschah es während einer Cocktailparty in der indischen Botschaft in London, einem großen, grauen Granitgebäude an der Südseite der Aldwych Street in der Nähe der Royal Court. Anton Zilber, der französischstämmige, groß gewachsene und langjährige Redakteur der Zeitschrift des Diplomatischen Corps, des *Court Circular*, plauderte mit einem leicht angetrunkenen Whitehall-Oberen, den er seit Jahren kannte.

»War viel los in dieser Woche, Colin?«

»Das kann man wohl sagen, Anton. Verdammt viel. Diese bescheuerten Eliteeinheiten haben einen ihrer befehlshabenden Offiziere verschlampt. Ziemlich nachlässig von denen, was?«

Anton hatte es nicht auf sensationelle Neuigkeiten abgesehen. Der *Court Circular* verzeichnete akribisch alle diplomatischen Ereignisse in der Stadt – wer auf welcher Party war, samt Fotos und Bildunterschriften. Beförderungen wurden bekannt gegeben und die Verabschiedung abberufener Botschafter, man berichtete von allen Neuankömmlingen in London. In gewissem Sinn war die Zeitschrift das Klatschblatt für das Diplomatische Corps. Sogar der Name des Blatts suggerierte die einstige Erhabenheit und Größe des Hofs von St. James, den alle in London ansässigen Botschafter als offiziellen Titel führten. Jeder unter ihnen war nämlich nicht nur Botschafter in London, England, sondern auch Botschafter am Hof von St. James.

Nicht mal der leiseste Hauch von Skandal wurde im *Court Circular* verbreitet, keine Story erschien, die irgendjemandem hätte peinlich werden können. Anton Zilber wurde ansprechend bezahlt und kam in den Genuss, exklusiv von den ausladenden Partys und Empfängen berichten zu dürfen. Und alle Botschaften in London schickten üblicherweise eine Ausgabe der Zeitschrift nach Hause, damit die landeseigenen Minister sahen, dass ihre Diplomaten sich nicht nur müßig die Zeit vertrieben.

Was niemand wusste: Anton Zilber betrieb ein kleines und sehr einträgliches Nebengeschäft. Er selbst ließ zwar nie eine heiße Geschichte abdrucken, aber er verfügte über umfangreiche, landesweite Kontakte zur Presse, vor allem zu den Gesellschafts- und Klatschkolumnisten, die offenbar ständig auf dem Trockenen saßen und es kaum erwarten konnten, von Anton zu hören, dass sich wieder einmal ein Mitglied der Königsfamilie oder der Regierung bei einem Botschaftsempfang daneben benommen hatte.

Mancher Kolumnist ließ sofort alles stehen und liegen, wenn er die von Anton Zilber gern verwendeten konspirativen Begrüßungsworte vernahm. »Hallo, Geoff. Lass meinen Namen aus dem Spiel, aber in der belgischen Botschaft hat sich gestern Abend mal wieder was ereignet, was dich vielleicht amüsieren könnte …«

Bei dreihundert Pfund pro Story war die ganze Sache ein profitables kleines Nebengeschäft.

»Ja«, antwortete er vorsichtig auf die joviale, unglaubliche Mitteilung des Mannes aus Whitehall über den verschwundenen SAS-Offizier. »Das klingt wirklich ein bisschen nachlässig. Ich nehme mal an, es handelt sich hier um niemanden, den wir kennen, oder?«

»Ich jedenfalls kenn ihn nicht, alter Junge«, gluckste der Whitehall-Angestellte. »Irgendein verfluchter SAS-Killer, wie es heißt. Nur ein Major, nichts Hohes. Aber das Ganze ist in Hebron passiert, bei diesen blutigen Ausschreitungen letztes Frühjahr. Eine Menge Leute machen da einigen Wirbel um die ganze Sache ... Sollen wir nicht ein weiteres Glas von diesem ausgezeichneten Champagner nehmen? Sagen Sie mir nichts gegen die Inder, die müssen immer auf den Putz hauen, was?«

Mehr brauchte es nicht. Am folgenden Morgen telefonierte Anton Zilber mit einem der renommiertesten Militärreporter des *Daily Telegraph*, einem ehemaligen Armeeangehörigen, der auf die Pressestelle des Verteidigungsministeriums getrost verzichten konnte.

Er rief seinen ältesten Freund im Verteidigungsministerium an, einen Brigadegeneral, der ihm im Lauf der Jahre bei mehreren schwierigen Geschichten unter die Arme gegriffen hatte. An diesem Tag aber war es anders. Er erhielt nicht die leiseste Andeutung. John Dwyer, selbst ein ehemaliger Colonel aus dem Gloucestershire-Regiment, schien während des zehnminütigen Gesprächs gegen eine Wand zu reden. Der Brigadegeneral behauptete, er wisse absolut nichts über einen verschwundenen SAS-Major.

Kurz bevor er auflegte, ließ er jedoch noch eine hilfreiche Bemerkung fallen. »Ich will dir eines sagen, Johnny. Du hast Hebron erwähnt, das Gefecht in der Jerusalemstraße. Ich hab gehört, dass wir dort ein paar Jungs verloren haben. Ich nehme an, sie waren vom SAS, aber das muss in den Aufzeichnungen des Public Records Office vermerkt sein. Schau da mal nach.« Der klassische Satz eines hohen Beamten, wenn er seinen eigenen Hintern decken wollte.

Nachdenklich legte John Dwyer den Hörer auf. »Wie zum Teufel soll ich das anstellen«, ging ihm durch den Kopf. »Ich hab doch noch nicht mal ihre verdammten Namen, und keiner will damit rausrücken.«

Er kam zu dem Schluss, dass die Story seine Fähigkeiten als journalistischer Spürhund überstieg. Aber er teilte seinem Chefredakteur die spärlichen Einzelheiten mit, die er besaß, und der Chefredakteur, der sich bei solch schmuddeligen Schnüffeleien ebenfalls überfordert fühlte, tippte seinen Nachrichtenredakteur an, einen bissigen Exkriminalreporter namens Tom Howard aus Liverpool, der bei der Polizei wohl besser aufgehoben gewesen wäre.

Tom setzte sechs Leute auf die Sache an. Zwei schickte er zum Public Records Office, wo sie die Sterbeurkunden aller Militärangehörigen von Mai bis Juni durchforsten sollten. Einen zum Archiv der Grafschaft Hereford zur Überprüfung aller dortigen Todesfälle und Beerdigungen. Einen nach Whitehall, der versuchen sollte, die Pressestelle so unter Druck zu setzen, dass sie im öffentlichen Interesse mit entsprechenden Informationen herausrückte. Außerdem einen weiteren nach Hereford, der sich in den Pubs, an Tankstellen und in Supermärkten herumtreiben sollte, um Gerüchte über kürzlich gefallene SAS-Männer aufzuschnappen.

Es gelang ihnen zwar nicht, die Story hieb- und stichfest zu machen, aber sie förderten so manche Einzelheiten zutage und bastelten eine halbwegs ausgegorene Geschichte daraus, die für all jene, die sich für diese Dinge interessierten, nichtsdestoweniger faszinierend war:

BRITISCHE SAS-SOLDATEN WAHRSCHEINLICH AN DEN AUSSCHREITUNGEN IN HEBRON BETEILIGT

Gerüchten zufolge soll eine SAS-Einheit zusammen mit den Israelischen Verteidigungsstreitkräften vergangenen Mai an den Ausschreitungen in der Jerusalemstraße in Hebron beteiligt gewesen sein. Das Verteidigungsministerium weigerte sich bislang, dies zu bestätigen.

Ein Pressesprecher des Ministeriums ließ verlautbaren: »Wir unterhalten seit Jahren enge Kontakte mit der israelischen Armee und leisten seit der Staatsgründung im Jahr 1948 Ausbildungshilfe. Das Verteidigungsministerium gibt jedoch keinerlei Einzelheiten zu SAS-Operationen bekannt. Leider kann ich Ihnen nicht mehr sagen.«

Dennoch bleibt vieles an diesem Gefecht rätselhaft. Zwei SAS-Unteroffiziere sollen im Verlauf der Kampfhandlungen in der Jerusalemstraße getötet worden sein. Es handelt sich hierbei um Sergeant Frederick O'Hara und Sergeant Charles Morgan. Beide waren in Hereford stationiert.

Ihr Tod ist jeweils offiziell im Militärarchiv verzeichnet, als Ort des Todes ist Hebron, Israel, angegeben, als Todestag der 14. Mai. Beide Männer wurden eingeäschert, die Armee jedoch schweigt sich darüber aus, wann und wo dies geschehen ist. Es wurde lediglich bestätigt, dass die Kremation in England stattgefunden hat.

Ein noch größeres Rätsel allerdings gibt der nicht namentlich genannte befehlshabende SAS-Offizier während dieses Konflikts auf, bei dem hundert Menschen ums Leben gekommen sind.

Alle in diesem Gebiet stationierten SAS-Angehörigen sind zurückbeordert worden, aus den Aufzeichnungen aber geht hervor, dass sie dabei nicht von einem hochrangigen Offizier begleitet wurden. Ein Whitehall-Sprecher wollte weder bestätigen noch dementieren, dass es sich bei dem fraglichen Offizier um Major Raymond Kerman handelt oder dass er offiziell als vermisst gemeldet wurde.

Verschiedenen Quellen in Hereford mit engem Kontakt zur SAS-Kaserne zufolge aber ist er nicht aus dem Heiligen Land zurückgekehrt.

Vom Militärattaché an der israelischen Botschaft in London war lediglich zu hören: »Wir werden gelegentlich darum gebeten, Informationen über vermisste Militärangehörige im Nahen Osten zur Verfügung zu stellen. Über einen Major Kerman allerdings ist mir nichts bekannt.«

Vier Tage später, im Zuge des *Telegraph*-Artikels, knackte ein Team von *Daily-Mail*-Reportern die Geschichte. Die Schlagzeile lautete:

> RÄTSEL UM DEN VERMISSTEN SAS-MAJOR
> Nordlondoner Großreeder bezichtigt das
> Verteidigungsministerium der Lüge

Es folgte ein ausführliches Interview mit dem »am Boden zerstörten« Richard Kerman und seiner Frau Naz. Ohne große Bedenken lieferte Major Kermans Vater einen Abriss über alle Ermittlungen, die von den Befehlshabern im Regiment seines Sohnes und dem Ministerium in die Wege geleitet worden waren.

»Unser Sohn wird vermisst«, sagte er. »Wir haben seit Februar, als er England verlassen hat, nichts mehr von ihm gehört. Natürlich war es eine Geheimmission. Dass er sich in Israel aufgehalten hat, haben wir aber erst im August erfahren – drei Monate nach seinem Verschwinden.«

Mr. Kerman wies darauf hin, dass es seiner Frau »das Herz brach«. Es war ganz offensichtlich, dass man selbst ihnen kaum etwas über den Vorfall mitgeteilt hatte. »Wir wissen nicht, ob Ray noch lebt oder bereits tot ist«, sagte er. »Für uns Eltern ist das eine fürchterliche Situation. Im Moment können wir nichts anderes tun, als auf Neuigkeiten von unserem Sohn zu warten.«

In dieser Hinsicht waren Mr. und Mrs. Kerman nicht die einzigen. Der britische Militärgeheimdienst glaubte nicht an seinen Tod, und natürlich waren die Geheimdienstler brennend an seinem momentanen Aufenthaltsort interessiert. Wenn auch aus völlig unterschiedlichen Gründen.

Major Ray Kerman wusste viel zu viel über die britischen Eliteeinheiten im Heiligen Land – jedenfalls genügend, um für einen öffentlichen Aufschrei zu sorgen, falls die Wahrheit ans Licht kommen sollte. Außerdem stellte er für jede fremde Regierung oder sogar Dissidentengruppe einen unschätzbaren militärischen Wert dar.

Major Kerman war ein ausgewiesener Nahkampfexperte, ein Spezialist auf allen Gebieten der Kriegführung, ein Mann, der aus jedem zusammengewürfelten Haufen eine schlagkräftige antiwestliche Kampftruppe machen konnte. Ray Kerman, Harrow-Absolvent, der Star seines Jahrgangs in Sandhurst? Das war das eine. Ravi Rashud, ehemaliger Koranleser, der irgendwo in der Jerusalemstraße in Hebron verschwunden war? Das war etwas ganz anderes. Das bereits von Amts wegen argwöhnische Verteidigungsministerium war sich des Problems nur allzu bewusst.

Niemand in Whitehall oder in Hereford kommentierte die Zeitungsartikel, dennoch verbreitete sich deren Inhalt ziemlich schnell. Bereits zwei Stunden nach Erscheinen war ein Artikel über das *Rätsel um den vermissten SAS-Major* im Internet zu lesen.

Kurz nach 2200 (Ostküstenzeit) leitete das Nahost-Referat der CIA in Langley, Virginia, die *Daily-Mail*-Story elektronisch an den Offizier vom Dienst der Military Intelligence Division der National Security Agency in Fort Meade, Maryland, weiter.

Die Geschwindigkeit, mit der die CIA auf die Sache reagierte, war äußerst entlarvend. Alle westlichen Geheimdienste und ihre nahe stehenden Verbündeten, die Eliteeinheiten und Spezialagenten, reagierten gewöhnlich mit höchstem Entsetzen, wenn einer aus den eigenen Reihen desertierte. Die CIA hatte die Situation bereits seit mehreren Wochen verfolgt.

Dieser neue, von der britischen Presse aufgedeckte Sachverhalt über die islamische Vergangenheit des verschwundenen Offiziers veränderte die Situation jedoch grundlegend. Der mitternächtliche elektronische Datenaustausch zwischen Langley und Fort Meade war das klare Signal der CIA, dass sich der weltgrößte, geheimste und mächtigste Abhördienst an die Arbeit machen sollte.

Die National Security Agency beschäftigte fast 39 000 Mitarbeiter. Sie war weit eher eine Stadt für sich als eine Regierungsbehörde, ein riesiger Komplex moderner Glasbauten, die hinter rasiermesserscharfen Stacheldrahtzäunen im Sonnenlicht schimmern, bewacht von Hundertschaften bewaffneter Polizisten und sprengstoffschnüffelnden Hunden. Verglichen mit Crypto City, wie die NSA auch genannt wurde, war Pekings alte Verbotene Stadt ein einladend geöffnetes Domizil.

Hinter den funkelnden schusssicheren Wänden standen Heerscharen von Supercomputer. Sie wurden von außergewöhnlich begabten Informatikern bedient, die mit ihren Keyboards Zugriff auf Datenbanken hatten, die eine Quadrillion Operationen pro Sekunden ausführen konnten (eine Eins mit 24 Nullen dahinter). Hier dachte man nicht mehr in normalen Zeitbegriffen, hier dachte man in Femtosekunden (eine Billiardstelsekunde): militärisches Mikromanagement, das aus dem Ruder gelaufen war. Fort Meade saß im Zentrum eines gigantischen, weltumspannenden Abhörnetzes, war mit Satelliten verbunden und fing Nachrichten ab, lauschte, hörte alles und sagte nichts, zumindest nichts, was über seine Festungswälle hinausgedrungen wäre.

Spaßeshalber ließen die Mitarbeiter gelegentlich die Audiotapes der Telefongespräche ablaufen, die Osama Bin Laden aus seiner Höhle heraus über sein INMARSAT-Handy mit seiner Mutter geführt hatte. Die NSA bildet ihre Linguisten in 95 verschiedenen Sprachen aus, darunter auch, neben dem modernen Hocharabisch, in allen erdenklichen Dialekten des Arabischen einschließlich des irakischen, libyschen, syrischen, saudischen, jordanischen.

Die Übersetzung der Gespräche Bin Ladens war für die NSA nur eine Arbeit von Sekunden. Heutzutage war es nahezu unmöglich geworden, dass grenzüberschreitende Kommunikation von den elektronischen Lauschapparaten in Fort Meade, Maryland, nicht abgehört wurde – und das galt nicht nur für militärische Operationen.

Das riesige Gelände umfasste 130 Hektar, die von einem insgesamt fünfzig Kilometer langen Straßennetz durchzogen wurden. Mehr als 37000 Wagen waren in Crypto City zugelassen. Die behördeneigene Post stellte tagtäglich 70000 Sendungen zu. Das Jahresbudget belief sich auf einige Milliarden Dollar, wodurch die Behörde die größte städtische Kommune im Staat Maryland war. Allerdings war Crypto City bislang nie auf einer Landkarte aufgetaucht.

Die NSA mit ihren 700 bewaffneten Polizisten verfügte über eine Kommando-, Leit- und Kommunikationszentrale, die vierundzwanzig Stunden am Tag besetzt war. Im Fall einer Bedrohung von außen war vorgesehen, mit Maschinengewehren ausgestattete Notfallreaktionsteams sofort auf die »Gefechtsstationen« zu berufen, von denen aus alle Tore überwacht werden konnten. Ein Eindringling musste schon großes Glück haben, wenn er wirklich auf das Gelände gelangte, die Wahrscheinlichkeit aber, dass man ihn danach jemals wieder zu Gesicht bekam oder etwas von ihm hörte, war verschwindend gering.

Der NSA-Direktor stand rund um die Uhr unter bewaffnetem Personenschutz durch die so genannte Executive Protection Unit. Und oben im siebten Stock des OPS-2B-Gebäudes, hinter dicken Glasscheiben, die nur die Sicht nach draußen gestatteten, saß Rear Admiral George Morris noch immer an seinem Schreibtisch, als der Offizier vom Dienst aus der Military Intelligence Division, Captain Scott Wade, fröhlich den beiden Polizisten vor der Tür zunickte, sacht anklopfte und dann, ohne auf eine Antwort zu warten, eintrat.

»'n Abend, Sir«, sagte er. »Bei uns ist soeben eine Nachricht aus Langley eingetroffen. Über den britischen SAS-Offizier, der in Israel verschwunden ist. Ich dachte mir, Sie möchten da vielleicht mal einen Blick draufwerfen.«

Die beiden Männer kannten sich sehr gut; der Admiral blickte von seinem Schreibtisch auf. »Hallo, Scotty«, sagte er. »Haben sie ihn wieder gefunden?«

»Nein, Sir. Sie haben ihn noch nicht gefunden. Und es gibt auch keine Lösegeldforderungen – diese Möglichkeit scheinen sie abgeschrieben zu haben.«

»Hm«, erwiderte Admiral Morris, während er mit großem

Interesse den *Daily-Mail*-Artikel las. »Klar finden Sie den nicht. Großer Gott! Der Kerl ist ein Moslem.«

»Na ja, zumindest früher war er einer, Sir. Aber die Sache mit dem Religionswechsel, ich trau diesem Mist nicht. Einmal Moslem, immer Moslem, das war schon immer meine Meinung.«

»So hat es der Prophet gewollt, nehme ich mal an«, sagte der Admiral lächelnd. »Ich würde Sie gern was fragen, Scotty. Sie haben sich fast Ihr ganzes Leben lang mit genau solchen Fällen beschäftigt. Ich gehe natürlich davon aus, dass wir Major Kerman verdächtigen, die Seiten gewechselt zu haben. Auch wenn die Briten das bislang nicht bestätigen wollen. Aber sind Ihnen irgendwelche Dinge, irgendwelche verdächtigen Umstände aufgefallen, die in den ellenlangen Berichten darauf hinweisen, dass Major Kerman zu einer fundamentalistischen Islamgruppe desertiert ist?«

»Nein, eigentlich nicht, Sir. Aber das hat auch keiner behauptet. Zumindest weiß man es nicht. Das ist alles noch reine Spekulation.«

»Ja, ich weiß. Aber wenn man sich ansieht, wie diese große Londoner Zeitung sich dieses Themas annimmt. Wir haben die Story auf der Titelseite, drinnen füllen sie damit gleich eine ganze Doppelseite, große Schlagzeilen, Fotos von Ray Kerman an der Privatschule in Harrow, Fotos seiner Eltern, Fotos von diesem iranischen Wüstenloch, in dem er geboren wurde … Mein Gott, die müssen mindestens fünf Leute darauf angesetzt haben. Ich will Ihnen was sagen, Scotty. Irgendjemand in England meint, dass das Ganze wirklich wichtig ist. Nicht von den Zeitungen, nein, nein, die verbreiten lediglich ihre Vermutungen und hoffen, dass was dran ist. Aber jemand in Whitehall hat sie alarmiert, hat sie wissen lassen, dass das Verteidigungsministerium darüber sehr besorgt ist. Schauen Sie sich nur diesen Artikel an. Darin wird ziemlich unverhohlen angedeutet, dass dieser Kerman zwei seiner Leute, SAS-Unteroffiziere, erschossen hat. Profis. Das macht ihn tatsächlich äußerst gefährlich.«

»Da stimme ich Ihnen zu, Sir. Ich frag mich nur, welche Gruppe ihn rekrutiert haben könnte. Immerhin lässt die Story darauf schließen, dass er der zukünftige Befehlshaber des gesamten SAS hätte werden können. Er hatte einen ausgezeichneten Ruf, keinerlei Geldsorgen. Sein Daddy hätte ihm doch ein gutes Dutzend seetüchtiger Frachter vermacht, wenn er aus der Armee ausgestiegen wäre.«

»Die Leute machen eben manchmal einfach verrückte Sachen, Scotty«, sagte der Admiral nachdenklich. »Verdammt verrückte Sachen.«

Bei George Morris trog der Schein: Er gab sich als ein großer Mann mit schwermütigem Gebaren, der in seinen Reaktionen bewusst langsam wirkte, bewusst bedächtig in seinen Gedanken, aber unumstößlich, wenn es darum ging, an einem einmal gefassten Urteil festzuhalten – und immer leicht amüsiert darüber, dass er offensichtlich den Eindruck zu vermitteln wusste, er sei ein bisschen begriffsstutzig.

Admiral George Morris war in Wirklichkeit äußerst scharfsinnig; als ehemaliger Kommandant des Flugzeugträgerverbands der gewaltigen *John C. Stennis* hatte er seine aus zwölf Kriegsschiffen, 84 Jagdbombern und Tausenden von Männern bestehende Flotte mit ruhiger Hand geführt, was in der gesamten U.S. Navy bewundert worden war. Außerdem erhielt niemand den Oberbefehl über einen Trägerverband, wenn er nicht über eine nahezu geniale Intelligenz verfügte.

Nach seiner aktiven Zeit auf See war er schließlich vom Big Man persönlich ausgewählt worden, um in die National Security Agency einzutreten. Dann, im Jahr zuvor, hatte Vice-Admiral Arnold Morgan verkündet, dass George Morris ihm als Direktor nachfolgen werde, wenn er, Arnold, als Nationaler Sicherheitsberater ins Weiße Haus einziehe.

Die meisten neuen Nationalen Sicherheitsberater sprachen dem Präsidenten gegenüber *Empfehlungen* aus. Arnold Morgan gab keine Empfehlungen, er befahl. Und wenn er seine Befehle erteilte, sprangen die Leute. Manchmal auf allen fünf Kontinenten gleichzeitig.

Inzwischen saß Admiral Morris in Fort Meade bequem im Sessel des Big Man, und jeder wusste, dass er da bleiben würde, so lange wie er es wollte. Außer natürlich, wenn der Big Man aus dem Weißen Haus zu Besuch kam, hereinmarschierte und sich automatisch hinter seinem alten Schreibtisch niederließ. Es war, als glaubte Arnold, er hätte zwei Jobs im Bereich der nationalen Sicherheit – und nicht nur den einen an der Seite des Präsidenten.

»Scotty«, sagte Admiral Morris. »Das ist ein verdammt interessanter Artikel. Voller Fakten. Manche davon stimmen vielleicht sogar.«

»Ja, Sir, das denke ich mir auch.«

»Aber ich meine, allein das, was an dem Artikel stimmen könnte, würde schon ausreichen, um ein ganz einfaches Worst-Case-Szenario zu entwickeln.«

»Sir?«

»Ich glaube, wir haben dort draußen einen gottverdammten Irren rumlaufen. Einen, der nicht auf unserer Seite steht. Dieser Dreckskerl von Kerman ist uns über die Mauer gesprungen. Daran besteht für mich kein Zweifel.«

»Äh, meiner Ansicht nach ist er um die Mauer gegangen, Admiral.«

Big George hielt inne und lächelte. »Ganz genau, Scotty«, sagte er schließlich. »Um die verdammte Mauer, mitten in Hebron. Bislang liegt das alles aber lediglich im Bereich des Möglichen, was nicht sehr erfreulich ist. Aber meiner Meinung nach ist er fort, und das heißt, dass wir tätig werden müssen. Nur für den Fall, dass es der Wahrheit entspricht. – Scotty, kümmern Sie sich doch darum, dass uns jemand Kaffee bringt. Ich muss nachdenken, und das geht besser, wenn ich wach bin … und wenn ich jemanden habe, mit dem ich reden kann. Wie lange dauert Ihre Schicht?«

»Ich bin bis 0400 hier, Sir«, sagte Captain Wade und schritt zur Tür.

»Das ist gut. Bis dahin kommen wir zu einer schönen, vernünftigen Entscheidung. In aller Ruhe und Gelassenheit.«

Zehn Minuten später, mitten in der Nacht, nippten die beiden Männer in der Stille des OPS-2B an ihrem schwarzen Kaffee und erörterten eingehend das Problem, das Whitehall bislang noch nicht anzusprechen gewagt hatte.

»Wenn dieser Kerl abgehauen ist«, begann der Admiral gedehnt, »was ist dann das Schlimmste, was er, aus unserer Sicht, anstellen kann?«

»Er könnte eine Gruppe arabischer Terroristen ausbilden, die daraufhin mit derselben Effizienz gegen die Israelis losschlagen, wie das sonst der SAS gegen seine Gegner tut.«

»Richtig. Das *könnte* er tun. Aber ich nehme an, als Erstes müssen wir uns fragen, für *wen?*«

»Ich würde sagen, Sir, dass wir dann mit ziemlicher Sicherheit auf die Hamas stoßen, die alte islamische Widerstandsbewegung. Selbst jetzt noch stellt sie die wichtigste fundamentalistische Polit-Bewegung der Palästinenser dar. Und jedes Mal, wenn in Israel eine Terroristenfahndung in die Wege geleitet wird, führt das immer zur Hamas.«

»Helfen Sie mir auf die Sprünge, Scotty. Wer steht da gerade an der Spitze?«

»Das lässt sich nur schwer sagen. Wichtigster Anführer war der alte Scheich Ahmed Yassin, den die Israelis aber vor zehn Jahren in den Knast gesteckt haben. Seitdem haben sie sich sehr damit hervorgetan, palästinensische Schulen und Krankenhäuser zu bauen, aber hin und wieder wagen sie sich aus der Deckung und ziehen eine ganz teuflische Sache ab. Meine Abteilung geht davon aus, dass die Hamas, nachdem die einzelnen Friedensinitiativen im Sand verlaufen sind, eine immer größere Rolle spielt und der PLO den Rang ablaufen will. In den letzten Jahren ist nahezu jeder größere Knall in der Jerusalemer Innenstadt oder in Tel Aviv auf das Konto der Hamas gegangen.«

»Wer finanziert sie?«

»Weiß nicht, Sir. Die scheinen verdammt geschickt darin zu sein, sich selbst zu finanzieren … Und meiner Meinung nach ist das auch ganz gut so … Die Hamas hat es auf die vollständige Befreiung Palästinas mitsamt des gesamten israelischen Staatsgebiets abgesehen, worauf die Schaffung eines islamischen Staates folgen würde.«

Admiral Morris dachte fast eine Minute lang nach, bevor er bedächtig sagte: »Wenn dieser Major in Hebron um die Mauer gehüpft ist, muss seine Handlung bis zu einem gewissen Grad aus einem Impuls heraus erfolgt sein. Die Palästinenser haben die Unruhen nämlich nicht von vornherein geplant oder irgendwie inszeniert. Es waren die Israelis, die angegriffen haben. Die Araber haben sich nur mehr oder weniger verteidigt.«

»Da haben Sie Recht, Sir. Die Militärunterlagen aber sprechen hier eine ganz deutliche Sprache. Nachdem die Kämpfe ausgebrochen sind, haben sich die Palästinenser sehr schnell organisiert. Sie hatten Handgranaten und haben Raketenwerfer und mehrere Maschinengewehre in Stellung gebracht. Das trägt die Handschrift der Hamas, glauben Sie mir. Das hätte sonst niemand auf diese Weise durchziehen können.«

»Die Hamas verfügt in Hebron über eine gewisse Stärke?«

»Zum Teufel, ja, Admiral. Die haben die gesamte Negevwüste unter ihrer Kontrolle, jede Stadt von Beersheba bis Bethlehem und Jerusalem. Das ganze Gebiet strotzt nur so vor Hamas-Waffenlagern. Allein im Gazastreifen ist es noch schlimmer. Ich kann Ihnen sagen, die alten Hebräer haben dort unten alle Hände voll zu tun.«

»Also, Scotty, es ist nun mehrere Monate her, dass Major Kerman sich in die Wüste abgesetzt hat. Ist in der Zwischenzeit irgendetwas geschehen, was darauf schließen lässt, dass die Hamas mittlerweile über eine fronterfahrene Führung verfügt?«

»Ich glaube nicht, Sir. Nur die üblichen Bombenanschläge. Nichts, was ungewöhnlich wäre.«

»Also, ich will Ihnen was sagen. Jemand versorgt diese Jungs massiv mit Geld. Könnten Sie das nicht mal kurz überprüfen, um herauszubekommen, ob in israelischen Städten in letzter Zeit größere Einbrüche stattgefunden haben? Auch wenn die Hamas dahingehend nicht verdächtigt wird, versuchen es solche Terrorgruppen ja häufig mit ganz gewöhnlicher Kriminalität, um sich zu finanzieren. Und die SAS-Typen sind wahrscheinlich die besten Einbrecher der Welt.«

»Sir, das muss ich in der Security Ops nachprüfen lassen. Dort haben sie einen ziemlich fähigen jungen Kerl aus der Navy, Jimmy Ramshawe mit Namen. Er ist noch neu, aber er hat heute Nacht Dienst. Ich werde ihn mal anklingeln. Wie Sie wissen, wird in den israelischen Städten nur sehr selten eingebrochen, aber wenn da was passiert ist, wird Jimmy es herausfinden.«

»Gut. Wir sehen uns dann in einer halben Stunden wieder.«

»Jawohl, Sir.«

Eine Stunde später warteten die beiden Männer oben in der Stille des siebten Stocks noch immer auf Lieutenant Ramshawe. Schließlich klopfte die Wache draußen an die Tür, öffnete und sagte: »Lieutenant Ramshawe bittet Captain Wade, kurz mal in seinem Büro vorbeizuschauen.«

»Schätze, ich werde mir eine weitere Tasse Kaffee besorgen«, sagte der Admiral. »Damit ich nicht einschlafe, falls es noch einmal eine Stunde dauern sollte.«

»Es wird nicht lange dauern, Sir, höchstens eine Viertelstunde.«

Admiral Morris wusste alles über Lieutenant Ramshawe. Er hatte seinen Vater gekannt, einen Admiral aus New South Wales, der es zum Militärattaché in der australischen Botschaft an der Massachusetts Avenue gebracht hatte, gleich hier in Washington.

Sein Sohn Jimmy war zwar in Amerika geboren, aber sein gesamtes Leben lang von Aussies umgeben gewesen, was man auch seiner Aussprache noch ganz deutlich anhörte. Ansonsten aber hätte er kaum amerikanischer sein können. Er war in Connecticut zur Schule gegangen, war ein herausragender Baseball-Pitcher und hatte die Marineakademie in Annapolis besucht, um in die Fußstapfen des Vaters zu treten.

An der Akademie hatte er hervorragende Leistungen und erste Kostproben seiner Intelligenz geliefert sowie sein Talent für eine geradezu aberwitzige Detailbesessenheit unter Beweis gestellt. Er, ein großer, schlaksiger, athletischer Junge, besaß viele der Qualitäten, die zur Führung eines Kriegsschiffes notwendig waren. Er war hart, gerissen und verfolgte unerbittlich seine Ziele.

Es war sein Scharfsinn, der ihn vor den anderen auszeichnete, der ihn aber auch in gewisser Weise hemmte. Einer seiner Lehrer hatte einmal ausgerufen: »Ramshawe! Mein Gott, der endet noch als verrückter Kapitän Queeg und zählt noch die verdammten Erdbeeren, während um ihn herum die Welt untergeht!«

Die U.S. Navy allerdings verstand es meisterhaft, das Talent ihrer Leute in die richtigen Bahnen zu lenken. Es dauerte nicht lange, bis der rastlose und detailbesessene Ramshawe als der geborene Geheimdienstoffizier auserkoren wurde. Was unglücklicherweise so ziemlich das Letzte war, was sich Jimmy vorgestellt hatte.

»Mein Gott«, sagte er, »Sie meinen, all diese Plumpärsche in meiner Klasse werden auf Kriegsschiffe versetzt, während ich in diesem beschissenen Kreml-Verschnitt mitten in Maryland in irgendeinem Büro versauern soll? Bleiben Sie mir weg damit!«

Aber mit der Navy war nicht zu spaßen. Das Auswahlgremium setzte sich durch und bot dem Lieutenant eine nur selten vergebene dreijährige Dienstzeit in der National Security Agency an, verbunden mit dem hochheiligen Versprechen, dass seine Laufbahn überdacht und er zur See geschickt werde, falls er sich dort definitiv nicht einfügen könne.

Lieutenant Ramshawe, von seinem Vater dazu gedrängt, stimmte zu und meldete sich pflichtbewusst in Fort Meade, wo er augenblicklich durch seine Aufmerksamkeit und seine Fähigkeit, sich schnell in mehrere unterschiedliche Aufgabenbereiche einzuarbeiten, großen Eindruck machte. Er war erst seit einigen Wochen im Security Ops Center, aber Offiziere wie Captain Wade kannten ihn bereits gut und wussten um sein Talent, auch wahrhaft obskure Informationen auszugraben und ihnen einen Sinn zu verleihen.

Fünfzehn Minuten später kehrte Captain Wade ins Büro des Direktors zurück. Es war mittlerweile weit nach Mitternacht, und zu seiner Überraschung meinte Admiral Morris den Anflug von Aufregung in Wades Stimme wahrzunehmen.

»Ramshawe hat da eine heiße Spur«, sagte er. »Im Moment bekommt man noch nicht mal die Tür zu seinem Büro auf, weil er von ungefähr vier Tonnen Papier umgeben ist. Aber er hat zwei Banküberfälle in Israel aufgetan, die völlig unterschiedlich ausgeführt wurden, zu völlig unterschiedlichen Zeitpunkten stattgefunden haben, in zwei verschiedenen Städten, unter jeweils anderen Umständen, mit unterschiedlichen Einbruchsmethoden. Trotzdem haben sie etwas gemeinsam, sagt er. Er will in den nächsten zehn Minuten kommen, um das Ganze zu erklären.«

Admiral Morris lächelte versonnen und nickte. »Ich nehme an, er sieht was, was uns entgangen ist, oder, Scotty? Ich bin schon gespannt. Haben Sie ihm eigentlich gesagt, wonach wir suchen?«

»Nein, Sir. Das macht die Sache ja so interessant, oder?«

»Da haben Sie Recht. Sagen Sie ihm, er soll sich beeilen.«

Wie gerufen, öffnete in diesem Moment die Wache die Tür und wies Lieutenant Ramshawe in den Raum.

»Guten Tag, Admiral«, sagte er und wuchtete einen Haufen Karten und Papiere auf den großen Tisch.

George Morris gluckste. »Hallo, Lieutenant. Werden Sie hier so hart rangenommen, dass Sie nicht mal mehr zwischen Tag und Nacht unterscheiden können?«

»Wenn ich ehrlich sein will, ja«, sagte Ramshawe. »Aber ich kann doch nicht rumlaufen und Sie mit ›Gute Nacht, Admiral‹ begrüßen.«

»Und wie wär's mit ›Einen recht schönen Guten Abend wünsche ich allerseits‹?«

»Nein, dann würde ich ja wie eine verfluchte Schwuchtel klingen.«

Alle drei lachten über Ramshawes australische Unverblümtheit. George Morris empfand es als äußerst erfrischend, dass der Aussie kein Blatt vor den Mund nahm und die *Political Correctness* in den Wind schrieb, um den berühmten Ausspruch von Arnold Morgan zu gebrauchen.

»Okay, Sir. Ich nehme an, Scotty hat Ihnen bereits mitgeteilt, dass ich auf zwei Banküberfälle gestoßen bin, die sich in der letzten Woche des vergangenen Jahres in Israel ereignet haben. Ich werde sie der Reihe nach darlegen, auf diese Weise erkennen Sie die Gemeinsamkeiten, sobald ich auf den zweiten Fall zu sprechen komme.«

Admiral Morris nickte zustimmend, während Ramshawe vor ihm einen Stadtplan von Jerusalem ausbreitete. Mit rotem Stift hatte er ein Gebiet an der Jaffastraße markiert, knapp einen Kilometer nordöstlich vom Alten Stadttor. »Genau hier, Admiral, in diesem Hochhaus, befindet sich die größte US-Bank in Israel, die New York and Beirut Savings. Sie fungiert als Clearingstelle für Dollar-Devisen. Ich bin mir nicht ganz sicher, wie es genau abläuft, aber jeden Tag kommen durch Touristen Abermillionen US-Dollar ins Land, und irgendwie finden die alle ihren Weg zur New York and Beirut. Ich gehe davon aus, dass dieser gewaltige Dollarbetrag elektronisch an die Bankzentrale in Manhattan überwiesen wird. Und daraufhin werden die alten Banknoten systematisch vernichtet. Jedenfalls kommt es mehrmals im Monat vor, dass an der Jaffastraße ein verdammt hoher Barbetrag herumliegt.«

Schweigend lauschten Captain Wade und der Admiral dem Lieutenant, der nun den Banküberfall beschrieb.

»Okay, es ist Weihnachten, ein Samstag, der christliche Feiertag wird von den meisten eingehalten, wenn auch nicht von allen. Selbst im Heiligen Land, in dem Christus nur als Prophet gilt, hat in der Jaffastraße jedenfalls kein einziges Geschäft geöffnet, obwohl es andernorts selbst am Sabbat durchaus Ausnahmen gibt.

Um etwa 1530 kommt es zu einem Verkehrsunfall, durch den, es ist kaum zu glauben, Unruhen ausbrechen, die schnell eskalieren. Ehe man sich's versieht, sind zwanzig Polizeiwagen zur Stelle, und die IDF schreiten ein, um die Krawalle zu beenden. Wir sprechen hier von Molotowcocktails und was weiß ich noch alles.

Um achtzehn Uhr ist alles vorbei. Aber erst am Montagmorgen wird entdeckt, dass im Lauf des Wochenendes eine Bande die Bank überfallen und sich mit den meist alten, unmarkierten Dollarscheinen aus dem Staub gemacht hat. Heilige Scheiße! Umfangreiche Ermittlungen werden in die Wege geleitet. Und das Ergebnis sieht folgendermaßen aus.«

Ramshawe las seine handschriftlich verfassten Notizen vor:

1. *Die Einbrecher stiegen über das Dach ein, nachdem sie die Schlösser der Feuertreppe abgesprengt hatten.*
2. *Sie wussten, wo sich das Alarmsystem befand, das sie mit einem Feuerstoß aus einer MP 5 ausschalteten. Setzten das Drecksding einfach außer Betrieb.*
3. *Sie wussten, wo der Tresorraum lag, keinerlei Spuren deuteten nämlich darauf hin, dass sie das Gebäude durchsucht hätten. Sie lokalisierten das Überwachungssystem, das über keine zeitgesteuerte Überbrückung verfügte, machten es unbrauchbar, sprengten den Tresor auf und nahmen sich die ganze Kohle. Fazit: ein Insider-Job.*
4. *Sie müssen das Gebäude über das Dach verlassen haben, da keine der Türen und Fenster unten geöffnet wurden. Das trifft auf alle Türen oder Fenster im gesamten Gebäude zu.*
5. *Mehrere Passanten bemerkten einen großen Hubschrauber, vermutlich einen Sikorsky, vermutlich ohne Kennzeichnung, der während der Unruhen vom Dach abhob, und jeder nahm an, dass das etwas mit den Ausschreitungen zu tun hatte. Aber dem war nicht so. Es hat fünf Tage gedauert, bis das jemandem auffiel.*

»Sie stimmen mir sicherlich zu, dass das Ganze brillant geplant war und eindeutig eine militärische Handschrift trägt.«

»Woher haben Sie das ganze Zeug, Lieutenant?«, fragte Admiral Morris.

»Na ja, einiges davon erschien in der israelischen Presse. Viele Details aber habe ich von einem Typen des Shin Bet erhalten. Zwischen uns besteht wirklich ein vorzügliches Geben und Nehmen. Aber Sie sollten wissen, Admiral, dass die Geschichte nie an die große Glocke gehängt wurde. Wahrscheinlich lag es daran, dass die Bank nie bekannt gegeben hat, wie viel Geld gestohlen wurde. Sie haben es heruntergespielt, weil die Scheine ja eigentlich zerstört werden sollten. Für die Bank waren sie also nicht von großem Wert. Aber, verfluchte Scheiße, wenn einer vorhat, richtig viel Geld auszugeben, dem kamen die Scheinchen natürlich gerade recht.«

»Mit Sicherheit«, sagte der Admiral nachdenklich. »Also, wie viel ist nun gestohlen worden?«

»Das weiß man nicht genau. Die Polizei hat verlauten lassen, es handle sich um eine sechsstellige Summe. Was sich für einen Banküberfall nicht viel anhört. Unser Mann beim Shin Bet meint allerdings, es könnte sich um fünfzig Millionen Dollar handeln, in alten Scheinen.«

»Großer Gott«, sagte Captain Wade.

»Wie auch immer, die Geschichte erschien am Dienstag, dem 28. Dezember, in der *Jerusalem Post*, ein kleiner Artikel im Innenteil, sechs Absätze lang, ohne Foto der Bank, ohne Hinweis auf die fünfzig Millionen oder den Hubschrauber. Bedeutsam erschien mir auch, das die propalästinensische *Jerusalem Times* die Geschichte überhaupt nicht brachte ... Und damit kommen wir zum zweiten Banküberfall, der in Tel Aviv stattgefunden hat, sechzig Kilometer entfernt im Sorektal.«

Lieutenant Ramshawe drehte die vor dem Admiral liegende Karte um und zeigte auf einen Punkt im wuchernden Großstadtgebilde von Tel Aviv/Jaffa, auf die Gegend um die König-Saul- und Weizmann-Straße, wo auf dem sandigen Boden der Stadt die erstaunlichsten Bauten in die Höhe ragten.

»Genau hier, Sir, befindet sich in einem großen Gebäude die New York and Beirut Bank. Es handelt sich hier um die Hauptniederlassung an der Küste, sie ist größer als die in Jerusalem, und hier kommen auch die Dollar zusammen, bevor sie in die Jaffastraße transportiert werden. Also, Sir, laut Polizei fand der Einbruch am Samstagabend, dem 25. Dezember, statt – nur wenige Stunden nach dem Überfall auf die Bank in Jerusalem. Der Einbruch wurde am Sonntag von der Putzkolonne entdeckt, die am Weihnachtstag nicht arbeitete. Auch diese Geschichte wurde heruntergespielt und erschien am Montagmorgen in der *Jerusalem Post*, also *einen* Tag vor der Veröffentlichung des Einbruchs in Jerusalem. Ich habe mir weitere Notizen gemacht. Sie sind noch handschriftlich, aber ich werde sie Ihnen als Ausdruck zukommen lassen.« Er las vor:

1. *Diese Operation hatte eine sehr viel längere Vorlaufzeit. Die Einbrecher mieteten vier Monate vorher ein kleineres Gebäude nebenan und gruben einen Tunnel in das leer stehende untere Kellergeschoss der Bank. Sie mussten dabei sogar einige Stahlträger durchtrennen, um reinzukommen.*
2. *Mithilfe von Leitern und einem Gerüst brachen sie durch die Decke, nach Auskunft der Polizei verwendeten sie dabei Bohrer und Vorschlaghämmer.*
3. *In der Bank begaben sie sich direkt zur elektronischen Überwachungsanlage und setzten sie mit einem einzigen Schuss aus einer MP 5 außer Betrieb – sie feuerten dabei in die seitliche Abdeckung, sodass das Einschussloch kaum zu bemerken war. Diese Anlage allerdings war mit einer zeitgesteuerten Überbrückung ausgestattet, wodurch sie genau eine Stunde Zeit hatten, bevor der Alarm ausgelöst werden würde. Diese Stunde genügte ihnen völlig.*
4. *Sie drangen in den Tresorraum vor, der in allen Teilen baugleich war mit jenem in Jerusalem, und sprengten die Gittertür und den Tresor auf. Dabei brauchten sie nur eine minimale Sprengstoffmenge, jedenfalls sehr viel weniger als in Jerusalem.*

5. *Dann schlossen sie den Tresor und die Gittertür zum Tresorraum, warfen die Taschen mit den Dollarscheinen durch das Loch im Boden, legten eine dünne Sperrholzplatte, etwa eins zwanzig auf eins zwanzig, darüber und schafften es irgendwie, den Teppich wieder darauf zu platzieren. Dann verschwanden sie durch den Tunnel.*
6. *Die Leute vom Sicherheitsdienst wurden alarmiert, und als sie nachsehen kamen, warum die Überwachungsanlage nicht mehr funktionierte, entging ihnen glatt, dass eingebrochen worden war. Sie riefen nur die Elektriker, die das System reparieren sollten. Erst als einen Tag später, am Sonntagnachmittag, irgendein armer Teufel mit seinem Putzeimer und Mopp auf den Teppich trat, dämmerte ihnen, was da verdammt noch mal abgelaufen war.*

»Wie viele von den Sicherheitsleuten haben ihren Job behalten?«, fragte Admiral Morris.

»Keiner, nehme ich an«, sagte Lieutenant Ramshawe. »Jedenfalls haben wir hier zwei hochprofessionelle Einbrüche, die in sehr sicheren, modernen Gebäuden stattgefunden haben. In beiden Fällen lagen sicherlich Insiderinformationen über den Grundriss sowie die Lage der Überwachungsanlagen und des Tresorraums vor. Einer wurde inmitten von inszenierten Ausschreitungen abgezogen und endete mit einer spektakulären Flucht vom Dach mittels eines Hubschraubers. Der andere musste mehrere Monate lang vorbereitet und dann still und heimlich, unter Einsatz schwerer Gerätschaften, mitten in der Nacht ausgeführt worden sein. Dieser zweite war, was die benötigte Zeit und die benötige Sprengstoffmenge anbelangte, sicherlich um einiges effizienter als der erste. Meiner Meinung nach waren hier eine Menge Leute am Werk, aber es hat sich um dieselben Typen gehandelt, es wurde das gleiche Kaliber verwendet, der gleiche Sprengstoff, man hat sich die gleiche Bank ausgesucht und hatte das gleiche Ziel – alte US-Dollarnoten. Und er fand am selben Wochenende statt.«

Admiral Morris sah von seinem Notizblock auf. »Eine Frage, Lieutenant«, sagte er. »In Tel Aviv wurde die schwere Tresortür einfach wieder zugeschoben, das kann ich nachvollziehen. Aber wieso bemerkten die Sicherheitsleute nicht, dass die *Gittertür* aufgesprengt worden war?«

»Sir, laut Polizei haben sie einen Hochleistungselektrobohrer verwendet, um das Blankstahlschloss aufzubohren. Sie haben eine Sprengladung eingeführt und den Schlossmechanismus aufgesprengt, dabei aber den schmiedeeisernen Türrahmen kaum beschädigt. Nachdem sie sich die Kohle geschnappt hatten, haben sie die Tür einfach angelehnt, damit sie geschlossen aussah, was sie aber eben nicht war. Die Polizei nimmt an, dass hier ein echter Profi zugange war.«

Zum ersten Mal meldete sich nun Captain Scott Wade zu Wort. »Ich werden Ihnen jetzt mal was ganz Kluges sagen«, begann er. »Die Räuber haben ganz richtig angenommen, dass der Einbruch in Jerusalem bis zum Montagmorgen unentdeckt bleibt, da es kein zeitgesteuertes Überwachungssystem gab, das automatisch Alarm ausgelöst hätte, wenn es deaktiviert wurde. Bei dem Einbruch in Tel Aviv aber waren sie sich ziemlich sicher, dass er irgendwann im Lauf des Wochenendes entdeckt wird. Und damit fanden die Einbrüche für die Zeitungen an unterschiedlichen Tagen statt. Kein Reporter ist auf die Idee gekommen, die beiden Vorfälle am Wochenende miteinander in Verbindung zu bringen.«

»Ziemlich gerissen«, sagte der Admiral. »Aber noch viel gerissener war es wahrscheinlich, fest damit rechnen zu können, dass die New York and Beirut Bank die Summe der gestohlenen alten Dollarscheine niemals veröffentlichen würde.«

»Und das bedeutet Folgendes«, sagte Lieutenant Ramshawe und strich sich das dichte dunkle Haar aus der Stirn. »Wir haben es hier mit einem der größten Banküberfälle der Geschichte zu tun. Es geht vermutlich um hundert Millionen Dollar. Die mit unglaublicher Präzision geklaut wurden. Zudem haben die Dreckskerle die Sache beinahe völlig unbemerkt abgezogen, und keiner hat auch nur den geringsten

Anhaltspunkt, wer dahinter steckt. Meine Fresse, das nenn ich eine Operation!«

Admiral Morris stand auf und schritt zum Lieutenant. »Danke, Jimmy«, sagte er. »Das war hervorragende Arbeit. Jetzt ist es aber an der Zeit, dass ich nach Hause in mein Bett komme.«

Er begleitete den Lieutenant zur Tür und wandte sich dann an Captain Wade.

»Nun, Scotty«, sagte er. »Ich glaube, wir sind soeben Mr. Raymond Kerman auf die Spur gekommen, der sein Betätigungsfeld gewechselt hat, meinen Sie nicht auch?«

»Sieht ganz danach aus. Diese Einbrüche sind nie und nimmer von simplen Freiheitskämpfern ausgeführt worden. Sie tragen die klassischen Merkmale von Spezialeinheiten ... Sie wissen schon, Sir ... wochenlange Planungsphase, absolute Geheimhaltung davor und danach, perfekte Ausführung, keine Fehler, keine unangenehmen Überraschungen. Sogar die Krawalle, mitten in der Jaffastraße, die vom eigentlichen Geschehen ablenken sollten.«

»Genau. Das geht nicht auf das Konto irgendeines arabischen Haufens. Hinter diesen Einbrüchen steckt ein kluger Kopf, und sie wurden von einem wahren Profi in die Tat umgesetzt. Okay. Im Moment sollten wir uns noch bedeckt halten. Versuchen Sie in der Zwischenzeit Einzelheiten über Major Kermans militärische Laufbahn herauszufinden. Wir werden uns morgen darüber unterhalten. Bislang ist es wohl besser, wenn wir uns etwas im Hintergrund halten. Das heißt, die Sache bleibt unter uns.«

»In Ordnung, Sir. Ich fang sofort damit an. In London dürfte es fast 0800 sein.«

Am folgenden Morgen
Büro des NSA-Direktors, Fort Meade

Captain Wade stand vor dem Admiral, in der Hand einen Stapel Papier und zwei Landkarten. Die erste Karte zeigte die Republik Sierra Leone, gelegen an der Atlantikküste an der unteren Ecke der nördlichen Hälfte von Afrika. Im Norden und Osten davon Guinea, im Südwesten Liberia.

Sierra Leone war von der Fläche her sehr viel kleiner als der US-Bundesstaat South Carolina, erlebte aber weitaus gewalttätigere Revolutionen, von denen die jüngste auf das Konto der skrupellosen, blutrünstigen Milizen der Revolutionären Einheitsfront RUF ging, die sich gegen den amtierenden Präsidenten Kabbah erhoben hatten.

Bei diesem schrecklichen Krieg fanden 50 000 Menschen den Tod. Verantwortlich dafür zeichneten vor allem die Truppen der von Foday Sankoh geführten RUF, die mit ihrem Terror – Vergewaltigung, Verstümmelung, Plünderung – jahrelang die Zivilbevölkerung drangsalierte.

Im Jahr 2000 gelang es Sankohs barbarischen Horden, in den Städten Maskeni und Kailahun fünfhundert UN-Soldaten gefangen zu nehmen. Sie stahlen ihnen die Fahrzeuge und Waffen, um damit ihr nicht unbeträchtliches Arsenal aufzustocken, das sie aus den Erlösen der von ihnen kontrollierten, im Landesinneren liegenden Diamantminen finanziert hatten.

Für die Briten, die alte Kolonialmacht des Landes, war damit das Maß voll. Sie schickten das 1. Bataillon des Fallschirmjägerregiments, insgesamt siebenhundert Mann, und begannen mit der Evakuierung britischer und europäischer Staatsbürger. Die Fallschirmjäger eroberten einen großen Teil der an der Küste gelegenen Hauptstadt Freetown, einschließlich des Flughafens.

Die schweren Kämpfe aber dauerten an. Die britischen Fallschirmjäger erzwangen die Freilassung der meisten Geiseln und trieben Sankohs Dschungelmilizen unter Einsatz von Kampfhubschraubern zurück ins Hinterland.

Sankoh allerdings gab nicht auf. Erneut brachen Kämpfe aus, bei denen sechs Angehörige der Royal Irish Ranger gefangen genommen und als Geiseln ins Landesinnere verschleppt wurden. Diese Rebellengruppe bezeichnete sich als die West Side Boys und verschanzte sich mit den britischen Gefangenen in den Occra-Bergen zu beiden Seiten des Flusses Rokel.

Whitehall beschloss, dass umgehend gehandelt werden müsse, sollten die Männer nicht mit durchgeschnittener Kehle oder noch Schlimmerem enden.

Die Karte, die Captain Wade nun ausbreitete, zeigte den detaillierten Plan dieses lächerlichen kleinen Kriegsschauplatzes in der Nähe der Dörfer Gberi Bana und Forodugu, die jeweils nördlich und südlich des Flusslaufs lagen.

»Die Briten haben den SAS geschickt, Sir«, sagte er. »Die D-Squadron. Sie sickerten hier, hoch über dem Fluss, in das Gebiet ein, errichteten fünf hervorragend getarnte Beobachtungsposten, während die Eliteeinheit die Lage sondierte. Ihr Kommandant leitete die gesamte Operation. Er wies fünf Helikopter mit Fallschirmjägern ins Gebiet ein, die weiter flussabwärts landeten, beide Uferseiten angriffen und die Maschinengewehrstellungen außer Gefecht setzten.«

Captain Wade verschob die Karte und deutete auf die Angriffsrichtung der britischen Fallschirmjäger. »Diese Jungs hier, Sir, die haben das Feuer der West Side Boys auf sich gezogen ... und dann, genau im richtigen Augenblick, hat der SAS-Kommandeur den Befehl an die Kampfhubschrauber gegeben und seine Männer zum Angriff geführt ... Genau hier. Die D-Squadron des SAS stürmte beim ersten Tageslicht aus ihren Verstecken und kam über das Nordufer des Rokel. Sie drangen in das Dorf ein, knallten alles nieder, was ihnen in die Quere kam, und befreiten die Männer. Dann kämpften sie sich zurück zu den wartenden Hubschraubern. Sie ließen fünfundzwanzig tote und achtzehn verwundete RUF-Rebellen hinter sich. Lediglich ein SAS-Angehöriger wurde bei dem Einsatz getötet. Admiral, ich hab's eingehend überprüft. Wir haben hier eine klassische SAS-Operation vor uns. Ich muss Ihnen sicherlich nicht sagen, dass es sich bei dem SAS-Kommandeur um Raymond Kerman gehandelt hat ...«

»Mein Gott ...!«, entfuhr es George Morris. Ohne ein weiteres Wort griff er zum Telefon und wählte über die sichere Leitung der Crypto City das Weiße Haus.

»Verbinden Sie mich mit Admiral Morgan«, sagte er.

Kathy O'Brien, die äußerst attraktive rothaarige Sekretärin des Nationalen Sicherheitsberaters, nahm den Hörer ab und vernahm die vertraute Stimme von George Morris, die einzige Stimme im gesamten Staat, für die Arnold Morgan allzeit zu sprechen war.

Sie stand zwischen ihrem Schreibtisch und der großen Holztür zu ihrem Boss, die sie einfach aufdrückte, da sie wusste, dass er allein war.

»George ist am Apparat«, sagte sie. »Soll ich ihn durchstellen?«

»Welcher George?«, grummelte der Admiral abwesend, mit einem Stapel Dokumente beschäftigt. »George Washington? George Patton? George III?«

»Du lieber Himmel!«, sagte Kathy, der nur allzu klar war, dass er ganz genau wusste, wen sie meinte. »Rear Admiral George Morris, Direktor der National Security Agency in Fort Meade, Maryland, acht Kilometer nördlich der Stadtautobahn, neununddreißig Grad und zehn Minuten nördlicher Breite.«

»Zu ungenaue Angabe«, murmelte er. »Viel zu ungenau.« Dann sprang der Admiral auf, schritt durch den Raum, umarmte sie, sagte ihr, dass er sie liebe und sie »den durchtriebenen alten Mistkerl umgehend durchstellen« solle, ob er noch etwas Kaffee haben könne und wo zum Teufel die *Washington Post* sei, sowie: »Sag diesem Verrückten im Kreml, er soll endlich seinen Arsch in Bewegung setzen und uns in der nächsten Stunde die Antworten schicken, die wir haben wollen … über diese gottverdammten Atomboote in der Ostsee …«

»Das kann ich ihm nicht sagen …«, kam es von der zukünftigen Mrs. Arnold Morgan. »Ich bin doch noch nicht mal Kommunistin …«, fügte sie albernerweise noch hinzu, nahm dann jedoch von weiteren Kommentaren Abstand. Sie hätte damit dem Admiral nur einen weiteren Anlass für seine Art von Humor geboten.

Kathy eilte zur Tür, bestrebt, Moskau eine E-Mail zu senden und die Russen darüber in Kenntnis zu setzen, dass Admiral Morgan der Angelegenheit einige Dringlichkeit zumesse und eine frühzeitige Antwort wünschenswert sei. Dann stellte sie Admiral Morris auf der sicheren Leitung durch.

»Guten Morgen, George«, begrüßte Arnold seinen alten Kumpel voller Herzlichkeit. Er wusste, dass dieser nie angerufen hätte, wenn es sich nicht um etwas Wichtiges handelte.

»Hallo, Sir«, erwiderte Admiral Morris mit dem Respekt und der Förmlichkeit, wie es sich für die rechte Hand des Präsidenten gehörte, bevor er ihn dann mit »Arnie« ansprach, wozu er nach der dreißigjährigen Freundschaft in der U.S. Navy alles Recht hatte.

»Können wir uns treffen?«

»Klar. Ist es dringend?«

»Nein. Aber mein Team ist auf eine Sache gestoßen, die mir nicht gefällt und die auch dir nicht gefallen wird. Können wir uns am frühen Nachmittag sehen?«

»Komm zum Mittagessen. Ins Weiße Haus. So um eins.«

»Wunderbar«, sagte Admiral Morris. »Bis dann.«

Punkt 13 Uhr fuhr der Dienstwagen aus Fort Meade vor dem Westflügel vor, die Agenten eskortierten den NSA-Chef zum Büro von Admiral Morgan, wo die beiden Männer einige Minuten plauderten, bevor sie sich ins kleine, private Speisezimmer zurückzogen, wo der Tisch bereits für zwei Personen gedeckt war.

Admiral Morgan schenkte beiden ein Glas Mineralwasser ein und drückte auf den Knopf, um den Kellner aufzuscheuchen.

»Okay, George, schieß los.«

»Gut. Ich stelle dir zunächst eine Frage: Wusstest du, dass die Briten bei einem Gefecht in Hebron vergangenes Frühjahr einen wichtigen SAS-Kommandeur verloren haben?«

»Kann ich nicht behaupten. Du meinst, er ist tot?«

»Vor einigen Tagen hab ich das noch geglaubt, obwohl es keinerlei Hinweise auf seinen Tod gegeben hat. Er ist einfach verschwunden, und es gab keine Geisel- oder Lösegeldforderungen. Mittlerweile aber habe ich meine Meinung geändert. Ich glaube, er ist noch am Leben, und er ist wahrscheinlich erstens desertiert und zweitens zur Hamas übergelaufen.«

»Er ist *was*? Ein SAS-Offizier, der sich einer Terroristenvereinigung anschließt? Großer Gott, das ist wirklich übel. Aber wenigstens beschränkt sich der Tätigkeitsbereich der Hamas mehr oder minder auf den Nahen Osten. Es besteht also noch keine akute Gefahr für uns.«

»Nein, noch nicht. Aber dieser Kerl ist kein gewöhnlicher Offizier. Er heißt Ray Kerman. Klingt zwar ziemlich jüdisch, aber das ist er nicht. Er wurde im Iran geboren, seine Eltern waren Moslems. Er hat früher mal den Koran gelesen.«

»Welchen Dienstgrad bekleidet er?«

»Major. Es handelt sich um den SAS-Kommandeur, der vor drei, vier Jahren für diese Rettungsaktion in Sierra Leone verantwortlich war.«

»Der war das? Ich kann mich daran erinnern. Was für eine Operation. Sind die Briten nicht über den Fluss und haben dann alles kurz und klein geschlagen?«

»Genau, und Ray Kerman hat den Einsatz geleitet. Du erinnerst dich: Sie haben im Morgengrauen überraschend zugeschlagen, alle herausgeholt, dabei an die vierzig Leute getötet und verwundet und sich dann wieder davongemacht. Lediglich einen Mann haben sie dabei verloren. Ein lehrbuchmäßiger Eliteeinsatz.«

»Genau. Hohes Überraschungsmoment, schwere Dresche«, saget Admiral Morgan zustimmend.

In diesem Augenblick erschien der Kellner mit zwei Tellern Hummercremesuppe, die er den Herrschaften servierte.

»Sie haben doch daran gedacht, in jeden Teller einen Schuss trockenen Sherry zu geben, oder?«, sagte der Nationale Sicherheitsberater.

»Jawohl, Sir.«

»Gut. Ich will doch nicht, dass meine Gäste denken, wir würden hier irgendwelche Unsitten einreißen lassen. – Also gut, George, ich möchte dir die Schlüsselfrage stellen – warum, glaubst du, ist der Kerl noch am Leben?«

»Vor allem, weil man seine Leiche nicht finden konnte. Weder die Briten noch die IDF noch der Mossad. Noch nicht einmal der Shin Bet hat was zutage gefördert. Außerdem hat man genau dort, wo Kerman zum letzten Mal gesichtet wurde, die Leichen von zwei weiteren SAS-Männern, beides Unteroffiziere, gefunden. Einer war durch eine MP 5 ums Leben gekommen, der andere durch einen Schlag ins Gesicht, wie er für Eliteeinheiten typisch ist. Die Briten scheinen anzunehmen, dass Kerman beide umgebracht und dann die Flucht ergriffen hat.«

»Aber warum das alles, George? Warum sollte er das tun?«

»Keine Ahnung. Er war ein Karriereoffizier, mit hervorragenden Leistungen an der Militärakademie Sandhurst und wahrscheinlich drauf und dran, das gesamte Regiment zu übernehmen. Seine Familie ist stinkreich, die hatte ihn nur auf Eliteschulen geschickt. Es bleibt ein Rätsel.«

»Also, George, ich kenn dich nun schon einige Jahre, und was du mir da erzählst, ist alles verdammt interessant. Aber nicht interessant genug, um hier reinzuplatzen und mir das alles unter vier Augen aufzutischen. Den Briten ist in Israel ein Top-Soldat abhanden gekommen. Gut. Aber das ist doch eigentlich nicht unser Problem, oder?«

»Nein. Noch nicht. Aber es wird noch besser. Oder, je nachdem, schlimmer.«

Admiral Morris fuhr fort, indem er Arnold Morgan mit der ausführlichen Geschichte der beiden Banküberfälle in Jerusalem und Tel Aviv unterhielt.

Danach sagte der Big Man im Weißen Haus nur: »Heilige Scheiße! Die sind einfach mit hundert Millionen Dollar in alten Scheinen abgehauen, und die Öffentlichkeit hat nichts davon erfahren? Das ist schon sehr erstaunlich. Noch erstaunlicher dürfte allerdings die Tatsache sein, dass die beiden Einbrüche so hervorragend ausgeführt wurden, dass da nur Profis am Werk gewesen sein können. Und einer der Beteiligten musste eine hervorragende militärische Ausbildung genossen haben – und sehr talentiert sein.«

»Genau das habe ich mir auch gedacht, Arnie. Wir haben dort draußen einen gottverdammten Irren rumlaufen, der eine höchst schlagkräftige Gruppe anführt. Und wir dürfen sicherlich nicht davon ausgehen, dass sie ihre Aktionen nur auf Israel beschränken werden.«

In diesem Moment kehrte der Kellner zurück, um die Teller abzuräumen. »Alles in Ordnung, Sir?«

»Ausgezeichnet«, sagte Admiral Morgan.

Auch die beiden darauf folgenden Sirloin-Steaks, medium gebraten, waren perfekt. Zwischen den köstlichen Bissen erläuterte Admiral Morgan seine Einschätzung der Lage, ausgehend von der Frage, ob Ray Kerman ein Spion der schlimmsten Sorte sei, dem es irgendwie gelungen war, die britische Armee zu infiltrieren.

Aufgrund des bekannten Reichtums der immer noch in London lebenden, hoch angesehenen Familie neigte er allerdings dazu, diese Möglichkeit auszuschließen. »Klingt eher so, als hätte Kerman in einem plötzlichen Anfall sein Gewissen entdeckt. Gäbe es dafür weitere Hinweise?«

»Nicht unbedingt. Also, das Haus, in dem die beiden SAS-Soldaten tot aufgefunden wurden, liegt mitten in der Kampfzone. Es gehörte offenbar einer jungen Familie. Die Israelis haben dort jedenfalls zwei Kinder gefunden, beide nicht älter als zehn, beide erschossen. Auch ihr Vater war tot. Die Mutter konnte entkommen und ist dann später aufgespürt worden. Sie sagt, dass sie nichts von einem SAS-Offizier weiß. Die Briten glauben ihr aber nicht.«

»Wissen wir, welcher Religion Major Kerman anhing?«

»Der Kirche von England. So war es jedenfalls während seiner Schul- und Militärzeit. Andere Fakten liegen nicht vor.«

»Gut. Tja, ich kann mir wirklich nur vorstellen, dass Ray Kerman plötzlich von seinem Gewissen geplagt wurde, dass er während der Kämpfe, unter dem Eindruck des brutalen Vorgehens der Israelis gegen die Araber, beschlossen hat, die Seiten zu wechseln.«

»Das wäre durchaus im Bereich des Möglichen. Aber, Arnie, ich bin hier, um mit dir zu besprechen, wie wir vorgehen sollen, falls er mit seinen Hamasgruppen – so er zu ihnen gestoßen ist – nicht mehr nur das Heilige Land angreift, sondern beschließt, über die westliche Welt herzufallen.«

»Großer Gott! Ich hoffe, wir finden ihn, bevor er überhaupt so weit kommt. Diese Gruppen haben sich allerdings seit einiger Zeit relativ ruhig verhalten. Außerdem wird meiner Meinung nach niemand einen weiteren Massenmord an der Zivilbevölkerung planen. Nicht mehr nach 2001. Das US-Militär hat der gesamten islamischen Welt einen gehörigen Schrecken eingejagt, indem es Bin Ladens Streitkräfte zerrieben hat. Aber wir müssen wachsam bleiben, dieser Kerman könnte in meinen Augen nämlich zehnmal so gefährlich wie die Al-Qaida sein. Außerdem scheint er bislang nur zu üben, und selbst dabei hat er sich schon hundert Millionen Dollar von uns geschnappt.«

»Das denken wir auch. Aber wir wissen nicht, wo er es hingebracht hat, noch wo er sich selbst aufhält. Uns bleibt im Moment nichts anderes übrig, als sehr genau alle Bombenanschläge und großen Verbrechen in Israel zu beobachten.«

»Gut, George. Ich glaube, wir sollten dem Mossad und dem Shin Bet unseren Verdacht und unsere Befürchtungen mitteilen. Die sind doch sonst so gut darin, Leute aufzuspüren. Ich bin mir nahezu hundertprozentig sicher, dass diese beiden Einbrüche von einem militärischen Profi vom Kaliber eines Major Kerman begangen wurden. Apropos Kaliber – es würde mich nicht überraschen, wenn die Geschosse, die den SAS-Sergeant getroffen haben, aus derselben MP 5 stammten, mit der das Alarmsystem in Tel Aviv außer Betrieb gesetzt wurde. Vielleicht könnte man das auch mal überprüfen.«

»Ich werde das noch heute Nachmittag veranlassen, Arnie. Sollen wir in der Zwischenzeit den Briten Bescheid geben, dass wir hier eine heiße Spur haben?«

»Das können wir tun. Die werden es ja auch sein, die bei diesen Ermittlungen an erster Stelle stehen. Sie klingen zwar immer so dämlich, aber das ist wohl Teil ihrer abstrusen Erziehung. Letztlich wissen sie immer wesentlich mehr, als man vermutet.«

Eine Weile lang schwiegen die beiden Admiräle. Dann fragte George Morris: »Wie kommt jemand wie Major Kerman aus einer Seitengasse in Hebron als neuer Rekrut zur Hamas und damit an die vorderste Front der nahöstlichen Politik, der fundamentalistischen Politik?«

»Na ja, wie du weißt, sind die eigentlich extrem misstrauisch. Wahrscheinlich durchläuft er gerade eine Art Probezeit, aber ich nehme an, durch die beiden Überfälle dürfte sich einiges sehr schnell geklärt haben. Wahrscheinlich ist Kerman bereits in Kontakt mit dem palästinensisch-islamischen Dschihad, der im Gazastreifen über eine sehr starke Anhängerschaft verfügt, die ja ein eher bescheidenes Ziel verfolgt. Es geht ja lediglich um die völlige Zerstörung Israels und die unmittelbar darauf folgende Schaffung eines palästinensischen Staates.«

»Nichts Ernstes also?« Admiral Morris gluckste.

»Zum Teufel, nein. Dann droht ja nur der Dritte Weltkrieg ... Und vergiss nicht, der Dschihad ist in seinem Kampf gegen Israel ziemlich erbarmungslos. Die waren es, die vor einigen Jahren in einem Einkaufszentrum in Tel Aviv hundert Menschen getötet oder verwundet haben. Zum Dschihad werden insbesondere vier palästinensische Gruppen gerechnet, von denen eine nahe der libanesischen Grenze mit der Hisbollah zusammenarbeitet. Die zentrale Figur dürfte dabei dieser Scheich Biud Altmimi sein. Er stammt aus Hebron, und er wird, wie man weiß, vom Iran unterstützt, Kermans Heimatland. Aber das sind alles nur Mutmaßungen. Viele der fundamentalistischen Anführer sitzen bereits im Gefängnis, etliche in Israel, aber auch in anderen Ländern wie Ägypten. Ein Mann wie Major Kerman wäre das Beste, was den Terroristen passieren könnte. Nicht, um irgendwelche Massenmorde zu inszenieren. Diese Zeiten, denke ich, sind vorbei, im Moment jedenfalls. Aber mit einem ehemaligen SAS-Kommandeur an der Spitze könnten sie äußerst wirksam den Westen attackieren, auch ohne Menschen umzubringen.«

»Na ja, im Augenblick jedenfalls können wir kaum mehr tun, als alle anzuweisen, aufmerksam die Lage in Israel zu beobachten.«

»Ja«, sagte Admiral Morgan. »Und uns auf das Unerwartete einzustellen. Ich bezweifle, dass Major Kermans hundert Millionen Dollar ungenutzt herumliegen werden.«

KAPITEL DREI

Mittwoch, 27. April 2005
Golanhöhen (acht Kilometer innerhalb der UN-Sicherheitszone)

Spannung lag in der Luft, selbst in den beschaulichsten Senken. Sogar acht Kilometer hinter den syrischen Grenzpatrouillen war auf den Bergkämmen der Golanhöhen, diesem natürlichen Bollwerk, die arabische Feindseligkeit mit Händen zu greifen.

1973 war hier im Yom-Kippur-Krieg die größte Panzerschlacht geschlagen worden, die die Welt jemals gesehen hatte. Die israelischen Sieger ließen 1200 ausgebrannte syrische Stahlkolosse zurück, und zu den Trümmern des Krieges gesellte sich die Wut und der Hass eines alten Volkes, das sich als der Hüter von Damaskus verstand, der ältesten permanent besiedelten Stadt der Erde.

Die Golanhöhen sind ein finsterer, einschüchternder Bergzug, eine granitene Landschaft, in die schwarze Basaltfelsen gestreut sind, als wären sie vom Teufel höchstselbst auf diesem jahrhundertealten Schauplatz der Glaubenskämpfe abgelegt worden.

Aus Tauben wurden hier Falken. Nur wenige Kilometer im Westen liegt die syrische Grenze der UN-Sicherheitszone. Acht Kilometer in die andere Richtung, jenseits des Niemandslandes, verläuft eine weitere, in die Berglandschaft geschnittene Grenze, an der die verhassten israelischen Eroberer ihre Kriegsbeute bewachen, ein weites Land, das einst so arabisch gewesen war wie die hoch aufragende Zitadelle von Damaskus.

Fast hundert bewaffnete Milizen hatten sich in dem alten syrischen Militärcamp eingefunden. Das neue, fünfzehn Meter lange Zelt stand, unter Tarnnetzen und Sträuchern verborgen, in einer abgelegenen, von Granitfelsen gesäumten Senke, von der aus der schneebedeckte Gipfel des Berges Hermon deutlich zu erkennen war. Das Gelände war noch immer mit einem eineinhalb Meter hohen Wall aus alten Sandsäcken umgeben, auf denen sich vier bemannte Maschinengewehrstellungen abzeichneten. In den umliegenden Bergen gab es Beobachtungsposten. Jeder Mann trug ein Handy und eine geladene MP 5 mit Schalldämpfer bei sich. Das Gelände eignete sich ausschließlich für den Fußkampf, wie es auf den Golanhöhen schon immer der Fall gewesen war.

Drei Militärlaster ohne Hoheitsabzeichen waren davor geparkt. Hinter ihnen erhob sich ein grob gezimmertes Holzgebäude, aus dessen Dach ein blechernes Abzugsrohr ragte. Vor dem Hintereingang stand ein mit Trinkwasser gefüllter, fahruntüchtiger Tanklaster. Es war nicht zu übersehen, dass sich an diesem Tag mehr Männer als sonst auf dem Gelände aufhielten.

Im Zelt stand ein langer Klapptisch, hinter dem auf zwei Gestellen eine große Korktafel aufgebaut war, die nahezu vollständig von drei breiten Landkarten und zwei Plänen bedeckt wurde. Die versammelten bewaffneten Männer saßen auf Munitionskisten und machten sich Notizen, während sie den beiden syrischen Offizieren zuhörten, die ihnen erklärten, an welcher Stelle sie am besten unbemerkt ins Niemandsland und von dort aus nach Israel eindringen könnten.

Zwischen den beiden Instruktoren saß der befehlshabende Offizier des 1. Bataillons der Hamas-Angriffstruppe – General Ravi Rashud, ehemaliger Befehlshaber der D-Squadron des SAS, Sandhurst- und Harrowabsolvent. Der beste westliche Offizier, der jemals seine Dienste einer Terrorvereinigung der Dritten Welt angetragen hatte, war schnell befördert worden. Major Ray Kerman existierte nicht mehr.

Er trug einen Kampfanzug, Kopf und Schulter wurden von der schwarz-weißen *Ghutra* bedeckt, die von einer doppelt geflochtenen *Aghal* gehalten wurde. Sein jetziges Aussehen entsprach seiner neuen Identität: ein im Kampf gestählter Wüstenkämpfer, ein Nachfahre der Beduinen, der zum Wohl der islamischen Nation in den Krieg zog. In seiner Tasche hatte er einen handgeschriebenen Zettel, der auf Arabisch war: »*Liebster Ravi, pass bitte auf Ahmed auf. Ihr beide seid das Einzige, was ich noch habe. Allah sei mit euch beiden. Ich liebe dich, Shakira.*«

Mit der jungen Frau, die ihm in jenen verwüsteten palästinensischen Straßenzügen vor fast einem Jahr das Leben gerettet hatte, verband ihn die einzige enge Beziehung zu einem anderen Menschen. Sie und ihr Bruder hatten ihn versteckt und dann nach Norden in das abgelegene Drusendorf Mas'adah gebracht, nur wenige Kilometer von dem Hamas-Stützpunkt entfernt, in dem er sich nun befand.

Einige Wochen später, als er in die höchste Führungsriege der terroristischen Vereinigung aufgenommen wurde, war es Shakira gewesen, die sich mit einem leitenden Angestellten der Bank in Jerusalem »angefreundet« und den Grundriss und die Lage des Sicherheitssystems herausgefunden hatte; Shakira, die auch irgendwie bei dem Hersteller A. M. Shwartz in Hebron eingedrungen war, um die Baupläne von dessen geheimsten Sicherheitsschlössern in Erfahrung zu bringen.

Danach stellte Ray seine Forderungen: Entweder übernehme er das alleinige Kommando der Operation, oder sie würde nicht stattfinden.

Zögernd und nicht ohne Argwohn, beschlossen die Hamas-Befehlshaber, dass sie nichts zu verlieren hatten, sollten sie zustimmen. Erschießen konnten sie ihn ja immer noch. Am Abend des 25. Dezembers aber wussten sie, dass sie einen neuen militärischen Anführer hatten. In einem verstaubten Kellerversteck in den Vororten von Bethlehem war Ray daraufhin als General Rashud zum Befehlshaber des 1. Bataillons der Hamas-Angriffstruppe ernannt worden.

Shakira war zugegen gewesen, zusammen hatten sie die Nacht verbracht, eng aneinander geschmiegt unter einer Decke gegen die Steinwand gelehnt, und sich im Hochgefühl des Erfolgs mit den sechzehn anderen Hamas-Freiheitskämpfern unterhalten, die die beiden Banken um insgesamt hundert Millionen Dollar erleichtert hatten. Ray fühlte sich sehr wohl bei ihnen. Er mochte seine Gefährten, und er spürte, wie er im Begriff war, sich in die schöne Shakira zu verlieben, der er das Leben ebenso gerettet hatte wie sie ihm das seine.

Als sie am darauf folgenden Morgen zusammen beteten, hatte er sich in diesem sandigen Gewölbe wirklich zu Hause gefühlt. Er erinnerte sich an die Worte des Korans, die der Nordlondoner Imam ihm vor so langer Zeit vorgesagt hatte:

Ihr wart Feinde, er aber vereinigte eure Herzen,
und ihr seid Brüder geworden …

Shakira, der Last der ihr aufgezwungenen Ehe mit einem Mann entledigt, den sie niemals richtig geliebt hatte, und von der Verantwortung für ihre zwei kleinen Kinder befreit, widmete sich nun ganz der Vorbereitung neuer Anschläge gegen die Israelis. Sie trug üblicherweise noch immer die traditionelle arabische Kleidung, ganz gläubige Moslemin. Wenn sie jedoch bei der Hamas auftauchte, erschien sie in Jeans, Kampfjacke und Stiefeln. Ihr Ruf und ihr scharfer Verstand bewahrten sie vor der Kritik, die ihr Bruch mit der Tradition sonst unweigerlich heraufbeschworen hätte. Shakira aus der Wüste folgte nun ihren eigenen Regeln. Und sie betete General Rashud an, dessen Wort bei allen zum Gesetz geworden war.

Bei zwei, drei als weniger gefährlich eingestuften Einsätzen hatte sie darauf bestanden, an vorderster Front mitzukämpfen, bei einem war es ihr sogar gelungen, einen (unbemannten) israelischen Panzer in die Luft zu sprengen. Daraufhin glaubte sie, sie könne an jedem Einsatz teilnehmen, sofern sie es nur wünschte. Meistens zuckte der General dann nur mit den Schultern und stimmte zu. Das jetzige Treffen auf den Golanhöhen war ihr allerdings verwehrt worden. Schmollend saß sie daher in diesem Moment in Damaskus, während der ehemalige Major Kerman seine Soldaten in die Mission einwies, in deren Verlauf sie kommende Nacht nach Israel eindringen wollten.

Er selbst war soeben von einem dritten Einsatz jenseits der israelischen Grenze zurückgekehrt. Die einzelnen Operationen hatten sich insgesamt über einen Zeitraum von mehr als eineinhalb Monaten erstreckt, jede einzelne hatte sieben Tage gedauert. Jedes Mal hatte Ravi lediglich vier Männer mit zu den Beobachtungsposten genommen, die er an den Hängen des Berges errichtet hatte, auf denen die verfallene Burganlage Nimrod stand. Die syrische Festung aus dem 13. Jahrhundert war einst gegen die marodierenden Kreuzfahrer verteidigt worden und nahm seitdem einen besonderen Platz in der Geschichte des Landes ein.

Es war daher ein schwerer Schlag, als sie im Yom-Kippur-Krieg den Israelis in die Hände fiel und der Grenzverlauf danach weiter östlich gezogen wurde. So stand sie hoch über der Golanebene, umringt von tausend Panzerwracks und den Geistern der mehreren hundert toten syrischen Soldaten.

Nirgends sonst im Nahen Osten bot sich einem eine so beeindruckende Aussicht wie von der nun in Israel gelegenen Festung Nimrod. Von hier überblickte man das fruchtbare Ackerland im nördlichen Galiläa, von hier aus starteten die syrischen Streitkräfte 1967 im Sechstagekrieg einen Angriff nach dem anderen auf die im Tiefland siedelnden Israelis und belegten die Kibbuzgemeinschaften von Dan, Ashmura und Shi'ar Yashuv mit ihrer Artillerie.

In jenem Krieg umgingen die israelischen Streitkräfte die Syrer an der Flanke, griffen sie im Rücken an, zwangen sie zur Kapitulation und erreichten dadurch den vollständigen Abzug aller syrischen Einheiten vom Golan. 1973 kam es, wenn überhaupt möglich, noch schlimmer. Die Israelis kämpften sich in Unterzahl, aber mit grenzenloser Entschlossenheit die Höhen hinauf, schlugen die Angreifer zurück und trieben sie in Richtung Damaskus, bis sich die UN mit ihrer Friedensforderung durchsetzen konnte.

Kein Syrer wird an die Golanhöhen und die Besetzung der alten Festung Nimrod denken, ohne darüber Enttäuschung und Wut zu empfinden; dazu gesellte sich der beharrliche Wunsch nach Rache, der sich aus den arabischen Wertvorstellungen speiste.

Waren diese Gefühle bereits 1973 äußerst mächtig, so wurden sie zum Jahresende 2004 zu einem alles bestimmenden Element. In den letzten Monaten dieses Jahres begingen die Israelis nämlich das Undenkbare. Sie walzten mit Bulldozern das gesamte Innere der alten Burg platt und verwandelten sie in ein Hochsicherheitsgefängnis. Hinter den hoch aufragenden eineinhalb Meter dicken Festungswällen wurden fünfzig der wichtigsten politischen Gefangenen inhaftiert, die Israel jemals gefasst hatte – Mitglieder der Hamas und ihrer Schwesterorganisation Hisbollah sowie einige einflussreiche Angehörige des Islamischen Dschihad.

Das Gefängnis Nimrod, vermutlich aus Zorn über die fürchterlichen Terroranschläge im Jahr 2001 errichtet, wurde zu einem Schrecken erregenden Symbol der israelischen Macht, an dem sich die Gewalt ebenso leicht entzündete wie an der geteilten Stadt Jerusalem.

Bei ihrem jüngsten Einsatz hatten Ravi Rashud und seine Gefolgschaft den Ort zum wiederholten Mal eine Woche lang ununterbrochen beobachtet, sie hatten das Gefängnis überwacht, das Kommen und Gehen der Wachen aufgezeichnet, die Schichtwechsel, die Vier-Mann-Patrouillen außerhalb der Burg; sie hatten die Entfernung vom Haupttor zum untersten Geschoss in den alten Felsfundamenten gemessen, die genaue Zeit berechnet, die ein Wärter benötigte, um dort hinabzugelangen, und dann die Zeit geschätzt, die nötig war, wenn man von dort unten wieder nach oben wollte und sich in Begleitung von vielleicht geschwächten oder sogar kranken Personen befand.

Festzustellen, wann im Haupthof die Lichter brannten, hatte sich als nahezu unmöglich erwiesen. Der Beobachtungspunkt des Hamas-Aufklärungstrupps lag zwar fast auf Höhe des Festungswalls, aber noch immer gut zehn Meter unterhalb des Höhenniveaus des Gefängnisses. Nach tagelangem Observieren hatte General Rashud in seinem makellosen Arabisch schließlich verkündet: »Wenn's nicht genau stimmt, macht es auch nichts. Es wird nämlich nicht nötig sein, weil wir bei Tageslicht angreifen.«

Diese letzte Bemerkung hatte die vier Männer, die den General begleiteten, ziemlich in Aufregung versetzt. *Was? Wir wollen die israelische Festung im Tageslicht stürmen? Ohne den Schutz der Dunkelheit? Ohne Überraschungsmoment? Damit wir bereits beim Aufstieg der steilen Hänge hinauf nach Nimrod entdeckt, wahrscheinlich von schwerer Artillerie beschossen und vernichtet werden? General! Wir werden alle sterben … wir werden keine Chance haben.*

Hoch oben auf einem Vorsprung, der sich um die Gefängniswälle zog, waren die israelischen Verteidigungsanlagen zu erkennen. Die Israelis hatten dort oben Geschütze, Maschinengewehre und Raketenwerfer postiert. Sie waren nicht dumm, ihnen war bewusst, dass irgendeine verrückte Terrorgruppe versuchen könnte, das Gefängnis anzugreifen. Sie hatten für den Fall Vorkehrungen getroffen und dafür gesorgt, dass selbst ein anstürmendes Bataillon noch nicht einmal mehr Zeit haben würden, um sein Überleben zu beten.

General Rashud wirkte nachdenklich. Über ein schmales Mikro diktierte er direkt in seinen Computer die Stärke und Ausrichtung der festen Artilleriestellungen. Er errechnete die Zeit, die die Israelis brauchen würden, um ihre Todesmaschinen auf den Feind zu richten, falls sie für kurze Zeit überrascht werden würden.

Eine Stunde lang sagte er nichts, hörte geduldig den Einwänden seiner Männer zu, machte sich fortlaufend Notizen und diktierte in seinen Computer.

Schließlich hatte er mit ruhiger Stimme gesagt: »Wir werden am Tag angreifen. Datum und Uhrzeit habe ich noch nicht festgelegt.«

Und jetzt, in der Golan-Stellung, zum dritten Mal unmittelbar vor dem Rachen des israelischen Löwen, erhob er sich von seinem Platz, um zu seinen Soldaten zu sprechen. In dem geräumigen Zelt war nicht das leiseste Geräusch zu hören, als er einen langen Stab auf eine der Karten richtete und damit gegen die zu Syrien hin gelegene Grenze der Sicherheitszone tippte, die östlich des kleinen Dorfs Hadar lag.

»Genau hier werden wir das syrische Territorium verlassen«, sagte er. »Südlich des Dorfes sickern wir ins Niemandsland ein. Die Sicherheitszone ist hier etwa acht Kilometer breit, die ersten beiden Kilometer, je nach Wetterverhältnissen vielleicht sogar mehr, können wir also unbesorgt in einem Laster zurücklegen, ohne die Aufmerksamkeit der Israelis zu erregen.

Ich habe den Punkt markiert, an dem wir die Grenze zu Israel überschreiten werden, genau hier, bei dreiunddreißig Grad achtzehn Minuten Nord und fünfunddreißig Grad vierzig Minuten Ost. Die Stelle liegt tausend Meter flussaufwärts vom nächsten israelischen Beobachtungsposten entfernt. Alle zweiunddreißig Minuten kommt eine Patrouille auf ihrem Weg nach Norden vorbei, acht Minuten später kehrt sie nach Süden zurück. Damit bleibt uns ein Zeitfenster von vierundzwanzig Minuten. Wir werden unter dem Schutz der Dunkelheit in Vier-Mann-Gruppen die Grenze überqueren.

Insgesamt sind wir sechsunddreißig Mann, das heißt, neun Gruppen werden in Zwei-Minuten-Abständen nacheinander über die Grenze gehen. Und genau hier, eineinhalb Kilometer tief im israelischen Gebiet, ostnordöstlich von Mas'adah, werden wir uns neu formieren. Wir tragen dunkle Kampfmontur mit schwarzen Gesichtsmasken, jeder hat neben seiner Wasserflasche eine Pistole, seine MP 5 und ein Kampfmesser dabei. Die Gruppenführer sind dazu mit einem Kompass, einem Handy, einem GPS und zwei Handgranaten ausgerüstet, die sie an die Männer in ihrer Gruppe verteilen. Diese werden aber nur im äußersten Notfall benutzt ... Irgendwelche Fragen?«

General, können Sie uns Einzelheiten über das Gelände mitteilen, auf dem wir die Grenze überschreiten?

»Ja«, sagte Ravi. »Die Grenze zu Israel verläuft zwischen zwei Hügeln. Auf israelischer Seite ist das Gelände über eine Länge von etwa sechzig Metern relativ flach. Auf unserer Seite liegt im Hang eine Mulde mit zahlreichen Felsen, die ausgezeichnet Deckung bieten; dort können wir uns verbergen, bis die israelische Patrouille auf ihrem Weg nach Süden erneut vorbeikommt. Ich hoffe, es wird nicht zu dunkel sein – bei den Erkundungseinsätzen hat sich das Gelände nämlich als äußerst schwierig herausgestellt. Durchquert so schnell wie möglich diesen Abschnitt, aber knallt nicht gegen die Felsen, falls das Mondlicht zu schwach ist. An der israelischen Grenze wird das Gelände sofort flacher, nehmt dann die Beine in die Hand und lauft wie der Teufel nach Westen zum Treffpunkt.«

Irgendwelche Einzelheiten zum Treffpunkt, General?

»Ja«, sagte Ravi. »Ich war mit dem zweiten Erkundungsteam dort. Das heißt, vier von uns kennen das Gelände aus erster Hand. Ich werde die erste Gruppe hinüberführen, jeweils einer aus der ursprünglichen Mannschaft wird bei den Gruppen drei, sechs und neun sein. Das heißt, jede Gruppe ist höchstens zwei Minuten von jemandem entfernt, der mit dem Gelände vertraut ist. Der Treffpunkt selbst liegt oben auf einem Geröllhang, weit von jeder Straße oder jedem Weg entfernt. Er ist nicht besiedelt, und es gibt dort keine Tiere, ich gehe also davon aus, dass wir niemandem begegnen werden. Sollte uns dennoch jemand über den Weg laufen, werden wir ihn unverzüglich und lautlos liquidieren, egal, ob es sich um einen Mann, eine Frau oder ein Kind handelt, vorzugsweise mit dem Messer. Die Leiche wird dann versteckt.«

Er wartete auf Reaktionen. Es kamen keine. Er hatte sie gut ausgebildet. Jeder wusste, welche Verantwortung er trug, vor allem aber, was auf dem Spiel stand.

»Am Treffpunkt«, fuhr Ravi dann fort, »sind wir noch neun Kilometer vom Fuß der Erhebung entfernt, auf der die

Festung liegt. Wenn wir um etwa 2300 die israelische Grenze überqueren, sollten wir um 0100 unterwegs sein, in vier Gruppen zu neun Mann, querfeldein, zur dunkelsten Nachtzeit. Ich habe diesen Weg insgesamt dreimal zurückgelegt. Ich habe nicht versucht, irgendwelche Rekorde zu brechen, sondern bin in aller Ruhe vor mich hin marschiert, durch Ackerland, man braucht dafür keine zwei Stunden. Allerdings müssen wir durch einen seichten Flusslauf.«

Er zeigte auf eine dünne blaue Linie, die sich auf der Karte abzeichnete.

»Manchmal ist es nur eine Schlammpfütze. Im Moment jedoch haben wir es mit einem richtigen Fluss zu tun. Das Wasser steht hüfthoch. Haltet eure Waffen hoch, damit sie trocken bleiben. Verstanden?«

Alle nickten.

Ravi nippte von einem Glas Wasser, dann zeigte er mit dem Stab wieder auf die Karte. »Das hier ist die Straße, die zur Festung führt. Obwohl es steil bergauf geht, gibt es nur eine einzige Haarnadelkurve. Ansonsten treffen wir nur auf gleichmäßig steile Hänge. Die Festung liegt hoch über der umliegenden Ebene. Ich habe hier eine Stelle mit einem ›X‹ markiert. Betrachten wir nun dieselbe Stelle auf einer Karte im größerem Maßstab. Zu sehen ist die Straße, hier am Fuß der Erhebung, die dann über insgesamt gut drei Kilometer hinauf zur Festung führt ... Hier ist das ›X‹ ... Verstanden?«

Alle Versammelten kamen nach vorn. Jeder hielt eine eigene Karte in der Hand und verfolgte aufmerksam den Zeigestab des Generals.

»Genau hier«, sagte er, »fünfzehn Meter unterhalb der Straße, gibt es einen etwa dreißig Meter langen, stark überwachsenen Felsüberhang. Er befindet sich ungefähr auf einem Drittel des Wegs zur Festung. Von dort sind es noch eineinhalb Kilometer bis zur Burg und nicht ganz so viel bis zu dem Punkt, an dem die Straße ansteigt. Dieser Überhang ist von der Straße her nicht einsehbar. Wir werden um etwa

0300 dort sein, sodass genügend Zeit bleibt, um die Tarnung auszubauen. Ich selbst werde die beiden Baumscheren mitbringen, die wir für diesen Teil der Operation benötigen. Außerdem liegen bereits zwei Schaufeln bereit. Um sechs Uhr werden wir unsere Kommunikationseinrichtungen am Laufen haben, und beim ersten Tageslicht sind wir von der Straße her unsichtbar. Jeder, der sich uns zufällig nähert, wird getötet. Alles klar?«

An dieser Stelle meldete sich Ahmed Sabah, Shakiras Bruder, dem Ray Kerman sein Leben verdankte, mit leiser Stimme zu Wort: »General, ich glaube, ich habe da was verpasst. Ich habe nämlich nicht die geringste Ahnung, wie wir in dieses Gefängnis eigentlich genau reinkommen sollen …«

»Weil ich es bislang auch niemandem erzählt habe«, sagte Ravi. »Ich werde darauf noch zu sprechen kommen.«

»Ich glaube, meine Kameraden würden ein besseres Gefühl haben, wenn sie es sofort erfahren«, erwiderte der junge Palästinenser. »Wir tappen doch alle noch im Dunkeln …«

General Ravi Rashud lächelte. »Gut. Wir brechen ja bereits morgen Nacht auf, und bis dahin verlässt keiner mehr das Lager, es spricht also nichts dagegen, wenn ihr es sofort erfahrt … Wie ihr wünscht.«

Er legte den Zeigestab auf den Tisch und setzte sich wieder zwischen die beiden syrischen Offiziere. Er warf einen Blick in sein Notizbuch, dann begann er: »Das Gefängnis mit seinen fünfzig Gefangenen und sechsunddreißig Wächtern wird einmal in der Woche mit Lebensmitteln beliefert. Jeden Freitagmorgen kommt von der an der Straße 90, zwanzig Kilometer nördlich des Sees von Genezareth gelegenen Kaserne ein riesiger Vierzigtonner pünktlich um 1100 am Haupteingang des Gefängnis an. Ich habe ihn dreimal beobachtet, er hatte nie Verspätung. Seine Ladung an *diesem* Freitag wird jedoch eine Überraschung enthalten. An Bord werden aber weder Brot noch Mehl noch tief gefrorenes Fleisch, noch Milch, noch Eier sein. Sondern sechsunddreißig Hamas-Kämpfer. Wir.«

Die Versammelten waren wie vom Donner gerührt; ähnlich erging es Fußballzuschauern, die mit ansehen mussten, wie ein Spieler der Heimmannschaft versehentlich den Ball in die eigenen Maschen drosch. Niemand sagte ein Wort, allen machte es zu schaffen, ihre Angst und ihre Überraschung zu verbergen. Dennoch war ein kollektives Stöhnen zu vernehmen, eine Art unterdrückter Aufschrei, auch wenn er kaum zu hören war.

Da keiner der Erste sein wollte, der ihn mit Fragen bestürmte, warteten alle darauf, dass ihr neuer Kriegsherr ihnen die Lage erklärte.

General Ravi Rashud betrachtete mit ernster Miene seine Männer und ergriff dann wieder das Wort. »Im Versorgungslaster sitzen Fahrer und Beifahrer, beide Soldaten tragen die Uniform der IDF. Auf der Straße herrscht nicht viel Verkehr. Ich habe alle Wagen gezählt, die in der Stunde vor der Ankunft des Lasters und in der Stunde nach seiner Abfahrt die Straße passiert haben. Meine Schlussfolgerung daraus ist ganz einfach. Vor dem Laster kam kein Wagen den Berg hoch, und das einzige Fahrzeug, das nach dem Laster hinunterfuhr, war der Gefängnisbus, der die Wachen nach dem Schichtwechsel zu ihren etwa neun Kilometer entfernten Quartieren bringt. Da die Israelis die Straße für Touristen und den Zivilverkehr gesperrt haben, ist sie so gut wie ausgestorben.«

Aber wie kommen wir statt der Eier und dem Fleisch in den Laster?

Plötzlich wollte es jeder wissen. General Rashud wählte seine Worte sorgfältig. »Um 1050 wird ein von zwei Arabern in traditionellem Gewand gesteuerter Wagen den Berg hochkommen und dreißig Meter vor unserem Versteck mitten auf der Straße anhalten. Fahrer und Beifahrer steigen aus und öffnen die Motorhaube. In diesem Augenblick werden Ahmed und ich unser Versteck verlassen und uns zu beiden Seiten der Straße postieren. Zehn Minuten später ist der Versorgungslaster wegen des scheinbar liegen gebliebenen Fahrzeugs gezwungen anzuhalten. Die beiden IDF-Männer werden sehr wahrscheinlich aussteigen, worauf wir sie beide erledigen – und zwar mit dem Messer, da wir im Umkreis von einem Kilometer keine Schusswaffen gebrauchen sollten.

Außer uns wird sich niemand auf der Straße befinden, außerdem ist der Abschnitt, in dem wir uns aufhalten, vom Gefängnis aus nicht zu sehen. Ihr alle kommt die Böschung hoch und entladet den Laster, zieht die Kisten und Kartons heraus und werft sie den Hang hinunter. Wie gesagt, es handelt sich um einen Vierzigtonner, eine schwere Zugmaschine mit einem Frachtcontainer, der einiges geladen hat. Wahrscheinlich versorgt er auch noch andere Stellungen. Aber wir sind sechsunddreißig Mann, wir werden ihn komplett ausräumen. Der liegen gebliebene Wagen fährt in der Zwischenzeit den Berg hinunter und hält dann, um die Straße von unten zu blockieren. Im unwahrscheinlichen Fall, dass andere Fahrzeuge kommen sollten, werden deren Insassen auf der Stelle liquidiert.

Dann sind wir alle im Laster – ihr im Container, der hinten offen und nur durch eine Plane abgedeckt ist, und Ahmed und ich vorn in der Fahrerkabine, in israelischen Uniformen. Ich werde am Steuer sitzen.«

Und dann, General? Wie kommen wir ins Gefängnis? Was, wenn es ein Passwort gibt? Wenn sie den Laster durchsuchen, bevor sie die Tore öffnen?

Der General erklärte, wie er am vergangenen Freitag auf der Böschung gelegen und den Laster abgepasst hatte, wie er oben am Kamm der Festung Nimrod der Morgenstille gelauscht hatte.

»Es gab kein Passwort«, sagte er. »Die Ankunft des Lasters war ganz offensichtlich erwartet worden. Der Fahrer hat nur zweimal kurz gehupt. Die Wachen an der äußeren Flanke des Gefängnisses, die für die Artillerie zuständig sind, sind noch nicht einmal nachsehen gekommen. Die Tore gingen auf, und der Laster fuhr hinein. In zwei Tagen wird genau dieser Augenblick unsere Stunde X sein, der Augenblick, an dem wir zuschlagen. Wenn der Laster durch das Tor ist, außer

Sichtweite der Patrouillen draußen, aber noch nicht so weit im Gefängnis, dass sie die Tore wieder schließen können. Das ist unsere Stunde X. Dann werde ich auf die Bremse treten, und ihr stürmt hinaus.«

Ravi, noch immer durch und durch SAS-Kommandeur, erhob sich wieder und begab sich zur dritten Karte. »Also, Männer«, sagte er. »Das ist eine Karte des Gefängnisses. Sie wurde aus Satellitenaufnahmen erstellt, die wir von unseren Mitarbeitern in Damaskus erhalten haben, die sie auch aufbereitet haben. In den nächsten drei Stunden werden wir die Einzelheiten unseres Angriffs ausarbeiten, jeder Mann meldet sich bei mir und bekommt genaue Anweisungen, was er im Einzelnen zu tun hat. Wie alle gut vorbereiteten Elitetruppen wollen wir keine Überraschungen, keine Verwirrung in den eigenen Reihen und so wenig Widerstand wie möglich provozieren.«

Ravi wusste, dass die Vorbereitung, der er seine Soldaten unterzog, kaum dem Standard des SAS entsprochen hätte. Nur seine zwölf vertrauenswürdigsten Männer – jene, die ihn nach Nimrod begleitet hatten – waren in alle Details der Operation eingeweiht.

Ravi war hin und her gerissen zwischen der Vorbereitungsmethode des SAS, zu der ein umfangreiches Schulungs- und Trainingprogramm gehörte, und der Notwendigkeit, strengste Geheimhaltung zu wahren. Natürlich hätte er irgendwo in Syrien einen Testlauf durchführen können, doch hielt er es für unwahrscheinlich, dass davon nichts nach außen sickern und die Israelis nichts davon mitbekommen würden. So hatte er schließlich beschlossen, sich nicht mehr als nötig in die Karten sehen zu lassen.

»Es ist jetzt 1600«, sagte er. »Bis 1900 werden wir damit durch sein. Es folgt das Abendessen, anschließend so viel Schlaf wie möglich. Morgen um Mittag werden wir uns für zwei Stunden zusammensetzen, den Nachmittag über dann ausruhen. Wir essen früh, eine letzte kurze Besprechung um 2200, Abfahrt der Laster Punkt 2300.«

Donnerstag, 28. April 2005, 2300
Hamas-Stützpunkt, Golanhöhen

Die beiden Armeelaster krochen nach Westen in die Nacht hinein. Die Fahrer versuchten so leise wie möglich zu sein, versuchten die aufheulenden niedrigen Gänge zu meiden, wenn möglich auf die Scheinwerfer zu verzichten, ohne über die Felsen zu poltern, und in möglichst direkter Linie zur syrischen Grenze der Sicherheitszone zu kommen.

General Ravi Rashud, der die Route zuvor ein Dutzend Mal mit Ahmed zurückgelegt hatte, saß neben dem Fahrer des Führungsfahrzeugs, hatte den Kompass im Auge, spähte durch das Nachtsichtgerät und strengte sich an, vertraute Landschaftsmerkmale zu entziffern und das von Granitbrocken übersäte, sonnenüberflutete Gelände, das er in Erinnerung hatte, in das geisterhafte, grünlich schimmernde Bild zu übertragen, das die russische Nachtsichtbrille ihm zeigte.

Sie rumpelten und holperten voran, mühten sich schmale, unebene Wege hinauf, fuhren durch flache Abschnitte, froh, auf glattem, leiserem Boden zu sein, und konnten es doch kaum erwarten, wieder in die Deckung der Felsen einzutauchen. Sie zogen die holprigen Wege zwischen den zerklüfteten Granitwänden vor, wo sie trotz aller Unannehmlichkeiten geschützt und sicherer waren als auf den flachen Abschnitten, auf denen sie von den israelischen Satelliten erfasst werden konnten.

Sie erreichten die syrische Grenze, worauf Ravi der Patrouille, die sie bereits erwartete, signalisierte, dass alles in Ordnung sei. Von dort aus fuhren sie über einen sanft abfallenden Hügel hinab ins Niemandsland.

Der ehemalige Ray Kerman befahl, die Scheinwerfer nun endgültig abzuschalten. Der kleine Konvoi war ab jetzt vollständig auf Rays Nachtsichtbrille angewiesen. Nach zwei Kilometern entdeckte Ray in seinem Sichtgerät Lichter. Sie gehörten zweifellos zu Fahrzeugen, die weiter unten am Abhang standen, etwa fünf Kilometer von ihnen entfernt. Er nahm das Sichtgerät ab; mit bloßem Auge war in der Dunkelheit nichts mehr zu erkennen.

»In Ordnung, Jungs, das war's dann. Unsere Fahrt ist hier zu Ende. Die Laster kehren zur Basis zurück, alle anderen ordnen sich zu ihren Gruppen. Ich an der Spitze, die anderen folgen dichtauf in ihrem Viererteam. Falls Probleme auftauchen, es wird nicht geschossen … nur das Messer, immer nur das Messer. Und haltet die Augen offen.«

Die Hamas-Männer sprangen ins feuchte Wintergras und zogen gegen die kühle nächtliche Luft den Reißverschluss ihrer Jacken zu. Sie trugen Wüstenstiefel, teure, geschmeidige, über den Knöchel reichende Kampfstiefel mit Schnellschnürung. Auch wenn sie durch den Fluss wateten, würde kaum Wasser eindringen.

Sie machten sich auf ihren Weg durch die Pufferzone in den Golanhöhen, marschierten schnell, folgten dem ehemaligen SAS-Major, der die Strecke bereits einige Male zurückgelegt hatte. Nach zwanzig Minuten sahen sie die Lichter des israelischen Patrouillenfahrzeugs, das in nördliche Richtung die westliche Grenze der Sicherheitszone abfuhr. Alle warfen sich flach auf den Boden, alle hatten General Rashuds Warnung im Kopf, dass hoch entwickelte Nachtsichtgeräte bis zu einer Entfernung von drei bis vier Kilometer sich bewegende Personen aufspüren konnten.

Als die Scheinwerferlichter verschwunden waren, sprangen sie auf, rannten in Richtung Westen, bis die Lichter erneut zu sehen waren – die Patrouille fuhr die Grenze nun in südliche Richtung ab. Wieder warfen sich alle auf den Boden, und als die Luft wieder rein war, sprangen sie auf und liefen so schnell sie konnten zu der Schutz bietenden Bodenvertiefung kurz vor der israelischen Grenze.

Der General führte sie in die Felssenke, wo sie sich, von der Straße nicht einsehbar, verteilten, wie sie es so oft geübt hatten. Alle Männer waren aufs Höchste durchtrainiert, dennoch kamen sie nach dem Sprint ins Hecheln. Zwischen den Wachen, die vorn, hinten und oben auf dem Granitfelsen lagen, kauerten sie sich zusammen.

Ray Kerman beobachtete den Jeep, der mit etwa fünfzig Stundenkilometern nahezu lautlos auf sie zugefahren kam. Sie warteten, bis er nach genau acht Minuten zurückkehrte. Ray blickte ihm nach, wie er sich nach Süden hin entfernte. Zwei Minuten noch, dann rief er leise: »*Das war's, Jungs … in Gruppen zusammenschließen und los … Wir sehen uns am Treffpunkt wieder … Vierergruppen … in Zwei-Minuten-Abständen … schnell und leise … Ab sofort das GPS im Auge behalten …*«

Und damit setzte er sich mit seinen drei Männern in Bewegung, sie sprinteten über die israelische Grenze, die Männer dem General hinterher, der noch immer seine Nachtsichtbrille trug und in die wüstenartige Landschaft hinausspähte. Acht Minuten lang hielten sie das Tempo aufrecht, bis Ray stehen blieb, um das GPS zu überprüfen.

Als ihm bestätigt wurde, dass sie sich auf Kurs befanden, verminderte er das Tempo zu einem gleichmäßigen, schnellen Schritt, und bald darauf stießen sie auf ansteigendes Gelände, einen niedrigen Hügel, schritten etwa fünfzig Meter hinauf, bevor sie in eine natürliche, etwa zwanzig Meter breite, von einer Felswand umgebene Senke hinabgingen. Sie würden die Westwand überwinden und dann hinabsteigen müssen, bevor sie die nächste Phase ihres Marsches in Angriff nehmen konnten. Die Stelle war von Ray sorgfältig ausgewählt worden. Bei seinem letzten Aufenthalt hatte er sechs Wasserflaschen vergraben und eine Schaufel versteckt, mit der er nun die Flaschen herausholte.

Eine Minute später traf die zweite Gruppe ein, dann die dritte und anschließend die vierte. Innerhalb der nächsten 45 Minuten waren alle versammelt, tranken Wasser und bereiteten sich auf den neun Kilometer langen Marsch durch die fruchtbare, von Israel geschaffene Agrarlandschaft vor, in der bald eine reiche Ernte an Äpfeln, Birnen und Mandeln, Pfirsichen, Pflaumen und Kirschen zu erwarten war.

Sie waren nur wenige Kilometer von ihrem Stützpunkt entfernt, die Landschaft allerdings hatte sich schlagartig geändert – was in der pechschwarzen Finsternis jedoch kaum zu erkennen war. Das ausgedörrte, steinige Gelände der syrischen Golanseite verwandelte sich in üppige landwirtschaftliche Nutzflächen – der Erfolg israelischer Bewässerungsanlagen.

Es war genau 0115, als der Hamas-General seine Gruppe als Erste der neun über den Granitwall der Senke führte, um den grasbewachsenen Abhang hinabzuschlittern. Sie bewegten sich so lautlos wie möglich, und nachdem alle wohlbehalten unten angekommen waren, überprüfte Ravi Rashud das GPS und flüsterte: »*Okay, Männer. Los, mir nach.*«

Hinter ihnen auf dem Kamm, fünfzehn Meter über ihnen, stand die zweite Gruppe und bereitete sich auf die Rutschpartie vor, sobald die erste Gruppe auf dem Weg war. Nach zwanzig Minuten eilten sie alle mit übergezogenen Gesichtsmasken durch die Felder. Nördlich von Mas'adah überquerten sie die Straße 91 und hielten sich weiter nach Westen, erreichten das Ufer des Flusses, der sich über eine Strecke von knapp zwei Kilometern durch ein Sumpfgebiet schlängelte. Ravi schlug einen Weg ein, der sonst vor allem von Naturliebhabern und Ornithologen benutzt wurde, die hier die großen Vogelpopulationen beobachten konnten, die in diesen fruchtbaren Gebieten eine Heimat gefunden hatten.

Die Karte, die er benutzte, stammte sogar tatsächlich von der Internationalen Vogelbeobachtungsgesellschaft von Galiläa. Er hatte Shakira zum Beitritt gedrängt, worauf sie glaubte, er habe den Verstand verloren. Noch nicht einmal ihr hatte er erzählt, wozu er so detailliert die geheimen Schleichwege der Vogelkundler in diesem friedlichen israelischen Naturpark brauchte.

Sie wusste es noch immer nicht, die 35 Männer aber, die ihm vom 28. auf den 29. April durch die Nacht folgten, waren erstaunt über seinen Orientierungssinn in der Dunkelheit. Den, aus ganz anderen Gründen, auch Shakira bestätigen konnte.

Um 0230 hatten sie die letzten Ausläufer der Golanhöhen hinter sich gelassen und den Fluss überquert. Vor ihnen ragten die Klüfte des Festungsbergs auf. Ravi hielt sich etwas nördlicher, um über trockeneres Grasland im rechten Winkel auf die Straße zu stoßen und anschließend in den Berg einzusteigen und rechts von der Zufahrtsstraße den weniger steilen Hang zu ihrem Versteck hinaufzuklettern.

Auf ihrem letzten Abschnitt bewegten sie sich im Schutz eines hohen Waldes, durch den Ravi sie geradewegs hindurchführte. Etwa dreihundert Meter vor dem Fuß des Berges traten sie aus der Deckung. Inzwischen hatte er es eilig. Es war fast 0300, in drei Stunden würde das erste Tageslicht den Himmel hinter ihnen rötlich färben. Sie hatten noch den Aufstieg vor sich und anschließend die aufwändige Arbeit, das Versteck zu tarnen. Niemals zuvor hatten die Männer der Hamas diesen Grad an Planung, Organisation und deren praktische Umsetzung erlebt wie unter ihrem neuen befehlshabenden Offizier.

Im Zickzack führte er sie den Berg hinauf, der Aufstieg fiel ihnen leicht; viele unter ihnen waren in diesem Moment froh um die harte dreimonatige Ausbildung, bei der er gnadenlos alle ausgesiebt hatte, die überfordert gewesen waren. Von den ursprünglich sechzig Freiwilligen hatten achtzehn gehen müssen, wobei sich die Anforderungen nach ihrem Ausscheiden noch verschärft hatten. Die Männer begannen sich stolz als Elitesoldaten zu fühlen.

Zwei der Männer, die wieder weggeschickt wurden, waren daraufhin schwer in ihrem unberechenbaren und sehr gefährlichen arabischen Ehrgefühl verletzt gewesen. Beide hatten gedroht, dem neuen General die Kehle aufzuschlitzen, bis ihnen Ahmed Sabah geraten hatte, das lieber nicht zu tun, wenn sie selbst am Leben bleiben wollten. Ein sehr kühner Neunzehnjähriger, der sich über alle Maßen gedemütigt fühlte, weil man ihn gebeten hatte, die Ausbildung sein zu lassen, war mit beiden Fäusten auf den General losgegangen und hatte geschrien: »*Wer glauben Sie denn, wer Sie sind, Sie Bastard?*«

Ahmed Sabah kochte vor Wut und beschwerte sich bitterlich während der 75 Kilometer langen Fahrt ins Krankenhaus nach Damaskus, wo dem jungen Mann der gebrochene Arm und das Schlüsselbein wieder zusammengeflickt werden mussten. »Ich habe Leute schon wegen weniger umgebracht«, hatte Ravi geschnauzt. »Schätz dich also glücklich.«

35 Männer stiegen nun den Berg zur Festung Nimrod hinauf, überzeugt, einer Art göttlichem Wesen zu folgen, das von Allah selbst geschickt worden war. Als sie schließlich um 0320 den Schutz ihres unterhalb der Straße gelegenen Versteckes erreichten, dankten sie Gott für ihre Mission und ihren Anführer.

Um 0600 waren sie, durch dichtes Strauchwerk getarnt, von der Straße und auch von jedem anderen Punkt aus nicht mehr zu sehen. Was die Männer allerdings nicht wussten: Ihr neues zwischenzeitliches Hauptquartier war nahezu die genaue Kopie eines anderen Beobachtungspostens, den Ray Kerman fünf Jahre zuvor und 5600 Kilometer entfernt in Westafrika, am Nordufer des Rokel, errichtet hatte.

Sie füllten ihre Feldflaschen aus den Wasservorräten, die der General während seiner vorherigen Erkundungsmissionen hier verstaut hatte. Lebensmittel hatten sie nicht dabei, sie wären hinderlich und sowieso unnötig gewesen. Es sollte nur ein kurzer Einsatz werden. Sie tranken ein wenig und warteten. Manche von ihnen schliefen, wenn sie nicht gerade Wache halten mussten. Ab 1030 lauschten sie auf die Geräusche des Fahrzeugs, das der Planung nach unmittelbar oberhalb ihres Verstecks liegen bleiben würde.

Noch bevor die anderen den Wagen hörten, sah Ravi Rashud ihn bereits die Straße durch das Tal kommen. Er und Ahmed warteten unmittelbar unterhalb der Kreidemarkierung, die er auf dem Teerbelag angebracht hatte, bis der alte, klapprige Fort Escort schließlich den Berg hochkeuchte, um dann genau auf der gezogenen Linie, mitten auf der Straße, stehen zu bleiben.

Sie wussten jetzt genau, wo auch der Laster zum Stehen kommen würde, und begaben sich auf ihre Posten: Ravi auf der gegenüberliegenden Straßenseite, Ahmed, verborgen hinter einem Busch, auf der anderen Seite oberhalb der Männer.

Der offensichtlich schwer beladene Vierzigtonner ächzte in niedrigem Gang den Berg herauf und kam dann mit einem lauten Zischen der Luftdruckbremsen exakt dort zum Halt, wo Ravi es geplant hatte. Dröhnend wummerte die Maschine im Leerlauf, der Fahrer hupte einmal, aber die beiden Araber, tief über den Motorraum gebeugt, winkten nur ohne aufzublicken.

Gleichzeitig öffneten sich beide Türen der Fahrerkabine, die israelischen Soldaten stiegen aus und gingen langsam zum liegen gebliebenen Fahrzeug; es waren die letzten Schritte, die sie in ihrem Leben taten. Sie lehnten sich über den Kotflügel, und dort starben sie, getötet jeweils durch ein langes Kampfmesser, das ihnen durch den Rücken tief ins Herz gestoßen wurde.

In diesem Augenblick setzte sich alles in Bewegung. Die Hamas-Soldaten schwärmten aus ihrem Versteck zur Straße hoch und rissen die hintere Ladeklappe des Lasters nach unten, zogen die Plane beiseite und steckten sie fest. Kurz darauf wurden die ersten großen Kartonpaletten über die Ladefläche nach hinten geschleift, wo der andere Teil der Männer bereits darauf wartete, sie in Empfang zu nehmen und zum Straßenrand zu tragen, wo sie über die Klippe nach unten geworfen wurden.

General Rashud und Ahmed holten zwei kleinere Pappschachteln aus dem Kofferraum des PKWs und brachten sie in die Fahrerkabine des Lasters. Vier Männer schleiften die beiden Toten zum Straßenrand, zogen ihnen Jacken und Mützen aus und warfen die Leichen danach in die Tiefe.

Ravi gab den beiden Arabern die Hand. Sie sprangen in ihren Wagen, wendeten mit quietschenden Reifen und jagten den Berg hinab, um ihre zweite Straßenblockade an diesem Morgen zu errichten, jene, die verhindern sollte, dass irgendein anderes Fahrzeug zum Gefängnis hochkam.

Die Männer arbeiteten schnell, schleiften die Paletten über die Ladefläche, ergriffen sie und hievten die Ladung aus dem israelischen Armee-Laster. Die Paletten wogen einiges und waren nur schwer zu fassen, aber es gab viele starke Arme und Hände. Sie arbeiteten in streng festgelegten Gruppen, vier Mann im Laster, vier dahinter, die die Kartons herauszogen und sie einer aus zwölf Mann bestehenden Kette überreichten, die sie zum Straßenrand brachte, wo zwölf weitere Männer nichts anderes taten, als sie die letzten zwei Meter über den Straßenrand und den Abgrund hinabzuschieben. Eine solche Operation hätte leicht im Chaos enden können, hier jedoch lief alles wie am Schnürchen, gründlich und intelligent organisiert. Wie beim SAS.

Sechs Minuten später war der Laster leer, die Ladung lag unterhalb der Straße im Farngestrüpp, daneben der tote Fahrer und sein Beifahrer. Man hätte sich schon nahe an den Straßenrand begeben und auf eine bestimmte Stelle im Blätterdickicht am Berghang spähen müssen, um die hellbraunen Kartons mit Eiern, Fleisch, Gemüse und Brot zu erkennen.

Ravi und Ahmed hatten mittlerweile die israelischen Uniformen angelegt und saßen mit ihren Waffen und den beiden Schachteln in der Fahrerkabine. Das restliche Team drängte sich auf der etwas engen Ladefläche, sie hatten die Gesichtsmasken übergestreift und die MP 5 einsatzbereit. Dann zogen sie die Plane wieder vor, ließen aber die Ladeklappe offen, um schnell abspringen zu können.

Ravi legte den ersten Gang ein, ließ den Motor aufheulen, fuhr langsam an und jagte den Laster dann auf fünfzig Stundenkilometer hoch. Zwei Minuten später fuhr er am Eingangstor des Gefängnisses vor. Er drückte zweimal auf die Hupe, kurze Stöße, ohne jede Dringlichkeit.

Drinnen sah der Dienst habende Wachmann beiläufig auf seinen Monitor, erkannte den Versorgungslaster und drückte abwesend auf den Knopf, um das Haupttor zu öffnen, bevor er sich wieder seiner Zeitung widmete.

Ravi und Ahmed sahen die großen Flügel des Holztors nach innen schwingen. Der Laster fuhr an, und der Motor heulte auf, während das Fahrzeug sich langsam in den Innenhof hineintastete. Ravi registrierte insgesamt sechs Wachen, zwei an der einen, vier an der anderen Hofseite. Zwei von ihnen winkten freundlich, worauf er ihren Gruß erwiderte. Im Gegensatz zu den beiden Patrouillen draußen, die Ravi so oft beobachtet hatte, trugen die Männer hier keine Militäruniformen, sondern die Kleidung der Gefängniswärter.

Er fuhr den Laster hinein und ließ ihn so stehen, dass das Tor nicht mehr geschlossen werden konnte. Mit angehaltenem Atem stellte er den Motor ab, zog den Schlüssel aus dem Zündschloss und schob ihn sich in die Tasche.

Dann drückte er auf den Startknopf, um Zeit zu schinden, und tat so, als wäre ihm der Motor abgestorben. Er wusste, dass die erste Angriffswelle bereits unterwegs war. Acht seiner Männer hatten, unbemerkt von den Wachen, bereits den Laster verlassen und rannten durch das Tor nach draußen, vier bogen nach links ab, vier nach rechts.

Nach dreißig Metern entdeckte die erste Gruppe ihr geplantes Ziel: die aus zwei Männern bestehende israelische Patrouille. Beide Männer rauchten gerade, einer saß auf der alten Festungsmauer. Ein einziger Feuerstoß aus den MP 5 mähte sie nieder. Sie erfuhren nie, wer sie erschossen hatte. Einige Sekunden später signalisierte ein erneuter Feuerstoß einen weiteren Erfolg. Die beiden Soldaten der zweiten Patrouille, die an den schweren Geschützen gelehnt hatten, um die unter ihnen liegende Ebene zu überwachen, wurden von Ravis Gruppe getötet.

Die Schüsse waren im Innenhof, hinter den dicken Festungsmauern und übertönt von Ravis orgelndem Motor, kaum zu hören. Der Angriff hatte allerdings auch hier begonnen. Einer von Ravis Männern trat die Tür zum Torwärterhaus ein, erschoss die beiden Insassen und setzte das Schaltpult mit einer gezielten Salve außer Betrieb.

Alle sechs Dienst habenden Wachen liefen zum Torwärterhaus und wurden durch drei von Ravis Männern, die unter dem Laster Stellung bezogen hatten, erschossen. Sie bekamen noch nicht einmal mehr mit, woher die Schüsse kamen.

Das alles hatte keine Minute gedauert. Der Hamas-General übernahm nun die Führung. Er schleuderte eine Handgranate mitten durch das Fenster des kleinen Gebäudes links von ihm, in dem die vier dienstfrei habenden Wachen schliefen. Die Detonation brachte das gesamte Gebäude zum Einsturz. Durch den ohrenbetäubenden Lärm im umschlossenen Innenhof wurden die drei Männer im Gefängnisbüro alarmiert. Eine Tür wurde aufgerissen.

Im Türrahmen erschien der Gefängnisdirektor. Einer der Schützen, die unter dem Laster postiert waren, knallte ihn ab. Durch das Fenster sah Ravi einen weiteren Offizier am Telefon. Er schleuderte seine zweite Handgranate und warf sich auf den Boden. Kurz darauf explodierte das Gefängnisbüro.

Ahmed hatte sich mit einer der Pappkartonschachteln aus der Fahrerkabine sofort zum Haupttor begeben, das vom Innenhof in den Zellenblock führte. Zu seiner Überraschung war es nicht verschlossen. Er schob es auf, und seine beiden, vom General persönlich ausgebildeten Leibwächter stürmten mit feuernden Maschinenpistolen hinein und mähten die beiden Wachen nieder, die am Fenster standen, an ihrem Handy herumfummelten und offensichtlich überlegten, was nun zu tun war.

Oben im Zellenblock, am Absatz des erstens Stockwerks, war ein weiterer Wärter zum Stahlgeländer gestürzt, sah nach unten und rief auf Englisch: »Was zum Teufel ist hier los?« Was ein grober Fehler war, weil er augenblicklich von einem von Ahmeds Leibwächtern erschossen wurde. Damit waren alle Dienst habenden Wachen im Gefängnis liquidiert. Nimrod gehörte General Ravi Rashud, im Moment jedenfalls.

Seine Männer schwärmten zu ihren vorgegebenen Positionen aus, nahmen den Toten die Schlüssel von den Gürteln und schlossen die Tore zu den Zellblocks auf, in denen die gefährlichsten Terroristen ganz Israels inhaftiert waren. Es handelte sich um 47 Rädelsführer, die Urheber von Bombenanschlägen, die im Namen der Hamas, der Hisbollah und des Dschihad in den letzten Jahren durchgeführt worden waren. Viele waren bekannte palästinensische Anführer und wurden hier festgehalten, damit sie nie wieder die Straßen von Jerusalem, Tel Aviv oder Hebron betreten konnten.

Unter den Israelis galten sie als politische Gefangene. Alle hier Inhaftierten waren in das Hochsicherheitsgefängnis eingeliefert worden, weil sie für grauenvolle Anschläge und Massenmorde verantwortlich waren. Und die Israelis waren davon überzeugt, dass die Bergspitze so sicher wie Alcatraz war und das umliegende Tiefland für potenzielle Flüchtende so gefährlich und unwegsam wie die wechselnden Strömungen in der Bucht von San Francisco.

Bislang hatten sie damit Recht gehabt. Vielleicht würden sie auch in Zukunft wieder einmal damit Recht behalten. Momentan wusste General Rashud jedenfalls, dass er genügend Zeit hatte, die Gefangenen zu befreien. Dennoch musste die Flucht anschließend ebenso fehlerlos verlaufen wie der Angriff. Er machte sich an die Arbeit und überreichte den Inhalt des Pappkartons zwei Männern, die er ebenfalls persönlich ausgebildet hatte.

Er gab jedem einen batteriebetriebenen Hochleistungs-Elektrobohrer, mit dem sie zwei dünne Löcher in die Verschlussriegel der Zelltüren bohrten. Aus der zweiten Schachtel, die er auf dem Boden aufklappte, entnahm er Sprengschnüre, so genanntes Detcord, und verteilte sie an die Männer. Es handelte sich um wertvolles Material, das vom SAS und den SEALs der U.S. Navy überaus geschätzt wurde. Obwohl es im Grund nichts anderes als ein Zündmittel war – man entzündete es und ging unverzüglich in Deckung –, ließ es sich mit anderen, langsam abbrennenden Zündern, wie sie von Eliteeinheiten zur Zündung von Sprengstoff verwendet wurden, nicht vergleichen.

Detcord brannte mit einer Geschwindigkeit von *acht Kilometern in der Sekunde* ab. Wickelte man einige Schnüre davon um eine stämmige Eiche, konnte die folgende Detonation den Baum in der Mitte spalten. Hauptbestandteil war ein Stoff namens PETN, ein Sprengstoff, der äußerst präzise eingesetzt werden konnte. Detcord explodierte so schnell, dass man mehrere Objekte durch eine Schnur miteinander verbinden und dann alles zusammen und gleichzeitig in Luft gehen lassen konnte.

Der Erste von Ravis Männern hatte mittlerweile mit einem der Bohrer das obere Geschoss erreicht. Das zweite Gerät kam bereits im unteren Geschoss zum Einsatz, wo das schrille Geräusch des Motors durch die Räume hallte. Die beiden Männer hängten jeweils eine vorgefertigte, mit zwei Löchern versehene Stahlschablone über die Schlösser und bohrten zwei präzise Löcher in den hinter dem Türschild verborgenen Stahlzylinder des Schlosses.

Hinter ihnen rannten die Männer mit dem Detcord durch den Gang und riefen auf Arabisch in die Zellen: *»Hamas! Wir holen euch raus ... Packt die Schnur und schiebt sie durchs zweite Loch wieder raus ... Beeilt euch!«*

Kein Befehl wurde jemals eiliger ausgeführt. Wenn die Schnur im zweiten Loch erschien, standen andere schon bereit, um sie ganz herauszuziehen, sie zweimal um den Riegel zu wickeln und mit den Baumscheren, mit denen bereits das Farngestrüpp bearbeitet worden war, zu kappen. Anschließend, wieder von einem anderen Mann, wurden die einzelnen Enden mit jenen der Nachbarzellen verbunden.

Ravi hatte vor, jeweils vier Schlösser gleichzeitig aufzusprengen. Seine Männer bohrten, schoben die Sprengschnüre durch, zerrten sie heraus, wickelten sie um die Schlösser, schnitten sie ab und verbanden sie miteinander; jeder war auf seine jeweilige Aufgabe konzentriert, jeder war für genau einen Vorgang zuständig. Sie kamen rasend schnell voran, während zwei der Männer durch die Zellenblöcke liefen und klare Anweisungen riefen: *»Wenn die Sprengschnur angebracht ist, legt euch an der hinteren Wand flach auf den Boden ... Falls ihr eine Matratze habt, schiebt sie zwischen euch und die Tür ...«*

Sechs Minuten nachdem die Männer zu bohren begonnen hatten, zündete General Ravi Rashud die erste Sprengschnur. Die ersten vier Schlösser wurden aufgesprengt. Die Türen schwangen auf, jeweils zwei Männer eilten in eine Zelle und halfen dem Insassen auf die Beine. Glücklicherweise waren sie nicht in Hand- oder Fußschellen, bislang hatte es auch keine Verletzungen gegeben. Es hatte ungefähr neunzig Sekunden gedauert, um jeweils einen Gefangenen zu befreien. Im Untergeschoss leitete Ahmed die gleiche Operation, und kurz darauf erschütterte eine weitere Explosion das Gebäude. Vier weitere Türen schwangen auf. Sechzehn Männer waren nun damit beschäftigt, die acht Befreiten zum Treffpunkt hinter dem Laster im Innenhof zu führen.

In sieben Minuten waren acht Gefangene befreit. Ravi ging davon aus, dass seine Männer im Lauf der Arbeit schneller werden würden. Das hieß, sie würden höchstens 42 Minuten für alle 47 Gefangenen brauchen. Eine gute halbe Stunde noch – doch der Offizier am Telefon im Büro wollte ihm nicht aus den Kopf. *Hatte er seine Meldung noch absetzen können? Und was hatte er dem Militärhauptquartier erzählt? Gab es eine direkte ›Hotline‹? … Falls ja, hatten sie mit Problemen zu rechnen. Falls nicht, standen die Chancen gut, dass ihnen noch genügend Zeit blieb.*

Der Schwachpunkt der Operation war ihm immer bewusst gewesen. Hätte er eindringen und die Hauptstromversorgung des Gefängnisses lahm legen sollen? Oder hätte er damit nur einen automatischen Alarm ausgelöst, der die gesamte Operation zunichte machte, bevor sie überhaupt innerhalb des Gemäuers waren? Dieses Risiko war ihm als zu groß erschienen. Jetzt allerdings wusste er nicht, ob schon israelische Hubschrauber mit Fallschirmjägern an Bord nach Nimrod unterwegs waren.

Er hatte bereits zwei Beobachter auf den hohen Festungswall geschickt, die den Himmel absuchen sollten. Sie waren mittlerweile fünf Minuten oben, konnten im klaren Blau des Morgens aber nichts Besorgnis Erregendes entdecken. Im Grunde mussten sie nur in eine Richtung spähen. Nicht nach Osten zur syrischen Grenze, nicht nach Norden zur libanesischen Grenze, nur nach Süden, zum israelischen Militär.

Der General stieg auf die Plattform an der höchsten Gefängnismauer und tippte eine Nummer in sein Handy. Die Beobachter hörten ihn einen knappen Befehl erteilen: »*High Rollers los!*«

Fünfzehn Minuten waren vergangen, und sechzehn Männer waren befreit. Sein stellvertretender Sprengstoffexperte hatte die Leitung im Obergeschoss übernommen, während Ahmed nach wie vor für die Sprengungen unten zuständig war. Zwei gellende Detonationen kurz hintereinander deuteten darauf hin, dass acht weitere Gefangene befreit waren. Und noch immer keine Meldung von den Beobachtern oben auf den Wällen.

Ravi war hocherfreut über die Präzisionsarbeit, lediglich seine Befürchtung, jeden Moment könnten israelische Fallschirmjäger in Kampfhubschraubern auftauchen, trübte sein Vergnügen. Er konnte ja nicht wissen, dass dafür kein Grund bestand. Der Offizier am Telefon hatte nämlich nur noch »*das Gefängnis steht unter massi* …« brüllen können.

Am anderen Ende der Leitung hatte die neunzehnjährige Soldatin, die den Anruf entgegennahm, erwidert: »*Das hab ich nicht ganz verstanden … Wer ist dran? … Hier ist das Hauptquartier Nordkommando der israelischen Armee* …«

Auf einmal war die Leitung tot, nur das Freizeichen war noch zu hören, sonst nichts mehr. Die Soldatin tippte auf die Telefongabel und sagte: »Hallo … Hallo … Wer spricht da?«

Es war nichts mehr zu hören. Die Soldatin informierte ihren Vorgesetzten und berichtete, sie habe einen »komischen« Anruf entgegengenommen.

»Ich glaube, der Mann wollte sagen, dass das Gefängnis unter Wasser steht. Aber dann war die Leitung tot.«

»Welches Gefängnis?«

»Das hat er nicht gesagt. Aber ich hab ganz sicher ›Gefängnis‹ verstanden. Ich glaube auch, ›unter Wasser‹ gehört zu haben, auch wenn das komisch klingt … Mehr hat der Anrufer jedenfalls nicht gesagt.«

»Gut, warten wir noch fünf Minuten, vielleicht ruft er ja noch einmal an. Wahrscheinlich hat sich sowieso nur jemand verwählt. Und bei dem Wort ›Gefängnis‹ sind Sie sich ganz sicher, es war nicht irgendwas anderes?«

»Na ja, vielleicht schon, aber ich glaube, er hat wirklich ›Gefängnis‹ gesagt.«

»Gut. Lassen wir es dabei. Wir warten ab. Mal sehen, ob wir noch was anderes reinkriegen. Und Sie haben sich auch zu erkennen gegeben, Hauptquartier Nordkommando der israelischen Armee?«

»Ja, Sir, das habe ich. Gleich am Anfang.«

»Okay. Lassen Sie es mich wissen, wenn sich der Mann noch mal meldet.«

Auf dem Festungswall in Nimrod hatte in der Zwischenzeit einer der Beobachter den ersten Helikopter gesichtet, der von Norden her über die libanesische Grenze in niedriger Höhe dem Gefängnis zusteuerte.

»*Objekt im Anflug, General!*«, brüllte der Beobachter. »*Mit hoher Geschwindigkeit … dreihundertsechzig Grad … niedrige Höhe.*«

General Ravi Rashud fuhr herum, rannte durch das Haupttor hinaus, vorbei an der Gruppe der völlig entgeisterten politischen Gefangenen, die von den Ereignissen so überwältigt waren, dass sie kein Wort herausbrachten und noch nicht einmal ihre Dankbarkeit zum Ausdruck bringen konnten. Sie starrten dem Hamas-Kommandanten nur hinterher, der ein soeben geklautes israelisches Fernglas auf den nördlichen Himmelsabschnitt richtete.

Dort war er, ein mächtiger Sikorsky CH-53 *Sea Stallion,* der ihnen durch den klaren Himmel mit 200 Stundenkilometern entgegenröhrte. Er sah aus wie ein Militärhelikopter, und ganz sicher war er das auch einmal gewesen. Im Moment aber war er leuchtend weiß lackiert, in blauer Farbe strahlten die Verzierungen und der auf Arabisch gehaltene Werbespruch: »Cool bleiben mit Frosty's«. Auf dem Rumpf schleckte ein sichtlich zufriedener Eisbär eine riesige Eiswaffel.

Unten auf dem darunter liegenden Festungswall, unterhalb des Gefängnisbereichs, wiesen zwei von Ravis Männern mit orangeroten Flaggen den großen Hubschrauber ein, der

38 voll bewaffnete und ausgerüstete Marines aufnehmen konnte.

An diesem Morgen aber war er leer. General Rashud brüllte seinen nächsten Befehl. »*Alle nach unten … den Hügel runter zu den Jungs mit den Fahnen … dann rein in den Helikopter … Los, los, los!*«

Zwei ferne Detonationen sagten ihm, dass acht weitere Gefangene frei waren. Er stand im Innenhof und winkte sie weiter, als sie herausgelaufen kamen. »*Gleich weiter*«, brüllte er, »*runter zum Helikopter … Alle an Bord … Alle an Bord … Wir hauen ab … Raus hier … Los, los, los!*«

Wie Ravi wusste, war der Sikorsky, den sie sich von der syrischen Armee ausgeliehen hatten, für Passagiere mit umfangreicher Ausrüstung und Waffen ausgelegt. Die Gefangenen jedoch führten nichts mit sich, die Zuladekapazität würde daher bei etwa fünfzig Personen liegen. Insgesamt waren 86 Männer zu transportieren, weshalb er den Lademeister an Bord angewiesen hatte, beim ersten Flug 32 Gefangene sowie sechzehn seiner eigenen Männer mitzunehmen.

Der *Sea Stallion* hatte aufgesetzt, und die Gefangenen kletterten durch die offenen Türen. In diesem Moment brüllte der Beobachter: »*Helikopter im Anflug, auf niedriger Höhe … dreihundertsechzig Grad … mit hoher Geschwindigkeit … identisches Objekt … Ich wiederhole, identisches Objekt …*«

Alle 48 Männer befanden sich im ersten Hubschrauber, der bereits abhob und nahezu senkrecht nach oben schwebte. Dann neigte er sich zur Seite, die Turbinen röhrten auf, und er schoss in östliche Richtung davon, hin zum Niemandsland und zur syrischen Grenze.

Immer mehr Gefangene eilten den Weg hinab zum unteren Festungwall, während der zweite *Sea Stallion* sich im Landeanflug befand. Wieder ertönten zwei Detonationen, wieder waren acht Gefangene frei. General Rashuds Männer hielten sich mittlerweile seit einer Dreiviertelstunde im Gefängnis auf, und noch waren insgesamt acht Zellen aufzusprengen.

Doch während der zweite, ebenfalls mit dem Eisbären-Logo versehene Helikopter noch kreiste, tat sich etwas in der Operationszentrale des Nordkommandos der israelischen Armee. Ein junger Hauptmann lauschte angestrengt, während sein Vorgesetzter auf den Computerbildschirm starrte und sich die Information geben ließ. »*Noch einer, General. Kein Zweifel. Helikopter im Anflug. 360 Grad, Geschwindigkeit 160 Stundenkilometer. Flughöhe unter 150 Meter. Amerikanisches Fabrikat. Aber nichts auf dem militärischen Radar. Ziel Gefängnis Nimrod ... Erster Helikopter abgehoben, Kurs 238 ... auf null-neun-null drehend, Geschwindigkeit 200 Stundenkilometer. Flughöhe unter dreißig Meter.*«

»Wie lange war er auf dem Boden?«

»*Vier Minuten, höchstens, General.*«

»Irgendeine Verbindung zum Gefängnis?«

»*Versuche es gerade, Sir. Keine Antwort.*«

Eine neue, angespannt klingende Stimme: »*Hat da jemand ›Gefängnis‹ gesagt?*

»Genau. Nimrod.«

»*Scheiße!*«

»Was ist los?«

»*Wir haben heute Morgen einen Anruf erhalten, einen verstümmelten Satz ... Die Soldatin, die ihn entgegennahm, meinte ›das Gefängnis steht unter Wasser‹ gehört zu haben ... Dann war die Leitung tot. Es folgte kein zweiter Anruf. Der Name des Gefängnisses wurde nicht erwähnt.*«

»Vielleicht lautete die Nachricht ja in Wirklichkeit: ›Das Gefängnis steht unter massivem Beschuss‹ oder sonstwas, und der Anrufer konnte den Satz nicht mehr vollenden.«

»*Hubschrauberbesatzungen auf Gefechtsstation. Kampfhubschrauber zum Nimrod-Gefängnis – wird vielleicht angegriffen. Angriffsgruppen eins und drei.*«

Der Kommandant des Stützpunks schnauzte jemanden an und befahl, ihn unverzüglich mit dem Beobachtungsposten an der Sicherheitszone, östlich von Nimrod, zu verbinden.

»Ja, Sir. Wir haben ihn soeben gesichtet. Ein großer Helikopter mit einem Rotor, flog in östliche Richtung nach Syrien. Ein Zivilhubschrauber, Sir. Nichts auf dem militärischen Radar … Er war weiß, sah aus wie ein großer Eiscremelieferwagen mit einem Rotor …«

»Was?«

»Ein Eiscremelieferwagen, Sir … weiß und blau. Ein großer Eisbär war draufgemalt …«

»Ein was?«

»Ein Eisbär, Sir. Er schleckte an einer rosa-weißen Eiswaffel …«

Der Hörer wurde aufgeknallt. *»Scheiße!«*, brüllte der Hauptmann.

Es dauerte zwölf Minuten, bis die drei IDF-Helikopter einsatzbereit waren und mit den Soldaten an Bord für den gut dreißig Kilometer langen Flug nach Nimrod abheben konnten. Doch als die Israelis in die Luft stiegen, war General Rashuds zweiter Sikorsky bereits startklar. Der Rotor dröhnte, die breite Passagiertür stand weit offen, und der General rannte um sein Leben, den Pfad hinab, während hinter ihm der große israelische Laster in einem Inferno aufging, Flammen aus dem Tank schlugen und die gesamte Frontfassade des Gefängnisses in dichten Rauch hüllten.

Ravi warf sich in den Rumpf der Sikorsky und rollte sich in die hintere Kabine. Jemand knallte die Luke zu, unmittelbar darauf hoben sie ab und nahmen Kurs nach Osten zur syrischen Grenze. Sie hatten, was sie allerdings noch nicht wussten, zehn Minuten Vorsprung vor den israelischen Kampfhubschraubern.

Hinten in der Kabine ausgestreckt, sprach Ravi zu seinen Leuten. »Na, keinen einzigen Mann verloren, und alle rausgeholt. Nicht schlecht fürs Erste.«

In diesem Moment rief der Navigator nach hinten: »Sir, ich hab drei Flecken auf dem Schirm, vielleicht fünfundzwanzig Kilometer an Steuerbord, vier Uhr, mit Kurs auf Nimrod. Sie kommen mit hoher Geschwindigkeit.«

Der General nickte, sein Lächeln verschwand. »Wie der Herzog von Wellington gesagt hätte, das war eine verdammt knappe Angelegenheit. Fünf Minuten länger im Gefängnis, und wir hätten es nicht geschafft.«

Kurz darauf, während der Sikorsky *Sea Stallion* in den syrischen Luftraum eindrang, befanden sich die Israelis im Anflug auf Nimrod. Sie sahen bereits den in Flammen stehenden Laster in der Toreinfahrt und die Handgranatenschäden im Innenhof. Als sie dann näher kamen, erkannten sie zwei scheinbar schlafende Gestalten bei den Geschützen.

Als Nächstes würden sie feststellen müssen, dass im Gefängnis niemand mehr anzutreffen war – keine Wachen, keine Gefangenen, dafür insgesamt zwanzig Tote. Allesamt ehemalige Offiziere des Gefängnisses. »Großer Gott«, entfuhr es dem befehlshabenden Offizier, als ihm dämmerte, dass jedes einzelne Schloss in den Zellentüren professionell zerstört worden war – was ebenso auf den makellosen Ruf des Nimrod-Gefängnisses zutraf.

Doch nun lauerten irgendwo da draußen, jenseits der zerklüfteten Landschaft des Golan, die gefährlichsten Feinde des Staates Israel; Männer, die bei ihren tödlichen Anschlägen gegen die jüdische Bevölkerung in Städten wie Tel Aviv und Jerusalem bewiesen hatten, dass sie zum Sterben bereit waren. Der junge Offizier, dessen Eltern 1973 bei dem kurzen Einmarsch der Israels in den Golanhöhen den Tod gefunden hatten, war alles andere als begeistert darüber, seinen Bericht abliefern zu müssen.

Als er diesen zwanzig Minuten später über das Funkgerät des Hubschraubers durchgab, lief jedem im Hauptquartier des Nordkommandos ein leiser Schauer über den Rücken. *Wie war das nur möglich gewesen? Das musste von einem anderen Staat finanziert – und minutiös geplant worden sein. Aber von wem?*

Der Kommandant des Nordkommandos gab die Anweisung, die Satelliten und deren Aufzeichnungsgeräte auf syrische Militärbasen zu richten, vor allem auf jene, die Helikopter beherbergten. Schließlich trudelten im Lauf der nächsten

Tage zahlreiche Fotos ein, die Reihen von Helikoptern zeigten. Alle waren im öden, wirkungsvollen Hellbraun der Wüste gehalten und mit entsprechenden Hoheitsabzeichen versehen. Keiner wusste, dass bei zwei Maschinen unter dem Tarngewand der syrischen Armee zwei riesige Eisbären an ihren Waffeln schleckten und sich nicht darum kümmerten, dass sie niemand mehr zu Gesicht bekommen würde.

Die Israelis ließen sich zwei Tage Zeit, bevor sie in der Öffentlichkeit einräumten, dass sie Opfer eines der spektakulärsten Gefängnisausbrüche der Geschichte geworden waren. Was sich in Nimrod ereignet hatte, gehörte zu den dreistesten Befreiungsaktionen, die die Welt jemals erlebt hatte, zumindest seitdem der Posträuber Ronnie Biggs in den Sechzigerjahren des gerade vergangenen Jahrhunderts von Wormwood Scrubs auf einen Möbelwagen gestoßen worden war. Aber da hatte es sich auch nur um einen einzigen Häftling gehandelt, und der war noch nicht mal ein Jude gewesen.

Israel hatte soeben mit einem Schlag die 47 gefährlichsten politischen Gefangenen verloren. Sie waren eingeschworene Staatsfeinde, die in einem eigens dafür errichteten Gefängnis inhaftiert gewesen waren, das als absolut ausbruchssicher gegolten hatte. *Und wo befanden sie sich jetzt?* Das wusste nur Gott. Doch sicherlich hielten sie sich nicht mehr in Israel und damit in dessen Machtbereich auf – wahrscheinlich waren sie in einem Land, das Israel gegenüber grundsätzlich feindselig eingestellt war und keinerlei Informationen herausrückte oder sich zu sonst einer Kooperation bereit erklärte.

Die Israelis ließen bei ihrer Presseerklärung größte Vorsicht walten und versuchten verzweifelt, den Eindruck der Inkompetenz oder, in diesem Fall, der Lächerlichkeit zu vermeiden. Sie wurde in aller Stille an einem ruhigen Samstagabend, dem 30. April, von einer Regierungsstelle der *Jerusalem Post* unterbreitet. Das Fax traf um etwa 20.30 Uhr in der Redaktion ein, dazu der Name und die Telefonnummer des Pressesprechers der Regierungsstelle, Abe Stillman, der genauso wenig Pressesprecher war wie Arnold Morgan. Abe

Stillman war ein hochrangiger Mossad-Offizier. Er wusste, wie gefährliche Fragen abzublocken waren, vor allem verstand er es, schamlos zu lügen.

Die Presseverlautbarung las sich folgendermaßen:

> Bei einem Anschlag palästinensischer Terroristen auf das Hochsicherheitsgefängnis Nimrod im Norden Galiläas sind zwanzig Gefängnisangestellte ums Leben gekommen. Der Tod ereilte sie während ihrer Dienstzeit, manche davon waren zum Zeitpunkt des Anschlags außerhalb der Gefängnismauern beschäftigt.
>
> Die Terroristen haben vermutlich mit einem Lastkraftwagen die Tore eingerammt und die Wachen dann erschossen. Es handelt sich dabei um ein kaltblütiges, feiges Blutbad an den Zivilangestellten.
>
> Bislang ist nicht bekannt, wer hinter dem Anschlag steht. Israelische Sicherheitskräfte gehen jedoch davon aus, dass die Hamas beziehungsweise die Hisbollah für den Überfall verantwortlich sind.
>
> Mehrere Gefangene konnten in zwei Zivilhubschraubern entkommen und wurden vermutlich nach Syrien ausgeflogen. Das syrische Militär hat jegliche Kenntnis von dem Vorfall bestritten.
>
> Die Namen der Verschiedenen werden bekannt gegeben, sobald die nächsten Familienangehörigen informiert sind.

Damit versuchten die Israelis die immense Bedeutung herabzuspielen, die die entflohenen Häftlinge für sie besaßen, und rückten die ermordeten Gefängnisangestellten in den Vordergrund der Geschichte.

Eine Taktik, die allerdings niemanden hinters Licht führen konnte. David Heyman, der junge und talentierte Nachtredakteur der *Jerusalem Post*, las das Fax mit Verwunderung, stürzte sich auf die Tatsache, dass mit keiner Silbe erwähnt wurde, welche gefährlichen Gefangenen entkommen waren, und rief dann Abe Stillman an.

Der Mann vom Mossad machte seinem Ruf als verschlossener Mensch alle Ehre. »*... tut mir Leid, da liegen uns keine weiteren Informationen vor ... Im Moment haben wir ein Ermittlerteam im Gefängnis, das die Fakten entwirrt ... Es wäre nicht in Ordnung, wenn ich Ihnen falsche Informationen liefern würde ... Sheik wer? ... Tut mir Leid, über einzelne Insassen kann ich keinerlei Aussagen machen ... Ja, es war ein militärisch durchgeführter Überfall auf das Gefängnis ... Ich kann Ihnen nichts dazu sagen, wie die Gefängnisangestellten zu Tode gekommen sind ... Soweit wir wissen, starben einige an Schusswunden ... Telefon? Ich fürchte, die Leitungen sind außer Betrieb ... Ich weiß nicht, wie oder warum ... Sobald uns von den Regierungsbeamten weitere Auskünfte vorliegen, werden wir Sie informieren ...*«

David Heyman spürte, dass hier etwas auf grandiose Art und Weise vertuscht werden sollte. Er rief den Nachrichtenredakteur und bat ihn an den »Balken« zu kommen (den Platz, an dem die Chefs sitzen und die Titelseite vorbereitend gestalten).

Eddie Laxton, ein ehemaliger Fleet-Street-Reporter, war wahrscheinlich der beste und hartnäckigste Zeitungsmann im gesamten Nahen Osten. Er las das Fax, hörte sich an, was der Nachtredakteur von seinem Gespräch mit Stillman zu berichten wusste, und schickte sofort sechs Reporter in die Gegend um Nimrod los.

Er forderte einen Hubschrauber an, mit dem sie zum kleinen Zivilflugplatz nördlich des Sees Genezareth flogen, wo zwei Wagen auf sie warteten, mit denen sie die 35 Kilometer nach Nimrod zurücklegten. Mit Sicherheit würde das gesamte Gebiet abgeriegelt sein, und die Chance, durchzukommen, war sehr gering. Seine Männer hatten jedoch eine harte Schule durchlaufen. Wenn es sein musste, würden sie auch auf allen vieren den Berg hinaufklettern, um das Nimrod-Gefängnis im Auge zu behalten und um ein paar Fotos zu schießen.

Eddie Laxton war eine echte Kämpfernatur und fest davon überzeugt, dass Nachlässigkeiten vonseiten der Regierung nicht vertuscht werden durften, schon gar nicht, wenn es um die staatliche Sicherheit ging. Sollte sich herausstellen, dass er mit seiner Vermutung richtig lag, würde er alles daran setzen, um die Geschichte wasserdicht zu machen.

Kurz nach Mitternacht schließlich gelang einem seiner Jungs genau das. Während die Fotografen die Straßensperre umlagerten und ins mittlerweile von riesigen militärischen Scheinwerfern beleuchtete Gefängnis zu kommen versuchten, beschloss der Jüngste in Laxtons Truppe, der zwanzigjährige Ben Lefrak, sich ins nächste Café zu setzen, das die halbe Nacht lang geöffnet haben würde, während die Rettungsmannschaften weiterschufteten.

Um 2.15 Uhr dann geschah es, in dem kleinen Café im Drusendorf Majdal e-Shams. Drei uniformierte, staubverkrustete IDF-Soldaten kamen herein und bestellten Kaffee und Süßgebäck. Der Wirt, der den für seine islamische Sekte typischen Schnauzer trug, bediente sie mit ausgesuchter Fröhlichkeit.

Es war viel los im Lokal. Als Ben schließlich an die Theke ging, um seinen vierten Kaffee zu ordern, kehrte er nicht mehr an seinen alten Platz zurück, sondern setzte sich neben einen der IDF-Männer, um ein bisschen mit ihm zu plaudern.

»Schlimme Sache dort oben, was?«, begann er.

»Das können Sie laut sagen«, sagte der junge Soldat. »Mann, bin ich fertig.«

»Ist alles in die Luft gesprengt worden?«

»Eigentlich nicht, aber der Wachraum und das Büro sind in Schutt und Asche gelegt, und sie haben einen verdammt großen Laster mitten in der Toreinfahrt hochgehen lassen.«

»Bah! Dann sind wohl auch Gefangene verletzt worden, die in ihren Zellen festsaßen und von der Explosion getroffen wurden?«

»Das würde ich jetzt nicht gerade behaupten. Es gibt dort oben keine Gefangenen mehr, nicht soweit ich das beurteilen kann. Die sind alle abgehauen. Das Gefängnis ist leer, bis auf ein paar Leichen vielleicht noch … nach denen graben wir nämlich.«

»Muss harte Arbeit sein, was? Dort oben ist doch alles aus Granit.«

»Genau. Wir freuen uns auch schon mächtig, da wieder hochzukommen. Aber irgendwann in der nächsten Stunde soll der Premierminister auftauchen.«

Zwanzig Minuten später, als Ben Lefrak das Lokal verließ und die Redaktion in Jerusalem anrief, hätte Eddie Laxton ihn am liebsten geküsst.

David Heymans Titelseite war ein Meisterwerk. Ein fünf Zentimeter hohes Foto des Nimrod-Gefängnisses zog sich über drei Spalten, dazu kamen die Porträtaufnahmen des Gefängnisdirektors, des Sicherheitschefs und des militärischen Leiters. In fetten Lettern stand dabei: »*Alle beim Überfall erschossen.*« Darunter befand sich die riesige Schlagzeile:

HAMAS-TERRORISTEN SPRENGEN NIMROD-GEFÄNGNIS
Alle politischen Gefangenen befreit

Daran schloss sich wiederum ein Block mit zwanzig quadratischen Fotos an, fünf Reihen zu je vier Bildern, die jeweils mit einem Namen versehen waren. Zudem zog sich diagonal über die Abbildungen in transparenter Schrift das Wort »Entkommen!«.

Für die *Jerusalem Post* war es ein geradezu sensationeller Aufmacher, der die konservative Herangehensweise der *Syrian Times*, jener englischsprachigen Publikation, die alle Nachrichten aus ungeniert proarabischer Sicht kommentierte, um Längen schlug.

Deren Schlagzeile lautete:

HELDENHAFTE HAMAS-FREIHEITSKÄMPFER
BEFREIEN UNSERE MÄRTYRER

Inhaltlich jedoch glichen sich die Artikel auf verblüffende Weise; beide wiesen darauf hin, dass sich alle bedeutenden politischen Gefangenen durch einen minutiös eingefädelten Befreiungscoup über die Grenze aus dem Staub gemacht hatten.

Die jeweils präsentierten Einzelheiten der Aktion schienen ein zusammenhängendes Bild zu ergeben, und bereits eine halbe Stunde nach Erscheinen der Sonderausgaben, die am Sonntagnachmittag in Jerusalem und Damaskus verkauft wurden, erfuhr die gesamte Weltöffentlichkeit davon – alle lokalen Radiosender des Nahen Ostens sowie der BBC World Service und die Voice of America nahmen die Story auf.

Die Zeitungen in den Vereinigten Staaten, die aufgrund des Zeitunterschieds von sieben Stunden um die Mittagszeit von den Neuigkeiten erfuhren, hatten genügend Zeit, um ihre Titelseiten mit dem entsprechenden Knaller auszustatten: 47 der gefährlichsten Terroristen in der gesamten Geschichte des israelisch-arabischen Konflikts waren entkommen und befanden sich nun auf freiem Fuß – und würden in naher Zukunft vielleicht wieder zuschlagen.

Die Zeitungen waren voll mit fassungslosen Artikeln, persönlichen Kommentaren und Aufschreien der »Experten«, die ihre Meinung zu Gefängnissen, der Sicherheitslage, Gefängnisinsassen, Banküberfällen, dem Nahostkonflikt, jüdischen Müttern, Söhnen und Töchtern abgaben und die allesamt in der unausweichlichen Feststellung kulminierten: *So etwas darf nie wieder vorkommen!*

In London grub eines der Boulevardblätter Überlebende des Großen Postraubs von 1963 aus und fasste alles unter der Schlagzeile zusammen: *Dahinter steckt ein Profi*. Der Artikel war mit der wütenden Selbstgewissheit der Fleet Street verfasst: Der Autor nahm kein Blatt vor den Mund, als hätte er die Weisheit mit Löffeln gefressen.

Lieutenant Jimmy Ramshawe las an jenem Sonntagnachmittag die ersten Meldungen der CIA.

Er saß tief in Gedanken versunken in seinem Büro, wie die meisten seiner Kollegen fassungslos darüber, dass eine Terroristengruppe für diesen Spuk verantwortlich sein sollte. Die militärische Präzision, mit der die Operation ausgeführt worden war, stand in großem Gegensatz zu gewöhnlichen Terroranschlägen. Die Fanatiker aus der Wüste ließen es selten an Mut mangeln, erwiesen sich meist als ziemlich verschlagen, aber auch sehr häufig als so dämlich, dass es einem schier die Sprache verschlug. Hier lag der Fall völlig anders.

Eine vollkommene Arbeit, bis ins kleinste Detail geplant, vom Timing her perfekt und mit teuflischer Skrupellosigkeit in die Tat umgesetzt. »Verdammt noch mal, nicht ein einziger Fehler«, ging es dem jungen Ramshawe durch den Kopf.

Kurz vor sechs Uhr abends erhob er sich und murmelte leise vor sich hin: »Nette Arbeit, Major Kerman, alter Kumpel. Du bist wirklich ein gefährlicher Dreckskerl.«

Um halb acht traf er sich bei einer eilig anberaumten Sitzung mit Admiral Morris und Captain Wade. Alle drei waren mehr oder weniger gleichzeitig zur selben Schlussfolgerung gelangt. Der Überfall hätte nur vom SAS oder von den U.S. Navy SEALs ausgeführt worden sein können – oder eben von jemandem, der in Hereford, England, oder in Coronado, Kalifornien, ausgebildet worden war.

Natürlich lagen zu diesem Zeitpunkt noch keine Beweise vor, aber Lieutenant Ramshawe hatte nicht nur Karten des Gebiets von Nordgaliläa sowie Aufnahmen des Gefängnisses bei sich, sondern auch eine schmale Akte über die kriminalistischen Ermittlungen zu den beiden Banküberfällen auf die New York and Beirut Bank.

Beiden Berichten war die unleugbare Tatsache zu entnehmen, dass man die Schlösser beider Türen, hinter denen die Tresore lagen, mit dem hochexplosiven Sprengstoff PETN aufgesprengt hatte. Spuren davon waren an den Türen festgestellt worden. Beide Sperrriegel waren an der gleichen Stelle gesplittert, außerdem war anhand der noch übrigen Stahlteile eindeutig ersichtlich, dass zwei Löcher durch den Riegel gebohrt worden waren.

Die Bruchstelle beider Sperrriegel wies einen hohen PETN-Anteil auf. Der Bericht ging dann aber nicht weiter darauf ein. Jimmy Ramshawe hatte Captain Wade angerufen und ihn gefragt, was er davon halte.

Captain Wade hatte ohne Umschweife geantwortet: »Zum Teufel, ja, die haben Detcord eingesetzt. Die Dinger enthalten doch PETN. Allerdings wird so was nahezu ausschließlich vom Militär verwendet, hauptsächlich von den Eliteeinheiten. Weiß der Teufel, wo die das herhaben.«

»Raymond Kerman müsste wissen, wie man an so etwas kommt. Und er würde auch wissen, wie man die Dinger einsetzt.«

»James, alter Kumpel, wir sollten herausfinden, ob die Zellen in Nimrod auf die gleiche Weise gesprengt wurden. Aber ich fürchte, die Israelis werden ihre Informationen erst herausrücken, wenn sich der Rummel etwas gelegt hat.«

Mittlerweile hatten sie Admiral Morris darüber in Kenntnis gesetzt, und alle drei Männer hegten nicht den geringsten Zweifel: Hinter dem Gefängnisausbruch stand ein ehemaliger Offizier einer Eliteeinheit. Wie man es auch drehte und wendete, die Indizien ließen nur diesen einen Schluss zu.

Sie waren mit dem Laster ins Gefängnis gefahren und hatten mit ihm das Haupttor blockiert, nachdem sie zuvor den israelischen Fahrer und Beifahrer liquidiert hatten.

»Wie sorgfältig das geplant worden sein muss«, sagte der Admiral gedehnt. »Als Erstes mussten sie über die ziemlich scharf bewachte Grenze auf den Golanhöhen ins Land. Es mussten mindestens dreißig Mann gewesen sein. Wahrscheinlich sind sie in der Nacht marschiert und haben sich dann am Berg versteckt. Sieht so aus, als hätten sie sich ihre Ausrüstung mitgebracht, Maschinenpistolen, Bohrer wahrscheinlich, Detcord, vermutlich Handgranaten. Und dann sind sie mit zwei Hubschraubern geflohen … Was sagen eigentlich die Syrer dazu?«

»Nicht viel, Sir. Abgesehen davon, dass sie den heldenmütigen Freiheitskämpfern Applaus zollen und Allah danken, dass er die palästinensischen Märtyrer sicher zurückgeführt hat. Von der Operation selbst wissen sie natürlich nichts.«

»Tja«, sagte der Admiral, »und wir haben jetzt einen Haufen geisteskranker Mörder rumlaufen. Bislang haben die ihre Verbrechen zwar alle in Israel und gegen Israelis verübt, aber mir schwant, dass manche von denen jetzt vielleicht sogar versuchen, zu uns ins Land zu kommen.«

»Gut möglich«, erwiderte Captain Wade. »Im Moment jedenfalls können wir nicht viel unternehmen. Außer auf der

Hut zu sein und ein wachsames Auge auf Damaskus zu haben, wo die ehemaligen Gefangenen mit ziemlicher Sicherheit untergetaucht sind.«

»Okay, Jungs, haltet mich auf dem Laufenden. Ich werde den Big Man davon unterrichten. Wir sehen uns dann morgen früh.«

Das Telefon in Kathy O'Briens Haus in Chevy Chase, in den Vororten von Washington, klingelte nicht oft am Sonntag, wenn sie üblicherweise mit Arnold Morgan zu Abend aß. Alle Vertrauten wussten, dass dies die einzige Zeit in der Woche war, in der der Nationale Sicherheitsberater versuchte, den Pflichten seines gewichtigen Amtes zu entkommen.

Er war gerade im Begriff, eine Flasche 1995er Château d'Issan zu kosten, von dem er – auf Anraten des Außenministers Harcourt Travis und weiterer in solchen Genüssen bewanderter Mitarbeiter im Weißen Haus – drei Kisten erworben hatte.

Arnold Morgan hegte nicht die Absicht, Kathy zu verraten, von wem er den Ratschlag hatte, außer natürlich, wenn der Wein abscheulich schmecken sollte. In diesem Fall würde der mittlerweile für die US-amerikanische Außenpolitik zuständige, ehemalige Harvard-Professor ganz sicher sein Fett abbekommen. Und das nicht zu knapp.

Arnold Morgan schwenkte das Glas, brachte den purpurroten Bordeaux zum Kreisen und schnupperte an dessen Bouquet. Hätte er gewusst, woher der Wein stammte – von einem wunderschönen, von einem Graben umgebenen Schloss aus dem 17. Jahrhundert, von Trauben aus Weinbergen, die von Steinmauern umgrenzt waren –, hätte er dieses kleine Ritual sogar noch mehr genießen können. Weine von französischen Schlössern waren für Arnold wie alte Gemälde: Sie gehörten bewahrt und verehrt.

Arnold nippte und ließ den d'Issan im Mund kreisen. Harcourt konnte man wie immer nichts nachsagen. »Perfekt«, murmelte er und stellte die Flasche neben den offenen Kamin im Arbeitszimmer. »Muss noch ein bisschen atmen, eine Viertelstunde vielleicht.«

Genau in diesem Augenblick klingelte das Telefon. »Scheiße«, sagte der Admiral.

»Es ist für dich, Liebling«, rief Kathy. »George Washington, National Security Agency, nördlich der Autobahn, neununddreißig Grad …«

»Schon gut, schon gut, gottverdammte Scheiße …«

Der Admiral stapfte, still in sich hineinlächelnd, durch den Gang zum Telefon.

Kathy bekam kurz darauf nur Gesprächsfetzen mit.

»*Wie viele? Siebenundvierzig … mein Gott!! Wie viele haben sie erwischt? … Niemanden? … Mein Gott!! … alle tot … mein Gott!!*«

Kathy begoss das Lamm mit Fett und schmunzelte vor sich hin. Als er auflegte und in die Küche kam, fragte sie mit honigsüßer Stimme: »Wer war das? George Morris oder Johannes der Täufer?«

Arnold lachte. »Höchstwahrscheinlich werden wir es bald in den Nachrichten sehen. Eine Terroristengruppe hat in Israel alle wichtigen politischen Gefangenen befreit. Die Typen haben die Wachmannschaft getötet und alle in Hubschraubern ausgeflogen.«

»Großer Gott!«, sagte Kathy.

»Das hab ich soeben auch Johannes dem Täufer gesagt«, erwiderte Arnold. »Ich weiß, es klingt verrückt, aber jetzt laufen siebenundvierzig von diesen Fanatikern frei herum. Hier bei uns wollen wir sie natürlich auf gar keinen Fall haben.«

»Nein, ganz bestimmt nicht.«

»Da fällt mir noch etwas ein: Die Terroristen wurden von einem ziemlich cleveren Drecksack ausgebildet und angeführt. George und seine Jungs meinen, dass es sich um den vermissten SAS-Major handelt, um den letztes Jahr einiger Wirbel veranstaltet wurde. Kerman, aus London. Der, den sie nicht wieder gefunden haben.«

»Ich kann mich an die Artikel in den englischen Zeitungen erinnern«, sagte sie. »Reiche Familie, aber es hat sich herausgestellt, dass er Moslem ist.«

»Genau der«, sagte der Admiral. »Sollte ich ihn richtig beurteilen, dann wird er uns einige Probleme bereiten, richtige Probleme. George meint, seine Bande hat bei zwei Banküberfällen nicht nur hundert Millionen Dollar erbeutet, jetzt haben sie auch noch die gefährlichsten Terroristen aus einem Gefängnis befreit, das als absolut sicher galt.«

»Das hört sich gar nicht gut an«, sagte Kathy.

»Nein, überhaupt nicht… Und das Ganze riecht nach Eliteeinheit. Unter den Gefängnisangestellten gibt es keine Überlebenden, keine Zeugen, keine Verletzten, keine Zurückgelassenen. Alle wurden sauber liquidiert. Wie es bei Gefängnissen zudem so üblich ist, wurde in Nimrod alles getan, damit keiner ausbrechen konnte. Aber ich möchte meinen Arm darauf verwetten, dass niemand auch nur einen Gedanken daran verschwendet hatte, wie man es hätte verhindern können, dass jemand reinkommt. – Als Erstes möchte ich morgen mit diesem Botschafter sprechen, der gerade neu eingetroffen ist.«

»Versuch dich ein wenig genauer auszudrücken, Liebling. Botschafter? Botschafter? Aus China? Peru? Der Mongolei?«

»Dem Iran, du Dummerchen«, sagte Admiral Morgan lächelnd und schüttelte in gespielter Entrüstung den Kopf. »Dem Iran. Der in den vergangenen zwanzig Jahren staatlicherseits den internationalen Terrorismus finanziert hat… und in dem der Geburtsort von Major Raymond Kerman liegt.«

KAPITEL VIER

Ein Jahr später, Freitag, 5. Mai 2006
Kerman, im Südosten des Irans

General Ravi Rashud und Shakira Sabah waren in ihr Gespräch vertieft. Sie saßen im überwölbten Teehaus des labyrinthisch verzweigten, unterirdisch gelegenen Bazar-e Vakil im Zentrum der Wüstenstadt Kerman. Für Ravi war es eine Art Pilgerfahrt in seine lang zurückliegende Kindheit, an den einzigen Ort, an den er sich noch erinnern konnte. Zumindest erinnerte er sich an das Süßgebäck, die köstlichen süßen Teilchen aus Honig und Mandeln, und er erinnerte sich an den überdachten Basar. Um das Teehaus zu finden, das sich in den Tiefen seines Gedächtnisses nur vage abzeichnete, hatten sie zwei Stunden gebraucht. Aber jetzt waren sie hier. Ravi saß im engen Sitzabteil dicht neben Shakira und erzählte ihr von seiner Mutter.

Für Shakira war der Aufenthalt eine einzige große Entdeckungsreise. Sie war noch nie im Iran gewesen. Ravi hatte ihr bislang nicht viel darüber erzählt, wahrscheinlich, weil er sich selbst an so wenig erinnern konnte. Nur von den Süßigkeiten hatte er ihr berichtet, die er und seine Mutter an einem Ort mit hohen Bogengängen und feinem, elegantem Mauerwerk zu sich genommen hatten, einem Ort wie in einer Kirche. Oder einer Moschee. Aber er konnte sich weder an den Tee erinnern noch an das Haus, noch an irgendetwas anderes, weshalb es so lange gedauert hatte, bis sie es fanden.

Sie trugen beide westliche Kleidung. Sie hatten bereits die hohe, aus gelbem Stein erbaute *Masjed-e Jame* besichtigt, Kermans größtes Bauwerk. An sie hatte sich Ravi erinnert, er und seine Familie hatten nicht weit davon gewohnt. Doch trotz aller Bemühungen war es ihm und Shakira nicht gelungen, das alte Gebäude ausfindig zu machen. Im Grunde konnte sich Ravi lediglich an den ummauerten Innenhof erinnern, in dem ein Brunnen und ein Baum standen, der den gesamten Tag über seinen Schatten auf den Steinboden warf.

Allein durch das Teehaus allerdings hatte sich die Reise gelohnt – sowohl für ihn, einen der meistgesuchten Männer der Welt, als auch für die schlanke, dunkelhaarige palästinensische Schönheit, die bereit war, ihr Leben für ihn zu opfern, wie sie es bereits einmal fast getan hätte, obwohl sie ihn damals noch nicht einmal gekannt hatte.

»Nun«, sagte sie mit einem Lächeln. »Du hast mir immer gesagt, dir würde einiges klarer werden, wenn du erst mal hier bist. Jetzt sind wir hier … Ist dir jetzt einiges klarer?«

Ravi lachte leise. Immer wollte sie Antworten. Einfache, direkte Antworten. Abstufungen der Wahrheit, Zwischentöne, Nuancen und Anspielungen entgingen ihr völlig … *Meinst du, sie sollen alle sterben? … Werden wir in Sicherheit sein? … Sind die Israelis das böseste Volk auf Erden? Liebst du mich so sehr, um mich zu heiraten?*

Wörter wie »vielleicht«, »möglicherweise«, »eventuell«, Sätze wie »Warten wir noch ein wenig ab« oder »Das hängt von deiner Sichtweise ab« oder »Manchmal bin ich dieser Ansicht« hätten, was Shakira Sabah betraf, auch auf Mandarinchinesisch geäußert werden können.

»Ja, aber …«, lautete ihre Standarderwiderung, bevor sie ihre Frage erneut stellte. Ravi Rashud war von ihr verzaubert, nicht nur von ihrer Schönheit und ihrer Intelligenz. Er war Zeuge ihres Muts geworden, ihrer Loyalität und ihrer Entschlossenheit, für das zu kämpfen, was sie als gerechte Sache ansah. Zudem war Shakira eine gläubige Anhängerin des Islams. Sie las dem ehemaligen SAS-Major den Koran vor, lehrte ihn die Worte des Propheten, wie sie ihr gelehrt worden waren, erläuterte ihm den Weg zu Allah, die Güte und moralische Gerechtigkeit dieser so häufig missverstandenen Religion.

In diesen Tagen hatte sogar der Ruf des Muezzins, der aus den Lautsprechern an den Minaretten erschallte und das Volk zum Gebet aufrief, für den einstigen Ray Kerman eine neue, beseligende Bedeutung gewonnen. In den uralten Worten, die der Prophet vor 1400 Jahren niedergelegt hatte, hörte er die wahre Stimme seiner neuen Religion; es war eine klagende, flehende Stimme, aber reich an Glauben und Hoffnung.

Nun aber war er mit ihrer Frage konfrontiert: *Jetzt sind wir hier … Ist dir jetzt einiges klarer?* Die tief in ihm verwurzelte englische Angewohnheit, ihr mit aller gebotener Höflichkeit auszuweichen, die ihm in Harrow eingetrichtert worden war, nötigte ihn – nun ja – zu einer ausweichenden Antwort. Aber das war ein hoffnungsloses Unterfangen, wie er aus Erfahrung wusste. Shakira würde ihre Frage lediglich und ebenso direkt ein weiteres Mal stellen: *Jetzt sind wir hier … Ist dir jetzt einiges klarer?*

»Ja«, sagte er. »Mit ist vieles klar geworden.«

»Woher willst du das so genau wissen?«

»Weil ich das Gefühl habe, dass ich hierher gehöre. Als wäre ich nach Hause gekommen. Trotz des immensen Aufwands, den meine Eltern betrieben haben, um aus mir einen Engländer zu machen, bin ich keiner. Ich kann es nicht sein. Ich bin Iraner, und meine Vorfahren waren Beduinen. Weder mein Vater noch die britische Armee konnten das ändern. Wir können alle nicht aus unserer Haut, selbst du nicht, mein Liebling.«

Shakira betrachtete ihn ernst. »Aber wenn du nie nach Israel versetzt worden wärst, wenn du niemals in der Jerusalemstraße gekämpft und deine Leute umgebracht hättest, um mich zu retten – hättest du dann auch deinen Weg nach Hause gefunden?«

»Ich glaube nicht. Ich hätte genauso weitergemacht wie bis dahin, irgendwann hätte man mir sicherlich das Kommando über ein Bataillon übertragen, und schließlich hätte ich das

Familiengeschäft übernommen. Es war in Hebron, auf dem Markt, wo ich mich mit den Menschen unterhalten habe, als ich zum ersten Mal ahnte, wo ich wirklich hingehöre. Das war ein seltsames Gefühl, aber ich habe eine emotionale Verbindung gespürt, das erregende Gefühl, einfach nur da zu sein.«

»Also noch bevor du mich kennen gelernt hast?«

»Ja.«

»Also bin nicht nur ich allein verantwortlich für das, was du tust?«

»Nein, das bist du nicht. Dieses starke Gefühl, dieses Hingezogensein zu den Palästinensern habe ich schon vorher gespürt. Das alles erinnert mich an eine Geschichte, die mir einer meiner Männer in Nordirland einmal erzählt hat. Er war ein netter Kerl, Pat Byrne mit Namen, er hatte einen Onkel in Philadelphia, der im Alter von elf Jahren Irland verlassen und danach, sechsundfünfzig Jahre lang, in Pennsylvania gelebt hat. Dann, eines Tages, beschloss dieser Onkel – er war mittlerweile Witwer –, für einen zehntägigen Urlaub nach Derry zu kommen, wo noch immer Verwandte von ihm wohnten, die er allerdings nie zuvor besucht hatte.

Na ja, er ist jedenfalls nie wieder in die Staaten zurückgekehrt. Er ließ sich in einem typischen irischen Dorf am Meer nieder, wo einige Vettern von ihm lebten. Dann rief er einen Immobilienmakler in Philadelphia an und beauftragte ihn, seine beiden Wagen, sein Haus und alles, was darin war, zu verkaufen. Er lebt noch immer in Irland, in einem kleinen Ort in Donegal, und ist dort glücklich wie nie zuvor. Ich glaube, was er in Irland fühlte, das fühle ich im Mittleren Osten. Ich habe kaum Erinnerungen an Kerman, aber mein Herz sagt mir, dass ich hier zu Hause bin.«

»Hast du dich in London nicht zu Hause gefühlt?«

»Doch, schon. Meine Familie lebt dort, und alle, die ich kenne. Aber ich hatte immer irgendwie das Gefühl, dass ich anders bin, und die anderen dachten auch immer, dass ich anders bin. Als Kind verdrängt man so etwas gern. Als ich aber hier ankam, wusste ich, dass ich nicht mehr anders bin. Schließlich, als ich dich kennen gelernt habe ...«

»Heißt das, dass wir nicht nach Donegal ziehen? Dass wir hier bleiben?«

General Rashud lachte. »Auf uns, auf dich und auf mich, wartet eine Menge Arbeit ...«

»Ja, aber ... bleiben wir hier?«

»Im Iran?«

»Ja.«

»Das weiß ich nicht. Wir werden zumindest einige Zeit hier bleiben. Sollten wir das Land verlassen, dann nur, um in Damaskus oder in Jordanien, vielleicht sogar in Ägypten oder in Dubai zu leben. Auf jeden Fall in einem islamischen Land, das ist sicher. Ich könnte keinesfalls mehr in den Westen zurück, nicht, um dort zu leben.«

»Sie werden dich aufknüpfen, nicht wahr?«

»Vielleicht.«

»Das würde ich nicht zulassen. Ich würde ihren dämlichen Gerichtssaal in die Luft sprengen. Wie den israelischen Panzer.«

»Dann werden sie uns vielleicht beide aufknüpfen.«

»Uns nicht. Wir sind zu klug.«

Ravi legte den Arm um sie. »Klug, aber vorsichtig, darauf kommt es an«, sagte er zu ihr. »Vergiss nicht, was wir treiben, ist äußerst gefährlich. Ein schwerwiegender Fehler, und mit unserem Leben ist es aus.«

Shakira sah ihn nachdenklich an. »Glaubst du manchmal, dass wir schon genug getan haben? Dass wir uns vom Kampf zurückziehen und irgendwo hingehen sollten, wo wir in Frieden leben können?«

»Manchmal geht mir das durch den Kopf. Aber ich würde gern die Bildung eines großen islamischen Staates erleben, der frei ist von den Einflüssen des Westens und Israels. Hier im Nahen und Mittleren Osten. Ich glaube, ich weiß auch, wie wir das erreichen können ... allerdings nicht, indem wir Massenmorde begehen. Das ist seit unserem Freund Bin Laden etwas aus der Mode gekommen. Aber es gibt andere Möglichkeiten, deshalb sind wir ja auch hier. Viele zählen auf mich, und ich habe nicht die Absicht, sie zu enttäuschen.«

»Vielleicht solltest du dich lieber nicht so hervortun, mein Liebster«, erwiderte sie. »In Nimrod hast du allen ein Maß an Professionalität vorgeführt, das sie bis dahin nicht gekannt haben. Nun bist du für die Hälfte aller arabischen Nationen so was wie ein Erlöser.«

»Ich kann ihnen vieles beibringen«, sagte Ravi leise. »Aber zuerst muss ich es ihnen vormachen.«

Kurz darauf verließen sie das Teehaus, nahmen ein Taxi zu ihrem Hotel, packten und fuhren danach zum Flughafen für den wöchentlichen Flug der Iran Air nach Bandar Abbas, eine Strecke von etwa 500 Kilometern.

Das Flugzeug startete pünktlich um 18 Uhr und erreichte 45 Minuten später den Seehafen. Sie checkten in das altehrwürdige, aber etwas heruntergekommene Hotel *Gamerun* an der Südseite des Bolvar-e Pasdaran mit Blick auf den Golf ein. Das Haus, mittlerweile in Hotel *Homa* umbenannt, strahlte noch die frühere Pracht aus, das einst berühmte Restaurant allerdings entsprach gerade noch angemessenem Standard. Der Küchenchef wusste immerhin in Teigmantel gehüllte Garnelen zu frittieren, die er mit frischem, dampfendem Reis servierte, die traditionelle Speise im Iran. Sie tranken Mangosaft, dann Tee, schließlich gingen sie im Garten spazieren, von wo aus man aufs Meer hinausblicken konnte.

Die Nacht war warm, über der Wüste stand der Mond, der sein Licht auf die flanierenden Fußgänger warf. Das Hotel war wie oft zu dieser Jahreszeit ausgebucht, vornehmlich mit Touristen. Es war unmöglich, noch ein Zimmer zu bekommen. Die iranische Marine allerdings hatte ständig einige Zimmer für sich reserviert, weshalb Ravi und Shakira sich so mühelos unter die Hotelgäste mischen konnten, obwohl sie sich lediglich drei Tage im Voraus angekündigt hatten.

Die Neuigkeiten vom Nimrod-Ausbruch hatten in der arabischen Welt zu einem enormen Stimmungswandel geführt. Es waren schließlich die Ajatollahs, die darauf bestanden, dass ihnen der Name des dafür Verantwortlichen preisgegeben wurde. Die Hamas zögerte zunächst und wollte die

Identität ihres militärischen Anführers schützen. Im Lauf der Monate aber konnten sich die Ajatollahs, die Geldgeber vieler Operationen im Nahen Osten, durchsetzen, worauf ihnen der Name von General Rashud sowie die schillernde Tatsache bekannt gegeben wurde, dass er ein im Iran geborener Moslem sei.

Der Spaziergang im stillen Garten hätte den Anschein eines sorglos-romantischen Intermezzos zweier Menschen wecken können, die seit fast zwei Jahren in treuer Liebe einander ergeben waren. Die Stimmung zwischen ihnen allerdings war von Spannung geprägt. General Rashud sollte sich am nächsten Morgen nämlich im iranischen Marinehafen an der Westseite der Stadt melden, wo er mit den obersten Führern der Hisbollah samt deren Anhängern sowie zwei hochrangigen fundamentalistischen Klerikern aus Teheran, die seit einigen Jahren Anschläge gegen westliche Einrichtungen finanzierten, über zukünftige Pläne reden würde.

Ein Ajatollah aus den höchsten Regierungskreisen und zugleich ihr Zahlmeister würde die Sitzung leiten, die hinter verschlossenen Türen in der Operationszentrale stattfinden sollte. Vier Wachen würden vor jedem Eingang patrouillieren. Alle Notizen und Notizblöcke mussten am Ende des Treffens abgegeben werden, sodass noch Monate danach niemand von den getroffenen Beschlüssen oder den jeweiligen Äußerungen der einzelnen Teilnehmer während der Diskussion erfuhr.

Wie es sich für vertraulich eingestufte Versammlungen gehörte, galt diese als *streng geheim*. Darüber hinaus würde sich dabei die unmittelbare Zukunft von General Rashud und dessen zukünftiger palästinensischer Ehefrau entscheiden. Obwohl der Hauptzweck des im Hafen anberaumten Treffens darin bestand, die geopolitischen Ansichten des verehrten obersten militärischen Führers der Hamas kennen zu lernen, wusste keiner der beiden, was der morgige Tag bringen würde.

Ravi und Shakira schliefen unruhig. Abwechselnd wachten sie auf und fragten sich, wohin es sie verschlagen sollte und welche Aufgaben ihnen übertragen würden. Shakira war die Teilnahme am Treffen verwehrt, im Moment aber war sie Gast des islamischen Staates Iran und würde im Hotel bleiben, bis die Geschäfte des Generals abgeschlossen waren.

Um acht Uhr schritten sie die breite Treppe hinab zum Frühstück. Shakira nahm das traditionelle *lavash* zu sich, Brot mit Joghurt und Honig. Ravi bestand auf Cornflakes und Rühreiern mit Toast, trotz des für iranische Verhältnisse astronomischen Preises. Die Geschäftsführung des Hotels ging davon aus, dass jeder, der ein ganz und gar westliches Frühstück wollte, ein ganz und gar westlicher Tourist mit ganz und gar westlicher Barschaft war, die auszugeben sie ihn grundsätzlich ermuntern wollten.

Der Wagen des Marinestabs erschien um 8.45 Uhr, um den General abzuholen. Ravi trug arabische Kleidung und sprach Arabisch mit dem Fahrer, der ihn nach Westen zum Hafen und hinaus zum Hauptquartier der iranischen Marine brachte.

Ravi entging nicht das große Schild links vom Haupteingang – *Hauptquartier des Ersten Marineabschnitts*. Unterhalb der großen weißen Lettern stand die unmissverständliche Warnung:

Nur autorisiertes Personal
Unbefugte werden bei Missachtung erschossen

Die Strecke zur Operationszentrale führte sie an den Anlegestellen vorbei. Ravi, wie alle SAS-Kommandeure mit Kriegsschiffen vertraut, erkannte eine Fregatte mit Lenkraketen, wenn er eine vor sich hatte. Direkt vor seinen Augen hatte nämlich die *Sabalan* festgemacht, eine 1300-Tonnen-Fregatte der Alvand-Klasse (Vosper Mk. 5), die vor über dreißig Jahren in Großbritannien gebaut worden und nun mit den überaus zeitgemäßen chinesischen Marschflugkörpern C-802 ausgestattet war.

Am Heck prangte die Nummer 73. Seeleute gingen an Bord, andere verließen das Schiff. Es war nicht ersichtlich, ob sie gerade angelegt hatten oder kurz vor dem Auslaufen standen. Wie auch immer, das Schiff war jedenfalls in jeder Seeschlacht ein nicht zu unterschätzender Gegner.

Kurz nach neun Uhr erreichten sie die Operationszentrale. Der General wurde in ein unterirdisch gelegenes Büro geleitet, wo er von dem stämmigen, brilletragenden Vizeadmiral Mohammed Badr begrüßt wurde, dem Leiter der taktischen Leitzentrale und höchstrangigen U-Boot-Experten der Iraner.

»General Rashud!«, rief er in aller Herzlichkeit aus. »Welch eine Ehre, Sie kennen zu lernen. Wir haben ja so viel über Sie gehört.«

»Auch was Gutes?«, sagte Ravi und führte die Hand in weitem Bogen von der Stirn nach unten, womit er den Admiral auf traditionelle moslemische Weise begrüßte.

»Nur das Allerbeste, General«, sagte der Admiral und neigte aus Ehrerbietung für den vor ihm stehenden Offizier den Kopf – und das, obwohl Ravi in einem schäbigen Keller seine Beförderung erhalten und nie mehr als fünfzig Mann befehligt hatte, während er, Mohammed Badr, der oberste Befehlshaber der iranischen Marine war und 40 000 Soldaten und 180 Schiffe, darunter drei U-Boote der Kilo-Klasse russischer Bauart, unter sich hatte.

Admiral Badr, der aus der Hafenstadt Bushehr an der Südküste stammte, hatte das gesamte Kilo-Klasse-Programm der iranischen Marine geleitet und war Kommandant der Marinebasis gewesen, als vier Jahre zuvor ein amerikanisches Sonderkommando die drei Boote der ersten Lieferung zerstörte. Die drei Boote, die sich nun unter seiner Führung befanden, waren nagelneu, in bestem Zustand und einsatzbereit, und der Admiral beabsichtigte, dass dem auch so blieb.

Er hasste Amerika und alles, wofür der Westen stand. Man erzählte sich, dass er einmal an Deck einer iranischen Fregatte vor Wut am ganzen Leib gezittert hatte, weil eine Reihe riesiger US-Tanker von der texanischen Golfküste in arroganter Weise durch die Straße von Hormus paradierte, um Rohöl aufzunehmen, Öl aus dem Persischen Golf, dem Gewässer seines Landes, Öl, das seinem Volk gehörte. Und nicht Amerika.

An der Wand seines Büros hing das Foto eines jungen Marineoffiziers in der dunkelblauen Ausgehuniform eines *Nakhoda Dovom*, eines Fregattenkapitäns, mit vier goldenen Streifen am Ärmel, wobei der oberste einen goldenen Kreis enthielt.

»Mein Sohn«, sagte der Admiral mit Blick auf das Bild. »Ben Badr, Kommandant der Lenkwaffenfregatte *Sabalan*. Ein guter Mann, er ist jetzt fünfunddreißig Jahre alt. Er wird jeden Moment kommen, um Sie kennen zu lernen.«

»Das ehrt mich«, erwiderte Ravi. »Ist die *Sabalan* soeben angekommen? Es herrschte einiges Treiben auf dem Schiff.«

»Sie hat kurz nach Mitternacht angelegt«, sagte der Admiral. »Sie war drei Wochen fort. Im Norden, im Golf.«

»Wird Ben am Treffen teilnehmen?«

»Oh, gewiss. Er steht hier in hohem Ansehen. Viele sagen, ich halte ihm hier nur den Stuhl warm.«

»Ist er auch auf U-Booten gefahren wie sein Vater?«, fragte Ravi leicht irritiert.

Admiral Badr fuhr jedoch ungerührt fort: »Während seiner gesamten Laufbahn. Das ist sein erstes Kommando auf einer Überwassereinheit.«

»Um den Erfahrungshorizont zu erweitern?«

»Genau.«

»Man kann sich doch keinen Marinechef leisten, der sein gesamtes Leben unter Wasser verbracht hat, oder?«

Der Admiral gluckste. »Heutzutage nicht mehr. Aber Ben lernt schnell, und er steht zu unserem Land und unserer Sache. Er wird dieses Jahr noch zum Kapitän zur See befördert und wieder das Kommando über ein Kilo-Boot übernehmen.«

»Also einem russischen Boot mit dieselelektrischem Antrieb.«

»So ist es. Wir haben drei davon. Ausgezeichnete Boote ... extrem leise ...«

»Außer wenn sie hochkommen, um die Batterien zu laden«, sagte Ravi mit einem Lächeln.

»Im Allgemeinen«, erwiderte der Admiral, »wissen wir, wann wir nicht auftauchen dürfen! ... Ah, hier kommt ja Ben ...«

Durch die Tür schritt Fregattenkapitän Badr, ein Mann mit dunklem Teint, rabenschwarzem, kurz geschnittenem Haar und der Figur eines Sportlers; er war schlank, leichtfüßig, hatte breite Schultern und besaß ein gewinnendes Lächeln. Er erreichte nicht ganz die Körpergröße von eins achtundachtzig seines Vaters, sah dafür aber besser aus, besaß das klassische persische Profil, eine schlanke, leicht gebogene Nase und eine hohe Stirn. Es war ein Gesicht, das von großer Intelligenz zeugte.

»Guten Morgen, General«, begrüßte er ihn, ohne vorgestellt worden zu sein. »Es ist eine große Ehre, Sie kennen lernen zu dürfen.«

»Fregattenkapitän«, sagte Ravi lächelnd und streckte ihm die Hand entgegen. »Sie wissen wenig über mich, weshalb Sie sich in Ihrem Urteil vielleicht etwas zurückhalten sollten.«

»Sie haben bereits jetzt einen festen Platz in meinem Herzen«, antwortete sein Gegenüber mit feierlicher Miene.

Hier wurden sie von Admiral Badr unterbrochen. »Einer der aus dem Nimrod-Gefängnis befreiten Märtyrer war Bens Patenonkel. Sie stehen sich sehr nahe. Deshalb ist Ihnen die Dankbarkeit der gesamten Familie sicher.«

Ravi war etwas erstaunt, dass man hier im Hauptquartier der iranischen Marine von seinen Taten wusste. Der Admiral, dem das kurze überraschte Aufflackern in Ravis Miene nicht entging, fügte mit ruhiger Stimme hinzu: »Kein Grund zur Besorgnis. Das Oberkommando der Hisbollah erfährt gewöhnlich alles von den Gefährten der Hamas. Die Einzelheiten der Nimrod-Mission aber sind in unserem Land ein streng gehütetes Geheimnis.«

General Rashud nickte ernst.

Der iranische Admiral fuhr fort: »Was wir jedoch wissen, ist die Tatsache, dass Ihnen hier ein großer Empfang bereitet wird. Es ist doch so, dass Sie nach mehr als dreißig Jahren in England nun zum ersten Mal wieder in Ihre Heimat zurückkehren, oder?«

»Ja, so ist es.«

»Ich hoffe, Sie und Shakira Sabah können Ihren Aufenthalt genießen. Im Hotel ist doch alles zu Ihrer Zufriedenheit bestellt?«

»Ja, Admiral.«

»Und Ihr Besuch im alten Teehaus im Basar von Kerman? War das nicht sehr nostalgisch?«

»Das war es, Admiral. Ich konnte mich an das Teehaus noch erinnern – vor allem an das Süßgebäck.«

Mohammed Badr lächelte. Ravi Rashud hatte trotz seiner Verärgerung, dass er ganz offensichtlich beschattet wurde, keine Miene verzogen. Der Admiral sagte lediglich: »General, Sie verstehen, wir alle haben Feinde. Wir erachten es als reine Vorsichtsmaßnahme, dass Sie während Ihres Aufenthalts bei uns geschützt werden.«

»Ich verstehe«, sagte Ravi.

»Nun aber, glaube ich, sollten wir zu den anderen nach oben gehen. Die Mullahs kommen früh, gleich nach dem Gebet, und wir sollten sie nicht warten lassen.«

Sie traten in die weite, mit einem Steinfußboden ausgelegte Vorhalle und begaben sich in den ersten Stock. An der breiten Holztür zum Konferenzraum waren vier bewaffnete Wachen postiert. Admiral Badr wünschte ihnen einen guten Morgen, trat an ihnen vorbei und öffnete selbst die Tür.

Drinnen, auf einem kostbaren persischen Teppich, stand ein etwa zwölf Meter langer Tisch aus lackiertem Walnussholz. Sieben Männer saßen um ihn herum, vier davon trugen Kampfanzüge mit der schwarz-weißen arabischen Kopfbedeckung. Letztere wurden General Rashud vorgestellt, ohne dass er allerdings ihre Namen erfahren hätte. Ravi nahm an, dass sich alle im Raum kannten und die vier Vertreter der Terrororganisation Hisbollah waren.

Am Kopfende des Tisches saß, in ein schwarzes Gewand gehüllt, ein Ajatollah, dessen Name nur undeutlich erwähnt wurde. Aber es klang wie Rafsandschani; vielleicht handelte es sich bei ihm ja um ein Mitglied der früheren Präsidentenfamilie. Er wurde nicht mit »Seine Heiligkeit, der Großajatollah« angesprochen, doch war klar, dass er als Schiit in der Regierung des islamischen Staates eine hohe Stellung einnahm.

Er erhob sich, als der General vorgestellt wurde, streckte ihm beide Hände entgegen und sagte leise auf Arabisch: »*Assalamu alaikum*, mein Sohn. Wir sind Ihnen sehr dankbar für alles, was Sie getan haben, und für alles, was Sie noch tun werden.« Wie der Admiral besaß auch der Ajatollah einen sehr nahen, vertrauten Freund, der aus Nimrod befreit worden war.

Zu beiden Seiten des hohen Mannes saßen zwei *hojjat-el-Islam* mit langen Bärten und schwarzem Gewand, die zweithöchsten Kleriker des Staates. Beide trugen weiße Turbane, einer stammte aus der alten Stadt Isfahan, der andere aus Teheran. Beide erhoben sich, um den militärischen Hamas-Führer aus Damaskus zu begrüßen, jeder dankte ihm für seine Erfolge.

Ravi und die beiden Marineoffiziere nahmen ihre Plätze ein, und der Ajatollah setzte daraufhin zu seiner Ansprache an: »Ich bin mir sicher, ich muss niemanden in diesem Raum darauf hinweisen, wie wichtig es ist, die strengen Sicherheitsvorkehrungen zu beachten. Wir reden über Dinge von großer Bedeutung, weshalb unsere Pläne niemandem preisgegeben werden dürfen. Die zehn hier versammelten Personen bilden eines der wichtigsten Gremien im Mittleren Osten. Ich weiß, wir verfolgen die gleichen Ziele. Wir müssen daher auch mit einer Stimme sprechen. Aber sobald wir unsere Verhandlungen beendet haben, muss diese Stimme schweigen.«

Alle nickten, worauf der Ajatollah fortfuhr: »Unter uns weilt heute ein hoch angesehener und außergewöhnlicher Gefährte. General Ravi Rashud ist hier bei uns, nicht weil er angeworben wurde, sondern weil er seinem Herzen folgte, das ihn zurück zu seinen Wurzeln führte. Wenn es uns auch schwer fallen mag, zu ergründen, warum seine suchende Seele ihn dazu geführt hat, Familie, Heimat und Karriere aufzugeben, so sind wir doch dankbar für seine Entscheidung – dankbar dafür, dass Allah ihn von den Ungläubigen in die Arme des Islams geführt hat.

General Rashud war in seinem früheren Leben einer der besten Kampftruppenführer in der britischen Armee. Aber vermutlich weiß er, um welch grausame und irregeleitete Organisation es sich dabei handelt, eine Organisation, die für die eine wie die andere Regierung immer gegen die gerechte Sache des Islams gekämpft hat. Schließlich, als er gebeten wurde, am schrecklichen Wüten der wie immer von den Amerikanern unterstützten Israelis gegen die wehrlosen, friedliebenden Palästinenser teilzunehmen, wandte er sich von den Imperialisten ab und überreichte sein mächtiges Schwert den Unterdrückten. Die islamischen Völker werden seine Entscheidung noch auf Jahre hinaus feiern.«

Der Ajatollah hielt inne, die Männer um ihn nickten zustimmend. General Rashud starrte vor sich hin und verriet nicht die geringste Gefühlsregung.

Der Ajatollah fuhr fort: »Mir wurde zugetragen, dass der General in diesem Augenblick der größten Gefahr, in diesem Moment der Entscheidung, durch Allah mit einer Liebe gesegnet wurde, die, so hoffe ich, für beide ein Leben lang und darüber hinaus halten wird. Es ist nicht nötig, hier noch einmal genauer auf seine wunderbaren Siege für die Hamas einzugehen, sie sollen lediglich erwähnt werden, damit er versteht, welche Bewunderung wir ihm entgegenbringen.

Nun aber ist die Zeit gekommen, in der wir uns Größerem zuwenden und die Aufgaben angehen, die sich uns auf dem Weg dorthin stellen. Die vergangenen zwei Jahre haben wir damit gezögert, verfügten wir doch nicht über die militärischen Führer, die in der Lage wären, sich unseren hohen Anforderungen gewachsen zu zeigen.

Aber ich glaube, in General Rashud haben wir nun einen solchen, und er wurde uns durch Allah persönlich geschenkt. Allah ist groß und hat uns sicherlich den Richtigen geschickt. Natürlich sind wir unseren Brüdern in der Hamas dankbar, dass sie dies erkannt und den General zu diesem Gipfeltreffen der Mächte des Mittleren Ostens entsandt haben.«

Der Ajatollah nickte Admiral Badr zu, der sich daraufhin erhob. »Meine Herren«, sagte er. »Aufgrund des Zeitfaktors sollten wir uns nicht mehr mit Einzelzielen aufhalten, sondern uns vielmehr auf eine übergreifendere Strategie konzentrieren. Ich bin beispielsweise der Meinung, dass in dieser Welt für Massenmorde an Zivilisten kein Platz mehr ist. Bin Laden hat es versucht, was für alle aber in einer Katastrophe endete. Er hat unschuldige Menschen getötet, in einem Maße, dass das Herz jedes wahren Moslems mit Trauer erfüllt wurde. Nur die militantesten und unwissendsten Anhänger können die Ereignisse des Jahres 2001 befürworten. Es waren keine militärischen Angriffe, und sie waren nicht gerecht. Sie brachten nur die geballte Wut des Großen Satans über uns. Diese mitleidlose Aktion gegen gewöhnliche amerikanische Bürger führte beinahe dazu, dass die große Bruderschaft des Islams gespalten wurde.

Ich stimme zu, es war nicht vorhersehbar, dass der Satan so heftig zurückschlagen würde, wie es in der Folge geschah. Aber Amerika ist mächtig und gierig und wird von hinterhältigen, rachsüchtigen Männern geführt, die mittlerweile auch den Willen des Volkes hinter sich wissen. Ich glaube, jeder hier in diesem Raum ist sich darüber im Klaren, dass jeder zukünftige Angriff auf die Vereinigten Staaten einen weiteren vernichtenden Vergeltungsakt der Amerikaner nach sich zieht – und ich glaube nicht, dass wir einen solchen überstehen würden.

Wir würden an Unterstützung und Popularität in bislang nicht gekanntem Ausmaß verlieren – von dem damit einhergehenden Blutvergießen, dem Leid und den Tränen ganz zu schweigen. Im Moment sind die Vereinigten Staaten nämlich in der Lage, jede Regierung, jede Extremistengruppe, die sich ihnen widersetzt, ungestraft zu vernichten. Meine Herren, wir wollen mit dem Blutvergießen, dem Leid und den

Tränen nicht in Verbindung gebracht werden. Niemand würde es uns danken.

Denn, und das entspricht der Wahrheit, als die Vereinigten Staaten noch ein schlafender Riese waren, der sich von der Meinung der Weltöffentlichkeit verletzt und enttäuscht fühlte, wurde uns und unseren Taten in der gesamten islamischen Welt Zustimmung entgegengebracht. Das ist nicht mehr der Fall. Die Amerikaner würden jetzt nicht mehr zögern, Vergeltungsmaßnahmen gegen den Irak, Iran, gegen Jordanien, Libyen oder sogar Ägypten und Syrien zu ergreifen, falls sie der Meinung sind, diese Länder würden die Hand gegen sie erheben.

Wir haben ihre Macht zu spüren bekommen. Es sind zwei Männer unter uns, die die erbarmungslose Bombardierung unserer uns nahe stehenden, aber irregeleiteten Brüder der Al-Qaida am eigenen Leib erfahren haben. Keiner kann der Zielgenauigkeit amerikanischer Bomben etwas entgegensetzen. Und das gilt auch für unsere engen Freunde in Peking.

Nein, meine Herren, unser Weg in die Zukunft muss von etwas feinfühligerer Natur sein. Deshalb schätzen wir uns so glücklich, einen kriegserfahrenen ehemaligen Kommandeur aus dem Westen in unserer Mitte zu haben, und deshalb sollten wir seinen Worten die ihnen gebührende Aufmerksamkeit schenken.«

Der größere der beiden Hojjats stand auf und hob die Hand. Admiral Badr nickte ehrerbietig und setzte sich. »Meine Herren«, sagte der Imam. »Was immer wir tun, wir gehen das schreckliche Risiko ein, dass wir die geballte Macht des amerikanischen Militärs zu spüren bekommen. Vergesst nicht, erst vor kurzem haben sie unsere U-Boot-Flotte vernichtet, obwohl wir nichts gegen sie unternommen haben.«

Ohne sich zu erheben, unterbrach Admiral Badr ihn. »Und erst jetzt haben sie aus anderen Gründen die beiden größten Staudämme im Irak gesprengt.«

Alle lächelten bei diesen Worten. Doch der Hojjat fuhr fort: »Sollten wir nicht einfach sagen, die gegenwärtige amerikanische Regierung ist zu stabil, zu mächtig, als dass sich ein Staat wie unserer mit ihr anlegen könnte? Wenn wir sie angreifen, stecken sie den Schlag weg. Aber dann gehen sie rachsüchtig, Gift und Galle spuckend, auf uns los und gebrauchen Waffen gegen uns, denen wir nichts entgegenzusetzen haben. Sollten wir nicht einen fünf- oder zehnjährigen Waffenstillstand ins Auge fassen, währenddessen wir alle Unternehmungen ruhen lassen? In dieser Zeit kommt in Washington vielleicht wieder eine neue, weiche, liberale Regierung an die Macht. Früher oder später wählen sie sich immer einen Clinton oder einen Carter.«

»Ihre Worte sind weise«, sagte der Ajatollah. »Doch wir dürfen unsere heilige Pflicht nicht außer Acht lassen – die Schaffung eines großen islamischen Staates im Nahen Osten nämlich, der nicht auf die Unterstützung oder Einmischung des Westens angewiesen ist, der frei ist vom Großen Satan. Darin haben wir den Beistand der Chinesen, die gern unser gesamtes Öl kaufen würden und sich in der Vergangenheit als äußerst kooperative Geschäftspartner erwiesen haben. Sie fordern nichts von uns, nur Handel und Zusammenarbeit. Eine der größten Ölpipelines der Welt, von Kasachstan zum Golf von Hormus, wurde von den Chinesen finanziert, sie verläuft genau durch unser Land, wovon wir sehr profitieren. Nein, ich fürchte, wir dürfen in unserem Kampf nicht nachlassen. Die noch ungeborenen Generationen unseres Volkes werden es uns danken, und wir werden der Gnade Allahs teilhaftig, wenn wir die gottlosen Teufel von jenseits der Meere aus unserem Land vertreiben.«

»Auch das sind weise Worte«, sagte nun der ältere Hojjat, der aus Teheran. »Aber ist hier jemand in der Runde, der mir erklären kann, wie wir den fürchterlichen Zorn der Amerikaner gegen unser Volk vermeiden können? Vielleicht bin ich schon zu lange hier. Aber ich habe viel Leid gesehen und viel Schmerz. Ich glaube nicht, dass ich es noch einmal ertragen könnte, wenn noch mehr Tod und Zerstörung über uns kommen. Vor allem, wenn wir letztlich diesen Schmerz selbst über uns bringen.«

Der Ajatollah legte dem alten Imam die linke Hand auf den Unterarm. »Es ist richtig, uns auf die Folgen aufmerksam zu machen«, sagte er. »Auch ich hege große Bedenken, was zukünftige Anschläge gegen den Westen anbelangt. Gewiss, auch mir ist schon vor langer Zeit klar geworden, wie fruchtlos es ist, unschuldigen Menschen das Leben zu nehmen. Das wird nicht funktionieren, sondern nur weiteren Hass schüren. Und ich sehe, dass die Vereinigten Staaten sich aus der Golfregion zurückzuziehen beginnen. Vielleicht nicht vollständig, doch zumindest in Ansätzen.«

Admiral Badr sah das anerkennende Nicken des Ajatollahs. »Ich nehme an, Eure Heiligkeit sprechen von der Entschlossenheit des Weißen Hauses, die Abhängigkeit vom arabischen Öl zu verringern und die eigenen Reserven im Norden Alaskas zu erschließen.«

»Genau, Admiral«, erwiderte der Vorsitzende der Konferenz. »Es wird Ihnen sicherlich nicht entgangen sein, dass einige der alten amerikanischen Verträge mit den Golfstaaten nicht verlängert wurden, manche von ihnen sind mittlerweile von China übernommen worden. Die Vereinigten Staaten zielen in der Tat darauf ab, vom Öl aus unserer Region weniger abhängig zu sein. Seine Heiligkeit der Großajatollah in Teheran glaubt, dass in den nächsten hundert Jahren der Tag kommen wird, an dem der gesamte amerikanische Kontinent, Nord-, Mittel- und Südamerika, zu einer Einheit zusammenwächst, sich von der übrigen Welt isoliert und sich mit Bodenschätzen vollständig selbst versorgen kann.«

»Wenn wir den Staat Israel ausgelöscht haben, wird der Nahe Osten, Nordafrika und vielleicht auch das islamische Zentralasien uns gehören«, sagte Admiral Badr. »Basierend natürlich auf der Kooperation mit China. Vielleicht entlang den Grenzen des alten Osmanischen Reichs. Welch ein Traum, ein großer islamischer Staat, der über sich selbst bestimmt, ohne die Arroganz der Juden … Dieser Traum könnte schließlich wahr werden.«

Er hielt inne. Ben Badr sah auf und bemerkte den Blick des Ajatollahs, der nickend seine Zustimmung gab, dass der Fregattenkapitän das Wort ergriff.

»Ich glaube nicht, dass es den Amerikanern so leicht fallen wird, ihre Ölvorkommen in Alaska zu erschließen, wie manche meinen«, sagte er. »Sie haben gegenwärtig eine starke, weitsichtige Regierung, allerdings gibt es in Amerika eine Menge linksgerichtete Umweltschützer. Und die Ölfelder in der Prudhoe Bay liegen inmitten eines Naturschutzparks, der mittlerweile schon seit mehr als zwanzig Jahren besteht. Es gibt viel Widerstand, und es ist noch alles andere als sicher, dass der Präsident sich durchsetzen wird.«

»Dennoch«, erwiderte Bens Vater, »haben sie bereits eine große unterseeische Pipeline gelegt, die vom Prince William Sound nach Süden zur Nordwestküste der Vereinigten Staaten führt.«

Wie alle Marineoffiziere sprachen der Admiral und sein Sohn von weit entfernten Orten, als würde jeder so häufig Seekarten studieren wie sie. Der Kernpunkt der Diskussion allerdings wurde nicht aus den Augen verloren: *Sollen wir die Amerikaner weiterhin davon abschrecken, im Mittleren Osten ihren Geschäften nachzugehen, oder uns einfach zurücklehnen und ihnen erlauben, dass sie sich zurückziehen und abschotten?*

»Tatsache ist, dass sie sich nie abschotten werden«, sagte der Admiral. »Die Vereinigten Staaten sind eine Weltmacht, die in jedem Winkel der Erde eigene Interessen zu verfolgen meint. Sie haben Saddam Hussein lange Zeit bewusst und vorsätzlich an der Macht gelassen, weil sie wussten, dass seine Absetzung wahrscheinlich einen Bürgerkrieg im Irak auslöst und wir ihn vielleicht, vom Golf kommend, am schwächsten Punkt angreifen würden. Was wir mit ziemlicher Sicherheit auch getan hätten.

Die Amerikaner sind überall auf den eigenen Vorteil bedacht. Sie haben ein wachsames Auge auf Russland, Indien und China. Es gefällt ihnen, Flugzeugträgergruppen in unseren Meeren aufmarschieren zu lassen. Sie werden sich nie unserem Wunsch gemäß einfach zurückziehen.«

»Und wir wiederum können sie nicht vertreiben«, sagte der Ajatollah. »Wegen ihrer Militärmacht ... Und jetzt wäre vielleicht ein guter Zeitpunkt, den Hamas-Kommandanten zu hören, der so freundlich war, auf unsere Bitte um Unterstützung einzugehen.«

Alle stimmten zu. General Rashud erhob sich wie jemand, der Wichtiges zu vermitteln hatte. »Ich habe den bemerkenswerten und wohl überlegten Meinungen, die bislang geäußert wurden, aufmerksam zugehört«, sagte er. »Ich widerspreche ihnen nicht. Der Westen ist stärker als wir und verfügt über erbarmungslose Mittel, denen wir nichts entgegensetzen können. Damit sollten wir uns aber nicht lange aufhalten.

Wenn das erhoffte Ziel nicht zu erreichen ist, wäre es dumm, es weiterhin zu verfolgen. In diesem Fall sollte man sich, wie die Amerikaner sagen würden, andere, neue Ziele suchen. Das mag plump klingen, ist aber von bestechender Logik. Massenmorde an Zivilisten gefallen ihnen nicht, weshalb jeder, der sie begeht, von ihnen eliminiert wird. Also sollten wir solche bleiben lassen. So einfach ist das. Man hat dabei nicht viel zu gewinnen, außer dass man den Gegner in Rage versetzt. Das damit verursachte Leid ist in jedem Fall fürchterlich.

Nein, meine Herren. Die gegenwärtige Lage erfordert ein radikales Umdenken. Meiner Meinung nach gibt es nur zwei Dinge, die einen Feind unwiderruflich zum Rückzug oder zur Aufgabe zwingen. Das Erste ist *schiere Erschöpfung*. Nicht hervorgerufene Wut, Zorn oder die Einstellung: ›Wir werden es den Schweinehunden schon zeigen‹. Sondern sorgfältig geplante Erschöpfung. So wie es Gorbatschow erging, als Präsident Reagan hinterlistig drohte, seinen Staat auszulöschen, wenn es sein müsse, sogar vom Weltraum aus.

Gorbatschow wurde nicht wütend, er ließ sich dadurch noch nicht einmal einschüchtern. Er war nur am Ende seiner Kräfte angelangt, er war ausgeblutet, frustriert und hatte keine anderen Möglichkeiten mehr. Letztlich blieb ihm nichts anderes mehr übrig, als die Waffen zu strecken, *Scheiß drauf* zu sagen und aufzugeben. Ich bin mir nicht sicher, ob er wirklich wollte, dass die Berliner Mauer geöffnet wurde und das gesamte Sowjetreich zerfiel. Aber es ist geschehen. Also gab er seinen Leuten den Rat mit auf den Weg, mit ihrem Leben weiterzumachen wie bisher. Er hatte Recht damit.

Ich glaube, genau auf diese Weise sollten wir auch mit dem Großen Satan verfahren. Wobei wir den Amerikanern gegenüber sogar noch mehr im Vorteil sind als Reagan gegenüber Gorbatschow. Der Satan besitzt eine Achillesferse – sie nennt sich Dollar. Kein Land in der Geschichte der Welt hat je mehr Wert auf Geld, Profit und Wohlstand gelegt als die Vereinigten Staaten.

Was unsere Aufgabe doppelt einfach macht. Wir müssen die Amerikaner in die Erschöpfung treiben, sie dazu bringen, dass sie von uns die Schnauze voll haben, dass sie keine Lust mehr auf ständig neue Aufbauleistungen und die damit verbundenen Kosten haben. Keine Morde, keine Anschläge mehr, nur ununterbrochen Angriffe auf Hightech-Systeme, auf Maschinen und Einrichtungen. Nicht auf Menschen, weil sie das nur wütend und dadurch gefährlich machen würde. Sondern auf Gegenstände und Sachwerte, meine Herren. Sachwerte. Sowie auf alles, was nicht von symbolhaftem Wert ist.

Das ist der einzige Weg. Sie zu zwingen, ihre Kräfte weit zu verteilen, sie so weit zu strapazieren, bis ihre Ressourcen dafür nicht mehr ausreichen. Sie glauben lassen, dass sie dieses schützen müssten, jenes bewachen, hier ihre Flugzeugträger hinschicken, dort ihre U-Boote, und die Bodentruppen wieder an einen anderen Ort. Sie davon überzeugen, dass sie ihr Weltreich und ihre Handelsrouten nur dann bewahren können, wenn sie die ganze verdammte Welt vor möglichen Angriffen schützen.

Auf diese Weise werden sie bald die Schnauze voll haben. Irgendein viertklassiger kleiner demokratischer Kongressabgeordneter wird dann wieder über die damit verbundenen Kosten lamentieren, sich über die Auswirkungen auf den *American way of life* beschweren. Sie werden sich regelrecht zu Tode jammern. Aber nur, wenn niemand getötet wird. Wenn das geschieht, werden sie nur wieder irgendeinen Staat in Grund und Boden bombardieren.

Wir können die Amerikaner loswerden. Wir müssen nur klüger sein als früher. Andernfalls wird uns das gleiche Schicksal ereilen wie Afghanistan.«

General Rashuds Worte schlugen im Konferenzraum ein wie eine Bombe. Er hatte mit allen Vorstellungen und Gedanken aufgeräumt, an denen sie bislang festgehalten hatten. Schlimmer noch, er stellte alles auf den Kopf, versuchte die seit Jahrzehnten gültige Doktrin des Terrorismus zu verändern, und ließ alles, was früher anerkannt gewesen war, als überholt, altmodisch, wenig durchdacht erscheinen.

Zwei der Hisbollah-Vertreter unterhielten sich aufgeregt, es war klar, dass sie seinen Ausführungen keinesfalls zustimmen konnten. Schließlich erhob sich einer von ihnen und sagte: »General, wir meinen, es steht Ihnen hier nicht zu, alles, was wir getan und wofür wir unser Leben aufs Spiel gesetzt haben, herabzuwürdigen.«

Ravi blieb sitzen und antwortete mit ruhiger Stimme: »Ich wurde nicht gebeten, über die Vergangenheit zu urteilen. Ich wurde hierher gebeten, um über die Zukunft zu sprechen. Die Vergangenheit interessiert mich nicht, abgesehen von den Lehren, die sie bereithält. Gewiss war es nicht meine Absicht gewesen, Ihre Leistungen und Erfolge zu kritisieren. Ich kenne sie nicht. Ich weiß nur, was vor einigen Jahren noch anwendbar war, ist es heute eben nicht mehr. Wenn Sie sich nicht ändern, werden Sie mit großer Wahrscheinlichkeit untergehen.«

Er hielt kurz inne und fragte dann, ob jemand von den Hisbollah-Angehörigen das amerikanische Bombardement in der Gegend um Kabul miterlebt habe. Zwei der Vertreter hoben die Hand.

»Wie weit waren Sie von den Einschlägen entfernt?«

»Etwa fünfzehn Kilometer.«

»Nun, Folgendes will ich dazu sagen … Vor einigen Jahren hatte ich in Nordirland den Befehl über eine Patrouille, und ich habe aus nächster Nähe miterlebt, welche Wirkung eine Acht-Kilo-Bombe mit Semtex haben kann – damit kann man einen ganzen Straßenzug in Schutt und Asche legen. Die amerikanischen Bomben aber enthalten *achthundert Kilogramm* an Sprengstoff. Ich habe mal einen amerikanischen Obersten gefragt, wie zielgenau man sie mittlerweile platzieren könne. Seine Antwort war sehr lakonisch: *Durch welches Fenster hätten Sie's denn gern?*«

Im Raum herrschte Schweigen.

»Sie besitzen nicht nur einen endlosen Vorrat solcher Waffen«, sagte Ravi. »Sie können sie auch überall, wann und wo es ihnen gerade in den Kram passt, zum Einsatz bringen. Und ihnen kann nichts standhalten. Glauben Sie mir. Wenn wir sie in Zukunft angreifen, können wir uns lediglich erlauben, sie ein bisschen aus der Fassung zu bringen. Aber nicht richtig wütend zu machen.«

»Wollen Sie damit anklingen lassen, dass wir sie nach wie vor angreifen können und sollen?«, fragte der Ajatollah.

»Nur, wenn wir sie verdammt noch mal für immer aus dem Mittleren Osten vertreiben wollen. Wenn es uns zum Beispiel gelingen sollte, ihre Ölleitung aus Alaska zu beschädigen, und sie vermuten, dass wir dahinter stecken, werden sie ihre Autarkiebestrebungen sicherlich verstärken und alles unternehmen, um sich so weit wie möglich von uns fern zu halten. Das ist mein Ziel – den Satan aus dem Mittleren Osten zu vertreiben.«

»Ich glaube, dies ist ein ausgezeichneter Zeitpunkt für eine kleine Teepause«, sagte der heilige Mann. »Und danach, General, werden Sie uns vielleicht mitteilen, welche zukünftigen militärischen Operationen Sie sich vorstellen.«

»Genau deshalb bin ich hier«, erwiderte Ravi. »Ich werde mein Bestes versuchen.«

Alle erhoben sich. Fregattenkapitän Badr, der rangniedrigste Offizier unter den Anwesenden, ging zu einem Telefon an der Wand und bestellte für zehn Personen Tee. Wer immer am anderen Ende der Leitung war, musste sich schleunigst in Bewegung gesetzt haben, kaum fünf Minuten später erschienen nämlich drei Marine-Ordonnanzen in weißen Uniformen mit zwei großen silbernen Kannen sowie Tabletts, auf denen sich Teegläser in silbernen Halterungen, Zuckerschalen, Milch und Zitronen befanden.

Tee war im Iran ohne Frage das Nationalgetränk. Man bekam ihn ständig serviert, brühend heiß, stark und gewöhnlich mit Zitrone. Da er so bitter war, nahm fast jeder Zucker dazu. Die Milch war eine Konzession an Ravi, von dem jeder wusste, dass er trotz allem irgendwie ein Engländer war.

Eine Viertelstunde lang plauderten die Konferenzteilnehmer miteinander, das Interesse des Ajatollahs jedoch richtete sich ausschließlich auf General Rashud. Er kam auf ihn zu und fragte ihn: »Würden Sie nach Teheran kommen, wenn Seine Heiligkeit dies wünscht? Ich habe nämlich das Gefühl, dass Sie uns etwas ganz und gar Ungewöhnliches vorschlagen werden.«

Mit einem Lächeln betrachtete Ravi das harte, aber hochintelligente Gesicht des Imams. Die hohe Stirn unter dem schwarzen Turban, die ruhigen, durchdringenden Augen, der leicht zynische Zug um den Mund. Ein Mann, dachte Ravi, mit dem nicht zu spaßen war. Keiner, dem gegenüber man sich Freiheiten herausnehmen sollte, jemand, den man keinesfalls unterschätzen durfte.

»Ich gehe davon aus«, sagte Ravi, »dass wir Waffenbrüder werden. Ich will es unserem Führer nicht an der nötigen Ehrerbietung mangeln lassen. Natürlich würde ich seinen Wünschen nachkommen und mich in Teheran einfinden. Vor allem, wenn wir beschließen sollten, uns gemeinsam auf ein großes Abenteuer zu begeben.«

Der Ajatollah lächelte. »General, westlichen Augen mag es erscheinen, als hätten wir tief greifende Probleme mit den Ungläubigen und Liberalen im Land. Aber letztlich werden die religiös Gefestigten das Ruder in der Hand behalten. Die Anhänger des Großajatollahs Khomeini kontrollieren noch immer das Land. Den Westen beruhigen wir mit Lippenbekenntnissen. Wenn es uns angelegen erscheint. Aber wir lassen uns immer vom Koran leiten – und unserem Wunsch nach einem islamischen Staat, der sich entlang der Nordküste Afrikas über den Nahen und Mittleren Osten bis nach Zentralasien erstreckt. Eines Tages werden wir dies erreichen, und weder der Große Satan noch seine kleinen, unausstehlichen Hündchen in Israel werden uns davon abhalten können.«

General Rashud gab sich gelassen. »Ich glaube, ich kann Ihnen bei der Verwirklichung dieser Ziele zur Seite stehen und bin überzeugt, dass uns Erfolg beschieden sein wird.«

»Dann wollen wir nun wieder Platz nehmen, damit ich Sie bitten kann, uns Ihre große Strategie zu erläutern.« Der Ajatollah streckte beide Hände aus. »Allah sei mit Ihnen und mit uns, General.«

»Friede sei mit Ihnen«, sagte Ravi.

Zwei Minuten später stand Ravi erneut vor den Versammelten. Er begann seinen Vortrag mit einem Satz, der es wirklich in sich hatte. »Meiner Meinung nach sollte es unser vorrangiges Ziel sein, in zwei Jahren die gesamte Stromversorgung der amerikanischen Westküste lahm zu legen.«

Sogar der schlachtenerprobte Admiral Badr, der häufiger in Scharmützel mit der U.S. Navy verwickelt war als jeder andere befehlshabende Offizier am Golf, sah erstaunt auf.

»Bereits in der Vergangenheit ist es in Kalifornien zu einigen ernsthaften Engpässen in der Stromversorgung gekommen«, fuhr Ravi fort. »In den beiden kommenden Jahren werden Millionen Barrel Öl über die neue Pipeline von Alaska fließen; neue Raffinerien, neue Kraftwerke werden entstehen, vielleicht sogar ein neues Stromnetz, um die beiden größten Städte dort, Los Angeles und San Francisco, gemeinsam zu versorgen.«

Was haben Sie vor, einen Selbstmordanschlag? Allen ging die gleiche Frage durch den Kopf, weshalb es kaum eine Rolle spielte, wer sie letztlich offen aussprach.

»Nein, natürlich nicht. Ich schlage vor, wir erarbeiten einen Plan, der es uns ermöglicht, für alles, was sie uns angetan haben, Vergeltung zu üben. Zuerst werden wir das neue

Westküsten-Stromnetz unmittelbar an seiner Quelle sabotieren, dem großen Ölterminal im Prince William Sound. Darauf folgen Anschläge auf die Lagertanks, anschließend auf die unterseeische Pipeline an der Küste des Bundesstaates Washington, insgesamt vielleicht an drei Stellen, dann auf die neue Raffinerie, die in Grays Harbor errichtet wird, sowie das Kraftwerk, das die beiden Großstädte versorgt.«

Sie meinen, alle auf einmal?

»Nun, im Verlauf einiger Tage jedenfalls. Wir werden zu vertuschen versuchen, dass zwischen den einzelnen Unfällen ein Zusammenhang besteht.«

Unfällen? Das Szenarium hört sich an wie der Dritte und Vierte Weltkrieg zusammen!

»Ganz und gar nicht. Im Hauptlagertank und der Pumpstation wird aus unbekannter Ursache Feuer ausbrechen. Die Lecks in der unterseeischen Pipeline werden für völlige Verwirrung sorgen. Auch für einen weiteren Brand in der Raffinerie in Grays Harbor wird niemand verantwortlich gemacht werden können. Schon gar nicht wir, die wir elftausend Kilometer weit entfernt sind.«

Sie sprechen von Einsätzen über Land und unter Wasser – aber wie soll das gehen?

»Meine Herren, wir brauchen ein U-Boot. Eigentlich brauchen wir sogar zwei U-Boote.«

»General, wir haben bereits drei«, sagte der Admiral. »Ausgezeichnete Boote mit dieselelektrischem Antrieb, die unterhalb einer Geschwindigkeit von fünf Knoten nicht zu hören sind. Perfekte Angriffsboote für die Küste. Aber ich kann mir nicht vorstellen, mit ihnen unentdeckt zur Westküste der Vereinigten Staaten zu gelangen. Die amerikanische Marine würde uns aufbringen, keine Frage. Das wäre es nicht wert. Sie können ihr verfluchtes Rohölnetz wieder zusammenflicken, aber uns würden sie nie erlauben, die Kilos wieder zu ersetzen. Außerdem könnten wir kaum in so kurzer Zeit neue Besatzungen ausbilden.«

»Admiral«, sagte der General. »Ihre Kilos wären auf einem solchen Einsatz nutzlos. Wir brauchen ein großes, schnelles

Atom-U-Boot, das weder aufgespürt noch aufgebracht werden kann.«

»*Atom-U-Boot!*« Der Admiral war sichtlich überrascht. »Sie meinen atomgetrieben – kein U-Boot mit Interkontinentalraketen, mit Atomwaffen.«

»Nein. Keine Atomwaffen. Atomgetrieben.«

»Gut, bevor ich nach dem Wie frage, erklären Sie mir doch bitte das Warum.«

»In erster Linie, weil Atom-U-Boote nicht aufgetankt werden müssen. Der Reaktor sorgt für einen unendlichen Treibstoffvorrat. Wenn es sein muss, kann das Boot die ganze Welt umrunden, ohne einen Tanker anzulaufen. Ein großes Atom-U-Boot kann im Pazifik einen Angriff starten und dann mit hoher Geschwindigkeit in den Indischen Ozean ausweichen – oder in den Atlantik oder meinetwegen auch in die Antarktis. Keiner wird es aufspüren. Seine Reichweite ist so groß, dass es aufgrund seiner Geschwindigkeit, Tauchtiefe und seines niedrigen Geräuschpegels in den Weiten der Meere einfach verloren geht. Es wird für die Verfolger unsichtbar sein.«

»Das sehe ich ein. Wollten wir ein Kilo-Boot zur Westküste der Vereinigten Staaten und zurück schaffen, müssten wir mindestens fünf- bis sechsmal auftanken. Und natürlich muss häufig geschnorchelt werden, um die Batterien aufzuladen.«

»Genau«, erwiderte der General. »Solche Boote dürfen nicht schnell fahren, wenn man sie nicht hören soll. Sie sind in vielerlei Hinsicht verwundbar. Verwundbar zu sein ist in meinem Gewerbe aber schlecht. Meiner Meinung nach sind Atom-U-Boote die besten Waffen, die die Welt jemals gesehen hat. Ihre Geschwindigkeit und Mobilität sind unerreicht. Der Reaktor liefert alles, Wärme, Licht, Strom, frisches Wasser, und verschafft dem Boot eine nahezu unbegrenzte Tauchtiefe.

Ein gutes Boot kann unter Wasser Lenkraketen abfeuern, die Hunderte von Seemeilen entfernt ihre Ziele ansteuern – als käme das Geschoss buchstäblich aus dem Nichts. Um auf die prosaische Nichtigkeit zurückzukommen, die ich vorhin erwähnt habe: Ein Atom-U-Boot könnte die Öltanks im Prince William Sound in Brand schießen, ohne jemals selbst entdeckt zu werden.

Niemand wird wissen, warum die Tanks explodiert sind, noch ob es sich um einen militärischen Angriff handelt. Selbst wenn der Gegner dies vermuten sollte, würde er niemals erfahren, wer dahinter steckt. Sie könnten Verdächtigungen aussprechen, recht viel mehr aber nicht. Außerdem würden wir nicht zu den Verdächtigen gehören, weil wir ja keinen Zugang zu solchen U-Booten haben.«

Der General ließ den Blick durch den Raum schweifen, um die Reaktion seines Publikums einzuschätzen. Die vier Männer der Hisbollah wirkten völlig gebannt. Die Kleriker ließen nicht die geringste Regung erkennen, lediglich der Ajatollah hatte sich nach vorn gebeugt und auf die Ellbogen gestützt, das Kinn ruhte auf den gefalteten Fingern.

Fregattenkapitän Badr lehnte sich neben Ravi auf seinem Stuhl zurück und zeigte ein dünnes Lächeln, während er den Ausführungen des Hamas-Kommandanten lauschte.

Ravi ergriff wieder das Wort. »Ich komme also zu der Schlussfolgerung, dass wir unbedingt ein Atom-U-Boot brauchen. Ohne ein solches Boot sind wir nahezu machtlos. Auf dem Land können wir keinen Angriff starten, weil wir sofort identifiziert werden würden. Außerhalb des Mittleren Ostens können wir keine Eliteeinheiten einsetzen, weil uns die Mittel fehlen, sie dorthin zu bringen und sie nach der Mission wieder abzuholen.

Auch aus der Luft können wir niemanden angreifen, weil wir dann sofort entdeckt werden würden. Wir könnten natürlich Bin Ladens Methode kopieren und die westlichen Staaten infiltrieren, aber das wäre sehr umständlich und aufwändig. Und wenn unsere verdeckt operierenden Männer gefasst werden, würden die Amerikaner keinen Moment zögern, dem Staat, der ihrer Meinung nach dahinter steckt, eine saftige Abreibung zu verpassen. Wobei es sie nicht im Geringsten kümmern würde, ob ihre Vermutung auch richtig ist. Sie würden trotzdem zuschlagen.

Mit der Anschaffung eines Atom-U-Boots, meine Herren, ändert sich die Situation grundlegend. Wir können unerkannt, unsichtbar, in tödlicher Stille angreifen. Und wenn wir schnell und entschlossen handeln, beläuft sich das Risiko, gefasst zu werden, auf nahezu null. Kein Staat, der ähnliche Ziele wie wir verfolgt, war bislang im Besitz eines Atom-U-Boots. Meiner Meinung nach sollten wir daher alle erdenklichen Anstrengungen unternehmen, um ein solches Boot zu kaufen oder zu chartern, wobei wir natürlich so verschwiegen wie nur möglich vorgehen.«

»Dürfen wir annehmen, dass die Öffentlichkeit Ihrer Meinung nach nicht von der Beschaffung dieses Atom-U-Boots erfahren sollte?«

»Das dürfen Sie, Admiral. Ich möchte noch nicht einmal, dass es jemals einen iranischen oder irgendeinen anderen islamischen Hafen anläuft.«

»Weiter gehe ich davon aus, dass Sie uns einen Komplizen bei dieser Operation nahe legen – ein anderes Land, dessen Einrichtungen wir benutzen dürfen.«

»Natürlich, und der Staat, an den wir uns um Hilfe wenden sollten, ist ganz offensichtlich China.«

»Schlagen Sie also vor, dass wir von China ein Atom-U-Boot erwerben?«

»Nein. Deren Boote sind für unsere Zwecke nicht gut genug.«

»Haben Sie sich bereits eingehend mit den verbliebenen Möglichkeiten befasst?«

»Ja, natürlich. Unsere Möglichkeiten sind sehr begrenzt. Wir können das Boot nicht vom Westen kaufen, weil er es uns nicht geben würde. China fehlt bislang die notwendige Technologie. Bleiben Indien, Pakistan und Russland. Indien und Pakistan fürchten einander so sehr, dass sie kritische Waffensysteme wie Atom-U-Boote nie verkaufen würden. So bleibt also allein Russland übrig, das glücklicherweise nahezu alles an jeden verkauft.«

»Das mag schon so sein«, sagte Admiral Badr. »Russland gehört aber zu den stärksten Befürwortern des Atomwaffensperrvertrags, das Land war eines der ersten, das ihn 1968 unterzeichnet hat. Sie sind gegen unterirdische oder unterseeische Atomwaffentests und haben sich immer gegen die Verbreitung von Atomwaffen ausgesprochen. Sie haben sogar darauf bestanden, dass Weißrussland, Kasachstan und die Ukraine dem Sperrvertrag beitraten. Außerdem haben sie sicherlich noch nie ein Atom-U-Boot verkauft. Das Gleiche gilt für die anderen Atommächte, für die Vereinigten Staaten, für Großbritannien und Frankreich. Sollten die Russen plötzlich ein Atom-U-Boot an den Iran verkaufen, würde das die Welt erschüttern.«

»Das würde vor allem davon abhängen, wie die Sache eingefädelt wird«, sagte Ravi. »Ich glaube, eine äußerst feinfühlige Vorgehensweise dürfte angebracht sein. Zudem werden wir in keiner Weise daran beteiligt sein.«

»Das dürfte sich aber schwierig gestalten«, sagte der Admiral.

»Das wiederum hängt davon ab, wie sehr wir uns auf die Achillesferse aller Beteiligten stürzen«, sagte Ravi Rashud. »Bei Russland ist das Ganze einfach. Die Russen brauchen unbedingt Geld und würden dafür nahezu alles verhökern. Ihr größter Handelspartner ist mit weitem Abstand China. Man darf davon ausgehen, dass die Chinesen mit ihrem dicken Scheckbuch und breiten Lächeln im Gesicht alles bekommen, was sie wollen. Zudem verfügt ihre Marine bereits über Atom-U-Boote, was das russische Gewissen beruhigen sollte. Wenn wir ein U-Boot kaufen wollen, müsste China das für uns erledigen.«

»Aber warum sollte China das tun wollen?«

»Na ja, ich glaube, für die Chinesen sind *wir* ihre Achillesferse. Es wird ihnen deshalb aus mehreren Gründen äußerst schwer fallen, unsere Wünsche abzulehnen.

Erstens: China weiß um die Vorteile einer umfassenden Zusammenarbeit mit dem Iran, die bereits aufgrund der Pipeline von Kasachstan zur Straße von Hormus besteht.

Zweitens: China wird die Freundschaft zum Iran nicht aufs Spiel setzen, da wir das Tor zum Persischen Golf bewachen. Und ohne unsere Kooperation dürfte es ihnen schwer fallen, ihre neue Raffinerie an der Straße von Hormus wirtschaftlich zu nutzen.

Drittens: Ihre Zusammenarbeit mit dem Iran liefert ihnen einen wunderbaren Vorwand, mit ihren Kriegsschiffen den nördlichen Abschnitt des Arabischen Meers und den Golf selbst unsicher zu machen.

Viertens: In den nächsten beiden Jahren werden um den Golf herum eine Menge neuer Öl- und Gasverträge geschlossen. China ist sehr wohl bewusst, dass es mit unserer Unterstützung und unserem Einfluss viele davon an Land ziehen könnte.

Fünftens: Auf amerikanischen Druck hin traten die Chinesen vom Vertrag über die Lieferung von C-802-Raketen an den Iran zurück. Nun hoffen sie inständig, dass diese Sache vergessen wurde. In meinen Augen wäre dies eine Gelegenheit, sie daran zu erinnern, dass der Iran die Sache *nicht* vergessen hat. China ist dem islamischen Staat daher noch einen großen Gefallen schuldig.«

Der Ajatollah wirkte sehr nachdenklich, weil er offenbar an die noch immer gärenden Zwistigkeiten zwischen den beiden Ländern erinnert wurde.

Der schlanke, pechschwarze, nahezu Überschallgeschwindigkeit erreichende Marschflugkörper wurde von der *China National Precision Machinery Import and Export Corporation* hergestellt, der Antrieb jedoch, der für eine Reichweite von knapp 130 Kilometern sorgte, basierte auf dem exzellenten Triebwerk des französischen Herstellers *Microturbo* in Toulouse.

Die diplomatischen Verwicklungen zogen sich insgesamt über mehrere Monate hin. Der Iran ging davon aus, die Exocet-ähnlichen Marschflugkörper zu erhalten, mit denen alle Schiffe bedroht werden konnten, die die Straße von Hormus passierten. Die C-802 konnte mit einer Vielzahl unheilvoller Sprengköpfe ausgerüstet werden, weshalb die Amerikaner China dazu drängten, der Bestellung aus Teheran nicht nachzukommen.

Der Iran verwies auf den dazu ausgehandelten Vertrag sowie die bereits geleisteten Vorauszahlungen und belagerte schließlich voller Zorn den chinesischen Botschafter und jeden, der vielleicht in der Lage gewesen wäre, eine Wendung der Ereignisse herbeizuführen. Der Meinungsaustausch zwischen Teheran, Peking, Hongkong, Toulouse und Washington legte auf dem Höhepunkt der Verhandlungen beinahe den gesamten Nachrichtenverkehr lahm.

Die National Security Agency in Fort Meade aber hörte alles ab. Admiral George Morris' Männer waren die Einzigen, die genauestens Bescheid wussten.

Trotzdem sah China die Gefahr, die Amerikaner gegen sich aufzubringen. Nach mehreren Monaten schließlich, trotz wohl formulierter diplomatischer Noten, in denen die chinesische Regierung behauptete, sie hätte keinen Einfluss mehr auf die Sache, beschloss sie, dem Vertrag über die Lieferung der Marschflugkörper an den Iran nicht nachzukommen.

Der Iran regelte die Sache daraufhin auf seine Weise. Eine der bereits in seinem Besitz befindlichen C-802 wurde zerlegt und von Grund auf mit selbst hergestellten Teilen nachgebaut. Im weiteren Verlauf ließ Teheran nichts mehr verlautbaren. Alle Beteiligten nahmen an, dass es den Iranern irgendwie gelungen sei, einen eigenen Marschflugkörper herzustellen, ohne Unterstützung der Chinesen.

Jedenfalls hatte es eine Menge böses Blut gegeben, Misstrauen war gesät worden. Der Wunsch, den Schaden wieder gutzumachen, ging von China aus. Nun hatte General Ravi Rashud den Finger auf eine Stelle gelegt, die es dem Drachen aus dem Osten erlauben würde, sich den Ajatollahs erkenntlich zu zeigen, indem sie für den Iran ein Atom-U-Boot erwarben.

Admiral Badr jedoch hielt den Atomwaffensperrvertrag noch immer für eine gewichtige Hürde. »Mir ist bekannt, dass der Vertrag lediglich Atomwaffen abhandelt, keine Atomreaktoren«, sagte er. »Die Staaten jedoch, die über Atomwaffen verfügen, sind sehr darauf bedacht, dass solche

Waffen anderen nicht in die Hände fallen. Der Atomreaktor eines Schiffes enthält eine nicht unbeträchtliche Menge Uran, das mit waffenfähigem Uran-235 angereichert ist, und daraus können Atombomben hergestellt werden. Das ist der Grund, warum kein Land mit Atom-U-Booten jemals in Betracht gezogen hat, diese an andere zu verkaufen. Niemand hat bislang ein Atom-U-Boot erworben. Die Staaten, die sie besitzen, haben sie selbst gebaut.«

Ravi nickte zustimmend, dann sagte er mit fester Stimme: »Wenn wir China dazu überreden können, den Russen ein Angebot für zwei Atom-U-Boote abzugeben, gehe ich davon aus, dass die Boote keine chinesischen und ganz gewiss keine iranischen Häfen anlaufen. Vielmehr gehe ich davon aus, dass sie ihre Reise entweder in der Ostsee oder von den Stützpunkten der Nordmeerflotte antreten und sich dann in den russischen Basen an der sibirischen Küste, wahrscheinlich in Petropawlowsk einfinden werden. Niemand muss wissen, dass diese Boote verkauft wurden. Ich glaube auch, die Fahrt eines Bootes in den arktischen Gewässern entlang der Nordküste Russlands nach Osten dürfte kaum für Aufmerksamkeit sorgen. Man würde es einfach als normale Überführung ansehen. Die Russen tun dies ständig.«

»Sie meinen, unser Einsatz startet von einem russischen Hafen aus?«

»Genau. Noch nicht einmal die Russen würden wissen, worauf wir abzielen.«

»Gut«, sagte der Ajatollah. »Das alles klingt sehr verführerisch. Bislang bin ich diesem weit fortgeschrittenen Gedanken nicht abgeneigt. Meine einzige Frage lautet nur: Haben wir eine Besatzung, die mit einem solchen U-Boot umgehen kann?«

»Wir haben drei befehlshabende Offiziere, die sich einer mehrmonatigen Ausbildung in Russland unterzogen haben – und ich glaube, dazu gehörte auch ein Aufenthalt in einem Atom-U-Boot … Ben?«

»Ja. Wir konnten feststellen, dass die Unterschiede zu Booten mit dieselelektrischem Antrieb nicht so groß sind. Der

Hauptunterschied ist natürlich der Reaktor. Man hat uns grob gezeigt, wie er funktioniert, und hat uns dann etwas eingehender damit vertraut gemacht, wie diese sehr viel größeren Boote zu steuern sind. Aber natürlich waren wir in erster Linie dort, um auf den Booten der Kilo-Klasse zu lernen.«

»Wie lange würde es dauern, bis ein befehlshabender Offizier in der Lage ist, mit einem Atom-U-Boot die Welt zu umrunden?«, fragte der Ajatollah.

»Vermutlich neun Monate, intensives Training vorausgesetzt. Sechs Monate vielleicht für einen Top-Mann.«

»Wie Sie, Ben?«, sagte der Ajatollah mit einem Lächeln.

»Danke, Herr«, sagte Fregattenkapitän Badr mit ernster Miene. »Vielleicht sechs Monate. Eine Reihe von U-Boot-Offizieren könnte sich meiner Ansicht nach sehr schnell mit einem solchen Boot vertraut machen. Der Tauchvorgang, die Torpedos, selbst die Raketen, die Navigation, die Waffensysteme, die Wasseraufbereitung, Luftfilter … sie alle beruhen auf den mehr oder weniger gleichen Grundlagen. Es geht nur um den Kernreaktor. Die härteste Aufgabe an Bord hat der Kerntechniker. Darüber hinaus braucht er ein halbes Dutzend Männer, die genau wissen, was sie zu tun haben. Bei einem solchen Projekt sind wir deshalb wahrscheinlich über einen gewissen Zeitraum auf einige russische Ingenieure angewiesen.«

»Oder chinesische«, sagte der Ajatollah. »Die Chinesen haben ausgebildete Leute für Atom-U-Boote, die unserer Sache vielleicht etwas wohlwollender gegenüberstehen.«

»Ajatollah«, unterbrach ihn Ravi. »Ich habe nicht vor, irgendjemanden von unserer Sache wissen zu lassen. Und ganz gewiss nicht China, das den Iran aus ganz eigennützigen Gründen schon einmal verraten hat und dem es sinnvoll erscheinen könnte, es vielleicht ein weiteres Mal zu tun.«

»Natürlich, General. Verzeihen Sie. Ich brauche noch eine Weile, bis ich mich an einen Profi von internationalem Format gewöhnt habe. Ich darf sagen, ich genieße die Erfahrung.«

Admiral Badr lächelte zustimmend und wies darauf hin, dass sein Sohn, Fregattenkapitän Badr, darauf hinarbeiten werde, das Kommando über eine derartige Mission zu übernehmen. »Ich hoffe, ich spreche nicht voreingenommen, wenn ich der Versammlung versichere, dass er zweifellos der erfahrenste unserer U-Boot-Offiziere ist. Zudem hat er bereits mit den Russen zusammengearbeitet.«

Einer der Hojjats nickte anerkennend und ließ es sich nicht nehmen, den Admiral mit seinem Vornamen anzusprechen. »Mohammed«, sagte er, »Sie haben Ihren Sohn zum Wohle unseres Volkes von klein auf zu einem U-Boot-Krieger erzogen. Wir alle sind uns dessen bewusst. Meine Frage lautet nun: Beabsichtigt der General, unsere Mannschaft bei dieser höchst gefährlichen Mission persönlich zu begleiten? Oder beschäftigt er sich lediglich mit der Planung? Bis hin zum kleinsten Detail natürlich.«

»Ich beabsichtige, das Oberkommando über die gesamte Operation zu übernehmen«, sagte Ravi. »Natürlich verstehe ich, dass das U-Boot einen Kommandanten benötigt, der für die Sicherheit des Bootes und seiner Mannschaft verantwortlich ist. Allerdings werde ich die oberste Position einnehmen. Klarstellend möchte ich hinzufügen, dass ich es als große Auszeichnung verstehe, Fregattenkapitän Ben Badr als meine Nummer zwei bei mir zu haben. Doch auf solchen Einsätzen, wie sie uns bevorstehen, kann es nur einen Oberkommandierenden geben. Sollte ich diese Stellung nicht einnehmen können, werde ich nicht fahren.«

Alle Blicke richteten sich auf Ben Badr.

»Ich fühle mich geehrt«, sagte er, »als Nummer zwei unter dem großen Ravi Rashud zu dienen, dem Eroberer von Nimrod. Es dürfte eine Partnerschaft werden, in der wir beide viel lernen können.«

»Das Protokoll verlangt es«, sagte der Ajatollah, »dass ich nach Teheran zurückkehre und die Sache Seiner Heiligkeit vorlege. Das Unternehmen verspricht kostspielig und riskant zu werden. Dennoch stimme ich der Weisheit des Generals zu – entweder wir ändern unsere Taktik und versuchen an ein Atom-U-Boot zu kommen, oder wir legen die Hände in den Schoß und warten darauf, dass in den Vereinigten Staaten eine nachgiebige, liberale Regierung an die Macht kommt. Insgeheim kann ich schon jetzt versprechen, dass der Großajatollah das Letztere nicht gutheißen wird. Er wird immer auf die islamischen Werte achten, besonders auf jenen Leitsatz, der auf die Reise des Propheten von Mekka nach Medina im Jahr 622 zurückgeht, die *Hedschra*.«

Als der Ajatollah aufsah, bemerkte er den etwas ratlosen Blick von General Ravi Rashud. Also fuhr er fort, als wäre er mit ihm allein: »Das Verständnis der *Hedschra* mag sich etwas weiterentwickelt haben, seitdem Sie darin unterwiesen wurden, mein Sohn. Aber im Zentrum dessen steht der eindeutige Befehl des Korans, dass unser Volk nicht in Unterdrückung durch Andersgläubige leben darf. Es muss in diesem Fall anderswo versuchen, einen Platz für sich zu finden, dort, wo der Islam die herrschende Religion ist, im Haus des Islam – *Dar-ul-Islam*. Wenn nötig, muss es kämpfen, um die Gebiete der Nichtmuslime – die *Dar-ul-Harb* – zum *Dar-ul-Islam* zu machen. Aber es kann keine Kompromisse geben. Der Großajatollah wird nicht damit einverstanden ein, zurückzuweichen und die Auseinandersetzung zu scheuen. Das verbietet der Koran.«

Es war nun beinahe Mittag. Der Admiral schlug vor, die Sitzung für das Gebet zu unterbrechen, anschließend würde unten ein Essen serviert werden. Er empfahl, dass General Rashud und Fregattenkapitän Badr vielleicht zu den Landungsbrücken und zurück schlendern sollten, um etwas Luft zu schnappen ... und um sich dabei etwas näher kennen zu lernen.

Die beiden Offiziere, beide ähnlichen Alters, ergriffen nur allzu gern die Gelegenheit, »dem Haufen Mullahs und der Banditenbande endlich zu entkommen«, wie Ben es ausdrückte. Worauf Ravi den Eindruck hatte, der Landsmann wäre wahrscheinlich genau der richtige Mann für sein Unterfangen.

Sie schritten den breiten Treppenaufgang des Marinegebäudes hinab und hinaus in die Hitze des Tages. Beide trugen ein weißes Hemd, Shorts, lange Socken und Schnürschuhe. Ravis Uniform besaß keine Rangabzeichen.

»Wissen Sie, Ravi«, war das Erste, was Fregattenkapitän Badr sagte, »Sie erinnern mich an jemanden.«

»Wirklich? Ich dachte, ich bin einzigartig.«

»Das sind Sie auch, nahezu. Also, in den vergangenen Jahren hatten wir einmal einen U-Boot-Offizier hier, der uns bei der Ausarbeitung einer bestimmten Operation geholfen hat, und er war genau wie Sie. Mehr Seemann als Soldat ... ein harter, seltsamer, hervorragender Mann ... Er hieß Ben Adnam. Fregattenkapitän Ben Adnam.«

»War er Iraner?«

»Nein. Er stammte aus dem Irak, hatte aber einige Jahre lang verdeckt in der israelischen Marine gedient. Seinen Dienstrang erwarb er sich bei den Israelis. Aber er war Moslem und fest auf unserer Seite.«

»Ja, ich sehe die Ähnlichkeiten.«

»Oh, ich meine nicht nur die persönliche Vergangenheit. Ich denke an die Operationsmethoden. Die absolute Überzeugung, mit der Sie beide eine Sache vertreten. Die Art und Weise, wie Sie die Schwachstellen anderer Länder erkennen. Die Gewissheit, mit der Sie Ihre Ansichten vertreten – dass es eine große Dummheit wäre, einen anderen Weg einzuschlagen. Vor allem aber verfügen Sie über ein Sicherheitsdenken, eine Umsicht, ein Misstrauen, die noch stärker ausgeprägt sind als Ihr offenkundiger Wagemut.«

»Wahrscheinlich sind wir deshalb noch am Leben«, sagte Ravi.

»Ich bin mir nicht sicher, ob Ben noch am Leben ist«, sagte Fregattenkapitän Badr. »Seine Unternehmung war sehr gefährlich. Nachdem sie abgeschlossen war, hatten wir für ihn keine Verwendung mehr. Er hat alle unsere Erwartungen erfüllt. Danach ist er, wie von uns nicht anders erwartet, einfach verschwunden.«

»Haben Sie mit ihm persönlich zusammengearbeitet?«

»Sehr eng. Ich war so eine Art Schüler. Er war einige Monate hier in Bandar Abbas, mein Vater stellte mich ihm an die Seite, damit ich seine Methoden lernte, damit ich von seinem Wissen profitierte. Er kannte sich besser mit U-Booten aus als jeder, den ich bislang kennen gelernt habe. Er hat mir viel beigebracht.«

»Fühlen Sie sich nun so gut wie er?«

»Fast. Wir haben viel Zeit miteinander verbracht. Er war ein äußerst begabter Lehrer, hatte seine Ausbildung teilweise in Großbritannien absolviert – dort gibt es die härtesten Offiziersschulen der Welt. Er hat mir erzählt, dass er Bester seines Lehrgangs war, was ich ihm unbesehen abgenommen habe.«

»Hatte er auch an Einsätzen gegen den Westen teilgenommen, oder war er ausschließlich ein israelischer U-Boot-Offizier?«

»Er hat nie über Einzelheiten zu seinen Einsätzen gesprochen. Aber mein Vater meinte, er sei an der Zerstörung des US-Flugzeugträgers *Thomas Jefferson* beteiligt gewesen.«

»Mein Gott!«

»Ja, er war ein toller Kerl. Und wissen Sie, er hat mir etwas erzählt, was ich nie vergessen werde. Er meinte, auf einer Geheimmission, in einem U-Boot, sollte man immer davon ausgehen, dass alle, wirklich alle gegen einen sind – sichtet man den Feind, egal, ob auf See oder in der Luft, sollte man sofort damit rechnen, dass er einen ebenfalls gesichtet hat und deshalb auch angreifen wird. Dann sind unverzüglich Ausweichmanöver einzuleiten, gleichgültig, was man soeben vorhatte.«

»Klingt gut. Der Kerl ist mir schon sympathisch.«

Sie gingen in Richtung der Schiffe, ließen sich wegen der Hitze Zeit, und nach zehn Minuten kehrten sie um, zurück zu den klimatisierten Räumen im Hauptquartier des Admirals.

»Glauben Sie wirklich, dass wir in den Besitz eines Atom-U-Bootes gelangen werden?«, fragte Fregattenkapitän Badr.

»Ich glaube schon. Die Russen werden den Chinesen alles

verkaufen. Und die Chinesen wollen mit dem Iran zusammenarbeiten. Meiner Ansicht nach stehen die Chancen gut, solange wir einen Plan vorlegen können, der sicherstellt, dass die Chinesen keinerlei Schuld oder Vorwurf trifft.«

»Und Sie meinen, wir könnten wirklich die Energieversorgung der amerikanischen Westküste angreifen?«

»O ja. Dessen bin ich mir sicher. Zudem glaube ich, dass wir damit durchkommen könnten, solange wir keine Menschen töten. Zivilopfer, das entfacht immer deren geballte Wut. Solange wir das unterlassen, können wir sie in den Wahnsinn treiben. Aber am besten auch nicht so sehr, dass sie beschließen könnten, ein ganzes Land auszulöschen.«

»Aber genügend, damit sie sich gegen solche Terrorakte besser schützen müssen.«

»Und sie ihre Kräfte verteilen müssen. So müsste es laufen. Bis sie beschließen, dass es sich nicht lohnt, weiterhin global als Weltmacht zu agieren.«

»Oder bis sie beschließen, dass jemand dafür zu zahlen hat.«

»Aber dann, Fregattenkapitän, wollen wir nicht in der Schusslinie stehen. Wenn der Große Satan *wirklich* wütend wird, dann sollten wir schleunigst in Deckung gehen. Das ist mein einziger Rat.«

Schweigend und in Gedanken versunken, gingen die beiden Männer zurück. Das Mittagessen wurde serviert, wieder einmal frittierte Garnelen mit köstlich gewürztem Reis. Die Unterhaltung verlief angeregt, die meisten Falken, Angehörige der fundamentalistischen Islam-Bewegung, äußerten sich positiv über die Ansichten des ehemaligen SAS-Kommandeurs.

Im Konferenzraum eröffnete der Ajatollah anschließend die Sitzung mit den Worten: »Soweit ich es beurteilen kann, stehen wir alle den Vorschlägen General Rashuds wohlwollend gegenüber, weshalb ich beabsichtige, sie Seiner Heiligkeit zu unterbreiten. Sollten wir zu einer Grundsatzentscheidung gelangen, werde ich eine Delegation benennen, die nach Peking reist und die Sache mit unseren chinesischen

Kollegen bespricht. In der Zwischenzeit möchte ich den General fragen, ob er bereits ein bestimmtes russisches U-Boot ins Auge gefasst hat. Oder ob Admiral Badr eine Studie in Auftrag geben und uns Empfehlungen liefern soll, bevor irgendjemand nach Peking reist.«

Ravi griff sich seine Notizen und erwiderte, ohne zu zögern: »Ajatollah, grundsätzlich benötigen wir ein Boot von einiger Größe, da die Besatzung einige Zeit darauf verbringen wird. Ich denke an ein Achttausend-Tonnen-Boot. Die gewünschte Unterwassergeschwindigkeit sollte um die fünfunddreißig Knoten betragen. Eine einzelne Antriebswelle sollte genügen. Natürlich muss es für Marschflugkörper ausgestattet sein. Das Boot, das mir vorschwebt, würde jene ausgezeichneten russischen Raduga SS-N-21 abschießen, vom ›Granat‹-Typ, die unter Wasser abgefeuert und gegen Landziele eingesetzt werden können. Mit ihnen besitzt man eine angenehme Reichweite von etwa eintausend Seemeilen. Sie verfügen über einen großen Sprengkopf, fliegen fast mit Schallgeschwindigkeit, Flughöhe etwa vierzig Meter. Das Boot, das mir am besten gefällt, führt auch vierzig Torpedos mit sich.«

»Ist es alt?«

»Nicht sonderlich; es wurde vor etwa zwanzig Jahren vom Stapel gelassen. Wegen des damals noch neuen Titanrumpfs war es sehr teuer. Zu allem anderen ist es sehr leise und in einem guten Zustand.«

»Sagten Sie nicht, wir sollten eigentlich zwei davon haben?«

»Ja. Dieses Boot besitzt ein Schwesterschiff, das vor einigen Jahre ohne triftigen Grund gebaut wurde. Beide entstanden in ausgezeichneter Qualität auf der Gorkij-Werft. Wahrscheinlich war den Russen sowohl der Bau als auch der Betrieb schlichtweg zu kostspielig. Ich vermute also, dass sie froh sind, wenn sie sie loswerden.«

»Wo befinden sie sich?«

»Das im Einsatz befindliche Boot liegt in Uraguba, dem U-Boot-Stützpunkt der Nordmeerflotte. Das andere dürfte wahrscheinlich ebenfalls dort sein.«

»SSN, nicht wahr?«, unterbrach Admiral Badr. »Welche Schiffsklasse?«

»Das Modell entspricht der alten *Sierra I* und war als Ersatz für die *Akulas* gedacht. Diese beiden Boote gehören allerdings einer besonderen Klasse an.«

»Und deren Name lautet?«

»*Barracuda,* Admiral. *Barracuda,* Typ 945.«

KAPITEL FÜNF

Dienstag, 16. Mai 2006, 0930
Iranisches Marinehauptquartier, Bandar Abbas

General Ravi Rashud und Fregattenkapitän Ben Badr warteten auf die Ankunft des Vizeadmirals. Seit nahezu zwei Wochen befanden sie sich in Bereitschaft, während die höchsten Glaubensvertreter in Teheran darüber diskutierten, ob über chinesische Strohmänner ein Atom-U-Boot von Russland erworben werden sollte.

Ravi und Shakira hatten es sich im Hotel gutgehen lassen. Der ehemalige SAS-Mann hatte viel Zeit damit verbracht, Shakira das Tennisspielen beizubringen. Nach der Woche war er zu dem Schluss gekommen, dass sie sich mit Handgranaten wesentlich geschickter anstellte als mit der Rückhand. Ben Badr war mit neuen Besatzungsmitgliedern beschäftigt gewesen und hatte sich mit den Lenkwaffensystemen an Bord der *Sabalan* vertraut gemacht.

An diesem Morgen, hatte man sie wissen lassen, sei ein Kommuniqué der Ajatollahs eingetroffen, das »die Situation in Hinblick auf China« kläre. Da zum Projekt der Kauf großer, neuer Schiffe gehörte, fiel die Angelegenheit ganz in den Zuständigkeitsbereich von Admiral Badr. Die beiden jüngeren Offizier nippten nervös an ihrem Tee und warteten gespannt auf die Entscheidung der Ajatollahs.

Admiral Badr erschien in seinem klimatisierten Stabswagen und sprühte vor Elan. Bei sich hatte er eine schwarze Lederaktentasche. Er trug keine Jacke, nur weiße Shorts, lange Baumwollsocken und Schuhe mit weißen Schnürsenkeln. Die Epauletten zeigten auf marineblauem Untergrund einen dicken Goldstreifen, der von zwei dünneren umgeben war, die ihn als Vizeadmiral auswiesen.

Schwungvoll betrat er sein Büro und wünschte seinem Sohn und seinem neuen militärischen Verbündeten einen wunderschönen guten Morgen, orderte frischen Tee und kam dann ohne Umschweife auf den Grund des Treffens zu sprechen.

»Wir haben heute Morgen den Bescheid aus Teheran erhalten«, sagte er. »Die Neuigkeiten sind ermutigend, auch wenn noch keine endgültige Entscheidung getroffen wurde. Die Ajatollahs haben beschlossen, unsere Freunde in Peking zu bitten, für uns zwei russische *Barracuda*-Atom-U-Boote zu erwerben.

Nach unserem letzten Treffen habe ich mich nach ihren gegenwärtigen Liegeplätzen erkundigt – beide gehören tatsächlich der Nordmeerflotte an und befinden sich in der russischen U-Boot-Basis Uraguba, hoch oben an der Barentssee, an der russisch-norwegischen Grenze. Eines der beiden Boote ist seit fast zehn Jahren aufgelegt, das andere mit der Rumpfnummer K-239, die *Tula*, ehemals *Karp*, war bis vor einem Jahr noch in Betrieb und liegt seitdem in der Basis.

Soweit wir es beurteilen können, befinden sich beide Boote in sehr gutem Zustand. Aufgrund der Titanrümpfe waren sie in der Herstellung ungemein teuer – sehr viel teurer als die älteren *Akulas*. Die Russen haben die neueren Nachfolger bereits vier Jahre nach Indienststellung wieder aus der Flotte genommen. Vermutlich waren sie im Unterhalt einfach zu kostspielig. Allerdings handelt es sich um sehr gute Boote; sie sind schnell, fahren unter Wasser mehr als dreißig Knoten und sind sehr leise. Zwischen Druck- und Hüllkörper ist ein großer Abstand, was die Geräuschabstrahlung vermindert und die Schockfestigkeit erhöht. Wie auch immer, meine Herren, meiner Meinung nach entsprechen die Boote vollends unseren Vorstellungen. Die Frage ist nur: Werden die Russen sie verkaufen?«

»In meinen Augen ist es für eine Antwort noch zu früh«, sagte Ben.

»Zum Teil«, erwiderte sein Vater. »Unser Büro in der Ukraine hat einige diskrete Erkundigungen eingeholt, denen zufolge die Russen kaum Vorbehalte hegen, ein Atom-U-Boot an einen ausländischen Staat zu veräußern. Die meisten russischen Marineangehörigen warten seit mehreren Monaten auf ihren Sold und stehen jedem Vorhaben, das ihnen einige Millionen Dollar in die Kassen spülen wird, äußerst aufgeschlossen gegenüber. Die russischen Vertreter haben unseren Gesandten mehrmals darauf hingewiesen, dass die Boote Eigentum der Marine sind und jeder Verkaufserlös daher ihr zufällt.«

»Wurde über Preise gesprochen?«

»Nein, nicht direkt. Der Neubau eines *Barracuda* dürfte an die sechshundertfünfzig Millionen US-Dollar kosten. Diese Boote sind zwanzig Jahre alt, allerdings kaum gebraucht und wie gesagt in sehr gutem Zustand. Das bedeutet, dass noch immer etwa dreihundert Millionen Dollar pro Boot an Kosten anfallen. Allerdings mangelt es deutlich an Kunden, was den chinesischen Unterhändlern zum Vorteil gereichen sollte. Die Russen sind heutzutage finanziell stark auf die Chinesen angewiesen. Ich würde sagen, fünfhundert Millionen für die beiden Boote müssten reichen.«

»Was ist mit den nötigen Arbeiten auf den Booten? Wo sollen sie durchgeführt werden?« Fregattenkapitän Badr wirkte skeptisch.

»Ich glaube, wir sollten darauf bestehen, dass alles in Russland gemacht wird«, sagte der Admiral. »Die Arbeiten sind sowieso notwendig, es würde den Russen die Sache daher etwas versüßen, wenn wir auch noch ihre Werftarbeiter bezahlen.«

»Hatten Sie den Eindruck, die Ajatollahs machen sich wegen der Kosten Sorgen?«, fragte Ravi.

»Nein«, erwiderte der Admiral. »Ganz und gar nicht. Sie haben zwar deutlich zu verstehen gegeben, dass der Erwerb von zwei Atom-U-Booten für die iranische Marine äußerst wünschenswert sei, allerdings wollten sie in dieser Phase des Projekts keinerlei feste Zusagen machen.«

»Und wo, Admiral, soll ich mich in der Zwischenzeit aufhalten?«, fragte Ravi.

»In Ihrem komfortablen Haus in Damaskus«, sagte der Admiral. »Ich bin angewiesen worden, Sie und Miss Sabah heute Abend mit einer Militärmaschine nach Hause zu schicken. Mir wurde befohlen, am Ende diesen Monats die Delegation nach Peking zu begleiten. Wir werden die Chinesen in aller Form darum bitten, in unserem Namen die U-Boote zu kaufen. Natürlich unter strengster Geheimhaltung.«

»Haben Sie weitere Befehle für mich?«

»Aber sicher.« Der Admiral lächelte. »Seine Heiligkeit wünscht, dass Sie bis ins kleinste Detail Ihre Pläne für einen Angriff auf den Großen Satan ausarbeiten, der in den nächsten zwei Jahren stattfinden soll.«

»Werde ich das selbst finanzieren müssen, Sir?«

»Nein. Sie werden dafür das Gehalt eines Admirals der iranischen Marine bekommen. Darüber hinaus werden auf Ihr Bankkonto in Damaskus 250 000 Dollar für Ihre bisherigen Auslagen eingezahlt.«

Ravi nahm es mit einem ernsten Nicken zur Kenntnis. Es war dann Fregattenkapitän Ben Badr, der das Wort ergriff. »Admiral«, sprach er in aller Förmlichkeit seinen Vater an. »Gab es irgendwelche Einwände gegen unsere Pläne?«

»Im Einzelnen nicht«, sagte sein Vater. »Aber ich habe sehr aufmerksam die grundsätzlichen Befürchtungen verfolgt, die einer der Hojjats zur Sprache brachte.«

»Der Ältere, der auch hier bei uns war?«

»Ja. Er äußerte sich sehr besorgt über eine bestimmte Person im Weißen Haus. Es geht dabei nicht um den Präsidenten oder einen der rechten Betonköpfe in der Regierung. Bei dem, den der Hojjat fürchtet, handelt es sich um Admiral Arnold Morgan, den Nationalen Sicherheitsberater des Präsidenten. Er hält ihn für noch mächtiger als den Präsidenten selbst. Vor allem glaubt er, dass dieser Mann dazu fähig ist, auf eigene Faust zu handeln.«

»Und was macht ihn denn noch schlimmer als das übrige Republikaner-Pack, das die Geschicke des Großen Satans lenkt?«

»Nahezu alles. Er hat die Mentalität eines Israelis. Muss er einen Schlag einstecken, schlägt er zurück. Er ist hinterhältig, reizbar und sehr klug. Der Hojjat geht davon aus, dass jeder Schlag, den wir in den letzten fünf Jahren erhalten haben, auf den direkten Befehl oder den Einfluss von Admiral Morgan zurückgeht. Sollten wir die amerikanische Westküste angreifen, wird seiner Meinung nach Admiral Morgan einen fürchterlichen Vergeltungsschlag gegen uns und vielleicht auch noch gegen den Irak führen. Womöglich sogar gegen China.«

»Auch wenn er keine Ahnung hat, wer dahinter steckt?«

»Vor allem, wenn er keine Ahnung hat, wer dahinter steckt. Das hat er bereits in der Vergangenheit gezeigt. Zudem haben Bin Ladens Eskapaden seine Laune ganz offensichtlich nicht besonders gefördert.«

»Hm«, meinte Ravi. »Vielleicht sollten wir uns überlegen, wie wir ihn uns vom Hals schaffen können – natürlich ohne dabei Washington oder vielleicht sogar das Weiße Haus in die Luft gehen zu lassen.«

»Ich fürchte, das übersteigt unsere Möglichkeiten«, sagte Admiral Badr. »Arnold Morgan steht Tag und Nacht unter massivem Personenschutz. Es dürfte nahezu unmöglich sein, sich ihm auch nur zu nähern, ohne dass einem der Kopf weggeblasen wird. Außerdem, welcher Attentäter wird das schon versuchen wollen? Zum Teufel, wenn es fehlschlagen sollte, lässt er wahrscheinlich Bandar Abbas dem Erdboden gleichmachen.«

Ravi Rashud dachte nach. »Ich nehme an, es wäre vielleicht *etwas* leichter, ihn zu liquidieren, wenn er sich in einem fremden Land aufhält, meinen Sie nicht auch?«

»Vielleicht«, sagte der Admiral. »Die Sowjets hatten sich auf solche Dinge spezialisiert. Aber ich kann nur sagen, Arnold Morgan stellt einen nicht unbeträchtlichen Gefahrenfaktor für unsere Unternehmung dar. Er ist es nämlich gewohnt, sich selbst gleichzeitig für den Richter, die Geschworenen und den Henker zu halten. Er ist zweifellos unser größter Feind. Laut dem Hojjat ist er erbarmungslos und setzt sich mit geradezu religiösem Eifer für die Belange der Vereinigten Staaten ein.«

»Eine Ein-Mann-Intifada also«, murmelte Ravi.

»Im gereizten Zustand sicherlich«, sagte Admiral Badr. »Zumindest glaubt das der Hojjat, der, wie wir wissen, kein Mann der Übertreibung ist.«

»Will er damit sagen, dass wir unsere Pläne zurückstellen sollen, solange dieser Morgan im Amt ist?«, fragte Ravi.

»Nein, nein. So weit ist er nicht gegangen. Er hat nur davor gewarnt, dass unsere Erfolgsaussichten stark eingeschränkt sind, solange Morgan über die amerikanischen Streitkräfte das Sagen hat.«

»Was ist mit dem Präsidenten, dem Vizepräsidenten und dem Verteidigungsminister, dem Generalstabschef?«, sagte Ben Badr. »Zählt deren Meinung überhaupt nichts?«

»Offensichtlich nicht, wenn der Löwe aus dem Westflügel brüllt. Er war früher Atom-U-Boot-Kommandant und Leiter der National Security Agency. Der Präsident lässt nichts auf ihn kommen, ohne ihn unternimmt er keinen Schritt. Alle haben Angst vor ihm.«

»Ich habe keine Angst vor ihm«, sagte Ravi leise. »Wir sollten versuchen, ihn loszuwerden.«

»General Rashud, Sie werden heute Abend nach Hause fliegen und mit der detaillierten Ausarbeitung unserer Pläne beginnen. Aber ich gebe Ihnen folgendes Versprechen: Sollte Arnold Morgan in naher Zukunft ins Ausland reisen und wir erfahren davon, werde ich Sie darüber in Kenntnis setzen. Dann könnten wir uns vielleicht etwas überlegen. Im Moment aber sollten wir uns darüber keine Gedanken machen.«

»Gut, Admiral«, sagte Ravi. »Aber wir sollten ihn auch nicht vergessen.«

Zwei Wochen später
Damaskus

Ravi und Shakira schlenderten in arabischer Kleidung auf der Sharia Maysaloun in Richtung des Palasthotels *Chan*. Ihr Spaziergang nach dem Essen im ausgezeichneten Restaurant *Elissar* am Touma-Tor führte sie durch die alte römische Stadtmauer nach Westen, einen Kilometer durch die Stadt, vorbei an der mächtigen Umayyad-Moschee, um die Zitadelle herum und schließlich über den Platz der Märtyrer.

Hier befanden sie sich in dem Viertel, von wo es nicht mehr weit zur bekanntesten Buchhandlung der Stadt war, der *Librairie Avicenne*, einen Straßenzug vom *Chan* entfernt. Ravi freute sich darauf, einige englische Zeitungen zu kaufen. Es gab in Damaskus sonst keinen Laden, in dem man sie sicher bekam, auch nicht, wenn sie einige Tage alt waren. Er kam zwei- bis dreimal in der Woche hierher.

Sie hatten noch genügend Zeit. Ravi kaufte die jüngste Montagsausgabe des Londoner *Daily Telegraph*. Eine entspannte halbe Stunde lang stöberten sie in den Regalen nach Büchern mit Details über die größeren Städte der amerikanischen Westküste – Seattle, San Francisco, Los Angeles und San Diego. Es waren nur wenige vorhanden. Shakira allerdings entdeckte die April-Ausgabe der französischen *Vogue* und zwei Zeitschriften über Hollywoods Show- und Filmbusiness. Sie sah leidenschaftlich gern amerikanische Filme.

Es war fast 16 Uhr, als sie im warmen Nachmittagswind zum Platz der Märtyrer zurückgingen, um in der *Karnak Bar* über dem Hotel *Siyaha* einen Drink zu sich zu nehmen. Das Lokal war voll mit westlichen Touristen und Einheimischen, die kaltes Bier oder Raki tranken – in Damaskus nahm man es mit dem strengen islamischen Alkoholverbot nicht so genau.

Sie fanden einen kleinen Tisch mit Blick auf den Platz und bestellten sich Bier. Sie lasen eine Weile, bis Ravi, der Zeitung überdrüssig, die letzten Seiten überflog, um dann bei einer ungewöhnlichen Schlagzeile wie erstarrt innezuhalten:

Persian Lady für das Royal Ascot gemeldet
Große Ziele für die Kerman-Stute

Er schlug die Zeitung um und las interessiert den Artikel:

Der überragende Sieg von *Persian Lady* beim Henry II Stakes in Sandown letzten Montag gilt unter Kennern als die beste Vorstellung, die man in dieser Saison von einem Steher zu sehen bekam. Auf festem, schnellem Geläuf legte die vom irischen Hengst *Saddlers' Hall* abstammende Stute die zwei Meilen in einer Zeit zurück, die nur zwei Sekunden über dem Streckenrekord lag. Dabei lief sie auf der letzten Steigung einen Vorsprung von acht Längen auf den von Newmarket trainierten Favoriten *Homeward Bound* heraus.

Der Trainer von *Persian Lady,* Charlie McCalmont, zeigte sich hoch zufrieden und meinte, sie habe das Rennen in ausgezeichneter Verfassung überstanden. Vergangenen Abend gab er bekannt, dass sie nun definitiv beim Royal Meeting des Ascot Gold Cup (Donnerstag, 22. Juni) laufen werde.

Der Besitzer, der Londoner Reeder Richard Kerman, teilte mit, dass es schon immer sein Ehrgeiz gewesen sei, ein Pferd beim Royal Meeting zu haben. Nun ist sein Pferd sogar zweiter Favorit beim Gold Cup.

»Wir waren uns bis zuletzt nicht sicher, ob *Persian Lady* über mehr als eineinhalb Meilen durchhält. Aber ihr Finish auf der letzten Steigung in Sandown war einfach phantastisch. Charlie ist davon überzeugt, dass sie auch über die zusätzliche halbe Meile des Gold Cup geht. Für meine Frau und mich ist das sicherlich der aufregendste Moment unseres Lebens.«

Ladbrokes bot gestern Abend für die kompakte, kastanienbraune *Persian Lady* eine Quote von 6 zu 1. Prinz Abdullah Salmans schlanker fünfjähriger *High Five* blieb mit einer Quote von 3 zu 1 bei den Buchmachern Favorit.

Der Artikel ging in keiner Weise auf das Rätsel um Richard Kermans Sohn Raymond ein, den vermissten SAS-Offizier, der noch vor zwei Jahren in allen Zeitungen für Schlagzeilen gesorgt hatte. Hier ging es um den Ascot Gold Cup, den heiligen Gral im Turfsport. Hebron? Wo zum Teufel lag das? Der Sportteil einer Zeitung war immer eine eigene Welt für sich.

Ravi, 3500 Kilometer von London entfernt, starrte auf den Artikel. Er war hocherfreut über den Erfolg seines Vaters, reichte Shakira die Zeitung und deutete auf die Schlagzeile.

»Das ist das Pferd meines Vaters«, sagte er. »Ich erinnere mich noch an die Stute, als sie zwei Jahre alt war. Dad hat sie aus *High Line* und einer älteren Stute gezüchtet. Er wollte immer einen guten Steher haben … Aber er hätte bestimmt nie gedacht, dass er einen so guten bekommen würde.«

Shakira las die ersten Absätze, verstand dabei nur wenig vom Pferderennbahnjargon, der offenbar als selbstverständlich vorausgesetzt wurde, aber plötzlich sagte sie: »Vermisst du deine Eltern?«

»Manchmal«, sagte Ravi.

»Du hast sie nie kontaktiert, oder?«

»Nein, das konnte ich doch nicht. Es hätte sie fürchterlich unter Druck gesetzt. Sie hätten sich verpflichtet gefühlt, die Behörden zu informieren, was wiederum zu umfangreichen Ermittlungen geführt hätte. Ihr Telefon wäre angezapft, die Post durchsucht worden und Gott weiß was noch alles. Das wollte ich ihnen unbedingt ersparen.«

Shakira nippte an ihrem Bier. »Wenn du sie wiedersehen möchtest, wird dir nichts anderes übrig bleiben, als dich mit ihnen zu treffen.«

»Aber dazu müsste ich vorher mit ihnen Kontakt aufnehmen. Dabei besteht das Risiko, dass andere davon erfahren, und am Ende tauche ich dann vielleicht überhaupt nicht auf.«

Shakira ließ nicht locker. »Aber was wäre, wenn du sie vorher einfach nicht kontaktierst?«

»Dann würden sie nicht wissen, wie und wo sie mich finden können. Das Gleiche gilt für mich.«

»Ich weiß, wo du sie treffen kannst, ohne dass andere auch nur ein Wort davon erfahren.«

»Sag's mir.«

»Royal Ascot, oder was immer das sein mag. Am Donnerstag, dem 22. Juni. Sie werden dort sein. Und leicht zu finden. Vor allem, wenn *Persian Lady* gewinnt.«

»Wenn sie gewinnt, werden sie vielleicht zum Tee mit der Queen geladen. Dann ist an sie schwerer ranzukommen als an Admiral Morgan.«

»Dann solltest du dich mit ihnen treffen, bevor das Pferd läuft. Ich nehme an, sie werden vor dem Rennen bei den Pferden sein.«

»Shakira«, sagte er mit einem Lächeln. »Warst du schon mal beim Royal Ascot?«

»Natürlich nicht.«

»Dann werde ich dir mal was sagen. Als Erstes gibt es dort eine Unmenge an Personal. Jeder, der sich im königlichen Logenbereich aufhält, braucht ein kleines farbiges Schild, auf dem sein Name steht. Von jedem Mann wird erwartet, dass er sich in seinen Sonntagsstaat wirft...«

»Ich dachte, das Rennen findet an einem Donnerstag statt?«

Ravi wusste, dass die Frau, die er liebte, ihn nur aufzog. Ungerührt fuhr er fort: »Sonntagsstaat ist nur so ein Ausdruck. Männer erscheinen in Zylinder, Frack und gestreiften Hosen...«

»Wie Fred Astaire?«

»Genau. Der würde da genau reinpassen, er war ja auch mit einer Jockette verheiratet.«

»Einer Jockette?«

»Einem weiblichen Jockey, einer Amazone. Tolle Reiterin, und sehr attraktiv noch dazu. Eine Amerikanerin.«

»Nur dass Mr. Astaire tot ist.«

»Sein Schwalbenschwanz würde mir auch nicht passen. Also müsste ich mir einen eigenen besorgen. Aber was ich dir eigentlich sagen möchte... trotz dieses ganzen Hin und Her... in Ascot wimmelt es von Sicherheitspersonal, offiziell aussehenden Männern mit Zylinder und grünen Uniformen, die sich die Schilder der Besucher ansehen und überprüfen, ob die Person auch jene ist, deren Namen darauf geschrieben steht.«

»Woher wollen sie das denn wissen?«

»Sie wissen es nicht. Aber sie sind mit allen Wassern gewaschen. Sie schaffen es jedes Mal, welche herauszuziehen, die ein Schild tragen, das auf einen anderen ausgestellt wurde. Sie nehmen ihre Aufgabe verdammt ernst. Die Abzeichen für den königlichen Logenbereich sind ziemlich kostbar und nicht übertragbar. Meinst du wirklich, ich könnte mir ein gefälschtes Schild besorgen und mich dann einfach so mit den Besitzern eines der wichtigsten Pferde beim Ascot Gold Cup treffen? Man würde mich unweigerlich fassen, wahrscheinlich würden sie mich in den Tower von London werfen, bevor sie mir einen Mordprozess an den Hals hängen.«

»Liegt der Platz, auf dem die Pferde vor dem Rennen herumgeführt werden, auch im königlichen Bereich?«

»Nein, der ist außerhalb, im Führring, wo sie jeder vorbeiziehen sehen kann. Und davor sind die Sattelboxen, wo die Trainer die Pferde aufsatteln und aufzäumen.«

»Liegen die denn im königlichen Bereich?«

»Nein.«

»Dann brauchst du also eigentlich überhaupt kein Abzeichen?«

»Vermutlich nicht. Aber ich bin auf der Ascot-Liste. War ich schon immer, seit Harrow. Ich müsste ein Abzeichen haben – und damit wäre ich erledigt.«

»Ravi, mein Liebling, du wirst mit deinen Eltern reden – um sie zu beruhigen. Nur kurz, damit sie wissen, dass du noch lebst. Alles andere ist nicht so wichtig. Und ich würde gern mitkommen …«

»Shakira. Ich werde dort nicht hinfahren – und du auch nicht. Ich liebe dich, und ich werde dich nicht nach England bringen. Es ist zu gefährlich.«

»Das mag schon sein. Aber ich glaube, in einer großen Menschenmenge könntest du wunderbar untertauchen, dann verbringst du eine halbe Stunde mit deiner Mutter und deinem Vater, bevor du wieder aus ihrem Leben verschwindest … vielleicht für immer.«

»Vielleicht«, sagte Ravi. »Aber dieses Risiko möchte ich nicht eingehen. Es ist es nicht wert, meine Mutter zu beruhigen, wenn ich dafür mein Leben aufs Spiel setzen muss. Aber genau das würde es bedeuten. Sie würden mich auf jeden Fall wegen Hochverrats, wegen kaltblütigen Mordes an zwei SAS-Unteroffizieren vor Gericht stellen. Und das alles, um eine junge Palästinenserin zu retten … Vergiss es.«

Shakira legte ihm den Arm um die Schultern. »Es ist schön zu wissen, dass wir hier in Sicherheit sind«, sagte sie. »In Sicherheit vor den schrecklichen Engländern. Ich liebe dich wirklich.«

Sie wechselten das Thema und kamen auf Wichtigeres zu sprechen, auf zukünftige Hamas-Anschläge gegen Israel und die langfristige Strategie, die US-Streitkräfte dazu zu zwingen, an immer mehr Punkten präsent zu sein, bis die Amerikaner eines Tages der dauernden und sinnlosen Konflikte überdrüssig waren.

Die Tage in Syrien waren lang und wurden heißer. Ravi und Shakira war ein großes, ausladendes Haus aus dem 18. Jahrhundert im Ostteil der Altstadt zur Verfügung gestellt worden. Sie hatten sich eine Klimaanlage einbauen lassen und genossen das entspannte, angenehme Leben in ihrer neuen Heimat.

Fast jede Woche fanden bei ihnen zwei Hamas-Treffen statt, nahezu täglich durchstreiften sie den überdachten Basar. Manchmal kochte Shakira für Ravi, manchmal waren auch Freunde eingeladen. Sie hatten einen festen Tisch im *Elissar*, dem besten Restaurant der Stadt, und hatten Shakiras Bruder als »Mädchen für alles« angestellt. Er fungierte als Nachrichtenkurier, steuerte ihren Mittelklasse-Ford, holte gelegentlich Besucher vom Flughafen ab.

Ravi kannte keine Geldsorgen. Nach den beiden sensationellen Banküberfällen in Israel waren ihm als »Preisgeld« zwei Millionen Dollar vermacht worden, die 250 000 Dollar für seine »Auslagen« waren von den Iranern überwiesen worden, und sein »Admiralsgehalt« von 100 000 Dollar im Jahr, etwa 2000 Dollar wöchentlich, ging auf ein Konto, das er in der Schweiz unterhielt. Nach Steuern fragte niemand.

Das Haus in der Sharia Bab Touma füllte sich schnell mit Reiseführern, die Informationen über amerikanische Botschaften, Konsulate und Kasernen in Europa, Südamerika und Asien sowie auf weit abgelegenen US-Außenposten im Südpazifik, Neuseeland und Afrika enthielten.

Da keine Einsätze anstanden, verbrachten sie einen ruhigen Juni und redeten sogar über ihre anstehende Hochzeit. Am Dienstagmorgen jedoch, dem 13. Juni, empfing er auf seinem Laptop eine verschlüsselte E-Mail aus dem iranischen Marinehauptquartier, die seinen Pulsschlag merklich erhöhte.

»An General Rashud. Zu Ihrer Information: Admiral Arnold Morgan wird am Donnerstag, 22. Juni, angeblich nach London fliegen, Abflug 18 Uhr Andrews Air Force Base/Northolt. Air Force One, Ankunft Freitag, 23. Juni, 05 Uhr. Übernachtung privat beim US-Botschafter, Regents Park. Finanzierung, falls nötig, durch die iranische Botschaft, 27 Prince's Gate. Empfehlen Ihnen, Dritte anzuheuern. Adm. B.«

Shakira schlief, als er die Nachricht um fünf Uhr morgens las. Seine Gedanken rasten. *Eltern. Ascot. Der gleiche Tag. Gold Cup. Attentat. England. Gefährlich. Schrecklich gefährlich. War es das wert? Warum? Die Zeit. Noch acht Tage bis dahin. Die Planung, Hilfe. Keine Zeit dafür. Dennoch … vielleicht standen seine schönsten Stunden kurz bevor … Einen Dolch genau in das Herz des Großen Satans?*

Genau in diesem Augenblick erstarrte Ravi förmlich. Unvermittelt erinnerte er sich an den Abschied von seiner Mutter. Der Schmerz darüber war so stark, als wäre alles erst gestern geschehen. Er bezweifelte, dass ein Tag vergangen war, an dem sie nicht an ihn gedacht hatte. Schlimmer noch war vielleicht der Schmerz seines Vaters. Immer hatten sie sich nur das Beste für ihn gewünscht. Er zweifelte, dass Gott ihm leichthin verzeihen würde, nachdem er ihr Vertrauen und ihre Hoffnung verraten hatte.

Ravi prägte sich die E-Mail ein, löschte sie dann und zog sich in die Küche zurück, wo er sich Tee zubereitete. Shakira, als wäre sie vom Tumult seiner aufgewühlten Gedanken geweckt worden, kam herein und spürte sofort, in welcher Stimmung er war. Sie trug ein langes weißes Gewand und sah mit ihren zerzausten schwarzen Locken einfach phantastisch aus.

»Was ist passiert?«, fragte sie.

»Ach, nichts. Ich mache nur Tee.«

»Ja, aber … Was ist passiert?«

»Nichts, eigentlich nichts. Es kam eine E-Mail aus Bandar Abbas, und jetzt überlege ich wieder, ob ich nicht doch meine Eltern in Ascot beim Pferderennen aufsuchen soll.«

»Was stand in der E-Mail?«

»Ach, es ging nur über einen bestimmten amerikanischen Diplomaten, der sich Ende Juni in London aufhalten wird.«

»Sicherlich keiner, dem du begegnen möchtest, oder?«

»Nein. Eigentlich nicht. Es handelt sich nur um einen, den ich vielleicht umbringen möchte.«

»Toll! Du meinst aus persönlichen Gründen? Oder im Namen einer Regierung?«

»Im Namen der islamischen Nation.«

»Wirst du ihn vor oder nach dem Pferderennen liquidieren?«, fragte Shakira vollends im Ernst. Ravi musste lachen.

»Oh, ich werde wohl nicht selbst involviert sein. Sie wollen, dass ich jemanden anheure.«

»Gut. Kann ich mitkommen?«

»Nein. Aber vielleicht nehme ich dich ein Stück des Weges mit.«

»Und das heißt?«

»Vielleicht fliegen wir nach Paris. Dort werde ich dich dann gegebenenfalls zwei, drei Tage allein zurücklassen.«

»Du fährst also ohne mich nach London zum Pferderennen und zum Mordanschlag?«

»Mehr oder weniger.«

»Was soll das heißen? Ja oder nein?«

»Ja. Ich werde dich zurücklassen. Die Mission kann gefährlich werden, und ich will nicht, dass du dich in einem britischen Gefängnis wiederfindest. Auch wenn ich dort landen sollte.«

»Oh.«

»Und uns bleibt nicht viel Zeit für die Vorbereitung. Ich muss heute noch Admiral Badr und die syrische Botschaft am Belgrave Square in London anrufen. Sie müssen mir ein Abzeichen für das Pferderennen besorgen. Syrische Diplomaten genießen bei den Briten einen besseren Ruf als die Iraner.«

»Aber ich dachte, du brauchst dieses Abzeichen nicht, wenn du vor dem Rennen nur die Pferde ansehen willst?«

»Ach was. Das hast du gesagt. Ich weiß jedenfalls, dass ich ein richtiges Abzeichen brauche. Royal Ascot ist für manche, besonders für die englische Oberschicht, wie ein Club. Ohne dieses kleine bunte Abzeichen würde ich mich nur halb bekleidet fühlen. Und wenn ich mit jemandem reden muss, verleiht es mir einen gewissen Status, eine gewisse Vertrauenswürdigkeit – als wäre ich ganz legal dort, als gehörte ich noch immer dem Regiment an. Auch wenn man dort nur sehr wenige Offiziere sieht. Ascot ist ziemlich teuer.«

»Was ist mit Fred Astaires Sonntagskleidern?«

»Ich brauche Cutaway und Zylinder. Dann bin ich angemessen gekleidet, habe angemessene Referenzen und kann mich entspannen. Niemand wird Verdacht schöpfen. Ich bin nichts weiter als ein eleganter Armeeoffizier, der den Tag beim Rennen genießt.«

»Was wird auf dem Schild stehen?«

»So wenig wie möglich. Nur *R. Kerman, Esq.* Unaufdringlich. Außerdem werde ich mich nicht in den königlichen Bereich begeben. Der Spießrutenlauf vorbei an den verfluchten Wärtern bleibt mir also erspart.«

Sechs Tage später, Montag, 19. Juni 2006

Die Boeing 737 der Air France aus Damaskus landete mit zweieinhalb Stunden Verspätung um vier Uhr nachmittags auf dem Flughafen Charles de Gaulle, dreißig Kilometer nordöstlich von Paris. Ravi und Shakira eilten aus dem Terminal zwei hinaus, nahmen sich ein Taxi und ließen sich in die lange, schmale Rue du Bac in Saint-Germain am linken Seineufer fahren.

Bei mäßigem Verkehr kamen sie vierzig Minuten später vor dem Hotel *Bac St-Germain* an. Shakira erschien es, als wäre sie mit dem weltgewandtesten Mann auf Erden in einer Wunderstadt eingetroffen. Ravis Hotelwahl allerdings beruhte auf einem Erfahrungsschatz, der sehr viel bescheidener war, als sie vermutete.

Er war in seinem Leben bislang nur in einem einzigen Pariser Hotel abgestiegen, in diesem nämlich, dem Lieblingshotel seiner Eltern, einem reizenden, nicht allzu teuren Quartier mit einundzwanzig Zimmern, wo während der Sommermonate auf der Dachterrasse mit ihrem großen Springbrunnen das Frühstück serviert wurde.

Richard Kerman stieg immer hier ab. Er liebte ganz besonders die Terrasse und den diskreten, halb luxuriösen Charme des Hauses. Ravi hatte nie vergessen, wie er als Junge, fasziniert vom großartigen Blick über die Stadt, sein erstes Croissant aß und sich aus einer besonderen Kanne mit seitlich angebrachten Griffen eine heiße Schokolade einschenkte.

Hinter ihm, im Westen, ragte über den großen Gebäuden der französischen Ministerien der Eiffelturm in den Himmel. Vor ihm, nur wenige hundert Meter entfernt, stand auf einer Insel im Fluss die Kathedrale Notre Dame. Nichts hatte dem zwölfjährigen Ravi so gut geschmeckt wie diese *chocolat chaud*. »Das«, hatte er sich im Stillen gesagt, »ist genau das richtige Leben für mich.«

Und jetzt, vierundzwanzig Jahre später, war er wieder hier, unter gänzlich anderen Umständen allerdings, von denen einige sich entschieden besser gestalteten – die wunderschöne palästinensische Frau zum Beispiel, die neben ihm im Bett liegen und mit der er frühstücken würde. Andere allerdings waren wesentlich schlechter; dazu gehörten die unabdingbare Geheimhaltung, der falsche Name, der gefälschte Pass, die Nervosität, die Notwendigkeit, zu den anderen Hotelgästen Distanz zu wahren.

Trotzdem aber freute sich Ravi, wieder hier zu sein, sei es auch nur für kurze Zeit. Shakira ihrerseits war von der Größe und Schönheit der französischen Hauptstadt verzaubert.

Sie checkten ohne besondere Vorkommnisse oder weitere Fragen im *Bac* ein, wie die Franzosen das Hotel lediglich nannten. Ravi achtete darauf, sich nicht als der Sohn eines der ältesten und besten Gäste des Hotels zu erkennen zu geben. Er glaubte sich noch an den Besitzer zu erinnern, ließ sich aber nichts anmerken und war äußerst gespannt. Ob noch immer die gleiche Frau die *chocolat chaud* zubereitete? Er hoffte es sehr.

Shakira war überwältigt von der Vielzahl an ausländischen Satellitenkanälen, die der Fernseher in ihrem Zimmer bot, und musste selbst zum Abendessen vom Apparat weggelockt werden. Draußen regnete es leicht, beide waren müde und nahmen dankbar die Empfehlung des Hotelportiers an, der ihnen zum nur einige Häuser weiter gelegenen *Gaya Rive Gauche* riet, dem Ableger des berühmten Pariser Fischrestaurants in der Rue Duphot.

Als Vorspeise nahmen sie winzige, mit Thymian zubereitete Muscheln, es folgte eine wunderbar gegrillte frische Seezunge für Ravi und ein Steinbutt an Sauce hollandaise für Shakira. Dazu empfahl der Weinkellner einen 1998er Chablis des tadellosen Weinguts Tonnerre von Monsieur Jean-Marie Raveneau. Nachdem sie ihr Dinner beendet hatten, verspürte die aus einer Seitengasse in Hebron stammende begeisterte Freiheitskämpferin und Bankräuberin Anklänge an die fernen Erinnerungen des General Rashud: »Das ist wahrscheinlich genau das richtige Leben für mich.«

Aber lange sollten sie es nicht genießen können. Am folgenden Morgen, Dienstag, blieb nicht viel Zeit. Es hatte aufgehört zu regnen, der Himmel war aufgeklart. Sie nahmen in aller Eile auf der Dachterrasse das Frühstück zu sich, Croissants und frisches Obst, und Ravi war sich ziemlich sicher, dass die heiße Schokolade noch immer von derselben Frau zubereitet wurde.

Dann musste er los. Im Zimmer packte er schnell seine Sachen, gab Shakira tausend Euro, damit sie bis Anfang nächster Woche in Paris über die Runden kam. Bis dahin wollte er zurück sein, dann hatte er hoffentlich seinen Eltern die Sorgen um ihren geliebten Sohn genommen und würde die Liquidierung Arnold Morgans der Liste seiner Errungenschaften hinzufügen können.

Er beglich die Hotelrechnung in bar und reichte Shakira einen Umschlag mit dem Namen des Kontakts in der syrischen Botschaft, bei dem sie sich im Fall seines Todes oder seiner Gefangennahme melden solle.

Er küsste sie liebevoll zum Abschied, nahm ein Taxi und fuhr am Fluss entlang über den breiten Boulevard Sewastopol zum Gare du Nord, eine Zehn-Minuten-Fahrt. Seine Reservierung des Eurostar-Express für elf Uhr zur Waterloo Station in London wurde bestätigt, und dann schlief er die meiste Zeit der drei Stunden, in denen der Zug durch das nördliche Frankreich fuhr, den Tunnel unter dem Ärmelkanal passierte und mit hoher Geschwindigkeit durch die Grafschaft Kent jagte, um schließlich in der Stadtmitte Londons einzulaufen.

Um 15 Uhr war er in der syrischen Botschaft am Belgrave Square, die mindestens bis Freitagmorgen sein Hauptquartier sein würde und zugleich ein äußerst lebendiges Symbol der ehernen Bande war, die die Welt des islamischen Fundamentalismus zusammenhielten. Syrien und der Iran, Palästina und der Irak, Blutsbrüder im Dschihad sowie im Kampf gegen Israel und den Westen.

Abends speiste Ravi mit zwei Militärattachés und einem Mitglied der syrischen »Sicherheitskräfte«. Niemand der drei hatte Neues zur Ankunft von Arnold Morgan zu berichten, sie bestätigten lediglich dessen Ankunftszeit und beteuerten, nichts über seinen sonstigen Zeitplan zu wissen.

Niemand hegte allzu große Hoffnungen. Am Mittwochmorgen fuhren sie als Erstes in einem Wagen mit diplomatischem Kennzeichen um den Regent's Park und suchten nach Punkten, von denen die Privatresidenz des US-Botschafters einsehbar war. Es fand sich nichts Vielversprechendes. Der oberste Berater des amerikanischen Präsidenten würde, von Agenten umgeben, in einem Wagen des Militärstabs eintreffen. Sie müssten schon enormes Glück haben, wenn die Sicherheitsvorkehrungen so schlampig sein sollten, dass ein Scharfschütze mit einem schallgedämpften Gewehr Admiral Morgan töten und anschließend unerkannt entkommen könnte.

Vielleicht wäre es von einem Standort in der Nähe des Boating Lake oder von einem Versteck in den Queen Mary's Gardens aus möglich, wobei sich dort aber mit ziemlicher Sicherheit zu viele Personen aufhalten würden. Trotzdem beschlossen sie, dass sie es auf dieses Rendezvous im Morgengrauen ankommen lassen wollten.

Ein Scharfschütze sollte ab fünf Uhr morgens vor der Zentralmoschee, westlich des Boating Lake, warten. Er würde Anweisungen ausschließlich von General Rashud entgegennehmen, doch sollte sich auch nur im Entferntesten abzeichnen, dass einer der beiden entdeckt werden könnte, wollte man die Sache abblasen. Entscheidend für alles war die Größe der Polizeieskorte und des US-Sicherheitspersonals.

Ravi war nicht sonderlich optimistisch, doch von Zeit zu Zeit kam einem ja das Glück als unerwarteter Verbündeter entgegen. Vielleicht traf der Admiral wegen der frühen Morgenstunde nur in Begleitung einiger weniger Agenten ein, ohne besondere Polizeieskorte. Jedenfalls würden auf dem Outer Circle nahe der Hanover Terrace, am Clarence Gate und gegenüber der Königlichen Musikakademie drei Fluchtautos bereitgestellt werden.

Sollte der syrische Scharfschütze wirklich zum Schuss kommen, wäre die Morgenstunde auch der beste Fluchtzeitpunkt. Die Straßen wären frei, es gäbe nur wenig Verkehr und nur wenige Polizeistreifen. Ravi wollte am Freitagmorgen bei Tagesanbruch, also erst bei der Ankunft des Admirals, seine Entscheidung treffen.

Sollte die Operation gelingen, würde sich Ravi das gesamte Wochenende über in der Botschaft verbergen, um dann vom Bahnhof Ashford in Kent aus mit dem Zug nach Paris zu reisen. Dazu besaß er einen britischen Pass auf den Namen John Farmer, eines Gutsbesitzers aus dem nahe gelegenen Bethersden.

In der Zwischenzeit wartete auf Ravi eine weitere Aufgabe: der Besuch in der Bishop's Avenue, Hausnummer 86. Das Haus, dessen war er sich sicher, würde völlig leer stehen. Während des Rennmeetings in Ascot mieteten seine Eltern immer ein Haus in der Winkfield Row, wohin auch ihre Hausangestellten sie begleiteten, Joe und Edna Wallace, die als Butler und Chauffeur sowie als Köchin und Haushälterin fungierten. Mrs. Kerman hatte in London eine täglich erscheinende Putzfrau, dazu einen Gärtner, der drei Tage in der Woche kam, doch würden beide während des Royal Ascot nicht im Haus sein.

Während des Ascot-Meetings sprachen die Kermans dienstags, mittwochs und donnerstags gewöhnlich Einladungen aus und gaben opulente Diners, am Freitag jedoch speisten sie außer Haus, meist bei Sir Henry Tattendon-Sykes, dem ehemaligen Minister im konservativen Kabinett.

Ravi entschied sich, mit dem Taxi zum Haus seiner Eltern zu fahren. Er wollte es in die Einfahrt lotsen, wo es hinter den hohen Mauern von den Nachbarn nicht gesehen werden konnte. Genauso war es dann auch. Alles verlief glatt. Leise ging er zur Rückseite des Hauses zu einer Reihe großer Terrakotta-Kübel, in denen Geranien blühten. Unter dem dritten von links lag der Ersatzschlüssel.

Er stand vor der Hintertür und betete darum, dass die Zahlenkombination nicht verändert worden war. Erstaunlicherweise hatten sie es nicht getan. Er gab die Ziffern seines Geburtsdatums ein und deaktivierte damit den Einbruchalarm. Der Summer verstummte. Dann schritt er durch das Haus, die Haupttreppe hinauf und rechts durch den Gang zu seinem alten Zimmer.

Drinnen hatte sich seit seinem letzten Aufenthalt nichts verändert. Er öffnete die Schranktür, und alles war genauso, wie er es erwartet hatte. Links hing ordentlich sein Morgenmantel, daneben drei dunkelgraue Anzüge. Er griff sich von einem Bügel den Cutaway und die gestreifte Hose, nahm vom unteren Regalbrett die graue Weste, von der Stange eine einfarbige mitternachtsblaue Seidenkrawatte und suchte anschließend in der Schublade nach dem richtigen Hemd. Schwarze Socken und Schuhe hatte er mit dabei.

Er packte alles unter den Arm, rannte die Treppe hinab, gab den Code für den Einbruchalarm ein, wartete auf die Digitalanzeige, die ihn zum Verlassen des Hauses aufforderte, dann schlüpfte er durch die Tür und sperrte sie zweimal hinter sich zu.

Er legte den Schlüssel zurück, ging zum Taxi, das in der Einfahrt bereits gewendet hatte, um ihn in die Botschaft zurückzufahren. Die riskante, sentimentale Mission war erledigt.

Ravi wies den Fahrer an, ihn zum Regent's Park zu bringen und diesen einmal auf dem Inner Circle, dann langsam auf dem Outer Circle zu umrunden, bevor sie über die Marylebone Road und dann in südliche Richtung über den Marble Arch und die Park Lane zum Belgrave Square zurückfuhren.

Der Fahrer tat, wie ihm geheißen wurde, verlangte vierzig Pfund für den Ausflug und war sichtlich froh, für seine Mühen stattdessen fünfzig zu bekommen.

Den frühen Abend verbrachte Ravi mit seinen syrischen Kollegen, arbeitete mit ihnen über einer detaillierten Karte des Gebiets um den Regent's Park und inspizierte das wunderbar gearbeitete Scharfschützengewehr SSG 69 aus Österreich, das der Attentäter am Freitagmorgen, sofern es Allahs Wille war, im Regent's Park zum Einsatz bringen würde.

Das Gewehr zählt zu den tödlichsten Long-Range-Waffen. In den richtigen Händen können damit aus einer Entfernung von 800 Metern fünf Schuss in einen Umkreis von weniger als vierzig Zentimetern platziert werden. Das mit Zylinderverschluss und einem 6 x 24-ZFM-Zielfernrohr ausgestattete Gewehr feuerte 7,62-mm-Patronen ab, die mit einer Geschwindigkeit von 860 Metern pro Sekunde den kalt geschmiedeten Lauf verließen.

Das Exemplar, das Ravi nun in Händen hielt, war so umgebaut worden, dass es in drei Teile zerlegbar und in einer vierzig Zentimeter langen Aktentasche unterzubringen war. Der schwarz mattierte Cycolac-Schaft ließ sich hinter dem Abzugsbügel abschrauben, der Lauf löste sich zehn Zentimeter vor der eisernen Kimme. Der Umbau war mit Hilfe eines Büchsenmachers von einem österreichischen Juwelier vorgenommen worden, und die drei Teile passten wunderbar in die mit grünem Samt ausgeschlagenen Fächer der schwarzen, unschuldig aussehenden Aktentasche.

Es würde keine zwölf Sekunden dauern, um es samt dem fünf Patronen enthaltenden Magazin schussbereit zusammenzusetzen, und noch weniger, um es wieder zu zerlegen. Der Schütze würde Zivilkleidung tragen, die Hände würden wieder tadellos sauber sein, nachdem er die professionelle Routineüberprüfung vorgenommen und alles überschüssige Öl im Lauf weggewischt hatte, um die verräterische Rauchentwicklung beim Abfeuern zu verhindern.

Ravi mochte die Waffe. Er war wirklich begeistert von ihr und hoffte, zum Teufel noch mal, dass der Schütze, den er am Freitagmorgen kennen lernen würde, damit umzugehen wusste. Zudem hoffte er, dass dieser, versteckt hinter einem sorgfältig ausgewählten, schon längst verblühten Forsythienbusch mit noch immer dichtem Blattwerk östlich des Boating Lake – dem strategisch perfekten Versteck für einen Einzeltäter – wusste, wie er von dort aus Arnold Morgan den Kopf wegblasen konnte.

Nichts würde zu hören sein, nur das Sirren der 7,62-mm-Patrone, dann der Aufschlag des stählernen Geschosses auf den knirschenden Knochen. Dann würde der Schütze, gut vierhundert Meter vom Tumult entfernt, unauffällig davongehen, über das Gelände des Regent's College und durch das Clarence Gate hinaus, am Arm seine Aktentasche, das Bild der Unschuld, um in die Menge der Passanten unterzutauchen, die auf dem Weg zur Arbeit waren.

»Vielleicht«, murmelte Ravi. »Vielleicht aber auch nicht.« *Starke Sicherheitskräfte vor der Residenz des Botschafters würden seinen Plan auf der Stelle zum Scheitern verurteilen. Die Polizei hätte in wenigen Sekunden das gesamte Gelände abgeriegelt. Ich gehe kein Risiko ein. Ich mag keine Überraschungen. Ich werde es versuchen. Mehr aber nicht.*

Am Abend speisten sie mit dem Botschafter und dem Chef der Sicherheitsabteilung. Es wurde ein arabisches Fisch-Reis-Gericht serviert, das sich mit der Seezunge im *Gaya Rive Gauche* allerdings nicht vergleichen ließ. Beim Essen stellte sich heraus, dass der Chef der Sicherheitsabteilung, ein in Damaskus geborener ehemaliger Panzerkommandant, der Schütze für Freitag sein würde. Er sprach wenig, der Botschafter aber bestätigte, dass er ein ausgezeichneter Soldat und der wahrscheinlich beste Scharfschütze des Nahen Ostens sei.

Ravi schlief unruhig. Er musste an seine Eltern denken, überlegte, ob er sie schnell finden würde, ob sie ihn überhaupt begrüßen würden. Sollten sie wütend auf ihn sein, konnte er es ihnen kaum verübeln. Und natürlich bestand die Gefahr, dass seine Mutter in Ohnmacht fiel, wenn sie ihn in voller Ascot-Montur plötzlich von den Toten auferstehen sah. *Großer Gott, was für ein Auftritt, eine niedergestreckte Mutter vor dem Führring, im Beisein der Monarchin und weiß Gott noch wem … Schlimmer noch, wahrscheinlich würde er von der englischen Oberschicht beschuldigt werden, eine absolute Todsünde begangen zu haben: die verdammten Gäule zu erschrecken.*

Als sich über dem Belgrave Square die Morgendämmerung abzeichnete, verließ Ravi die Botschaft, stieg in den Diplomatenwagen und ließ sich vom Chauffeur zum Hyde

Park Corner bringen. Sie kamen durch die nahezu ausgestorbenen Straßen schnell voran und bogen schließlich in die Portland Place zum Regent's Park ein. Es würde Ravis letzte Erkundung sein.

Es waren keine Polizisten im Einsatz, zumindest keine, die er gesehen hätte. Die Straßenverhältnisse hätten sicherlich kaum besser sein können. Falls der syrische Scharfschütze am folgenden Morgen einen gezielten Schuss anbringen konnte, wäre es relativ einfach, vom Ort des Attentats wegzukommen. Sie fuhren langsam um den Outer Circle herum, am Zoo vorbei und dann zurück zum Belgrave Square.

Vor Mittag noch war Ravi auf dem Weg zum Gold Cup. Er war makellos gekleidet, an seinem Revers heftete das kleine rosafarbene Pappschild, das zu besorgen für den Botschafter kein Problem gewesen war. Unter dem Datum, 22. Juni, und dem Tag, Donnerstag, waren die Worte *R. Kerman, Esq.* aufgedruckt. Das Schildchen für den darauf folgenden Tag wäre grün gewesen.

Er fuhr mit einem Taxi nach Ascot. Nach dem letzten Rennen würde er die Straße zum Bahnhofsvorplatz hinabgehen und mit einem anderen Taxi zurückfahren. Er war wie etwa fünftausend andere Männer gekleidet und wollte in der anonymen Menge untertauchen. Bewusst redete er nicht mit dem Fahrer, sondern verbarg sich in der Ecke des Rücksitzes, studierte die *Racing Post* und versuchte herauszufinden, wer dem Pferd seines Vaters im großen Rennen gefährlich werden konnte. Mit einiger Genugtuung las er, dass der Favorit *High Five* verletzt vom Rennen zurückgezogen werden musste, und dass *Homeward Bound,* der von *Persian Lady* in Sandown geschlagen worden war, nun als Favorit angesehen wurde, da ihm über die Marathonstrecke mehr zugetraut wurde als der Kerman-Stute, deren Stehvermögen man bezweifelte.

Sobald sie die M4 verlassen hatten, steckten sie mitten im dichten Verkehr und krochen in einem langen Stau in Richtung Windsor Castle dahin. Ravi hatte es nicht eilig, langsam schoben sie sich die gerade Straße entlang, die am westlichen

Rand der Rennbahn angrenzte. Kurz nach halb zwei erreichten sie die große Kreuzung.

Ravi stieg aus, eilte über den Parkplatz und betrat die Rennbahn am weniger dicht von den Zuschauermassen bevölkerten Ende, am God's Little Acre, wo manche englische Familien schon seit Generationen immer den gleichen Picknickplatz aufsuchten. Überall floss der Champagner in Strömen. Neben den großen Mercedes und Rolls-Royce standen Klapptischchen, die unter dem Gewicht mächtiger Platten mit geräuchertem Lachs ächzten, der, aus schottischen Flüssen gezogen, nun unter Mayonnaise ertränkt und ganz ungeniert mit kalten Kartoffeln verspeist wurde – das Standardmenü des britischen Establishments, wenn es der Kurzweil frönte.

Ravi schlenderte zwischen den cutawaygewandeten Besuchern umher und sah weder nach links noch nach rechts. An der Ticketkontrolle marschierte er einfach am Kontrolleur vorbei, sein Anstecker war ja deutlich genug zu sehen. Drinnen kaufte er sich ein Rennprogramm, stellte sich unter eine hoch aufragende Eiche und versuchte sich zu orientieren.

Plötzlich setzte sich die Menge um ihn herum zielgerichtet in Bewegung und strömte zum königlichen Bereich. Seine Uhr zeigte 13.40 Uhr, in der Ferne hörte er die Ansage, dass die königlichen Kutschen das Gelände erreicht hätten und nun über die Rennbahn zur Königsloge fahren würden.

Die neunzehnjährige Königin Victoria hatte 1838, im ersten Jahr ihrer Regentschaft, dieselbe Strecke zurückgelegt, und seitdem hatte sich nicht viel verändert. In der ersten, von vier Grauschimmeln gezogenen Kutsche saß die amtierende Monarchin, hinter ihr folgten die Prinzen und Prinzessinnen, die Herzöge und Herzoginnen. Der Gold Cup selbst ließ sich noch weiter, auf das Jahr 1807, zurückdatieren. Ravi Rashud, der Terrorist und Killer, eine Gefahr für die Gesellschaft, spürte wieder, wie ihm jede Anteilnahme für den monarchistischen Pomp Englands abging.

Er warf einen Blick zu den Sattelboxen, dann schlenderte er hinab zum Führring, wo *Persian Lady* um etwa 15.10 Uhr ihren Auftritt hatte – nachdem man sie durch den breiten, weiß umzäunten Grasweg auf den Hufspuren ihrer berühmten Vorgänger von den erhöht gelegenen Sattelboxen hereingeführt hatte.

Zu diesem Zeitpunkt sollte er bereits an Ort und Stelle sein, vielleicht mit seinen Eltern hinter der Stute hergehen. Er beschloss, sie bei den Sattelboxen abzufangen, wo Charlie McCalmont das Pferd aufzäumte und seine Eltern draußen und hoffentlich allein warteten. Glücklicherweise war er Charlie noch nie begegnet.

Nachdem sein Plan feststand, setzte er sich auf einen der kleinen runden Hocker, die am Zaun lehnten, und betrachtete die ersten Pferde für die Ribblesdale Stakes, ein hochklassiges Nachwuchsrennen für junge Stuten, das über 2400 Meter ging. Als sich die Wettbegeisterten um den Ring drängten, erhob er sich und schob sich durch die Menge. Auf einmal meinte er, sein Herz müsse ihm stillstehen.

Er spürte, wie ihm jemand auf die Schulter klopfte, und eine sehr kultivierte, sehr britische Stimme sagte fröhlich: »Ray ... Ray Kerman ... Mein Gott, alter Junge, ich dachte, du seist tot!«

Ravi drehte sich halb um und blickte in das rötliche, runde Gesicht von Rupert Studley-Bryce, der ihn in seinem dunkelgrauen Schwalbenschwanz und schwarzen Seidenzylinder anstrahlte. Eine scharlachrote Nelke verdeckte halb das kleine rosafarbene Abzeichen am Revers.

Ravi lächelte vorsichtig, unglaublich erleichtert, dass auf seinem Schildchen sein richtiger Name stand. »Hallo, Rupe«, sagte er. »Was für eine Überraschung. Wusste nicht, dass du dich für Pferderennen interessierst.«

»Na ja, interessiert mich eigentlich auch nicht. Aber ich hab eben immer eine Karte für Ascot ... Mensch, verdammt, das muss doch jetzt zwanzig Jahre her sein, seitdem wir von Harrow abgegangen sind. Das Letzte, was ich von dir gehört habe, war diese weltweite Jagd nach dir ... Was war's gleich noch ... Du wurdest irgendwo bei Ausschreitungen in Jerusalem vermisst? Man dachte, du seist tot.«

»Nicht ganz. Aber ich war nah dran. In Wirklichkeit war ich auf einer ziemlich geheimen Mission im Nahen Osten – bin schon seit sechs Monaten zurück …«

»Hör mal, lass dieses verdammte Stutenrennen sein … Komm, gehen wir auf einen Drink in White's Zelt, gleich dort drüben.« Rupert war ein stattlicher Mann, der Ravi so entschlossen durch die Menge bugsierte, dass der ehemalige SAS-Offizier sich unweigerlich zum vertraulichen Ascot-Ableger dieses berühmtesten und ältesten Männerclubs der Welt geschoben fühlte, als wäre jeder Widerspruch zwecklos.

Das Hauptgebäude des White's Club befand sich in all seiner Opulenz in der St. James's Street, gleich an der Ecke zum Ritz. Der Club war 1693 gegründet worden und seitdem ein sicherer Hafen für die englische Aristokratie, für Kabinettsmitglieder und bedeutende Geschäftsleute; von Männern, die die Gesellschaft ihresgleichen bevorzugten. Den Künstlern, Buchmachern, Profisportlern, Aufschneidern und anderen niederer Herkunft und Stellung waren die Türen hingegen verschlossen.

Seit knapp einem Jahrhundert ließ das Clubkomitee sein Privatzelt gleich am Führring errichten. Die Caterer servierten ausgezeichnetes Essen und ausgiebig Alkohol. Für jene, die nicht geneigt waren, sich die Rennen vor Ort anzusehen, waren Monitore aufgestellt. White's bildete die schamlose Bastion einer elitären Gesellschaft – *members only* –, wobei selbst die privilegierten Mitglieder sich vorher anmelden mussten, wollten sie dort Einlass finden.

Es gab selbst Wohlhabende, die einen Mord begehen würden, um als Mitglied aufgenommen zu werden. General Ravi Rashud war wahrscheinlich der Erste in der Geschichte des Clubs, der völlig entsetzt war, in die heilige Zeltstätte geladen zu werden.

Aber ehe er sich's versah, war er auch schon drin. »Zwei Gläser Schampus«, rief Rupert dem Barkeeper zu. »Krug. Und große!« Und dann zu Ravi, der seinen Hut abgenommen hatte: »Das ist wirklich nett, alter Kumpel. Ich kann mich gut erinnern. Ich war wirklich bekümmert, als ich gehört habe, dass du vermisst wirst. Wirklich wieder alles okay?«

»Könnte nicht besser laufen, Rupe«, sagte Ravi und fiel sofort wieder in die Schulkumpel-Sprache, die in Harrow perfektioniert und von manchen ein Leben lang gepflegt wurde. »Na ja, du kennst mich ja: ein langweiliger Armeeoffizier, der in der Wüste nach Terroristen herumwühlt. Wie steht's mit dir?«

»Das musst du doch wissen, wenn du schon wieder länger in England bist. Ich bin jetzt Parlamentsmitglied. Seit den letzten Wahlen. Netter sicherer Listenplatz in Buckinghamshire.«

»Ja, natürlich«, beeilte sich Ravi zu sagen. »Klar. Ich meinte, so in letzter Zeit, irgendwelche aufregenden Neuigkeiten? Wir igeln uns doch sehr ein in Hereford ... haben nur mit militärischen Dingen zu tun, die wir für wichtig halten und um die sich andere keinen Deut scheren.«

»Bist du dir *wirklich* sicher, dass du schon seit sechs Monaten wieder hier bist? Meine Einführungsrede im Unterhaus, möchte ich mir zugute halten, hat für einen landesweiten Aufruhr gesorgt«, sagte Rupert und stürzte einen großen Schluck vom perlenden Zaubertrank aus Rheims hinunter.

»Ach, ich war hier und dort. Ich hab mit lauter geheimen Dingen zu tun und kann nie darüber reden.«

»Die haben aus dir einen verdammten Spion gemacht, was? Jedenfalls, du erinnerst dich doch wohl an den Teil meiner Rede, in dem ich gesagt habe, dass die Labour-Regierung die unfähigste, schlimmste Möchtegern-Exekutive ist, die sich jemals im Regieren versucht hat. Daran musst du dich doch erinnern ... Ich habe gesagt, dass die in neun Jahren keine einzige richtige Entscheidung getroffen haben und dass ich selbst zögern würde, einem von denen auch nur die Leitung eines Dorf-Pubs anzuvertrauen, von einem ganzen Land ganz zu schweigen. Es war auf allen Titelseiten der Zeitungen und im Fernsehen.«

»Ja, natürlich, Rupe. Ich hab nur vergessen, dass du das warst. Das mit dem Dorf-Pub, daran kann ich mich erinnern.«

»Ich hoffe, du hast auch nicht vergessen, dass drei überregionale Zeitungen geschrieben haben, hier sei doch mal wieder ein kämpferischer Konservativer, der eines Tages an der Spitze der Torys stehen könnte. Dein alter Zimmergenosse, was? Der zukünftige Premierminister.«

»Daran kann ich mich nicht erinnern«, sagte Ravi vorsichtig, aber lächelnd.

»Na ja, macht ja nichts, alter Junge. Es ist jedenfalls verdammt schön, dich wiederzusehen… einfach mal wieder einen mit dir zu heben, nach all den Jahren. Da erinnert man sich doch gleich wieder an die alten Zeiten. Weißt du noch… das kleine Zimmer im alten Dog and Fox? Als wir uns ins Pub davongemacht haben?«

»Großer Gott, natürlich. Das waren noch Zeiten, was? Ohne Sorgen, ohne die Last der Welt… Was hältst du davon, wenn wir nächste Woche mal zusammen zu Abend essen. Ich bin noch für einige Wochen im Verteidigungsministerium…«

»Fabelhaft… würde mich wirklich freuen. Während der Woche bin ich meistens allein in meiner Londoner Wohnung… also, meine Frau und die Kinder sind am alten Familienstammsitz in Bedfordshire. Freitagabends fahr ich da meistens hin. Wie wär's mit Dienstag?«

»Klar, müsste passen. Gib mir doch deine Büronummer. Ich werde dann deiner Sekretärin den Termin bestätigen.«

»Wunderbar. 0207-691-4337. Frag nach Lizzie, wenn die nicht sowieso selbst rangeht. Komm doch einfach auf einen Drink in Annie's Bar im Unterhaus vorbei. Wenn du willst, essen wir im Club.«

»Rupe, das klingt alles hervorragend. Aber ich muss jetzt wirklich los. Ich treffe mich vor dem zweiten Rennen noch mit meinen Eltern. Hat wirklich Spaß gemacht. Ich ruf dich morgen an.«

»Mein Gott, was bin ich froh, dass du noch am Leben bist. In drei Wochen findet übrigens in Sunningdale ein Golftreffen alter Harrow-Absolventen statt. Eine Menge der alten Kumpel werden sich bestimmt freuen, dass du noch unter uns weilst… Bis dann, Ray.«

Ravi setzte seinen Zylinder auf und ging zum Geländer, an dem nun keine Menschenseele mehr stand. Er zog sein Handy heraus und wählte die 0207-691-4337.

»Hallo, Lizzie… Ja, hier ist John Farmer, ein alter Freund von Mr. Studley-Bryce… Wir waren zusammen in Harrow… Wir haben uns soeben im White's Zelt in Ascot getroffen…«

»Ja, Mr. Farmer, womit kann ich Ihnen helfen?«

»Lizzie, er hat mir seine Londoner Privatadresse aufgeschrieben, damit ich ihm eine Einladung für ein Essen in Oxford schicken kann, aber ich muss den Zettel zusammen mit ein paar Wettscheinen weggeworfen haben. Alles Verlierer natürlich! Er meinte, ich soll die Einladung an seine Wohnung schicken, aber hier sind so viele Menschen, ich finde ihn nicht mehr. Glücklicherweise habe ich mir seine Büronummer notiert. Sie sind mein letzter Rettungsanker!«

Lizzie lachte. »Schicken Sie's einfach mir… Ich kümmere mich dann darum, dass er es erhält.«

»Es ist mir eigentlich gleichgültig, wohin ich die Einladung schicke«, sagte Ravi. »Aber er meinte ausdrücklich, ich soll es an seine Privatadresse senden.«

»Gut. Apartment 9B, Prior's Court, Marsham Street 72, London SW1.«

»Vielen Dank. Ich werf's dann in die Post.«

Er hörte bereits den Kommentar zum zweiten Rennen, den Norfolk Stakes. Es würde nur etwa sechzig Sekunden dauern oder sogar weniger, wenn ein wirkliches Klassepferd teilnahm. Er konnte bereits das Stallpersonal sehen, das die Pferde für den Gold Cup, das nächste Rennen, heranführte.

Er wartete diskret an der Absperrung. Der Trainer musste jeden Moment mit dem Sattel für *Persian Lady* erscheinen, die von einem Stallmädchen, auf deren Armbinde der Name des Pferdes stand, bereits im Kreis herumgeführt wurde, so nah, dass er sie hätte berühren können.

Seine Eltern würden Charlie McCalmont auf dem langen Weg vom Abwieger über die Rasenfläche hinab zum leeren Führring und von dort zu den Sattelboxen hinauf begleiten.

In diesem Augenblick konnte er sie auch schon sehen. Sein Herz schien kurz auszusetzen, als er seine Mutter erkannte, neben ihr seinen Vater, der entschlossenen Schrittes dem möglichen Sieg entgegenzustreben schien.

Beide sahen hervorragend aus. Sein Vater trug einen maßgeschneiderten schwarzen Cutaway, darunter ein marineblaues Hemd mit weißem Kragen und dazu eine perfekt geknotete kastanienbraune Krawatte, die in der grauen Weste mit der goldenen Uhrkette verschwand; dazu anthrazitfarbene gestreifte Hosen.

Seine Mutter trug ein elegantes dunkelgrünes Kleid, das ihre schlanke Figur wunderbar zur Geltung brachte. Ihr schwarz schimmerndes Haar steckte nahezu vollständig unter einem sehr exquisiten breiten schwarzen Hut, der ganz offensichtlich in Paris erworben worden war. Aber sie sah älter aus, und ihr Gang verriet, dass sie sich der Blicke bewusst war, die auf sie gerichtet waren, auf die unglaublich glückliche Besitzerin eines der Favoriten im Gold Cup. Sie folgte Richard und dem Trainer, und ihr Lächeln zeugte von der immensen Freude, die sie trotz ihrer Bescheidenheit nicht verbergen konnte. Das Herz musste ihr heftig pochen, aber wie würde es erst hämmern, wenn er in wenigen Minuten seinen Auftritt hatte!

Die drei Personen näherten sich Ravi auf etwa fünfundzwanzig Meter und marschierten direkt auf die erste Sattelbox von links zu. Kurz blieben sie stehen und betrachteten die Stute, dann wies Charlie das Mädchen an, sie in die Box zu bringen.

Persian Lady senkte den Kopf, drehte sich um und ging in die Box, drehte sich ganz ruhig erneut um, stand mit dem Kopf zur Tür, an ihrer Seite das Mädchen, und Charlie legte ihr sacht den Sattel auf den Rücken.

Ravi schlüpfte unter dem Geländer durch und eilte von hinten auf seine Mutter zu. Leise stellte er sich hinter sie, beugte sich etwas vor und sprach ihr flüsternd ins Ohr: »Ganz ruhig, Mutter, nicht schreien oder ohnmächtig werden. Ich bin hier, und mir geht es wunderbar.«

Naz Kerman wäre vor Schreck beinahe tot umgefallen. Sie hörte die vertraute Stimme, fuhr herum, riss die Hand zum Mund und brachte nur ein hilfloses »O mein Gott« heraus, das sie mehrmals wiederholte, während ihr die Tränen über die Wangen liefen. Dann ließ sie ihr Rennprogramm und ihr Fernglas fallen und schlang die Arme um ihn, schluchzte hemmungslos und achtete nicht mehr darauf, wer sie in diesem Augenblick sah oder was die anderen sich denken mochten.

Sie wichen etwas zur Seite, sodass Charlie oder das Stallmädchen sie nicht sehen konnten, nur Richard Kerman drehte sich um, und für einige Sekunden setzte buchstäblich sein Herz aus, als er die tadellos gekleidete Gestalt seines einzigen Sohnes in den Armen seiner Frau entdeckte.

Das alles dauerte nur eine halbe Minute, aber für den Züchter und Besitzer der *Persian Lady* lief alles wie in Zeitlupe ab. Er sah Naz, die sich zusammenzureißen versuchte, er sah Ray, der auf ihn zukam, spürte, wie die durchtrainierten Arme des SAS-Majors sich um ihn legten, und alles, was er noch bewusst aufnehmen konnte, waren die Worte: »Hör zu, Dad. Mir geht's gut. Ihr beide habt hier viel zu tun. Sag jetzt nichts, aber kommt in einer Stunde zu dem großen Baum dort drüben. Ich habe euch viel zu erzählen. *Und macht euch keine Sorgen.*«

Damit verließ Raymond Kerman seine Eltern wieder, schlenderte über den Rasen, verschwand in der großen Menge, die sich mittlerweile um die Sattelboxen versammelt hatte, und ging hinab zum Führring, wo bereits Tausende von Rennbegeisterten die Ankunft des großen grauen *Homeward Bound* und der überaus beliebten *Persian Lady* erwarteten.

Mr. und Mrs. Kerman waren beide fassungslos, Naz aber lachte der Welt entgegen. Nachdem sie monatelang versucht hatte, sich schweren Herzens mit seinem Tod abzufinden, war dieses Gefühl nun überschäumender Euphorie gewichen.

»Liebling, er ist am Leben«, flüsterte sie unnötigerweise. Richard schüttelte nur den Kopf. In seiner Miene lag ein gequälter Ausdruck, während die Nachmittagssonne die alten roten Backsteine der Sattelbox erwärmte und Charlie McCalmont dem Pferd einen in kaltem Wasser getränkten Schwamm ins Maul schob, ihm den Speichel abwischte und es für das Rennen vorbereitete.

Sanft zupfte er es am rechten Ohr und strich mit der Hand über die Blesse unterhalb des Stirnriemens, der in den Farben des Besitzers ein schwarz und scharlachrotes Diamantmuster aufwies. Dann sagte er leise: »Okay, Julie. Gehen wir.« Das Mädchen führte die Stute hinaus und machte sich auf den Weg über den Rasen, über den fünf Minuten zuvor auch Major Kerman davongegangen war.

Ravi tat sein Bestes, um niemand Bekanntem über den Weg zu laufen, was in einer nahezu 75 000 Köpfe zählenden Menge auch recht einfach war. Er betrat den königlichen Logenbereich, versuchte nicht aufzufallen und verließ ihn dann über den Tunnel, der zum Innenbereich führte, wo die Wahrscheinlichkeit, einem Bekannten zu begegnen, am geringsten war.

Dort stellte er sich ans Geländer und starrte eine volle Viertelstunde auf das Geläuf, bis die an ihm vorbeistampfenden Hufe anzeigten, dass die Pferde sich zum Start begaben. Bislang hatte er nichts von sich preisgegeben, hatte Rupert Studley-Bryce nichts vom Pferd seiner Eltern erzählt, hatte nicht auf *Persian Lady* gesetzt, damit ihn kein Buchmacher erkennen oder sich gar an ihn erinnern konnte. Keinerlei Kontakte. Kein Essen. Kein Tee. Nur das rührende Treffen mit Naz und Richard.

Er sah die Pferde vorbeiziehen, alle fünfzehn, ein großes Feld. Er hatte sechs weitere Minuten zu warten, bis der Ansager über die Lautsprecher verkündete: *Sie stellen sich jetzt an den Starter … Und es geht los!*

Ravi wusste um den Status dieses Rennens, er wusste um die Qualität der hier versammelten Vollblüter, die einiges auf sich zu nehmen hatten. Die meisten Rennvereine des Landes betrachten eineinhalb Meilen als das Äußerste, was Rennpferde laufen sollten. Es gab nur wenige hochklassige Steherrennen über eine Distanz von zwei Meilen, darunter den Goodwood Cup und in Australien den Melbourne Cup.

Das Rennen in Ascot jedoch ging über zweieinhalb Meilen. 200 000 US-Dollar waren als Preisgeld für den Sieger ausgeschrieben worden. Es war ein Rennen für die Titanen des Turfs, die zum donnernden Applaus der Menge um die Bahn jagten, sodass jeder wahre Pferdebegeisterte bei ihrer Kraft, ihrer Schnelligkeit und ihrem Wagemut einen Kloß im Hals spürte.

Hinter Ravi befand sich ein großer Bildschirm, aber er konnte sich nicht dazu durchringen, den Blick vom dunkelgrünen Geläuf zu nehmen. Er starrte vor sich hin, sah dann die Pferde zum ersten Mal vorbeipreschen, nachdem sie bereits tausend Meter zurückgelegt hatten. In der Mitte des Feldes, auf der Innenbahn, erkannte er die scharlachroten Rennfarben von *Persian Lady*, die locker mithielt. Dann waren sie an den Tribünen vorbei und donnerten hinaus, bogen in die Rechtskurve hinein, die leichte Anhöhe hinauf, und dann hinunter zum Swinley Bottom.

Nach weiteren tausend Metern hörte Ravi den Rennkommentar des Ansagers: *Und* Persian Lady *übernimmt die Führung ... mit einem Vorsprung von sechs Längen, während sie auf die Kurve zujagen.*

Genau vierundzwanzig Sekunden später hörte Ravi die traditionelle Ascot-Glocke, die die fünfhundert Meter lange Schlussgerade einläutete. Die meisten Pferde im Feld waren vor Erschöpfung halb tot, *Persian Lady* spürte bereits ihren Verfolger im Nacken. Genau mit drei Längen Abstand hinter ihr kam, von seinem Jockey verzweifelt angefeuert, *Homeward Bound* und versuchte den Außenseiter *Madrigal* abzuschütteln, der an diesem Tag das Rennen seines Lebens lief.

Auf den letzten vierhundert Metern griff der Favorit Richard Kermans Stute an. Der große Grauschimmelwallach schob sich an der Außenseite immer näher heran und erarbeitete sich schließlich eine halbe Länge Vorsprung. Auch *Madrigal* war noch nicht aus dem Rennen, und als sie sich der Tribüne mit der gewaltigen, lärmenden Menschenmenge näherten, jagten alle drei gleichauf am achten Pfosten vorbei, zweihundert Meter von Ravis Standort entfernt.

Madrigal fiel zurück. Damit verblieben nur noch *Homeward Bound* und *Persian Lady*, die vor dem Zieleinlauf eine halbe Länge zurücklag. Ihr neunzehnjähriger Jockey, Jack Carson, griff zur Peitsche und hieb ihr dreimal auf die linke Hinterbacke. Das Pferd mühte sich und holte alles aus sich heraus.

Erneut schlug Carson zu, und jetzt scheute sie, peitschte mit dem Schweif, legte tatsächlich noch einmal zu und kämpfte sich an *Homeward Bound* heran. Die Tribüne erzitterte im ohrenbetäubenden Lärm der Menge, während die Stute auf den allerletzten Metern zum Favoriten aufschloss.

Die Stimme des Ansagers überschlug sich beinahe, als die beiden Pferde gemeinsam durchs Ziel gingen. Ebenso wie er konnte auch Ravi nicht unterscheiden, wer als Erster die Linie überquert hatte. Er hörte nur noch: »*... gemeinsam im Ziel ... Fotofinish ...*«

Und so warteten sie, Richard und Naz Kerman oben im Tribünenabschnitt, der für die Pferdebesitzer und Trainer reserviert war, Ravi im Innenbereich und die Mannschaft von *Homeward Bound* nahe des Absattelrings.

Es dauerte sechs Minuten. *Ergebnis der Fotoauswertung ... Sieger wurde Nummer zwei,* Homeward Bound. *Zweiter, Nummer acht,* Persian Lady, *und Dritter die Nummer vierzehn,* Madrigal. *Jeweiliger Abstand: kurzer Kopf und neun Längen.*

Die Stute hatte durch die Niederlage nichts verloren, sah man von dem Preisgeld einmal ab. Als ihre Besitzer schließlich am vereinbarten Treffpunkt erschienen, war ihr Sohn noch immer überwältigt vom dramatischen Finale. Kopfschüttelnd sagte er: »Ich hab mir wirklich den richtigen Tag ausgesucht, um euch zu sehen.«

Und dann musste er die auf ihn einprasselnden Fragen über sich ergehen lassen: *Wo hast du gesteckt? Was ist schief gelaufen? Wie lange wirst du bleiben? Weiß die Armee, dass du hier bist? Hast du dich bei den Behörden gemeldet?*

Auf die meisten Fragen wollte er keine Antwort geben. Aber er erklärte ihnen, sie sollten niemandem auf die Nase binden, dass er sich in England aufhalte. Wahrscheinlich werde er nie wieder zurückkehren. Es sei völlig ausgeschlossen, dass er sie nochmals kontaktieren könne. Er habe sich in einem Staat im Nahen Osten niedergelassen, wenngleich nicht in seinem Geburtsland. Er werde hoffentlich bald heiraten, und er habe eine einträgliche Karriere vor sich.

Sein Vater wollte natürlich wissen, was sich wirklich in Hebron zugetragen hatte. Doch darüber wollte Ravi auch nicht sprechen. Er musste vieles erklären, und allmählich verstanden seine Eltern, was für ihn auf dem Spiel stand – würden sie anderen von ihrem Sohn erzählen, konnte Ravi es das Leben kosten. Nach einer Stunde verabschiedeten sie sich unter großem Kummer. Er versicherte ihnen, dass er sie irgendwann wieder aufsuchen werde, wahrscheinlich in einem ebenso unbeobachteten Moment, vielleicht in Paris.

In der Gewissheit, dass sein Geheimnis bei ihnen gut aufgehoben sein würde, drängte er sie dazu, in den königlichen Innenbereich zurückzukehren. Er stand unter dem Baum und sah ihnen hinterher, und als sie durch das Tor gingen, drehte sich seine Mutter noch einmal kurz um und winkte verstohlen in seine Richtung. Er versuchte die Hand zu heben, aber es wollte ihm nicht recht gelingen; ihm standen ebenso die Tränen in den Augen wie seiner Mutter.

Eine Weile lang rührte er sich nicht vom Fleck, aber schließlich beschloss er, das Gelände kurz vor dem Start zum letzten Rennen, noch vor den Zuschauermassen, zu verlassen. Er nahm den gleichen Weg zurück, den er gekommen war, verließ die Rennbahn durch das obere Tor, bog nach links ab und ging dann zum Bahnhof, wo er auch sofort ein Taxi fand. Um 18.45 Uhr traf er vor der syrischen Botschaft ein.

Mit dem Sicherheitschef, mit dem er am darauf folgenden Morgen im Regent's Park zusammenarbeiten würde, nahm er um etwa acht Uhr das Abendessen ein. Um 22 Uhr allerdings verließ er das Gebäude durch den Haupteingang, hielt ein Taxi an und bat den Fahrer, ihn in die Marsham Street, SW1, zu bringen.

Nach wenigen Minuten – es begann bereits dunkel zu werden – waren sie dort. Ravi bezahlte den Fahrer und ging langsam auf der Seite mit den geraden Hausnummern die Straße entlang. Prior's Court lag etwa auf halber Höhe der etwas finsteren Straße. Er drückte die Schwingtür auf und stellte sich dem Portier vor.

»Guten Abend«, sagte er. »Ich bin mit Mr. Studley-Bryce verabredet. Falls er noch nicht da sein sollte, müsste er bald kommen – er hat mir den Schlüssel gegeben.«

Der Portier betrachtete den tadellos gekleideten Herrn, der vor ihm stand. »Sir, er ist ganz gewiss noch nicht da«, sagte er. »Aber wenn Sie einen Schlüssel haben, dann gehen Sie doch schon nach oben. Sie kennen die Nummer ...?«

»Neun B«, sagte Ravi.

»Der Aufzug ist gleich dort drüben, Sir.«

Ravi, heilfroh über die merkwürdige Autorität, die ihm sein Cutaway verlieh, stieg in den Aufzug und trat auf dem neunten Stockwerk wieder heraus. Er ging zum Apartment 9B, schob eine Kreditkarte in den Türspalt und drückte das Schloss zurück. Hätte Rupert sich die Mühe gemacht und mit dem zweiten Schlüssel den Sicherheitsriegel vorgelegt, hätte es nicht geklappt. Die Tür schwang auf. Ravi Rashud betrat die Wohnung, ließ sich in einem großen, bequemen Sessel nieder und wartete auf seinen alten Freund.

Er schaltete das Licht nicht ein, nur den Fernseher, sah sich die Zehn-Uhr-Nachrichten auf BBC an und hätte fast laut gejubelt, als er *Persian Lady* gemeinsam mit *Homeward Bound* wieder über die Ziellinie gehen sah.

Er musste eine weitere halbe Stunde warten, bis er deutlich hörte, wie ein Schlüssel im Schloss umgedreht wurde. Ein leicht betrunkener Rupert trat ein, schwankte etwas und wollte wissen, ob jemand hier oder der verdammte Portier nun völlig übergeschnappt sei.

Ravi trat hinter dem Sofa hervor und eilte ihm entgegen. Das Parlamentsmitglied hatte gerade noch Zeit, »Ray, was zum Teufel ...« auszurufen. Es waren seine letzten Worte. Ravi rammte ihm einen kleinen Onyx-Aschenbecher zwischen die Augen und brach ihm dabei den Schädelknochen.

Dann schlug er ihm den Faustballen mit aller Gewalt gegen die Nase und trieb ihm dadurch das Nasenbein ins Gehirn.

»Tut mir Leid, alter Kumpel«, murmelte er und ließ die Leiche auf den Boden gleiten. Er ging in die Küche, wählte von der Halterung über der hölzernen Arbeitsplatte ein Tranchiermesser mit einer fünfundzwanzig Zentimeter langen Stahlklinge, ergriff es mit einem Geschirrtuch, verbarg es in seinem Cutaway und verließ dann die Wohnung.

Im Erdgeschoss war niemand zu sehen, während er zum Ausgang schritt. Nur der Portier saß hinter seiner Glastür vor einem kleinen Fernseher. Ravi blieb stehen und deutete dem Portier an, dieser solle herauskommen, was er auch anstandslos und zackig tat, so als gehorchte er dem Befehl eines vorgesetzten Offiziers.

Ravi tötete ihn auf der Stelle, stach das Messer bis zum Schaft tief in das Herz des Mannes, genau zwischen die Rippen. Er schob den noch aufrecht stehenden Leichnam in den kleinen Vorraum hinter dem Tisch, schaltete das Licht und den Fernseher aus, schloss die Tür, wischte sich die Hände am Geschirrtuch ab, schob es ein und ging. Das Messer steckte im Herzen des Portiers des Prior's Court, den jetzt allerdings niemand sehen konnte, weil er zusammengekrümmt hinter der Tür auf dem Boden lag.

Ravi wartete am Bürgersteig auf ein Taxi und ließ sich dann zur Botschaft zurückfahren, in der alles ruhig war. Das Botschaftspersonal schlief tief und fest. Mithilfe eines Schlüssels, den ihm der Scharfschütze gegeben hatte, trat Ravi durch eine kleine Seitentür ein.

Es war fast Mitternacht. Er hängte sein Handy noch ans Ladegerät, bevor er sich dann zu seinem vierstündigen Schlaf niederlegte. Er wurde um vier Uhr geweckt, packte seinen Koffer und schrieb genaue Anweisungen an einen Stabsoffizier, der, sollte das Attentat misslingen, sein Gepäck persönlich zur Waterloo Station bringen und es vor Waggon Nr. 5 des Eurostar-Express, Abfahrt acht Uhr nach Paris, abstellen sollte.

Ein weiteres Mal verließ Ravi die syrische Botschaft und trat, eine Stunde bevor die Morgendämmerung einsetzte, auf den Belgrave Square. Da nun nicht mehr die Möglichkeit bestand, dass sein Anruf zurückverfolgt werden konnte, rief er am Northolt Airport an, gab sich mit amerikanischem Akzent als der US-Militärattaché vom Grosvenor Square aus und fragte, ob man ihm die zu erwartende Ankunftszeit der *Air Force One* geben könne.

»Die trifft im Lauf des Morgens ein, Sir. Weitere Einzelheiten darf ich Ihnen nicht nennen.«

»Danke, Kumpel«, sagte Ravi schroff. *Gut, er ist noch nicht hier,* ging es ihm durch den Kopf. *Aber »im Lauf des Morgens«? Was zum Teufel soll das heißen … Um 0500 oder um 1130?*

Zwanzig Minuten später stand er am Rand des Regent's Park und blickte zur Häuserfront, in der der US-Botschafter residierte. Es war etwa 0500, im Osten hellte sich der Himmel auf, die Straßenbeleuchtung aber war noch nicht erloschen. Vor dem Gebäude sah er vier Wachen der U.S. Marines eng zusammenstehen. Vier mit Maschinenpistolen bewaffnete Londoner Polizisten warteten an jeder Ecke des Häuserblocks. Weitere vier standen vor der Residenz und unterhielten sich mit den Marines. Im Gebäude brannten alle Lichter.

»Verdammte Scheiße!«, murmelte Ravi. »Das sieht alles andere als viel versprechend aus.« Er stellte sein kleines Kurzwellen-Funkgerät auf die Frequenz des Scharfschützen ein, der sich irgendwo auf der gegenüberliegenden Seite der weitläufigen Rasenfläche beim Boating Lake verbarg und sein Ziel anvisierte. Er gab zwei Pieptöne durch – *alles sofort stoppen*. Dann ging er in westliche Richtung zurück, wobei er mit seinem dunkelgrauen Anzug und der leichten Aktentasche nicht besonders auffiel.

Er erreichte das Clarence Gate, an dessen Eingang sechs weitere bewaffnete Polizisten standen. Schlimmer noch, von irgendwo hinter den Häusern drang das Dröhnen eines gelandeten Hubschraubers zu ihm herüber. Er blickte zu den Häuserdächern hinauf und sah dort ein ganzes SWAT-Team, das sich oben, hoch über dem Park, verteilt hatte und alles beobachtete.

Es war 5.40 Uhr, als sich von der Marylebone Road plötzlich ein Konvoi näherte: zwei Polizei-Begleitwagen, an den Seiten vier Motorräder, dann folgten zwei Stabswagen der U.S. Navy, an deren vorderen Kotflügeln jeweils die amerikanische Flagge flatterte.

Der Konvoi bog nach links ab und wurde von Polizisten in die breite Parkeinfahrt gewinkt. Der erste Polizeiwagen stellte sich quer zum Weg und blockierte sie nach Norden hin, der zweite blieb schräg in der Einfahrt stehen, sobald der Konvoi durch war. Ravi, etwa fünfzig Meter südlich der Botschafterresidenz, sah, wie die Hintertüren der Wagen geöffnet wurden und sechs Gestalten zum Vorschein kamen, ganz offensichtlich Agenten.

Dann stiegen zwei weitere Personen aus. Im Dämmerlicht war ein nicht besonders großer, breitschultriger, verdammt hart aussehender Typ zu erkennen, der von einer phantastischen Rothaarigen begleitet wurde. Die Agenten drängten sich um die beiden, die U.S. Marines kamen ihnen geschlossen entgegen; vier blieben bei den Wagen, zwei begleiteten den US-Botschafter, der aus dem Haus erschien.

Ravi sendete dem syrischen Scharfschützen vier Pieptöne – *Gewehr sichern!* Und gleich darauf fünf Töne – *Einsatz sofort abbrechen!* Eines war nämlich sicher: Jeder Schuss, der hier abgegeben wurde, würde sehr wahrscheinlich nicht den Admiral treffen, nicht in diesem Gedränge von Sicherheitsleuten.

Selbst wenn es jemandem wirklich gelingen sollte, einen gezielten Schuss abzufeuern, würde Ravi selbst mit nahezu hundertprozentiger Sicherheit sofort wie ein tollwütiger Hund abgeknallt werden, noch bevor er zehn Meter weit gekommen war. Sie schienen auf alles vorbereitet zu sein. Ravi wusste Gefahren einzuschätzen.

»Scheiße«, murmelte er. »Ich hau hier ab.« Er rief ein Taxi, und etwas nervös blaffte er den Fahrer an: »Waterloo Station, Beeilung!«

Seine Laune besserte sich erst, als er an das bevorstehende Essen in Paris mit seiner palästinensischen Göttin dachte. Und auf den darauf folgenden entspannten Nachmittag im Bett und dem wunderbaren Abendessen.

Seine Reise kam ihm als eine einzige Katastrophe vor. Seine Eltern waren in Tränen aufgelöst, *Persian Lady* hatte nicht gewonnen, zwei völlig Unschuldige hatten sterben müssen, und an Arnold Morgan war kein Herankommen.

Nun stand ihm eine lange Reise bevor. Nicht so lange wie die von Rupert Studley-Bryce, aber immerhin. Auf dem Gesicht des Hamas-Terroristen zeigte sich ein dünnes Lächeln.

KAPITEL SECHS

Donnerstag, 29. Juni 2006
Damaskus

Der Sensationsaufmacher der Londoner *Daily Mail* vom zurückliegenden Samstag war, man konnte es nicht anders sagen, fesselnd. Ravi Rashud betrachtete sie eindringlich:

> RUPERT STUDLEY-BRYCE ERMORDET
> Leiche des Tory-Politikers in Londoner Wohnung entdeckt

Ravi hatte die Zeitung soeben aus der *Librairie Avicenne* mit nach Hause gebracht. Natürlich hatte er erwartet, dass über den Tod seines alten Schulkumpels berichtet werden würde, nicht aber, dass der Fall solche Wellen schlug.

Vor sich sah er ein großes Foto von Rupert in seinem Ascot-Aufzug. Es musste von einem der Fotografen aufgenommen worden sein, die ständig vor dem Haupteingang zur Rennbahn herumlungerten. Darunter stand zu lesen: »Der Tory-Heißsporn beim Pferderennen – er starb in Frack und Zylinder.«

Der Artikel berichtete davon, dass die Leiche am Freitagnachmittag, dem letzten Tag des Ascot-Meetings, gefunden worden war. Die Unterhaus-Sekretärin, die ihn nirgends auftreiben konnte, rief seine Ehefrau in Bedfordshire an, die jedoch ebenfalls nichts von ihm gehört hatte. Da auch in der Wohnung des Politikers niemand ans Telefon ging, rückte die Sekretärin schließlich um drei Uhr nachmittags mit zwei Polizisten in Prior's Court an.

Dort mussten sie überrascht feststellen, dass es im Apartmentgebäude bereits vor Polizisten nur so wimmelte. Sie ermittelten im Mordfall des dreiundsechzigjährigen Portiers Alf Rowan, der in der Nacht zuvor erstochen worden war.

Im Artikel hieß es weiter:

> Die Polizei geht davon aus, dass beide Morde vom gleichen Täter begangen wurden. Wahrscheinlich hatte der Portier am Donnerstagabend, als es im Haus sehr ruhig war, dem Täter den Zutritt verweigert. Die Anwohner, die noch in der Nacht befragt wurden, hatten im Gebäude weder verdächtige Personen bemerkt noch etwas gehört.
>
> Laut eines Sprechers von New Scotland Yard kamen die beiden Opfer auf sehr unterschiedliche Weise um. Während Mr. Rowan erstochen wurde, war Mr. Studley-Bryce, 36, den Kopfverletzungen erlegen, die ihm der unbekannte Täter zugefügt hatte.
>
> Wo sich der Parlamentsabgeordnete am Donnerstag aufgehalten hat, ist bislang nicht abschließend geklärt. Als gesichert gilt nur, dass er das Royal-Ascot-Meeting besuchte und am Nachmittag mit Freunden im Zelt des White's Club gesehen wurde. Es wird vermutet, dass er den Abend im Westend verbrachte, was im Club allerdings niemand bestätigen wollte.
>
> Die Polizei setzt ihre Ermittlungen fort.

Es folgte eine zweiseitige Biografie des Abgeordneten von South Bedford. Beschrieben wurde seine Schulzeit in Harrow, die drei Jahre an der Universität Oxford und sein mit Pauken und Trompeten vollzogener Eintritt in die Politik. Über Mr. Alf Rowan, der zwar ebenso tot war, jedoch als wesentlich unbedeutender erachtet wurde, fand sich nur ein kurzer einspaltiger Artikel und ein kurzes Interview mit seiner untröstlichen Frau.

Ravi Rashud legte die Zeitung beiseite und schenkte sich vom Nachmittagstee nach. Dann überflog er die Sportseiten des *Sunday Telegraph*, entdeckte, dass der sechsjährige *Homeward Bound* für umgerechnet nahezu 300 000 Dollar verkauft worden war, um künftig bei Springreitturnieren eingesetzt zu werden. Die neuen Besitzer waren John Magnier, der Eigentümer von Coolmore, der in der Grafschaft Tipperary gelegenen, weltgrößten Vollblutzucht, sowie dessen Freund J. P. McManus, ein milliardenschwerer irischer Sportsmann und Zocker. *Homeward Bound* würde in Tipperary von Aidan O'Brien trainiert werden.

Inzwischen hatte sich Shakira mit der *Daily Mail* zu ihm gesetzt, und gleich darauf fragte sie ihn: »Kanntest du diesen Unterhausabgeordneten, der in London ermordet wurde? Er ist doch in deinem Alter und war auf deiner Schule.«

»Ja, ich kannte ihn, ziemlich gut sogar ... aber mein Freund war er nicht. Da hatte es wohl jemand auf ihn abgesehen. Diese Abgeordneten sind heutzutage ja oft in ziemlich dubiose Sachen verwickelt.«

»Schon möglich. Seine Frau ist erst neunundzwanzig, und sie haben drei noch ganz kleine Kinder. Das rührt die Leser ganz bestimmt zu Tränen.«

Wenn man Zeitungen kaufte, die nahezu eine Woche alt waren, hinkte man dem aktuellen Geschehen unweigerlich hinterher. 9500 Kilometer von Damaskus entfernt, in der National Security Agency in Maryland, stellte Lieutenant Jimmy Ramshawe gerade sehr ausgefeilte Überlegungen zu genau dem gleichen Thema an.

Er hatte in der Dienstagsausgabe des *Telegraph* einen Artikel entdeckt, der ihn aufs Höchste interessierte: *»Bei den Ermittlungen zum Mord an Rupert Studley-Bryce bestätigte die Polizei, dass eine Anti-Terroreinheit von New Scotland Yard hinzugezogen wurde, die einen Teilbereich der Untersuchungen übernahm. Weitere Informationen wurden nicht herausgeben.«*

Lieutenant Ramshawe glaubte zu wissen, was dahinter steckte – irgendeinem Reporter war wohl zu Ohren gekommen, dass die Anti-Terroreinheit eingeschaltet worden war, worauf dieser herausfinden wollte, was vor sich ging. Die

Polizei wollte ihm nicht unumwunden irgendwelche Lügen auftischen und hatte diese Tatsache bestätigt, ihn ansonsten aber abgewimmelt.

»Also«, murmelte Jimmy Ramshawe, »was hat die verfluchte Anti-Terroreinheit da zu suchen? Bei einem Mord an einem einfachen Abgeordneten ist das doch mehr als ungewöhnlich. Und wie ich Studley-Bryce einschätze, hat er noch nicht mal im Militär gedient.«

Es war genau eines dieser Rätsel, die den Lieutenant so sehr faszinierten. Allerdings hatte er viel zu tun und keine Zeit, sich den Luxus ausländischer Mordermittlungen zu gönnen. Erst eine Story in der Mittwochsausgabe der *Daily Mail* ließ ihn dann wirklich aufhorchen:

> Der Fall des ermordeten Parlamentsabgeordneten Rupert Studley-Bryce hat nach Auskunft der Polizei eine äußerst überraschende Wendung genommen. Neuesten Erkenntnissen zufolge stammt das Messer, mit dem der Portier Alf Rowan ermordet wurde, mit ziemlicher Sicherheit aus der Küche des Tory-Politikers.
>
> Der Abgeordnete wurde, anders als Mr. Rowan, nicht erstochen, sondern starb an den Folgen seiner Kopfverletzungen. Es wird inzwischen davon ausgegangen, dass der Täter zuerst Mr. Studley-Bryce ermordete und den Portier daraufhin beim Verlassen des Gebäudes tötete.

Jimmy Ramshawe dachte lange nach. *Er war wegen des Abgeordneten gekommen, oder? Erst danach legte er den einzigen Anwesenden um, der ihn hätte eventuell erkennen und identifizieren können. Hm.*

Aber warum hatte ihn der Portier überhaupt ins Gebäude gelassen? *Weil der Kerl einfach nach oben ist und die Wohnung betreten hat, ohne die Tür einzuschlagen. Dann brachte er Studley-Bryce um, klaute sich das verdammte Messer, hüpfte wieder nach unten und machte den Kerl hinter der Rezeption kalt. Ein blutrünstiger kleiner Dreckskerl. Aber effizient. Verdammt effizient. Ich frag mich allerdings immer noch, was die Anti-Terroreinheit dort zu suchen hat.*

Jimmy widmete sich eine weitere Viertelstunde diesem Rätsel. Dann beschloss er, seinen alten Navy-Kumpel bei der CIA in Langley, Virginia, anzurufen, um zu sehen, ob die Leute dort vielleicht wussten, was drüben in London ablief.

Es dauerte vierundzwanzig Stunden, bis er eine Antwort bekam. Aber das Warten sollte sich auszahlen.

»Hallo, Jimmy. Tut mir Leid, dass es so lange gedauert hat. Unsere Jungs sind vor allem aus einem Grund sehr an diesem Fall interessiert: Studley-Bryce wurde nämlich von einem Profi umgebracht, wahrscheinlich von einem, der bei einer Spezialeinheit gedient hat – es war ein klassischer Schlag ins Gesicht, hat ihm das Nasenbein direkt ins Gehirn getrieben. Der Mann war auf der Stelle tot. Die Briten haben keinerlei Anhaltspunkte, wer der Täter war oder warum er ihn umgebracht hat. Aber es gibt nicht viele Zivilisten, die diesen Schlag drauf haben. Deshalb sind auch eine Menge Leute stutzig geworden.«

»Haben sie irgendwas darüber verlauten lassen?«

»Nein – und das werden sie auch nicht. Unsere Jungs haben von der Sache erfahren, weil bei jedem Mord, der potenziell von einem Terroristen begangen wurde, zwischen Scotland Yard und der CIA die relevanten Informationen ausgetauscht werden. Aber häng das um Gottes willen nicht an die große Glocke. Die Sache gilt als vertraulich.«

»Du kannst dich auf meine Diskretion verlassen«, sagte Ramshawe. »Vielen Dank auch. Klingt verdammt interessant.«

Ramshawe hielt es kaum auf dem Stuhl. In seiner kurzen Karriere war ihm bislang nur zweimal ein Fall untergekommen, in dem jemand offensichtlich durch die Nahkampftechnik einer Spezialeinheit ums Leben gekommen war – das erste Mal letztes Jahr: der SAS-Unteroffizier, dessen Leiche zwischen den Trümmern in Hebron gefunden worden war. Sowie jetzt. Ein anderes Opfer, aber die gleiche Technik.

Noch etwas anderes ließ ihm keine Ruhe. *Wo zum Teufel steckt die Biografie von diesem Studley-Bryce? Hier haben wir sie ja … Hier … war in Harrow, ist sechsunddreißig Jahre alt … Und wo ist jetzt die Akte über Major Raymond Kerman … Ach, ja … hier …*

»*Heilige Scheiße!* Oder wie hätte es dieser griechische Typ herausposaunt: *Heureka!* Sie waren verdammt noch mal auf der gleichen Schule. Sie sind im gleichen Alter! Sie haben sich verdammt noch mal gekannt. Wow! Dieser Drecksack hat ihn auf dem Gewissen. Genau wie den SAS-Sergeant, genau wie alles andere, was er noch angestellt hat. Meine Fresse, wenn ich nur wüsste, warum das alles. Das erzähl ich lieber mal Scotty und George.«

Jimmy Ramshawe hatte sich bei der National Security Agency in sehr kurzer Zeit einen außergewöhnlichen Ruf erworben. Er arbeitete extrem sorgfältig und gründlich, war entsetzlich intelligent – ein ganz und gar ungewöhnlicher junger Mann, dem es offensichtlich in die Wiege gelegt war, auf höchster Ebene im militärischen Nachrichtendienst zu arbeiten. Er war misstrauisch und zynisch, besaß das Gedächtnis eines Elefanten, konnte scheinbar unzusammenhängende Fakten in Beziehung setzen und die Ereignisse miteinander verbinden. Wären dreidimensionale Puzzles eine olympische Sportart gewesen, hätte Jimmy Ramshawe, der für Australien oder die USA antreten konnte, jedenfalls die Goldmedaille gewonnen.

»Meine Fresse«, sagte er zu Admiral George Morris. »Haben Sie denn schon jemals so eine Faktenlage gesehen? Wir sind uns ziemlich sicher, dass er seine beiden SAS-Kumpel umgelegt hat, einen davon mit einem Schlag, den nur Elitesoldaten draufhaben. Dann haben wir plötzlich eine zweite Leiche, die *genau auf die gleiche* Weise umgebracht wurde – und es stellt sich auch noch heraus, dass er mit dem Kerl früher zur Schule gegangen ist; sie sind gleich alt, er muss ihn gekannt haben.«

Admiral Morris grinste. »Jimmy«, sagte er, »ich habe den größten Respekt vor Ihrem Kombinationsvermögen. Aber da stellen sich doch einige Fragen. Erstens: Warum glauben Sie, dass dieser gesuchte Terrorist in London war? Zweitens: Falls er in London war, warum treibt er sich dann dort rum und bringt Parlamentsabgeordnete um? Sie sind nicht zufällig in der Lage, uns dafür so etwas wie ein Motiv zu liefern?«

»Immer mit der Ruhe, Chef. Ich bin doch erst am Anfang.« In stressigen Phasen neigte der junge Ramshawe dazu, sich noch australischer zu geben als A. P. »Banjo« Patterson. Er fuhr fort: »Wir haben es hier mit einem großen Fisch in der Welt des Terrorismus zu tun. Große Fische schlagen auch große Wellen. Das haben Sie mir selbst gesagt. Alles in mir schreit danach, dass man auf diesen Kerl aufpassen sollte.«

»Dem kann ich nur zustimmen. Außerdem meine ich, Sie könnten den Rest des Tages dafür nutzen, etwas mehr Licht in die Sache zu bringen … Scotty?«

Captain Scott Wade von der U.S. Army, der als Vertreter der Military Intelligence Division am Gespräch teilnahm, nickte dem Direktor zu. »Admiral«, sagte er, »wir haben diesen verschwundenen SAS-Major von Anfang an sehr ernst genommen. Bei uns schrillen jetzt alle Alarmglocken. Wenn er wirklich in London war, dann hatte er einen verdammt guten Grund dafür. Sonst wäre er kaum das hohe Risiko eingegangen, geschnappt zu werden. Ich weiß weder, was er da verloren hatte, noch, warum er plötzlich einen Parlamentsabgeordneten tötet. Aber ich stimme Lieutenant Ramshawe völlig zu, wir sollten nach weiteren Fakten Ausschau halten … Wir wissen ja schließlich, wie gefährlich er ist. Dieser Kerl hat das Zeug dazu, ein zweiter Abu Nidal zu werden.«

Niemand im Raum lächelte.

»Wir wissen ja noch nicht mal, wie er sich jetzt nennt«, brummte Admiral Morris.

»Jede Wette, dass er wieder seinen alten iranischen Namen angenommen hat«, warf Lieutenant Ramshawe ein. »Wie lautet der gleich noch mal … Ravi? Ravi Rashud?«

»Kann gut sein, falls er sich wieder unter seinen Kumpels aus dem Mittleren Osten aufhält«, sagte Admiral Morris.

»Aber unter diesem Namen dürfte er kaum nach London gereist sein.«

»Nein, nein, was seine Klamotten, seine Sprache und seine Manieren anbelangt, ist er als *Pom* nach Großbritannien gefahren«, sagte Ramshawe. »Selbst der tote Portier hätte ohne die ausdrückliche Anweisung von einem der Bewohner des Apartmentgebäudes so einen Betttuch-Araber nie reingelassen.«

»Was ist ein *Pom*?«, fragte Wade.

»Aussie-Slang für die Briten«, sagte Ramshawe. »Normalerweise würde man *jämmerlicher Pom* sagen. Aber in diesem Fall nur *Pom*. Major Kerman ist alles andere als jämmerlich.«

»Jimmy«, unterbrach Admiral Morris diesen Ausflug in die Feinheiten des Outback-Slangs. »Machen Sie sich mal lieber an die Arbeit. Ich weiß zwar nicht, wo Sie anfangen wollen, aber ich nehme an, Sie haben da so einige Ideen.«

»Jawohl, Sir«, sagte der Navy-Lieutenant. »Bin schon unterwegs.« Und damit erhob er sich, packte seine dicke Akte ein und eilte zu seinem Arbeitsplatz in der Sicherheitsabteilung, seinem Computer und seinen Telefonen zurück.

Ihm spukte bereits ein Gedanke durch den Kopf, der auf Mr. und Mrs. Richard Kerman abzielte. Bislang war man einhellig davon ausgegangen, dass Major Kerman seit seinem Verschwinden keinen Kontakt mit ihnen aufgenommen hatte. Immerhin waren ihre Telefone angezapft, der gesamte Postverkehr wurde kontrolliert, das Haus stand unter ständiger Beobachtung. Bislang hatte man keinen Kontaktversuch registriert. Aber stimmte das denn auch?, ging es Ramshawe durch den Kopf.

Sie von einem Londoner Hotel aus zu kontaktieren wäre genauso beschissen schwierig gewesen wie von einem Hotel in Jordanien. Die Telefonüberwachung hätte es registriert. E-Mail? – Keine Ahnung, aber die Briten sollten in der Lage sein, sich da einzuklinken. Hätte er sie zu Hause aufgesucht, hätten die Jungs, die ein Auge darauf haben, es bemerken müssen.

Dennoch glaubte Ramshawe, dass Major Kerman seine Eltern kontaktiert haben *musste*, wenn er sich wegen eines

Mordanschlags schon einmal in London aufhielt. Natürlich wusste er nicht, ob die Briten zwischen den beiden Westminster-Morden und dem von SAS-Nahkampfexperten perfektionierten tödlichen Schlag bereits eine Verbindung hergestellt hatten.

Aber er, Jimmy, hatte es getan. Und er, Jimmy, wollte wissen, was Richard Kerman und seine Frau in der Woche des 19. Juni getrieben hatten. Ob es dabei die Gelegenheit gegeben hatte, sich mit dem vermissten Sohn zu treffen.

Er schaltete den Computer an, ging online, gab in die Suchmaschine »Richard Kerman« ein und war dann erstaunt über die lange Liste an gefundenen Treffern – ein ganzer Katalog an Zeitungsartikeln über den Vater des vermissten Armeeoffiziers wurde angezeigt, dazu Zeitschriften- und Rundfunkbeiträge über den Londoner Reeder, weitere Einträge über die Stadt, Aktien und Ölpreise und schließlich Zeitungsartikel über Kerman als Züchter von Vollblütern und Rennpferden.

Ramshawe beschloss, sich diese Kategorie bis zum Schluss aufzuheben. Er begann mit den anderen Einträgen und stellte bald fest, dass sich in den vergangenen vier Wochen um Richard Kerman nicht viel ereignet hatte.

Lediglich die Einträge zu den Pferderennen waren aktuelleren Datums. Schnell wurde klar, dass sich der zweite Favorit für den Ascot Gold Cup, *Persian Lady*, im Besitz des Londoner Reeders Mr. Richard Kerman und seiner Frau Naz befand.

Ramshawe gingen fast die Augen über. Von den Einträgen über Kerman sprang er direkt zu den Ergebnissen des Royal-Ascot-Meetings 2006, suchte nach dem Gold Cup und musste feststellen, dass das Zweieinhalb-Meilen-Rennen am Donnerstagnachmittag, den 22. Juni, ausgetragen worden war.

Er hoffte, *Persian Lady* würde auf »der verdammten Ergebnisliste« auftauchen – und da war sie auch schon, Zweite hinter einem Grauschimmelwallach namens *Homeward Bound* ... mit nur einem kurzen Kopf geschlagen ... unter Jockey Jack

Carson … trainiert von C. McCalmont … Besitzer Mr. und Mrs. R. Kerman.

Der Lieutenant scrollte nach unten zum Rennbericht, suchte nach einem Interview, wollte sichergehen, dass es sich nicht um eine Verwechslung handelte. Aber die zweite Siegerin des Gold Cup gehörte wirklich den Eltern des vermissten SAS-Offiziers.

Kein Zweifel. *Der Londoner Reeder Richard Kerman trug die Niederlage mit Großmut … »Wir sind sehr stolz auf* Persian Lady. *Sie hat alles gegeben«, sagte er. »Immerhin bedurfte es schon des besten Stehers in ganz Europa, um sie zu schlagen, um eine Handbreit, nach zweieinhalb Meilen!«*

Jimmy Ramshawe kramte in seinen Papieren. *Fund der Leiche am Freitagnachmittag, 23. Juni … Mord am Abend zuvor, am Donnerstag, nur einige Stunden nach dem Gold Cup … Und der verdammte Parlamentsabgeordnete war auf der Rennbahn. Noch eine Koinzidenz … es muss ein Zusammenhang bestehen.«*

Er drehte sich mit dem Schreibtischstuhl zum Telefon, nahm den Hörer ab und rief seinen Kumpel von der CIA an.

»Kannst du mir mal schnell einen Gefallen tun – finde heraus, ob die Briten in den letzten zehn Tagen mit Mr. und Mrs. Richard Kerman über ihren vermissten Sohn gesprochen haben, den SAS-Major.«

»Scheiße, du bist aber ziemlich lästig, Jimmy … Lass mir bis morgen früh Zeit, okay?«

Ramshawe lehnte sich zurück und versuchte sich in die Rolle des Majors zu versetzen. *Er verpisst sich von zu Hause und der Familie, von allen Freunden, Bekannten, und setzt sich mitten in die verdammte Wüste ab … Er kennt den Preis dafür … weiß, dass er keinen Kontakt mehr aufnehmen kann, dass er seinen Eltern noch nicht mal mitteilen darf, dass er noch am Leben ist … Der Typ ist Kampfoffizier in einer Spezialeinheit … wäre das Risiko nie und nimmer eingegangen … vor allem, wenn er seine Mama und seinen Papa schützen will.*

Er stand auf und ging in seinem kleinen Büro auf und ab. »Der arme Dreckskerl kann noch nicht mal das Risiko auf sich nehmen, ihnen eine Nachricht zukommen zu lassen. Um etwa irgendwie einen Treffpunkt vorzuschlagen«, murmelte er leise vor sich hin. »Nein. Der verdammte Geheimdienst sitzt ihm im Nacken, und einer wie er muss wissen, wie gründlich der ist.«

Es dauerte noch einige Minuten, bis es ihm dämmerte. »*Das ist es!*«, rief er aus. »Major Kerman hat sich seinen Treffpunkt ausgesucht, ohne Richard und Naz davon zu erzählen. Das war auch gar nicht nötig. Weil er nämlich wusste, wo er sie an diesem Donnerstagnachmittag um etwa drei Uhr finden würde ... zusammen mit dem Trainer, der gerade dabei ist, das Pferd aufzusatteln.

Was passiert also? Er läuft versehentlich dem Kerl aus der Schule in die Arme. Der hält ihn auf ... will mit ihm ein wenig plaudern ... Muss ihm wie ein Horrorfilm vorgekommen sein ... Der Typ ist auch noch ein verdammter Parlamentsabgeordneter ... und wartet nur darauf, der ganzen Welt zu erzählen, dass er den vermissten Major aufgespürt hat, seinen alten Freund. Ray bleibt nur noch eine Möglichkeit, und die setzt er in die Tat um.

Er findet heraus, wo Rupert wohnt, muss zu seinem Entsetzen feststellen, dass es kein Haus ist, sondern eine Wohnung, in einem Gebäude mit einem Portier. Es gelingt ihm irgendwie, da reinzukommen, dann wartet er oben. Bringt den armen Rupe um, damit der die Schnauze hält. Und erledigt dann auf dem Weg nach draußen den Portier mit einem Messer. So bleibt der Londonbesuch sein Geheimnis, aber seine Eltern wissen, dass er noch am Leben ist und es ihm gut geht. Vor allem aber mussten seine Eltern nun nicht fürchten, verhaftet zu werden, weil sie willentlich Informationen über einen gesuchten Hochverräter zurückhalten.«

Ramshawe hieb auf die Durchwahl zum Direktor und wurde sofort in dessen Büro gebeten. Er konnte Admiral Morris und Captain Wade von den einzigartigen Umständen überzeugen. Dem Gold Cup, den das Pferd der Eltern beinahe gewonnen hatte, dem Mord an dem Parlamentsmitglied, der mit dem Major das College besucht hatte und von dem man wusste, dass er auf dem Rennplatz gewesen war.

»Die Briten müssten nur mal in der Bishop's Avenue vorbeischauen und Mrs. Kerman ernsthaft auf den Zahn fühlen, dann würde sie bestimmt damit herausrücken, dass ihr Sohn beim Rennen aufgetaucht ist, um ein bisschen mit ihr zu plauschen und sie zu beruhigen. Natürlich würde sie vom Mord an Rupert Studley-Bryce und am Portier nichts wissen. Wahrscheinlich wird man ihm die Morde auch nie nachweisen können. Aber ich würde mal sagen, wir wissen schon jetzt wesentlich mehr über den Major, als der MI5 wissen wird, nachdem er sich mit den Kermans unterhalten hat.«

»Vielleicht bekommen wir dadurch sogar einen Anhaltspunkt, wo er sich gerade aufhält«, sagte Captain Wade.

»Das allerdings bezweifle ich«, sagte der Admiral. »Jedenfalls, Lieutenant, Sie haben hier hervorragende Detektivarbeit geleistet. Ich kann in Ihrer Argumentation keinen Fehler entdecken. Es passt alles zusammen. Haben Sie nicht auch das Gefühl, dass wir unserem Mann immer näher kommen?«

»Nun, Sir, wir stehen kurz davor, beweisen zu können, dass er noch am Leben ist – und das ist für sich allein genommen schon einiges wert.«

»In gewisser Weise«, sagte George Morris, »macht das unsere Arbeit aber auch beschwerlicher. Dieser Kerl ist ein ziemlich schlauer Kopf. Wir haben allen Grund zur Annahme, dass er einen der größten Banküberfälle aller Zeiten abgezogen hat ... Und wenn er beschließt, einen Schlag gegen Israel zu führen, dann lässt er nicht einfach ein paar politische Gefangene frei ... nein, er befreit gleich den ganzen Haufen!

Ich fürchte, er plant einen schweren Schlag gegen den Westen – etwas so Großes, dass uns allen der Atem stocken wird. Zumal es mir so vorkommt, als würde diesem Kerl so ziemlich alles gelingen, was er sich vornimmt. Er besitzt Klasse, und wir müssen davon ausgehen, dass er verdammt gefährlich ist.

Schieben wir den Briten diesen Sprengsatz unter den Hintern. Mal sehen, ob wir den galoppierenden Major erwischen können, bevor er ein weiteres Mal zuschlägt. Ich hab nämlich das dumme Gefühl, dass wir uns, falls es dazu kommt, noch lange daran erinnern werden – und zwar anders, als es uns wahrscheinlich lieb ist.«

10. Juli 2006, 0900
Hauptquartier der chinesischen Nordflotte
Qingdao, Provinz Shadong

Der große, wenig einnehmende Konferenzraum lag hoch oben im Bürogebäudeblock, von dem aus man im Süden die kalten Gezeitenströmungen des Gelben Meers überblicken konnte. Die tiefschwarzen Gewänder der beiden iranischen Ajatollahs hoben sich kontrastreich von den langen, nackten, milchig-weißen Wänden des Raums ab.

Beide Kleriker saßen mit unbewegter Miene unter dem strahlenden Porträt von Jiang Zemin, des Parteipolitikers, der auf seinem Weg zur höchsten Macht in Peking auch einmal Vorsitzender des allmächtigen Ausschusses für militärische Angelegenheiten der Volksbefreiungsarmee gewesen war.

Jahr für Jahr hatte Chinas Verteidigungsbudget immer neue Höhen erklommen, wobei Zemin bei der Verteilung der Milliarden das letzte Wort gehabt hatte. Nun waren seine Nachfolger im Amt und lauschten der höchst außergewöhnlichen Bitte, die ihnen vorgetragen wurde.

Die beiden heiligen Männer aus den heißen, staubigen Gegenden um den Golf von Iran waren gekommen, um anzufragen, ob die chinesische Marine nicht *zwei* Atom-U-Boote von den Russen erwerben könne; streng vertraulich natürlich, ohne die Identität des wirklichen Käufers, des Irans, zu verraten. Die beiden Ajatollahs wurden vom Oberkommandeur ihrer Marine, Admiral Mohammed Badr, und dessen »oberstem Militärberater«, General Ravi Rashud, begleitet. Sie saßen den beiden Klerikern zur Seite.

Dazu hatten sie einen Stab von vierzehn iranischen Marine-Ordonnanzen mitgebracht, die die gesamte 23. Etage des Fünfhundert-Betten-Komplexes des Hotels *Huiquan* belegte, mit Blick auf Quingdaos Strand, der vom Flottenhauptquartier mit dem Auto in zehn Minuten zu erreichen war.

Waffenhändler waren in den militärischen Beratergremien keine Seltenheit. Der Anblick der beiden moslemischen Kleriker, die sich ziemlich herausgeputzt hatten, um Angriffs-U-Boote, die tödlichste Waffe der Welt, in ihre Hände zu bekommen, hatte jedoch etwas sehr Unwirkliches an sich.

Admiral Zhang Yushu, der Oberbefehlshaber der Marine der Volksbefreiungsarmee, hatte die buschigen Augenbrauen weit nach oben gezogen, als er über seine Dolmetscher die völlig abwegige Bitte der beiden Imams aus Teheran vernahm.

»Aber meine Herren«, begann er. »Sie sind sich doch hoffentlich über die Auflagen des Atomwaffensperrvertrags im Klaren. Sicherlich werden Sie wissen, dass Russland schwer wiegende Einwände vorbringen wird und unter keinen Umständen die erste Atommacht sein will, die ein Schiff dieser Kategorie an einen fremden Staat verkauft?«

»Wir glauben«, erwiderte der niederrangige Ajatollah, »dass bei ihrer finanziellen Notlage kein Platz ist für ... nun ja ... Gewissensfragen. Seien wir doch ehrlich, die Russen haben nie gezögert, Waffen und Ähnliches an andere Staaten zu verkaufen, insbesondere an China. Und dazu zähle ich große Lenkwaffen-Zerstörer, U-Boote der Kilo-Klasse und sogar einen Flugzeugträger, wenn ich mich nicht irre.«

»Nun«, unterbrach ihn Zhang, »Sie haben ja selbst mindestens drei dieselelektrische U-Boote von ihnen erworben ...«

»Ja, aber kein Atom-U-Boot. Mit Atom-U-Booten verhält es sich etwas anders.«

»Meine Herren«, sagte Admiral Zhang. »Sie sind offenbar nicht geneigt zu akzeptieren, dass die bloße Existenz eines Atomreaktors auf einem Schiff Ihrem Vorhaben zuwiderläuft.«

»Mit Ihrer Hilfe, Admiral, hoffen wir, dass dem nicht so ist.«

»Ja«, sagte Zhang bedächtig. »Aber Sie bitten uns, Ihnen zuliebe ein großes Risiko auf uns zu nehmen. Washington wird darauf sicherlich äußerst ungehalten reagieren.«

»Offen gesagt, sehen wir keine Notwendigkeit, dass Washington jemals davon erfährt, dass Sie sich zu unseren Gunsten engagiert haben ...«

»Washington ist in der Lage, alles in der Welt herauszufinden, was ihm wichtig erscheint«, sagte Zhang aufbrausend.

»Diese Sache aber vielleicht nicht«, antwortete der Ajatollah ebenso freundlich wie zuvor. »Verstehen Sie, wir bitten Sie nur darum, die U-Boote zu kaufen, was an sich nicht sonderlich verwerflich ist. Wir kümmern uns um die Überführung entlang der sibirischen Nordküste in die Barentssee und um einen Liegeplatz in der russischen Marinebasis Petropawlowsk auf der Halbinsel Kamtschatka. Dort wollen wir die Boote übernehmen, um unmittelbar darauf zu unserer Mission aufbrechen. Wir haben nicht die Absicht, Sie in irgendeiner Weise in diese Sache zu involvieren, außer finanziell. Wir zahlen, Sie kaufen, die Russen liefern, wir übernehmen die Ware, alles unter größter Geheimhaltung. Wahrscheinlich wird Washington noch nicht einmal wissen, dass das U-Boot von der russischen Marine verkauft wurde, wenn es aus Petropawlowsk ausläuft.«

»Hm«, sagte Admiral Zhang. »Sie sehen also unsere Rolle als die eines Agenten, der lediglich das Geschäft abwickelt? Trotzdem, was ist, wenn die Amerikaner, falls es hart auf hart kommt, herausfinden, wer der eigentliche Besitzer des Bootes ist?«

»Nun, in den Verkaufsdokumenten kann kaum der wahre Käufer aufgeführt werden ...«

»Natürlich nicht«, unterbrach ihn Zhang. »Die Russen dürften vielleicht zustimmen, uns einige Atom-U-Boote zu verkaufen, aber ich glaube nicht, dass sie unter den Augen der Weltöffentlichkeit die Boote an einen islamischen Staat im Mittleren Osten verschachern. Dieser Schritt ginge selbst für sie zu weit.«

»Weshalb wir hier an diesem Tisch zusammengekommen sind …«

Admiral Zhang erhob sich. Er war ein großer, stämmiger, hart aussehender Mann, ein ehemaliger Marinekommandeur und Sohn eines Kapitäns im südchinesischen Meer.

»Meine Herren«, sagte er. »Die Grundzüge Ihres Planes klingen vernünftig. Ja, wir könnten wahrscheinlich das von Ihnen gewünschte Boot erwerben. Ja, es hätte auf uns keine besonders großen Auswirkungen, solange Sie zahlen. Und, ja, das Risiko für uns wäre gering, solange es an eine russische Marinebasis geliefert wird und es sich von chinesischen Hoheitsgewässern fern hält. Aber, so frage ich Sie, was würde geschehen, wenn Sie mit Ihrem netten neuen U-Boot auslaufen und einen kolossalen Angriff auf Ihren Großen Satan starten und die Russen, die vom Westen unter ungeheuren Druck gesetzt werden, zugeben, dass sie das Schiff an uns verkauft haben? Dass es unter der Flagge der chinesischen Marine fährt? Was dann?«

»Auch daran habe ich gedacht«, sagte der Ajatollah und nahm Bezug auf die Notizen, die ihm General Ravi Rashud ausgearbeitet hatte. »Sie sagen einfach die Wahrheit – das Boot wurde von der chinesischen Marine erworben, allerdings haben Sie die Lieferung niemals erhalten, es habe sich nie in chinesischen Hoheitsgewässern noch in einem chinesischen Hafen befunden.«

»Was natürlich völlig der Wahrheit entspricht«, sinnierte Zhang.

»Sie streiten einfach ab, etwas darüber zu wissen.«

»Und wo soll sich zu diesem Zeitpunkt das *zweite* U-Boot aufhalten?«

»Das, Admiral, bedarf noch der Verhandlung. Aber ich habe gehofft, wir könnten es vielleicht über eine ganz andere Route nach China bringen, es in eine chinesische Marinebasis schmuggeln und dort verbergen.«

»Das wäre wahrscheinlich machbar«, sagte Zhang, »aber mir will nicht einleuchten, welcher Vorteil sich dadurch sowohl für die chinesische Marine als auch für Ihr Land ergeben sollte.«

»Das würde unter die Überschrift *Fortsetzung der einvernehmlichen Beziehungen* zwischen China und dem Iran fallen«, sagte der Ajatollah. »Sie erinnern sich doch, der große Sino-Iranische Pakt, von dem wir so oft gesprochen haben. Der beinahe in die Brüche gegangen wäre, als Sie unseren Liefervertrag über die C-802-Raketen nicht erfüllten und wir schutzlos der amerikanischen Aggression ausgesetzt waren. Es wäre für Sie die perfekte Gelegenheit, dies wieder ein wenig gutzumachen ...«

Admiral Zhangs Politkommissar, Vize-Admiral Pheng Lu Dong, zuckte sichtbar zusammen. Hier ging es um Chinas Interessen am Öl des Mittleren Ostens und seine massive Abhängigkeit vom guten Willen der Ajatollahs. Der ehemalige stellvertretende Oberbefehlshaber der Volksbefreiungsarmee musste nun das Wort ergreifen und den noch immer schwelenden Streit über die C-802-Marschflugkörper ansprechen, der für diese gravierenden Spannungen zwischen den beiden Ländern gesorgt hatte.

Er nickte dem Vorsitzenden der Konferenz zu und wartete darauf, dass Zhang Yushu kurz den Kopf neigte, dann sagte er: »Ihre Heiligkeit, ich kann mir natürlich sehr gut vorstellen, wie gekränkt Sie gewesen sein müssen, nachdem der Vertrag nicht zustande kam, und Sie verstehen sicherlich auch, in welch unangenehmer Position wir uns befanden. Hoffentlich wissen Sie aber auch, dass wir immer in Ihrem – und unserem – Interesse gehandelt haben. Sie wissen, dass Amerika eingeschritten und militärische Maßnahmen ergriffen hätte, wahrscheinlich sogar gegen Bandar Abbas, falls Sie die Lieferung der C-802 erhalten hätten. Die mögliche Zerstörung Ihres Marinehauptquartiers wäre für uns beide äußerst nachteilig gewesen. Doch nicht nur das, auch die Franzosen waren involviert und haben gedroht, die Lieferung der Turbojet-Triebwerke für die Raketen auszusetzen ... Es hat so viele Faktoren gegeben, die außerhalb unser beider Kontrolle lagen ...«

»Dennoch«, sagte der Ajatollah lächelnd, »schienen wir in Ihren Überlegungen an letzter Stelle gestanden zu haben, nach allen anderen …«

»Ganz gewiss nicht«, protestierte Admiral Pheng. »Alle anderen haben wir wie Geschäftsleute behandelt – Sie aber wie Brüder.«

»Sie beschlossen also, der Hüter Ihres Bruders zu sein?«, fragte der Ajatollah, der noch immer lächelte.

»Können Sie von Ihren besten Freunden mehr erwarten?«, erwiderte der chinesische Admiral.

Zhang Yushu und Ravi Rashud quittierten den virtuosen verbalen Schlagabtausch mit einem gequälten Lächeln.

»Was uns auf eine heikle Frage zurückbringt«, sagte der Ajatollah. »Sind Sie noch immer unsere besten Freunde?« Diesmal war sein Gesicht völlig ausdruckslos, nicht der leiseste Anflug eines Lächelns war zu erkennen.

»Natürlich«, antwortete der Admiral. »Nichts Geringeres. Wir ehren Sie und vertrauen Ihnen …«

»Dann werden Sie dies sicherlich in einer Art und Weise zum Ausdruck bringen wollen, die unseren Dank und unsere Anerkennung verdient …«

»Gewiss … aber …«

»Leider gibt es kein Aber … Wenn wir nach Abschluss unserer Gespräche diesen Raum verlassen, werden wir uns hoffentlich von unseren Blutsbrüdern, Freunden und Geschäftsagenten verabschieden. Damit erwerben Sie sich dann das weitere Wohlwollen eines der mächtigsten Staaten im Mittleren Osten – und, woran ich Sie mit allem Respekt erinnern möchte, Ihres Partners in zahlreichen großen zukünftigen Unternehmungen.«

»Ja, natürlich sehen wir das so«, sagte der chinesische Politkommissar, der sich Hilfe suchend an Admiral Zhang wandte.

Zhang kam der Aufforderung umgehend nach. »Ich fürchte«, sagte er, »die Bande, die uns zusammenhalten, sind sehr viel stärker als die Themen, die uns gelegentlich entzweien. Grundsätzlich akzeptiere ich Ihre Bitte, in Ihrem

Namen zwei russische U-Boote zu erwerben. Das wäre unter Freunden nicht unüblich. Ich muss nun jedoch zu Ihnen als ehemaliger Kommandant eines Lenkwaffen-Zerstörers der Luda-Klasse sprechen, das heißt, als Berufsmarineoffizier. Ich habe einige Fragen, die ich Ihnen in sehr ungeordneter Reihenfolge stellen möchte.«

Zhang las aus einem kleinen Notizbuch vor:

1. *Wer wird dieses U-Boot steuern?*
2. *Welche Erfahrung hat die iranische Marine mit atomgetriebenen Schiffen?*
3. *Verfügen Sie über einen kompetenten Kommandanten, der ein Boot von der Größe eines SSN auf einem Einsatz über weite Entfernungen zu führen vermag?*
4. *Haben Sie mindestens sechs Offiziere, die in der Lage sind, das nukleare Antriebssystem zu bedienen; und dazu zähle ich einen Korvettenkapitän als verantwortlichen Offizier für den Reaktorraum plus zwei Leitende Ingenieure mit Erfahrung in diesem Arbeitsgebiet?*
5. *Kurz, können Sie eine Besatzung aufstellen inklusive Kerntechniker, die ein 8000-Tonnen-SSN zu bedienen in der Lage sind, sowohl bei hoher Geschwindigkeit als auch, wenn ich richtig vermute, bei langsamer, leiser Fahrt?*

Schließlich bedürfen wir auch noch der Antwort auf diese sechste Frage: Wofür genau wollen Sie dieses U-Boot?

Der Ajatollah überließ die Antwort Admiral Mohammed Badr, der sich förmlich erhob und ohne Notizen zu sprechen begann.

»Admiral, wie ich bereits erklärt habe, handelt es sich bei den von uns gewünschten Booten um zwei *Barracudas* vom Typ 945. Das erste einsatzfähige Boot wird unter dem Kommando meines Sohnes, des Fregattenkapitäns Ben Badr, stehen, zu dem ich, wie Sie sich erinnern, absolutes Vertrauen habe. Er wurde vor vier Jahren hier in Qingdao an Ihrer U-Boot-Schule ausgebildet und hat wie alle anderen in seinem Lehrgang die Abschlussprüfung über Nuklearantrieb abgelegt. Sein sechsmonatiges Praxisprogramm absolvierte er im darauf folgenden Jahr in Shanghai, und ich hoffe, Sie erinnern sich, dass dies fast ausschließlich auf einem Atom-U-Boot Ihrer Han-Klasse, Typ 091, stattfand – Ben arbeitete auf dem Boot 405, das kurz zuvor neu ausgestattet worden war.«

»Er wird feststellen müssen, dass ein *Barracuda* etwas schwieriger zu handhaben ist als das Han 405«, erwiderte Zhang. »Es ist sehr viel schneller, sehr viel größer und sehr viel komplizierter.«

»Die Grundprinzipien sind die gleichen«, sagte Admiral Badr. »Außerdem haben vier junge iranische Offiziere an diesen Kursen in Qingdao teilgenommen. Zwei davon sind nun Kommandanten in unserem Kilo-Klasse-Programm, die beiden anderen kommandieren Überwassereinheiten. Zudem haben wir in den vergangenen Monaten acht Korvettenkapitäne zum Studium der Nuklearphysik an die Universität Teheran geschickt. Wir sind nicht völlige Neulinge, was atomgetriebene Schiffe anbelangt.«

»Nein, das leuchtet mir ein. Sie haben den Grundstock für eine SSN-Besatzung, und natürlich kann ein SSN in vielen Dingen von der Besatzung ebenso bedient werden wie ein dieselelektrisches Boot. Die Systeme stammen ja in beiden Fällen von den Russen.«

»Exakt«, sagte der Iraner. »Dennoch benötigen wir eine gründliche Einweisung in das Boot, und ich hoffe, die Russen haben nichts dagegen, sie unter den üblichen Bedingungen zu leisten. Vielleicht könnten Sie eine Gruppe chinesischen Personals schicken, die von etwa einem Dutzend unserer Leute begleitet wird. Diese könnten dann mit der Besatzung des Bootes die Überführung entlang der Nordroute vornehmen.«

»Sie setzen viel voraus, Admiral«, sagte Zhang.

»Ich setze in Wirklichkeit nur eines voraus«, sagte Admiral Badr. »Dass der gierige, halb verhungerte russische Bär Ihnen fast die ganze Hand abbeißen wird, wenn Sie damit drohen, Ihr großes Scheckbuch zu öffnen.«

Alle lachten.

Mohammed Badr fuhr fort: »Das alles wird etwa sechs bis acht Monate in Anspruch nehmen. Aber ich bin zuversichtlich, dass wir eine kompetente Besatzung zusammenstellen können, die ein *Barracuda*-U-Boot zu bedienen weiß.«

»Vielleicht«, sagte Zhang. »Bleibt noch die sechste Frage – die für uns entscheidend ist, ob der Vertrag zustande kommt. Wir müssen, natürlich streng vertraulich, wissen, was Sie beabsichtigen.«

»Ganz einfach. Wir wollen die neue amerikanische Ölpipeline ausschalten, die von Alaska zur amerikanischen Westküste führt und in den kommenden Monaten die gesamte Stromversorgung vom Staat Washington bis hinunter zur mexikanischen Grenze übernehmen wird.«

»Wirklich?«, sagte Admiral Zhang lächelnd, obwohl er ganz offensichtlich nicht glauben mochte, was er soeben gehört hatte. »Und Sie meinen, man wird Sie dafür nicht verantwortlich machen können?«

»Gewiss nicht, wenn wir unsere Angriffe aus der Tiefe des Meeres, völlig geräuschlos und unter Einsatz von Raketen starten.«

»Ihr eigentliches Ziel dabei?«

»Auf kurze Sicht: die Vereinigten Staaten von ihren Ölvorräten in Alaska abzuschneiden und sie dazu zu zwingen, wieder auf dem Weltölmarkt tätig zu werden …«

»Und langfristig?«

»Die Amerikaner durch ständige Angriffe so unter Druck zu setzen, dass sie, wenn sie sich verteidigen wollen, ihre Kräfte immer weiter auseinander ziehen müssen. Bis sie einsehen, dass ihre globale Machtstellung nicht haltbar ist, und sich, wahrscheinlich in Partnerschaft mit Kanada sowie Mittel- und Südamerika, auf eine neue Isolationspolitik einlassen. Vor allem aber geht es uns darum, dass sie sich vom Mittleren Osten fern halten.«

»Sie begeben sich hier in Gewässer, die mir als sehr gefährlich erscheinen«, sagte Admiral Pheng Lu Dong. »Ganz allmählich übernehmen wir die großen Ölverträge im Mittleren Osten, und schon jetzt können wir beobachten, wie sich die

Vereinigten Staaten aus der Golfregion zurückziehen. Warum also ihre Ölinteressen in Alaska angreifen?«

»Weil Amerika immer Amerika sein wird«, sagte Admiral Badr. »Jeder Angriff auf seine Pipelines wird es hart treffen. Es wird Himmel und Hölle in Bewegung setzen, um sie wieder zu reparieren und zu schützen. Die gegenwärtige Regierung beabsichtigt, dass die Vereinigten Staaten in ihrer Ölversorgung autark sind. Und wenn sie sich von dem Schlag, den wir ihnen zufügen, erholt haben, werden sie ihre Ölinteressen in Alaska festigen und sie mit umfangreichen Seestreitkräften zu schützen versuchen. Das ist nur ein weiterer Schritt in unserer Strategie – die Amerikaner zu zwingen, ihre Kräfte immer weiter zu verzetteln, bis sie nur noch einer von vielen passiven Kunden sind, die Ihnen und uns das Öl abkaufen. Aber nicht mehr eine Art Goliath, der den Mittleren Osten und jede andere Region auf der Erde beherrschen möchte.«

»Sie wollen die Vereinigten Staaten dazu bringen, ihren globalen Machtanspruch aufzugeben, weil sie keinen Nutzen mehr darin sehen?«

»Wir verfolgen mit unserer Ermattungsstrategie das Ziel, dass sich die USA aus dem Mittleren und Fernen Osten zurückziehen. Nur so ist der Aufbau einer weltbeherrschenden sino-iranischen Handelspartnerschaft möglich und das Ziel eines großen islamischen Staates zu erreichen, der sich vom Mittleren und Nahen Osten bis über Nordafrika erstreckt, gemäß der großartigen Vision des Propheten.«

Admiral Zhang wirkte nachdenklich. Er nickte verständig und schlug, schließlich war es bereits Mittag, eine neunzigminütige Pause vor, damit beide Seiten den bisherigen Gesprächsverlauf überdenken konnten. Die Ajatollahs stimmten dem zu, worauf die iranische Delegation die ausgedehnte Basis der Nordflotte verließ, um ins Hotel zurückzukehren.

Sie fuhren durch die Hafenstadt, die einst, um die Wende vom 19. zum 20. Jahrhundert, ein kolonialer Außenposten des Deutschen Reichs gewesen war. Noch immer fanden sich in Qingdao Überreste der kolonialen Vergangenheit. Manche Abschnitte sahen aus wie bayerische Städtchen – über den Häusern und deren Holzfassaden erhoben sich steile Dächer mit leuchtend roten Dachziegeln; die hohen Türme protestantischer und katholischer Kirchen wiesen den Weg hinauf zur ehemaligen Residenz des Gouverneurs auf dem alten Bismarck-Berg, die wie eine preußische Jagdhütte aussah.

Die iranische Delegation fuhr am ehemaligen Kaiser-Wilhelm-Ufer entlang, und als sie dann im Hotel ankamen, begaben sich Admiral Badr und General Ravi Rashud auf die Terrasse, in die heiße Sonne, während die Ajatollahs sich zum Gebet zurückzogen. Sie tranken aus großen Gläsern kühles Bier, das unter dem Namen *Tsingtao* vom Nachfolgebetrieb der von den Deutschen gegründeten »Germania Brauerei« hergestellt und in alle Welt exportiert wurde.

»Was glauben Sie, Mohammed? Haben wir sie überzeugt?« Ravi klang alles anderes als ungeduldig, auch wenn sein gesamtes Interesse auf diese Verhandlungen konzentriert zu sein schien.

»Auf jeden Fall«, sagte der Admiral. »Zhang wird ohne jeden Zweifel als unser Agent beim Kauf der *Barracudas* fungieren. Aber ich bin mir sicher, dass er fünf Prozent Kommission verlangen wird. Das macht bei sechshundert Millionen Dollar dreißig Millionen. Auch alles andere, vermute ich, kommt ihnen sehr gelegen. Jeder Zwischenfall in der amerikanischen Energieversorgung ist für sie nur erfreulich. Zum ersten Mal werden sie nämlich erfahren, wie wichtig sie als Rohstofflieferant für die Vereinigten Staaten sind. Diese Rolle wird ihnen außerordentlich gut gefallen: mit der Supermacht auf einer Höhe. Ihre Ölverträge im Golf werden plötzlich sehr viel versprechend aussehen.«

»Ja, dem stimme ich zu«, sagte Ravi. »Die Operation übt eine große Anziehungskraft auf sie aus. Ihre einzige Sorge wird wohl sein, dass die *Barracuda* geschnappt wird, vielleicht sogar noch bevor sie ihren geräuschlosen Angriff starten konnte. Es ist sicherlich nicht im Interesse der Chinesen, dass das Boot mit Mannschaften der Volksbefreiungsarmee an Bord aufgebracht wird …«

»Nein, sicherlich nicht. Unser Trumpf aber liegt in der Zusicherung, dass die *Barracuda* keinen chinesischen Hafen anläuft …« Der Admiral nahm einen weiteren, langen Schluck Bier und fügte an: »Ein Problem ist vielleicht höchstens noch, was die Chinesen den Russen sagen sollen, falls die Amerikaner Moskau die Schuld zuschieben.«

»Ich werde sie genau darüber instruieren«, sagte Ravi. »Aber die Antwort ist eigentlich ganz einfach. Sie werden nichts eingestehen. Sie werden sich völlig konsterniert geben, Ermittlungen einleiten, feststellen wollen, warum das U-Boot niemals Shanghai angelaufen hat, zu Gott schwören, dass sich die Russen nichts zu Schulden haben kommen lassen, völlige Unkenntnis über die Probleme an der amerikanischen Westküste heucheln. Außerdem natürlich abstreiten, dass sie irgendetwas wüssten. Hilfe anbieten. Immer ein breites Lächeln aufsetzen. Sich besorgt zeigen über das Unglück, das ihre großen Freunde auf der anderen Seite des Pazifiks ereilt hat.«

Mohammed Badr lachte verhalten. »Die Chinesen werden ebenfalls hoffen, dass die *Barracuda* nicht geschnappt wird, was?«

»Das wird auch nicht geschehen. Ein SSN kann vom östlichen Pazifik nonstop, ohne nachzutanken, in großer Tauchtiefe in den Indischen Ozean ausweichen, in die Antarktis, den Südatlantik. Wohin man will. Wir wissen beide, dass es nichts gibt, was so schwer zu fassen ist wie ein intaktes Atom-U-Boot.«

Sie nahmen mit Blick auf die riesige Bucht im Gelben Meer ein leichtes Mittagessen zu sich – glibbrige Seegurken, Garnelen und Muscheln, lokale Spezialitäten aus einem der ältesten Fischereihäfen Chinas, der seit Jahrhunderten hier an dieser abgelegenen Küste existierte, 450 Kilometer nördlich von Shanghai und 550 Kilometer südöstlich von Peking gelegen.

Kurz vor zwei Uhr versammelten sie sich wieder im Konferenzraum. Admiral Zhang hatte nun seinen ältesten Freund,

Admiral Zu Jicai, mitgebracht, den intelligenten, gerissenen Befehlshaber der Südflotte, dazu den stellvertretenden Befehlshaber der Nordflotte, Vize-Admiral Zhi-Heng Tan, sowie den Befehlshaber der Nordflotte, Vize-Admiral Zhu Kashing.

Sie saßen eng am Kopfende des Tisches zusammen. Zhang eröffnete die neue Runde mit äußerst optimistischen Tönen.

»Soweit ich es beurteilen kann, meine Herren, dürfen Sie davon ausgehen, dass die chinesische Marine versuchen wird, zwei *Barracuda*-U-Boote für Sie zu erwerben. Sie werden uns zugestehen, dass dies einige Zeit in Anspruch nehmen wird, außerdem sind mit ziemlicher Sicherheit mehrere Reisen nach Nordrussland nötig. Von grundlegender Bedeutung wird sein, dass wir so tun, als wären die U-Boote für uns bestimmt, daher komme ich zu dem Schluss, dass eine kleine Entschädigung in Form einer Provision in beiderseitigem Einverständnis sein sollte ... Wir dachten an zehn Prozent der Kosten ...«

Admiral Badr unterbrach ihn sofort. »Das haben wir mit eingerechnet, Admiral, doch sollten wir nicht aus den Augen verlieren, dass dieses Vorhaben nur ein kleiner Gefallen ist, den Sie uns erweisen ... in Hinblick auf die ... ähm ... Missverständnisse hinsichtlich der C-802-Raketen. Ich für meinen Teil komme daher zu dem Schluss, dass fünf Prozent Provision angemessener erscheinen.«

Admiral Zhang flüsterte etwas zu Admiral Zu, der wie immer zur Rechten des großen Mannes saß. Beide lächelten. Zhang wandte sich daraufhin mit strahlender Miene und dem Wissen, soeben dreißig Millionen US-Dollar für die chinesische Marine eingenommen zu haben, wieder den Versammelten zu. »Nun gut, normalerweise würden wir uns für weniger als zehn Prozent auf so etwas nicht einlassen – zumindest nicht zugunsten anderer. Aber in Ihrem Fall ist das ... ähm, etwas anderes. Sie sind unsere Brüder, weshalb fünf Prozent angemessen sind.«

Er erhob sich und besiegelte den Handel, indem er den Ajatollahs, Admiral Badr und dem irgendwie mysteriösen General Rashud die Hand reichte. Die Chinesen verbeugten sich eifrig, und die Moslems klopften sich gegenseitig auf die Schulter. Der Vertrag wurde mit der beiderseitigen Beteuerung von Zuneigung, Freundschaft und Vertrauen bekräftigt.

Die Verhandlungen waren damit aber noch nicht beendet. In den folgenden Gesprächen ging es um die Abfahrt der ersten *Barracuda* zu ihrem Einsatz gegen Alaska.

»Natürlich«, sagte Zhang, »werden wir alle Anstrengungen unternehmen, um einen Liegeplatz in der russischen Marinebasis Petropawlowsk zu erhalten. Ihre Stützpunkte sind jedoch so überfüllt mit stillgelegten Schiffen, dass das Ganze nicht einfach sein wird. Sie sind mittlerweile an dem Punkt angelangt, an dem sie jedes dritte Schiff ausschlachten, um für die noch übrigen an Ersatzteile heranzukommen. Doch noch nicht einmal diese können sie aus Geldmangel auslaufen lassen. Erst letzte Woche habe ich gelesen, dass zwei der Marinebasen der Nordmeerflotte damit drohen, Schiffe festzuhalten und sie als Alteisen zu verhökern, falls die noch ausstehenden Rechnungen nicht bezahlt werden.«

»Das ist doch der ideale Zeitpunkt, um einige außer Betrieb genommene U-Boote zu kaufen«, sagte General Rashud. »Einfach perfekt. Für uns.«

»Scheint so«, sagte Zhang. »Also werden wir mit Ihrem Einverständnis die Russen darüber in Kenntnis setzen, dass wir für die Fahrt von der U-Boot-Basis Uraguba nach Petropawlowsk eine Besatzung von – sagen wir – vierundzwanzig bis dreißig Mann mitbringen. Danach haben wir vor, das Boot zu übernehmen und unter eigener Besatzung auslaufen zu lassen.«

»Ganz richtig«, sagte Admiral Badr. »Zudem kümmern Sie sich darum, dass unsere Männer, die Kerntechniker, ausgebildet werden. Aber in dieser Hinsicht waren die Russen unserer Erfahrung nach ja schon immer sehr kooperativ. Vor allem, wenn sie wissen, dass sie dafür bezahlt werden.«

»Haben Sie sich bereits Gedanken über die Zahlungsmodalitäten gemacht?«, fragte Admiral Zu.

»Ja«, erwiderte Admiral Badr. »Wir werden versuchen, die beiden Boote für fünfhundert Millionen Dollar zu bekommen. Aber das reicht vielleicht nicht. Wenn wir auf sechshundert Millionen hochgehen müssen, werden wir eine erste Anzahlung von zweihundert Millionen mit dem Kaufvertrag leisten; einhundert Millionen, wenn das erste Schiff bereit ist, unsere Besatzung aufzunehmen. Weitere zweihundert Millionen, wenn die erste *Barracuda* in Petropawlowsk einläuft. Das sind unsere Bedingungen für das erste Boot, das nach Petropawlowsk zugestellt wird.«

»Und die abschließenden einhundert Millionen?«

»Die sind zahlbar, wenn die zweite *Barracuda* Uraguba verlässt.«

»Klingt annehmbar, vor allem, wenn der Verkäufer kurz vor dem Bankrott steht«, sagte Zhang.

»Sie jedoch«, sagte der ranghöhere Ajatollah, »sollten in der Zwischenzeit versuchen, Ihre Ölfutures in trockene Tücher zu bringen, vor allem die Kontrakte mit der königlichen Familie in Saudi-Arabien.«

»Ja, das wäre vernünftig«, sagte Zhang. »Auch wenn wir uns darauf nicht sonderlich freuen. Sie sind harte Verhandlungspartner. Na ja, vielleicht deshalb, weil sie von ebenso königlicher Abstammung sind wie ich. Eben ein Haufen Nomaden, die in Washington ihren Gönner gefunden haben, der ihnen das Öl sucht, danach bohrt, ihnen die Pipelines legt, das Öl lagert, raffiniert und ihnen dann auch noch abkauft.«

Ravi kicherte. Es war nicht viel anders gewesen, als die Pahlewi-Dynastie in Persien die Macht ergriffen und mehrere Schahs sich in der Folge einen königlichen Stammbaum verliehen hatten. Die Ajatollahs, eingeschworene Gegner des Pfauenthrons, schlossen sich dezent der chinesischen Spöttelei über die Saudis an.

»Glauben Sie wirklich, die Vereinigten Staaten werden von uns das Öl einkaufen müssen?«, fragte Zu Jicai.

»Wenn die Pipeline aus Alaska plötzlich versiegt, müssen sie woanders ihr Öl besorgen, und zwar sehr schnell«, sagte der Ajatollah. »Da China über umfassende Verträge verfügt, werden sie sich natürlich an Sie wenden – und direkt von unserer gemeinsamen Raffinerie ordern. Vielleicht kommt es auch zu einer kleinen Preiserhöhung – zu unserem beiderseitigen Nutzen.«

»Sie denken wirklich an alles«, sagte Admiral Zhang. »Ich gehe davon aus, dass es nicht mehr lange dauern wird, bis wir gemeinsam dieses große Abenteuer angehen.«

Zwei Monate später, September 2006
Bandar Abbas, Marinehauptquartier

Die verschlüsselte Nachricht aus Qingdao an den Oberbefehlshaber der iranischen Marine war kurz und bündig – *Alter Säbelzahn 600 bestätigt*. Es war das vereinbarte Satellitensignal, falls die Russen sich auf den Verkauf der beiden U-Boote zu einem akzeptablen Preis einließen.

Mohammed Badr, der schon immer ein gewisses Faible für das Hochseeangeln besaß, hatte sich den Namen selbst ausgedacht. Dabei hatte er sich an eine Fahrt im Westpazifik, bei der Insel Miyake südlich von Tokio, erinnert. Nach einem einstündigen Kampf hatte er endlich einen Barracuda, einen dieser blitzschnellen, matt-silberfarbenen Räuber, aus dem Wasser geholt, wobei ihm der Jachtskipper die Warnung zurief: »Pass auf den alten Säbelzahn auf – sonst beißt er dir noch den Schwanz ab!«

Mit großer Befriedigung blickte er nun auf den Bildschirm mit der Meldung, die den Kauf von zwei Atom-U-Booten bestätigte. Noch mehr befriedigte ihn allerdings der Gedanke, dass er sich die damalige Warnung des Skippers so zu Herzen genommen hatte.

Er wählte eine Nummer in Damaskus und wies seinen Gesprächspartner an, sich unverzüglich nach Bandar Abbas zu begeben. Ein iranischer Marine-Jet würde ihn um 0700 Ortszeit vom internationalen Flughafen in Damaskus abholen. Der Admiral informierte General Rashud, dass sie dann in Begleitung eines Rechtsanwalts nach Qingdao fliegen würden, um den Kaufvertrag im Namen der Islamischen Republik Iran zu unterzeichnen.

Mittwoch, 20. Dezember 2006, 0800
National Security Agency
Fort Meade, Maryland

Lieutenant Ramshawe scrollte durch die Liste mit den verschlüsselten Satellitennachrichten der Volksbefreiungsarmee, die die CIA dekodiert hatte. Eigentlich wurden die Signale von der NSA abgefangen, die CIA allerdings sortierte sie, las die Routinenachrichten der Marine und schickte sie zusammen mit allem, was seltsam oder befremdlich aussah, weiter. ALTER SÄBELZAHN 600 war unter der Rubrik der seltsamen Nachrichten aufgeführt.

Sie fand sich inmitten von zwölf Seiten mit militärischen Nachrichten, aber bei ihrem Anblick stutzte Lieutenant Ramshawe. *Alter Säbelzahn 600! Was zum Teufel soll das sein?*

Mit der ihm eigenen Geistesgegenwart und einem ausgeprägten Widerwillen gegen alles Unverständliche ging Ramshawe das Wort durch – *Säbelbeine, Säbelfechten, Säbelrasseln, Säbelzahntiger – weiß der Henker. Ist vielleicht sogar ein Druckfehler … Was zum Teufel ist ein alter Säbelzahn?*

»Komisches Wort«, murmelte er vor sich hin. »Hab ich noch nie gehört – soll wohl so viel heißen wie bissig, scharfzüngig. Einer, der nicht aufs Maul gefallen ist, ein Lästermaul. Wahrscheinlich irgendein Chinesenkapitän, der hier seinen Boss verarscht. Ich hoffe um seinetwillen, dass der alte Säbelzahn es nicht zu sehen bekommt … Der Kerl wird sonst womöglich noch erschossen.«

Worauf Jimmy Ramshawe beschloss, die Nachricht seiner auf dem Computer abgespeicherten Privatsammlung hinzuzufügen, der Liste aller merkwürdigen, aber interessanten Dinge. »Rein mir dir, alter Säbelzahn«, sagte er und klickte auf »Speichern«.

Samstag, 20. Januar 2007
Nordrussland, europäischer Teil

Die grau lackierte Tupolew Tu-142, die im NATO-Jargon als »Bear« bezeichnete Mehrzweck-Langstreckenmaschine, donnerte mit 500 Knoten auf 55000 Fuß Höhe über der weißen, hart gefrorenen Landschaft durch den kalten Himmel in Richtung des ebenfalls weiß gefrorenen Weißen Meers. Es war 1240, was jedoch völlig irrelevant war, da die Sonne in den Polarnächten zwischen November und Januar in diesen Gegenden auch tagsüber niemals über den Horizont kam.

Auf Bodenhöhe betrug die Temperatur minus 21 Grad. Sie hatten noch eine Stunde Flugzeit auf ihrer 1500 Kilometer langen Reise von Moskau, bevor sie in Seweromorsk landen würden, dem 200 Kilometer nördlich des Polarkreises gelegenen Hauptquartier der russischen Nordmeerflotte.

Es war nahezu unmöglich, das Festland vom Meer zu unterscheiden, da die vor Kälte erstarrte Gegend im Nordwesten Russlands vollständig mit Eis überzogen war. Die »Bear« flog über Murmansk hinweg, der nördlichsten Stadt auf diesem Planeten, zu einem Flugfeld unmittelbar an der Küste der Barentssee, die dank des Golfstroms und dessen Ausläufer, die das Nordkap umströmten, niemals zufror. Als das Fahrwerk der Tupolew auf der letzten befestigten Rollbahn der Halbinsel Kola aufsetzte, befand sich die Maschine auf dem 69. Breitengrad Nord und damit auf der gleichen Breite wie die Küsten der Ostsibirischen See und näher am Pol als Island.

»Sieht mir draußen etwas kalt aus«, sagte General Ravi Rashud und starrte durch das Fenster in den sternklaren Himmel über dem Weißen Meer. »Waren Sie schon mal so weit im Norden?«

»Ich war noch nie in einer Gegend, in der ich gefroren habe, geschweige denn so hoch im Norden«, sagte der iranische Admiral grinsend. »War das wirklich unbedingt nötig?«

»Na ja, ich möchte die Jungs kennen lernen, die das Boot steuern werden, und Sie sollten sich lieber mal ansehen, wofür sie soeben zweihundert Millionen Dollar ausgegeben haben.«

»Ich scherze nur«, sagte Mohammed Badr. »Ich freue mich darauf, Ben wiederzusehen. Er ist jetzt schon seit fast zwei Monaten hier oben.«

Sie erreichten Seweromorsk kurz vor 1400, verließen die Maschine und traten in nahezu vollkommene Dunkelheit. Lediglich die Rollbahnlichter brannten, und das Flughafengebäude war hell beleuchtet. Ein russischer Marinestabswagen erwartete sie auf dem Rollfeld. Der Chauffeur fuhr sofort los, über die dünne Schneedecke kamen sie zu einer breiten Straße, die zur Marinebasis führte.

Die Fahrt dauerte keine zwanzig Minuten. Unverzüglich wurden sie zu einem wartenden *Mirasch*-Patrouillenboot eskortiert, das mit über 40 Knoten durch die ruhige Mündung des Kola-Flusses raste und in einer halben Stunde im Hafen von Poljarnij anlegte. Von hier ging es über eine schmale »Marinestraße« an den Granitfelsen entlang, die steil in die Barentssee abfielen. Es waren etwa 50 Kilometer zu der streng geheimen russischen U-Boot-Basis Uraguba, die verborgen an der Spitze eines langen, von steilen Wänden umschlossenen Fjords lag.

Admiral Badr kam es so vor, als müsste seine Lunge jeden Moment kollabieren, wenn er die kalte Luft einatmete. Keuchend stand er in der Kälte, als Fregattenkapitän Ben Badr auf ihn zueilte, um ihn zu begrüßen.

Er umarmte seinen Vater und reichte Ravi die Hand. Hätte man ihn nicht gekannt, wäre er in seinem schweren russischen Marinemantel, dem dunkelblauen Schal und der dicken Pelzmütze, die aussah, als bestünde sie aus dem Fell eines ganzen Grizzlyrudels, kaum zu erkennen gewesen.

Hinter Ben war die unverkennbare Gestalt eines 105 Meter langen, längsseits vertäuten atomaren Angriffs-U-Boot russischer Bauart zu sehen. Für Admiral Badr besaß es mit seinem relativ kurzen, sich nach vorn verjüngenden Turm alle Kennzeichen einer *Sierra I.* Aber es sah irgendwie teurer, bedeutender aus. Auf dem Rumpf war in weißer Farbe die Nummer K-239 aufgetragen. Das war er also, der pechschwarze russische Jäger und Killer, das atombetriebene *Barracuda* Typ 945.

Das Boot trug noch die Hoheitsabzeichen der russischen Marine, weißes Feld mit einem blauen diagonalen Kreuz. Es würde noch einige Monate dauern, bis es, wenn überhaupt, unter anderer Flagge fuhr. Admiral Badr entdeckte den Kommandanten des Bootes, *Kapitan* Gregor Wanislaw, der oben auf der Gangway stand, um ihn zu empfangen. Der Kapitän, der in Murmansk geboren war, trug keinen Mantel, nur seine Uniform, an deren Ärmel der dicke Goldstreifen mit einem Stern seinen hohen Rang anzeigte.

Er salutierte dem fröstelnden Admiral Badr und sagte in gewählten Worten auf Englisch: »Es freut mich, Sie kennen zu lernen, Sir. Sie haben einen wunderbaren Sohn, Fregattenkapitän Ben, er lernt sehr, sehr schnell.«

Er hieß General Rashud willkommen und führte sie ins U-Boot, Ben Badrs Arbeitsplatz seit dessen Ankunft im November. An Bord erwarteten sie vier iranische Kerntechniker, die sich im Moment mit dem Reaktorraum der *Barracuda* vertraut machten – es waren Fregattenkapitän Ali Akbar Mohtaj, Korvettenkapitän Abbas Shafii, Stabsbootsmann Ali Zahedi und Stabsbootsmann Ardeshir Tikku.

Sie alle wurden offiziell als Personal der Volksbefreiungsarmee geführt, trugen chinesische Marineuniformen und wurden von zehn chinesischen Offizieren sowie weiteren Mannschaftsmitgliedern begleitet. Wenn die Russen Verdacht schöpften, dann äußerten sie es nicht. Kein Wort ließen sie verlautbaren, keine Nachfragen über die Auszubildenden oder die kürzlich eingetroffenen Gäste, die, wie ihnen durchaus bewusst war, von ihrem wertgeschätzten Kunden, der iranischen Marine, kamen.

Natürlich kannten sie Admiral Badr, und natürlich war ihnen bekannt, wer Fregattenkapitän Ben Badr war. Bei allen übrigen hatten sich die Russen anscheinend darauf verständigt, sie als Angehörige der zentralasiatischen, irgendwo zwischen Russland und China gelegenen islamischen Staaten zu betrachten – als Turkmenen, Kirgisen, Usbeken. Wie auch immer, es ging niemanden etwas an.

Außerdem unterhielten die Iraner ein Büro in der ukrainischen Marinebasis in Sewastopol an der Nordküste des Schwarzen Meeres. Die Ajatollahs galten als wichtige Abnehmer russischer Marinetechnik, daneben wussten die Russen sehr gut von der relativ robusten und ihnen nicht ganz geheuren Partnerschaft zwischen China und dem Iran auf den Gebieten der Öl- und Waffenlieferungen. Auch die sechshundert Millionen Dollar trugen das ihre dazu bei, die ehemaligen Eigentümer des Atom-U-Boots zu einem hohen Maß an Diskretion zu verpflichten. In dieser Hinsicht kamen auf drei weise Affen dreihundert weise russische Admiräle.

Zwei einheimische Besatzungsmitglieder, beides Unteroffiziere, schlossen sich der Gesellschaft an, die durch das U-Boot geführt und über dessen Vorzüge aufgeklärt wurde.

Es ist sehr schnell, 34 Knoten bei Unterwasserfahrt, kein Problem, sehr komfortabel bei dieser Geschwindigkeit ... gutes, großes U-Boot ... Zweihüllen-Bauweise ... erhöht die Schalldämmung beträchtlich ... sehr schadensresistent ... Rumpf vollständig aus Titan ... ausgezeichnet ... sehr, sehr leise ... daher so teuer ... vielleicht zu teuer ... wird nicht mehr gebaut ... womöglich ein großer Fehler ... unser bestes Boot ... Tauchtiefe bis fast 750 Meter ... wir sind sehr betrübt, dass wir die Barracuda *weggeben ... gutes Boot ... sehr, sehr gutes Boot ... die passt auf euch auf, was?*

Admiral Badr nickte. Er hatte verstanden. Sie hatten einen ausgezeichneten Kauf gemacht. Die *Barracuda* hatte zwar bereits zwanzig Jahre auf dem Buckel, doch war sie in der hervorragenden Schiffswerft in Nischni Nowgorod, dem ehemaligen Gorki, gefertigt worden, wo laut Expertenmeinung die besten Bootsbauer Russlands zu Hause waren. Damals war sie voller Stolz auf einem der großen, 200 Meter langen *Tolkatsch*-Lastkähnen die Wolga hochgeschafft und durch den Belamorsk-Kanal transportiert worden. In den

Hightech-Nuklearfabriken in Sewerodwinsk am Weißen Meer, westlich von Archangelsk, war die Ausstattung des Reaktorraums sowie die Bestückung mit Waffen vorgenommen worden. Auch hier waren einige der besten russischen Wissenschaftler und Ingenieure zu Hause.

Ihr Dienstregister war tadellos. Die erste *Barracuda*, die 1987 voller Pomp in Dienst gestellt wurde, galt als Speerspitze der Sowjetmarine und wurde wie eine Kaiserin behandelt – sie wurde laufend gewartet, jedes Teil mit Abnutzungserscheinungen wurde ausgetauscht. Im Moment dürfte sich das Boot daher in einem ebenso guten Zustand befinden wie bei seiner Indienststellung. Es war wirklich jeden Cent der 300 Millionen US-Dollar wert, den die Chinesen dafür gezahlt hatten.

Die *Barracuda* hatte immer in den kalten nördlichen Gewässern zugebracht, sie hatte dort das Ende des Kalten Krieges miterlebt und die Zeit danach. Nun war ihr Betrieb der russischen Marine, die gelegentlich noch nicht einmal für die Beleuchtung der Anlegestellen genügend Geld aufbringen konnte, zu kostspielig geworden. Ravi hatte die Lage der Russen exakt beurteilt. Der russische Bär hätte Admiral Zhang beinahe wirklich die Hand abgebissen, als dieser das Angebot für das Bargeschäft unterbreitete.

Um 1900 begaben sie sich zum Abendessen. Der Admiral und der General aus dem Iran wurden in die Offiziersmesse geladen, begleitet von Ben Badr und mehreren höherrangigen russischen Offizieren. Keiner allerdings nahm einen so hohen Rang wie Mohammed Badr ein. Offensichtlich wollten sie den Anschein erwecken, als handelte es sich um eine Transaktion auf nachgestellter Befehlsebene, als ginge es nur darum, ein kürzlich verkauftes Boot einsatzbereit zu machen – und nicht um einen schwer wiegenden Bruch des Atomsperrvertrags, um den Verkauf eines nuklearen Angriffs-U-Boots an eine islamische Republik, die umfangreiche Kontakte zu Terroristen unterhielt und für das hochgefährliche Uran-235 im heißen Atomreaktor vielfältige Verwendungsmöglichkeiten finden konnte.

Sie aßen wunderbare Blinis, die köstlichen kleinen russischen Buchweizen-Pfannkuchen, zu denen Kaviar und Sauerrahm gereicht wurden. Der ehemalige Major Kerman unterhielt seine russischen Gastgeber mit der vermeintlich wahren Geschichte eines Texaners, der mit seiner Familie London besuchte und im Hotel *Dorchester* zum ersten Mal in seinem Leben echten russischen Kaviar serviert bekommen sollte.

Was ist das bloß für ein Zeug, nur ein Klacks, und kostet hundert Mücken? Wieso ist das so teuer?

»Nun, Sir, sehen Sie es als eine Art Ritual«, sagte der Oberkellner. »Wir servieren ihn mit fein gehacktem Ei, Zwiebeln und kleinen Pfannkuchen, dazu ein ausgiebiges Glas mit dem besten Wodka, eisgekühlt, dem Lieblingsgetränk des letzten russischen Zaren.«

Ja, alles schön und gut, aber was ist Kaviar eigentlich? Wie sieht der überhaupt aus?

»Sir, das sind die Eier vom Stör.«

Wirklich? Wunderbar. Dann machen Sie mir mal zwei Stück davon. Als Spiegelei.

Grölendes Gelächter ertönte, darauf das Klirren der Wodkagläser; niemand würde in den nächsten Tagen zum Auslaufen bereit sein müssen.

Die Gespräche kehrten bald wieder zu ernsteren Themen zurück. Zwei ehemalige Sowjet-Kapitäne waren angewiesen worden, die über den Reaktorraum hinausgehenden Unterschiede und Ähnlichkeiten der *Barracudas* zu den herkömmlichen Booten der Kilo-Klasse zu erläutern.

Sie haben ein SAM-Raketensystem an Bord, das Ihnen allen bekannt sein dürfte, die alte SA-N 5/8, dazu eine Strela-Raketenabschussanlage … Die SSM Novator Alfa SS-N-27 auf den neuen Kilos unterscheidet sich nicht so sehr vom A/S Novator 15 Starfish Tsakra der Barracuda … *53-cm-Rohre, Atomsprengköpfe oder konventionelle vom Typ 40. Wie Sie wollen. Jedenfalls, das größte Waffensystem an Bord ist die Langstreckenrakete Raduga … die SS-N-21 Sampson Granat … ein Marschflugkörper … Geschwindigkeit 0,7 Mach, Einsatzflughöhe etwa 60 Meter … Reichweite*

2500 Kilometer. Wird gerade überholt. Das Beste, was momentan zu haben ist.

Bei den Torpedos so gut wie keine Unterschiede. Meistens 53-cm-Rohre, entsprechende Waffen.

Elektronische Gegenmaßnahmen ... da gibt es einige Ähnlichkeiten zu den Kilos. ESM, Rim Hat/Bald Head-Intercept mit Radarwarnung. Sie sind wahrscheinlich die Squid Heads auf den Kilos gewohnt. Sind sich aber in vielen Dingen sehr ähnlich.

Radar: die gleichen ... I-Band-Radar Snoop Pair zur Ortung von Überwasserzielen ... ›back-to-back‹-ESM-Antennen.

Sonar: Die Barracuda *hat im Hüllkörper ein Aktiv/Passivsonar für Angriff und Ortung im nieder- bis mittelfrequenten Bereich ... Wahrscheinlich sind Sie das modernere Shark Tooth- und Shark Fin-Sonar, das MGK-400-System gewohnt. Aber die Unterschiede halten sich auch hier in Grenzen ... und wir haben das gleiche Mouse-Roar-System ... ebenfalls im Hüllkörper, zur aktiven Ortung im normalen bis hohen Frequenzbereich.*

Ihnen dürfte das V-förmige Gehäuse an der Backbordseite des Turms aufgefallen sein – das ist die Abdeckung für die Rettungskammer ... und das knollenförmige Gehäuse achtern am Turm enthält eine Kommunikationsboje, die nachgeschleppt wird ... sehr nützlich.

Um 2200 gingen sie zu Bett. Um 0500 trafen sie sich wieder für eine erneute Besichtigungstour durch das Boot. Im Osten, draußen in der Barentssee, sahen sie am Horizont einen rötlichen Schimmer; die Sonne allerdings würde jetzt und auch in den nächsten zwei Wochen nicht aufgehen.

Admiral Badr und General Rashud ließen sich Zeit bei der Inspektion der zweiten von ihnen erworbenen *Barracuda,* die mit der Rumpfnummer K-240. Sie befand sich im Moment in einem überdachten Trockendock, wo an ihrer Rumpfunterseite einige große Platten eingepasst wurden. Es würde noch mehrere Wochen dauern, bis sie seetauglich war. Das andere Boot jedoch, Rumpf K-239, hatte bereits einige Probefahrten hinter sich, die Ende Mai wieder aufgenommen werden sollten, wenn das neue Raduga-Raketensystem installiert war.

Am Mittag verließen sie die Basis auf dem gleichen Weg, den sie gekommen waren: mit dem Wagen nach Poljarnij, auf dem Patrouillenboot nach Seweromorsk, mit dem Militärflugzeug nach Moskau. Von dort mit einer Zivilmaschine nach Ankara, Umsteigen nach Teheran, im Marine-Jet nach Bandar Abbas. Es würde noch weitere vier Tage dauern, bis Ravi seine 4500 Kilometer lange Reise nach Damaskus abgeschlossen hatte.

Dafür brachten sie jedoch wunderbare Neuigkeiten mit. Die erste *Barracuda* würde am 20. Juli aus Uraguba auslaufen, gerade noch rechtzeitig, um entlang der Nordküste Sibiriens, südlich der Packeisgrenze, die Sommerroute nach Osten nehmen zu können. Als Begleitfahrzeuge waren eine Udaloj-Fregatte vom Typ 1 und der riesige 23500-Tonnen-Eisbrecher *Ural* vorgesehen, ein atomgetriebenes Monstrum der ehemaligen sowjetischen Arktika-Klasse. Er besaß drei Antriebswellen und einen verstärkten Stahlbug, der ihm ermöglichte, sich auf das Eis zu schieben und einen bis zu zweieinhalb Meter dicken Eispanzer unter sich zu zermalmen.

Die Gewässer sollten im Juli nicht zugefroren sein, dennoch war mit Eisschollen zu rechnen, weshalb die Russen versprochen hatten, bei der Überführung der ersten *Barracuda* keinerlei Risiken einzugehen. Nicht, wenn im Hafen von Petropawlowsk 200 Millionen US-Dollar auf sie warteten. Damit ließen sich eine Menge Stromrechnungen begleichen.

Admiral Badr konnte auf der Heimreise kaum seine Aufregung über die Neuerwerbung verbergen. Ununterbrochen sprach er von der Geschwindigkeit des Bootes, seinen tödlichen Waffen, vor allem von seiner Fähigkeit, sich unbegrenzt und nahezu lautlos unter Wasser aufhalten zu können, ohne auftauchen zu müssen, um Sauerstoff, Wasser oder Treibstoff aufzunehmen.

Außerdem war er sich darüber im Klaren, dass jeder Einsatz der *Barracuda* auf den heimlichen Schutz sowohl der Russen wie auch der Chinesen bauen konnte. Beide Mächte würden Falschinformationen über ihren Aufenthaltsort herausgeben, die Chinesen würden verlauten lassen, von dem geheimen, so abwegig erscheinenden Versteck nichts zu wissen, sodass es höchstwahrscheinlich niemals entdeckt werden würde. Nicht in tausend Jahren.

Selbst für den kurz angebundenen, schweigsamen Ravi war dieser letzte Punkt ein hübscher Lichtblick. Weit weniger sicher war er sich, ob sich das Pentagon so still und leise in seine Niederlage fügen würde. Er hegte da so seine Zweifel. Aber China war ein verdammt starker Verbündeter.

Außerdem freute er sich auf die heißen, ruhigen Frühlings- und Sommermonate zusammen mit Shakira, unterbrochen nur von einigen Besuchen in Bandar Abbas, bevor er dann nach Nordrussland zurückkehrte, um auf der *Barracuda* die lange Reise durch die eisigen Gewässer an der Nordküste in die Beringstraße anzutreten.

Von dort würden sie mit ihrer Tauchfahrt in den Pazifik hinein beginnen, nach Süden entlang der öden Halbinsel Kamtschatka zur Marinebasis in Petropawlowsk, wo ihr ausgefeilter Angriff auf die USA, den man niemals vergessen würde, den letzten Feinschliff erhalten sollte.

»Freuen Sie sich auf unser Abenteuer?«, fragte Admiral Badr.

»Ja, Mohammed. Ich freu mich darauf. Möge Allah mit uns sein.«

KAPITEL SIEBEN

In der letzten Juliwoche 2007 reiste General Ravi Rashud in den kalten Norden Russlands zurück, ohne dass eine weitere Belohnung auf seinen Kopf ausgesetzt worden wäre. Der Doppelmord in London an Alf Rowan und Rupert Studley-Bryce blieb unaufgeklärt. Die Briten äußerten noch nicht einmal den leisesten Verdacht, dass das Parlamentsmitglied von einem Profi umgebracht worden war, zumindest nicht in der Öffentlichkeit. Dennoch überwachten sie weiterhin die Bishop's Avenue Nr. 86, auch die Telefone blieben angezapft.

So musste sich Admiral Arnold Morgan häufig der Mühe unterziehen, auf einen wichtigen Punkt hinzuweisen: *Die Briten reden ziemlich komisches Zeug, wegen ihrer abstrusen Erziehung ist es ihnen verdammt noch mal nahezu unmöglich, einen halbwegs geraden Satz zustande zu bringen … aber dämlich sind sie nicht. Unterschätzt sie mir daher nicht. Unterschätzt sie niemals.*

Tatsächlich hatte der MI5 in den zurückliegenden zwölf Monaten Richard und Naz Kerman insgesamt achtmal befragt. Das im Iran geborene Ehepaar allerdings hatte nicht das Geringste preisgegeben, sondern glattweg abgestritten, ihren einzigen Sohn jemals wieder zu Gesicht bekommen zu haben, nachdem er vor mittlerweile mehr als drei Jahren nach Israel versetzt worden und in der Jerusalemstraße in Hebron verschwunden war. Der MI5 hatte den Kermans sogar auf den Kopf zugesagt, dass sie zweifelsfrei wüssten, dass Ray Kerman beim Royal Ascot gewesen sei. Richard und Naz meinten nur, falls er sich dort aufgehalten habe, hätten sie ihn nicht gesehen. Der MI5 glaubte ihnen nicht.

Bei diesem befremdlichen und höchst frustrierenden Stillstand in den Ermittlungen blieb es dann auch. Zwei ermordete SAS-Männer in Hebron, zwei spektakuläre Banküberfälle in Jerusalem und Tel Aviv, die unglaubliche Befreiung aller politischen Gefangenen in Israel und ein brutaler Doppelmord in London – für all diese Verbrechen wurde ein und dieselbe Person verdächtigt, derselbe Mann, den alle kannten, über den aber niemand etwas wusste.

Lieutenant Jimmy Ramshawe hatte bei jedem Vorfall, alles in allem sechs Mal, Alarm geschlagen. Alle glaubten ihm, zumindest alle, die in der National Security Agency in Fort Meade etwas zu sagen hatten. Sie hatten ihre Indizien an den MI5 weitergeleitet, der ihm ebenfalls glaubte und mit seinen Eltern sogar auf vertrautem Fuß stand.

Aber niemand wusste, wie sich der Major mittlerweile nannte. Niemand konnte ihn finden. Man hatte ihn seit seinem Verschwinden noch nicht einmal mehr zu Gesicht bekommen, sah man einmal von Alf Rowan ab. Keiner konnte mit Bestimmtheit sagen, ob er tot war oder noch lebte – in welchem Land, in welcher Hemisphäre er sich aufhielt. Noch, was er als Nächstes vorhatte. Der Mossad hatte nichts zu sagen. Jordanien hatte nichts zu sagen. Das Gleiche galt für den Iran, für Libyen und Saudi-Arabien. Aber die hätten sowieso nichts zu sagen gehabt, oder? Der MI5 hatte sogar in den Büroräumen des St. James' Palace die königlichen Angestellten nach einem Antrag auf einen Besucherausweis für die Ascot-Veranstaltung suchen lassen. Natürlich wurde nichts gefunden.

Was man jedoch fand, war ein Antrag für einen R. Kerman, Esq., den die syrische Botschaft gestellt hatte. Die höchste Regierungsbehörde in Damaskus teilte allerdings mit, dass der Antrag einem Professor für Lyrik namens Dr. Rani Kerman gegolten habe, der im Begriff war, eine Ode an Hafez al-Assad zu verfassen. Man legte sogar eine Fotografie des Mannes bei sowie seine Adresse und Telefonnummer an der Universität in Damaskus. Der MI5 sah davon ab, dieser müßigen Spur zu folgen. Sie glaubten den Syrern nicht.

Als Jimmy Ramshawe davon hörte, fasste er es in seiner australischen Offenheit folgendermaßen zusammen: »Verlogenes Kopftuchpack!« Außerdem ließ ihm die Tatsache keine Ruhe: »Die NSA und der MI5 jagen einem Phantom hinterher – und sie wissen das auch.«

Umso erstaunlicher war es, dass das verfluchte Phantom zu diesem Zeitpunkt in der hochgeheimen russischen Marinebasis Uraguba, hinter mehreren Kilometern Stacheldraht, draußen am gefrorenen Rand der Welt, über die Pier schlenderte. Er wurde von zwei Admirälen, ehemaligen Sowjet-Kapitänen, und drei Offizieren begleitet, von denen einer der Sohn des Oberbefehlshabers der iranischen Marine war. Das Phantom war soeben eingeflogen, um ein 300 Millionen US-Dollar teures, mit Marschflugkörpern ausgestattetes Atom-U-Boot zu inspizieren, das ihm kürzlich jemand gekauft hatte.

Nach fast acht Monaten in Uraguba freute sich Ben Badr auf Ravi und konnte es kaum erwarten, in dessen Gegenwart sein Fachwissen über das atomgetriebene Kriegsschiff unter Beweis zu stellen. Für die Fahrt entlang der sibirischen Küste nach Petropawlowsk würde das Boot unter dem Befehl von Kapitän Gregor Wanislaw stehen, als seine Nummer zwei, als stellvertretender Kommandant der *Barracuda,* sollte Ben fungieren. Ravi würde auf dieser 6400 Kilometer langen Ausbildungsfahrt keinen Rang bekleiden. Auf ihrer nächsten Fahrt allerdings wäre er der verantwortliche Operationschef.

Die gesamte Gruppe begab sich, unmittelbar nachdem sie an Bord gegangen war, in den torpedosicheren Reaktorraum, der an allen Seiten von einem zwanzig Zentimeter dicken Bleimantel umschlossen war. Dort befand sich das Kraftwerk des Bootes, der von einer Stahlkuppel umgebene Atomreaktor mit seinem Uran-235-Kern, einem natürlich vorkommenden Uran-Isotop, das auch bei Atomwaffen Verwendung fand.

Der Reaktor war das stählerne Herz des Druckwassersystems, durch das, unter Einspeisung von Wasser, die Turbinen des U-Boots nahezu endlos angetrieben werden können.

Durch den Druck, phänomenale 170 Bar, wurde das Wasser auf sengend heiße 200 Grad Celsius erhitzt. (Zum Vergleich: Der Luftdruck, dem man etwa auf Höhe des Meeresspiegels ausgesetzt ist, beträgt ein Bar.)

Ben Badr führte sie zum Reaktorkontrollraum, wo *Kapitan* Gregor Wanislaw bereits auf sie wartete. Ruhig stand er hinter den drei Wachhabenden, allesamt Unteroffiziere, die die Schaltpulte mit ihren jeweils sechs Computermonitoren im Auge behielten. Die drei Bereiche, die von hier aus ständig kontrolliert wurden, waren das Antriebssystem, der Reaktor und die Hilfssysteme.

Einer der Monitore aus der letzteren Gruppe überwachte den Kondensator, durch den Meerwasser in hochreines Süßwasser umgewandelt wurde, das hoffentlich keinerlei NaCl-Moleküle mehr enthielt, das gefürchtete, hochkorrosive Natriumchlorid. Zwei Teile NaCl auf eine Million Teile reines Wasser waren im Wasserkreislauf des Atomreaktors zwei Teile zu viel – viel zu viel.

Es war genau dieser Monitor, zu dem Gregor Wanislaw sich wandte, als Ben Badr seine Gruppe in den Kontrollraum führte. »Hallo, Gregor«, sagte Ben fröhlich. »Immer darum besorgt, dass wir auch sauber bleiben, was? Reines Wasser, damit wir gut laufen, die erste Sorge eines Kerntechnikers.«

Kapitän Wanislaw wandte sich mit einem Lächeln an Ravi. »Sehen Sie, ich habe ihm beigebracht, auf die Prioritäten zu achten. Er vergisst wirklich nichts. Sie haben hier einen guten Mann, General. Den jungen Ben Badr. Ich mag ihn. Keine Fehler machen, ha! Das ist der Trick, wenn man am Leben bleiben will.«

»Ja, das habe ich auch schon festgestellt«, sagte Ravi ebenfalls mit einem Lächeln. »Aber ich fürchte, mit mir müssen Sie mehr Geduld aufbringen. Ich weiß sehr wenig, muss aber schnell alles lernen.«

»Dann sind Sie hier am richtigen Ort, um damit zu beginnen«, sagte der russische Kapitän. »Auf diesen Bildschirmen sehen Sie die Qualität und die Temperatur des Wassers im Reaktorkreislauf … Aber ich glaube, Ben sollte die Erklärungen übernehmen. Dann kann ich ihm zuhören und mich vergewissern, ob er alles gelernt hat.«

Fregattenkapitän Badr nickte und machte sich an seine Aufgabe. »Okay, Ravi«, sagte er auf Englisch. »Beginnen wir mit den Gefahren von Natriumchlorid. Es handelt sich natürlich um ganz gewöhnliches Salz, wie es im Meerwasser in großer Menge vorkommt. Wir müssen es loswerden, weil es wahrscheinlich das korrodierendste Zeug auf Erden ist. Gelangt es in den Wasserkreislauf, setzt es sich in kleinen Ritzen, an Verbindungsstellen oder an Schweißnähten fest, frisst sich in den Stahl und schwächt ihn, bis er eines Tages unter dem gewaltigen Druck bricht. Es reißt ein verdammt großes Loch in die Bruchstelle, und unter dem Druck schießt ein Strahl kochend heißes Wasser in den Raum …«

»Mein Gott«, sagte Ravi.

»Wissen Sie auch, was dann genau geschieht?«

»Eigentlich nicht.«

»Nun, das gesamte System basiert auf Ausgewogenheit … Im Kernreaktor haben wir ziemlich intelligent angeordnete Kugeln mit hochaktivem Uran, die Neutronen abstrahlen, unzählige davon. Aber wenn diese überhand nehmen, kollidieren sie mit U-235-Atomen, spalten diese und setzen eine äußerst schnelle Kettenreaktion in Gang, durch die gewaltige Hitze entsteht, bis nach nur wenigen Minuten die Kernschmelze einsetzt … Aber das lassen wir nicht zu.«

»Da bin ich aber beruhigt«, sagte Ravi.

»Tja. Also, im Reaktor haben wir eine Art Gitter … im Grunde sind das Stäbe aus Hafnium. Sie absorbieren die Neutronen und verhindern so, dass die Kernreaktion unkontrolliert abläuft. Wenn diese Steuerstäbe also unten sind, zwischen dem Uran, verringert sich die Aktivität. Die Maschine läuft leise und kaum wahrnehmbar vor sich hin. Aber dann wollen wir uns in Bewegung setzen, okay? Also fangen wir an, die Stäbe zwischen den Urankernen herauszuziehen – erst die eine Gruppe, dann die nächste. Dadurch haben die Neutronen mehr Platz, um weitere Spaltprozesse anzuregen. Das System erwärmt sich dadurch. Aber wir können das kontrollieren und genau die Wärme erzeugen, die wir wünschen – sodass wir eine sich selbst erhaltende kritische Masse haben …«

»Gut«, sagte Ravi. »Bis hierher kann ich Ihnen noch folgen.«

»Aber«, sagte Ben Badr, »man darf nicht vergessen, dass es sich hier um einen Kreislauf handelt. Das unter Druck stehende Wasser wird aus dem Reaktor in einen ganz gewöhnlichen Dampfgenerator gepumpt, der die Turbinen antreibt. Das Ganze ist also im Prinzip eine Dampfmaschine. Wir kontrollieren, welche Menge an Dampf an die Turbinen geht und welche Menge wieder als Wasser in den Kreislauf zurückgeführt und damit erneut in den Reaktor geleitet wird, wo der gesamte Prozess von neuem beginnt. Man spricht in diesem Zusammenhang vom Carnot-Zyklus, womit die Differenz zwischen der Temperatur des Wassers, das *aus* dem Reaktor kommt, und der Temperatur des Wassers, das wieder *in* den Reaktor fließt, bezeichnet wird … daraus ergibt sich das Leistungsmoment, das das Schiff antreibt.«

»Wenn das Wasser in den Reaktor zurückfließt, kommt es dann mit dem Uran in Berührung?«

»O ja«, erwiderte Ben. »Es fließt direkt über das feste U-235. Dabei spielt die Wassertemperatur eine absolut kritische Rolle. Ist sie nur ein wenig zu niedrig, reagieren die Neutronen, sie werden beschleunigt und heißer. Das wirklich Furcht Einflößende an einem Atomreaktor ist meiner Meinung nach, dass er umso heißer werden möchte, je heißer er bereits ist.«

»So, dann haben wir also, wie Sie soeben sagten, ein Korrosionsleck«, sagte Ravi. »Der Druck sinkt dadurch, das Wasser kühlt ab und fließt mit einer zu niedrigen Temperatur zurück – wir sind dann also mit beträchtlichen Schwierigkeiten konfrontiert?«

»Bei einem solchen Leck im Primärkreislauf verliert der Reaktorkern sein Wasser und überhitzt sich augenblicklich.«

»Ich gehe mal davon aus, dass wir für diesen Fall über eine Art Notsicherung verfügen?«

»Klar. Die Hafniumstäbe rauschen allesamt sofort nach unten und reduzieren die Aktivität im Reaktorkern, bis die Reaktion zum Erliegen kommt. Dieses Sicherungssystem wird SCRAM genannt. In einem U-Boot aber haben Sie dann ein kleines Problem. Das Kraftwerk des Bootes ist dann nämlich tot, und damit verfügen Sie über keinen Antrieb, keine Frischwasseraufbereitung, keine Luftaufbereitung und über keine Heizung mehr. In einer Tiefe von dreihundert Metern sind das keine sehr erfreulichen Aussichten.«

»Auch dafür gibt es ein Notsystem, nehme ich doch an, oder?«, sagte Ravi.

»Ja. Damit wird der nun inaktive Reaktor gekühlt, außerdem steht eine Dieselmaschine zur Verfügung, die gestartet wird, sobald wir Periskoptiefe oder die Oberfläche erreicht haben.«

Kapitän Wanislaw unterbrach ihn an dieser Stelle. »Vergessen Sie nicht, General«, sagte er, »Ben spricht als U-Boot-Offizier zu Ihnen und nicht als Wissenschaftler. Um ein atomgetriebenes taktisches Unterseeboot zu führen, muss man ja auch kein Wissenschaftler sein. Aber man muss das System und dessen Grundlagen verstehen, und man muss wissen, was einem die Monitore sagen. Vor allem muss man die Fähigkeit besitzen, Probleme zu erkennen und Gegenmaßnahmen einzuleiten. In diesem Bootsabschnitt haben Sie einige sehr versierte Kerntechniker, die Sie ständig auf dem Laufenden halten. Sie müssen sich jedoch möglicher Probleme bewusst sein und wissen, wie Sie darauf zu reagieren haben.«

»Haben Sie Ben alles während der Ausbildungsstunden auf See beigebracht?«, fragte Ravi.

»O nein. Wir haben an Land einen hervorragenden Simulator, in dem alle unsere zukünftigen U-Boot-Kommandanten ausgebildet werden. Ben hat Wochen darin verbracht, wie die Piloten von Luftfahrtgesellschaften, die mit den großen Passagierjets umzugehen lernen. Er hat den gesamten Kursus durchlaufen, von den kleinsten Notfällen bis hin zur Kernschmelze.«

»Ich weiß nicht… das letzte Wort gefällt mir nicht besonders«, sagte Ravi.

»Tja«, erwiderte Kapitän Wanislaw, »es gibt wirklich Schöneres.«

»Wann tritt sie ein?«

»Erklären Sie es ihm, Ben.«

»Die wahrscheinlichste Ursache dafür ist, wie bereits erwähnt, ein Leck im Primärkreislauf oder das Eindringen von sehr kaltem Wasser in den Reaktor. Wie auch immer. Wenn zum Beispiel aufgrund eines dauerhaften Systemausfalls kein Wasser zurückfließt, öffnet sich ein Sicherheitsventil, durch das Meerwasser von außen einströmt. Das ist nicht besonders günstig, aber bei weitem nicht so schlimm, als wenn überhaupt kein Wasser im Reaktor vorhanden wäre. Dann erhöht sich nämlich innerhalb von sieben Sekunden die Spaltrate der Neutronen auf ein kritisches Niveau. In diesem Fall besteht die Möglichkeit einer Kernschmelze.

Das Uran wird so heiß, dass es durch den rostfreien Stahlboden des Reaktors schmilzt und schließlich vielleicht sogar durch das Deck und dann durch den Druck- und Hüllkörper. Aber das kommt nur selten vor.

Häufiger kann man mit dem Problem konfrontiert werden, dass durch das Sicherheitsventil kaltes Wasser eindringt, wodurch die Spaltrate erhöht wird. Aber das läuft dann wesentlich langsamer ab. Man hat noch Zeit, die Steuerstäbe einzulassen, sodass man einen negativen Temperaturkoeffizienten erreicht, das heißt, man senkt die Spaltrate mit steigender Temperatur. Damit haben wir alles wieder unter Kontrolle, und der Reaktor reguliert sich von selbst.«

Ravi hatte seine ganze Aufmerksamkeit auf Ben Badr gerichtet. »Gut«, sagte er, »Sie sagten, er reguliert sich selbst. Was reguliert er? Welche Veränderungen liegen da vor?«

»Bei jedem Beschleunigungsvorgang mit dem U-Boot ziehen wir Leistung ab, wir nützen den Dampf, kühlen dabei das zurückfließende Wasser, und damit verändert sich die Temperatur des Wassers, das in den Reaktor fließt. Vergessen Sie eines nicht, Ravi… die Neutronenzahl erhöht sich durch das kühlere Wasser sofort, damit schnellt die Spaltrate nach oben, und im Reaktorkern wird mehr Energie freigesetzt. Die wird an den primären Kühlkreislauf weitergeleitet und gelangt von dort an den sekundären Kreislauf. Das ist dann das kochendheiße Wasser, das die Turbinen antreibt. Wenn Sie daher mehr Energie abziehen, erhöht der Reaktor automatisch die Spaltrate und stellt damit mehr Energie zur Verfügung.

Umgekehrt verhält es sich ähnlich. Verringert man die Leistungsaufnahme, erhöht sich die Temperatur des Wassers, das in den Reaktorkern zurückfließt. Damit vermindert sich die Zahl der Neutronen und damit auch die Spaltrate.

Das heißt nun allerdings nicht, dass wir alle in Angst und Schrecken versetzt werden, wenn wir das Boot beschleunigen. Das gesamte System reguliert sich zum größten Teil selbst. Also: Hände weg. Wir machen überhaupt nichts, wir beobachten nur. Wir halten mit Argusaugen nach allem Ausschau, was schief gehen könnte … nichts anderes ist die Aufgabe des Leitenden Ingenieurs.«

»Ben ist ein sehr guter Schüler, nicht wahr?«, sagte Kapitän Wanislaw glucksend und fügte mit gespielt ernster Miene hinzu: »Natürlich musste ich ihn erst zurechtstutzen. Er ist ein bisschen ungeduldig, manchmal sogar ein wenig arrogant … Sie wissen ja, sein Vater ist ein hohes Tier. Aber er ist sehr gut. Wenn er Russe wäre, würde ich ihm jederzeit das Kommando über ein Atomboot anvertrauen.«

Er legte Fregattenkapitän Badr den Arm um die Schulter und sagte mit ruhiger Stimme: »Jedenfalls kann ich mit Fug und Recht behaupten, dass mir in den dreißig Jahren, in denen ich in der russischen Marine bin, kein junger U-Boot-Offizier begegnet ist, der besser gewesen wäre als er.«

»Das beruhigt mich doch ungemein«, sagte Ravi. »Nur eine Frage noch … Wie hoch ist unser Beschleunigungsvermögen? Ich nehme mal an, wir haben zwei Pumpen für jede Turbine, für langsame und hohe Geschwindigkeit?«

»Nein«, antwortete Ben wie aus der Pistole geschossen. »Wir haben sechs Pumpen. Äußerst leistungsfähige Pumpen. Bei niedriger Geschwindigkeit setzen wir mit geringer Drehzahl zwei davon ein. Wenn wir aber wirklich vom Fleck kommen wollen, haben wir alle sechs mit hoher Drehzahl im Betrieb. Damit verfügen wir über ein enormes Leistungsspektrum. Die *Barracuda* macht über 35 Knoten unter Wasser, damit ist ihr sehr schwer beizukommen.«

Ravi nickte und sah zum Wachhabenden, der die Reinheit des Wassers kontrollierte. »Das also«, sagte er nachdenklich, »ist die Schlüsselstelle. Zwei Natriumchloridpartikel auf eine Million Teile, und er ist derjenige, der danach sucht…«

»Den Testvorgang nicht zu vergessen«, sagte Ben. »Wir entnehmen den Kreisläufen regelmäßig Proben. Selbst der Probebecher muss klinisch sauber sein – so sauber wie in einem Operationssaal.«

Ravi Rashud war es gewohnt, mit den Besten seiner Zunft zusammenzuarbeiten. Dennoch hatte er nur selten ein so hohes Maß an Selbstvertrauen und Qualifikation erlebt wie hier auf der *Barracuda* 945.

Kapitän Wanislaw schien seine Gedanken zu erraten. »Wir sind keine Supermänner, General«, sagte er. »Aber wir machen weniger Fehler als die meisten anderen. Das hat natürlich mit unserem Einsatzgebiet zu tun. Wer sich dort unten Fehler leistet, findet ein sehr schnelles und nicht sehr angenehmes Ende. Deshalb versuchen wir, Fehler zu vermeiden.«

Nach fünf Tagen und mehr als vierzig Stunden intensiven Trainings im Simulator ging General Ravi Rashud in der Theorie als ganz passabler Leitender Ingenieur durch. Sie waren nun mehr oder weniger bereit zum Auslaufen. Im breiten Kola-Sund, flussabwärts von Seweromorsk, wartete eine kleine Eskorte aus Murmansk auf die *Barracuda*, die ihre letzte Fahrt unter dem Kommando der russischen Nordmeerflotte antreten sollte.

Eines der neuesten Atom-U-Boote, die *Gepard*, eine *Akula II* mit 9000 Tonnen Verdrängung, die in Sewerodwinsk gebaut und 2004 in Dienst gestellt worden war, lag aufgetaucht sechs Seemeilen östlich der Halbinsel Rybatschij. Zweihundert Meter von ihrem Backbordbug entfernt befand sich die Fregatte *Neustraschimy*, ein vier Jahre alter Lenkwaffenträger, dessen Raketen eine ungewöhnlich hohe Reichweite von 7200 Kilometer hatten.

Sie gehörte zur *Jastreb*-Klasse vom Typ 1154, die größer war als die älteren *Kriwaks* und über das gleiche Turbinen-Antriebssystem verfügte wie die *Udalojs*. Wie die *Barracudas* war auch sie sehr teuer. Die Russen hatten nur zwei davon gebaut, der dritte Rumpf wurde als Alteisen verkauft, um die drückenden Schulden zu begleichen.

Die *Neustraschimy* wurde in der Ostsee in Dienst genommen, ein Jahr darauf aber in den Norden verlegt. Nun sollte sie der Pazifikflotte überstellt werden und würde mit ziemlicher Sicherheit von Petropawlowsk nicht mehr zurückkehren.

Eine Seemeile weiter im Osten zeichnete sich vor der hellen, niedrig stehenden Sonne, die während der Nacht nur kurz unter den Horizont getaucht war, die Silhouette des riesigen Eisbrechers *Ural* ab. Dieser mächtige stählerne Koloss würde sie durch die schimmernden, aber kalten blauen Gewässer des Nordpolarmeers führen und die entlang der weiten, kahlen sibirischen Küste lauernden Eisschollen unter sich zerschmettern.

Auf der Anlegestelle in Uraguba hatte sich eine kleine Menschenmenge versammelt, um dem Abschied der ehemaligen *Tula*, dem U-Boot der *Barracuda*-Klasse, beizuwohnen. General Rashud und Kapitän Wanislaw standen mit dem russischen Navigationsoffizier auf der Brücke. Fregattenkapitän Badr, der stellvertretende Kommandant, war unten beim Rudergänger, einem weiteren russischen Veteranen.

Tief unten im Reaktorraum hatte Korvettenkapitän Ali Akbar Mohtaj dem russischen Stabsbootsmann dabei zugesehen, wie er die Steuerstäbe herausgezogen hatte und damit den Reaktor hochfuhr, der sich nun bei richtiger Temperatur und Druck selbst regulierte. Die Stabsbootsmänner Ali Zahedi und Ardeshir Tikku hatten Dienst an zwei der drei

Schaltpulte im Reaktorkontrollraum – Zahedi war für den Antrieb zuständig, Tikku für die Hilfssysteme. Beide galten auf ihrem Gebiet mittlerweile als erfahrene Seeleute. Der Befehlshaber über den Kontrollraum war der älteste der iranischen U-Boot-Leute, Korvettenkapitän Abbas Shafii, der sich mehr als neun Monate in Uraguba aufgehalten hatte.

Daneben gehörten acht weitere iranische Marineangehörige zur Besatzung, vier junge Offiziere und vier erfahrene Stabsbootsmänner, die verantwortungsvolle Posten im Turbinenraum einnahmen oder für den Luftfilter zuständig waren. Zwei weitere hatten sich in den Aufgabenbereich der Tiefenrudergänger eingearbeitet, ein weiterer war Leitender Ingenieur. Es handelte sich dabei um einen Korvettenkapitän aus Teheran mit einem hervorragenden Studienabschluss in Elektrotechnik, der bereits drei Dienstfahrten auf einem der iranischen Kilos hinter sich hatte.

Alle Iraner trugen die Uniform der chinesischen Volksbefreiungsarmee. An Bord befanden sich des weiteren fünfzehn chinesische Seeleute. Fünf Offiziere, darunter ein Korvettenkapitän, der auf einem großen und aberwitzig lauten ICBM-U-Boot in Shanghai Raketenoffizier gewesen war; vier Stabsbootsmänner und sechs Mannschaftsdienstgrade vervollständigten das chinesische Kontingent, das gleichmäßig über die gesamte Mannschaft verteilt war. Daneben fanden sich noch dreißig Russen und zwei Dolmetscher, die oft genug diejenigen waren, die am längsten zu arbeiten hatten.

Kapitän Wanislaw rief über das Kommunikationssystem nach unten »Klar zum Auslaufen!«, und der Wachoffizier gab den Befehl, die letzte Trosse zur Anlegestelle zu lösen.

Die Turbinen wurden angeworfen, die riesige Schraube wühlte das Wasser auf, während sich der schwarze Rumpf, von einem Schlepper unterstützt, vom Kai wegbewegte, erst rückwärts, bis er dann auf Wanislaws Befehl »Halbe Kraft voraus!« Fahrt aufnahm.

Der Rudergänger nahm wie befohlen Kurs nach Norden genau in Richtung des 2000 Kilometer entfernten Nordpols. Ravi Rashud spürte auf der Brücke die Windböen, die über die Halbinsel Kola strichen. Sie kamen aus Nordwesten, von der ausgedehnten Eiskappe, die mit einem Durchmesser von knapp 3000 Kilometer die nördliche Polarregion bedeckte.

Nur etwa eine Seemeile hielten sie ihren Kurs, durchschnitten im tieferen Fahrwasser des Sunds die ruhige See, bis sie sich mit der *Gepard* und der *Neustraschimy* trafen, um sich anschließend hinter der mächtigen *Ural* aufzureihen.

Kapitän Wanislaw befahl Kursänderung nach Nordosten. *Null-vier-zwei, halbe Kraft … Geschwindigkeit zwölf Knoten …*

Vor sich sahen sie die riesige Silhouette der *Ural*, die nun ebenfalls in Richtung des äußeren Rands der Skolpen-Bank Fahrt aufnahm, eine der küstennahen Untiefen der Barentssee, die hier nur eine Tiefe von sechzig Metern aufwies.

Um 0600 war die *Barracuda* 945 fürsorglich in die Mitte genommen worden; 300 Meter vor ihr befand sich der Eisbrecher, steuerbord achtern pflügte die Fregatte durch die Wellen, während 400 Meter nördlich davon die *Gepard*, ebenfalls aufgetaucht, das Backbordende des Konvois bildete.

Vor ihnen erstreckte sich 800 Meilen weit die See, bis hin zur nördlichen Landspitze der zerklüfteten Nowaja Semlja, einer 750 Kilometer langen und nur 80 Kilometer breiten, sichelförmigen Insel. Sie wirkte wie ein vergessener Ausläufer des Urals, der sich auch in den hoch aufragenden, schroffen Bergspitzen der Insel Waigatsch zeigte, die unmittelbar vor der sibirischen Küste lag. Als vor einigen Millionen Jahren noch die Mammute über die Tundra zogen, war Nowaja Semlja höchstwahrscheinlich mit dem Festland verbunden gewesen.

Mittlerweile war sie eine Insel, nur im Winter drang das Packeis an ihre Küsten vor, selbst der Nordkapstrom schaffte es kaum, die südlichen Buchten eisfrei zu halten.

Die 200-Seemeilen-Tagesstrecke verlief ohne Zwischenfälle. Erst 100 Seemeilen westlich von Nowaja Semlja stießen sie auf ein zehn Meilen langes Eisfeld, das sich bereits einige Monate zuvor von der arktischen Eiskappe gelöst haben musste. Auf der *Ural* schätzte man, dass das Eis noch immer ein bis eineinhalb Meter dick sein musste.

Ravi und Ben sahen von der Brücke aus zu, wie der Eisbrecher auf den Rand des Treibeises zuhielt und sich auf die Eisplatte drückte. Der verstärkte Bug hob sich in die Höhe, bis er sich fast dreißig Meter weit über das Eis geschoben hatte, plötzlich donnerte ein markerschütterndes Krachen durch die klare Luft, dann eine erneute Entladung, worauf sechs weitere folgten, während das Eis darunter splitterte und unter den 23500 Tonnen Stahl zerbarst.

Die *Ural* steuerte in diese neu geschaffene Bucht, schob sich erneut auf das Treibeis, wieder trieben die beiden Schrauben sie etwa dreißig Meter weit über die geschlossene Eisfläche. Und wieder ertönte das durchdringende Krachen des eineinhalb Meter dicken Eises, das unter zigtausend Tonnen Stahl zermalmt wurde und nun einer Fahrrinne von etwa einer Viertel Seemeile Breite Platz machte.

»Mein Gott«, sagte Ravi Rashud, während er gebannt die gewaltige Kraft der *Ural* bestaunte. »Noch mal so eine Aktion, und wir sind durch.« Er nahm sein Fernglas zur Hand und sah nach vorn. Der Eisbrecher schien nun eine weite Bucht zu durchqueren, während unter ihm die Eisschollen zur Seite gerammt wurden.

Fasziniert sah er mit an, wie die *Ural* auch noch den letzten verbliebenen Rest, die letzten hundert Meter des Eisfelds, unter sich bersten ließ, wie sie mit ihrem eisenharten Bug anscheinend mühelos die kleinen Eisberge zur Seite schob und der *Barracuda* und ihrer Eskorte den Weg in die Ostsibirische See und die Beringstraße freiräumte.

Nachdem sie das Eisfeld hinter sich hatten, rundeten sie die Nordspitze von Nowaja Semlja. Hier befanden sie sich genau nördlich des Mündungsgebiets des längsten russischen Flusses, des Ob, der an der gebirgigen Grenze zur Mongolei entsprang und dann über 5400 Kilometer durch das sibirische Hochland floss, östlich am Ural entlang, unter der Brücke der Transsibirischen Eisenbahn hindurch, bevor er in den eisigen Tiefen seiner 80 Kilometer langen und 35 Kilometer breiten, hakenförmigen Mündung verschwand.

Die Nordspitze von Nowaja Semlja markierte auch das Ende der Barentssee. Sie fuhren in die Karasee hinein, die sich über 500 Seemeilen bis zur zwei Tage entfernten Sewernaja-Inselgruppe erstreckte. Auf Eisschollen trafen sie nicht mehr, sie hatten allerdings auf die gut kartierten Untiefen entlang des Zentralen Kararückens zu achten, den sie nördlich passierten. Den Nordenskiöld-Archipel ließen sie steuerbords, während sie durch die enge Wilkizki-Straße südlich von Sewernaja nach Osten schwenkten.

Hier schließlich wurden sie zum ersten Mal von amerikanischen Aufklärungssatelliten fotografiert. Deutlich waren die vier Schiffe auf den von »Big Bird« aufgenommenen Bildern zu sehen, der lautlos über sie hinwegzog.

Donnerstag, 9. August 2007, 0700
National Security Agency
Fort Meade, Maryland

Lieutenant Ramshawe liebte Satellitenaufnahmen. So monoton und grobkörnig die Bilder auch waren, er freute sich immer darauf, sich mit seinem Computer ins Intelink einzuloggen, das sichere und verschlüsselte Kabelnetz des National Reconnaisance Office. Hier konnte Jimmy jederzeit die Aufklärungsfotos betrachten, die die vom NRO betriebene, endlos den Globus umkreisende Satellitenarmada weltweit aufnahm.

Er fand immer etwas Interessantes aus dem Ost- oder Südchinesischen Meer, gewohnheitsmäßig warf er einen Blick auf die Beringstraße und die Halbinsel Kamtschatka, wo das Einsatzgebiet der großen russischen Pazifikflotte lag. Selten stieß er auf Dinge, die es wert gewesen wären, sie weiter zu verfolgen, was ihn jedoch nicht von seiner Suche abhielt. Ramshawe war eben der geborene Nachrichtenoffizier.

Im Sommer überprüfte er regelmäßig das Gebiet östlich der Sewernaja-Inseln. Das Meer gehörte dort den Russen. Sie patrouillierten es, hielten Marinemanöver ab und führten entlang der Küste, von Murmansk bis zur mehr als tausend Seemeilen entfernten Halbinsel Kola, Testfahrten durch.

Manchmal fanden sich Bilder, die er halbwegs interessant fand, sie zeigten vielleicht ein neues russisches Kriegsschiff, meistens allerdings bekam er lediglich die Routinemanöver einer sterbenskranken Marine zu Gesicht. Östlich der Sewernaja-Inseln befand sich die Stelle, an der man die Flottentransfers beobachten konnte. Für die USA war es wichtig und sogar von entscheidender Bedeutung, dass sie den Standort der großen russischen Kriegsschiffe genau kannten.

An jenem Tag fiel Jimmy ein aus vier Schiffen bestehender Konvoi auf, der an der Nordküste Sibiriens entlangfuhr. Er zoomte sich hinein und machte im nächsten Moment einen Satz nach hinten. »Meine Fresse«, murmelte er. »Dieses Sibirien ist doch ein verdammt großer Fleck. Muss der größte Fleck auf Erden sein.«

Damit hatte er freilich Recht. Sibirien umfasst ein Zwölftel der gesamten Landmasse der Erde. Es mochte dort klirrender Frost herrschen, es mochte sehr einsam sein, das Land mochte eine Geschichte haben, bei der es einem kalt den Rücken runterlief – aber klein war es nicht.

Jimmy starrte auf die vier Schiffe und rief eine Maske auf, die ihm die Identität der russischen Einheiten enthüllte, die hier von der Barentssee nach Osten zur Beringstraße unterwegs waren.

»Dann mal los«, sagte er sich, als das Fenster mit der Legende auf seinem Monitor erschien. *Eine Fregatte von einiger Größe, die* Neustraschimy. *9000 Tonnen, Lenkraketen … Ein verdammt großer Eisbrecher … das ist der gewaltige Dreckskerl da vorn, was? Ein Akula-II-Atom-U-Boot. Ein Atom-U-Boot vom Sierra-Typ, vermutlich eines der beiden Boote der Barracuda-Klasse. Jagd-Angriffsboote. Typ 945 … alle an der Oberfläche … kein Versteckspielchen … routinemäßiger Flottentransfer im Sommer, von der Nordmeerflotte zur Pazifikflotte. Kein Problem.*

Der Lieutenant kannte die russischen *Akulas* ebenso wie die *Sierras*. Über die *Barracudas* allerdings wusste man nach wie vor sehr wenig. Nur ein Boot war jemals im aktiven Flottendienst gewesen, nur einmal war ein Typ 945 auf offener See gesichtet worden. In den vergangenen fünf Jahren, während Jimmy Ramshawes gesamter Dienstzeit in Fort Meade, war das Boot höchstens ein halbes Dutzend Mal ausgelaufen, so teuer war sein Betrieb.

Er schob eine mit der höchsten Geheimhaltungsstufe versehene CD-ROM ins Laufwerk, ließ sich die technischen Daten anzeigen und nahm die hohe Geschwindigkeit und große Tauchtiefe zur Kenntnis, die das wertvollste Angriffs-U-Boot der Russen, die *Tula*, das Erste ihrer Klasse, vorweisen konnte. Ebenfalls stellte er fest, dass sie etwas halbherzig vorhatten, sie mit Marschflugkörpern auszustatten, die über eine Reichweite von 2600 Kilometern verfügten. Aber das würde anscheinend noch ein weiteres Jahr dauern.

Er rief das Bild auf und betrachtete den Schnappschuss des Bootes, das durch die kalte, ruhige See fuhr, am Bug eine deutlich zu erkennende weiße Welle, die sich über dem Deck brach, sich am Turm teilte und an beiden Seiten des Rumpfs zu zwei Wasserwirbeln auseinander lief.

»Sieht mir verdammt gefährlich aus«, sagte er sich. »Würde ja zu gern wissen, wo sie den anderen Scheißer versteckt halten.«

Er kehrte auf die Seite mit den Operationsdaten zurück und erfuhr dort, dass man Zweifel hege, ob das zweite Boot jemals fertig gestellt worden war. Falls nicht, las er weiter, befand es sich wahrscheinlich in der Marinebasis Uraguba, vermutlich in einem überdachten Dock. *Sollten wirklich Seetauglichkeitstests durchgeführt worden sein, wurden sie von uns nicht registriert.*

»Barracuda, komischer Name für so einen verfluchten Russen«, sprach er ins leere Büro hinein. »Das ist doch ein großer, gefährlicher Warmwasserfisch, der sich hauptsächlich in den Tropen aufhält. Mein Dad hat mal einen in der Karibik gefangen. Barracuda? Dort oben am Arsch des Nichts, nördlich der Tundra, innerhalb des Polarkreises? Ergibt doch überhaupt keinen Sinn. Als würde die jamaikanische Marine ihre Schiffe

›Walross‹ oder ›Eisbär‹ nennen. Als würde Nelson Mandela zum Präsidenten von Island gewählt werden. Wo bleibt denn hier die nationale Identität? Diese Dummbeutel. In Russland gibt's doch im Umkreis von tausend Seemeilen keinen einzigen Barracuda. Sie hätten sie Stör-Klasse nennen sollen. Oder Killerwal. Oder Seelöwe. Schon seltsam, nennen ihr bestes Angriffs-U-Boot, das in den arktischen Gewässern im Eis liegt, nach einem zu groß geratenen tropischen Goldfisch.«

Er verließ sein Büro, um irgendwo einen Kaffee aufzutreiben, und als er zurückkehrte, spukte ihm immer noch die *Barracuda* durch den Kopf. »Ich hab doch Recht, oder?«, sagte er sich. »Aber ich will den alten Russkis ja nicht Unrecht tun, vielleicht sollte ich's lieber mal nachprüfen ...«

Er hämmerte auf die Tastatur ein, suchte im Netz nach Barracuda, dem Fisch, nicht dem Boot, und stieß dabei auf *Game Fish of North America* von A. J. McClane, dem wahrscheinlich größten Autor, der jemals über das Angeln und Fischen geschrieben und unter anderem das Großwerk *New Standard Fishing Encyclopedia* verfasst hatte.

»Dann mal los«, sagte er. »Seite 240. Da gibt's einen ganzen Abschnitt über die Viecher, gleich vor den verdammten Haien.«

Er überflog die Seite und sah sich schnell bestätigt. Barracudas lebten nicht in kalten Gewässern. Die Illustrationen waren wunderschön, und so beschloss er, den Einführungsabsatz zu lesen, in dem ihm mitgeteilt wurde, dass der Fisch über teuflische Zähne verfüge, zwei Reihen rasiermesserscharfer Beißer. Daneben besitze er, wie McClane schrieb, *das Temperament eines in die Enge getriebenen Wolfes ... Ein Biss von ihm kann giftig sein ... und allein schon bei seinem Anblick bleibt einem beinahe das Herz stehen.*

Das Gleiche galt für die feine Prosa des Mr. McClane. Denn im nächsten Absatz, genau hier auf Seite 240, etwa in der Mitte des Textes, fand sich der Satz: ... *in seichten Gewässern ist dieser alte Säbelzahn so schnell wie eine Rakete.* Worauf dem jungen Nachrichtenoffizier beinahe tatsächlich das Herz stehen blieb.

Alter Säbelzahn! Wann hatte er das schon mal gehört? Seine Gedanken rasten, sein Herz machte einen Satz. Das tat es immer, wenn er das Gefühl hatte, einer Sache auf der Spur zu sein. Er nahm einen großen Schluck Kaffee, verließ den Barracuda-Abschnitt, öffnete seine Geheimdatei und scrollte durch den Index.

Mein Gott! Das war vor fast einem Jahr. Im September 2006. Hier haben wir es … ALTER SÄBELZAHN 600 BESTÄTIGT. Das Signal war von einem chinesischen Marinesatelliten aufgeschnappt worden – ursprüngliche Quelle: US SIGINT, die Lauschstation im unterirdischen Bunker in Kunia auf Hawaii.

Lieutenant Ramshawe zog die Wahrscheinlichkeit in Betracht, dass irgendein chinesischer Admiral wie vorgesehen sechshundert Barracudas an Land gezogen hatte. *Sechshundert. Bestätigt.* Das letzte Wort deutete klar darauf hin, dass man sich über die fragliche Sache vorher schon mal unterhalten hatte. Sonst, überlegte Jimmy, hätte der alte Admiral Tai Mai Hak-en doch eine Nachricht abgesetzt, die sich folgendermaßen gelesen hätte: »Heilige Scheiße! Habe soeben die Hälfte der weltweiten Barracuda-Population aus dem Wasser gezogen.«

Nein. *Bestätigt* bedeutete, dass die Sache erwartet wurde. Oder dass man sie zumindest zu erwarten gehabt hatte. Außerdem ging es hier nicht um ein Netz voller Fische. Der alte Säbelzahn, der Barracuda, musste, wenn es über einen Marinesatelliten ging, der Code für das gefährlichste Angriffs-U-Boot der Russen sein. Und was war mit *600*? Die Russen hatten nur eines im Flottendienst. *Die Ziffer könnte sich auf alles möglich beziehen – Tiefe unter NN … noch verbliebene Stunden in einem Countdown … eine Funkfrequenz … ein Stapel Torpedos … Entfernung von der Heimatbasis in Seemeilen … Reichweite der Raketen … oder vielleicht sogar Dollar … Vielleicht haben die Chinesen das verdammte Ding gekauft.*

Lieutenant Ramshawe beschloss, dass er Besseres zu tun hatte, als eine aus vier Wörtern bestehende chinesische Satellitennachricht, die fast ein Jahr alt war, mit einem ganz und gar unschuldig erscheinenden russischen Flottentransfer entlang der sibirischen Küste in Verbindung zu bringen.

»Trotzdem«, murmelte er vor sich hin, »werde ich die vier kleinen Drecksäcke, die hier durchs Eis kriechen, mal lieber im Auge behalten. Vor allem den alten Säbelzahn.«

Dienstag, 14. August 2007
Südlich der Neusibirischen Inseln
Position: 73 N, 138 E

Sie befanden sich mittlerweile im Osten der Laptewsee und hielten sich noch immer nah an die Küste, nachdem sie soeben das 14000 Quadratkilometer große Delta der Lena passiert hatten, die wie der Ob aus Zentralasien quer durch ganz Sibirien floss. Vor ihnen lag die 50 Seemeilen breite Straße zwischen der nördlichen Festlandspitze und der südlichsten der Neusibirischen Inseln, das Tor zur Ostsibirischen See.

Die *Ural* an der Spitze des Konvois sorgte nach wie vor für ein Etmal von 200 Seemeilen. Beide U-Boote blieben aufgetaucht und hielten ihre Marschgeschwindigkeit von neun Knoten. Auf der Brücke stand ständig eine Wache, die nach kleineren Eisschollen Ausschau hielt, die, wenn sie hart genug auftrafen, ein U-Boot durchaus beschädigen konnten. Die Tatsache, dass es in der Nacht nur jeweils für eine Stunde dunkel wurde, machte die Aufgabe etwas einfacher.

Ravi Rashud hatte den Großteil seiner Zeit mit dem Kommandanten und Ben Badr verbracht. Daneben hatte er im Navigations- sowie dem Radar- und Sonarraum regelmäßig Vier-Stunden-Wachen geschoben. Er hatte sich, begleitet von den beiden anderen iranischen Offizieren und dem Dolmetscher, mit dem Tiefenrudergänger unterhalten und außerdem zwei Tage mit Stabsbootsmann Ali Zahedi im Antriebsraum sowie einen Tag mit Korvettenkapitän Mohtaj im Reaktorraum zugebracht. Dadurch besaß er mittlerweile ein fundiertes Wissen über die Funktionsweise eines Atom-U-Boots.

Er wusste, welche Monitore zu überwachen, welche Anzeigen zu kontrollieren waren, kannte die elektrischen Schaltkreise und ihre Unterbrecher. Er war versiert in allen Notfallrollen. In seiner Freizeit unterhielt er sich häufig mit Ben Badr. Bei Problemen oder Ausfällen jeglicher Art war die Chance äußerst groß, dass die beiden ungleichen Militärs, die in so unterschiedlichen Kulturen und unterschiedlichen Religionen aufgewachsen waren, gemeinsam zu einer richtigen Lösung kommen würden.

Was den beiden noch bevorstand, war ein Schnellkurs über die großen Raduga-Marschflugkörper. Fregattenkapitän Badr war inzwischen mehr als halbwegs darin bewandert. Ein weiterer Korvettenkapitän aus Bandar Abbas hatte sich nahezu neun Monate ausschließlich mit dem System beschäftigt, als es in Uraguba überholt worden war. Ein erfahrener Stabsbootsmann aus Ravis Heimatprovinz Kerman hatte zudem mithilfe eines Dolmetschers einen Kurs über die Technologie und das Leitsystem der Marschflugkörper absolviert.

Ravi hatte auf diesem Gebiet einiges nachzuholen. In Petropawlowsk würde der Großteil des Herbstes dafür draufgehen, um sich den Wissensstand anzueignen, der für jeden U-Boot-Kommandanten unverzichtbar war.

In der Zwischenzeit schoben sie sich durch die südliche Straße der Neusibirischen Inseln. Der Wind begann sich zu drehen, er kam nun aus Süden und brachte angenehm warme Luft mit sich. Vom fürchterlichen sibirischen Winter war nicht mehr viel zu spüren, nur die dunklen, fernen Küsten des riesigen schlafenden russischen Landes waren noch vom Schnee gezeichnet.

Nach tausend Seemeilen und fünf Tagen würden sie die Tschuktschensee durchquert haben und die Beringstraße passieren, wo sie sich bis auf eine halbe Seemeile US-amerikanischen Hoheitsgewässern nähern würden. Die gesamte Strecke hinab zur Beringstraße hielten sie sich nah an die Küste. Als sie im Fahrwasser der *Ural* in die Ostsibirische See einliefen, gab Kapitän Wanislaw den Befehl zum nötigen Kursändern nach Ostsüdost: *Kurs eins-eins-zwei … sofort die* Ural *verständigen.*

Die See war so ruhig wie zuvor, als sie nach Süden liefen, weg von der flachen, tödlich harten, permanenten Eisdecke, die backbords immer am Horizont gelauert und sich an diesem Punkt bis auf hundert Seemeilen an die sibirische Küste herangeschoben hatte.

Der Sommer war hier an der nordöstlichen Ecke Russlands mild gewesen, was ihre Passage sehr erleichterte. Sie trafen auf keine Eisschollen mehr, hielten die Geschwindigkeit Tag und Nacht bei neun Knoten, pflügten durch die dunkelblauen Gewässer und beobachteten die vor ihnen liegende Wasseroberfläche.

Die Iraner wurden in dieser Zeit von Tag zu Tag versierter. Natürlich wäre General Rashud nicht in der Lage gewesen, das Boot so zu führen, wie es ein Kapitän mit langjähriger Erfahrung auf Atom-U-Booten getan hätte. Aber Fregattenkapitän Badr besaß sicherlich die Fähigkeit dazu, nachdem er um sich herum eine äußerst qualifizierte Mannschaft versammelt hatte. General Rashud hatte sich bereits als der ideale Kommandant für solche Spezialeinsätze erwiesen. Aufgrund der umfangreichen Lehrgänge, die er an den langen Tagen während dieser Fahrt genossen hatte, war er imstande, mit der Mannschaft an Bord dieses Bootes jede gewünschte Mission durchzuführen.

Wäre Fregattenkapitän Badr auf der Stelle tot umgefallen, hätten General Rashud und seine iranischen Offiziere es wohl irgendwie geschafft, das Boot sicher nach Hause zu bringen. Keiner zweifelte auch nur im Geringsten daran, dass der vom SAS ausgebildete Offizier jemand war, dem man bedenkenlos folgen konnte. Selbst ohne Ben Badr wäre er wahrscheinlich zurechtgekommen, zusammen jedoch bildeten sie ein kompetentes Team.

Die fünf Tage dauernde Fahrt hinab zum Kap Uelen, das die russische Seite der Beringstraße markierte, verlief in vollkommener Einsamkeit. Sie passierten die hohen Felsen und den kleinen, 40 Kilometer landeinwärts gelegenen Handelsposten auf Kap Deschnjew. In der Ferne sichteten sie kleine Fischerboote und einen Lastkahn, aber ihnen begegnete kein einziges hochseetüchtiges Schiff. Der Einzige, der ein Auge auf sie geworfen hatte, war, 6200 Kilometer entfernt, Jimmy Ramshawe, der sich alle paar Tage die Satellitenbilder vornahm und sich noch immer wunderte, was die Chinesen mit dem alten Säbelzahn zu schaffen hatten.

Kalte Windböen brachen über sie herein, als sie die Tschuktschensee verließen und direkt über dem nördlichen Polarkreis die Beringstraße ansteuerten. Die Seen wurden höher, die Temperatur war erneut auf null Grad gefallen, die lange pazifische Dünung hob die *Barracuda* langsam an und ließ sie dann in die Wellentäler fallen. Kapitän Wanislaw befahl das Boot auf Periskoptiefe, was die Fahrt etwas angenehmer machte. Es wäre ihm lieber gewesen, sie auf dreißig Meter Tiefe aus dem Seegang zu nehmen, waren die Gewässer in der Straße doch gefährlich seicht und schlecht kartiert.

So stampften sie vor sich hin, dünne Schneeschleier wirbelten über das Wasser, während sich das große Unterwasserschiff hob und abrupt senkte. Exakt vor der Lawrentija-Landspitze befahl Kapitän Wanislaw Kursänderung nach Südwest, genau entlang der im Meer liegenden Hoheitsgrenze zwischen Russland und den USA, westlich der Insel St. Lawrence, 40 Seemeilen vor dem östlichsten Punkt der sibirischen Grenze. Auf der Position der *Barracuda* war es etwa 0200, Dienstag, 21. August. Drei Meilen weiter backbords, jenseits der internationalen Datumsgrenze, war es noch Montag, die gleiche Uhrzeit. Ramshawe betrachtete in gewisser Weise Fotos, noch bevor sie aufgenommen worden waren.

Ravi setzte seinen Unterricht fort, verbrachte einige Zeit im Reaktorraum und war viel mit dem Sonaroffizier zusammen, einem Englisch sprechenden chinesischen Offizier, der am Kilo-Programm der Volksbefreiungsarmee mitgearbeitet hatte. Ravi fühlte sich von Natur aus dem präzisen und gleichzeitig kreativen Denken hingezogen, das im Sonarraum gefragt war. Das Gleiche galt für Ben Badr. Wie immer gab es viel zu besprechen.

Sie passierten den 300 Seemeilen breiten Eingang zum Anadyrgolf. Steil ragten die grauen Felsen aus dem Wasser, in dem noch immer, obwohl es bereits Ende August war, die sommerlichen Zirkularströme vorherrschten. In nur wenigen Monaten würde dieser nördliche Abschnitt der Beringsee von einem dicken Eispanzer bedeckt sein.

Zwei Tage darauf begannen sie die lange Fahrt entlang des Korjakengebirges, einer wilden, kahlen ostsibirischen Landschaft, durch die sich über 800 Kilometer von Süd nach Nord die gewaltige Gebirgskette zog. Vom Meer her waren die hohen, schneebedeckten Gipfel zu sehen, die nackten Felsgrate, die steil in die See abfielen. Doch aufgrund des noch immer rauen Wetters blieb der Mannschaft der *Barracuda* dies alles verborgen. Drei weitere Tage fuhren sie auf Periskoptiefe entlang dieser wohl abgelegensten Küstenlinie der Welt und bekamen das Tageslicht nicht zu sehen.

Das Land verjüngte sich schließlich und bildete am Golf von Karaginski einen schmalen Isthmus, der das sibirische Festland mit der 800 Kilometer langen Halbinsel Kamtschatka verband. Die Bergketten, sozusagen die russischen Rocky Mountains, setzten sich auch auf der Halbinsel fort und fanden ihre spektakulärste Erhebung im Vulkan Kljutschewskaja Sopka, der mit einer Höhe von 4750 Metern der höchste Berg Sibiriens war. Er lag 80 Kilometer landeinwärts, knapp 200 Kilometer nördlich von Petropawlowsk.

Die *Barracuda* musste bei der ganzen Fahrt nie auftanken, was dem ehemaligen Kilo-Offizier Ben Badr nach wie vor wie ein Wunder erschien. Dennoch mussten sie zwei Stopps einlegen, einmal, damit die russische Begleitfregatte in einer geschützten Bucht hinter der zerklüfteten Landspitze von Kap Kamtschatka von einem russischen Marinetender Diesel aufnehmen konnte, und das andere Mal, als der Kommandant des anderen U-Boots in einer von Bergen umgebenen Bucht eine leckende Dichtung überprüfen ließ. Beide Schiffe hätten es durchaus noch nach Petropawlowsk geschafft, doch Kriegsschiffkommandanten mochten es ganz und gar nicht, wenn ihnen der Treibstoff auszugehen drohte, und U-Boot-Kommandanten reagierten auch höchst empfindlich, wenn Wasser ins Boot eindrang, es sei denn, sie waren gezwungen, sich schleunigst aus einem Einsatzgebiet zu entfernen.

Am 1. September verließen sie die zwei Seemeilen breite nach Süden führende Schifffahrtsroute und trafen bald darauf auf den russischen Lotsen, der ihnen entgegengeschickt worden war. Unmittelbar vor dem Eingang zur breiten Bucht Awatschinski lag ein ausgedehntes Minenfeld, das sich zehn Meilen in die See hinaus erstreckte. Das Ankern und Fischen war in dieser Zone untersagt. Keinem Schiff wurde die Einfahrt in die Bucht gestattet, in der einer der geheimsten Militärstützpunkte der Welt lag, Russlands verbotene, stahlbewehrte Marinebasis, der Hafen von Petropawlowsk, der noch immer von der Denkweise des Kalten Krieges beherrscht wurde: der düstere östliche Außenposten der alten sowjetischen Pazifikflotte.

Der chinesisch-iranischen Besatzung stand nun ein intensives Raketentestprogramm bevor. Dabei ging es vor allem um das computergestützte Zielleitsystem im Kopf der Waffe. Die Raduga gehört im Prinzip zu den »fire and forget«-Systemen: Sie wurde vom getauchten Schiff abgefeuert und fand anschließend allein den Weg zum Ziel, wobei es sich völlig auf die in ihrem elektronischen »Gehirn« programmierte Route zum Zielobjekt verließ. Dabei erreichte sie eine Geschwindigkeit von 0,7 Mach beziehungsweise 800 Stundenkilometern.

Selbst wenn man sie sehen sollte, wenn sie in 60 Metern Höhe durch den Himmel jagte, könnte man nicht viel gegen sie unternehmen. Auch wenn einem zufällig ein Raketenabwehrsystem zur Verfügung stünde. Dieser schwere stählerne Himmelsvagabund russischer Herkunft konnte seine Gegner einfach übertölpeln und allem davonsprinten, was ihm entgegenschickt wurde. Es sei denn, man visierte ihn frontal an, lange bevor er einen erreicht hatte, was allerdings nahezu unmöglich war, wenn er von einem getauchten U-Boot abgefeuert wurde. Der Überraschungseffekt war schlicht zu groß.

General Rashud ging als weitaus versierterer, besser ausgebildeter U-Boot-Offizier von Bord. Zwei Tage wollte er sich hier noch aufhalten und anschließend mit Ben Badr vom Militärflugplatz östlich von Petropawlowsk ausfliegen – erst nach Shanghai, dann mit einer Zivilmaschine nach Teheran, wo Shakira auf ihn warten würde.

In den folgenden Monaten würde Ravi abgeschieden in Damaskus an seinem Plan arbeiten. Gelegentlich wurde er von Fregattenkapitän Badr besucht, und gemeinsam studierten sie Kartenwerke über Alaska und die sichersten Routen dorthin. Sie beschäftigten sich mit der Ölpipeline, die vom nagelneuen Ölterminal in Alaska zur US-amerikanischen Westküste führte, wobei sie den größten Teil der Strecke unter Wasser zurücklegte. Außerdem machten sie sich mit den über ganz Kalifornien verteilten Kraftwerken vertraut, vor allem mit jenen, die am Pazifik standen.

Im Lauf dieser Monate gab es immer wieder Momente, in denen sie sich ein sarkastisches Lächeln nicht verkneifen konnten. Früher, als die USA gänzlich vom arabischen Öl abhängig waren, wäre ein solcher Schlag nahezu unmöglich gewesen. Der Schaden für das eigene Volk wäre einfach zu hoch gewesen. Doch jetzt, nachdem die Amerikaner die eigenen Ölvorräte anzapften und China als neuer *Global Player* die Bühne betreten hatte und sich in vielerlei Hinsicht als der Retter der arabischen Wirtschaft erwies, waren abenteuerlichere Unternehmungen in den Bereich des Möglichen gerückt.

Ravi und Ben hatten nicht die geringste Absicht, in die Fußstapfen Osama Bin Ladens zu treten. Sie hatten nicht vor, US-Bürger zu töten oder auch nur zu verletzen. Ihr Ziel war schlicht und einfach – Chaos und Inferno zu stiften, um die große Supermacht vor den Augen der gesamten Welt wie irgendeinen Dritte-Welt-Staat zu demütigen. Fregattenkapitän Badr und sein Vater schätzten den Plan über alle

Maßen. Auch Shakira hielt ihn für ausgezeichnet. Ravi dachte ebenso. Wäre da nicht die unausgesprochene Sorge gewesen, die von jenem Freitagmorgen in London herstammte, damals im Juni 2006, vor über einem Jahr; damals, als es dem syrischen Scharfschützen nicht gelungen war, Arnold Morgan den Kopf wegzublasen.

Doch abgesehen davon herrschte die einhellige Meinung, dass die *Barracuda* nicht gestoppt werden konnte oder würde. Niemand würde je erfahren, wer dieses gewaltige Verbrechen begangen hatte. Oft musste er lächeln, wenn er an ein völlig perplexes Pentagon oder die Verwirrung im Weißen Haus dachte, die sie damit heraufbeschwören würden. Dennoch blieb die Sorge vor dem gefährlichen Admiral, den der amerikanische Präsident an seiner Seite hatte.

Am 8. September waren Kapitän Wanislaw und die Kernmannschaft der *Barracuda*, inklusive aller iranischen Offiziere und Mannschaften sowie der Chinesen, nach Seweromorsk zurückgeflogen. Dort begannen sie mit einer wahrhaft geheimen Mission, den Erprobungsfahrten der zweiten *Barracuda*, Rumpf K-240, auf den U-Boot-Routen außerhalb der Kolski-Bucht.

Der Zeitplan sah vor, dass das Boot die Werft verließ, bevor der US-Satellit das Gebiet überflog, was er jeden Morgen um 1100 tat. Zu diesem Zeitpunkt musste es bereits die Skolpen-Bank hinter sich gelassen haben und in den 200 Meter tiefen Gewässern auf Tauchfahrt sein. Das Boot, das in jeder Hinsicht dem Rumpf glich, der mittlerweile in Petropawlowsk in einem geschützten Dock lag, war erst Ende Juni fertig gestellt worden und bedurfte noch einiger Nachbesserungen, vor allem in Hinblick auf die Sonarsysteme. Der von der exzellenten Atomfabrik in Sewerodwinsk hergestellte Reaktor allerdings lief problemlos. Der schwierigste Teil der Arbeiten bestand in der Geheimhaltung – niemand sollte erfahren, dass das Boot überhaupt existierte.

Jeden Tag wurde sie von zwei Schleppern aus ihrem abgedeckten Liegeplatz in Uraguba gezogen und dann hinaus in die See geschickt, mindestens eine Stunde bevor Amerikas lautloser »Big Bird« in 35000 Kilometern Höhe vorbeigeflogen kam und sondierte, fotografierte, kontrollierte und sich vergewisserte, dass auf dem Planeten Erde sich absolut nichts bewegte oder den Kurs änderte, ohne dass die National Security Agency in Fort Meade, Maryland, davon erfuhr.

Nachdem die Untiefen hinter ihr lagen, tauchte die *Barracuda II* so schnell wie möglich ab. Kapitän Wanislaw hatte das Kommando inne. Seine Besatzung bestand im Grunde aus den gleichen Männern, die an der Überführung der *Barracuda I* durch die arktischen Gewässer zur Halbinsel Kamtschatka beteiligt gewesen waren. Nur die iranische Torpedo- und Raketenmannschaft war in Petropawlowsk geblieben. Ansonsten waren die Männer aus der Wüste, die nun dem Echo der Meerestiefen lauschten, alle in Russlands kaltem Norden beschäftigt.

Die Rückkehr der *Barracuda* an ihren Liegeplatz nach zwei oder drei Tagen auf See war relativ einfach zu bewerkstelligen. Das Überwachungsprogramm der USA sah vor, pro Tag eine Aufnahme aller Schiffsbewegungen in der Barentssee zu erstellen. Aufgrund der gewaltigen finanziellen Notlage wurden diese Aufnahmen jedoch recht unregelmäßig durchgeführt. Es genügte daher, wenn die *Barracuda* abends zu einer beliebigen Zeit in den Hafen einlief; nur morgens, wenn sie in See stach, musste sie rechtzeitig unter der Wasseroberfläche verschwunden sein.

Ravi und Ben hatten einen Zeitplan entworfen, der die Ausbildung von immer mehr Iranern im Rahmen ihres Atom-U-Boot-Programms vorsah. Jeweils zwölf von ihnen flogen für eine erste Einführung von Bandar Abbas nach Petropawlowsk. Nach dem vierwöchigen Ausbildungskurs ging es weiter nach Seweromorsk, wo sie an den Erprobungsläufen der zweiten *Barracuda* teilnahmen. Auf diese Weise war es dem Iran möglich, zwölf Männer zurück nach Petropawlowsk zu schicken und allmählich zwei Mannschaften aufzubauen, die unter gewisser Anleitung die beiden *Barracudas* bedienen konnten.

Es war eine organisatorische Meisterleistung, die schnell und gründlich in die Tat umgesetzt wurde. Im Zeitraum von nur wenigen Monaten war aus dem Iran eine gefährliche Atom-U-Boot-Macht geworden. Sie waren bereit, mit Unterwasserkriegsschiffen, von denen andere noch nicht einmal wussten, dass sie sie besaßen, *zwei* große Fahrten zu unternehmen, die Tod und Teufel über den Westen bringen sollten.

Ende Januar 2008 war die *Barracuda II* bereit für die erste dieser Fahrten, ihre Jungfernfahrt, von Uraguba nach Westen in den Atlantik hinaus. Drei Wochen später sollte die *Barracuda I* von Petropawlowsk aus in See stechen, den Minengürtel hinter sich lassen und in den Pazifik vordringen.

Die US-Überwachungssatelliten würden nur ein Boot auslaufen sehen. Ravi wollte sogar, dass dies geschah. Eines sollte langsam im Verborgenen fahren und unter dem Befehl des vor kurzem zum Kapitän beförderten Ali Akbar Mohtaj stehen. Das andere, unter dem Kommando des höchsten militärischen Befehlshabers der Hamas, wollte es dagegen weniger gemächlich angehen lassen.

Der verwirrendste Aspekt an der ganzen Sache, wie sie sich dem weit entfernten Jimmy Ramshawe darstellte, war, dass er lediglich von der Existenz eines der beiden Boote wusste. Jedenfalls lagen beide in den russischen Häfen, wohin sie gehörten. Der einzige, winzige Riss im chinesisch-iranischen Schutzpanzer war Ramshawes vage Ahnung, dass zwischen China und dem alten Säbelzahn irgendein Zusammenhang bestehen könnte. Alles in allem war das, was er über dieses Thema wusste, jedoch so verschwindend wenig, dass es, hätte er es auf einer Skala von 1 bis 100 aufgetragen, darauf noch nicht einmal zu sehen gewesen wäre.

Am Donnerstagmorgen, dem 31. Januar 2008, um etwa 0500 löste die *Barracuda II* in arktischer Dunkelheit die Vertäuleinen, ließ schnell die Bucht hinter sich und fuhr hinaus in die offenen Gewässer der Barentssee. Sie nahm Kurs nach Norden und ging auf eine Tiefe von 135 Faden. Die Mannschaft würde erst wieder in sechs Wochen das Tageslicht zu sehen bekommen. In dieser Zeit kroch das Boot, das über keine Marinekennung verfügte, um den Globus, vierundzwanzig Stunden am Tag darauf bedacht, unerkannt und unentdeckt zu bleiben.

Der erste Abschnitt der Reise war sicherlich der schwierigste. In einer Tiefe von 120 Metern näherte sich Kapitän Mohtaj langsam einem der sensibelsten U-Boot-Jagdgründe der Welt – der GRIUK-Enge, der schmalsten Stelle des Nordatlantiks. Eine mit einem Lineal gezogene Linie auf einer Landkarte kann die genauen Ausmaße verdeutlichen. Man ziehe, beginnend bei 69.00 N und 25.20 W an der ausgefransten, eisbedeckten Küste Grönlands, 140 Kilometer südlich des Scoresby-Sunds, eine 250 Seemeilen lange Linie in Richtung Südsüdost quer über die halb zugefrorene Dänemarkstraße; die Linie schneidet dabei den nördlichen Polarkreis und endet an der Nordküste Islands bei Husavik. Anschließend quert die gedachte Linie Island und setzt sich in südsüdöstliche Richtung zur Nordküste Schottlands fort, was insgesamt eine Strecke von 450 Seemeilen ergibt.

Der letzte Abschnitt ist der stark befahrene Teil der Grönland-Island-UK-Enge, GRIUK in der Marinesprache, die Wasserstraße, die während des Kalten Krieges und auch jetzt noch jedes russische U-Boot passieren musste. Die Dänemarkstraße wird wegen der vorherrschenden Witterungsverhältnisse, des Treibeises und seines schlechten Rufes wegen gemieden. Hält man nach russischen, britischen oder amerikanischen U-Booten Ausschau, die zwischen Island und Schottland in den Ostabschnitt der GRIUK einlaufen, hat man besonders auf die Island-Färöer-Schwelle zu achten, eine Erhebung des Meeresbodens, vor der alle U-Boot-Kommandanten großen Respekt haben.

Im Umkreis dieser Schwelle lag das Herrschaftsgebiet der schwarzen Unterwasser-Killer, die dort leise und langsam mit ihren sacht summenden Atomreaktoren umherstreiften. Diese Gewässer steuerte nun der unerfahrene iranische Kommandant, Kapitän Mohtaj, in seiner nagelneuen *Barracuda II* an und bereitete sich auf den Spießrutenlauf durch die

U-Boot-Patrouillen der U.S. Navy und der Royal Navy vor. Vor allem aber versuchte er, sich dem ultrageheimen und äußert empfindlichen US-amerikanischen Sound Surveillance System zu entziehen.

Das SOSUS besteht aus einem fest am Meeresgrund verankerten Netz passiver Ortungssysteme, Hydrofonen (Unterwassermikrofone), sensiblen Lauscheinrichtungen, die ihre empfangenen Signale an die küstennahen Operationszentralen weiterleiten.

Sie finden sich, kreuz und quer über den Meeresboden gespannt, in allen Schlüsselgebieten des Pazifiks und Nordatlantiks, und verstärkt aufgestellt natürlich in der GRIUK-Enge. Nicht umsonst sagt man sich dort: *Wenn in der GRIUK ein Wal furzt, fallen siebzehn an Land stationierte amerikanische Techniker vor Aufregung tot um.*

Man kann sich vorstellen, was geschieht, wenn das SOSUS die gleichmäßigen Geräuschsignale eines möglicherweise feindlichen U-Boots registriert.

Für Kapitän Mohtaj glich das Ganze einem ziemlichen Eiertanz.

Er verringerte die Geschwindigkeit der *Barracuda*, als sie in die eisigen Gewässer vor der norwegischen Küste eindrangen. Norwegen beansprucht die gesamte nördliche Küste des europäischen Kontinents, die sich in einem lang gestreckten Bogen um Schweden und Finnland herum bis nach Russland zieht. Die Nachfahren der alten Nordmänner waren nun die Herrscher über die arktischen Gewässer. Sie kontrollierten die 1800 Kilometer lange Atlantikküste von Stavanger im Süden bis fast hinauf zur russischen Halbinsel Kola, wovon 800 Kilometer südlich und 1000 Kilometer nördlich des Polarkreises lagen.

Im Sommer bilden die steilen norwegischen Fjorde und Buchten mitsamt den Inseln eine der spektakulärsten Kreuzfahrtgebiete der Welt. Sie bestehen aus leuchtend hellen, einsamen, grandios schönen Seelandschaften, über denen die Sommersonne niemals untergeht, deren Wasser blau ist, und wo die Menschen freundlich sind.

Wegen des Golfstroms gefrieren die Gewässer selbst Ende Januar nicht. Langsam fuhr die *Barracuda* daran vorbei und folgte den Konturen der legendären Lofoten, einer windumtosten, 160 Kilometer langen Inselgruppe, die vom Festland ins Meer hineinragt und vorbeifahrende U-Boote in die 1200 Meter tiefen Gewässer des Voring-Plateaus zwingt.

Vor dort aus brauchte Kapitän Mohtaj weitere zehn Stunden, um auf südwestlichem Kurs den nördlichen Polarkreis zu erreichen. Im Sonarraum der *Barracuda* glaubte man ein anderes U-Boot gehört zu haben, die Signale allerdings waren zu schwach und zu fern.

Das war auch gut so, weil das 8000-Tonnen-U-Boot der Los-Angeles-Klasse, die USS *Cheyenne,* wäre zweifellos höchst interessiert gewesen an diesem unangekündigten russischen Atom-U-Boot, das da durch den Nordatlantik kroch. Vielleicht hätten die Amerikaner es versenkt, auf jeden Fall aber hätten sie lautstark Alarm geschlagen und Schiffe der Royal Navy angefordert, vielleicht sogar Luftaufklärung, um herauszufinden, was sich hier genau abspielte.

Die beiden U-Boote allerdings waren zu weit voneinander entfernt, um den jeweiligen Gegenspieler sicher zu klassifizieren. Beide Boote ordneten die Signale als natürliche Meeresgeräusche ein. Möglicherweise stammten sie ja auch von einem vorbeifahrenden Fischtrawler. Die *Cheyenne* setzte ihre Patrouillenfahrt in nördliche Richtung fort.

Kapitän Mohtaj verringerte die Geschwindigkeit noch weiter auf sieben Knoten, Kurs Südwest. Für die folgenden 400 Seemeilen brauchten sie zweieinhalb Tage, schnurrten langsam dahin, 120 Meter unterhalb der aufgewühlten, sturmumtosten Meeresoberfläche. Am Nachmittag des 7. Februar, um 1630, überquerten sie die unsichtbare Meereslinie, die ihnen sagte, dass sie sich von nun an in der GRIUK-Enge befanden, genau über der Island-Färöer-Schwelle, wo das Wasser nur etwa 250 Meter tief war. Fahrt: fünf Knoten; Position: 61.20 N, 10.00 W.

Sie hielten sich westlich der berüchtigten Bill-Bailey-Banks, zwei unterseeischen Erhebungen, die bis auf 75 Meter unterhalb der Wasseroberfläche emporragten. Auch auf den nächsten 150 Seemeilen erhöhten sie kaum die Geschwindigkeit, bis sie die Tiefen des Island-Beckens erreichten, wo der Atlantik plötzlich bis auf nahezu drei Kilometer Tiefe abfiel.

Kapitän Mohtaj wusste, dass er nun langsamer fahren musste, da das SOSUS vor allem die tieferen Gewässer abhorchte. Er fühlte sich hier zwar verletzlich, trotzdem wagte er eine etwas höhere Geschwindigkeit und ließ die Turbinen der *Barracuda* auf neun Knoten hochfahren. Und er befahl eine Kursänderung: *Backbord ... Kurs eins-acht-null.*

Die *Barracuda* hielt die Geschwindigkeit über die folgenden vier Stunden aufrecht und drehte dann in Richtung der 100 Seemeilen westlich der irischen Küste gelegenen Rockall-Rinne bei, direkt über den empfindlichen amerikanischen Hydrofonen. Und das SOSUS erfasste sie ganz eindeutig, ohne Wenn und Aber.

Die beiden amerikanischen Diensthabenden, die in ihrer geheimen Horchstation an der windumtosten Felsenküste in Pembrokeshire im Süden von Wales saßen und auf die graue, aufgewühlte Irische See hinausstarrten, nahmen das Signal der *Barracuda* gleichzeitig auf und verfolgten es dann über einen Zeitraum von zwanzig Minuten.

»U-Boot, Sir. Ein Russe. Ich prüfe es nach, aber die erste Klassifizierung deutet auf ein russisches Atom-U-Boot hin. Probarea *ist ziemlich groß.«*

»Wie hoch ist die Wahrscheinlichkeit, dass die Klassifizierung richtig ist?«

»Dreißig Prozent, Sir. Bin noch am Überprüfen ...«

Im russischen Boot, in dem eine Reparatur auszuführen war, blieb dem Leitenden Ingenieur beinahe das Herz stehen, als er entdeckte, dass in den vergangenen drei Stunden ein Werkzeugkoffer sorglos gegen einen der Turbogeneratoren gelehnt hatte. Dort klapperte er so laut vor sich hin, dass er ein eindeutiges Geräuschsignal erzeugte. Wütend stürmte der Ingenieur über das Maschinenraumdeck, um den gedankenlosen Übeltäter zu finden.

»Mein Gott!«, fluchte er und stellte den Werkzeugkoffer weg. »Das ist doch einfach nicht zu fassen!« Das Klappern hörte augenblicklich auf.

Aber seine Entdeckung kam zu spät. Die Amerikaner hatten nicht nur das Geräusch des klappernden Werkzeugs aufgenommen, sondern auch Alarm geschlagen.

In Pembrokeshire bemerkte der Diensthabende zwar, dass seine Beute plötzlich verstummt war, den Grund dafür aber kannte er nicht. *»Kontakt abgerissen, Sir. Immer noch am Überprüfen. Sieht wie ein russischer 50-Hertz-Turbogenerator aus, keiner von den unseren mit 60 Hertz.«*

»Wie groß ist die Probarea?«

»Wir haben hier ein Planquadrat von zehn mal zehn Seemeilen.«

»Das nächste amerikanische U-Boot?«

»Die Cheyenne. *Letzter Standort 80 Seemeilen östlich von Island, etwa 650 Seemeilen nördlich unserer Position. Fast vierundzwanzig Stunden entfernt.«*

»Kontakt wieder hergestellt?«

»Nein, Sir. Nichts. Ich nehme an, sie haben es abgeschaltet.«

Beide Männer wussten, dass dies wesentlich schlimmer war, als das Boot erneut zu hören. Bedeutete es doch, dass die Russen es darauf abgesehen hatten, im Verborgenen zu bleiben, wofür es eigentlich keinen Grund gab. Der Kalte Krieg war lange vorbei, und Russland wurde längst nicht mehr als Bedrohung empfunden. Es hatte jedes Recht dazu, mitten im Nordatlantik eine Patrouille zu fahren, so wie es auch die Amerikaner taten.

Es könnte sich um eine Ausbildungsfahrt handeln, bei der auf einem langen Einsatz die Systeme getestet wurden. Das Boot könnte sogar gewendet haben, um heimatliche Gewässer anzusteuern. Vielleicht hatte das SOSUS dabei die Beschleunigungsgeräusche während des Wendemanövers erfasst. Aber wenn dem so wäre, warum lief es dann nicht mit angemessener Geschwindigkeit auf nördlichem Kurs? Und warum hatte die *Cheyenne* nichts gehört, als es auf dem Weg nach Süden war?

U-Boote warfen seit jeher viele Fragen auf. Aber dem Lieutenant Commander der U.S. Navy in Pembrokeshire gefielen die bislang gesammelten Informationen ganz und gar nicht, weshalb er eine Meldung an Fort Meade absetzte:

Pembroke-Lauschstation, zwanzigminütiger Kontakt mit einem sehr leisen Fahrzeug 071935FEB08. Daten nicht ausreichend für sichere Klassifikation – 50-Hertz-Band, weist auf russischen Turbogenerator hin. Signal abrupt verschwunden. Wahrscheinlich ein U-Boot. Keinerlei Übereinstimmung mit russischen Angaben … Probarea 100 Quadratseemeilen. Überprüfter Längengrad 15.00 W, Südende der Rockall-Rinne, vor der irischen Küste.

Die für den Atlantik zuständige Abteilung des National Surveillance Office schickte eine Anfrage nach Moskau, um die Situation zu klären. Zwei Tage später war weder eine Antwort eingetroffen noch hatte man einen Pieps von der *Barracuda* aufgenommen, die sich inzwischen mit geringer Geschwindigkeit nach Süden voranschlich und sich still und heimlich über die Unterseekabel des SOSUS mogelte – und dabei fast, aber eben nicht ganz, unentdeckt geblieben war.

Es war der 8. Februar, ein Freitagnachmittag, als sich Lieutenant Ramshawe eine Stunde freinahm und durch die Seiten des Internetsystems der NSA scrollte. Gedankenverloren hatte er gerade etwa eine Viertelstunde lang vor sich hingelesen, als ihm in einer verschlüsselten Botschaft das Wort »U-Boot« auffiel.

Seine kurze Bekanntschaft mit den Admirälen Morgan und Morris hatte ihn, wenn überhaupt, eines gelehrt: *Wenn du das Wort U-Boot entdeckst, lässt du sofort alles stehen und liegen und findest heraus, was zum Teufel da vor sich geht …* um Admiral Arnie zu zitieren, wie er ihn in unbeobachteten Augenblicken gern nannte. *Das sind hinterlistig-verstohlene, gefährliche kleine Drecksdinger. Wenn du eines entdeckst, das irgendwo herumlungert, und es dafür keinen triftigen Grund gibt, der mindestens so beachtlich ist wie der Grand Canyon, wirst du das nachprüfen und noch mal nachprüfen und dann noch einmal.*

Jetzt prüfte Jimmy es nach. Er wusste, was es mit dem Signal auf sich hatte. Vor einigen Tagen, am Mittwochabend, hatte einer der Jungs in einer SOSUS-Lauschstation auf der anderen Seite des Meeres ein russisches Atom-U-Boot aufgeschnappt, das westlich von Irland sehr leise den Atlantik heruntergefahren kam.

Er lud sich sofort das Signal herunter, warf seine CD-ROM mit dem vertraulichen Nachrichtenmaterial ein und rief den Abschnitt über Russland auf. Über das Suchprogramm ließ er sich alle Einträge zum 50-Hertz-Band anzeigen und bekam die Liste der *Sierra I* zu sehen. Offenbar waren diese alten sowjetischen Schlachtrösser mit der veralteten Alfa-Klasse ausgemustert worden. Die Amerikaner allerdings hatten noch einige *Sierra II*, Kondor-Klasse, Typ 945A, gefunden, die zur Nordmeerflotte gehörten und in Uraguba stationiert waren. *Sierra-I*-Boote gab es nicht mehr.

Also ließ er ein weiteres Mal das Suchprogramm durchlaufen, um alle *Sierras* zu finden, die noch im Einsatz waren. Es wurde lediglich ein Boot angezeigt. Sein Name lautete *Tula*, Rumpf 239, in Uraguba stationiert, eine *Sierra I*, Barracuda-Klasse, Typ 945.

»Verdammt noch mal, das ist der alte Säbelzahn! Heilige Scheiße!«, brüllte er durch sein leeres Büro.

Doch sofort kam er ins Grübeln: »Nein, einen Moment, das kann ja nicht sein! Der Säbelzahn ist in Petropawlowsk. Ich hab's doch selbst überprüft, ein überdachter Liegeplatz, seit letzten September … Mal sehen … Hier … ja … Jetzt aber … Achtmal seitdem gesichtet, immer auf kurzen Patrouillen. Wahrscheinlich Erprobungsfahrten. Am Abend war's wieder im Schuppen, wir haben sie immer zur gleichen Zeit erwischt. Das letzte Mal … am 3. Februar.«

Lieutenant Ramshawe war fest davon überzeugt, dass das, was die Jungs in Pembrokeshire gehört hatten, *nicht*, er wiederholte, *nicht* die *Barracuda*, Rumpfnummer 239, gewesen sein konnte. Es war nämlich ganz und gar unmöglich, dass das Boot die 10 000 Seemeilen zur irischen Westküste in drei Tagen zurückgelegt hätte.

»Halt, vergiss nicht«, sagte er sich, »das haben sie auch nicht behauptet. Sie haben nur gesagt, sie hätten einige Signale aufgenommen. Natürlich wäre es möglich gewesen, eine zweite *Barracuda* aus der Mottenkiste zu holen, wenn sie denn eine hätten. Aber, mein Gott ... für einen alten Kahn, der schon seit mehreren Jahren ausgemustert ist, liegt die irische Westküste verdammt weit entfernt. Da wird einem ja ganz anders.«

Wie auch immer, Jimmy Ramshawe stand vor einem Rätsel. Falls Admiral Arnie herausfand, dass ein russisches U-Boot den Atlantik unsicher machte und keiner davon wusste, würden sie alle gehörig eins auf den Deckel bekommen. Er forderte eine Kopie der letzten Nachricht an, in der die Russen um eine Erklärung gebeten worden waren, erhielt sie bald darauf, stellte aber fest, dass Moskau noch immer nicht geantwortet hatte.

Dann schickte er eine Botschaft an Admiral George Morris, in der er ihm vorschlug, den Russen eine zweite Nachricht zukommen zu lassen, diesmal aber an den Oberkommandierenden persönlich, den Flottenadmiral Witali Rankow, gerichtet.

George Morris wusste, dass der ehemalige Kommandant eines sowjetischen Schlachtkreuzers einst ein Nachrichtenoffizier gewesen und noch immer ein guter Freund von Arnold Morgan war. Zudem wusste er, sollte Rankow auf das offizielle Kommuniqué aus Washington nicht reagieren, würde er Admiral Morgan persönlich in der Leitung haben. Er ging davon aus, dass Admiral Rankow von dieser Vorstellung nicht unbedingt begeistert sein und daher umgehend eine Antwort folgen lassen würde. Er bat Ramshawe, das aufgefangene Signal erneut nach Moskau zu schicken.

Es dauerte zwei Tage, bis der Riese von einem Admiral, der für die Sowjetunion einst als Ruderer an den Olympischen Spielen teilgenommen hatte, sich zu einer Antwort herabließ. Sie war direkt an Admiral Morris gerichtet, dem die äußerst sorgfältige Wortwahl nicht verborgen blieb:

»111200FEB08. Die russische Marine führt gegenwärtig in diesem Atlantikabschnitt keine Patrouillenfahrten durch. Wir haben lediglich die beiden Kondors, die bei der Nordmeerflotte vertäut sind, sowie ein Boot der Barracuda-Klasse, das in Petropawlowsk Erprobungen vornimmt. Ihre Abhörleute haben sich vielleicht getäuscht. Wie mir mitgeteilt wurde, kann es zu Ähnlichkeiten zwischen unseren Booten und dem neuen französischen SSN kommen, das deren alte Rubin-Klasse ersetzt. Dieses Boot trägt noch keine Bezeichnung, hat aber Toulon verlassen und operiert im Atlantik. Das französische Programm läuft unter dem Namen Projekt Barracuda. *Ansonsten kann ich Ihnen leider nicht weiterhelfen. Rankow (Oberkommandierender)«*

Admiral Morris rief Lieutenant Ramshawe in sein Büro, um gemeinsam die Antwort zu beurteilen. Beide kamen zum gleichen Ergebnis. Es wurde nicht ausdrücklich gesagt, dass sich kein von Russland gebautes U-Boot dort aufhielt. Nur, dass in diesem Atlantikabschnitt keine Patrouillen durchgeführt wurden. Was nicht ganz das Gleiche war. Die Antwort jedoch war hinlänglich freundlich und hinlänglich hilfreich, sodass ein weiteres Kommuniqué als unnötig, ungebührlich und undiplomatisch erschien. Admiral Morris würde die Sache auf sich beruhen lassen müssen. Was Witali Rankow natürlich nur allzu gut wusste. Außerdem war er sich sehr genau der 600 Millionen Gründe bewusst, über die chinesischen Aktivitäten diskretes Stillschweigen zu bewahren.

Jimmy Ramshawe verließ das Büro des Direktors mit den Worten: »Kommt mir fast so vor, als würde es überall von diesen verdammten *Barracudas* wimmeln – aber wenigstens haben die Franzosen wärmere Gewässer.« Er kehrte in sein Büro zurück und bedauerte es ein wenig, dass er keine weiteren Einzelheiten hatte, die er dem Nationalen Sicherheitsberater vorlegen und keine eindeutige Bestimmung des verschwundenen U-Boots liefern konnte. Mit einem Stirnrunzeln legte er Admiral Rankows Antwort in seinen Ordner mit den rätselhaften Dingen. Gleich neben die Sache mit dem alten Säbelzahn.

Am darauf folgenden Abend, dem 12. Februar, 4000 Kilometer entfernt, unmittelbar vor den zu Portugal gehörenden Azoren und jenseits der SOSUS-Fallen des Nordatlantiks, befahl Kapitän Mohtaj, die Geschwindigkeit zu erhöhen. Er nahm jetzt Kurs auf einsamere Gefilde und fuhr die Küste Afrikas hinab, die von der U.S. Navy zum größten Teil als irrelevant eingestuft wurde.

Bis zum 7500 Kilometer entfernten Kap der Guten Hoffnung war das Wasser immer mindestens drei Kilometer tief. Zum ersten Mal befand sich die *Barracuda* in nahezu unbefahrenen Gewässern. Kapitän Mohtajs Mannschaft im Antriebsraum drehte die 47 000 PS starke GT3A-Turbine nur ein bisschen auf.

Der Atomreaktor lieferte ein wenig mehr Dampf. »*Fahrt acht Knoten*«, rief der Kommandant. »*Tiefe 500 Fuß. Kurs eins-acht-null.*«

Der alte Säbelzahn II war auf Kurs und legte fast 200 Seemeilen am Tag zurück. Niemand in der westlichen Welt hatte auch nur die geringste Ahnung, wo es sich befand, ja, ob es das Boot überhaupt gab. Schon gar nicht, wohin es unterwegs war.

KAPITEL ACHT

Anfang November 2007 heiratete Shakira Sabah im Alter von siebenundzwanzig Jahren den ehemaligen Major Raymond Kerman nach dem moslemischen Ritus. Die Trauung wurde in ihrem Haus in Damaskus an der Sharia Bab Touma von einem einheimischen Justizbeamten vollzogen. Da der Bräutigam keine Familie und noch nicht einmal Verwandte hatte, verzichteten sie auf die fünftägigen Feierlichkeiten und auf die nach der moslemischen Tradition obligatorischen Gaben. Allerdings erhielten sie in der nahen und wunderschönen Moschee Sheik Farrag den persönlichen Segen des Imams.

Bei der Hochzeitszeremonie, an der nur sechs Leute teilnahmen, trug Shakira ein einfaches, langes, weißes Kleid sowie die traditionelle Kopfbedeckung und den Schleier, was ihr noch mehr das Aussehen einer Göttin verlieh. Der Bräutigam, mit einem dunkelgrauen Anzug westlichen Schnitts bekleidet, versprach, für sie ihr ganzes Leben lang zu sorgen. Bereits zuvor hatte er 100 000 US-Dollar, das moslemische *Mehmet*, auf ihr Privatkonto eingezahlt.

In diesem lebenslangen Versprechen schien sich auch der alte islamische Glaubenssatz widerzuspiegeln, dass die Frau außerhalb des häuslichen Bereichs gegenüber dem Mann eine eher dienende Rolle einzunehmen habe. General Rashud hielt diese Vorstellung eigentlich für ganz vernünftig, bedachte man die Neigung seiner Frau, den eigenen Willen durchzusetzen – ganz zu schweigen von ihrem Faible, die Panzerfahrzeuge jener in die Luft zu sprengen, die ihr nicht genehm waren.

Im Lauf der kühlen, feuchten Januartage allerdings standen die Neuverheirateten kurz vor ihrem ersten großen Ehekrach. Ohne lange um den heißen Brei herumzureden, forderte Shakira, an der *Barracuda*-Mission, die zur Ostseite des Pazifiks führen sollte, teilnehmen zu dürfen. Nicht, wie Ravi ursprünglich gemeint hatte, in einer vorbereitenden, landgestützten Funktion, sondern als aktives Mitglied an Bord des U-Boots.

An einem verregneten Freitagabend, als es draußen bereits dunkel wurde, kamen sie zum dritten Mal innerhalb von vierundzwanzig Stunden auf das Thema zu sprechen.

»Mit sechzig Männern unter Wasser eingeschlossen zu sein, als einzige Frau der Mannschaft – das kannst du doch nicht wollen«, sagte Ravi lächelnd, aber reserviert.

»Doch, das will ich«, sagte Shakira weder lächelnd noch einlenkend.

»Darf ich dich daran erinnern, dass noch nie eine Frau an Bord eines U-Boots gedient hat, bei keiner Kriegsmarine der Welt? Es ist zu eng, zu klaustrophobisch und sicherlich kein Ort für eine Frau.«

»Doch, das ist es«, sagte Shakira. »Bei der Arbeit besteht zwischen dir und mir kein Unterschied. O ja, ich weiß, die arabische Welt hält dich für eine Art Kriegsgott ... Natürlich, in dieser Liga spiele ich nicht mit – aber so gut wie die meisten anderen deiner Soldaten bin ich auch, das musst du doch zugeben.«

Sie sah ihn eindringlich an. Ravi kannte diesen Blick nur allzu gut. Seine Frau hegte nicht die geringste Absicht, sich von ihrer fixen Idee abbringen zu lassen. Es blieb ihm also nichts anderes übrig, als an ihre Vernunft zu appellieren.

»Schau«, sagte er. »Die Kriegsmarine von Großbritannien und die der Vereinigten Staaten haben große Anstrengungen unternommen, um Frauen aufzunehmen. Frauen wurden rekrutiert und durften auf Kriegsschiffen dienen. Aber oft genug haben sie sich lediglich als eine einzige Plage erwiesen. Männliche Besatzungsmitglieder haben sich in sie verliebt, sie haben versucht, ihnen in abgestellten Hubschraubern an die Wäsche zu gehen und weiß der Himmel was noch. Das alles, wohlgemerkt, nur auf den großen Überwassereinheiten. Bislang hat es noch niemand gewagt, sie auf U-Boote zu holen.«

»Ich schätze mal, die Fälle, in denen Frauen wirklich sexuellen Kontakt zu anderen Besatzungsmitgliedern hatten, liegen bei weniger als eins zu zehntausend. Es ist doch nur so, dass die Zeitungen an den anderen neuntausendneunhundertneunundneunzig nicht interessiert sind. Ich wette, dass an Bord von Kriegsschiffen wesentlich häufiger geklaut wird. Außerdem trifft das alles auf mich sowieso nicht zu. Niemand wird versuchen, der Frau des befehlshabenden Offiziers an die Wäsche zu gehen, oder?«

»Das hoffe ich verdammt noch mal auch«, sagte Ravi in gespielter Entrüstung. »Aber du musst doch einsehen, sowohl die beengte Umgebung an Bord eines Atom-U-Boots als auch die Arbeit unter Wasser, das ist doch nichts für eine Frau. Noch nie waren Frauen an Bord erlaubt, und ich kann mit dieser Regel nicht einfach brechen. Ich bin ja selbst noch ein Neuling auf dem U-Boot … Können wir jetzt gehen? Ich bin kurz vor dem Verhungern, außerdem sind wir doch in fünf Minuten mit Ahmed im *Elissar* verabredet.«

»Wir gehen erst, wenn du mir sagst, dass ich auf der *Barracuda* mit zur amerikanischen Westküste fahren darf«, sagte Shakira. »Ich habe miterleben müssen, wie meine Familie ausgelöscht wurde. Deshalb habe nicht vor, dich auch noch zu verlieren, Tausende von Seemeilen entfernt, wenn ich nicht weiß, was dort vor sich geht. Ich komme mit, Schluss.«

»Mein Gott, Shakira. Wir müssen damit rechnen, im Zinksarg zurückzukehren.«

»Ich habe vor dem Sterben keine Angst«, erwiderte sie. »So wenig wie du. Wenn wir sterben sollten, dann werden wir das gemeinsam tun. Ich werde nicht hier bleiben und darauf warten, bis mir jemand mitteilt, dass du nicht mehr zurückkommst. Entweder wir gehen gemeinsam, oder keiner geht.«

Solche Aufsässigkeit war Ravi nicht gewohnt. Allerdings war er auch noch nie verheiratet gewesen. »Du verlangst Unmögliches«, sagte er mit aller gebotener Vorsicht.

»Nein, das sehe ich nicht so. Es ist sehr wohl möglich, weil du nämlich alles durchsetzen kannst, wenn du es nur willst. Niemand wird sich dem großen General Rashud in den Weg stellen, dem Befreier der palästinensischen Märtyrer.«

»Ich folge keinen Regeln, die mir andere vorschreiben«, sagte er. »Ich folge nur den eigenen Regeln – und ich denke nicht im Traum daran, einer Frau zu erlauben, für mehrere Wochen in einem U-Boot mitzufahren.«

»Dann kannst du mir sicher auch einen Grund dafür nennen«, sagte sie. »Komm mir aber nicht mit irgendwelchen Ausflüchten. Ich will einen vernünftigen Grund. In klaren, einfachen Sätzen: Warum kann ich nicht wie alle anderen auch auf der *Barracuda* mitfahren?«

»Als Erstes bist du kein ausgebildetes Besatzungsmitglied. Du hast keine Ahnung von Atomreaktoren, Turbinen, dem Antriebssystem, du weißt nichts über Hydrologie, die Elektronik, Mechanik, über Raketen, Torpedos, die Navigation oder über das Sonar.«

Das nahm Mrs. Rashud ein wenig den Schwung.

»Hm«, erwiderte sie nicht sonderlich schlagfertig.

»Auf dem Boot würdest du nur wertvollen Platz wegnehmen. Du wärst ein *Passagier*. Du hättest nichts zu unserem Einsatz beizutragen.«

»Hm«, machte sie noch einmal.

Damit, dachte er, hätte er ihr den Wind aus den Segeln genommen. Er wähnte, ihre Streitlust sei bereits am Schwinden. Aber natürlich hätte er es besser wissen müssen.

»Du hast etwas vergessen«, sagte sie.

»Ach? Was denn?«

»Die Karten.«

»Welche Karten?«

»Siehst du«, sagte sie. »Einfach vergessen. Du glaubst doch nicht im Ernst daran, ich würde mit dir eine Diskussion vom Zaun brechen, ohne mir ein richtiges Aufgabengebiet gesucht zu haben, oder?«

»Bestimmt nicht. Ich weiß doch um deine Hartnäckigkeit.«

»Also, was ist nun mit den Karten?«

»Welchen Karten?«

»Den Navigationskarten, die ich auf deine Bitte hin über die syrische Botschaft aus England angefordert habe und die dann direkt an die Spedition in Damaskus geliefert wurden.«

»Ach, du meinst die amerikanischen Seekarten?«

»Ja. Ich habe sie angefordert und abgeholt, wie du es von mir verlangt hast. Aber ich habe sie mir ganz genau angesehen, bevor ich sie dir gegeben habe. Du erinnerst dich doch, oder? Ich habe sogar Kopien davon gemacht und darauf deine Notizen mit einem blauen Stift verzeichnet. Letzten September, bevor wir geheiratet haben.«

»Ja, natürlich erinnere ich mich.«

»Vielleicht erinnerst du dich ja auch daran, dass ich nach deinen Notizen den Kurs bestimmter Waffen eingetragen habe. Dass ich gewisse Kontrollpunkte markiert und ein Geländeprofil erstellt habe.«

»Ja, ja. Dafür bin ich dir auch sehr dankbar. Das hast du verdammt gut gemacht, ich erinnere mich sehr gut.«

»Darf ich dich vielleicht an noch etwas erinnern?«

»Ja, aber nicht jetzt. Ahmed wartet auf uns.«

»Ahmed kann warten, bis ich fertig bin.«

»Ich bin am Verhungern … Wir müssen los …«

»Wir werden nirgendwo hingehen … Ich will dich nur noch daran erinnern, wie unsere Organisation finanziert wird.«

»Ich weiß, wie sie finanziert wird. Von der Beute aus den Banküberfällen in Jerusalem und Tel Aviv.«

»Wer hat den Grundriss dieser Banken erstellt, wer hat sich mit dem Hauptkassierer angefreundet? Wer hat nach den Skizzen die Karten gezeichnet, den Schaltplan des gesamten Alarmsystems entworfen? Und sich bei der Herstellerfirma eingeschlichen, um den Mechanismus der sichersten Schlösser des ganzen Landes auszuforschen, die in den beiden Banken installiert waren – von denen in Nimrod ganz zu schweigen? Wer hat das alles getan?«

»Das warst du, ich habe nie das Gegenteil behauptet. Aber was hat das alles mit dem U-Boot zu tun?«

»Das hat verdammt viel damit zu tun. Ohne meinen Beitrag in der Planungsphase hättet ihr euch doch alle verirrt oder wärt gefangen genommen oder erschossen worden.«

»Zugegeben«, sagte Ravi, der langsam etwas nervös wurde.

»Und noch etwas«, fügte sie hinzu. »In den letzten Wochen habe ich mir in meiner Freizeit die amerikanischen Küstenradarstationen der wichtigsten Container- und Tankerhäfen angesehen. Meistens handelt es sich um zivile Einrichtungen, aber in einigen Fällen auch um Häfen der U.S. Navy. An bestimmten Flugbahnen müssen daher noch unbedingt einige entscheidende Änderungen vorgenommen werden. Und diese werde ich an einem kleinen Arbeitsplatz in der Zentrale der *Barracuda* ausführen, gleich neben dem Waffensystemoffizier …«

»Aber …«

»Kein Aber. Bist du bereit, deinen neuen Waffenoffizier zum Essen auszuführen? Korvettenkapitän Shakira meldet sich zum Dienst …«

Ravi hätte am liebsten laut aufgelacht. Aber die Sache war nicht zum Lachen. »Ich kann für die iranische Marine niemanden zum Korvettenkapitän ernennen«, sagte er.

»Ich kann dir versichern, wir sind nicht bei der iranischen Marine. Der Iran wird alles tun, um sich von diesem Boot zu distanzieren. Die *Barracuda* fährt unter dem Kommando der Hamas, und du bist der militärische Oberbefehlshaber dieser Organisation. Du kannst befördern, wen du willst, in jeden Rang, der dir beliebt. Keiner wird dich infrage stellen. Ich werde einfach wie alle anderen an Bord gehen.«

»Großer Gott!«, entfuhr es Ravi entschiedener, als ihm eigentlich zumute war. »Und wo, meinst du, sollen wir dich unterbringen? In einem Torpedorohr?«

»Ich werde dein Privatquartier mit dir teilen, als deine Frau und wichtigste Assistentin auf dem Gebiet der Waffensysteme und der Zielerfassung. Ich weiß, dass du eine Privatkabine hast, und ich weiß auch, dass es darin eine kleine Dusche, ein Waschbecken und eine Toilette gibt.«

»Sie ist winzig, der Platz reicht kaum für eine Person, es gibt nur ein Bett, einen Stuhl und einen Tisch.«

»Dann werden wir uns bei den Wachen abwechseln müssen – manchmal jedenfalls«, sagte sie. »Wir werden schon zurechtkommen. Aber wenn es dir lieber ist, bringe ich einen Zweimannschlafsack mit und schlafe auf dem Boden.«

»Es heißt Deck, nicht Boden«, sagte Ravi. »Außerdem wäre mir das nicht lieber. Wir legen den großen Schlafsack aufs Bett, dann ist er schön kuschelig und hindert uns daran, rauszufallen …«

Shakira umarmte ihn, küsste ihn lange und leidenschaftlich. Dann flüsterte sie Wange an Wange: »Du wirst nicht ohne mich sterben. Das ist mein letztes Wort.«

»Ich weiß«, sagte er. »Und ich werde mir also die Sache gründlich durch den Kopf gehen lassen. Trotzdem wäre ich dir sehr dankbar, wenn du dich jetzt beeilen könntest. Ich habe schrecklichen Hunger. Ansonsten werde ich auf jeden Fall ohne dich *essen*.«

Ravi starrte hinaus auf die im Nieselregen schimmernden Straßen und versuchte sich mit der letztlich doch sehr angenehmen Aussicht anzufreunden, seine Frau mit aufs U-Boot zu nehmen. Ihre Sicht der Dinge hatte einiges für sich. Dennoch hatte sie ihn in gewisser Weise überrumpelt, sie hatte sich ihren Plan und ihre Argumente sorgfältig zurechtgelegt und eine wohlüberlegte Auseinandersetzung geführt.

Das war normalerweise seine Stärke, die Stärke aller SAS-Offiziere: gut durchdachte Pläne auszuarbeiten und Überraschungen zu vermeiden suchen. Nun, es war mittlerweile mehr als dreieinhalb Jahre her, dass Shakira und er aus der zerschossenen Straße in Hebron geflohen waren, und in der Zeit hatte sie ihn immer wieder aufs Neue überrascht.

Nicht weil er sie liebte und ihr nichts abschlagen konnte, hatte er ihrer Forderung nach einem Platz in der Besatzung nachgegeben, sondern weil sie ihr Talent und ihren Beitrag zu den Hamas-Operationen ins rechte Licht gerückt hatte. Es stimmte, ihre Rolle bei den drei wichtigen Einsätzen war von entscheidender Bedeutung gewesen. Er hatte den rationalen Argumenten nachgegeben, nicht seiner Liebe.

Er dachte daran, welch große Hilfe sie immer gewesen war, wie sie mit ihrer Flexibilität und ihrem praktischen Verstand die unterschiedlichsten Probleme anging. Er erinnerte sich an ihre Worte, als er zum ersten Mal die Banküberfälle erwähnte.

Du brauchst Karten, Grundrisse, Schaltpläne des Alarmsystems ... Soll ich mich schon mal an die Arbeit machen?

Sie trat wieder ins Wohnzimmer. Sie hatte sich das Haar gebürstet und leuchtend roten Lippenstift aufgetragen; sie war so schlank und schön wie an dem Tag, an dem er ihr zum ersten Mal begegnet war.

»Bereit?«, sagte sie.

»Korvettenkapitän Shakira«, sagte er. »Du bist wirklich eine Nummer.«

Ravi holte den großen Schirm, unter dem sie dann in den Regen hinaustraten. Beide wussten, dass Mrs. Rashud nun unter allen Umständen zur Besatzung der *Barracuda* stoßen und innerhalb der nächsten vierzehn Tag auf dem Boot von Petropawlowsk auslaufen würde.

Donnerstag, 7. Februar 2008, 0900
Flughafen Peking

Shakira wusste um die Wichtigkeit ihres Ehemannes, doch dass er als *so* bedeutend erachtet wurde, war ihr nicht klar gewesen. Kaum war die Maschine der Iran Air nach dem achtstündigen Flug, von Teheran kommend, gelandet, kamen drei chinesische Bedienstete an Bord und nahmen ihre Koffer in Empfang, die, keiner wusste so recht warum, in der Gepäckablage der vorderen Kabine verstaut gewesen waren.

Während des 5600 Kilometer langen Flugs hatten sie vier Sitzreihen für sich allein gehabt; niemand hatte vor, neben, ihnen gegenüber oder hinter ihnen gesessen. Es war ausgezeichneter Kaviar serviert worden, ein Privileg, in dessen Genuss sonst nur Passagiere der Iran Air auf dem Weg nach Japan kamen.

Im kalten, verschneiten Peking wurden sie vor allen anderen Passagieren aus der Maschine geführt, die Gangway hinab aufs Rollfeld und zu einem Mercedes Benz, der sie die fünfhundert Meter zu einer Tupolew Tu-244P brachte, dem neuen Langstrecken-Aufklärungsflugzeug der russischen Marine.

Die Triebwerke liefen bereits, seitdem die Boeing der Iran Air den Luftkontrollraum Pekings angeflogen hatte. Ravi und Shakira wurden über die Treppe zum Passagierbereich hinter dem Cockpit geleitet, das Gepäck wurde hereingebracht und hinter der letzten Sitzreihe verstaut. Dann knallten die Türen zu, und die schnelle Maschine der russischen Marine rollte ans Ende der Startbahn und erhob sich gleich darauf mit dröhnenden Triebwerken in den kalten, wolkenverhangenen Himmel nordwestlich des Gelben Meers.

Es waren knapp 3500 Kilometer bis Petropawlowsk. Sie überquerten die chinesischen Nordprovinzen Liaoning und Jilin, bevor sie in den russischen Luftraum eintraten und über die eisengraue Ödnis des Ochotskischen Meers zur Halbinsel Kamtschatka flogen.

Im Sommer mochte es Tage geben, an denen die gewaltige Bergkette, die sich der Länge nach über die zerklüftete Halbinsel zog, in ihrer grandiosen Pracht den Alpen oder den Rocky Mountains glich. Im tiefsten Winter aber, wie er unübersehbar herrschte, wirkte die Landschaft, als wäre sie einem Werbespot für Reisen nach Ostsibirien entnommen.

Die neue, überschallschnelle Tupolew glitt auf 18 000 Metern Höhe mit fast 1,8 Mach, so schnell wie die Concorde, durch den strahlend blauen Himmel. Unten aber, über den schneegepeitschten Gipfeln, wüteten die Stürme. Windböen aus der Tundra erreichten Spitzen von 140 Stundenkilometern. Menschen hätten die tobenden Schneestürme kaum überlebt, selbst Eisbären hatten damit ihre liebe Not.

Auf der Rollbahn östlich der Berge, die über die Bucht von Awatschinski aufragten, sah es nicht viel besser aus; der Schneesturm aber hatte etwas nachgelassen. Der Marinepilot setzte die Tupolew hart auf der Rollbahn auf. Es war eine schwierige und keine besonders elegante Landung, aber der Flugkapitän hatte bereits Schlimmeres erlebt – schließlich war er ein Veteran, der noch in den Achtzigerjahren des vorigen Jahrhunderts mit den alten Jagdbombern Su-25 *Frogfoots* in der Barentssee auf dem sturmumtosten Deck der älteren Sowjet-Träger der Kiev-Klasse gelandet war.

Die Maschine rollte zum Terminal, wo bereits ein Marinestabswagen auf die Passagiere wartete, mit dem sie unverzüglich zur Marinebasis fuhren. Ben Badr kam ihnen vor dem Hauptgebäude entgegen und begrüßte sie, und zeigte sich aber keineswegs überrascht, Shakira hier zu sehen. Er ließ ihr einen warmen Händedruck zuteil werden und umarmte dann Ravi.

»Ich wusste nicht, dass Sie mitkommen, um uns zu verabschieden«, sagte er zu Shakira. »Aber ich freue mich, Sie zu sehen, und würde mir glatt wünschen, Sie könnten mit uns auslaufen.«

»Nun«, sagte Ravi, »dieser Wunsch kann sehr schnell erfüllt werden. Korvettenkapitän Shakira kommt nämlich mit uns mit.«

Sein ernster Tonfall entsprach ganz dem des Oberbefehlshabers der Mission und duldete keinen Widerspruch.

Ben Badr, der mittlerweile zum Kapitän zur See der iranischen Marine befördert worden war, verzog keine Miene. »Natürlich, General. Ich nehme an, unter Ihrem Befehl und nicht unter meinem.«

Alle drei lachten. Als sie vor dem schneidenden arktischen Wind ins warme Gebäude flüchteten, nutzte Kapitän Badr die heitere Stimmung, um erneut das heikle Machtgefüge anzusprechen, das auf der *Barracuda* einzuhalten war.

»General«, sagte er. »Das Boot steht unter meinem Kommando, so als wäre ein Flottenadmiral an Bord. Das wären Sie. Es liegt einzig und allein in meiner Verantwortung, das

Boot von Punkt A nach B zu bringen, ohne das Leben der Besatzung unnötig zu gefährden. Alle Entscheidungen, die unsere gegenwärtige Mission betreffen – wohin wir steuern, was wir angreifen, wann und wie wir vorgehen –, werden allerdings von Ihnen getroffen. Sie können mich überstimmen, ich Sie hingegen nicht.«

»Nicht anders haben wir es festgelegt«, sagte Ravi.

»Genau. Womit sich übrigens auch mein Vater einverstanden erklärt hat«, fügte Kapitän Badr an. »Die Grundpositionen sollten klar sein. Es handelt sich weder um eine Mission der iranischen noch der chinesischen Marine und schon gar nicht um eine der russischen. Es ist eine Operation der islamischen Widerstandsbewegung Hamas, die sich für die vollständige Befreiung Palästinas in seinen historischen Grenzen und die Schaffung eines islamischen Staates einsetzt. Ravi, Sie sind der ranghöchste militärische Anführer, den die Hamas jemals hatte. Es ist Ihre Mission.«

Ravi lächelte. »Solange Sie nicht glauben, ich nütze meine hohe Stellung aus, um wie ein römischer Imperator meine Frau mitzubringen.«

»Der Gedanke läge mir fern«, sagte Kapitän Badr. »Viele wissen um Shakiras bedeutende Beiträge zu den Hamas-Operationen. Ich bin mir sicher, Sie haben die Sache wohl durchdacht.«

»Meine Entscheidung beruht darauf, dass sie wochenlang auf dem Gebiet der Zielerfassung gearbeitet hat«, sagte Ravi. »Sie hat eine detaillierte Studie über unsere Ziele erstellt und an der Ausarbeitung eines Plans mitgewirkt, der, wenn ich ehrlich bin, mehr der ihre ist als meiner. Was die Einsatzplanung und Vorbereitung betrifft, würde ich sie sehr vermissen, wäre sie nicht mit an Bord.«

»In diesem Fall klingt das so, als könnten wir sie alle vermissen«, sagte Ben Badr, trat vor und küsste sie nach islamischer Sitte leicht auf beide Wangen. »Willkommen an Bord, Korvettenkapitän.«

»Natürlich stellt sich die Frage nach ihrem Arbeitsplatz«, sagte Ravi. »Da sie bei ihrer Tätigkeit auf Seekarten und Computerbildschirme angewiesen ist, sollte er meiner Meinung nach im Arbeitsbereich des Navigationsoffizier liegen ...«

»Kein Problem. Dort haben wir noch Platz. Natürlich wird sie im Rang höher stehen. Er ist lediglich Leutnant, aber daran werden wir uns wohl gewöhnen müssen. Als Frau von General Rashud wird sie sowieso nahezu jedem hier den Rang ablaufen.«

Sie zogen sich in einen der Privaträume zum Mittagessen zurück, in dessen Verlauf sie auf den schwierigsten Punkt der gesamten Operation zu sprechen kamen: Welchen Ort sollten sie ansteuern, wenn die Mission abgeschlossen war? Sie besaßen das ultimative Fluchtfahrzeug – ein schnelles, leises Atom-U-Boot, das nicht nachtanken musste und, angemessen betrieben, unmöglich aufzuspüren war.

Ravi war über diese letzte Phase der Operation, für die noch keine abschließenden Pläne vorlagen, nie besonders glücklich gewesen. Nach dem Bericht von Kapitän Badr aber schöpfte er Zuversicht.

»Ich habe mit dem chinesischen Politkommissar gesprochen. Er hat darauf hingewiesen, dass China auf keinen Fall mit den Aktivitäten der *Barracuda* in Zusammenhang gebracht werden darf. Der Staat habe viel zu viel dabei zu verlieren. Dass sie an der Aktion beteiligt sind, darf unter keinen Umständen publik werden.«

»Sie könnten uns natürlich einfach liquidieren und dann behaupten, sie hätten damit den Amerikanern helfen wollen«, sagte Ravi. »Damit würden sie den einen gegen den anderen ausspielen.«

»Wie die Vereinigten Staaten würde auch China nicht in der Lage sein, uns zu finden.«

»Ja, das stimmt«, sagte Ravi. »Aber dann stehen wir draußen vor verschlossenen Türen. Wir können nicht nach Bandar, nicht nach China, und an Russland ist überhaupt nicht zu denken. Es bleiben nicht viele Küsten, die wir anlaufen könnten. Die halbe Welt ist dann gegen uns.«

»Ravi, ich sollte Ihnen erzählen, was ich von den Chinesen erfahren habe. Sie haben einen Plan, der ihrer Meinung nach narrensicher ist. Es gebe einen Ort, den wir anlaufen, an dem wir das U-Boot loswerden und von dem aus wir uns alle in den Iran und nach Syrien absetzen könnten. Per Flugzeug, sagen sie. Sie meinen, das U-Boot würde dort nie gefunden werden.«

»Das sieht ihnen ähnlich«, sagte Ravi. »Die gerissenen Ostasiaten. Haben wir auch irgendwelche Garantien?«

»Kaum. Sie haben uns von Beginn an geholfen, und deshalb sei es ihrer Ansicht nach auch in ihrem Interesse, dass wir nicht gefasst werden. Sie werden uns weiterhin unterstützen, bis wir in Sicherheit sind. Sie ehren und vertrauen uns, so wie wir sie ehren und ihnen vertrauen sollen.«

»Wenn jemand auch nur eine einzige Schraube des U-Boots findet«, sagte Ravi, »hat China eine Menge Probleme am Hals. Davon können wir ausgehen. Dann wird ans Tageslicht kommen, dass sie es waren, die das Boot von den Russen gekauft haben. Und die Verbrechen gegen den Westen, die mit dem Boot begangen wurden, wird man schließlich ihnen anhängen. Am schlimmsten aber dürfte es sein, wenn sie zugeben müssen, dass sie das Boot für einen Staat erworben haben, der in ihren Augen den Terrorismus unterstützt. Nein, eines ist klar: Wenn die Mission auffliegt, trifft es die Chinesen am stärksten.«

»Der heikle Teil der ganzen Angelegenheit besteht darin, dass die Chinesen von einem geradezu paranoiden Sicherheitsdenken beherrscht werden. Sie sind nicht bereit, ihren Fluchtplan im Voraus zu verraten. Er ist in einem Safe an Bord des U-Boots verstaut, und dieser Safe ist mit einem Zeitschloss versehen, das sich erst am zehnten Tag der Mission öffnet. Damit keiner von uns die Möglichkeit hat, anderen zu verraten, wohin wir wirklich Kurs nehmen.«

»Ich dachte, sie würden uns ehren und uns vertrauen?«

»Eben nur bis zu einem gewissen Punkt«, sagte Ben Badr. »Bis es für sie ans Eingemachte geht.«

»Vertrauen wir ihnen?«

»Wir haben eigentlich keine andere Wahl. Außerdem, warum sich Sorgen machen? Wir unternehmen diese Fahrt im Namen des Islams. Wenn Allah uns zu Märtyrern auserkoren hat, dann werden wir eben Märtyrer sein. Ich habe keine Angst vor dem Sterben.«

»Wir auch nicht«, warf Shakira ein. »Aber wenn es die Möglichkeit gibt, den Tod noch etwas hinauszuzögern, dann sollten wir unser Bestes tun.«

»Ich glaube, Allah dürfte da nichts dagegen haben«, sagte Ben Badr. »Wir sind hier, um sein Werk zu vollenden – und sicherlich nicht, um die großartigen Gelegenheiten, mit denen er uns beschenkt, ungenutzt verstreichen zu lassen. Allah ist groß.«

»Gut, Ben. Dann ist ja alles klar. Steht schon fest, wann wir auslaufen?«

»Samstagmorgen, am 9. Februar, im ersten Tageslicht. Bis dahin sollten wir uns im U-Boot eingerichtet haben. Ich habe die Russen ein größeres Privatquartier einbauen lassen, geräumiger als die gewöhnliche Unterkunft des Kommandanten. Als Oberbefehlshaber steht Ihnen das zu. Es besitzt ein Bett, das an die Wand geklappt werden kann, einen relativ großen Tisch und einen Stuhl. Ich lasse noch einen zweiten bringen. Das Bett ist nur für einen Einzelnen gedacht, aber für ein kleines Sofa oder einen Sessel dürfte noch Platz sein. Ich werde einen besorgen lassen.«

»Danke, Kapitän«, sagte Ravi. »Wollen wir dann aufbrechen?«

Ein russischer Fahrer brachte sie zu den U-Boot-Anlegestellen. Dort wurden sie von iranischen Seeleuten erwartet, die dem Oberbefehlshaber der Mission mit dem Gepäck und beim Beziehen seines Quartiers behilflich waren. Ben Badr stellte Korvettenkapitän Shakira Rashud vor. Sie habe, sagte er den Seeleuten, die Stellung als Zielerfassungsoffizier angenommen und werde an einem besonderen Arbeitsplatz neben dem Navigationsoffizier arbeiten.

Er verkündete die Neuigkeiten so zurückhaltend wie möglich und machte allen klar, ohne es explizit anzusprechen, wie dankbar sie dafür sein müssten, dass eine so herausragende Persönlichkeit wie Shakira sich dazu herabgelassen habe, an ihrer bescheidenen Operation entlang der amerikanischen Westküste teilzunehmen. Natürlich war er sich darüber im Klaren, dass sich die Nachricht wie ein Lauffeuer auf dem Boot verbreiten würde.

Nur die Tatsache, dass sie Shakira Rashud war, die Frau des gottgleichen Hamas-Kriegers und Generals Rashud, würde ihre Zunge im Zaum halten. Kapitän Badr hoffte, dass sich auch in nächster Zeit daran nichts ändern würde.

Shakira, die wenig Ehrfurcht zeigte, war sich anscheinend nicht bewusst, dass sie eine der letzten Männerbastionen stürmte. Selbstsicher schlenderte sie die Gangway hinauf, eingehüllt in ihren dunkelblauen iranischen Marinemantel, an dem allerdings ihr Namenszug fehlte, bekleidet mit Schal und schwarzer Pelzkappe, Handschuhen und pelzbesetzten Marinestiefeln, und trat an Bord der *Barracuda* Typ 945. Damit war sie weltweit die erste Frau, die jemals einer U-Boot-Besatzung angehörte.

Da das Schiff vom Hafen aus mit Strom versorgt wurde, hoffte Ravi, dass man ihnen nicht aufgrund unbeglichener Liegekosten den Saft abdrehte. Die Russen allerdings hatten alles in ihrer Macht Stehende unternommen, um die Mission reibungslos über die Bühne zu bringen. Russische Besatzungsmitglieder würden zwar nicht an der Fahrt über den Pazifik teilnehmen, dennoch waren mehrere Seeleute aus Murmansk noch in Bereitschaft und kümmerten sich in erster Linie um die Torpedos (die einzig und allein der Verteidigung dienten), um die Marschflugkörper und das Sonar.

Seit einer Woche bereits war Korvettenkapitän Abbas Shafii im Reaktorkontrollraum tätig und wurde dort von den Stabsbootsleuten Ali Zahedi und Ardeshir Tikku unterstützt, die die Antriebs- und Hilfssysteme überwachten. Die drei Männer hatten neun Monate in Uraguba verbracht und anschließend auf der *Barracuda* die lange Fahrt entlang der sibirischen Küste unternommen.

Zur Bootsbesatzung gehörten acht weitere iranische Offiziere, die ebenfalls an der Fahrt durch die arktischen Gewässer teilgenommen hatten. Nun jedoch würden sie ohne ihre russischen und chinesischen Ausbilder ablegen und sich ganz auf das verlassen müssen, was sie in ihren Intensivkursen gelernt hatten. Dazu kamen 40 iranische Seeleute, die allesamt bereits auf Kilos gedient hatten, aber neu auf dem Boot waren.

Nur sechs Männer, die in Petropawlowsk auslaufen würden, hatten keinerlei Erfahrung auf U-Booten. Es handelte sich um Angehörige der 20000 Mann starken Revolutionsgarden, einer iranischen Eliteeinheit, die nach dem Vorbild der U.S. Navy SEALs und des britischen SAS geschaffen worden war. Alle sechs waren Veteranen, »harte Jungs«, im langen, blutigen Krieg gegen den Irak ausgebildet und gestählt. Sie waren erfahrene Kampfschwimmer, überzeugte Streiter für Allah und glaubten fest daran, dass er sie beschützen und, falls nötig, nach Hause, in seine Arme geleiten würde.

Ihr Kommandant, Leutnant Arash Azhari, ein hervorragender Soldat, hätte jederzeit eine Anstellung als SEAL-Ausbilder annehmen können, wären nicht seine politische Überzeugung, Nationalität und Religion gewesen.

Abgesehen von Azhari und seinen Männern verfügten alle anderen Besatzungsmitglieder, die unerlässliche Funktionen innehatten, über eine besondere Ausbildung und Erfahrung, was vor allem auf jene zutraf, die für den Reaktorraum der *Barracuda* zuständig waren. Wobei Kapitän Badr zweifellos auf die größte Erfahrung zurückblicken konnte. Sein Vater, Admiral Mohammed Badr, war in alle Einzelheiten der Mission eingeweiht, auf ihn ging beispielsweise zurück, dass an Bord keine Uniformen getragen wurden, um im Fall der Gefangennahme die Anonymität zu wahren. Die beiden befehlshabenden Offiziere und nun auch Shakira trugen marineblaue Pullover. Korvettenkapitäne und Leutnants trugen königsblaue, Stabsbootsleute und Bootsleute kastanienbraune, alle übrigen – wie die einfachen Seeleute, Köche, Wäscher – waren mit grauen Pullovern ausgestattet. Alle trugen Jeans (made in USA), dazu weiße Socken und weiße Turnschuhe (ebenfalls made in USA).

General Rashud bat darum, den Torpedoraum und die Raketenleitstelle in der Zentrale besichtigen zu dürfen. Er hatte lediglich zwölf Torpedos angefordert, da diese sowieso nur der Verteidigung dienten und er die volle Zuladung von 40 Stück nicht für notwendig erachtete. Wie er feststellte, waren gemäß seiner Anordnung exakt 24 Marschflugkörper für Landziele vorhanden. Der Bereich für die Programmierung des elektronischen Gehirns im Kopf jeder Rakete lag gleich neben dem Arbeitsplatz des Navigationsoffiziers. Hier würde auch Shakira ihren Aufgaben nachgehen.

Ravi, der das Boot mittlerweile sehr gut kannte, schritt alle drei Decks ab, begrüßte die Männer, die mit ihm auf Fahrt gehen würden, und stellte Shakira vorsichtig als »Zielerfassungsoffizier« vor, jene, die den ursprünglichen Plan entworfen habe und nun für weitere Anpassungen und Veränderungen verantwortlich sein werde.

Shakira war ein Ausbund an Höflichkeit. Sie fragte jeden nach Namen, Rang und Funktion und trug alles in ein kleines ledergebundenes Notizbuch ein. Jedem, den sie kennen lernte, erzählte sie, wie sehr sie sich auf die Zusammenarbeit mit der Besatzung freue. Was sie an Marinejargon vermissen ließ, machte sie mit Offenheit und Intelligenz wett. Natürlich waren alle von ihrer Schönheit hin und weg – was mit ein Grund war, warum Frauen nahezu ein Jahrhundert lang weltweit vom U-Boot-Dienst ausgeschlossen worden waren.

Allerdings war auch noch nie eine Frau an Bord gewesen, die zugleich mit einem hochrangigen Offizier verheiratet war, was jedes ungebührliche Verhalten von vornherein ausschloss. Zumindest auf diesem Boot, das nicht unter dem offiziellen Kommando einer Kriegsmarine stand. Es unterstand dem Befehl eines geachteten Elitesoldaten und Attentäters, der im Auftrag einer Terrororganisation unterwegs war, unterstützt von einem geachteten Kommandanten, dessen Vater über die Karriere jedes einzelnen Besatzungsmitglieds an Bord entscheiden konnte. Jegliche Form mangelnden Respekts gegenüber Shakira stand daher völlig außer Frage.

General Rashud und seine Ehefrau bezogen ihr äußerst spartanisch eingerichtetes Quartier. Sie teilten sich den einzigen Schrank, den sie mit ihren T-Shirts, Pullovern, Jeans, Socken, Schuhen und ihrer Unterwäsche füllten. Keine Uniformen. Sie erprobten das Bett und kamen zu dem Schluss, dass es breit genug war, um mithilfe eines großen Schlafsacks gemeinsam darin nächtigen zu können. Vielleicht würde sogar das Sofa der russischen Marine, das noch gebracht werden sollte, die gleiche Höhe aufweisen, wodurch das Unterfangen umso leichter zu bewerkstelligen wäre.

Es sollte sich allerdings herausstellen, dass das Sofa zu den grässlichsten Möbelstücken gehörte, die jemals gefertigt worden waren. Die Höhe stimmte, aber es bestand aus Plastik und war nur geringfügig weicher als der Boden. Gegen das Bett geschoben, entstand eine ganz passable Fläche für den Doppelschlafsack mit etwas zusätzlicher Arm- und Beinfreiheit, was verhinderte, dass Ravi oder Shakira aufs Deck fielen. Die Gefahr dafür war jedoch gering, da General Rashud und seine Frau dazu neigten, eng aneinander zu schlafen.

Den Freitag verbrachten sie mit ihren jeweiligen Arbeiten. Shakira beschäftigte sich mit den Karten, Ravi unternahm mit Ben einen Rundgang durchs Boot.

Um 18.30 Uhr, während der Schnee auf die Anlegestelle fiel, begann man damit, die Steuerstäbe aus dem Reaktorkern zu ziehen. Wenn die Sonne sich im Pazifik über den Horizont kämpfte, würde die *Barracuda* bereits unterwegs sein.

Es gab keinen Abschied. Die Russen hatten in den frühen Morgenstunden ihre letzten Seeleute vom Boot genommen und waren auf Distanz bedacht. Das chinesische Personal war bereits am Abend zuvor nach Shanghai zurückgekehrt. Ravi und Ben Badr würden allein ablegen, in einem Kriegsschiff, das einzig und allein dem Iran unterstand. Um 0548, am Samstagmorgen, lösten sie die Leinen. Der Lotse war bereits an Bord, das Boot, mit dem er gekommen war, tuckerte steuerbords querab davon. Sie nahmen Kurs hinaus auf die Bucht von Awatschinski, durch das Minenfeld hindurch auf den weiten Pazifischen Ozean.

Nachdem sie das Minenfeld passiert hatten, ging der Lotse von Bord. Kapitän Badr blieb auf der Brücke und betrachtete noch eine halbe Stunde lang die aufgewühlte See. Dann befahl er Kursänderung nach Süden, um so früh wie möglich in das Kameraauge des amerikanischen Satelliten zu kommen. Kurz vor 0730, jenseits der 500-Meter-Marke, schickte er die *Barracuda* auf Tauchfahrt und ließ anschließend Kurs nach Nordosten nehmen.

»Kapitän an Offizier der Wache … Tiefenruder unten zehn … Tauchtiefe 400 … Fahrt 15 … Kurs null-vier-fünf …«

Die *Barracuda* vollführte die Kursänderung 100 Meter unterhalb der Wasseroberfläche und durchquerte den breiten Golf von Kronotski, wo der Meeresboden auf mehr als 1800 Meter Tiefe abfiel.

Über ihnen verschlechterte sich das Wetter, und zur Überraschung aller im Sonarraum nahmen sie Maschinengeräusche auf, die fünf, vielleicht zehn Seemeilen backbord querab lagen. Regen hatte eingesetzt, wodurch das Oberflächenbild sehr verschwommen war. Dennoch kamen die Geräusche eindeutig näher. Da es sich definitiv nicht um ein U-Boot handelte, weder um ein amerikanisches noch um ein russisches, befahl Ben Badr, auf Periskoptiefe zu gehen, um das unbekannte Objekt in Augenschein nehmen zu können.

Vor sich erkannten sie, verschwommen zwar, die eindeutigen Umrisse eines Fischereifahrzeugs, von dessen gelben Galgen die dicken Kurrleinen ins Wasser liefen. Es trug weder eine übermäßig umfangreiche Antennenanlage, noch gab es erkennbare Signale von sich, die es als ein Schiff der Kriegsmarine ausgewiesen hätten. Aber es war von beachtlicher Größe und wies um die 1500 Tonnen Verdrängung auf.

Kapitän Badr hielt die *Barracuda* auf Periskoptiefe und identifizierte das Boot als japanischen Trawler. Durch die starken Sehrohrlinsen war der Name auszumachen: *Mayajima*. Der Steuermann hatte bei der Peilung ihren Kurs auf

225 Grad bestimmt. Sie hatte es zweifellos auf die reichen Fischgründe im Golf von Kronotski abgesehen.

Da sich das U-Boot auf nordöstlichem und der Trawler auf west-südwestlichem Kurs befand, würden sich die beiden Boote mit jeder Minute mehr voneinander entfernen. Im Moment lagen zwei Seemeilen zwischen ihnen. Ben Badr gab dem Rudergänger die Anweisung, den Kurs zu halten und wieder tiefer zu gehen. *400 Fuß … Fahrt 15 Knoten.*

Der Kommandant der *Barracuda* konnte allerdings nicht wissen, dass der Herr über die *Mayajima*, Kapitän Kousei Kuno, von seinem Sonaroffizier signalisiert bekam, soeben einen riesigen Fischschwarm aufgespürt zu haben, der für die Jahreszeit sehr weit nördlich und auch sehr tief, nämlich auf etwa 600 Meter, stand.

Er befahl, das Schleppnetz ins Wasser zu lassen und die Kurrleinen um 450 Meter zu verlängern. Selbst auf einem Schiff dieser Größe war zu spüren, wie sich die großen Scherbretter, die die Netzöffnung weit auseinander drückten, ins Wasser stemmten.

Der Sonaroffizier meldete erneut Tiefe und Position des Schwarms. Kapitän Kuno erhöhte so weit wie möglich die Geschwindigkeit, brachte das Steuerrad hart nach Backbord und änderte den Kurs nach Osten, um dem wertvollen Fang hinterherzueilen. Damit befand er sich genau im Kurs des entgegenkommenden U-Boots.

Nach vier Minuten stellte er die Maschine ab, schlingerte mit etwa drei Knoten und drehte wieder nach Westen, genau über den Fischschwarm. Tonnenweise schwärmten die Fische ins Netz und wurden durch den Tunnel in den Steert gezwungen, um dann darin aufgehievt zu werden.

Nur dass in diesem Augenblick Kapitän Ben Badrs Atom-U-Boot aus südwestlicher Richtung, quer zur *Mayajima*, ebenfalls ins Netz rauschte und sich, angetrieben von 47 000 PS, mit dem Bug ins Schleppnetz bohrte.

Die Kurrleinen spannten sich, bis eine von ihnen unter der gewaltigen Belastung schließlich brach. Das drei Meter lange Scherbrett wurde daraufhin gegen die Hülle des U-Boots gezogen und schlug klappernd dagegen, was im Bootsinneren einen Heidenlärm erzeugte.

»Was zum Teufel ist das?«, fragte Ravi, der neben dem Kapitän stand.

»Keine Ahnung«, sagte Ben Badr. »Hört sich an, als wäre was abgebrochen.«

Natürlich konnte er nicht ahnen, dass sich am Turm die gebrochene Kurrleine verhakt hatte, deren Scherbrett nun gegen das U-Boot klapperte. Die andere Kurrleine allerdings hielt, sodass die *Barracuda* die *Mayajima* mit sich fortzog.

»Wassereinbruch?«, rief der Kapitän.

»Nein, Kapitän.

»Geschwindigkeitsabfall?«

»Vielleicht vier Knoten, Kapitän.«

Auf der *Mayajima* dagegen herrschte Chaos. Kapitän Kuno erkannte sofort, dass sie in die Tiefe gezogen wurden. Wasser brach über das Heck, flutete den Frachtraum und schlug über dem Navigationsraum zusammen. Obwohl ihre Schraube sich kaum noch drehte, machten sie vierzehn Knoten Fahrt – achteraus. Die einwirkenden Kräfte waren gewaltig. Er legte den Hebel um und gab damit die stahlverstärkten Kurrleinen frei, an denen das Schleppnetz hing.

Sofort richtete sich die *Mayajima* auf. Sie lagen in der aufgewühlten See, hatten ihr Fanggeschirr und die wertvolle Beute verloren und einige Schäden auf dem Unterdeck davongetragen, aber keine gravierenden Verluste erlitten. Die Lenzpumpen liefen auf vollen Touren, um das Wasser aus dem Laderaum zu schaffen. Es hatte keinen Sinn, auch nur eine Sekunde länger auf See zu bleiben.

Schiffe wie die *Mayajima* führten aus Kostengründen kein Ersatznetz mit sich. Mit dem Verlust des Netzes war die Fahrt zu Ende. Das Schiff würde im Hafen liegen, bis die Versicherungsgesellschaft oder jemand anders für die Schäden aufkam. Kapitän Kuno nahm Kurs nach Süden in Richtung des Pazifikhafens Ishinomaki an der Ostküste Honshus. Er hatte laut seiner späteren Forderung an die Versicherungsgesellschaft einen Verlust von 200 000 US-Dollar erlitten.

Am U-Boot hörte das Klappern ebenso abrupt auf, wie es begonnen hatte. Nachdem die zweite Kurrleine freigegeben war, löste sich sofort die Spannung an den beiden Leinen, an denen die Scherbretter befestigt waren. Es gab einen letzten Schlag gegen die Bordwand des U-Boots, wobei aber nichts beschädigt wurde, dann trennte sich das prall mit Kabeljau gefüllte Netz vom Bug und sank in die Tiefe. Das wieder freigekommene Boot beschleunigte in nordöstliche Richtung, als wäre nichts gewesen.

»*Irgendwo ein Wassereinbruch?*«, rief Ben Badr erneut.

»Nein, Kapitän.«

Der Kommandant wandte sich an Ravi. »Wahrscheinlich haben wir uns in etwas verheddert. Es konnte nicht aus Metall bestanden haben und also kein Schiff gewesen sein – wahrscheinlich war es ein ziemlich großes Fischernetz. Die Schläge gegen den Rumpf kamen wohl von den Scherbrettern. Mir ist so was noch nie passiert, aber ich kenne andere U-Boot-Fahrer, die das schon mal erlebt haben. Für uns ist die Sache ungefährlich, wir sind ja nicht im Netz, wir ziehen es nur hinter uns her. Für die Fischer aber kann es gefährlich werden – sie müssen das Netz freigeben, sonst ziehen wir sie in die Tiefe ...«

»Tauchen wir auf, um den Rumpf auf Schäden zu kontrollieren?«

»Wir werden erst auftauchen, wenn wir das Boot endgültig verlassen.«

»Was ist, wenn die Fischer sinken?«, sagte Ravi.

»Dann werden wir nichts unternehmen, um ihnen zu helfen.«

Einen Monat später würde Kapitän Kuno behaupten, er habe ein aus dem Wasser ragendes Periskop gesehen.

Die *Barracuda* setzte ihren Weg ungehindert fort. 350 Meilen offene See lagen zwischen ihr und der Westspitze der Alëuten, einer schmalen, sich über 1000 Seemeilen erstreckenden Inselgruppe, die von der Südwestküste Alaskas ins Meer hinausragt: der sichelförmige Fortsatz des von der Fläche her größten Bundesstaats der USA.

Die Inseln ziehen sich auf ihrem Breitengrad über die Hälfte des Pazifiks und trennen diesen von der Beringsee im Norden. Sie sind seit etwa 9000 Jahren besiedelt, trotz Witterungsbedingungen, die vor allem im Winter getrost zu den fürchterlichsten der Welt gerechnet werden dürfen. Wertschätzung erfahren sie im Grunde nur als sturmumtoster Außenposten der U.S. Navy, die hier die westlichen Zufahrtswege nach Alaska und die kanadischen und US-amerikanischen Küsten bewacht.

Mit der globalen Bedeutung, die das Öl aus Alaska in den vergangenen Jahren gewonnen hatte, war die militärische Überwachungstätigkeit in diesem Gebiet um das Zehnfache angestiegen. Das große Ölterminal bei Valdez im Prince William Sound mit seinen gewaltigen Tanklagern, den im Konvoi anrückenden Supertankern und der neuen unterseeischen Pipeline war zu einem der wichtigsten Umschlagplätze der amerikanischen Wirtschaft geworden und bedurfte umfangreicher Schutzmaßnahmen.

Nachdem sich der Präsident auf die Fahnen geschrieben hatte, die Abhängigkeit vom arabischen Öl zu verringern, erlangten die geschätzten 16 Milliarden Barrel Ölreserven an der Nordküste Alaskas entscheidende Bedeutung für die Politik des Weißen Hauses. Damit verfügten die USA im gefrorenen Boden des North Slope, südlich der Beaufortsee, über genügend Ressourcen, um für die nächsten dreißig Jahre alle Öleinfuhren aus dem Mittleren Osten ersetzen zu können.

Für kleinere Probleme sorgten lediglich die Ölreserven im Naturschutzgebiet des Arctic National Wildlife Refuge. Es gab Proteste von dort ansässigen Indianerstämmen, die geltend machen wollten, dass neue Bohrtürme die wandernden Rentierherden vertreiben könnten – wobei die Indianer wohlweislich außer Acht ließen, dass sie die Tiere mit Automatikgewehren und benzinfressenden Schneemobilen jagten.

Wie auch immer. Die republikanische Regierung Anfang des 21. Jahrhunderts ignorierte die Baumnarren, die Grünen und andere Umweltromantiker. Sie war davon überzeugt, dass für die Mehrheit der Amerikaner billige Energie in ausreichender Menge zu den Grundprinzipien ihrer Freiheit gehöre. Einige Schäden in der halb verlassenen Wildnis Alaskas seien daher durchaus in Kauf zu nehmen, wenn man die Bodenschätze abbauen wollte. So und nicht anders, aber hoppla.

Sollte die Regierung daran noch irgendwelche Zweifel gehegt haben, so wurden diese mit den Ereignissen des 11. September 2001 endgültig ausgeräumt. Dass die Wirtschaft der USA nahezu ausschließlich vom Öl arabischer Staaten abhängig war, stand jetzt nicht mehr zur Disposition.

Der Präsident, unterstützt von Beratern seines Vertrauens, von denen manche ihr gesamtes Leben im Ölgeschäft verbracht hatten, beschloss, die heimische Ölförderung unverzüglich zu erhöhen. Das gefiel weder den Demokraten noch den Eskimos und vermutlich auch nicht den wandernden Rentierherden, dennoch wurden mit Feuereifer neue Bohrtürme errichtet, die meisten auf Land, das sich im Staatsbesitz befand und etwa 86 Prozent aller Ölvorkommen in Alaska umfasste.

Ende 2006 stand die nagelneue Pipeline quer durch Alaska kurz vor ihrer Fertigstellung. Auf dem größten Teil der Strecke folgte sie dem alten Trans-Alaska Pipeline System (TAPS), über das jahrzehntelang Rohöl aus dem riesigen, 60000 Hektar großen Ölfeld in der Prudhoe Bay nach Süden ins Ölterminal in Valdez geflossen war, das 200 Kilometer Luftlinie östlich von Anchorage an den Ufern des Prince William Sound lag.

Die neue Pipeline, der Alaska Bi-Coastal Energy Transfer (ABET), wurde auf der gleichen Strecke errichtet, einer Zickzack-Linie, damit sie den enormen Spannungen gewachsen war, die durch das wechselweise Gefrieren und Auftauen der Tundra entstanden, wodurch sich die Röhren zusammenzogen und ausdehnten. Beide Leitungen überquerten die Gebirgszüge der Brooks und Alaska Ranges sowie die Chugach Mountains, daneben noch 34 Flüsse, unter anderem den Yukon, den Tanana und den Chena.

Die Leitungen waren auf den riesigen Ödlandflächen weithin sichtbar, jeder Teilabschnitt fasste 4,5 Millionen Liter Öl, die durch kohlrabenschwarze, 1,20 Meter breite, aus galvanisiertem Stahl bestehende und extrem widerstandsfähige Röhren gepumpt wurden. Kurz vor der Ankunft in Valdez liefen die beiden Pipelines auseinander; die neue zweigte nach Südosten ab und zog sich durch die südlichen Ausläufer der Chugach Range zum neuen Ölverladeterminal in der Yakutat Bay.

Von dort wurde das Rohöl in die neue unterseeische Pipeline geleitet, die ab Winter 2007 von der Südküste Alaskas bis zu den Queen Charlotte Islands führte, 600 Seemeilen weit, immer dicht vor der Küste von British Columbia in relativ flachem Wasser.

Doch das war nur der erste Teil der Reise. Die restliche Strecke führte an der Küste entlang, an Vancouver Island vorbei und in US-amerikanische Gewässer bis zum einzigen Hafen im Bundesstaat Washington, der von tiefgängigen Schiffen angelaufen werden konnte, zur fünfzehn Kilometer langen Bucht von Grays Harbor.

Dieser 150 Kilometer südlich der kanadischen Grenze gelegene Knotenpunkt der Schifffahrtswege, mittlerweile als Coastal Super Corridor bezeichnet, entwickelte sich zum jüngsten Handels- und Wirtschaftszentrum der Westküste. Grays Harbor bot ein einmaliges, aus Straßen, Eisenbahnlinien und Wasserwegen bestehendes Verkehrsnetz mit Anschluss nach Seattle im Norden und nach Portland und Kalifornien im Süden.

Durch diese zentrale Lage sah sich das republikanisch geführte Weiße Haus gezwungen, per Gesetzesbeschluss die Errichtung einer neuen Raffinerie in der Bucht zu genehmigen, um das von Yakutat eintreffende Öl zu verarbeiten. Die Anlage wurde mit neuester Technik am Südufer erbaut, vier Kilometer vom Hafen Aberdeen entfernt, einer Stadt mit 17000 Einwohnern, die mittlerweile mit den Nachbarortschaften Cosmopolis und Hoquiam zusammengewachsen war.

Durch die Ölraffinerie verdienten viele ein Vermögen. Die Supertanker standen vor Grays Harbor Schlange, sie nahmen dort das raffinierte Rohöl auf und brachten es über den Panamakanal zu Amerikas riesigem Ölverteilungskomplex an der Nordküste des Golfs von Mexiko.

Noch wichtiger für die neuen Boomstädte in der Bucht von Grays Harbor aber war vermutlich die Canadian Pacific Railroad, die die Betriebs- und Versorgungsmittel für die riesigen Tanker heranrollte, bevor sie 1500 Kilometer weiter im Süden ein anderes Großprojekt der US-Regierung ansteuerte, das größte Kraftwerk des Landes in Lompoc, Kalifornien.

Diese hoch in den Himmel aufragende Anlage war auf den Namen Superpower West getauft worden. Es war ein gewaltiges Werk, entstanden auf nachdrückliche Anweisung des Präsidenten, damit die ständigen Stromausfälle, die über Jahre hinweg immer wieder verschiedene Teile Kaliforniens getroffen hatten, endgültig der Vergangenheit angehörten. Superpower West, das einzig und allein Öl aus Alaska verfeuerte, sollte die anderen fünfzig wichtigsten Elektrizitätswerke in Kalifornien entlasten und war ausschließlich für die Versorgung der Großstädte San Francisco und Los Angeles zuständig.

Und dieses mehrere Milliarden Dollar teure Stromversorgungsnetz, das sich vom ersten, schneeumwehten Stück amerikanischen Landes halb draußen im Pazifik bis zu den letzten verbrannten, staubigen US-Hektar an der mexikanischen Grenze spannte, war das Ziel von Ravi Rashud und Ben Badr.

Nach dem Vorfall mit dem Fischereischiff steuerte die *Barracuda* die hohe See an und nahm in großer Tiefe Kurs auf Ostsüdost. Kapitän Badr beließ die Geschwindigkeit bei fünfzehn Knoten, Tauchtiefe 150 Meter, mit Kurs auf das Kamtschatka-Becken, wo das Meer eine Tiefe von dreieinhalb Kilometern erreichte.

Der Kommandant versuchte zwar, das Boot nach den Richtlinien der Kriegsmarine zu führen, dennoch war noch eine Frage zur Navigation zu klären, die über Leben und Tod entscheiden konnte: Sollten sie die kürzere Route an der Südseite der Aleuten nehmen oder die nördliche, um sich dann durch die Unimak-Passage an der Ostspitze der Inselkette wieder nach Süden durchzumogeln?

Keine Kriegsmarine würde auch nur im Traum daran denken, diese Entscheidung während der Fahrt der Besatzung zu überlassen. Alle Kurse und Zielpunkte wären lange vor Abfahrt festgelegt und in Befehlsform ausgehändigt worden, selbst bei den Spezialeinheiten. Die *Barracuda* allerdings gehörte keiner Kriegsmarine an. Auf allen Decks waren Profis und Experten tätig, ihr Einsatz aber war höchst unkonventionell und musste während der langen Fahrt, ähnlich wie dies mit dem Öl aus Alaska geschah, ständig den Umständen entsprechend angepasst und verfeinert werden.

Es war Korvettenkapitän Shakira Rashud, die schwer wiegende Zweifel an der Entscheidung äußerte und davor warnte, die kurze Route entlang der Südseite zu nehmen.

Ohne dogmatisch wirken zu wollen, trug sie dem Kommandanten, dem Navigationsoffizier und auch ihrem Ehemann ihre Bedenken vor: »Also, wenn ich Amerikaner wäre, würde ich hier ein U-Boot patrouillieren lassen, genau hier, am nördlichen Rand des Aleutengrabens, genau über dem tiefen Wasser … Hier … seht ihr … da, wo es bis zum Meeresgrund fast fünf Kilometer sind.«

Ben Badr fühlte sich äußerst unbehaglich. Er war es nicht gewohnt, auf dem eigenen Boot infrage gestellt zu werden, schon gar nicht von einer Frau; einer Spezies, die ihm bislang auf einem U-Boot noch nicht begegnet war. Shakira jedoch hatte monatelang die Seekarten des Gebiets studiert und sich über das Internet Papiere des Verteidigungsministeriums sowie Pentagondaten beschafft.

Ben Badr war sich völlig darüber im Klaren, dass sie nicht das Wort ergreifen würde, wenn sie über das Thema nicht eingehend Bescheid wüsste. Also schluckte er die bittere Pille, lächelte und sagte an Ravi gewandt, welch wohl informierte Frau er doch habe. Das entspannte die Situation etwas und erlaubte es dem Kapitän, die direkte Konfrontation mit der Lady, 150 Meter unter der Wasseroberfläche, zu vermeiden.

Auch Ravi hatte mit Shakira die Karten studiert und musste fairerweise zugeben, dass er sich bislang uneins war, welche Route sie einschlagen sollten. Die Seekarte, die dem Navigationsoffizier, dem Kommandanten und ihm vorlag, enthielt allerdings auch wesentlich weniger Informationen als die Karte Shakiras, deren Hauptinteresse den amerikanischen Überwachungseinrichtungen galt.

»Zieht eure eigenen Schlüsse«, sagte sie, »Ich jedenfalls musste feststellen, dass die amerikanische Marine die Sicherheitsvorkehrungen systematisch verstärkt hat. Beispielsweise wurden unmittelbar nach dem 11. September die Maßnahmen um das Valdez-Terminal verschärft. Die Navy patrouilliert nach wie vor den Prince William Sound in einer Entfernung von einer Seemeile zum Ufer. Ich weiß nicht, ob auch U-Boote daran beteiligt sind. Jedenfalls gehe ich davon aus, dass die Navy jeden Eindringling, der in diesen Gewässern entdeckt wird, schlicht und ergreifend versenkt… Überlegt mal, ein fremdes U-Boot, das sich an die Lebensader der Wirtschaft an der Westküste heranschleicht. Glaubt mir, die würden nicht zögern, das Feuer zu eröffnen.«

Ravi studierte eingehend die Karte, dann sagte er: »Gut, Korvettenkapitän, warum die Nordroute?«

»Nun, nehmen wir Attu, die erste Insel, auf die wir treffen. Meine Karte zeigt im Osten einen Luftaufklärungsposten. Vergesst nicht, das ist die äußerste Spitze der Inselkette. Es würde mich wundern, wenn es dort nicht irgendwo an der Küste eine Loran-Station oder eine Marineeinrichtung gäbe. Es könnte sich dabei um eine einfache Radarstation handeln, vielleicht sogar um eine Auswertungsstelle für ein SOSUS-Netz. Nach außen hin wird sie wie ein Kuh- oder Rentierstall aussehen, aber die Leute drinnen werden uns vorbeifahren hören. Im Süden, unmittelbar vor den Inseln, sind die Gewässer flach und laut, dieser Weg verbietet sich aber.«

Ben Badr nickte. »Gut«, sagte er, »nach Norden zu sind die Gewässer auf jeden Fall tiefer. Der Meeresgrund fällt kurz nach der Küste auf dreieinhalb Kilometer ab und bleibt über einige hundert Seemeilen auf dieser Tiefe.« Ravi und er studierten die Seekarte, betrachteten die angegebenen Wassertiefen, die nach Süden zu steil in den Alëutengraben abfielen, der stellenweise sogar eine Tiefe von sechseinhalb Kilometer erreichte.

»Ich bezweifle, ob sie hier ein SOSUS haben, nicht im Graben«, sagte Ben Badr. »Aber ich stimme Shakira zu. Es deutet alles darauf hin, dass die Navy eine Lauschstation unterhält, genau hier, bei 53 Grad Nord, 173 Ost. Außerdem stimme ich zu, dass im Süden sehr wahrscheinlich ein U-Boot patrouilliert… Ravi, kommen Sie mit hier rüber, und auch Sie, Shakira. Ich will Ihnen mal eine Seekarte in einem etwas größeren Maßstab zeigen…«

Er breitete eine große weiße, blaue und gelbe Karte aus, auf der das ausgedehnte Meeresgebiet südlich der Alëuten abgebildet war, das unter dem Namen Nordpazifisches Becken bekannt war.

»Dieses große Plateau«, sagte er, »ist gespickt mit SOSUS-Mikrofonen. Das bedeutet, dass wir ihm nicht zu nahe kommen sollten. Aber da wir nun mal von einem Ende der Alëuten zum anderen wollen, müssen wir uns einen anderen Weg suchen. So, betrachten wir also dieses Becken… Meilenweit – nach Norden, Süden, Osten und Westen – weist es eine Tiefe von fünftausend Metern auf. Dieses ganze Gebiet ist für uns eine tödliche Gefahr. Während des Kalten Krieges haben die Amerikaner nämlich mit der paranoiden Angst gehabt, dass russische U-Boote den Pazifik durchqueren und in amerikanische Gewässer eindringen könnten.

Sie kennen ja die Amerikaner. Wenn sie etwas wollen, dann setzen sie alles daran, um es auch zu bekommen. Was sie hier aufgebaut haben, ist ein undurchdringliches Geflecht von Lauscheinrichtungen, in dem sich niemand bewegen kann, ohne sofort von der amerikanischen Überwachung erfasst zu werden. Im Norden allerdings, nahe an den Inseln, konnten sie dieses System nicht installieren.

Hier … betrachteten Sie sich diese Tiefen. Geht man vom Becken aus nach Norden, trifft man auf eine plötzlich abfallende Kante. Der Meeresboden stößt hier an eine Art Felsabhang, fällt dann schnell auf eine Tiefe von über siebentausend Meter ab und bleibt so für einige Seemeilen.«

Er macht eine Pause.

»Aber dann«, fuhr er fort, »genau hier, weiter im Norden, nach der tiefsten Stelle, steigt der Meeresboden wieder steil an … hier … sechstausend … fünftausend … viertausend … dreitausend … zweitausend … dann tausend … dann unter fünfhundert Meter … bis auf dreihundert Meter vor Attu. Damit haben wir soeben einen sehr tiefen Graben, den Alëutengraben, überschritten. In ihm kann die Navy das SOSUS nicht zum Einsatz bringen. Der Graben ist zu tief und zu steil. Die Anlagen auf dem großen Plateau im Becken können nicht über den Graben lauschen …«

»Das weiß ich, aber warum sollte das nicht gehen?«, fragte Shakira.

»Die Hänge sind zu steil. Das SOSUS kann nicht eine Wand hinauflauschen«, erwiderte Ben Badr. »Deshalb dürften sie hier auch mit ziemlicher Sicherheit eine U-Boot-Patrouille haben. Wenn man einige Milliarden Dollar für die Überwachung der westlichen Routen ausgibt, dann spart man doch nicht an einem Atom-U-Boot, um die Sache absolut dicht zu machen, oder?«

»Vermutlich nicht«, sagte Shakira.

»Was also ergibt sich daraus für uns – Ihrer Meinung nach?«, fragte Ravi.

»Daraus ergibt sich, dass ich mich Shakiras ursprünglichem Argument anschließe. Es wäre dumm, die Südseite der Inselkette zu passieren, weil wir dort sehr wahrscheinlich von einem amerikanischen U-Boot entdeckt werden würden. Sie bringen uns vielleicht nicht auf, aber sie werden sicherlich Alarm auslösen, der von hier bis zum Pentagon zu hören sein wird. Das wiederum ist alles andere als in unserem Interesse, wenn ich mich nicht irre.«

»Es könnten hier vielleicht sogar zwei U-Boote postiert sein«, sagte Ravi nachdenklich.

»Dem würde ich ebenfalls nicht widersprechen«, sagte Ben Badr. »Auch wenn sie hier, vom Ufer bis zu einer Entfernung von achtzig Seemeilen zur Küste, SOSUS-Anlagen haben sollten, ist es nämlich verdammt schwierig, ›den Berg hinauf zu lauschen‹, vor allem dort draußen ...«

»Was meinen Sie damit?«, fragte Ravi.

»Nun, in diesem Gebiet gibt es gewaltige Dünungen, die sich, vom Becken in Richtung Graben, über Tausende von Seemeilen aufbauen. Das Wetter ist schlecht, wir haben hier Sturmstärken von acht bis neun, ziemlich hohe Seen. Wenn die Strömungen gegen die Unterwasserfelsen schlagen, entsteht enormer Lärm, das Wasser wird herumgewirbelt, starke Ströme werden in die tiefen Unterwasserhöhlen gesogen und wieder ausgespuckt. Für die U-Boot-Abwehr ist das ein verdammt schwieriges Terrain. Vom Norden strömt kaltes Wasser an den Inseln vorbei, vom Süden kommt warmes, wodurch Thermoklinen entstehen. Für ein SOSUS ganz, ganz schwierig. Es wäre sehr viel einfacher, eine U-Boot-Patrouille hier, genau in der Mitte, zu platzieren. Hätte ich den Befehl über die Überwachung, würde ich hier, bei einundfünfzig Grad zehn Minuten Nord und hundertneunundsiebzig Grad Ost, vor der Insel Amchitka, ein Boot postieren. Unterstützt vielleicht sogar noch von einer Luftpatrouille, nur für den Fall, dass etwas entdeckt wird und zum Auftauchen gezwungen werden soll.«

»Sie meinen also, es könnten dort tatsächlich ein oder zwei U-Boote lauern?«, sagte Shakira.

»Genau. Mein Gefühl sagt mir, wir sollten uns von der südlichen Route fernhalten.«

»Nichts anderes habe ich ja eben behauptet«, sagte Shakira. »Obwohl ich nur über einen Bruchteil Ihres Wissens verfüge.«

»Also einverstanden?«, sagte Ben Badr.

»Absolut«, sagte Ravi. »Wir nehmen die Nordroute.«

»Könnte ich noch die neuesten Informationen über die amerikanischen Loran-Stationen bekommen, damit ich meine Karten aktualisieren kann?«, fragte Ben Badr.

»Na ja, besonders viel habe ich nicht«, antwortete Shakira. »Definitiv befindet sich jeweils eine Station auf Attu und auf Amchitka, zweihundert Seemeilen östlich von Attu, gleich neben der breiten Wasserstraße hier… die durch die Inselkette führt.«

»Hab ich«, sagte der Kommandant. »Wir werden dort sehr viel weiter nördlich sein, in 1500 Meter tiefen Gewässern… Hier, unmittelbar nördlich dieser Sandbank… der Petrel Bank… die in der Mitte nur eine Tiefe von dreißig Metern aufweist… Eine weitere liegt vierzig Meilen weiter im Osten.«

»Gut«, sagte Shakira. »Dann habe ich eine Navy-Einrichtung auf Atka, zweiundfünfzig drei Nord, hundertvierundsiebzig Ost. Möglicherweise eine weitere auf der Insel Chuginadak, einige hundert Seemeilen weiter. Aber nur vielleicht, es gibt dazu keine gesicherten Angaben… Anschließend noch zwei definitiv bestätigte Einrichtungen, eine auf Umnak, genau hier… die andere auf Unalaska…«

»Ich sehe hier vier Leuchtfeuer bei dieser Inselgruppe«, sagte Ben Badr. »Wenn wir sie durch das Sehrohr erkennen können, sind wir wahrscheinlich schon zu nah dran.«

»Ich weiß, es klingt vielleicht ein bisschen naiv«, sagte Shakira. »Aber irgendwann müssen wir wieder vom Norden der Inselkette nach Süden, oder? Hat schon jemand daran gedacht, wo wir das bewerkstelligen wollen?«

»Ich«, sagte Ravi, »bin zwar nicht genug Marineoffizier, um entscheiden zu können, auf welcher Seite der Alëuten wir vorbeifahren sollen, aber als Kampftruppenführer ist mir doch klar, dass wir irgendwann wieder nach Süden kommen müssen, wenn wir nach Norden gehen. Die Hauptroute für die Handelsschiffe verläuft durch die relativ stark befahrenen Unimak-Passage. Ich habe mir die Mühe gemacht, eine sehr detaillierte Karte dieses Gebiets zu besorgen, besser als alles, was wir hier so herumliegen haben…«

»Das freut mich, Ravi. Ich habe zwar gute Karten, aber sie sind weit davon entfernt, wirklich perfekt zu sein«, sagte Ben Badr. »Beim Passieren der Aleuten müssen wir sehr vorsichtig sein. Wenn wir entdeckt werden sollten, dann hier. In diesem Abschnitt wimmelt es nur so von amerikanischem Radar und Sonar und wahrscheinlich von SOSUS-Kabeln.«

»Schlimmer wäre es, wenn man uns von einem großen bewaffneten Atom-U-Boot der Los-Angeles-Klasse aus orten würde«, sagte Ravi. »Der amerikanische Schweinehund würde wahrscheinlich sofort das Feuer eröffnen.«

11. bis 20. Februar 2008

Am frühen Nachmittag nahmen sie über GPS eine Positionsbestimmung vor und bekamen bestätigt, dass sie sich exakt an der richtigen Stelle befanden, 53.45 N, 170.30 E, 115 Seemeilen westnordwestlich der Nordküste der Insel Attu. Kapitän Badr befahl sofort, die Geschwindigkeit zu reduzieren, da sie nun mit SOSUS-Anlagen zu rechnen hatten.

Doch so viel Vorsicht wäre gar nicht nötig gewesen. Sie fuhren in Gewässern mit mehr als 2700 Meter Tiefe, Ben befahl die *Barracuda* auf eine Tauchtiefe von 200 Meter. *Fahrt fünf Knoten … Kurs eins-eins-null.* Die Wahrscheinlichkeit, in dieser Tiefe und bei dieser Geschwindigkeit gehört zu werden, war gleich null.

Sie würden für 100 Seemeilen zwar fast einen ganzen Tag benötigen, dennoch wollte Ben Badr die Geschwindigkeit nicht erhöhen. Es würde damit acht Tage dauern, bis sie sich der Unimak-Passage näherten – acht Tage im Verborgenen, acht Tage hinterlistiges Anschleichen. Ravi fühlte sich ganz in seinem Element und war voller Zuversicht.

Langsam krochen sie – fünf Seemeilen von den nördlichen Inselküsten entfernt – voran und blieben die gesamte Zeit über auf ihrer Tiefe. Achtmal versuchte sich die Sonne über die vor ihnen liegende Beringsee zu erheben, achtmal scheiterte sie. Das Wetter an der Oberfläche war rau und stürmisch, aber keiner bekam es zu sehen. Die *Barracuda* tauchte kein einziges Mal auf, nur einmal kamen sie auf Periskoptiefe, um ein GPS-Update durchzuführen. Der Reaktor lief reibungslos und lieferte Wärme, frisches Wasser, frische Luft, Licht und Elektrizität. Angesichts der meteorologischen Umstände brachen die Hamas-Terroristen in höchstem Komfort in die äußere Verteidigungslinie der USA ein.

Nur einmal liefen sie Gefahr, gehört zu werden. Etwa 30 Seemeilen nördlich der Ostspitze von Unalaska sorgte ein größeres Fischereifahrzeug vom nahe gelegenen Dutch Harbor im Sonarraum für einige Aufregung. Es lag sehr nahe am Boot, zog lautstark die vollen Netze aus dem Wasser und nahm anschließend plötzlich Fahrt auf, weil es offenbar unverzüglich in den Heimathafen zurückkehren wollte.

Der Offizier der Wache, der die *Barracuda* so schnell wie möglich von der Küste wegsteuern wollte, verspürte nicht die geringste Lust, sich erneut in einem Fischernetz zu verfangen. Am liebsten wäre er abgedreht, was allerdings mit größeren Problemen verbunden war, als es vielleicht den Anschein hatte: Harte Ruderbewegungen erzeugten Geräusche, die auf den amerikanischen Lauschanlagen gut und gern vier bis fünf Sekunden lange, flüchtige Signale hinterlassen konnten. Die US-Mannschaft hätte daraus allerdings höchstwahrscheinlich nicht erkennen können, dass es sich um ein U-Boot handelte, wahrscheinlich hätten sie das Signal dem Trawler zugeschrieben, der so unvermittelt die Geschwindigkeit erhöht hatte.

Der Offizier der Wache wollte allerdings unter allen Umständen vermeiden, entdeckt zu werden. Etwas überstürzt beschloss er daher, auf Periskoptiefe zu gehen und nachzuprüfen, ob sie wirklich nicht im Kurs des Fischereiboots lagen. Das war ein großer Fehler. Nur für wenige Sekunden tauchte das Periskop der *Barracuda* aus dem eisigen Wasser, wurde aber augenblicklich von der amerikanischen Küstenradarstation auf Akutan erfasst. Es war nur ein flüchtiger Kontakt, drei Ausschläge des Abtaststrahls.

Das Signal wurde auf den Abfall im Fang des Trawlers zurückgeführt. Fünf Minuten später jedoch wollte Ben Badr selbst einen Blick auf die Oberfläche werfen – und dieses Mal wurde der Kontakt von den Amerikanern nicht nur auf dem Radarschirm entdeckt, sondern auch im Logbuch verzeichnet: ... *Flüchtig ... ungenügende Datenmenge für eindeutige Identifizierung*. Die Daten allerdings reichten aus, um offiziell einem möglichen Eindringling zugeschrieben zu werden.

Mit neu erwachtem Interesse wartete die US-Mannschaft, ob es abermals auftauchte. Doch das Signal kehrte nicht wieder, und die *Barracuda* setzte unbehelligt ihren Weg zur Unimak-Passage fort. Das mächtige Jagd-U-Boot der Los-Angeles-Klasse, die USS *Toledo*, die im Aleütengraben patrouillierte, aber war zu weit entfernt, um sie zu erfassen.

Am Mittwoch, dem 20. Februar, stand die *Barracuda* frühmorgens nur wenige Seemeilen vor der Wasserstraße, die durch die Inselkette führte. Sie steuerten eine Position zehn Seemeilen vor dem Leuchtfeuer an der Nordspitze der Insel Akutan an. Das Leuchtfeuer selbst sahen sie nicht, das GPS allerdings hatte sie an die richtige Stelle gelotst. Vor ihnen lag die Einfahrt zu der von der Admiralität in London auf der Seekarte angegebenen »sicheren Fahrrinne«.

Der Kartenlegende nach waren in dieser Fahrrinne keinerlei Hindernisse vorhanden, die eine sichere Navigation beeinträchtigen könnten. Noch nicht einmal von Menschenhand geschaffene »künstliche Inseln oder feste, permanente Bauten«. Es wurde angefügt, dass es nicht verpflichtend sei, die Fahrrinne zu benutzen, es werde aber empfohlen.

»Danke, alte Kumpels«, sagte Ravi in einem plötzlichen Anflug von Heimweh. »In Gedanken bin ich bei euch.«

Aus Ravis Karte ging jedoch hervor, dass sich in der Mitte der Rinne über eine Länge von zwei Seemeilen eine Untiefe erstreckte, die an ihrer höchsten Stelle 25 Meter unter der Wasseroberfläche lag. Für Überwassereinheiten war dies kein Problem, für ein U-Boot, das nicht entdeckt werden wollte, jedoch wohl. Da die Sandbank meistenteils zehn

Meter tief lag, wäre die Durchfahrt zwar möglich, aber alles andere als ratsam gewesen. Die *Barracuda* maß von der Turmspitze bis zum Kiel 17 Meter. Ben Badr wollte mindestens sechs Meter Platz unter dem Kiel haben; wenn das Boot auf Grund lief, konnte das katastrophale Folgen nach sich ziehen.

Andererseits hätte es unweigerlich zu Problemen geführt, wenn sie sich langsam, auf Periskoptiefe, mit herausragendem Mast durch die Rinne getastet hätten. Die leistungsstarken US-Radarstationen hätten sie auf jeden Fall geortet. Ben Badr gefiel der Gedanke ganz und gar nicht. Er überlegte sogar, die Rinne aufgetaucht und im Schutz der Nacht mit hoher Geschwindigkeit zu passieren, um anschließend auf tiefere Gewässer Kurs zu nehmen.

Ravi mutete dieser Vorschlag geradezu hysterisch an. Er war überzeugt davon, dass jedem übervorsichtigen SAS-Befehlshaber allein schon bei der Vorstellung das Herz stehen geblieben wäre. »Ben«, sagte er mit ruhiger Stimme, »man hat mir beigebracht, alles zu unterlassen, was die Mission ernsthaft gefährden könnte.«

»Das hat man mich ebenfalls gelehrt«, sagte Ben Badr. »Aber in dieser gottverlassenen Gegend müssen wir doch eine Neunzig-Prozent-Chance haben, mit einer schnellen Passage, die vielleicht fünf Minuten dauert, davonzukommen. Wenn, halten sie uns wahrscheinlich eh für ein Fischerboot oder für einen Frachter.«

»Das Risiko ist zu hoch«, sagte Ravi. »Vergessen Sie's. Außerdem habe ich einen besseren Plan.«

»Das hoffe ich«, sagte Kapitän Badr grinsend. »Sie sind ja auch der Oberbefehlshaber.«

»In Uraguba hat mir ein russischer Offizier, der wohl schon einen Schluck zu viel intus hatte, einmal was von einem russischen U-Boot erzählt. Wahrscheinlich hätte er es überhaupt nicht ausplaudern dürfen. Jedenfalls war es die Geschichte von einem Boot der Kilo-Klasse, das einmal mitten durch den Bosporus gefahren ist – ohne dabei vom türkischen Radar erfasst zu werden!«

»Was? Klingt ja unglaublich«, sagte der Kommandant. »Jeder U-Boot-Fahrer weiß, dass so etwas im Bosporus, inmitten der vielen Frachter, der starken Strömungen, der Sandbänke, der Wracks und weiß Gott noch allem schlicht und ergreifend nicht möglich ist.«

»Ich weiß. Aber der Russe hat es mir so erzählt. Und wissen Sie was? Er hat mir auch verraten, wie sie es geschafft haben.«

»Das hat er?« Ben Badr sah ihn mit weit aufgerissenen Augen an.

»Ja. Es ist in Wirklichkeit nämlich ganz einfach. Das Boot ist einem großen Frachter in dessen Fahrwasser gefolgt, hat sich einfach hinten drangehängt. Das Fahrwasser achtern hat das Radar so verwirrt, dass man das Sehrohr nicht geortet hat.«

»Ehrlich?«, sagte Ben Badr zweifelnder als zuvor. »Aber was wäre geschehen, wenn das Schiff plötzlich angehalten hätte.«

»Seltsam, die gleiche Frage habe ich dem Russen auch gestellt. Er hat mich nur angelächelt und gemeint, jeder gute U-Boot-Kapitän achtet doch genau auf solche Dinge. Kein Problem also.«

»Wollen Sie damit sagen, dass wir es auf die gleiche Weise versuchen sollen?«

»Warum denn nicht? Wir passen einen großen Frachter ab und hängen uns an ihn dran. Hier ist das wesentlich weniger gefährlich als im Bosporus, die Fahrrinne ist breit, es herrscht so gut wie kein Verkehr. Wenn die Russen dem Schiff durch den engen Bosporus folgen konnten, dann sollte es uns doch möglich sein, so einem Ding durch eine sichere Fahrrinne, mitten in einem fast zehn Seemeilen breiten Wasserweg zu folgen.«

»Ja, das sollten wir schaffen. Ich weiß nur nicht, wie lange wir vielleicht zu warten haben. Wir werden alle halbe Stunde auf Periskoptiefe gehen und nachsehen, was sich tut, halten die Geschwindigkeit niedrig und hängen uns dann an ein entsprechendes Schiff dran.«

Während des Tages liefen nur kleine Schiffe die Passage an. Erst am späten Nachmittag, als auf diesem Breitengrad die Dunkelheit bereits hereinbrach, rief der erfahrene Kilo-Stabsbootsmann Ali Amiri vom Sehrohr: »Kapitän … Habe ein mögliches Fahrzeug … Peilung drei-drei-null … in 12000 Metern Entfernung … Bug rechts, Lage etwa 30 … mit zivilem Navigationsradar …«

»Ich komme, um es mir selbst anzusehen … bevor das Licht ganz weg ist.« Kapitän Badr war nun voll und ganz bei der Sache.

»Periskop rauf. Rundumsicht.«

Sekunden später: *»Runter! – Peilung?«*

»Peilung: drei-drei-fünf … Entfernung … auf 24 Meter … 7500 Meter, Kapitän … Bug rechts, Lage etwa 25 … Zielkurs … eins-zwei-null … Entfernung zum Kurs 3500 Meter …«

»Auf null-sechs-null drehen … Periskop runter … Fahrt fünf Knoten.«

Die *Barracuda* näherte sich langsam dem Kurs des herankommenden Frachters. Sie warfen einen weiteren Blick auf das Schiff und schätzten es auf 6000 Bruttoregistertonnen; es fuhr unter japanischer Flagge und lief auf einem gleichmäßigen Kartenkurs genau auf die Fahrrinne zu.

In den folgenden zehn Minuten wurde das Periskop immer wieder hektisch hoch- und runtergefahren, bis Kapitän Badr schließlich nach Steuerbord drehen ließ und sie sich knapp hinter den Frachter setzten.

Die *Barracuda*, deren Bug nun unmittelbar hinter der Schraube des Handelsschiffes saß – die Abstandspeilung erfolgte über das Hecklicht des Japaners –, passte ihre Geschwindigkeit jener des vorausfahrenden Fahrzeugs an.

Fünfundachtzig Umdrehungen … Fahrt über Grund 8,8 laut GPS … 8,3 durch das Wasser, Kapitän.

Nur 100 Meter aufgewühltes, schaumiges Wasser lagen zwischen den beiden Schiffen, die die schmale Fahrrinne passierten. Aber niemand auf dem japanischen Schiff hatte auch nur im Entferntesten ahnen können, dass ihnen ein

Atom-U-Boot dichtauf folgte – ein U-Boot, das nicht die freundlichsten Absichten hegte.

Die Mannschaft der *Barracuda* achtete darauf, den Abstand einzuhalten, maß den Winkel zwischen dem Horizont und dem Hecklicht des Frachters und wusste, wenn er größer wurde, waren sie zu nah, wurde er kleiner, fielen sie zurück und verließen das brodelnde Fahrwasser, das sie vor dem US-Radar schützte.

Das japanische Schiff hielt seinen Kurs wesentlich gleichmäßiger als das letzte, das ihnen begegnet war, die *Mayajima*. Stetig, mit konstanter Geschwindigkeit, legte es Seemeile um Seemeile zurück. Da es nur etwa sechs Meter Tiefgang hatte, musste es sich um die Tiefe der Fahrrinne nicht sonderlich kümmern und hielt unbeirrt Kurs auf ein fernes Land.

»Wahrscheinlich war's mal mit Computern voll gestopft«, sagte Ravi. »Obwohl ich mir nicht so recht vorstellen kann, woher es von dort oben in der Arktis kommt. Außer vielleicht aus der Prudhoe Bay… die verwenden dort eine Menge Elektronik.«

Sie brauchten zweieinhalb Stunden für die 25 Seemeilen bis zur seichtesten Stelle in der Passage. Während der gesamten Zeit riefen Ben Badrs Männer die Wassertiefe unter dem Kiel aus. Nur einmal fiel sie unter sechs Meter – und erreichte einen Tiefstwert von vier, was den Kommandanten leicht nervös werden ließ. Doch bereits eine Viertelstunde später fiel der Meeresgrund wieder ab.

90 Fuß, Kapitän … jetzt 100 …

Sie hatten die Position 54.15 N, 165.30 W erreicht und brauchten ihre japanische Eskorte nicht mehr. Sechzig Seemeilen südwestlich der Insel Sanak gingen sie auf östlichen Kurs, tauchten ab, verließen den weit gestreckten Bogen der vulkanischen Inselkette der Alëuten und folgten dem 54. Breitengrad hinein in den Golf von Alaska.

KAPITEL NEUN

Fünf Tage und fünf Nächte lang glitt die *Barracuda* tief unter den windgepeitschten Gewässern durch den Golf von Alaska. Kapitän Badr ließ die Geschwindigkeit nie über sechs Knoten steigen, das Boot ging nie tiefer als 150 Meter. Sie schlichen an den gefährlichen SOSUS-Anlagen vorbei und hielten sich an die seichtesten Stellen, die in diesen tiefen Gewässern zu finden waren.

Viele riesige Tanker dröhnten auf dem Öl-Highway zum und vom Prince William Sound sowie zum Ölterminal in Valdez über sie hinweg. Niemand hörte das beinahe lautlose Surren der russischen Turbinen, die die Angreifer aus dem Mittleren Osten zu dem imposanten Archipel und der Fjordlandschaft an der Südostküste Alaskas trugen.

Am Donnerstagnachmittag, dem 28. Februar, erreichte das U-Boot die 150 Meter tiefen Gewässer westlich der winzigen Forester Island. Ben Badr notierte in seinem Logbuch die Position 54.47 N, 133.45 W. Die *Barracuda* lag 30 Seemeilen vor der Küste der Prince of Wales Island, der drittgrößten aller amerikanischen Inseln inklusive Hawaii.

Der Kommandant befahl langsame Fahrt, das Boot zog mit drei Knoten, 100 Meter unterhalb der Wasseroberfläche, eine Schleife. Bei Anbruch der Dunkelheit herrschte im Raketenraum erhöhte Aktivität; acht große Radugas wurden abschussbereit gemacht.

Zwei Decks darüber, im Navigationsraum, war Shakira in ihre Seekarten vertieft, wobei sie die detailreichen, eng beschrifteten Karten der britischen Admiralität den kleineren und übersichtlicheren, die auf ihrem Computermonitor erschienen, vorzog. Zu ihrem Werkzeug gehörten Zirkel, ein ein Meter langes transparentes Plastiklineal, ein Winkelmesser und ein Taschenrechner. Ravi stand neben ihr und amüsierte sich ein bisschen über die Fähigkeit seiner Frau, seine grob umrissenen Pläne und Ziele bis ins kleinste Detail auszuarbeiten. Wenn das auch für eine Freiheitskämpferin eher ungewöhnlich erschien, aber tief im Innersten war sie die geborene Beamtin.

Von dem Moment an, an dem er ihr seine Absichten erklärte, hatte sie sich an die Arbeit gemacht und seine Ideen in konkrete Pläne umgesetzt. Sie hatte sich eingehend mit der Erfolgs- und Ausfallrate der Radugas sowie den bekannten und vermuteten Verteidigungsanlagen ihrer Zielobjekte in den USA befasst. Sie hatte die Kurse für die Marschflugkörper errechnet, sie modifiziert, die Positionen für die Abschussplattform – die *Barracuda* – vorgeschlagen und schließlich das Ergebnis der Arbeit auf ihren Seekarten in Form von sorgfältig eingezeichneten dünnen blauen Linien präsentiert.

Soweit Ravi es beurteilen konnte, war ihr geografisches und strategisches Verständnis ohne Fehl und Tadel. Wochenlang hatte sie ihn mit ihren Fragen und Überlegungen gelöchert: *Wie weit ist es bis dahin? … Wie wär's damit? … Wie wär's mit jenem? … Zu weit weg … Zu direkt … Funktioniert nie und nimmer … Absolut nicht … Genau hier ist eine amerikanische Lauschstation … Du kannst hier kein U-Boot reinfahren lassen … die würden dich hören … Es ist zu seicht … Zu viel Schiffsverkehr … Zu nah an der Küste … Zu weit draußen auf See … Zu nah an den Tankerrouten … Zu nah am Gebiet, das von der Küstenwache patrouilliert wird …*

Shakira war unermüdlich; sie war gewissenhaft, intelligent und vorsichtig. Rastlos. Die große Strategie war nicht ihr Ding. Es waren die Details, in denen sie aufging – jene Details, die sie davor bewahren würden, entdeckt und angegriffen zu werden, wie Ravi sich schon vor einiger Zeit hatte eingestehen müssen.

Sie besaß keinerlei persönlichen Ehrgeiz, es lag ihr nichts an der Bewunderung anderer. Jeden Schritt, den sie unternahm, besprach sie mit ihrem geliebten Ravi. Ihr Ehrgeiz lag darin, eine perfekte Operation zu planen, Fehler auszumerzen, falschen Berechnungen auf die Spur zu kommen, Trugschlüsse, Hindernisse und mögliche Gefahren aufzulisten.

Ravi war nie einer besseren Mitarbeiterin begegnet, die für einen klar umgrenzten Bereich, der in ihrem Fall die Seekarten und Raketen umfasste, zuständig war. Er beobachtete sie an diesem langen Donnerstagabend, während sie mit dem Waffenoffizier die Entfernungen, Flugbahnen und Kurse besprach. Und er dankte Allah für die langen Wochen, die seine Raketenmannschaft in Petropawlowsk verbracht und in denen sie gelernt hatte, mit den großen Marschflugkörpern umzugehen – die nun im Namen Allahs einen fürchterlichen Schlag gegen das Energiezentrum des Großen Satans führen würden.

Selbst wenn alles schief gehen sollte, wenn sie gefangen genommen oder von der U.S. Navy eliminiert werden sollten, konnte sie jetzt niemand mehr von diesem Schlag abhalten. Die Energieversorgung der amerikanischen Westküste war ihnen auf Gedeih und Verderb ausgeliefert.

Um 2200 befahl Ravi eine Kursänderung um 90 Grad, damit die *Barracuda* genau nach Osten ausgerichtet war, nach Mekka, das hinter den weiten gefrorenen Prärien Kanadas und dem Atlantik lag. Dann bat er über die interne Sprechanlage alle Besatzungsmitglieder, einige Augenblicke im Gebet zu verweilen. Wenn möglich, knieten sie sich dazu nieder, wie es der islamischen Tradition entsprach.

Er erinnerte sie daran, dass ihr geplantes Vorgehen Aufruhr über sie bringen könne und sie dann die Engel hörten, die dreimal die Posaune bliesen. Und wenn Allah die Aufzeichnungen der Engel las, würden die Gerechten über die Brücke ins Paradies einziehen. Und all jene seiner Kinder, die sich nun in dieser großen Waffe aufhielten, die gebaut wurde, um Allahs Willen zu erfüllen, gehörten sicherlich zu den Gerechten.

»Ich richte mein Antlitz«, sagte Ravi, »einzig zum höchsten Wesen, dem Schöpfer des Himmels und der Erde, kein anderes Wesen werde ich anrufen. Ehre sei Dir allein, und mit dieser Lobpreisung beginne ich dieses Gebet. Dein Name allein verheißt Glück, Du seist gepriesen, und keiner außer Dir ist der Anbetung würdig …«

Er betete um Führung in diesem großen Ereignis, und er beendete das Gebet mit den Zeilen aus dem Koran:

… zu Dir allein flehen wir um Beistand.
Führe uns den rechten Weg,
den Weg derer, welche sich Deiner Gnade freuen.

… Licht über allem Lichte …
und Allah leitet zu seinem Lichte, wen er will.

Daraufhin befahl er, das Boot wieder nach Westen zu drehen, beorderte den Waffenoffizier in die Zentrale und überprüfte ein letztes Mal alle Einstellungen und Abläufe vor dem Abschuss. Das Programm arbeitete tadellos. Nur ein Raketendefekt oder unerwartete Feindeinwirkung konnten sie jetzt noch aufhalten. Die großen Radugas waren startbereit, das Flugleitsystem war auf den Kurs, den Shakira errechnet hatte, programmiert.

Um 2300 gab Ravi den Befehl. *Rohr eins bis acht – fertig machen.*

Zehn Sekunden später: *Rohr eins – los!*

Der Booster der ersten aus insgesamt vier dieser 2,75 Meter langen stählernen Flugkörpern bestehenden Eröffnungssalve wurde gezündet, die Lenkrakete verließ den Launcher, schoss nach oben und brach durch die Wasseroberfläche.

Mit feurigem Schweif röhrte sie hinauf in den schwarzen Nachthimmel. In 60 Metern Höhe, der Einsatzhöhe, korrigierte die Rakete ihren Kurs auf 290 Grad und erreichte die Geschwindigkeit von 950 Stundenkilometern. Der Turbofan schaltete sich zu und ließ den in der Nacht verräterischen Schweif erlöschen. Die Raduga war unterwegs zu ihrem Ziel.

Gleich dahinter befand sich die zweite Rakete bereits in den letzten Sekunden vor dem Start, verließ kurz darauf das Rohr und rauschte an die Oberfläche. Die dritte hatte nur noch wenige Sekunden bis zur Zündung, die vierte befand sich bereits in der Startsequenz.

Die vier Flugkörper würden einen jeweils anderen, indirekten Kurs auf Valdez nehmen, aber gleichgültig, was passieren mochte, sie würden in 20-Sekunden-Abständen auf ihr Ziel treffen. Sie schwärmten über den nachtschwarzen Wellen des Golfs von Alaska aus und strichen leise, mit einem sirrenden Grummeln, durch die vereinzelten Nebelbänke.

Für die 860 Seemeilen lange Strecke würden sie 90 Minuten brauchen. Ihr Kurs führte sie zunächst mehr als 200 Seemeilen über jenen Punkt auf dem Längengrad 146.20 W hinaus, an dem sie direkt in den Prince William Sound hätten abbiegen können. Damit blieben sie weit südlich des US-Radars, der dieses Gebiet Tag und Nacht abtastete.

Ihr programmierter Kurs lenkte sie über die Insel St. Augustine am Eingang zum Cook Inlet, dem lang gestreckten, nach Anchorage führenden Meeresarm. Bei der Insel vollführten die Flugkörper eine scharfe Wendung, drehten nach rechts auf einen nördlicheren Kurs von 35 Grad, genau in den Meeresarm hinein, und dann weitere 375 Meilen über das Festland von Alaska hinweg.

An diesem Punkt hatte Shakira erneut eine scharfe Kehrtwendung programmiert. Die Raketen vollzogen eine 150-Grad-Wendung nach Süden und rauschten mit Mach 0,7 auf Valdez zu, aus einer Richtung, die niemand vorhersehen konnte.

Freitag, 29. Februar 2008, 1.15 Uhr
Glenn Highway, Zentralalaska

Harry Roberts und sein Jagdkumpan Cal Foster hätten sich mit dem Alkohol etwas zurückhalten sollen. Jeder von ihnen hatte neun Halbe Alaska Amber intus; es herrschte pechschwarze Dunkelheit, auch die Scheinwerfer des alten Pick-up hatten schon strahlendere Tage gesehen.

Beide waren einundzwanzig und hatten damit nicht nur das Alter erreicht, in dem sie legal Alkohol konsumieren durften, sondern auch jenes mit der höchsten Alkoholrate in den USA. Zu ihrem Glück war der Highway zu dieser Nachtzeit so gut wie ausgestorben, sodass Harry einige Schleifen und korrigierende Lenkbewegungen ausführen konnte, ohne dabei andere um Leib und Leben zu bringen.

Sie befanden sich etwa sechs Kilometer vor Glennallen, als Cal vom Beifahrersitz verkündete, er müsse sofort eine halbe Gallone Alaska Amber entsorgen.

Äußerst verständnisvoll steuerte Harry den harten Seitenstreifen an und schaffte es gerade noch, den Wagen nicht kopfüber in den Graben zu setzen. Sie torkelten aus der Fahrerkabine und positionierten sich zu einem wahrhaft grandiosen Abharnen, wie sie es in ihrem jungen Leben noch nicht oft erlebt hatten.

Cal legte den Kopf in den Nacken und rülpste lautstark in die Nacht hinein, ein belferndes Röhren, das jeden Elchbullen auf der Stelle hätte erstarren lassen. Und als er wieder die Augen öffnete, sah er es. Sah, wie es oben am klaren Himmel genau auf ihn zukam. Im ersten Moment hielt er es für eine Sternschnuppe, dann wurde ihm bewusst, dass es sich irgendwie um ein Flugzeug handeln musste. Doch dann flog es mit einem leisen Dröhnen, begleitet vom Zischen der verdrängten Luft, genau über seinen Kopf hinweg.

»Harry!«, sagte er. »Hast du das gesehen? Da ist so ein Scheiß-Ufo genau über meinen Schwanz weggeflogen.«

»Red kein Blech«, erwiderte Harry, der schwankend, aber immer noch ausdauernd in die Wildnis zielte.

»Ich hab grad ein Ufo gesehen. Genau über mir. Ist über uns weggeflogen. Ich hab's gesehen, ich hab's gehört. Wirklich. Wie in dem Film … Wie hieß der noch …? Unheimliche Begegnung der fürchterlichen Art.«

»Hab noch nie davon gehört«, sagte Harry geistesabwesend.

»Harry, wenn ich's dir sage. Ich hab so ein Scheißraumschiff gesehen, genau über uns.«

»Du halluzi-*hick*-ierst.«

»*Nein!* He, sieh dir das an, mein Gott! Da kommt noch eins. Schau, dort drüben, rechts«, sagte er, zeigte allerdings nach links.

Harry starrte in die falsche Richtung, während Cal brüllte: *»Schau! Schau! Schau! ... Dort oben ... das Licht im Himmel ... Scheiße! Wie schnell das Ding unterwegs ist ...«*

Erst jetzt drehte sich auch Harry nach links und entdeckte es ebenfalls. »Mein Gott! Was ist das?«

»Ein Ufo, was denn sonst?«

»Was ist ein Ufo?«, fragte Harry und verschliff dabei leicht die Worte.

»Ein unbekanntes Scheißobjekt am Himmel, du Arsch«, sagte Cal.

»Du kannst ja noch nicht mal buchstabieren«, grunzte Harry. »Das war nur ein Flugzeug, ist vielleicht nur ein bisschen spät dran.«

»Hast du schon mal ein Flugzeug gesehen, das so schnell und so tief fliegt? Mein Gott, ich hab's doch rauschen hören. So was ist mir noch nie untergekommen, nie und nimmer.«

Das Ölterminal von Valdez lag am Ende eines 24 Seemeilen langen tiefen Fjords in der nordöstlichen Ecke des Prince William Sound. Dort war es wunderbar geschützt, umgeben von den Ausläufern des 1500 Meter hohen Mount Hogan, der nordwestlich des riesigen Tanklagerkomplexes aufragte.

Die großen, zehn Meter hohen Stahlungetüme mit einem Durchmesser von zwanzig Metern, insgesamt dreißig an der Zahl, standen in Vierer- und Sechsergruppen über das gesamte Gelände verteilt. An einem Ende waren sie mit der Pipeline in die Prudhoe Bay verbunden, durch die das Rohöl ankam, am anderen Ende erstreckte sich ein Gewirr von Rohrleitungen zu den Anlegeplätzen, an denen die größten Tanker der Welt darauf warteten, den begehrten Stoff aufzunehmen und nach Süden zu bringen. Valdez galt als der nördlichste eisfreie Hafen der westlichen Hemisphäre.

Ebenso wie die Gewässer des Prince William Sound niemals zufroren, kam das Valdez-Terminal nie zur Ruhe. Das Rohöl floss sommers wie winters, sieben Tage in der Woche, Tag und Nacht. Die geschützte geografische Lage hatte man, Ergebnis vorausschauender Planung, bewusst gewählt. Die gesamte Stadt war nämlich nach dem Karfreitagserdbeben von 1964, bei dem der Ort nahezu vollständig zerstört wurde und viele Bewohner den Tod fanden, neu aufgebaut worden.

Das Ölterminal wurde 1977 fertig gestellt, die Baukosten hatten sich auf neun Milliarden US-Dollar belaufen; eine Investition, die sich für den Ort sehr bald auszahlen sollte. Valdez wurde zu einer reichen Stadt, die von den gewaltigen Steuereinnahmen durch die Ölgesellschaften lebte. Die Hälfte der Bevölkerung arbeitete in der Ölindustrie, und jeder wusste um den Wert der Valdez-Gans, die Eier aus schwarzem Gold legte.

Nur Stunden nach der Katastrophe am 11. September 2001 im fernen New York riefen die Stadtväter von Valdez nach zusätzlichen Radar- und sogar Sonar-Anlagen, um ihren wertvollen Hafen zu schützen. Sie bekamen das Geforderte schneller als erwartet und konnten damit nun alles erfassen, was sich über, auf und unter dem Wasser bewegte. Aber alle Ortungsgeräte waren nach Süden ausgerichtet, in die Richtung der potenziellen Gefahr. Keine der Anlagen überwachte den kargen, schnee- und eisbedeckten Bergzug im Norden, wo in den Wintermonaten kein Mensch zu überleben vermochte.

Doch aus dem Norden kamen Ravis und Shakiras Raketen, glitten durch die Nacht und erschreckten einen extrem betrunkenen Einwohner Alaskas, der sich später trotzdem noch daran erinnern konnte, dass ihm irgendein komisches Raumschiff direkt über den Schwanz hinweggeflogen war.

Die erste Rakete kam um etwa 0130 über die westlichen Höhenzüge des Mount Hogan. Über dem abfallenden Gelände ging sie niedriger, sichelte durch die eisige Luft und zeigte in einem Winkel von fast 45 Grad nach unten.

Sie traf Tank 18, durch dessen gewaltige Explosion der benachbarte Tank 17 detonierte, wodurch wiederum Tank 15 und 16 in Stücke zerfetzt wurden. Fast vier Millionen Liter Rohöl, dessen Flammpunkt in noch nicht einmal zwei Sekunden erreicht wurde, brannten sofort lichterloh. Eine scharlachrot-schwarze Rauchwolke quoll fünfzig Meter hoch in den Himmel.

In diesem Augenblick traf die zweite Rakete ein und steuerte, etwas rechter Hand vom Flammeninferno, ihr Ziel an. Die kleine Gasraffinerie und die gesamte Leitstelle des Terminals wurden in die Luft gejagt.

Die dritte Rakete, die durch den Qualm rauschte, zerstörte Tank 14, dessen Feuer auf die Tanks 9, 10, 11, 12 und 13 übergriff. Aus irgendwelchen Gründen loderten die Flammen hier niedriger, waren dafür aber heißer, weshalb sie die Hauptleitung zum Anlegeplatz 4 explodieren ließen, an der gerade die *Exxon Prince* Tausende von Litern Rohöl in ihre beiden vorderen Kammern pumpte.

Die Flammen züngelten sich die Ölleitung entlang, als wäre sie eine langsam abbrennende, aber äußerst voluminöse Sprengschnur, und vor den schreckgeweiteten Augen des Tankerkapitäns wurde, ausgelöst durch die leicht entzündlichen Gase in den Kammern, der gesamte Bug des 400 000-Tonnen-Schiffes in einer donnernden Explosion säuberlich weggerissen.

Neunzehn Sekunden später rauschte die vierte Rakete durch den Rauch und die Trümmer der vorangegangenen Explosionen und krachte mitten in die Tanks 1 bis 6, von denen vier nur halb mit Öl gefüllt, aber voller flüchtiger Gase waren. Sie brannten wie Zunder; die Flammen schlagende Explosion war unter dem nächtlichen Himmel noch fünfundzwanzig Kilometer weiter südlich zu sehen. Durch das Feuer wurden die schlafenden Bewohner von Valdez geweckt.

Wie durch ein Wunder war auf dem Tanker niemand verletzt worden. Alle Besatzungsmitglieder befanden sich zu diesem Zeitpunkt in ihren achtern liegenden Quartieren, auf der Brücke, dem Ölkontroll- und dem Maschinenraum. Die

Explosion am Bug hatte fast 400 Meter von ihnen entfernt stattgefunden. Die Crew hatte schnell das Schiff verlassen, doch auch nachdem der Tanker schließlich auf Grund gegangen war, ragten seine Aufbauten noch so hoch wie ein sechsgeschossiges Bauwerk aus dem Wasser.

Inzwischen war auch General Rashuds zweite Salve mit vier Radugas unterwegs. Die Raketen peitschten mit drei Kilometer Abstand voneinander durch den nächtlichen Himmel über Zentralalaska und folgten exakt dem Kurs ihrer Vorgänger. Acht Minuten nach der Explosion der *Exxon Prince* krachten die letzten vier russischen Flugkörper in das ausgedehnte Tanklager oberhalb der Stadt. Dicht an dicht standen hier riesige Tanks, die bis zu neun Millionen Barrel Rohöl fassen konnten, die von der Nordküste heruntergepumpt worden waren.

Zu diesem Zeitpunkt waren sie allesamt randvoll. Die Behälter platzten einfach auf, ein brennender Ölstrom ergoss sich über den Hang. Rohöl bedurfte enorm hoher Temperaturen, um sich zu entzünden – Temperaturen, die die vier Raketen aber mit Leichtigkeit erzeugten. Die Stadtbewohner, die bereits durch die Detonationen im Hauptterminal aus dem Schlaf gerissen worden waren, beschrieben später die Vorfälle am Berghang als eine Reihe von »irgendwie weichen« Explosionen. Es hörte sich nicht wie der Donnerschlag einer Bombe an, sondern eher wie ein *Wuuusch*-Geräusch, wie ein benzingetränktes Holzfeuer, in das man ein Streichholz warf.

Das brennende Tanklager oberhalb der Stadt versetzte die Bewohner in Angst und Schrecken. Sie fürchteten, das Öl könnte den Hang herunterkommen, wodurch das Feuer auf die gesamte Stadt übergreifen würde. Das Rohöl verbrannte jedoch unter so hoher Hitze – und so schnell –, dass es sich kaum von der Stelle bewegte. Auf dem acht Hektar großen Gelände allerdings ging in dem dröhnenden, tosenden Inferno auch der letzte Liter Rohöl in Flammen auf, der an den Küsten des Prince William Sound gelagert worden war.

Niemand konnte zunächst auch nur erahnen, was geschehen war, noch, wie es geschehen war, und schon gar nicht, warum. Die 4000 Bewohner von Valdez wussten lediglich, dass das große Ölterminal und alles Öl, das Amoco, BP und Phillips Petroleum gehörte, zerstört waren. Das gesamte Gelände stand in Flammen – ein Desaster unvorstellbaren Ausmaßes.

Die Leitstelle war nur von einer aus drei Männern bestehenden Nachtschicht besetzt, von denen zwei glücklicherweise gerade in einer 300 Meter entfernten Kantine Kaffee tranken; alle Telefonverbindungen zum Terminal waren unterbrochen. Aber der Feuerschein war so gewaltig, dass man kein Telefon brauchte, um den Schaden einschätzen zu können. Selbst ein zufällig vorbeiziehender Husky hätte einem sagen können, dass der Ölhafen lichterloh brannte.

Dick Saunders, der Lokalredakteur für die *Anchorage Daily News*, war, eine Viertelstunde nachdem die letzte Rakete im Tanklager eingeschlagen hatte, als erster Journalist vor Ort. Es war weit nach Redaktionsschluss für die neueste Ausgabe, dennoch rief er bei seiner Zeitung in Anchorage an und erzählte dem verschlafenen, gelangweilt wirkenden Nachtredakteur, dass der gesamte Hafen in Valdez in Flammen und die Wirtschaft in Alaska vor ihrem völligen Ruin stehe.

Wodurch der Nachtredakteur aus seiner Lethargie gerissen wurde und seinen Bruder anrief, der die Nachtschicht bei KBBI (AM 890) fuhr, dem Radiosender drüben in der kleinen Hafenstadt Homer am Cook Inlet. Acht Minuten später lief die Geschichte über den Äther; jede Radiostation in Alaska rief in Valdez an, um sich über das Ausmaß der Schäden zu informieren. Um 2.30 Uhr überschlugen sich die Nachrichtensprecher mit ihren Meldungen, und um Punkt drei Uhr (Pazifikzeit) war CNN amerikaweit auf Sendung.

Um vier Uhr Pazifikzeit, sieben Uhr an der Ostküste, beorderte die National Security Agency ihre Schlüsselagenten in ihr Hauptquartier in Fort Meade, das FBI schickte Mitarbeiter an der Westküste in einem Militärjet von San Diego nach Anchorage, das Weiße Haus wurde informiert, und Admiral Arnold Morgans Fahrer raste über den Beltway direkt nach Fort Meade. Admiral George Morris gab sein Bestes, um noch vor dem Big Man anzukommen.

Der Stab des Oberbefehlshabers der U.S. Navy hatte sich bereits im Pentagon eingefunden und schickte zwei Fregatten aus San Diego unverzüglich in den Prince William Sound. Das Atom-U-Boot der Los-Angeles-Klasse *Toledo* hatte den Alëutengraben verlassen und eilte mit Höchstgeschwindigkeit südlich der Inselkette zum Tiefwassergraben unmittelbar vor dem Sundeingang.

Die *Barracuda* hatte inzwischen ihre Position verlassen und Forester Island blieb achtern im Nordwesten zurück, als Kapitän Ben Badr das Boot Kurs nach Osten zum Dixon Entrance nehmen ließ, einer breiten Wasserstraße, die die Grenze zwischen dem US-amerikanischen Alaska und Kanadas Westküstengewässer markierte. Der Dixon verläuft nördlich der kanadischen Graham Island und biegt anschließend nach Süden in die breite Hecate Strait ab, die zum Queen Charlotte Sound führt und von dort weiter zu den Gewässern nördlich von Vancouver Island.

Es handelte sich um eine geschützte, stark frequentierte Route, die von den Tankern befahren wurde, die vom Golf von Alaska kamen und deren Ziele an der kanadischen und amerikanischen Westküste lagen. Genau hier verlief auch die nagelneue küstennahe, unterseeische Pipeline, die am Transferterminal in der Yakutat Bay östlich von Valdez begann und an der riesigen Raffinerie in Grays Harbor, im Bundesstaat Washington, endete.

Ravi und Shakira standen neben Ben Badr, als er das U-Boot in 150 Meter Tiefe, mit 200 Faden unter dem Kiel, leise südlich der großen Untiefe der Learmonth Bank vorbeisteuerte. Die 130 Seemeilen lange Fahrt zum neuen Operationsgebiet würde bei der auf fünf Knoten begrenzten Geschwindigkeit mehr als einen Tag dauern. Es gab nicht viel zu bereden, da niemand an Bord auch nur die geringste Ahnung hatte, was nach ihren beiden Raduga-Salven auf dem Festland von Alaska geschehen war.

Shakira gab sich zuversichtlich. Sie hatte sämtliche Berichte über die Erprobung der Radugas gelesen. Ihrer Meinung nach hatten die Lenkraketen zweifelsfrei ihr Ziel gefunden. Das Steuerleitsystem, das die Chinesen Ende der Neunzigerjahre den Amerikanern gestohlen und an ihre Freunde in Moskau weitergegeben hatten, bestach wie alles, was im Westen gefertigt wurde, durch seine Zuverlässigkeit. Bisher war Shakira kein einziger Vorfall in jüngerer Zeit bekannt, bei dem eine Rakete beim Auftreffen auf ihr Ziel nicht gezündet hätte.

»Ich gehe davon aus, dass im Hafen von Valdez jetzt ein ziemlich großes Feuer brennt«, sagte sie in der Zentrale der *Barracuda* und hakte sich am Arm ihres Ehemanns ein. »Fast so groß wie das, das in meinem Herzen lodert.« Shakira besaß jene Leidenschaft einer Freiheitskämpferin, die zur Erfüllung ihrer Aufgabe nötig war. Niemals vergaß sie ihren erklärten Hass auf die Amerikaner, die ihrer Überzeugung nach die Israelis mit Waffen belieferten, diese finanzierten und zu den schlimmsten Grausamkeiten gegen ihr, Shakiras, Volk ermutigten.

Die GPS-Position, die sie jetzt ansteuerten, lag auf 54.15 N, 131.39 W, eine Seemeile nördlich der 100-Faden-Tiefenlinie und kaum zwei Seemeilen von der Overfall Shoal entfernt, einer berüchtigten Untiefe, die sich von Rose Point aus, der nordöstlichen Spitze der Graham Island, über sechs Seemeilen ins Meer hinaus erstreckte. Die neue Pipeline, die genau über den Rand dieser riesigen Sandbank lief, lag bei Ebbe stellenweise sogar nur zehn Meter unter der Wasseroberfläche.

Die Gefahrenstelle war unmissverständlich gekennzeichnet und von den näher an der kanadischen Küste liegenden Hauptschifffahrtsrouten klar abgetrennt. Wichtiger noch war die Tatsache, dass das Gewässer keine zwei Seemeilen nördlich der Sandbank eine Tiefe von 180 Meter aufwies. 400 Meter von der Sandbank entfernt lag die Wassertiefe allerdings noch immer bei 60 Meter. Das Aussetzen von Leutnant Arash Azhari und seiner Kampfschwimmer der Revolutionsgarden sollte daher keinerlei Probleme bereiten.

Während Ravi, Shakira und Ben durch die dunklen Gewässer südlich von Alaska schlichen, ließ Charlie, Admiral Arnold Morgans Fahrer, den großen Stabswagen aufheulen und raste mit aufgeblendeten Scheinwerfern direkt auf den Haupteingang des OPS-2B-Gebäudes zu, dem hohen Glasgebäude, in dessen siebtem Stock der NSA-Direktor residierte.

Der ihnen folgende Wagen, in dem drei bewaffnete Agenten saßen, hatte seit Beginn der Fahrt in Chevy Chase zu tun gehabt, um mit ihnen mitzuhalten. Als seine »Aufpasser« endlich eintrafen, war der Big Man längst im Haupteingang verschwunden.

Bewaffnete Sicherheitsleute erwarteten ihn bereits. Im Privataufzug ließ er sich unverzüglich zu Admiral Morris' Büro bringen und betrat den Raum, ganze vier Minuten bevor der Direktor selbst zur Tür hereinkam.

Schon an der Tür zu seinem Büro wurde er von einer Stimme hinter seinem Schreibtisch aus seinem Bürostuhl heraus begrüßt.

»Wo verdammt noch mal hast du gesteckt, Seemann? Auf Urlaub?«

George Morris war sich nur allzu bewusst, dass ihm unweigerlich sein Schreibtisch, sein Bürosessel und der seinem Rang zustehende Respekt – in mehr oder weniger dieser Reihenfolge – entrissen wurde, wenn Arnold zu Besuch kam.

Er ging nicht weiter auf die Begrüßung ein, sondern lächelte nur über seinen alten Freund, der wieder einmal hinter dem großen Schreibtisch saß. »Hallo, Sir«, sagte er wie er immer, bevor er ins vertrauliche »Arnie« wechselte. »Hat uns schon irgendjemand darüber aufgeklärt, was dort in Alaska eigentlich los ist?«

»Nicht so richtig«, erwiderte die rechte Hand des Präsidenten. »Ich hab lediglich die CNN-Bilder im Internet gesehen. Aber ich will dir eines sagen: Das war ein verdammt großes Feuer. Irgendwas Verdächtiges gehört?«

»Nichts, gar nichts. Die Medien haben keinerlei Anhaltspunkte. Mir ist nur aufgefallen, dass die beiden verwüsteten Areale ein gutes Stück voneinander entfernt liegen. Allerdings weiß ich nicht, ob es zwischen den Tanklagern Verbindungspipelines gibt. Vielleicht sind sie wirklich durch Leitungen verbunden … aber falls nicht, dann ist mir schleierhaft, wie mehr oder minder gleichzeitig, innerhalb von zehn Minuten, fast einen Kilometer voneinander entfernt, zwei riesige Feuer ausbrechen können, ohne dass da etwas gewaltig zum Himmel stinkt.«

»Hm«, sagte Admiral Morgan. »Haben wir schon einen Bericht der Überwachungsstationen? Einzelheiten über Schiffsbewegungen, Oberflächenkontakte, verdächtige Bewegungen im Luftraum … irgendwas?«

»Wenn wir was haben sollten, wird es unser kürzlich zum Lieutenant beförderter Commander Ramshawe gerade in seinem Büro aufbereiten. Es liegt gleich in diesem Gang. Ich kann ihn das unmöglich hier machen lassen. Der Junge veranstaltet immer ein Chaos, wie ich es noch nie erlebt habe. Das schaffen selbst fünf andere nicht gleichzeitig. Alles voller Papier! Mein Gott, er kann damit jeden Tag ein Büro zumüllen.«

Arnold Morgan grinste. »Sollen wir ihn rufen lassen? Er ist doch dein persönlicher Assistent, oder?«

»Arnie, ich muss noch was mit meinem Chef der militärischen Nachrichtenabteilung besprechen, mit Captain Wade. Er ist im Moment sehr beschäftigt. Ich habe bereits auf der Herfahrt zweimal mit ihm telefoniert. Ich gehe kurz für zehn Minuten runter in sein Büro.«

»Okay, George. Dann statte ich unserem James Ramshawe eben einen kleinen Überraschungsbesuch ab. Mal sehen, ob er sich schon mit dem Fall befasst …«

Beide Admiräle schritten zur Tür, George Morris eilte daraufhin zum Aufzug, während Arnold Morgan dem großen Büro zustrebte, das zwanzig Meter weiter den Gang hinunter lag.

Auf dem Türschild stand: *Lt. Cdr. J. Ramshawe, Assistent des Direktors*. Arnold Morgan klopfte nicht an, so wie er auch nicht anklopfte, wenn er das Oval Office betrat, und wahrscheinlich auch nicht anklopfen würde, wenn er vor der Himmelspforte stand.

Er stieß die Tür auf und fand Ramshawe in Hemdsärmeln über einen Tisch gebeugt, wo er einzelne Papiere zu Stapeln aufschichtete, während er mit der rechten Hand an seinem Computer herumfummelte. »Einen Moment, wer zum Teufel Sie auch immer sein mögen«, grummelte er. »Irgendjemand hat hier eine ziemliche Sauerei veranstaltet. Das muss ich erst noch in Ordnung bringen, bevor ich mich um Sie kümmern kann.«

»Wer hat hier was veranstaltet?«, fragte Admiral Morgan.

»Alles total durcheinander«, erwiderte Ramshawe und drehte sich noch immer nicht um. »Was sich manche so einbilden, kotzt mich einfach an.«

»Und mich erst«, sagte der Admiral. Da erst nahm der frisch gebackene Lieutenant Commander den bekannten Ton in der rauen Stimme wahr und fand noch Zeit, »O mein Gott!« zu murmeln, bevor er dann aufsprang und sich überschwänglich für seine Unhöflichkeit entschuldigte.

Admiral Morgan reichte ihm lächelnd die Hand. Sie hatten sich seit mehreren Monaten nicht gesehen, nicht mehr seit der sehr kniffligen Operation in der Straße von Hormus, die den Nationalen Sicherheitsberater dazu veranlasst hatte, George Morris die Beförderung Ramshawes ans Herz zu legen.

»So, es sind schon fast vier Stunden vergangen, seitdem es in Alaska zu dieser Katastrophe gekommen ist... Ich gehe doch davon aus, Sie können uns eine erste Hypothese präsentieren – Ursache und Wirkung, schuldig oder unschuldig, Tatsache oder Fiktion.«

Lt. Commander Ramshawe mochte Admiral Morgan und war einer der wenigen, der sich durch dessen rüdes Gebaren nicht völlig den Wind aus den Segeln nehmen ließ.

»Sir, bislang hab ich nicht viel mehr zu sehen bekommen als alle anderen auch. Aber natürlich ist mir aufgefallen, dass sich die Explosionen und das Feuer an zwei verschiedenen Stellen ereignet haben, die fast einen Kilometer weit auseinander liegen. Allerdings habe ich noch keinen erreichen können. Alle Telefonleitungen zum Ölterminal sind tot. Lediglich zur Polizeidienststelle bin ich durchgekommen, außerdem hab ich mich mit dem Computer in einen lokalen Radiosender eingeklinkt, der eine Menge Leute von Amoco interviewt hat. Also, das Tanklager und das eigentliche Terminal sind offenbar unabhängig voneinander in Flammen aufgegangen. Im Abstand von etwa zehn Minuten, daran gibt es keinen Zweifel.

Nahezu alle leitenden Angestellten des Terminals lagen, Gott sei Dank, in ihrem Bett, sonst wären sie jetzt alle tot. Einige davon sind im Radio zu Wort gekommen, sie konnten sich überhaupt nicht erklären, wie an zwei völlig unterschiedlichen Stellen jeweils ein so verheerendes Feuer ausbrechen konnte. Drei Angestellte sagten unabhängig voneinander, es sei völlig unmöglich, dass sich das Öl von selbst entzündet. In Valdez wird ausschließlich Rohöl gelagert, das häufig genug überhaupt nicht brennt. Nicht, wenn man es nicht auf eine gewaltige Temperatur erhitzt – wie es vielleicht durch eine Explosion geschehen könnte oder durch einen Sprengsatz oder Ähnliches …«

»Haben Sie schon die Berichte der Küstenwache zu Gesicht bekommen?«

»Nur die vorläufigen Ergebnisse. Es gab keinerlei aufgezeichnete Schiffsbewegungen im Prince William Sound in der Zeit nach 2300, und das gilt für ein verdammt großes Meeresgebiet. Der verfluchte Sund ist hundert Seemeilen lang, wenn man bis zur Hundert-Meter-Tiefenlinie geht.«

»Luftverkehr?«

»Noch nicht mal eine kleine Zivilmaschine nach 2100.«

»Trotzdem müssen die Typen da oben doch denken, dass ihnen jemand die Tanks hat hochgehen lassen, oder?«

»Sie sagen es jedenfalls nicht, Sir. Zumindest noch nicht. Aber sie müssen es sich denken. Sehen wir den Tatsachen doch ins Auge: Rohöl geht nicht von allein hoch, okay. Und im Umkreis dieses Tanklagers ist nichts, was auch nur einen Funken erzeugen könnte, ganz zu schweigen von einem Inferno, das acht Hektar niederwalzt …«

»Hm«, sagte der Admiral. »Keine Schiffe, keine Flugzeuge, keine Verdächtigen, kein augenscheinliches Motiv, keine

Indizien. Das ist nicht viel, um damit Ermittlungen einleiten zu können, was, Jimmy?«

»Nein, Sir. Das ist überhaupt nicht viel.«

»Wer hat das noch mal gesagt: *Wenn man das Unmögliche ausschließt, bleibt nur die Wahrheit übrig*?«

»Sherlock Holmes, Sir. Gleich ganz dick auf der Titelseite.«

Admiral Morgan lachte. »Was muss man hier unternehmen, um an eine Tasse Kaffee zu kommen?«

»O mein Gott, tut mir Leid, Sir. Ich besorg Ihnen einen. Wie immer … schwarz mit Schrot?«

Niemand vergaß je Arnold Morgans Kaffeevorliebe, die er sich während der Jahre auf den Atom-U-Booten angewöhnt hatte. Keine Milch, nur zwei oder drei kleine weiße Süßstoffpillen, die er Schrot nannte.

»Genau – und besorgen Sie lieber auch gleich noch einen Kaffee für den Boss. Er wird jeden Moment zurück sein. Aber vorher möchte ich mich mit Ihnen noch unterhalten … Also beeilen Sie sich.«

Lt. Commander Ramshawe griff zum Telefonhörer und bestellte drei Tassen Kaffee, dazu warme englische Muffins, da es nach acht Uhr morgens war und die beiden Admiräle bereits die halbe Nacht auf den Beinen waren.

Er legte den Hörer auf und wandte sich wieder dem Nationalen Sicherheitsberater zu. »Schießen Sie los. Was wollen Sie wissen?«

»Jimmy, bis uns gegenteilige Hinweise vorliegen, sollten wir uns mit der Tatsache anfreunden, dass letzte Nacht irgendein Dreckskerl das größte Ölterminal der USA in die Luft gejagt hat.«

»Ja, Sir.«

»Da ein Angriff von See oder aus der Luft nicht möglich ist, muss der Angreifer über Land gekommen und wieder geflohen sein. Das heißt, über die Berge hinter Valdez, richtig?«

»Ja, Sir. Die Küstenwache wird das Gebiet im ersten Tageslicht, in etwa einer Stunde, mit drei Helikoptern absuchen. Ich habe schon mir ihr gesprochen.«

»Können Sie sich vorstellen, dass ein Haufen durchgeknallter Terroristen durch Schnee und Eis kriecht, den Mount Hogan hinab, um ein paar Sprengladungen im Tanklager anzubringen?«

»Nein, Sir. Und selbst wenn sie so vorgegangen wären, würden sie heute Morgen sofort entdeckt werden. Es wird dort vor Helikoptern nur so wimmeln. Jeder, der abhauen will, hinterlässt in der verfluchten Wildnis im Schnee seine Spuren, oder?«

»Genau. Aller Wahrscheinlichkeit nach wird man nichts finden. Was bleibt also noch?«

»Sabotage«, sagte Ramshawe. »Durch einen oder mehrere Einheimische. Oder ein feindlicher Angriff mit mindestens zwei Raketen, die niemand gesehen hat.«

»Und die wurden von wo abgefeuert, Jimmy?«

»Nun ja, nicht vom Land aus jedenfalls. Nicht aus der Luft. Nicht von einer Überwassereinheit.«

»Warum nicht vom Land aus?«

»Haben Sie gesehen, wie groß diese Tanklager sind, Sir? Das riesige Gebiet, das abgefackelt wurde? Das schafft man nicht mit einer tragbaren Rakete wie einer Stinger. Wenn die Katastrophe mit einer Rakete ausgelöst wurde, dann war es eine große Lenkwaffe, die man außerordentlich genau programmiert hat, eine mit einem großen Sprengkopf. Militärtechnologie auf dem neuesten Stand. Nicht mehr und nicht weniger. So was lagert man nicht in irgendeiner verlausten Höhle.«

»So was feuert man auch nicht aus irgendeiner verlausten Höhle heraus ab«, sagte der Admiral. »Es gibt nur einen Ort, von dem man so ein Ding abfeuert, und das nennt man Kriegsschiff.«

»Aber es gab keines im Umkreis von einigen hundert Seemeilen, Sir.«

»Keines, das wir sehen konnten, Jimmy. Keines, das wir sehen konnten.«

Ramshawe verzog das Gesicht zu seinem schiefen Grinsen. »Hab mir schon gedacht, dass Sie da von selbst draufkommen, Sir«, sagte er.

»Gleichfalls«, erwiderte Arnold Morgan. »Jetzt zu meiner eigentlichen Frage: Als ich hier reingeschneit bin, waren Sie so beschäftigt, dass es Ihnen egal war, ob ich, der Präsident der Vereinigten Staaten oder Jesus Christus vor der Tür steht. Sie müssen sich mit einer ziemlich wichtigen Sache beschäftigt haben. Worum ging's?«

»Sir, ich will mich nicht dem Vorwurf aussetzen, irgendwelche irrelevanten Dinge von mir zu geben. Nicht an einem Tag wie heute.«

»Jimmy«, sagte der Admiral, ging ans Fenster und starrte über den riesigen Parkplatz. »Worum ging's?«

»Nun, Sir. Ich bin zu dem Schluss gekommen, dass die Täter mehrere große Lenkraketen abgefeuert haben müssen, und zwar von einem Kriegsschiff aus, das wir irgendwie nicht erfassen konnten. Ich bin schon die ganze Nacht hier, Sir, weil ich seit gestern Abend mit einem kleineren Problem befasst bin ... Das geht mir schon seit längerem durch den Kopf. Ich habe darüber einen Ordner angelegt, den ich mir sehr genau zu Gemüte geführt habe. Als nämlich das Feuer ausbrach und die Leute im Radio immer wieder sagten, das alles kann doch eigentlich gar nicht möglich sein, habe ich zwei und zwei zusammengezählt, und was dabei herauskam, war dreihundertfünfundneunzig ...«

»Das Gefühl kenne ich«, sagte Arnold. »Erzählen Sie mir von Ihrem kleineren Problem.«

»Okay ... Lassen Sie mich erst diese Papiere in Ordnung bringen ... Genau ... Also, am 21. Februar erhält unser Marineattaché in der Tokioter Botschaft eine Anfrage von der japanischen Regierung über amerikanische U-Boot-Patrouillen vor der Halbinsel Kamtschatka. Es ging insbesondere um die Bucht von Awatschinski, Sie wissen schon, Sir, dieser gottverlassene Fleck vor Petropawlowsk ...«

»Kenn ich. Weiter.«

»Nun, unser Mann in Tokio recherchiert ein bisschen weiter und findet heraus, dass seit mindestens drei Monaten kein amerikanisches U-Boot mehr im westlichen Pazifik patrouilliert hat. Weiter als bis zu den Gewässern südlich der

Alëuten sind sie nicht gekommen. Aber da er ein vorsichtiger und äußerst ausgefuchster Diplomat ist, sagt er das den Japanern natürlich nicht. Er beschließt, zunächst alles zurückzuhalten, bis er herausgefunden hat, warum zum Teufel sie das wissen wollen.«

»Ein guter Mann«, sagte Arnold. »Rear Admiral Whitehouse, nehme ich mal an.«

»Ganz recht, Sir«, sagte Ramshawe, der sich an Arnold Morgans enzyklopädisches Wissen schon lange gewöhnt hatte. »Er teilt der japanischen Regierung mit, sie könne in der Sache auf die Unterstützung der USA zählen, zuerst aber sollten sie doch bitte schön näher erläutern, warum sie vertrauliche Marineinformationen haben möchten. Wir werfen mit solchen Sachen doch nicht einfach um uns, oder? Jedenfalls bekommt er, was er wollte. Das japanische Ministerium erzählt ihm, sie hätte eine ziemlich happige Schadensersatzforderung vom Kapitän eines Trawlers aus Ishinomaki auf Honshu erhalten. Ihnen würde die eidesstattliche Erklärung des Kapitäns Kousei Kuno und seiner Offiziere vorliegen, die angeben, sie wären von einem U-Boot, das ihnen in ihr Schleppnetz gerauscht sei, fast auf den Meeresgrund gezogen worden.«

»Wie kamen die darauf, dass wir die Hauptverdächtigen sind?«

»Genau darum geht's, Sir. Sie haben sich erst an die Russen gewandt und von denen dann überraschend schnell eine umfassende Antwort bekommen. Der Oberbefehlshaber ihrer Pazifikflotte gab an, eine *Barracuda* der Sierra-Klasse sei am 9. Februar frühmorgens aus Petropawlowsk ausgelaufen und habe Kurs auf das Südchinesische Meer genommen. In ihrem Memorandum geben sie an, das Schiff sei unmittelbar außerhalb der verminten Zone nach Süden geschwenkt und habe daher mit dem Fischereischiff, das sich fünfzehn bis zwanzig Seemeilen nördlich von Petropawlowsk aufgehalten hatte, überhaupt nicht kollidieren können. Exakt so war es auch, ich habe seit einigen Monaten ein Auge auf genau dieses Boot, habe es über die Satellitenbilder seit Murmansk verfolgt ... Hier, Sir, ist eine datierte Fotografie ...«

Er reichte dem Admiral einen großen Schwarzweißabzug. »Sehen Sie, Sir... Es hat an jenem Tag *tatsächlich* Petropawlowsk verlassen, sehr früh am Morgen, der Satellit deckt dieses Gebiet nämlich um etwa 0730 ab. Und es nahm *tatsächlich* Kurs nach Süden... Hier ist es... genau hier, Sir... Laut GPS war es wirklich genau dort, wo es laut ihren Angaben sein sollte...«

»Was haben die Japaner dann gemacht?«

»Sie haben sich an die Chinesen gewandt, und die wiederum behaupteten, sie hätten seit mehr als sechs Monaten kein U-Boot mehr in diesem Gebiet gehabt. Nichts außerhalb des Gelben Meers.«

»Was beunruhigt Sie denn nun, Jimmy? Na ja, wahrscheinlich kann ich es mir denken.«

»Genau, Sir. Ich habe im Marineministerium nachgefragt und habe den Marine-Nachrichtendienst jedes gottverdammte U-Boot auf der Welt aufspüren lassen. Sie haben sie auch alle gefunden. Entweder lügen die japanischen Fischer, weil sie ihr Netz verloren haben, oder hier ist ein verdammt krummes Ding am Laufen.«

»Dann saßen Sie also hier und haben hin und her überlegt, wer das Öllager in Brand gesteckt haben könnte, und dieses Phantom-U-Boot dabei einfach nicht aus dem Kopf bekommen, richtig?«

»Jawohl, Sir.«

Es klopfte an der Tür. Eine Ordonnanz brachte den Kaffee und die Muffins. Gleich dahinter folgte Direktor George Morris, unter dem Arm einen Stapel Papiere mit den Aussagen der Ölexperten in Alaska, die sich nicht erklären konnten, wie die beiden Feuer hatten ausbrechen können.

Arnold Morgan selbst fasste das vorausgegangene Gespräch für Admiral Morris kurz zusammen, der daraufhin nachdenklich nickte. »Wenn ein Feuer an einer einzigen Stelle ausgebrochen wäre«, sagte er, »könnten wir von einem Unfall ausgehen. Aber zwei Brände an zwei unterschiedlichen Stellen zur gleichen Zeit, das ergibt nicht viel Sinn.

Wenn es nun aber keine Sabotage war, dann sind wir angegriffen worden. Ganz einfach.«

»Meiner Ansicht nach sollten wir das Thema Sabotage noch nicht zu den Akten legen. Vielleicht war es jemand, der von einer Terrororganisation beauftragt und finanziert wurde …«, sagte Arnold Morgan.

»Sir, wenn das verdammte Feuer erloschen ist«, sagte Ramshawe, »werden sicherlich Hinweise gefunden, die Aufschluss über die Brandursache geben. Wenn es Sprengsätze waren, dürften unsere Jungs Spuren davon identifizieren können. Bei Raketen ist es schwieriger, die zerlegen sich bei der Detonation in sehr viel kleinere Stücke … dazu kommt noch die Hitze des Brandes, unter der alles schmilzt – trotzdem sollten sich zumindest einige Indizien finden lassen.«

»Meiner Meinung nach«, sagte Admiral Morgan, »sollten wir bereits jetzt, ganz unter uns, als oberste Führungsriege des militärischen Nachrichtendienstes in diesem Land, der Möglichkeit oberste Priorität einräumen, dass es sich um einen Militärschlag gegen uns gehandelt hat. Wir sollten zudem davon ausgehen, dass wir in diesem Fall von Raketen getroffen wurden, die von einem feindlichen U-Boot abgefeuert worden sind. Die Wahrscheinlichkeit dafür wird in den nächsten Tagen vielleicht noch zunehmen, wenn wir genau wissen, wie weit das nächste fremde Kriegsschiff von uns entfernt war.«

»Wodurch der Aussage des Kapitäns der *Mayajima* ebenfalls höchste Priorität zukommt«, fügte Ramshawe an. »Ich habe die Übersetzung seiner Aussage gelesen. Sie klingt sehr überzeugend. Er hat den Rest der abgebrochenen Kurrleine vorgelegt, an der das Schleppnetz hing – sie brach etwa fünfzehn Meter vom Schiff entfernt, in einiger Tiefe also … Es handelt sich um eine mit Stahlfasern verstärkte Kunststoffleine, etwa fünf Zentimeter dick. Das schneidet man noch nicht mal mit einer Kreissäge durch … geschweige denn, dass sie einfach so in der Mitte entzweireißt.«

»Was sagt er noch?«, fragte Admiral Morgan.

»Eine Menge«, sagte Ramshawe. »Er will zweihunderttausend Dollar Schadensersatz. Er habe sein Schleppnetz verloren und dazu den ganzen Fang, weil er die andere Kurrleine habe kappen müssen. Das U-Boot habe sein Schiff mit mehr als zwölf Knoten achteraus gezogen und das Heck nach unten gedrückt. Wasser sei über das Heck hereingebrochen und habe einige Innenbereiche überflutet. Er hat Polaroids beigelegt, die geschossen wurden, nachdem sich das Schiff wieder aufgerichtet hat.«

»Ich nehme an, die anderen Besatzungsmitglieder bestätigen seine Geschichte?«, sagte George Morris.

»Natürlich, Sir. Und recht gesehen, muss man ihnen auch glauben. Die Frage lautet nur: Welches U-Boot war es? Ein U-Boot war es nämlich ganz sicher. Da gibt's für mich keinen Zweifel.«

»Für mich auch nicht«, sagte Admiral Morgan. »Der Vorfall weist alle Anzeichen dafür auf, was geschieht, wenn sich ein großes Unterwasserschiff in einem Netz verfängt. Das kommt nicht häufig vor, aber wenn, dann ist die Sache ziemlich eindeutig.«

»Laut den Russen war das einzige U-Boot in einem Umkreis von einigen hundert Seemeilen ihre *Barracuda*. Die aber war zu diesem Zeitpunkt fast zwanzig Seemeilen von der fraglichen Position entfernt und fuhr einen definitiv entgegengesetzten Kurs.«

»Jimmy, vergessen Sie eines nicht – und ich zitiere hier meinen alten Freund Admiral Sandy Woodward, den Kommandanten der Royal Navy, der für die Briten 1982 den Falklandkrieg gewonnen hat. Er legte Beweise für die Versenkung der *General Belgrano* vor und sah sich den Fragen irgendeines namenlosen Klugscheißers von Politiker ausgesetzt, der ihm weismachen wollte, die *Belgrano* sei einhundertachtzig Seemeilen weit weg und entferne sich langsam von der Flotte der Royal Navy. Admiral Woodward antwortete darauf nur: *Geschwindigkeit und Kurs eines Feindschiffes sind irrelevant … beide können sich nämlich in wenigen Sekunden ändern.*«

»Da haben Sie natürlich Recht«, sagte Ramshawe. »Sie wollen also andeuten, Sir, dass die *Barracuda* abgetaucht ist, gedreht und Kurs nach Nordost genommen hat.«

»Ja, genau das will ich. Das wäre überhaupt kein Problem gewesen. Andere U-Boote, die das Schleppnetz hätten rammen können, waren nicht im Gebiet. *Es gibt keine andere Erklärung – und es wird sie auch nicht geben.* Wenn Raketen in Valdez eingeschlagen haben, dann müssen sie von dieser *Barracuda* abgefeuert worden sein. Meiner Meinung nach haben wir es hier mit einem hinterhältigen kleinenReckskerl zu tun.«

Sonntagmorgen, 2. März 2008, 0100
Dixon Entrance, nördlich von Graham Island
Position: 53.15 N, 131.39 W

Leutnant Arash Azhari und seine Kampfschwimmer bereiteten den Ausstieg aus dem U-Boot vor, das zehn Meter unter der pechschwarzen Wasseroberfläche lag. Einer nach dem anderen gingen sie in die Ausstiegskammer, die anschließend geflutet wurde, dann wurde die Luke geöffnet, und die Männer glitten hinaus über den Rumpf der bewegungslosen *Barracuda*.

Jeder trug schwarze französische Sauerstoffflaschen, Tauchanzug und besonders große Flossen, dazu eine Lampe, die auf der eng anliegenden schwarzen Gummihaube saß. Bis auf ein Kampfmesser waren sie unbewaffnet, vier von ihnen hatten allerdings unterhalb der Sauerstoffflasche eine Magnethaftmine mit 24-Stunden-Zeitzünder auf den Rücken geschnallt.

Um 0115 waren alle sechs Angehörigen der Revolutionsgarden im eisigen Wasser. Sie befanden sich jetzt etwa vier Meter unter der Oberfläche unmittelbar vor der aufragenden Böschung der Overfall Shoal. Hier waren sie lediglich 300 Meter von der Pipeline aus Yakutat entfernt. Wenn sie genau nach Osten schwammen, mussten sie früher oder später darauf stoßen. Dort, im seichten Wasser über der Untiefe, über die die Pipeline unweigerlich führen musste, lag laut den minutiösen Berechnungen von Shakira Rashud die Stelle, an der die Leitung zu kappen war.

Leutnant Azhari führte seine Truppe an. Alle drei Minuten blickte er auf den Kompass am Handgelenk, während sie sich mit langen, ruhigen Beinschlägen der seichtesten Stelle der Untiefe näherten und darauf achteten, nicht allzu viel Luft zu verbrauchen. Kurz vor 0130 tauchte im Lichtkegel von Azharis Lampe auf dem Meeresgrund ein breiter, dunkler Umriss auf; die Leitung befand sich mehr oder weniger genau dort, wo Shakira es vorhergesagt hatte, dort, wo sie sich aus dem Dixon Entrance in die Hecate Strait hineinschlängelte.

Im klaren, sauberen Wasser war zu erkennen, dass die Pipeline an dieser Stelle – sie lag gut fünf Meter unter ihnen – unvermindert zur Oberfläche hin anstieg. Azhari signalisierte zweien seiner Männer, ihm nach unten zu folgen; beide hatten Minen mit sich, beide waren, wie die anderen auch, Experten auf dem Gebiet der Unterwassersprengung.

Schnell waren sie die fünf Meter hinabgestiegen, lösten die beiden Haftminen und stellten die Zeitzünder jeweils auf 22 Stunden. Die 1,20 Meter dicke Pipeline war von einem Stahlmantel umgeben, der in diesen sehr kalten Gewässern nicht von Muscheln befallen war. Die erste Mine haftete sich mit einem dumpfen »Klonk« magnetisch an die Leitung.

Die zweite Mine wurde genau gegenüber platziert, ihr Zeitzünder um exakt drei Minuten und 21 Sekunden zurückgestellt, die Zeitspanne, die Leutnant Azhari mit seiner Stoppuhr zwischen dem Anbringen der beiden Sprengkörper gemessen hatte. Kurz vor Mitternacht des folgenden Tages würden die Minen gleichzeitig detonieren.

Sie schwammen zu ihren drei Kollegen zurück und zeigten deren Gruppenführer die Zeit auf der Stoppuhr an, die den Beginn des 22-Stunden-Countdowns markierte. Dann entfernten sich die anderen drei Männer, tauchten ab und folgten der Pipeline über die Böschung der Untiefe nach Norden in tiefere Gewässer.

Nach 1000 Metern lösten auch sie die beiden Minen, hafteten die erste an die Stahlleitung und zogen von der 22-Stunden-Einstellung insgesamt 17 Minuten ab. Sie befestigten die vierte und letzte Haftmine auf der gegenüberüberliegenden Seite, stellten den Zeitzünder auf 21 Stunden, 39 Minuten und 14 Sekunden und traten dann den Rückweg an.

Auf einer Tiefe von 30 Metern schwammen sie in westliche Richtung und stiegen dabei langsam immer höher. Die letzten 200 Meter zum U-Boot, das mittlerweile alle 20 Sekunden ein lang gezogenes Tonsignal aussandte, um sie zurückzulotsen, legten sie in einer Tiefe von vier Metern zurück.

Leutnant Azhari erwartete sie an der Luke. Die anderen beiden Kampfschwimmer waren bereits an Bord gegangen, zehn Minuten später befanden auch sie sich im Boot. Zumindest in diesem Meeresabschnitt war die riesige US-Ölpipeline von Yakutat dem Untergang geweiht.

Kapitän Ben Badr brachte sein Boot auf Westkurs, langsam fuhren sie den Dixon Entrance hinaus in die dreieinhalb Kilometer tiefen Gewässer des Golfs von Alaska, wo sie sich 300 Meter unter der Oberfläche aufhalten konnten und auf diese Weise so gut wie nicht aufzuspüren waren. Ihr Kurs zeigte genau nach Süden.

Sonntag, 2. März 2008, Mittag
Polizeidienststelle Valdez

Officer Kip Callaghans Telefon klingelte ununterbrochen. Die Einheimischen standen buchstäblich Schlange, um Informationen loszuwerden, um Einzelheiten zu erfragen oder einfach nur um über das lichterloh flackernde Inferno zu reden, das noch immer an zwei Seiten der Stadt in den rauchverhangenen Himmel loderte.

Es hatte fast zwanzig Stunden gedauert, bis der Ölzufluss aus der von Norden kommenden Pipeline gestoppt werden konnte. Die Pipeline führte direkt in das Terminal, und das Öl hatte sich mit dem dort brennenden entzündet. Das elektronische Kontrollzentrum war noch immer vollständig außer Betrieb, schließlich aber war es gelungen, per Hand ein riesiges Ventil etwa vier Kilometer nördlich der Stadt zu schließen.

Müde griff Officer Callaghan zum klingelnden Telefon und hob ab. »Polizeidienststelle Valdez, Einsatzzentrale ...«

»Sir, ich ruf aus Glennallen an ... Ich hab was für Sie, das könnte Sie vielleicht interessieren ...«

»Okay, Sir. Nennen Sir mir Ihren Namen, Vornamen, Adresse und Alter. Sowie die Nummer, von der Sie anrufen ...«

»Cal Foster, Postfach 58, Glennallen. Ich bin einundzwanzig, meine Nummer lautet 907-822-3677 ...«

»Danke, Sir. Also, was haben Sie auf dem Herzen ...«

»Na ja, ich ruf wegen dem Ufo an, das ich am Freitag, so um halb zwei Uhr morgens am Himmel gesehen hab.«

»Ufo? Sie meinen so eine Art fliegende Untertasse, Sir?«

»Ja, so ungefähr.«

»Sir, Sie sind mit der Einsatzzentrale für die Brandkatastrophe verbunden. Vielleicht melden Sie sich mit Ihrer Sache lieber mal bei der allgemeinen Dienststelle und erzählen den Kollegen dort von Ihrer fliegenden Untertasse. Ich bin ausschließlich für die Brandsache ...«

»Officer, vielleicht hat das aber was mit dem Brand zu tun.«

»Okay, Sir, sprechen Sie weiter ...«

»Also, mein Kumpel Harry Roberts und ich haben auf dem Heimweg kurz auf dem Glenn Highway angehalten. Wir haben da so gepinkelt, in nördliche Richtung, und plötzlich sehe ich diese Rakete durch den Himmel fliegen. Ziemlich schnell, genau über uns hinweg. Hinten kam eine kleine Flamme raus, die hat so ein grummelndes Geräusch von sich gegeben ... und sie ist nach Süden, direkt auf die Berge und Valdez zugeflogen ... Und dann, ungefähr eine halbe Minute später, kam noch eine, etwa zwei Kilometer weiter östlich, aber sie ist in die gleiche Richtung geflogen. Sie sah genauso aus, war genauso schnell. Ich hab mir eben gedacht, vielleicht waren das so Raketen – also welche, die aufs Ölterminal abgefeuert worden sind … Und die haben vielleicht alles in Brand gesteckt.«

»Sir, hat Ihr Kumpel diese Objekte auch gesehen?«

»Die erste nicht, aber die zweite. Als die aufgetaucht ist, hab ich ihn angeschrien, und die hat er dann gesehen. Aber er glaubt nicht, dass es eine Rakete war. Er hat das Ding für ein tief fliegendes Flugzeug gehalten, vielleicht hat er damit ja auch Recht. Aber ich glaub das irgendwie nicht … So was hab ich noch nie gesehen. Das Ding war so tief und ist so schnell durch die Luft geflogen … Das war bestimmt kein Flugzeug, auf gar keinen Fall …«

»Sie haben ziemlich lange gebraucht, bis Sie uns angerufen haben … weshalb?«

»Na ja, ich hab doch erst Freitagmittag von dem Feuer erfahren und die Raketen dabei ganz vergessen. Dann sind sie mir wieder eingefallen, und letzte Nacht ist mir plötzlich der Gedanke gekommen, dass das vielleicht was miteinander zu tun hat …«

»Sir, ich würde mich gern mit Ihrem Kumpel Harry unterhalten …«

»Na ja, im Moment ist er im Caribou.«

»Haben die ein Telefon?«

»Klar. 822-3656 … Aber hören Sie nicht auf ihn, wenn er Ihnen weismachen will, dass es ein Jumbo war … Das war es nämlich nicht.«

»Okay, Cal. Ich versuche Ihren Kumpel zu erreichen. Ich rufe dann zurück …«

Officer Callaghan rief im Caribou an und verlangte nach einem Kunden mit Namen Harry Roberts. Eine halbe Minute später war der skeptische Augenzeuge des Ufos am Telefon.

»Ich hab's gesehen, ja, Sir. Ganz bestimmt. Cal hat Recht, das Ding war wirklich ziemlich schnell unterwegs. Ich hab's nach ihm entdeckt, nur Sekunden nach ihm, aber bis ich mich umgedreht habe, ist es schon wieder von uns weggeflogen …«

»Das erste Flugobjekt haben Sie überhaupt nicht zu sehen bekommen?«

»Nein, Sir. Cal hat selbst erst reagiert, als es schon über uns weggerauscht ist. Da hab ich nichts mitbekommen. Aber das zweite hab ich gesehen. Es ist genau auf die Berge zugeflogen …«

»Also, Ihr Freund Cal spricht davon, dass es möglicherweise Raketen waren. Und die wären zum Ölterminal geflogen und sozusagen für den Brand verantwortlich.«

»Könnte schon sein … Ja, ja …«

»Hatten Sie denn selbst auch den Eindruck, dass die Dinger irgendwie keine Flugzeuge, sondern eher Raketen waren?«

»Na ja, da hab ich noch nicht so recht darüber nachgedacht. Aber es war schon unheimlich. Jedenfalls ist einem sofort aufgefallen, wie schnell diese Dinger waren … Da hat Cal schon Recht. Für ein Flugzeug waren die viel zu schnell.«

»Noch was, Sir … Wie spät war es, als Sie und Cal sie gesehen haben?«

»Ich war Punkt halb zwei zu Hause. Also muss Cal sie so um zehn vor halb zwei entdeckt haben … Wir haben noch ungefähr zehn Minuten gebraucht, um nach Hause zu kommen.«

»Okay, Sir. Das wär dann alles gewesen. Danke, dass Sie sich die Zeit genommen haben.«

Die ersten Explosionen im Ölterminal waren um 1.30 Uhr registriert worden. Bis zum Glenn Highway, an dem Cal und Harry die möglichen Raketen gesehen hatten, waren es etwa 150 Kilometer. Wenn das verdammte Ding fünfzehn Kilometer in der Minute flog, war es nach genau zehn Minuten Flugzeit da.

Die Sache kam Officer Callaghan ziemlich heiß vor. Er rief seinen Boss an und teilte ihm die seltsame Sache mit. Superintendent Ratzberg leitete das Ganze unverzüglich an den vor kurzem eingetroffenen FBI-Chef weiter, der die Küstenwache in Kenntnis setzte, die wiederum die zuständige Abteilung der U.S. Navy in San Diego alarmierte.

Zehn Minuten später wusste das Pentagon von den angeblichen Raketensichtungen, und vier Minuten später lief eine

Meldung über das sichere Datennetz von Fort Meade und erschien direkt auf dem Bildschirm von Lieutenant Commander Jimmy Ramshawe, dem persönlichen Assistenten des Direktors.

Jimmy, der diesen Sonntagnachmittag Dienst hatte, rief Admiral Morris an, der sofort über eine verschlüsselte Leitung Admiral Morgan in dessen Haus in Chevy Chase Bescheid gab. Es war spät am Nachmittag und bitterkalt, draußen wurde es bereits dunkel. Arnold saß am offenen Kamin und regte sich gerade über die *New York Times* auf, deren linksliberale Ansichten sein kurz geschorenes, stahlgraues Haar jedes Mal unweigerlich zu Berge stehen ließ – wenn es denn dazu lang genug gewesen wäre.

Dennoch glühte er vor Erregung, während er darauf wartete, dass Kathy ihm seinen chinesischen Tee brachte, den er zu seinen sonntäglichen luxuriösen Annehmlichkeiten rechnete. Admiral Morris' Anruf traf ihn völlig unvorbereitet. Zähneknirschend begrüßte er seinen alten Freund. »Was ist los, George? Ich nehme an, du hast dir zum Ziel gesetzt, das bisschen, was vom Wochenende übrig ist, auch noch zu ruinieren?«

»Mach dich nicht lächerlich«, erwiderte George. »Ich hab da was Wichtiges ... Die Polizei in Valdez hat zwei Bewohner befragt, die am Freitagmorgen um ein Uhr zwanzig, also zehn Minuten vor der Explosion der Lagertanks, anscheinend zwei Raketen am Himmel gesehen haben, mit Flugrichtung nach Süden zum Valdez-Terminal. Sie waren dabei etwa hundertfünfzig Kilometer von Valdez entfernt.«

»Was sind das für Typen ... Im Vollbesitz ihrer geistigen Kräfte ... vertrauenswürdig und so weiter?«

»Ja, sieht so aus. Beide sind einundzwanzig Jahre alt, haben keine Augenfehler, ihre Aussagen stimmen überein. Einer von den beiden will zwei Raketen gesehen haben, der andere allerdings nur eine. Die meinen, das Ding sei für ein Zivilflugzeug zu schnell unterwegs gewesen. Beide bestätigten, einen kurzen Feuerschweif am Heck des Objekts gesehen zu haben, und beide waren jedenfalls ganz perplex von der hohen Geschwindigkeit.«

»Versprechen die beiden sich was von ihrer Aussage?«

»Nein, nichts. Der eine wollte es ursprünglich als Ufo melden. Erst als er vom Brand erfahren hat, ist ihm der Gedanke gekommen, dass da vielleicht ein Zusammenhang besteht.«

»Aha ... dürfen wir annehmen, dass die beiden Typen zu der späten Stunde vielleicht hackedicht waren?«

»Davon gehe ich aus, Arnie. Trotzdem, laut Polizeibericht sind das keine notorischen Aufschneider. In den Grundaussagen stimmen beide überein, ihre Zeitangaben sogar auf die Sekunde. Es ist ziemlich sicher, dass sie sich nicht abgesprochen haben.«

»So wie das Ganze sich anhört, dürften sie also die Wahrheit erzählen«, sagte Admiral Morgan. »Gehen wir also mal davon aus, dass wir tatsächlich von mindestens zwei Raketen angegriffen wurden, die von einem unbekannten Feind, sehr wahrscheinlich einem U-Boot, wahrscheinlich einem russischen, abgegeben worden sind. Uns steht jetzt eine Menge Schnüffelarbeit bevor, George. Außerdem sollten wir die Sache unter Verschluss halten. Wir können der Bevölkerung unmöglich erzählen, dass es jemand auf uns abgesehen hat. Wir müssen sicherstellen, dass nichts nach außen dringt. Ich werde den Präsidenten bitten, noch heute Abend eine kurze Ansprache zu halten, bei der er aber lediglich sein Bedauern über den schrecklichen Unfall in Alaska ausspricht. Damit nehmen wir der Sache die Spitze. Die Presse wird sich ruhig verhalten ... solange ihr niemand einen Tipp gibt ... Und das soll sich erst mal jemand trauen. – George, sei morgen Früh um 0600 in meinem Büro. Bring am besten Ramshawe mit. Weiß er schon von den Raketen?«

»Klar. Er hat's mir ja erzählt.«

»Dieser ausgebuffte kleine Mistkerl. Sag ihm, er soll nicht zu spät kommen.«

Der Rest des Abends verlief für den Nationalen Sicherheitsberater sehr behaglich und, vom kulinarischen Standpunkt aus gesehen, überaus perfekt. Er entwarf den sorgfältig formulierten Text für die Fernsehansprache des Präsidenten, rief das Weiße Haus an, erzählte dem Pressesprecher, wie er alles zu handhaben und was er dem Mann im Oval Office zu erzählen hatte.

Wäre der Text für die Rede von einem anderen als Admiral Morgan eingereicht worden, hätte sich ein Komitee von weiß Gott wie vielen Leuten zusammengesetzt und ihn umgeschrieben und neu verfasst, Vorschläge ent- und wieder verworfen, kritisiert und die Kritik erneut zerpflückt. Die Tatsache, dass keiner dieser literarischen Dilettanten etwas zustande brachte, was auch nur annähernd so gut war wie das Original, hätte dabei niemanden interessiert.

Selbst unter Ronald Reagan wurde das Weiße Haus durch eine Plage von viertklassigen Schreiberlingen heimgesucht, die sich meist vergeblich einen nachdenklichen Anstrich zu geben versuchten. Die großartige politische Redenschreiberin Peggy Noonan, ein wirkliches Talent, legte in ihrer Reagan-Biografie minutiös dar, wie Lincolns berühmte Rede über die freiheitlichen Grundsätze seiner Politik, die er auf dem Schlachtfeld von Gettysburg hielt, ausgesehen hätte, wenn sie den intern als die »drei blinden Mäuse« bezeichneten Skribenten in die Hände gefallen wäre.

Es war nur gut, dass die blinden Mäuse unter der Herrschaft von Admiral Arnold Morgan nicht mehr im Amt waren – Morgan, der eine ebenso harte, idealistische, konservative Persönlichkeit wie Präsident Reagan war, der sich ebenso selbstlos für das einsetzte, was er für das Land als richtig erachtete, der aber mit anderen noch sehr viel ruppiger umspringen konnte, wenn es ihm beliebte.

Die drei blinden Mäuse hätten keine zehn Minuten überstanden, wenn Admiral Morgan auf sie losgegangen wäre. Als ein Mitarbeiter der Pressestelle es einmal wagte, in eine vom Admiral für den Präsidenten aufgesetzte Rede hineinzupfuschen, ließ Morgan ihn antanzen, warf vor dessen Augen das entweihte Manuskript in den Papierkorb und wütete los:

»Wenn ich was schreibe und dabei auf die Belange der nationalen Sicherheit Rücksicht nehme, dann wagen Sie es nie, nie wieder, auch nur ein Wort daran zu verändern. Ich meine es genauso, wie ich es schreibe. Und wenn Ihnen das nicht gefällt, dann suchen Sie sich einen anderen Job. Gehen Sie doch zu Ihrem verdammten Literatenzirkel zurück. Und vergessen Sie nicht: Es gibt dort draußen Tausende gottverdammter Schreiber, aber keiner – *keiner*, hören Sie, *keiner* – hat von dem, was ich tue, auch nur die geringste Ahnung. Das wäre alles.«

Der Pressemitarbeiter, der allerdings nicht der Chef der Abteilung war, stand leicht unter Schock, nachdem er dem Büro wieder entkommen war. Sein Anschiss in der Höhle des Nationalen Sicherheitsberaters wurde unter den Pressemitarbeitern zur Legende. Und niemand hatte seither die geringste Lust verspürt, sich mit Admiral Morgan anzulegen.

Als dieser daher am Sonntagabend dem Pressesprecher seine Wünsche darlegte, bekam er lediglich zu hören: »Jawohl, Sir. Weißes Haus, Presseraum, einundzwanzig Uhr. Im Anschluss keine Fragen der Journalisten.«

»Genau«, sagte Admiral Morgan und knallte den Hörer ohne ein Wort des Abschieds auf.

Danach war er etwas milder gestimmt. Er und Kathy aßen am Sonntag wie immer gemeinsam zu Abend. Sie begannen mit einigen Gläsern Champagner und tranken zum Hauptgericht dann die beste Flasche Wein, die Admiral Morgan auftreiben konnte.

Kathy hatte Lamm zubereitet, und Arnold öffnete eine am Kamin gewärmte Flasche exquisiten Burgunder, einen roten 1997er Corton, einen Grand cru aus der prestigeträchtigen französischen Domaine *Bonneau du Martray*. Der Wein, elf Jahre alt, von einem großen Jahrgang, war von Außenminister Harcourt Travis persönlich empfohlen worden, dem Connaisseur französischer Trauben und gelegentlichen Weinberater des Nationalen Sicherheitsberaters.

Bevor der Admiral den Lammbraten zerteilte, schenkte er zwei Gläser ein, kostete von seinem, reichte das andere Kathy, küsste sie und fragte sie wie jeden Sonntagabend, ob sie ihn nicht nächste Woche heiraten wolle.

Sie gab ihm darauf die immer gleiche Antwort. »Nur«, sagte sie, »wenn du dich vom Weißen Haus verabschiedest und wir einige sorglose Jahre miteinander verbringen können, ohne dass du meinst, die ganze Welt regieren zu müssen.«

»Dann werden wir das wohl noch eine Woche aufschieben müssen«, sagte er. »Sonst gehen im gesamten Land womöglich die Lichter aus. Aus Alaska kommt kein Öl mehr, und die gottverdammten Chinesen machen sich im Mittleren Osten mit dem ganzen Öl aus dem Staub.«

Kathy O'Brien dachte kurz nach. »Glaubst du wirklich, dass jemand das Ölterminal in Valdez angegriffen hat?«

»Liebling, ich bin fest davon überzeugt«, sagte er. »Es war ein zielgerichteter Angriff, bei dem weiß Gott wie viele Öllager in die Luft geblasen wurden, mit Lenkraketen ausgeführt, die von zwei Zeugen beim Zielanflug gesichtet wurden. Sie sind von einem U-Boot abgefeuert worden, das irgendwie eine der schmalsten Stellen des Pazifiks passiert hat und entweder in die Beringsee oder in den Golf von Alaska eingedrungen ist.«

»Wieso bist du dir nicht sicher, wo genau die Raketen abgefeuert wurden?«

»Das liegt in der Natur der SLCMs«, sagte er wenig hilfreich.

»Was sind denn SLCMs schon wieder?«

»*Submerged Launch Cruise Missiles* – unter Wasser abgefeuerte Marschflugkörper. Die fliegen von allein, steuern sich von allein, finden von allein ihr Ziel. Alles einprogrammiert. Die heimtückischsten Waffen der Welt. Sie steigen plötzlich mitten aus dem Meer auf, kommen quasi von einem Waffenträger, der scheinbar überhaupt nicht existiert.«

»Aber wenn sie vom Radar erfasst wurden, weiß man doch ungefähr, aus welcher Richtung sie kamen, oder?«, sagte Kathy.

»Genau darin liegt das Problem«, sagte Admiral Morgan missmutig. »Zu den militärischen Geheimnissen, die unsere letzte, von den Demokraten geführte Regierung den Chinesen in die Hände fallen ließ, gehörte auch ein hervorragendes Flugleitsystem. Mit dem ist es möglich, solchen Raketen jeden gewünschten Kurs einzuprogrammieren. Sagen wir, dein Zielobjekt liegt tausend Kilometer im Nordosten – dann kannst du diese Raketen erst einen weiten Bogen fliegen lassen, erst einige hundert Kilometer über das Ziel hinaus nach Norden, dann nach Osten und schließlich im Zielanflug genau nach Süden. Die Rakete kommt dann aus dem Norden, und keiner kann sagen, wo zum Teufel sie wirklich abgeschossen wurde.

Die Richtung des Zielanflugs ist völlig irrelevant. Die Rakete kommt einfach aus dem Nichts. In diesem Fall kann man nur die Zirkelspitze in die Mitte von Valdez stecken und einen Kreis mit einem Radius von etwa zweitausend Kilometern zeichnen, und überall in diesem Kreis, in dem das Wasser tiefer als hundert Meter ist, kann sich das U-Boot aufhalten. Weshalb wir jetzt an diesem bezaubernden Sonntagabend ein Gebiet mit der Fläche von zig Millionen Quadratkilometern abzusuchen hätten.«

Arnold nippte an seinem Burgunder.

»Nun, mein Liebling«, sagte Kathy, »du scheinst es aber nicht sehr eilig zu haben, einen Suchtrupp loszuschicken, um das U-Boot zu finden.«

»Völlig zwecklos. Ein so großes Gebiet kann man nicht absuchen. Man kann nur seine Verteidigungs- und Überwachungssysteme in höchste Alarmbereitschaft versetzen, ansonsten hat man darauf zu warten, dass dem Dreckskerl irgendwann ein Fehler unterläuft.«

»Was ist mit dem Nachtanken? Muss das Boot nicht irgendwann mit Treibstoff versorgt werden?«

»Das, Mrs. O'Brien, gehört zu den Punkten, die mich wirklich beunruhigen. Wahrscheinlich hat es das nicht nötig.«

»Ach, läuft das U-Boot mit frischer Luft?«

»Nein, mit Wasser.«

Worauf Arnold zehn Minuten lang seiner Verlobten die Grundzüge eines Atom-U-Boots erklären musste – dass der Reaktor eine nahezu unbegrenzte Laufzeit hatte und das

Boot, wenn nötig, jahrelang unter Wasser bleiben konnte, dass solche Boote *die verdammt noch mal hinterhältigsten, unsichtbarsten Drecksdinger sind, die jemals erfunden wurden, weshalb bei jedem großen Problem zuerst nach einem feindlichen U-Boot Ausschau gehalten werden muss.*

»Wahnsinn«, sagte Kathy. »Du meinst also, es wäre durchaus möglich, dass vor unserer Küste ein feindliches U-Boot lauert?«

»Ich fürchte, ja. Es kann aber auch gut sein, dass das Scheißding schon wieder das Weite gesucht hat und mitten im Pazifik steckt.«

»Um welches Land anzulaufen?« Sie ließ nicht locker.

»Wenn ich das wüsste, wäre das Leben sehr viel einfacher«, sagte der Admiral.

Aber es wurde nicht einfacher. Da er am nächsten Morgen um 5.30 Uhr bereits wieder auf den Beinen sein würde, gingen sie um etwa 22 Uhr ins Bett. Und während sie schliefen, ereignete sich an den östlichen Gestaden des Golfs von Alaska eine fürchterliche Katastrophe.

Um exakt 22.35 Uhr (2.35 Uhr Ostküstenzeit) rissen zwei gedämpfte Unterwasserdetonationen die größte Ölpipeline der USA entzwei. Genau in der Einfahrt zur Hecate Strait flossen Millionen Liter Rohöl ins Meer; niemand bemerkte es. Sieben Stunden lang sollte es dauern, bis ein kanadisches Fischerboot im ersten Tageslicht darauf stieß.

Ein Leck in einer Ölpipeline war eine schlimme Sache. 2001 feuerte einmal ein verzweifelter und sehr betrunkener Bewohner Alaskas mit seinem Jagdgewehr Kaliber .338 aus nächster Nähe auf die Überlandleitung. Das Geschoss schlug ein kleines Loch, worauf ein kleiner Hektar Land mit über einer Million Liter Öl verseucht wurde.

Einige Meter unter der Meeresoberfläche, in der Nähe der Overfall Shoal, war die Lage hundertmal schlimmer. Aufgrund der Brände in Valdez waren Tausende von Barrel in die neue Pipeline abgezweigt worden, wodurch sich der Leitungsdruck merklich erhöhte.

Die gesamte Nacht hindurch schickte die riesige Pumpstation in der Yakutat Bay Tonne um Tonne Öl in die Leitung, die sich nun ins Meer ergossen und eine ökologische Katastrophe unvorstellbaren Ausmaßes verursachten. Gleichzeitig kam es damit in der neuen Raffinerie in Grays Harbor zu einem verheerenden Ölmangel.

Bei Tagesanbruch hatte die Küstenwache alle alarmiert. Der Ölteppich war zu diesem Zeitpunkt bereits zehn Seemeilen lang und spülte an die felsige Küste von Graham Island. Die kanadische Regierung, die bei jedem Umweltproblem misstrauisch und äußerst nervös reagierte, war außer sich vor Empörung.

Um zehn Uhr ging CNN in Washington auf Sendung, zuvor schon hatten die Radiosender über die neue Katastrophe berichtet. In der Zwischenzeit waren bereits Schlepper, Hilfsboote, Kräne, Notfallteams und Froschmänner unterwegs zu den seichten Gewässern nördlich der Overfall Shoal, wo das Öl aus der Pipeline auszuströmen schien.

An der texanischen Golfküste bereiteten sich Katastrophenexperten auf den Flug nach Norden vor. Viele von ihnen waren Veteranen aus dem Golfkrieg des Jahres 1991, Spezialisten, die die von Saddam Hussein in Brand gesteckten Ölfelder in der kuwaitischen Wüste eingedämmt hatten. Sie würden mit den neuesten Gerätschaften anrücken, die die moderne Katastrophenbekämpfungstechnik im Repertoire hatte; mit allem, was den Ölfluss stoppen könnte.

Natürlich wurden Ventile geschlossen, Ventile, die bei einer unterseeischen Pipeline jedoch ziemlich weit auseinander lagen. Somit floss das Öl aus den mehrere Kilometer langen Leitungsabschnitten durch das Leck einfach ins Meer.

Zu diesem Zeitpunkt wurden Admiral Morgan und Admiral Morris sowie Lt. Commander Ramshawe über das Ausmaß des Desasters informiert, auch die Medien waren bereits mit Experten auf Sendung, die dem Publikum erklärten, was geschehen war.

Am deutlichsten äußerte sich Professor Jethro Flint, ein Bergbau- und Energieexperte der Universität von Colorado, der von einem CNN-Nachrichtenreporter interviewt wurde.

»Durch den Brand des Valdez-Terminals wurde das gesamte Trans-Alaska-Pipeline-System außer Betrieb gesetzt. Von der Prudhoe Bay fließt im Moment nichts mehr nach Valdez. Es gibt aber noch die Bohrtürme im Norden. Sie sind auf ein großen Gebiet verteilt und fördern nach wie vor. Von ihnen gelangt weiterhin Öl in die Pumpstation.«

Der Professor hielt kurz inne.

»Und was machen wir nun mit der überschüssigen Fördermenge?«, sagte er. »Da das TAPS nicht mehr wie gewohnt zur Verfügung steht, muss das Öl woanders hingeleitet werden.«

Wohin, Sir? Wo wird es hingeleitet?

»Dieses Öl«, sagte Professor Flint, »wird auf den neuen Öl-Highway in Richtung Süden, also den Alaska Bi-Coastal Energy Transfer, umgeleitet und direkt nach Yakutat geschickt. Dort pumpt man es schließlich in die unterseeische Pipeline, die nun wesentlich mehr zu transportieren hat als vorher.«

Aber spielt das eine Rolle, Sir?

»Es spielt insofern eine Rolle, da die Pipeline nie unter realen Bedingungen darauf getestet wurde, ob sie dieser Belastung auch tatsächlich gewachsen ist. Und wenn man etwas einer Belastung aussetzt, die es bis dahin nie erfahren hat, muss man sich nicht wundern, wenn etwas schief geht. In meinen Augen ist genau das geschehen. Die Pipeline wurde, etwas unüberlegt, wie mir scheint, überlastet und ist auseinander gebrochen.«

Die Aussage genügte, damit die Redakteure der Nachmittagsausgaben und die Nachrichtensprecher zu einem kollektiven Totentanz aufriefen und Schlagzeilen wie diese kreierten: *Ölfirmen tragen Schuld am Pipeline-Desaster … Alaska-Pipeline: Unfall war nur eine Frage der Zeit … Ungenügende Sicherheitsvorkehrungen: Unfall war vorherzusehen … Pipeline-Bruch wegen Überlastung.*

Die Admiräle Morgan und Morris beobachteten zusammen mit Lt. Commander Ramshawe, wie das Mediendrama sich vor ihren Augen entfaltete. Sie aßen zusammen im Weißen Haus zu Mittag, brüteten über Seekarten, studierten Entfernungen, versuchten zu bestimmen, von welcher Position aus das vermeintliche U-Boot die Raketensalve auf Valdez abgefeuert haben konnte, um anschließend die Pipeline in die Luft zu jagen.

»Eines kann ich euch sagen«, meinte Arnold Morgan, »wenigstens einmal sind diese verdammten Medien zu was nütze. Überall posaunen sie das Wort ›Unfall‹ heraus, genau das, was wir hören wollen. So wird die Bevölkerung wenigstens ruhig gestellt – und niemand bekommt Wind von unserem Verdacht. Wenn erst einmal bekannt wird, dass wir hier einer heißen Sache auf der Spur sind, verringern sich nämlich unsere Chancen herauszufinden, was hier vor sich geht, gleich um mindestens fünfzig Prozent.«

»Du willst noch immer keine Suchaktion starten?«, fragte George Morris.

»Nein. Nicht, solange wir keine definitiven Beweise haben, dass dort draußen ein U-Boot sein Unwesen treibt. Bislang drehen wir uns doch nur um Kreis. Aber ich hoffe, dass es damit bald ein Ende hat.«

»Kannst du dir gar nicht vorstellen, dass das alles nicht doch nur ein katastrophaler Unfall war?«, sagte George Morris.

»Keine Sekunde lang glaube ich das«, blaffte Admiral Morgan. »Und wie steht's mit Ihnen, Jimmy?«

»Keine Sekunde lang«, sagte Lt. Commander Ramshawe.

KAPITEL 10

Admiral George Morris verließ nach dem Mittagessen das Weiße Haus, allerdings ohne seinen persönlichen Assistenten, weil Lt. Commander Ramshawe vom Nationalen Sicherheitsberater noch zu einem weiteren Brainstorming gebraucht wurde. Sie wollten gemeinsam nachdenken und Kriegsszenarien durchspielen.

Ein großer Computermonitor links im Büro zeigte die detaillierte Karte des gesamten Gebiets südlich von Alaska, die Küstenlinie von den Alëuten über das Cooke Inlet, den Prince William Sound und der Yakutat Bay bis zu den Queen Charlotte Islands. Die Pipeline des Alaska Bi-Coastal Energy Transfer war als dicke schwarze Linie eingezeichnet und hob sich deutlich von der hellblauen Farbe des Ozeans in Küstennähe ab.

Noch war Admiral Morgan allerdings nicht so weit, um sich mit aller Kraft auf die Ermittlungsarbeit zu stürzen. Zuvor nahm er Jimmy Ramshawe noch in die Mangel und wollte von ihm erfahren, mit welchen ausländischen U-Booten er in den vergangenen zwei Jahren zu tun hatte.

Ramshawe erzählte ihm vom alten Säbelzahn und wie er dazu kam, dies für den Codenamen einer russischen *Barracuda* zu halten. Er erzählte Arnold von der Nachricht *Alter Säbelzahn 600 bestätigt* und vom flüchtigen Kontakt mit einer ähnlichen Sierra I, die die SOSUS-Station im südlichen Wales am 7. Februar im Atlantik aufgeschnappt hatte.

Außerdem erwähnte er Admiral Morris' Anfrage in Moskau, auf die sie eine höfliche und entgegenkommende, trotzdem aber ausweichende Antwort erhalten hatten.

»Von Rankow?«, grummelte der Admiral.

»Jawohl, Sir.«

»Diesem verlogenen russischen Schweinehund«, fügte Arnold hinzu.

»Jedenfalls, Sir, hab ich mir das *Barracuda*-Programm angesehen. Es liegen keinerlei Kenntnisse über einen zweiten Rumpf vor, der jemals in Dienst gestellt worden wäre. Rumpf 239, die *Tula*, gehörte immer zur Nordmeerflotte. Vergangenen Sommer verfolgten wir ihre Route entlang der Nordküste Sibiriens – sie wurde ganz offensichtlich zur Pazifikflotte überführt. Was von Admiral Rankow höchstpersönlich bestätigt wurde. Dann sahen wir sie Petropawlowsk verlassen und Kurs nach Süden nehmen …«

»Wir wissen also nicht, ob der zweite Rumpf je fertig gestellt wurde?«

»Nein, Sir. Zumindest liegt keine gesicherte Information vor. Es gibt einen nicht ganz zweifelsfreien Bericht, demzufolge das Boot angeblich vom Stapel gelaufen ist. Aber wir haben nichts, was darauf hinweisen würde, dass es tatsächlich auch in Dienst gestellt wurde. Angeblich ist es seit Anfang der Neunzigerjahre bei der Nordmeerflotte in Uraguba in einem überdachten Trockendock aufgelegt. Das ist das Letzte, was wir gehört haben.«

»Ich nehme an, die Russen konnten sich den Betrieb dieser Boote nicht leisten. Sind ziemlich kostspielig, die Dinger …«

»Daran bestand nie ein Zweifel, Sir. Die Russen stellten die Klasse wieder ein und legten den zweiten Rumpf auf. Daraus haben sie nie einen Hehl gemacht – es war ja auch viel zu offensichtlich.«

»Aber wir wissen nicht, welches U-Boot die Jungs vor der irischen Küste gehört haben?«

»Nein, Sir. Wir haben keinerlei Anhaltspunkt.«

»Und genauso wenig wissen wir, welches U-Boot ins Schleppnetz dieses gottverdammten Sushi-Trawlers vor Petropawlowsk gerauscht ist?«

»Das muss die *Barracuda* gewesen sein. Aber bestätigte Berichte liegen uns nicht vor. Nein, Sir.«

»Gut, gut«, sagte Admiral Morgan. »Also, Jimmy, wer treibt

hier mit uns sein Spielchen? Ein ziemlich großes, ziemlich zerstörerisches Spielchen.«

»Sir, ich bin mir nicht sicher, aber mich beschleicht das unheimliche Gefühl, dass da irgendwie der alte Säbelzahn mittendrin steckt.«

»Da würde ich Ihnen nicht widersprechen wollen, Jimmy. Nicht im Geringsten.« Damit stand der Admiral auf, ging zur Seekarte am Monitor und zauberte mit einigen wenigen Tastaturbefehlen einen großen Kreisbogen mit Radius 1000 Seemeilen auf den Schirm, in dessen Zentrum der Hafen von Valdez lag. Es war ein lang gestreckter Bogen, der von Nordwesten nach Südosten lief, der vor der Halbinsel Alaskas begann und sich durch den Golf bis zur südlichen Hälfte von Graham Island zog.

»Wenn es das Boot gibt, Jimmy, dann hält es sich irgendwo hier auf«, sagte Arnold. »Zumindest war es dort in den frühen Stunden des gestrigen Tages. Weiß Gott, wo es heute steckt.«

»Warum gestern, Sir? Die Pipeline ist doch heute gebrochen.«

»Jimmy, wenn Sie und ich in eine Ölpipeline oder ein Schiff oder ein anderes Unterwasserobjekt ein großes Loch sprengen wollen und dazu moderne Explosivstoffe verwenden, dann würden wir doch sicherlich nicht in der Nähe sein wollen, wenn die ganze Chose hochgeht. Eigentlich wollen wir dann doch so weit wie möglich davon entfernt sein. Wenn wir von einem U-Boot aus operieren, würden wir uns einen maximalen Vorsprung verschaffen. Die Zeitzünder der meisten dieser Haftminen können auf vierundzwanzig Stunden eingestellt werden. Also bringen wir unsere Sprengladung an und lassen fast einen ganzen Tag verstreichen, um das Weite zu suchen – wo wären wir dann? Bei zehn Knoten ungefähr zweihundertvierzig Seemeilen entfernt. Bei fünf Knoten wären wir 120 Seemeilen gekommen. Da überdies keiner weiß, welchen Kurs wir nehmen, heißt das, dass eine verdammt große Meeresfläche abzusuchen ist, so um die hunderttausend Quadratkilometer oder noch mehr …«

»Sie meinen also, dass er bereits seit eineinhalb Tagen wieder auf dem Nachhauseweg ist?«

»Keine Frage, er hat sich längst wieder verzogen. Nur bin ich mir nicht sicher, ob er wirklich nach Hause fährt. Ich bezweifle nämlich, dass er mit seiner Arbeit schon fertig ist … Aber kommen Sie doch rüber und werfen Sie mal einen Blick auf diese Karte hier …«

Der junge Lt. Commander erhob sich und schritt nachdenklich zum Monitor. »Meine Fresse, dieser Typ traut sich einiges, was? Bei Gesprächen wie diesem hier habe ich manchmal das Gefühl, dass ich mir alles nur einbilde … Ich meine, wir reden von einem Kerl, der sich mit der gesamten U.S. Navy anlegt und wie ein verfluchter Pirat marodierend über unsere Küste herfällt, er räubert und brandschatzt, und wir haben nicht die geringste Ahnung, wer er ist oder woher er kommt und wohin er verdammt noch mal will. In den letzten Tagen hat er die gesamte Ölindustrie an der Westküste vernichtet, die größten Anlagen in den USA … Sir, wenn dort draußen wirklich einer rumschippert, dann sollten wir ihn uns aber schleunigst schnappen … Ich meine, verdammt noch mal, Bin Laden war ein Fanatiker, dessen Anhänger waren Fanatiker, die wussten, dass sie bei ihren Angriffen gegen uns Selbstmord begehen – aber dieser Dreckskerl ist da weitaus schlimmer. Er ist nämlich sehr viel cleverer. Er scheint Ausrüstung zu besitzen, die es mit unserer aufnehmen kann, und er will nicht sterben. Bislang hat er aus seiner Sicht verdammt gute Arbeit geleistet …«

Mit nachdenklicher Miene wandte sich Arnold Morgan dem großen Computerbildschirm zu. »Sie sehen diesen Punkt hier?«, sagte er. »Das ist die Stelle vor Graham Island, wo die Pipeline geplatzt ist. Wir dürfen sicherlich davon ausgehen, dass er sich irgendwo dort in der Nähe aufgehalten hat, als er seine Raketen nach Valdez losschickte.«

»Na ja, Sir, ich würde doch annehmen, dass er da mitten im Golf war. Hier irgendwo, und dann ist er rübergefahren, um seine Sprengladung zu legen.«

»Das glaube ich nicht, Jimmy. Der Kerl ist genauso schlau

wie wir, und ich hätte das nicht gemacht. Ich hätte mich irgendwo nördlich von Graham Island postiert, meine Raketen so programmiert, dass sie um Valdez herumfliegen und dann von Norden kommen. Dann hätte ich mich zur Pipeline geschlichen, hätte dort meinen Job erledigt und wäre schließlich abgehauen, in dem Wissen, dass ich meilenweit entfernt wäre, wenn das Ding hochgeht … Also, Jimmy, wo ist er jetzt? Wenn er, sagen wir Samstag um Mitternacht, ganz in der Nähe der Pipeline war … welchen Kurs hat er dann genommen?«

»Gut, ich hätte flachere Gewässer angesteuert, vielleicht wieder über den Golf zurück, sehr leise. Nicht mitten hindurch, wo der Ozean drei Kilometer tief ist … und wir unsere SOSUS-Anlagen haben.«

»Ja … und wohin dann?«

»Über den Pazifik zurück – entweder um das Nordpazifische Becken herum oder einfach südlich der Alëuten.«

»Über diesen Weg ist er nicht gekommen.«

»Woher wollen Sie das wissen, Sir?«

»Nun, wir haben im Alëutengraben eine permanente U-Boot-Patrouille. Sie hätten ihn gehört, ihn aufgebracht oder sogar ihn vermutlich versenkt.«

»Dann ist er vielleicht über das große, tiefe Nordpazifische Becken gekommen …«

»Sehr zweifelhaft. Das ist eines der am dichtesten vom SOSUS überwachten Gebiete der Welt. Ich würde es glattweg für unmöglich halten, ein U-Boot mitten durch das Pazifische Becken zu steuern, ohne dass die U.S. Navy das mitbekommt.«

»Wie ist er also bis zu unserer Küste vorgedrungen?«

»Sagen Sie es mir. Ich weiß es nicht.«

»Sir, wäre es möglich, dass er nördlich der Alëuten vorbei ist? Dort haben wir doch keine Patrouillen, oder?«

»Nein. Und, ja, er könnte die Inseln im Norden passiert haben. Aber um dann in Schussposition zu kommen, musste er irgendwie zwischen den Inseln hindurch wieder nach Süden gelangen. Einen anderen Weg in den Golf von Alaska gibt es nicht … Drei mögliche Stellen kämen dafür in Frage. Aber die Gewässer dort sind relativ flach und werden vom Radar der U.S. Navy kontrolliert. Wenn er diesen Weg gewählt hat, weiß ich nicht, wie er es geschafft hat.«

»Na ja, wenn der Typ es in den Golf geschafft hat, muss er eine der drei Stellen genommen haben. Sonst wäre er nicht im Golf. Oder bereits versenkt.«

»Genau, Jimmy. Irgendwo ist er reingeschlüpft und hat sich dann die ganze Strecke bis Graham Island durchgemogelt. Und hier kriecht der kleine Dreckskerl immer noch irgendwo rum. Wir müssen ihn finden.«

»Sir, haben Sie das Gefühl, dass wir es hier mit einer einzelnen Person zu tun haben, jemandem, der uns bislang überlistet hat? Oder handelt es sich eher um eine unpersönliche Situation – um eine militärische Konfrontation?«

»Jimmy, ich habe das Gefühl, dass wir hinter einer bestimmten Person her sind. Und dieses Gefühl hatte ich schon vorher. Als würde sich jemand mit mir anlegen wollen …«

»Sie meinen, so wie Admiral Rankow?«

»Mein Gott, nein. Jemand, der sehr viel intelligenter ist.«

Dienstag, 4. März 2008, 0100
Golf von Alaska
Position: 48.00 N, 128 W

Die *Barracuda* machte in 300 Metern Tiefe lediglich fünf Knoten Fahrt durch das Wasser. Unter dem Kiel lagen noch zweieinhalb Kilometer bis zum Meeresgrund. Seitdem sie 48 Stunden zuvor den Dixon Entrance verlassen und nach Süden gedreht hatte, war der Kurs nicht verändert worden.

Keiner an Bord wusste, ob die Sprengladungen an der Pipeline gezündet hatten. Sicherlich war auch keinem bewusst, dass in diesem Moment, 0900 Greenwich-Zeit, an der International Petroleum Exchange (IPE) in London das absolute Chaos herrschte. Nur einmal seit dem ersten amerikanischen Golfkrieg hatte es an der Londoner Börse ähnliche Panikkäufe gegeben wie jetzt.

Es ging wie immer um die Brent Crude Futures. Am Nachmittag zuvor war um etwa 15 Uhr bekannt geworden, dass die Pipeline aus Alaska leck geschlagen war. Die Stimmung auf dem Parkett war unruhig gewesen, auch weil in Valdez noch immer die Brände wüteten. Bis zum Börsenschluss war der Preis für das Barrel Rohöl um sechs auf 35 Dollar gestiegen.

An der New Yorker NYMEX, der New York Mercantile Exchange, der größten Warenterminbörse Nordamerikas, war an diesem Montag der Preis für West Texas Intermediate am späten Nachmittag auf 39 Dollar geklettert. Die Ölindustrie schlitterte am Rand einer großen Krise entlang. Im Westen der USA begannen die Tankstellen, die die gesamte Nacht über geöffnet hatten, die Gallone für fünf Dollar zu verkaufen.

Am Dienstag allerdings sah die Sache völlig anders aus. An der IPE in London, dem ersten der großen westlichen Märkte, der eröffnete, explodierte innerhalb der ersten Stunde der Preis für Brent Crude auf 50 Dollar.

Die Händler hatten sich im Lauf der Nacht so ihre Gedanken gemacht und Spekulationen angestellt, dann aber jegliche Hoffnung aufgegeben, nachdem bestätigt wurde, dass die große Pipeline aus Alaska, die die gesamte Westküste der USA mit dem Rohstoff versorgte, gravierend beschädigt war. Selbst den begriffsstutzigsten Händlern war klar, dass aus Alaska kein Öl fließen werde, solange a) die Brände nicht gelöscht, b) keine neuen Öllager errichtet waren und c) die gebrochene unterseeische Pipeline nicht wieder zusammengeflickt wurde. Was mindestens einen Monat dauern würde, wenn nicht sogar länger.

Das Handelsparkett in London glich einem Irrenhaus. Im tosenden Gebrüll und Tumult der Händler brach die Orderlawine aus den USA über sie herein. Es schien, als wäre es der Auftakt zu einem Verkäufermarkt, der sie alle mit einem Schlag erledigen würde. Die großen Ölgesellschaften brauchten keine Minute, bis ihnen klar war, dass sie für ihr Produkt jeden Preis verlangen konnten.

Der größte Rohöllieferant für die gesamte US-Westküste und darüber hinaus hatte effektiv seinen Betrieb eingestellt. Weshalb die anderen Produzenten, Raffinerien, Transporteure, Distributoren und Vermarkter an den goldenen Pforten seligen Reichtums standen, während die Broker der Energieunternehmen, Fluggesellschaften, Spediteure und Chemiekonzerne schier am Boden zerstört waren.

Um 9.14 Uhr wurde die Lawine losgetreten. Der Trader für Morgan Stanley brüllte plötzlich: »*Plus fünf, plus fünf für 300 000.*« Der Preis für Brent Crude sprang mit einem Schlag auf 55 Dollar das Barrel. Gerüchte machten die Runde, dass Crude auf 80 Dollar hochschießen würde. Die Händler schienen nichts anderes mehr vor sich zu sehen als die bevorstehenden Stromausfälle in Kalifornien, die den gesamten Bundesstaat in Finsternis tauchen und lahm legen würden.

Die gellenden Orderrufe *Plus fünf! ... Plus zwei! ... Plus drei!* übertönten alles. Und damit wurden nicht Cents bezeichnet, wie es letzte Woche noch der Fall gewesen war, sondern gottverdammte Dollar. Der Preis fiel nicht, er stieg, einhergehend mit riesigen Ordervolumina über 500 000 Barrel und mehr, immer weiter nach oben.

Drüben an der London Stock Exchange konnte sich der FTSE nicht entscheiden, in welche Richtung er drehen sollte – manche Ölaktien stiegen im Halbstundentakt um fünf bis sechs Prozent, nachdem die Broker bemerkt hatten, welche Unternehmen von der Katastrophe an der Westküste profitieren würden.

Doch noch während Gerüchte über explodierende Ölpreise das Handelsparkett überschwemmten, kam es bei einer ganzen Reihe von Aktien zu regelrechten Crashs. Vor allem waren davon die Ölgiganten betroffen, die in beträchtlichem Ausmaß an den Ölfeldern in Alaska beteiligt waren. Große Ölkonsumenten, insbesondere die Fluggesellschaften, mussten ihre größten Abschläge seit dem Jahr 2001 verzeichnen.

Die Strompreise für den amerikanischen Westen bewegten sich im Niemandsland der Zweifel. Investoren konnten kaum noch verlässlich einschätzen, ob die großen Energieunternehmen von diesem Desaster profitieren oder Pleite gehen würden. Innerhalb einer nervenaufreibenden Stunde ging der Preis für British Petroleum zunächst zehn Prozent nach oben, fiel dann auf den Eröffnungskurs zurück, um schließlich ganze zehn Prozent zu crashen.

Ein Broker, der die Aktie zum Eröffnungskurs gehortet und zum Höchstkurs abstoßen wollte, bevor sie wieder fiel, stand regelrecht unter Schock und war kurz vor dem Selbstmord, nachdem er bei der Transaktion für seinen Klienten zwölf Millionen Dollar und damit auch seine Karriere in den Sand gesetzt hatte.

Der Versicherungsmarkt bei Lloyds of London erlitt einen kollektiven Kollaps. Die Makler sahen bereits wieder den Crash der Neunzigerjahre vor Augen. Die Verluste in der Kleinstadt Valdez waren gravierend, aber die leck geschlagene Pipeline und die daraus resultierenden Schäden für die Umwelt drohten gigantische Forderungen nach sich zu ziehen, ähnlich wie es nach der *Exxon-Valdez*-Katastrophe 1992 im Prince William Sound geschehen war.

In 300 Meter Tiefe, 100 Seemeilen von der kalifornischen Küste entfernt, hatte General Rashud in der Zentrale der *Barracuda* nicht die leiseste Ahnung von dem Chaos, das er angerichtet hatte. Er und Shakira, mit der er den winzigen Büro-/Schlafraum teilte, fühlten sich sicher. Langsam und vorsichtig steuerte Ben Badr das Boot durch die ruhigen, tiefen Meeresgewässer. Die Turbinen wurden kaum belastet, der Reaktor schnurrte, beaufsichtigt von einem erstklassigen Team iranischer Kerntechniker.

Kapitän Badrs Navigationsoffizier hatte einen Kurs von 180 Grad festgelegt, genau nach Süden entlang des 128. Längengrads West. Der Dixon Entrance lag etwas nördlich des 54. Breitengrads, ihr nächstes Ziel lag etwas nördlich des 42. Breitengrads. Damit hatten sie insgesamt zwölf Breitengrade zurückzulegen, 720 Seemeilen. Bei ihrer geringen Geschwindigkeit von fünf Knoten schafften sie 120 Seemeilen am Tag. Ravi und Ben schätzten, dass sie von ihrer jetzigen Position aus ihr Ziel in den Morgenstunden des Freitags, des 7. März, erreichten. Dann würden sie voraussichtlich 180 Seemeilen vor der Küste des Bundesstaats Oregon liegen und fast 300 Seemeilen *südlich* ihres Zielobjekts.

Lt. Commander Ramshawe schlief kaum noch. Er hielt sich achtzehn Stunden am Tag in seinem Büro auf und wartete auf SOSUS-Meldungen – wartete darauf, dass irgendwo jemand etwas ortete und damit belegte, dass dort draußen ein russisches U-Boot sein Unwesen trieb.

Aber es kam nichts, nur Schweigen. Kein Ton von der *Barracuda*. Der einzige unüberhörbare Laut auf der internationalen Bühne stammte von Admiral Arnold Morgan, der höchstpersönlich das russische Marinehauptquartier in Moskau bestürmte und den Flottenadmiral Witali Rankow zu sprechen verlangte.

Admiral Rankow, ein erfahrener, abgebrühter Stratege, fühlte sich in die Enge getrieben. Natürlich hatte er bereits vermutet, dass es die *Barracuda* war, die auf der anderen Pazifikseite ganze Arbeit verrichtet hatte, aber er hatte auch einige Interessen zu wahren. Hinter den schweren Schlägen gegen die amerikanische Wirtschaft stand ein von Russland gebautes U-Boot, eines, das der russischen Marine gehört hatte und der Pazifikflotte in Petropawlowsk unterstellt gewesen war.

Aber Rankow hatte sich für seine Geschichte bestens präpariert. Er würde gestehen, dass das Boot an die Chinesen verkauft worden sei, man ihm aber versichert habe, es sei unterwegs zum Hauptquartier der Südflotte in Zhanjiang auf dem Festland nördlich der großen Tropeninsel Hainan. Soweit er wisse, befanden sich keine russischen Mannschaften an Bord.

Seine Taktik bestand darin, abzutauchen, sich unsichtbar zu machen, den Telefonsalven auszuweichen, die der schreckliche Arnold Morgan auf ihn abfeuerte. Aber er ahnte, dass das nicht lange gut gehen würde.

Er kam 36 Stunden lang, bis Donnerstagmittag, den 6. März, damit durch. Bis zu diesem Zeitpunkt hatte Admiral Morgan sechs verschiedene niedrigere Chargen in Moskau in Grund und Boden gebrüllt. Schließlich ließ er den Präsidenten der Vereinigten Staaten den russischen Präsidenten anrufen, um zu verlangen, dass sich Rankow umgehend mit dem Weißen Haus in Verbindung setze.

Die Anweisungen des obersten Führers aller Russen an seinen Oberbefehlshaber der Marine waren kurz und bündig: *Admiral Rankow, ich bin vom amerikanischen Präsidenten gebeten worden, dafür zu sorgen, dass Sie noch heute mit dem Nationalen Sicherheitsberater über eine wichtige Angelegenheit reden. Bitte tun Sie das.*

Schweren Herzens ließ daher der Admiral der russischen Flotte um 15 Uhr seinen Assistenten im Weißen Haus anrufen, um ihn mit seiner ältesten und gefährlichsten Strafe auf Erden zu verbinden, seinem beharrlichsten, unwirschsten, unangenehm mächtigsten Gegner auf der Welt.

»Arnold! Wie schön, mal wieder etwas von Ihnen zu hören. Es ist ja schon so lang her.«

»Sechsunddreißig Stunden sind zu lang, Sie doppelzüngiger, scheinheiliger Sowjet-Seemann.« Arnold hatte schon immer ein großes Faible für Alliterationen. »Sie hinterhältiger Dreckskerl. Sie sind bewusst meinen Anrufen und Nachrichten ausgewichen. Ich hab mir schon Sorgen gemacht, dass Sie mit mir nichts mehr zu tun haben wollen.«

Admiral Rankow konnte sich ein glucksendes Lachen nicht verkneifen. Trotz der Nervosität, die ihn in Gegenwart des Admirals immer befiel, amüsierte er sich köstlich über ihn; im Grunde mochte er den Admiral. Sie hatten sich im Lauf der Jahre zu verschiedenen Anlässen persönlich getroffen, hatten in Washington, London und sogar in Moskau zusammen zu Abend gegessen. »Ich weiß, ich weiß«, sagte er. »Ich habe Sie gemieden. Ich weiß, dass Sie mir wegen Angelegenheiten, über die ich keine Kontrolle mehr habe, auf den Pelz rücken wollen.«

»Ich nehme doch an, Sie sind noch immer der Boss von diesem Schrotthaufen, der sich russische Marine nennt?«

Die unverbesserliche Grobschlächtigkeit des Amerikaners und die Tatsache, dass die Unterhaltung wieder zu ihrem gewohnten geistigen Niveau zurückgefunden hatte, sorgte bei beiden alten Sparringspartnern aus dem Nachrichtendienst für Heiterkeit.

»Arnold, hören Sie. Ich weiß, was Sie sagen werden ... Sie wissen, wir haben die alte *Barracuda* überführt und nach Petropawlowsk geschickt. Sie wissen auch, dass sie von dort ausgelaufen ist und Kurs nach Süden genommen hat. Und Sie wissen ebenfalls, dass ein japanisches Fischereifahrzeug beträchtliche Schadensersatzforderungen stellt, weil ihm einige Seemeilen weiter im Norden ein U-Boot das Netz ruiniert hat. Das geschah am gleichen Tag, zur gleichen Zeit. Habe ich Recht?«

»Genau.«

»Und jetzt wollen Sie mich fragen, warum unser U-Boot abgetaucht ist und dann unter Wasser eine Kursänderung nach Norden vorgenommen hat. Richtig?«

»Richtig. Es hat im Umkreis von tausend Seemeilen kein einziges anderes U-Boot gegeben. Dieser gottverdammte Sushi-Dampfer muss von der *Barracuda* aufgespießt worden sein.«

»Arnold, es gibt da etwas, was Sie nicht wissen können – woher auch? Also, wir haben die *Barracuda* an die Chinesen verkauft. Der Betrieb des Boots war uns schlichweg zu teuer.«

»Na, Witali, das ist aber höchst interessant. Waren Russen an Bord?«

»Nein.«

»Gut, wohin ist das Boot unterwegs?«

»Zhanjiang, wie man mir sagt. Aber das können wir nicht überprüfen. Das Boot gehört uns nicht mehr.«

»Witali, die nächste Frage ist noch wichtiger. Ich bitte Sie, mir eine ehrliche Antwort zu geben.«

»Wenn ich das kann.«

»Haben Sie den Bau der zweiten *Barracuda*, Rumpf K-240, jemals abgeschlossen?«

»Arnold, ich war erst vor sechs Monaten in Uraguba und habe das Boot dort in seinem überdachten Trockendock liegen sehen. Vom Hüllkörper fehlten einige Platten. Ich nehme mal an, wir haben sie als Ersatzteile für die *Tula* verwendet, das Boot, das wir soeben verkauft haben. Soweit ich weiß, ist Rumpf K-240 nie ausgelaufen. Warum?«

»Liegt er noch immer dort … in Uraguba?«

»Das kann ich nicht beschwören. Aber niemand hat mir gesagt, dass er ausgeschlachtet oder verkauft worden wäre. Wenn mir was zu Ohren kommt, soll ich Sie dann darüber in Kenntnis setzen?«

»Ja, das wäre sehr nett … Und vergessen Sie nicht, ich will nur wissen, ob Sie den Chinesen, die noch hinterhältiger sind als Ihre Mischpoke, vielleicht sgar zwei *Barracudas* verkauft haben.«

»Ich verstehe, Arnold. Überlassen Sie das Ganze mir.«

Nachdenklich verabschiedete sich Arnold Morgan und legte den Hörer auf. Er meinte in der Stimme des russischen Marinechefs eine gewisse Steifheit herausgehört zu haben. Morgan besaß die Gabe, sich den Rhythmus und die Reaktionen anderer Menschen und ihrer Sprache einprägen zu können. Seinem Gefühl nach hätte er deshalb von Admiral Rankow etwas ganz anderes hören sollen.

Eher etwas in der Art wie: *Okay, Arnie, ich prüfe es gleich mal nach. Rumpf K-240 … wo ist er gerade? Das wollen Sie also wissen. Kein Problem. In zehn Minuten ruf ich wieder an.*

Stattdessen hatte er zu hören bekommen: *Wenn mir was zu Ohren kommt, soll ich Sie dann darüber in Kenntnis setzen?*

»Der Oberbefehlshaber der gesamten russischen Marine«, grummelte Arnold. »*Wenn ich herausfinden sollte, ob wir noch ein fünfhundert Millionen Dollar teures Atom-U-Boot besitzen!* Witali, du Dreckskerl, ich glaube, du lügst. Ich glaube, du weißt ganz genau, ob deine auf dem Zahnfleisch daherkriechende Marine noch eine zweite *Barracuda* besitzt. Aber das willst du mir aus irgendwelchen Gründen nicht verraten.«

Dennoch waren dem Admiral durch die gegenwärtige Situation die Hände gebunden. Schäden wie jene, die den

USA soeben zugefügt worden waren, konnten nur durch ein Atom-U-Boot hervorgerufen werden; alles andere erschien ihm ausgeschlossen. Ein dieselelektrisches Boot, das zum Aufladen der Batterien schnorcheln und zum Nachtanken an die Oberfläche musste, wäre längst entdeckt und im elektronischen Minenfeld des Nordpazifiks und des Golfs von Alaska unweigerlich aufgespürt worden.

Bei einem Atom-U-Boot verhielt es sich da anders. Es musste nicht zum Auftanken nach oben. Es konnte lautlos und unsichtbar in der Tiefe bleiben. Wenn es jetzt dort draußen war, und davon war Morgan überzeugt, konnte es sich überall befinden, irgendwo in den Weiten des Meeres. Es konnte auf dem Rückweg nach China oder Russland sein, sich nach Westen oder nach Süden gewendet haben oder einfach nur die Westküste hinunterschippern, um sich neue Ziele zu suchen.

Noch schlimmer, es würde jede Überwassereinheit hören, die sich auf die Suche nach ihm begeben hatte. Dann würde es vielleicht 300 Meter unter der Wasseroberfläche die Geschwindigkeit noch mehr verringern, um niemals gefunden zu werden.

Einer seiner schlimmsten Albträume war schon immer die Vorstellung gewesen, sich auf die hoffnungslose Suche nach einem Atom-U-Boot begeben zu müssen, das bis zur US-Küste vorgedrungen war. Eine Suche, begleitet vom Schrecken und der Enttäuschung, wie sie jeder empfand, der in einem Traum verzweifelt davonlaufen wollte, aber einfach nicht von der Stelle kam. In genau so einem Albtraum befand er sich jetzt.

Eine umfangreiche Suchaktion der Marine einzuleiten, mit dem Auftrag, den Eindringling zu zerstören, wäre a) sinnlos gewesen und hätte b) aller Voraussicht nach das Interesse der Bevölkerung geweckt und mithin für große Verunsicherung gesorgt. Insgeheim wusste er, dass sich die USA einer ähnlichen Bedrohung ausgesetzt sahen wie am 11. September – mit dem Unterschied allerdings, dass er nicht wusste, wie und warum oder was er überhaupt unternehmen sollte. Mit geballten Fäusten und gesenktem Kopf tigerte er durch sein Büro und fühlte sich nicht zum ersten Mal, als wäre er allein an vorderster Front der amerikanischen Verteidigung.

Mit Schrecken sah er dem entgegen, was der Pirat als Nächstes vorhaben mochte. Machtlos stand er ihm gegenüber, unfähig, ihn aufzuhalten. Mit das Beste war noch, den Gegner den ersten Schritt machen zu lassen. Vielleicht verriet er dadurch seine Position, irgendetwas wenigstens, beispielsweise ob er sich auf dieser oder eher auf jener Pazifikseite aufhielt. Er würde abwarten müssen – was für jemanden mit Admiral Morgans Temperament die reine Folter war.

Die Brände in Valdez hatten mittlerweile eingedämmt werden können. Den Feuerwehrleuten war es gelungen, die Flammen auf den operativen Lagerbereich zu beschränken. Das Terminal konnte abgeschrieben werden. Gleiches galt für den Riesentanker, dessen Bugpartie in der Nacht des Angriffs weggerissen worden war.

Die Feuer im Tanklager oberhalb der Stadt hatten bereits am Tag zuvor nachgelassen, nachdem durch die zerstörte Hauptleitstelle kein Öl mehr zugeführt wurde. Was noch vorhanden gewesen war, verbrannte unter heftiger Hitzeentwicklung, dann erlosch das Feuer.

Die Umgegend der Stadt sah aus wie Berlin nach den alliierten Bombardierungen 1945. Dichter schwarzer Rauch hing niedrig über der Landschaft, Hubschrauber knatterten durch den Himmel und suchten nach Spuren, feindlichen Schlupfwinkeln, irgendetwas. Überall trieben sich FBI-Agenten herum, unterstützten die örtliche Polizei, sprachen mit jedem, der etwas gesehen haben könnte. Gemäß der strikten Anweisung der National Security Agency im fernen Maryland durfte über die Beobachtungen der nachmitternächtlichen Sternengucker, Harry Roberts und Cal Foster, nicht ein einziges Wort an die Öffentlichkeit dringen.

Obwohl der Schnee manches zusätzlich erschwerte, lieferte er auch den unumstößlichen Beweis, dass kein Feind, beispielsweise eine Terrorgruppe, sich irgendwo nördlich der Stadt für den Angriff versammelt hatte. Die Hubschrauber fanden auf den Hügeln und Bergen, in den Tälern und auf den Feldern nur unberührte Schneeflächen vor. Sie fanden Bären- und Elchspuren, aber keine Abdrücke von Fahrzeugen, die, abseits der ausgetretenen Wege, in der Lage gewesen wären, eine Rakete von solcher Sprengkraft abzufeuern, wie sie für die Schäden von Freitagnacht notwendig gewesen wäre.

Ebenfalls fand sich kein Hinweis auf einen mindestens acht Leute umfassenden Trupp, der in dem äußerst abgelegenen Gebiet durch den unberührten Schnee hätte stapfen müssen, um einen solchen Angriff auszuführen. Am Donnerstagabend, dem 6. März, hegte keiner der Ermittler noch irgendwelche Zweifel: Was immer das Valdez-Terminal geplättet hatte, es musste vom Meer gekommen sein. Nur dass kein Überwachungssystem der US-Küstenwache oder der Navy in dieser dunklen Nacht auch nur einen Piep geortet hatte. Auch der offizielle Bericht über sämtliche Schiffsbewegungen im fraglichen Gebiet verzeichnete gähnende Leere, nichts.

Freitag, 7. März 2008, 0100
Pazifik
Position: 42.26 N, 128.12 W

Die *Barracuda* kreuzte langsam unter der Wasseroberfläche, kaum zwanzig Seemeilen südwestlich des Jackson Seamount, einer bumerangförmigen Erhebung, die vom dreieinhalb Kilometer tiefen Meeresboden aufragte. Da deren höchste Stelle noch immer anderthalb Kilometer unter der Oberfläche lag, spielte sie außer als Oberflächenmerkmal und als Navigationspunkt sonst kaum eine Rolle.

Ben Badr hatte sein Boot 175 Seemeilen vor der Küste von Oregon, zwanzig Seemeilen nördlich der kalifornischen Grenze, in Schussposition gebracht. Unmittelbar im Osten lag die Mündung des Rogue River, eines breiten, oftmals reißenden Flusses, der aus dem Küstengebirge herabstürzte und sich am Gold Beach in den Pazifik ergoss.

Ravi hatte keinen festen Zeitpunkt für den nächsten Angriff festgelegt, nur dass er ihn mitten in der Nacht durchführen wollte. Die Nacht draußen, in der einsamen Schwärze des größten Gewässers der Erde, meilenweit vom Land entfernt, verborgen unter der Wasseroberfläche, hätte schwärzer nicht sein können.

»Also, Ravi, geben wir Feuerbefehl oder warten wir noch?« Kapitän Badr zeigte sich gelassen, schien aber dennoch allmählich etwas unruhig zu werden. Seine Mannschaft war müde. Die Anspannung der langen Fahrt und der beiden Angriffe hatte alle mitgenommen. Wäre es nach ihm gegangen, hätte er für alle eine vierundzwanzigstündige Ruhepause empfohlen. Aber wie er ganz richtig vermutete, wollte Ravi sofort zuschlagen.

Er verstand die Dringlichkeit. Beim hinterher bevorstehenden vierten und letzten Angriff würde es auf sekundengenaues Timing ankommen. Der General würde daher lieber einige Stunden unmittelbar vor dem letzten Raketenabschuss die Zeit totschlagen, als hier in den tiefen, sicheren Gewässern einen ganzen Tag zu verschwenden.

»Ich beabsichtige, unverzüglich anzugreifen«, sagte Ravi. »Befehlen Sie die Mannschaft zum Gebet, anschließend sollen die Raketen zum Abschuss bereitgemacht werden. Shakira meldet, die Navigationsleitsysteme seien programmiert. Alles wie besprochen. Zwei Salven, jeweils drei Raketen, Anfangskurs fünfundfünfzig Grad.«

»Jawohl, General … Raketenoffizier in die Zentrale.«

»Rohr eins bis sechs – fertig machen!«

Kapitän Badr betete stellvertretend für seine Mannschaft, die, davon war er überzeugt, im Namen Allahs diesen Angriff fuhr. Er erwähnte die Unterdrücker, die seinem Volk so viel Leid zugefügt hatten und sich vor allem den Palästinensern gegenüber hart und grausam verhielten. Diesen war Unrecht angetan, diesen war alles genommen worden – bis auf ihren Glauben, ihre Tapferkeit und ihre Würde.

Er betete, Allah möge seine Raketen beschleunigen und sie zum herzlosesten aller Feinde lenken, dessen Arroganz die barbarische Hand Israels stärkte, der sogar jetzt noch die Juden mit Waffen versorgte, mit denen die gläubigen Muslime ermordet wurden, denen nichts anderes mehr blieb, als sich im eigenen Land zu verstecken.

Gepriesen sei Allah, denn Du bist groß … und verleihe uns die Kraft, den Großen Satan zu verwunden.

»Rohr eins – los!«, befahl General Rashud.

Die erste der mächtigen Radugas verließ den Launcher, schnitt durch das schwarze Wasser, brach durch die Oberfläche und heulte senkrecht nach oben, bis sie auf etwa 60 Metern Höhe eine waagrechte Flugbahn einnahm und von ihrem Leitsystem nach Nordosten, Kurs 55, ausgerichtet wurde.

Die Gasturbinen schalteten sich zu, die tödliche Rakete beschleunigte auf ihre Marschgeschwindigkeit von 950 Kilometern und raste über das Wasser, hielt die Flughöhe und strich auf ihrem zwanzigminütigen Flug zur Küste Oregons, dem ersten Abschnitt ihrer Reise, durch die kalte Nachtluft. Hinter ihr war bereits die zweite Rakete unterwegs, während die dritte kurz vor dem Start stand.

Die Radugas liefen auf ähnlichem, aber nicht identischem Kurs und würden, jeweils eineinhalb Kilometer versetzt, die US-Küste bei Yaquina Head überqueren, einem Vorgebirge, das etwa 120 Seemeilen südlich von Grays Harbor lag.

Von dort sollten sie, ihrem 55-Grad-Kurs folgend, weit ins Landesinnere vorstoßen und die 350 Kilometer entfernte Stadt Yakima ansteuern. Die aus drei Geschossen bestehende Eröffnungssalve war von keinem Schiffsradar erfasst worden, als sie die Küste Oregons erreichte, wo die Raketen auf ihrer Flughöhe von 60 Metern über das nahezu unbesiedelte Land rauschten.

Westlich der Stadt Salem durchquerten sie den nächtlichen Himmel und drangen hoch über dem mächtigen Columbia River, den sie knapp westlich des riesigen John-Day-Damms überflogen, in den Bundesstaat Washington ein. Dort flogen sie direkt über das große Indianerreservat, das in seiner Kargheit zu den grandiosesten Landschaften der USA gehörte.

Niemand wurde in der verschlafenen, am Fluss gelegenen Stadt Wapato durch die Raketen geweckt, als diese ihren lang gezogenen Schwenk nach links vollführten und hinaus aus den Rattlesnake Hills, in weitem Bogen um Yakima herum, über die langen, waldbestandenen Täler rasten.

Zu diesem Zeitpunkt waren sie etwas mehr als 40 Minuten unterwegs gewesen. Shakira hatte eine einsame, nahezu unberührte Landschaft für die Kursänderung nach Westen gewählt, in der – wie ihr alle Karten, die sie studiert hatte, zeigten – wohl mit ebenso ausgeklügelten Überwachungssystemen zu rechnen war wie im Hinterland Sibiriens.

Auf ihrem neuen Kurs von 260 Grad tauchten die Raketen zwischen den hohen Gipfeln der Cascade Mountains ein, hielten sich, mitten im Herzen des Evergreen State, südlich des zerfurchten, 4420 Meter hohen Mount Rainier und nördlich des halb so hohen Mount St. Helens.

Die Raketen hatten mit dem Gelände und den steilen Hängen keine Probleme. Sie schossen dahin, stiegen automatisch höher, wenn vor ihnen eine riesige Felswand aufragte, und folgten dem von Shakira programmierten Kurs. Als das Land abzufallen begann, als die Cascades sich sanft der Küstenebene zuneigten, verringerten auch die Radugas, gesteuert vom primitiven, aber äußerst dienstbaren Gehirn in ihrer Nasenspitze, automatisch die Flughöhe.

Ihre Flughöhe betrug konstant 60 Meter, ihr Kurs lag etwas südlich von rechtweisend West, und wieder kamen sie aus der »falschen« Richtung, aus dem amerikanischen Hinterland statt vom Meer – irgendwo aus der Richtung von Idaho statt vom Pazifik.

Shakira hatte die Mission hervorragend geplant. Ravis hypermoderne Breitseite strich im Namen Allahs, im Namen der islamischen Fundamentalisten sanft durch den Himmel, über die Wälder hinweg und hinab auf die riesige Ölumschlagestation am geschützten Ende von Grays Harbor, siebzehn Minuten und 270 Kilometer von Yakima entfernt.

Ravis erster Marschflugkörper befand sich 57 Minuten nach dem Start über der Kleinstadt Alder Grove und war auf dem Weg in einen der drei riesigen stählernen Destillationstürme der Raffinerie. In ihnen wurde das in einem Röhrenofen auf etwa 400 Grad Celsius erhitzte Rohöl verdampft, wobei die leichteren Bestandteile nach oben stiegen, um auf den verschiedenen Böden des Stahlturms wieder in flüssigen Zustand überzugehen. So setzte sich schweres Heizöl unten ab, während leichtere Fraktionen wie Kerosin und Benzin bis in die oberen Turmabschnitte stiegen und ganz oben Flüssiggas abgeleitet wurde. All diese Stoffe waren äußerst leicht entflammbar.

In der Welt der Hightech-Zündstoffe bargen diese Stahltürme ein enormes Gefahrenpotenzial. Als Ravis erster Marschflugkörper in den ersten Turm donnerte, exakt um 0219, Freitagmorgen, den 7. März, war die Explosion noch zehn Kilometer weiter in der schlummernden Boomtown Aberdeen zu sehen und zu hören. Alle Bewohner von Hoquiam, das eineinhalb Kilometer entfernt an der gegenüberliegenden Seite der Bucht lag, wurden aus dem Schlaf gerissen.

Das donnernde *Ka-wumm* entsprach weit mehr einer Explosion als die Detonationen in Valdez, die zu den verheerenden Bränden geführt hatten. Der sengend weiße Blitz, der die schlafenden Bewohner von Hoquiam noch vor dem Knall erreichte, erhellte deren Schlafzimmer und tauchte die gesamte Stadt in gleißendes Licht. Der Blitz wurde sogar von einem Bootsmannsmaat auf einem Supertanker vor Point Chehalis beobachtet, der dreizehn Seemeilen außerhalb der Einfahrt zur langen Bucht lag.

Die Sicherheitsmannschaft der Raffinerie, die die letzten Stunden mit einer Kaffeepause zugebracht hatte, stürzte aus dem langen, niedrigen Gebäude, das sie zu ihrem zeitweiligen Hauptquartier erkoren hatte. Die Männer kamen gerade noch rechtzeitig, um mitzuerleben, wie der zweite, keine 600 Meter entfernte Turm wie ein Vulkan explodierte, nachdem Ravis zweite Rakete in diesen gefährlichsten Abschnitt der gesamten Raffinerie eingeschlagen war.

Fast ehrfürchtig starrten sie auf die gewaltige Explosion, blickten schreckerfüllt auf die Trümmer, die Flammen, den schwarzen Rauch und die knisternden Funken, die spiralförmig in den Himmel stiegen. Es kam hier niemand zu Tode, aber die Mienen der Anwesenden erinnerten stark an die jener ersten Augenzeugen, die an dem erschütternden Septembermorgen sieben Jahre zuvor auf das World Trade Center starrten.

Noch bevor irgendjemand auch nur ein Wort über die Lippen brachte, schlug Ravis dritte Rakete ein. Sie verpasste knapp den dritten Destillationsturm, röhrte dafür aber in einen, anschließend auch noch in einen zweiten Lagertank, die beide randvoll mit Tausenden Gallonen schwerem Heizöl waren.

Dabei traf sie auch die Leitung, die von den Lagertanks zur nahe gelegenen Eisenbahnverladestelle führte, wo reihenweise Tankwaggons darauf warteten, gefüllt zu werden. Mit den ersten beiden Lagertanks, die durch die dritte Rakete in die Luft gingen, explodierten auch die übrigen zwanzig. Deren gigantische Explosion griff auf die Leitung über und verwüstete den gesamten aus vierzig Waggons bestehenden Zug mitsamt der Verladestelle.

Wie durch ein Wunder war niemand getötet worden, was vor allem daran lag, dass nachts um halb drei kaum jemand arbeitete. Der Zug sollte erst um sechs Uhr vollständig beladen sein; das Sicherheitspersonal der Lagertanks befand sich wie gesagt mit den Kollegen bei der gemeinsamen Kaffeepause. Alle acht Männer standen entgeistert vor dem gewaltigen Bild der Zerstörung. Keiner wusste, was zu tun war, außer sich in die Jeeps zu setzen und über Handy die Feuerwehr, die Polizei und den Notarzt zu informieren, um dann das bislang intakte Leit- und Überwachungsgebäude aufzusuchen, wo sofort alles abgeschaltet werden musste, was in irgendeiner Form Öl abgab.

Alle drei Entscheidungen wurden glücklicherweise einige Sekunden zu spät getroffen. General Rashuds zweite Salve aus ebenfalls drei Radugas war bereits im Anflug. Die erste machte die Leit- und Überwachungsstelle dem Erdboden gleich, wobei der Dienst habende Ingenieur und der Wachmann, der zu diesem Zeitpunkt eine Fernsehsendung verfolgte, den Tod fanden. Die einstürzende Außenwand des Gebäudes begrub alle vier Jeeps des Sicherheitspersonals unter sich.

Die anderen beiden Raketen pflügten in das Tankgelände. In vierzig riesigen Tanks wurde dort, östlich der Raffinerie auf einem Hügel gelegen, das von der Alaska-Pipeline angelieferte Öl gelagert. Genau wie jene in Valdez entzündeten sie sich und brannten lichterloh ab, ohne dass dies von Explosionen begleitet wurde, wie es bei bereits raffiniertem Rohöl wie Heizöl oder Benzin geschah.

Eine letzte, unvergessliche Explosion stand allerdings noch bevor. Durch die Hitze des Feuers begann der Stahlmantel des letzten Destillationsturms zu schmelzen. Anders als die beiden ersten Türme, die nach dem Einschlag in sich zusammensackten und deren Druck- und Explosionswelle sich gleichmäßig nach allen Seiten hin entlud, explodierte er sieben Minuten nach dem Eintreffen der ersten Rakete in vertikale Richtung – fast wie eine Atombombe.

Der dritte Turm – Stahlteile, Betontrümmer, Rohrleitungen, Portalkräne, Gittertreppen, Flüssiggas – wurde in einer Hunderte Meter hohen brodelnden pilzförmigen Wolke aus Flammen speiendem, wirbelndem Qualm in den Himmel gejagt. Der Vergleich mit einer Atombombe war nicht so weit hergeholt – etwas Ähnliches war durchaus auch in Hiroshima zu beobachten gewesen.

Das Erstaunliche aber war, dass die Raketeneinschläge nicht als solche erkannt wurden. Die acht Sicherheitsleute hatten die tief fliegenden Raketen am Himmel nicht erkennen können, weil dieser bereits lichterloh erhellt war, als sie aus der Kantine gestürzt kamen. Jeder Marschflugkörper legte, eingehüllt in schwarzen Rauch, den letzten Kilometer in knapp vier Sekunden zurück. Das Sicherheitspersonal befand sich zu diesem Zeitpunkt auf dem westlichen Abschnitt des Raffineriegeländes unterhalb der Raketenbahn.

Sie sahen noch nicht einmal den kurzen Feuerschweif der Radugas, als diese in ihre Ziele einschlugen. Nur wenn sie aus irgendeinem Grund die erste Rakete bereits erwartet und mit einem Fernglas direkt die Richtung des anfliegenden Geschosses anvisiert hätten, würden sie vielleicht auf einen Marschflugkörper geschlossen haben.

Aber das hatten sie nicht. Was sie sahen, erschien ihnen einfach als das Ende der Welt: Alles explodierte und ging in Flammen auf. Die acht Männer, noch immer vierhundert Meter vom Brandherd entfernt, trafen unverzüglich ihre nächste Entscheidung. Sie spürten die Hitze, der Schweiß rann ihnen über das Gesicht, also machten sie kurz entschlossen auf der Stelle kehrt und katapultierten sich wie die Teilnehmer beim Start eines olympischen 100-Meter-Laufs aus den Blöcken, genauso entschlossen, nur langsamer, um daraufhin mit pumpenden Armen und stampfenden Beinen um ihr Leben zu rennen, acht untrainierte US-Sprinter, die hin zur Straße nach South Arbor liefen, weg von der brennenden Luft.

In Hoquiam war unterdessen die Feuerwehr alarmiert worden. Die Männer jedoch, die über das silbern und orangerot schimmernde Hafengewässer zum lodernden Inferno blickten, hatten nicht die geringste Ahnung, wie sie dieser Hölle überhaupt Herr werden sollten. Ihr Chef brüllte sie an, alle Gerätschaften vorzubereiten und alles zu unternehmen, um das Feuer von Aberdeen fern zu halten.

Sie wurden angewiesen, das gesamte Gebiet, vor allem die baum- und strauchbewachsenen Gärten hinter den meist aus Holz bestehenden Einfamilienhäusern, mit Wasser zu tränken. Der Bevölkerung wurde geraten, die Autos wegzubringen. Offensichtlich lagerte auf dem in Flammen stehenden Gelände genügend Benzin, um die ganze Nacht hindurch zu brennen.

Als Problem erwies sich nur, dass die drei kleinen Städte an der Spitze der Bucht zu einer einzigen Ansiedlung zusammengewachsen waren. Die Häuser im westlichen Teil Aberdeens schlängelten sich die Straße entlang hin zur Raffinerie.

McFadden, der Chef der Feuerwehr, wollte mit allen Mitteln verhindern, dass das Feuer auf dieses Gebiet übergriff, trotz des vorherrschenden böigen Westwinds, der vom Pazifik hereinwehte. Falls es ihnen in der Hitze überhaupt möglich sein sollte, würde das für seine Männer oberste Priorität haben.

McFadden telefonierte mit der Polizeidienststelle von Aberdeen, die die Neuigkeiten der Katastrophe bereits an die Washington State Police in Seattle weitergeleitet hatte. Um drei Uhr brachte jede Radiostation des Bundesstaats, die um diese Zeit noch auf Sendung war, eine Meldung über das Unglück, und auf dem behördlichen Dienstweg wurde Washington informiert, wo sich FBI-Ermittler unverzüglich mit dem Fall beschäftigten.

Alle zählten zwei und zwei zusammen. Innerhalb einer Woche war es zu zwei katastrophalen Bränden gekommen, im Valdez-Terminal und in der Raffinerie bei Grays Harbor, den beiden Herzstücken der Energieversorgung der US-amerikanischen Westküste. Dazu kam das gewaltige Leck der Pipeline, die von Yakutat kommend Grays Harbor mit Rohöl versorgte. Alle drei Vorfälle hatten sich mitten in der Nacht ereignet. Das waren keine Unfälle mehr. Das war eine lebensbedrohliche Krise. Die USA wurden angegriffen. Von unsichtbaren Piraten, Saboteuren, Terroristen, Verrückten, Faschisten, Kommunisten oder anderen durchgeknallten Aktivisten.

Washington konnte jetzt sicher sein, dass jemand es auf Uncle Sam abgesehen hatte. Der Präsident wurde morgens um 3.10 Uhr geweckt, zwei Minuten später betrat er im Pyjama das Oval Office und gab zu Protokoll: »Die gehören aufgespürt, denen gehört das Handwerk gelegt, bevor verdammt noch mal endgültig die Lichter ausgehen.«

Admiral Morgan saß selbst am Steuer seines Wagens, hielt auf die Taft Bridge zu und raste mit hoher Geschwindigkeit zum Weißen Haus. Im Wagen hinter ihm folgten drei Agenten, die im leichten Nieselregen auf der rutschigen Fahrbahn vergeblich mitzuhalten versuchten.

Um 0315 trieb Lt. Commander Ramshawe seinen elf Jahre alten schwarzen Jaguar den Washington-Baltimore Parkway hinauf nach Fort Meade. Admiral Morris war bereits in seinem Büro und versuchte mit Admiral Dickson im Pentagon zu telefonieren, bekam aber nur das Besetztzeichen zu hören.

Admiral Dickson, der ehemalige Oberbefehlshaber der Atlantikflotte und jetzige Chef der Marineoperationen (CNO), sprach in seinem Büro mit Admiral Dick Greening, dem Oberbefehlshaber der Pazifikflotte, der sein Büro in Pearl Harbor verlassen hatte und im Moment zu einem Besuch der riesigen Marinebasis in San Diego weilte. In der telefonischen Warteschleife hingen noch, in dieser Reihenfolge, Rear Admiral Freddie Curran, Oberkommandierender der Unterseebootflotte Pazifik, General Tim Scannell, der Vorsitzende der Vereinigten Stabschefs, und Arnold Morgan, der den Admiral über die verschlüsselte Freisprechanlage in seinem Wagen zu erreichen versuchte.

Der letzte Anruf hatte für Alan Dickson oberste Priorität, weshalb er Dick Greening kurzerhand beschied, dass er ihn zurückrufen werde.

Admiral Morgan überquerte den DuPont Circle wie ein Meteor, der über das Antlitz des Mondes huschte, verschreckte dabei zwei Washingtoner Polizeibeamte, die trotzdem noch in der Lage waren, den schwarzen Stabswagen des Weißen Hauses zu erkennen, und deshalb beschlossen, sich lieber um ihre eigenen Angelegenheiten zu kümmern.

»*Alan!*«, brüllte der Nationale Sicherheitsberater ins Telefon. »Rufen Sie sofort George Morris oder seinen Assistenten an, und dann kommen Sie schleunigst in Fahrt. Und rühren Sie sich nicht von der Stelle – ich bin in einer halben Stunde da.«

Es wurde aufgelegt. Admiral Dickson, der bereits ziemlich in Fahrt war, wies einen jungen Lieutenant an, Admiral Greening anzurufen und ihm zu sagen, er solle auf keinen Fall seinen Schreibtisch verlassen. Dann wählte er über die verschlüsselte Leitung George Morris, der sowieso bereits in der Warteschleife hing.

Als die beiden Männer schließlich miteinander redeten, war Admiral Morris, der manchmal etwas träge und durchaus etwas begriffsstutzig erschien, alles andere als das. »Alan, das Land wird angegriffen …«, sagte er ohne ein Wort der Begrüßung.

»Ich weiß«, antwortete der CNO. »Und ich hab nicht die geringste Idee, wie wir hier vorgehen sollen …«

Beiden war klar, dass sie es hier mit dem Schrecken jeder modernen Militärstreitmacht zu tun hatten: dem unsichtbaren Feind, der Gott weiß wo lauerte, Gott weiß was plante und Gott weiß wem gehorchte – jemand, der im gewöhnlichen Sprachgebrauch als Terrorist bezeichnet wurde.

Ihr Gespräch wurde vom roten Licht des Weißen Hauses unterbrochen, und beide hörten die Stimme von Admiral Morgan, der in jedem Ohr ein Telefon eingestöpselt hatte, ein Zeugnis seiner körperlichen und geistigen Behändigkeit, auf die er relativ stolz war. *»Lageraum Westflügel 0700. Kommen Sie nicht zu spät.«* (Klick.) Kurze Rede, Widerspruch zwecklos.

Admiral Morris eilte in Lt. Commander Ramshawes Büro und suchte nach einer Zusammenfassung aller mysteriösen U-Boot-Sichtungen, möglicher Routen in die US-Gewässer und anderer Daten, die sein Assistent zur Verfügung stellen konnte.

Beide waren zutiefst besorgt. Seit über einer Woche hatten sie sich nun bereits mit dem Fall beschäftigt, und jetzt, in den dunkelsten Nachtstunden, waren ihre schlimmsten Befürchtungen plötzlich bestätigt worden – auf einer überaus realen Technicolor-Breitwand. Der Dreckskerl hatte, mit verheerender Wirkung, erneut zugeschlagen.

Admiral Morris griff sich alle Papiere, die ihm sein junger Lt. Commander reichen konnte und in denen dieser penibel alles aufgeführt hatte – vom Auslaufen der *Barracuda(s)* bis zum Einschlag der Raketen in Valdez, vom vermutlichen Einsatz von Kampfschwimmern, die nördlich der Graham Island die Pipeline zerstörten, bis zur plötzlichen, katastrophalen Vernichtung der wichtigsten Raffinerie an der Westküste.

Jemand versuchte ihnen die Lichter auszuknipsen. Der Präsident stand kurz davor, in Panik auszubrechen. Admiral Morris wusste, dass sie ihn vorsichtig durch dieses verwickelte, düstere Szenario leiten mussten. Allerdings war er sich sicher, dass die Navy wie immer Ursache, Wirkung und Abhilfe präsentieren konnte. Außerdem tanzte der Präsident nur selten aus der Reihe, wenn er am Tisch dem zerfurchten Gesicht und den funkelnden blauen Augen von Admiral Morgan gegenübersaß. An diesem Morgen allerdings könnte er sich vielleicht etwas störrischer erweisen. Im Grunde befanden sich die USA nämlich im Krieg. Mit einem unbekannten Gegner.

Kurz vor sieben Uhr versammelten sie sich in Präsident Reagans altem Lageraum im Westflügel. Der Präsident, mittlerweile angekleidet, aber noch unrasiert, erschien als Erster in Begleitung seines Außenministers Harcourt Travis und des Verteidigungsministers Bob MacPherson. General Scannell, Vorsitzender der Vereinigten Stabschefs, erschien zusammen mit Marinechef Admiral Dickson, und der Letzte, der durch die schwere, schalldichte Tür trat, war Admiral Arnold Morgan mit Admiral Morris im Schlepp, dessen Dokumente er gerade las.

Vier Marines bewachten den Korridor, alle Sicherheitssysteme des Weißen Hauses waren aktiviert. Das streng vertrauliche Treffen genoss die höchste Geheim- und Sicherheitsstufe. Das SWAT-Team, das das Dach des Gebäudes patrouillierte, sofern der Präsident anwesend war, hatte vier bewaffnete Mann abgestellt, um den Aufzug abzuschirmen, mit dem der im Untergeschoss gelegene Lageraum zu erreichen war.

Hier waren nun die mächtigsten Männer des Landes versammelt, und ihr alles beherrschendes Thema gehörte zu jenen, die sonst keiner beim Namen zu nennen wagte. Admiral Morgan hatte an einer Raumseite einen großen Computermonitor aufstellen lassen, der nun eine Karte des Nordpazifiks von der asiatischen Seite bis zur Westküste Kanadas und der USA zeigte.

»Guten Morgen, Gentlemen«, begrüßte der Präsident die Versammelten. »Da unser Treffen sich wohl zu einer Militärkonferenz entwickeln wird, ernenne ich meinen Nationalen Sicherheitsberater zum Vorsitzenden … Arnie, wenn Sie vielleicht den Platz am Kopfende des Tisches einnehmen wollen … Ich sitze hier mit Bob und Travis, gegenüber Admiral Alan und General Tim. Ich nehme an, ich bin nicht auf dem neuesten Informationsstand, weshalb Arnie vielleicht so freundlich sein wird, mich kurz darüber in Kenntnis zu setzen.«

Admiral Morgan, noch immer mit ernster Miene in Jimmy Ramshawes Notizen vertieft, grummelte nur. »Bin gleich so weit, Sir … Und es würde mir wesentlich besser gelingen, wenn jemand eine Tasse Kaffee auftreiben könnte.«

Alle lächelten. Bob MacPherson ging zum Hausapparat und bestellte Kaffee und englische Muffins, da alle Anwesenden bereits die halbe Nacht wach und viele im Regen kreuz und quer durch die Stadt gekurvt waren.

»Okay, Sir«, sagte Admiral Morgan. »Fangen wir mit dem ersten Knall an, oben im Ölterminal in Valdez, Alaska, am Freitagmorgen, dem 29. Februar. Alle uns vorliegenden Berichte lassen auf zwei getrennte Detonationsreihen schließen. Die eine ereignete sich im Terminal, die andere wenige Minuten später im Tanklager. Es gibt keinerlei Hinweise auf einen Angriff zu Land; es befanden sich keinerlei Militär- oder Zivilmaschinen im unmittelbaren Luftraum und kein Kriegsschiff einer fremden Marineeinheit im Umkreis von tausend Seemeilen.

Eine umfangreiche Suche nach Spuren und anderen Anhaltspunkten ist ergebnislos geblieben. Das Einzige, was wir wissen, ist, dass die beiden Anlagen nicht von allein in die Luft geflogen sind. Außerdem haben wir zwei Typen, die Raketen gesehen haben wollen, die aus Zentralalaska nach Süden in Richtung Valdez geflogen sind. Wir halten deren Aussagen für glaubwürdig. Ihre Zeitangaben sind bis nahezu auf die Sekunde korrekt.«

Der Admiral hielt kurz inne.

»Achtundvierzig Stunden später kommt es in der neuen Pipeline, über die das Rohöl von Yakutat zur Raffinerie in Grays Harbor geliefert wird, zu einem schwer wiegenden Leck. Es gibt keinerlei Anzeichen für Manipulationen, der Fall ist in meinen Augen aber verdächtig, da der Leitungsbruch an einer verwundbaren Stelle geschah – genau dort nämlich, wo die Pipeline über eine Untiefe geführt wird und sich der Wasseroberfläche nähert.«

»Warum verdächtig?«, fragte der Präsident.

»Will man ein Loch in eine Pipeline sprengen, braucht man Taucher, um an sie ranzukommen. Schon seltsam, dass sich bei einer Gesamtlänge von achthundert Kilometern der Bruch genau an der dafür perfekten Stelle ereignet haben soll.«

»Ich verstehe«, sagte der Präsident. »Weiter.«

»Sir, zu diesem Zeitpunkt zogen wir bereits in Betracht, dass das Valdez-Terminal von einem halben Dutzend Raketen getroffen wurde. Weil es einfach keine andere Erklärung dafür geben konnte. Etwas Großes schlug im Terminal ein, und es kam nicht aus der Luft oder vom Land. Es hielt sich keine Überwassereinheit in vernünftiger Reichweite auf. Weshalb nur ein U-Boot in Frage kommt, das die Rakete unter Wasser abfeuern kann.«

»Mein Gott«, sagte der Präsident. »Aber welches U-Boot, wem gehört es?«

»Nun, ab da wird es etwas kompliziert«, sagte der Admiral. »Wenn Sie also nichts dagegen haben, gehe ich zunächst auf den nächsten Schlag ein, der sich, wie Sie wissen, erst vor wenigen Stunden ereignet hat. *Bamm!* Eine weitere Ölanlage fliegt in die Luft, diesmal die verdammt größte Raffinerie des Landes. Grays Harbor.

Was war die Ursache? Keine Ahnung. Hinweise? Keine. Nur dass ich wieder von zwei Detonationsreihen höre. Eine legte zwei Destillationstürme flach, dann krachte etwas in das Tanklager ... Und wieder keine Kriegsschiffe, keine Flugzeuge in der Nähe, nichts, was über Land hätte angreifen können.

Sir, was immer diese Raffinerie ausgelöscht hat, es muss groß und mächtig gewesen und von einem Schiff abgefeuert worden sein. Soweit wir wissen, gibt es auf der ganzen Welt nämlich keinen Marschflugkörper, der von Land aus Alaska oder Kalifornien erreichen könnte. Es sei denn, es war eine ballistische Rakete. Aber die hätten wir erfasst und abgeschossen.

Wir reden also über ein verdammtes Geisterschiff, weil wieder keine sonstigen Schiffe in der Nähe waren. Und wieder, Sir, lande ich mit meinen Überlegungen bei einer von einem U-Boot unter Wasser abgefeuerten Rakete. Und das deshalb, weil ich ein glühender Verehrer von Sherlock Holmes bin: *Wenn man das Unmögliche ausschließt, bleibt nur die Wahrheit übrig*.«

»Arnie, vertreten alle hier am Tisch die Ansicht, dass die Schäden in Valdez, an der Pipeline und in Grays Harbor militärischer Natur sind?«

»Nun, ich hatte noch nicht die Zeit, alle zu fragen, Sir. Aber meiner Meinung besteht nicht der geringste Zweifel daran. Wer immer hier gegen uns vorgeht, verfügt über eine unglaublich hohe Schlagkraft, und so was kann kaum von einer Zivilperson bewerkstelligt werden.«

Alle nickten.

»Was uns zum nächsten Thema führt«, sagte Arnold Morgan. »Dem Timing. Wie bei allen Verbrechen kommt ihm eine entscheidende Bedeutung zu. Okay, in Valdez schlugen die Raketen am Freitagmorgen kurz nach Mitternacht ein. Die Pipeline brach am Sonntag anscheinend kurz vor Mitternacht. Dazwischen liegen also 72 Stunden – der gesamte Freitag, der gesamte Samstag, dann am Sonntag spätabends der Pipelinebruch.

Wir müssen annehmen, dass die Pipeline von einer Haft- oder Seemine zerstört wurde. Wahrscheinlich wurde der Zeitzünder so eingestellt, dass vierundzwanzig Stunden später die Explosion erfolgte. Jeder mit einem bisschen Verstand würde sich so weit wie möglich von der Stelle entfernen, an der er seine Kampfschwimmer ausgesetzt hat.

Das heißt, wahrscheinlich liegen achtundvierzig Stunden zwischen der Position, an der die Raketen abgefeuert, und jener, an der die Haftminen angebracht wurden. Richtig?«

Wieder nickten alle.

»Die Raketen gegen Valdez wurden daher nur einige hundert Seemeilen von der Bruchstelle der Pipeline abgefeuert. Denn, glauben Sie mir, dieses U-Boot fährt sehr, sehr langsam. Zudem erfordert es eine ganze Menge Vorbereitung, um die Kampfschwimmer auszusetzen. Also, Gentlemen, wir haben einen verfluchten Eindringling an der kanadischen Westküste. Zumindest wissen wir, wo er sich von Samstag auf Sonntag um Mitternacht aufgehalten hat, nämlich exakt bei der Overfall Shoal. Und das Nächste, was wir wissen, ist der massive Schlag gegen Grays Harbor diesen Morgen. Die Bucht liegt etwas mehr als sieben Breitengrad weiter im Süden, vierhundertdreißig Seemeilen plus die achtzig, um aus dem Dixon Entrance zu kommen … macht insgesamt fünfhundertzehn Meilen.«

Der Admiral erhob sich und ging zur Computerkarte.

»Ich rede von dieser Stelle hier«, sagte er und zeigte auf die Untiefe, »sowie von jener«, wobei er auf Grays Harbor wies. »Der Zeitunterschied zwischen dem Pipelinebruch und dem Angriff auf die Raffinerie beträgt etwa fünf Tage – bei fünf Knoten macht ein U-Boot hundertzwanzig Seemeilen am Tag … In vier Tagen und einigen Stunden wäre es also hier gewesen. Aber es bleibt auf dem siebenundvierzigsten Breitengrad ja nicht stehen, nicht wahr?«

»Warum nicht?«, fragte der Präsident. »Er will doch wegen der Raketen nahe bei seinem Ziel sein, oder?«

»Sir, die Raketen können noch aus einer Entfernung von tausend Seemeilen exakt ins Ziel gesetzt werden – mit ziemlicher Sicherheit fährt er also weiter nach Süden, um Abstand zu seinem Zielobjekt zu gewinnen … Schließlich will niemand in der Nähe sein, wenn dort der Teufel los ist … Wahrscheinlich liegt er hundert Meilen weiter südlich, wofür er fast genau fünf Tage gebraucht hätte … Etwa hier irgendwo …« Arnold zeigte auf das entsprechende Gebiet. »Der

Gegner wird wahrscheinlich einhundertfünfzig bis zweihundert Meilen vor der Küste liegen, demnach dürfte er sich beim Abschuss der Raketen irgendwo hier aufgehalten haben … Das ist also seine Position zu diesem Zeitpunkt.«

Mit der rechten Hand beschrieb er einen Kreis auf der Karte, trat dann zurück, breitete die Finger beider Hände aus und hielt kurz inne, bevor er fortfuhr: »Weiß der Himmel, wo er sich jetzt befindet. Das war wahrscheinlich sein Aufenthaltsgebiet vor fünf Stunden. Ich gehe davon aus, dass er noch immer sehr langsam unterwegs ist … aber ich habe nicht die geringste Ahnung, wo er jetzt steckt.«

»Sie meinen, er hätte diese Dinger auch mitten aus dem Pazifik abfeuern können?«, fragte der Präsident.

»Natürlich, Sir. Aber ich glaube nicht, dass er das getan hat. Er kam für die Angriffe in Alaska an die Küste. Dann fuhr er für die Raffinerie nach Süden. Ich vermute also, dass er sich nun der Küste nähert, er versucht dort, sich in lauten Gewässern aufzuhalten, so tief wie möglich, wobei er so langsam wie möglich fährt.«

»Was zum Teufel sind laute Gewässer?«, fragte der Außenminister.

»Na ja, Harcourt, dieser Pazifikabschnitt ist ziemlich fürchterlich«, sagte Arnold Morgan. »Hier treffen kalte Meeresströmungen aus dem Norden auf warme aus dem Süden, was einige seltsame thermale Effekte hervorruft und Strömungen entstehen lässt, die die Sonarwellen ›ablenken‹. Außerdem ist es in Küstennähe immer lauter, wodurch eine Art akustischer ›Nebeleffekt‹ entsteht … Es ist meist ziemlich schwer, überhaupt etwas zu hören. Wahrscheinlich kriecht er an der Küste entlang, lässt dreißig Meter unterm Kiel, und wenn er langsam genug fährt, wird ihn auch keiner aufspüren … Im Moment, Gentlemen, sind wir mit einer ›gottverdammten Unabänderlichkeit‹ geschlagen, wie ich es nennen möchte – wir können nicht das Geringste unternehmen, um diesen Dreckskerl zu finden. Es sei denn, er wird von sich aus wieder aktiv. Seine verfluchten Raketen erlauben ihm, sich in sicherer Entfernung aufzuhalten und seine Schläge aus der Distanz anzubringen. Der Albtraum des U-Boot-Kriegs … Und vergessen Sie nicht, Gentlemen, wir haben es noch nie mit einem Terroristen in einem Atom-U-Boot zu tun gehabt. Jetzt haben wir einen. Dessen bin ich mir verdammt sicher.«

»Mein Gott«, sagte der Präsident. »Sie meinen, wir sind völlig machtlos?«

»Mehr oder minder, leider.«

»Aber wir haben doch eine riesige Navy, die mir ständig mit Etaterhöhungen im Nacken sitzt – warum können wir nicht eine ausgedehnte Suchaktion oder etwas Ähnliches in die Wege leiten?«

»Sir, ich nehme an, Sie haben schon mal von der Nadel im Heuhaufen gehört«, sagte Arnold Morgan. »Wir können schon von Glück reden, wenn wir überhaupt den verdammten Heuhaufen finden, von der Nadel ganz zu schweigen. Wir haben es hier mit einem Gebiet von ungefähr dreihundert mal vierhundert Meilen zu tun, überall dort kann er sich aufhalten. Wir wissen noch nicht einmal, ob er nach Osten, Westen, Norden oder Süden abgedreht ist. Das Gebiet ist also über dreihunderttausend Quadratkilometer groß, und wir können ihn weder sehen noch hören. Wenn er Lust hat, kann er sich eine tiefe Stelle suchen, sein Boot fünfhundert Meter unter der Meeresoberfläche parken und dort ein ganzes Jahr lang bleiben – um später dann nach Hause zu fahren, wo immer das verdammt noch mal liegen mag.«

»Sir«, unterbrach ihn Admiral Dickson. »Ich muss zugunsten unserer überaus kostspieligen Marine sagen, dass eine solche ausgedehnte Suche völlig zwecklos wäre. Eine völlige Verschwendung von Zeit, Geld und Ressourcen. Selbst wenn wir die gesamte Pazifikflotte einsetzen würden, liegt die Wahrscheinlichkeit, ein sich versteckendes Atom-U-Boot zu finden, bei eins zu einer Million. Deshalb haben wir ja selbst so viele von denen … U-Boote sind die gefährlichsten Waffensysteme der Welt … wie die Bewohner von Grays Harbor soeben feststellen mussten …«

»Okay, okay, hab's schon kapiert.« Der Präsident wurde sichtlich nervös. »Aber, Arnie, Sie sagen mir doch ständig, wir haben jede U-Boot-Bewegung auf der Welt unter Kontrolle… Und wenn wir dann wirklich mal Informationen brauchen… Zum Teufel, vor unserer Küste treibt ein großes Atom-Boot sein Unwesen und legt die USA in Schutt und Asche – und keiner weiß, wo es sich aufhält und wem dieses Drecksding überhaupt gehört… Ich meine… die Navy verschlingt Unsummen, Stunde für Stunde, und Sie wollen mir weismachen, wir könnten nichts anderes tun, als wie eine Pfadfindergruppe rumzusitzen und mit anzusehen, wie dieser verdammte Irre bei uns alles kurz und klein schlägt?«

»Sir«, sagte Admiral Morgan. »Letztlich werden wir wahrscheinlich den Bogenschützen dingfest machen müssen, nicht den Pfeil…«

»Was soll das heißen?«, gab der Präsident zurück.

»Ist doch ganz einfach«, erwiderte der Admiral mit einem Grinsen, das er jedem anderen gegenüber als blasiert beschrieben hätte. »Wir haben es hier mit einer Form von Terrorismus zu tun, wie er nur mit dem 11. September zu vergleichen ist. Es gibt zwar kaum Tote, die Auswirkungen aber sind ähnlich. Darüber hinaus wird die ganze Sache bestimmt von irgendeinem Staat finanziert. Was das Feld beträchtlich einschränkt. Ich bezweifle, ob es die Al-Qaida jemals geschafft hätte, ein Atom-U-Boot unter ihre Kontrolle zu bekommen. Dahergelaufene Kameltreiber fahren solche Dinger normalerweise nicht. Aber irgendwo im Hintergrund steht ein ausländischer Staat, vielleicht sogar zwei. Auf die haben wir es abgesehen.«

»Auf die haben vielleicht Sie es abgesehen, Arnie«, blaffte der mittlerweile sichtlich wütende Präsident. »Aber ich hab's auf diesen verdammten Irren abgesehen, der unsere Ölraffinerien dem Erdboden gleichmacht.«

»Sir, wir stochern hier nicht völlig im Trüben«, erwiderte der Admiral. »Außerdem wäre es besser, wenn wir einen weltweiten Krieg vermeiden könnten. Wir nehmen an, dass das U-Boot von den Russen gebaut wurde, nun aber unter anderer Flagge fährt, höchstwahrscheinlich unter jener von China ...«

»*China!*«, brüllte der Präsident. »Dann sprechen Sie hier doch von einem Weltkrieg! Mein Gott!«

»Sir, nach unserem momentanen Erkenntnisstand kommt nur ein bestimmtes U-Boot in Frage, das sich über den Pazifik in die arktischen Gewässer eingeschlichen hat, um den Angriff auf Alaska durchzuführen. Es ist eine zwanzig Jahre alte russische *Sierra I,* ein Boot der Barracuda-Klasse, Typ 945. Bei allen anderen jemals gebauten U-Booten wissen wir, wo sie sich aufhalten.«

Der Präsident hasste diese Katz-und-Maus-Spiele mit Arnold Morgan, in denen er sich immer wie ein gottverdammtes Kleinkind vorkam. Schon gar nicht wollte er diesen Eindruck vor seinen Top-Leuten vermitteln. Am liebsten hätte er gesagt: »Also, nur zu, Klugscheißer, dann such und finde sie, und geh mir nicht mit diesem ganzen Detailscheiß auf die Nerven.« Natürlich wusste er es besser.

»Fahren Sie bitte fort, Admiral«, murmelte er.

»Nun, dieses Boot wurde vor kurzem von seiner Nordmeerflotte zur Pazifikflotte überführt und nach Petropawlowsk gebracht ...«

»Wo zum Teufel liegt denn das wieder?«, fragte der Präsident ungeduldig.

»An der Südspitze der Halbinsel Kamtschatka«, sagte Morgan. »Große russische Marinebasis in Ostsibirien, am Arsch der Welt ... Wir haben jede Seemeile der Überführung von Murmansk mitverfolgt ... Nun aber wurde uns mitgeteilt, dass das Boot an die Chinesen verkauft wurde. Die Betriebskosten waren zu hoch.«

»So ... und wo ist es jetzt?« Die Nervosität des Präsidenten war nicht zu überhören.

»Am Samstagmorgen, dem 9. Februar, lief es aus der Marinebasis aus. Wir sahen es nach Süden abdrehen; die Russen behaupten, sein Zielort sei das Hauptquartier der chinesischen Südflotte in Zhanjiang gewesen. Allerdings deutet einiges darauf hin, dass die *Barracuda* zehn Seemeilen vor der Küste abtauchte, um dann Kurs nach Norden zu nehmen.«

»Was deutet darauf hin?«

»Sir, wollen Sie wirklich diese Einzelheit auch noch hören?«

»Nein, ich glaube Ihnen. Es nahm Kurs nach Norden. Und dann?«

»Zwanzig Tage später krachte ein großer Marschflugkörper in das Terminal in Valdez.«

»Die unbezahlbaren Überwachungssysteme unserer kostspieligen Marine haben nichts mitbekommen?«

»Genau. Nicht den Hauch eines Lauts.«

»Und warum nicht?«

»Weil dieses verstohlene Drecksding über den Meeresgrund geschlichen ist. Wenn Atom-U-Boote äußerst langsam fahren, sind sie nicht zu hören. Noch dazu, wenn sie die Gebiete meiden, die wir patrouillieren.«

»Hat irgendjemand etwas gesehen, was auf ein U-Boot hätte hindeuten können?«

»Nicht auf unserer Pazifikseite, Sir. Aber wir wissen, dass es dort draußen war – und immer noch ist, meiner Meinung nach. Ich nehme an, meine Kollegen hier an diesem Tisch stimmen dem zu, oder?«

»Daran gibt's wohl kaum einen Zweifel«, sagte der CNO. General Scannell, Admiral Morris und Bob MacPherson nickten.

»Uns bleibt daher nur die ›gottverdammte Unabänderlichkeit‹. Wir bleiben in höchster Alarmbereitschaft und warten darauf, dass der Gegner wieder zuschlägt.«

Der Präsident sah nicht nur so aus, als wäre er völlig ausgelaugt, offenbar fühlte er sich auch so. »Wie viele Marschflugkörper könnte er an Bord haben?«, fragte er.

Admiral Morgan schüttelte den Kopf. »Insgesamt vierundzwanzig, wie wir, nach allem, was wir bislang wissen, annehmen.«

»Und wie viele hat er schon abgefeuert?«

»Keine Ahnung. Zumindest können wir es nicht genau sagen. In Alaska ermitteln wir noch. Aber wir vermuten, er hat vierzehn bereits verbraucht – acht wahrscheinlich in Valdez und ziemlich sicher sechs in Grays Harbor.«

»Dann steht uns also noch mindestens ein Angriff bevor?«

»Ich denke ja.«

Der Kaffee und die Muffins kamen gerade rechtzeitig, um eine weitere scharfe Erwiderung des Präsidenten im Keim zu ersticken. Das oberste Exekutivorgan wartete, bis alles serviert war und die Ordonnanz in der weißen Uniform sich formvollendet bei Admiral Morgan erkundigt hatte: »Schrot, Sir?«

Doch dann stellte der Präsident seine Frage. »Aber was ist mit der Navy – wir müssen doch irgendeinen Schutzwall errichten können, oder?«, sagte er fast flehentlich.

»Das wäre Zeitverschwendung, Sir«, antwortete Admiral Dickson. »Bis wir auslaufen, kann er sich überallhin verzogen haben.«

»Ich sehe keine andere Möglichkeit, als abzuwarten«, sagte Admiral Morgan. »Aber ich mache mir Sorgen um die Navy ...«

»Was meinen Sie damit?«, fragte der Marinechef.

»Nun, es sieht so aus, als wäre er nach Süden unterwegs. In der Marinebasis in San Diego liegen eine Menge Schiffe. Es wäre fürchterlich, wenn er einen Marschflugkörper oder gar einen Torpedo auf einen der dortigen Flugzeugträger losschickt.«

»Wollen Sie mich auf den Arm nehmen?«, sagte der Präsident mit hochgezogenen Augenbrauen.

»Na ja, er hat soeben eine Ölraffinerie dem Erdboden gleichgemacht, die sehr viel größer ist als *sechs* Träger zusammen, und das hat ihm keinerlei Probleme bereitet.«

»Aber es muss doch irgendwelche Verteidigungseinrichtungen geben ...«

»Gegen einen Marschflugkörper«, erklärte Admiral Dickson, »der draußen vom Meer abgefeuert wird und mit knapp tausend Stundenkilometern im Anflug ist, also etwa fünfzehn Kilometer in der Minute zurücklegt, in 60 Metern Höhe und unerwartet mitten in der Nacht eintrifft – da liegen alle Vorteile auf Seiten des Angreifers.«

»Die einzige Abwehrmaßnahme würde darin bestehen, die gottverdammten Schiffe ständig in Bewegung zu halten«, sagte Admiral Morgan. »Unsere Marinebasen werden von anderen Ländern täglich per Satellit fotografiert. Unser Typ muss nur für ungefähr sieben Sekunden seinen Mast einen Meter hoch aus dem Wasser strecken, und schon hat er ganz leicht Zugriff auf diese Daten. Dann füttert er die Rakete mit der GPS-Position des Schiffes und schickt die Rakete los, die dann den GPS-Daten folgt. Sie kann ihr Ziel gar nicht verfehlen, und dann verschwindet er wieder …«

»Alle Schiffe in Bewegung zu halten wäre eine äußerst nervige Angelegenheit«, sagte Admiral Dickson. »Sir, die Schiffe liegen aus guten Gründen im Hafen, meistens um der Mannschaft nach Monaten auf See ihren Urlaub zu gönnen, zudem aber auch, um sie neu auszustatten und zu überholen. Um einen großen Flugzeugträger in Bewegung zu setzen, sind tausend Leute nötig. Es gäbe das absolute Chaos, wenn wir alle Schiffe jeden zweiten Tag verlegen müssten.«

»Da mögen Sie Recht haben«, sagte der Präsident. »Da ist noch etwas, was ich zu diesen Marschflugkörpern fragen wollte: Können die während des Flugs ihre Bahn ändern?«

»Klar«, sagte Arnold Morgan. »Man muss dazu vor dem Start nur ein paar unterschiedliche Ziffernfolgen eingeben. Allerdings ist der Flugplan nach dem Start dann festgeschrieben. Die Rakete fliegt nach den GPS-Daten und steuert bis auf drei Meter genau die Position an, die es vom Satellitenfoto erhält.«

»Ein intelligentes kleines Dreckszeug«, sagte der Präsident.

»Im Grunde, Sir«, sagte Arnold Morgan, »ohne dabei pedantisch erscheinen zu wollen, ist ein Marschflugkörper eigentlich ein ziemlich dämliches kleines Dreckszeug. Sein Steuerleitsystem ist nämlich zu hundert Prozent auf das Global Positioning System angewiesen, das, wie Sie alle wissen, von unseren eigenen Militärsatelliten betrieben wird. Jeder in dieser gottverdammten Welt kann damit seine Position bis auf drei Meter genau bestimmen …«

»*Was hat alle Welt in unseren gottverdammten Satelliten zu suchen?*«, schrie der Präsident nun förmlich.

»Weil das überaus geschätzte linksliberale Arschloch von Ihrem Vorgänger beschlossen hat, sie in seiner hinterhältigen, verlogenen, ignoranten, liberalen Scheißmanier für alle zugänglich zu machen.«

Selbst in Augenblicken wie diesen, in denen die Anspannung alle zu lähmen schien, schaffte es Admiral Morgan mühelos, die Versammlung aus ihrer Starre zu befreien.

General Scannell und Admiral Morris prusteten gleichzeitig Kaffee aus der Nase, und Bob MacPherson brach in schallendes Gelächter aus. Der Präsident gluckste, zögerte kurz und fragte dann: »Nein, im Ernst, wie kann es dazu kommen, dass selbst dieser Verrückte, der uns mit seinen Raketen attackiert, Zugriff auf unsere Satelliten haben kann?«

»Sir, das GPS war einst ein rein militärisches System und wurde ausschließlich von uns verwendet. Dann wurde beschlossen, dass es eine große Navigationshilfe darstellt, die viele Bereiche des täglichen Lebens vereinfachen kann … Sie wissen schon, Segeln, Wandern, Bergsteigen, Sie finden es in der Handelsmarine, in den Navigationssystemen im Auto … Das System wurde also der Öffentlichkeit zugänglich gemacht. *Aber* – und das ist ein großes *Aber* – das Militär bestand darauf, sich einen Genauigkeitsvorsprung zu bewahren. Während das Militär bis auf drei Meter genau navigieren konnte, sollte der Öffentlichkeit nur eine Genauigkeit von hundertfünfzig Metern zur Verfügung stehen …«

»Sie meinen«, sagte der Präsident, »wenn man so weit vom Kurs abkommt, hat man es verdient, wenn man seinen nagelneuen Chesapeake-Kabinenkreuzer gegen den Strand setzt?«

»Genau, Sir. Wem hundertfünfzig Meter nicht ausreichen, der kann sich ja einen Sextanten kaufen und sich ein bisschen mit der Navigation vertraut machen.«

»Nun, und dann?«

»Ich vermute mal, Bootsbauer und die Hersteller von Navigationssystemen dürften enormen Druck ausgeübt haben«, sagte Arnold Morgan. »Ihr Vorgänger knickte also ein und meinte, er könne nichts Schlimmes daran finden, wenn jedem Hinz und Kunz exakte Navigationshilfen zur Verfügung stünden.«

»Mein Gott, das Militär muss doch Einspruch erhoben haben, oder etwa nicht?«

»Das Militär hat Himmel und Hölle in Bewegung gesetzt, Sir, aus mittlerweile verständlichen Gründen.«

»Und?«

»Ihr Vorgänger hat das alles ignoriert, wie er alles ignoriert hat, was das Militär ihm geraten hat, außer wenn er es zu Ablenkungsmanövern brauchte.«

»Sie meinen also, wenn wir diese Satelliten, die das GPS füttern, abschalten, könnte der Gegner seine Raketen nicht mehr gegen uns schicken?«

»Ja. Genau das meine ich.«

»Gut, dann schalten Sie die Scheißdinger eben ab«, sagte der Präsident.

»Okay«, sagte Morgan.

»Einen Moment«, sagte Harcourt Travis, der Außenminister. »So einfach geht das nicht. Schon am ersten Tag hätten wir zwei Dutzend Schiffsunfälle. Die großen Frachter der Handelsmarine und all die Riesentanker wissen doch gar nicht mehr, wie sie ohne GPS navigieren sollen.«

»Mist«, sagte der Präsident.

»An wen soll ich die Leute verweisen, wenn sie mit ihren Milliarden-Dollar-Schadensersatzforderung kommen, die sie an jenen stellen, der das Navigationssystem abgeschaltet hat?«

»Scheiße«, sagte der Präsident. »Wir sitzen in der Falle.«

»Sir, ich weiß, Sie können aus den von Harcourt soeben erwähnten Gründen das GPS nicht abschalten. Sie können es noch nicht einmal auf einhundertfünfzig Meter zurückdrehen, ohne vorher angemessene Warnungen rauszugeben –

weltweit würden die Menschen sonst wie die Lemminge ertrinken. Aber ich halte die ganze Sache wirklich für ein Problem, über das wir uns in der Zukunft einmal genauer unterhalten sollten. Genau dieses System ermöglicht es dem Dreckskerl im U-Boot nämlich, seine Ziele so genau anzusteuern.«

»Wenn das System nur mit einer Genauigkeit von hundertfünfzig Metern arbeiten würde, hätte er dann die Raffinerie verfehlt?«

»Wahrscheinlich den größten Teil davon«, sagte Arnold Morgan. »Ich bezweifle, ob er die großen Destillationstürme hätte umnieten können, und allein dadurch hätte der Schaden um neunzig Prozent reduziert werden können.«

»Das haben wir also auch meinem Vorgänger zu verdanken«, sagte der Präsident nachdenklich.

»Keine Frage«, sagte Arnold Morgan.

»Dem liberalen Saftsack«, sagte der Präsident.

KAPITEL ELF

Admiral Witali Rankow hatte Admiral Morgan auch bis Freitagmitternacht nicht zurückgerufen. Damit stand also fest, dass niemand den USA verraten wollte, ob die zweite *Barracuda* jemals in Dienst gestellt worden war, wo sie sich jetzt befand oder ob Russland sie überhaupt noch besaß.

Arnold Morgan war darüber alles andere als erfreut. In den frühen Morgenstunden des folgenden Tags riss er den Leiter der CIA-Abteilung für Russland aus dem Schlaf, als er ihn über die verschlüsselte Leitung anrief.

»Hallo, Tommy. Morgan hier. Haben wir noch den netten Kerl in Murmansk?«

Tom Rayburn, ein alter Freund des Admirals, kam schnell in die Gänge. »Hallo, Arnie. Noch, ja. Aber er will bald in den Ruhestand … Will sich wahrscheinlich bei uns niederlassen.«

»Meinst du, er hat noch Zeit für einen letzten Auftrag? Nichts Gefährliches. Nur ein paar Ermittlungen.«

»Klar. Der alte Nikolai war zwar immer teuer, aber sehr kooperativ.«

»Okay, ich bin auf der Suche nach einem Atom-U-Boot. Einer *Sierra I*, Barracuda-Klasse, Typ 945. Rumpf K-240. Wir glauben, das Boot wurde nie ganz fertig gestellt, lief niemals aus und wurde schließlich in der Marinebasis in Uraguba, nördlich von Seweromorsk, aufgelegt. Ich würde gern wissen, ob sie noch immer dort ist, beispielsweise in einem überdachten Trockendock. Anscheinend wurde das Boot als Ersatzteillager für die einzige *Barracuda* genutzt, die in Dienst gestellt worden war. Rumpf K-239.«

Tom Rayburn notierte sich alles. »Und wo liegt dieses Boot, damit wir nicht durcheinander kommen?«

»Das kann ich nicht mit Sicherheit sagen«, erwiderte der Admiral. »Aber du kannst davon ausgehen, dass es verdammt weit von Murmansk entfernt ist.«

Der CIA-Beamte brach in schallendes Gelächter aus. Arnold Morgan hatte sich in den zwanzig Jahren, in denen er ihn kannte, nicht verändert. »Okay, Boss«, sagte er. »Ich häng mich dran. Du willst also wissen, ob die *Barracuda* noch in Uraguba ist, und falls nicht, wo sie sich im Moment befindet?«

»Und vor allem, ob sie verkauft wurde.«

»Okay. Gib mir vierundzwanzig Stunden.«

Genau zur selben Zeit, 0100 in Fort Meade, überflog Lt. Commander Jimmy Ramshawe einen Bericht des Energieministeriums, wie weit die Reparaturen an der unterseeischen Pipeline nördlich von Graham Island inzwischen fortgeschritten waren.

Die Pipelineventile waren geschlossen worden, und schließlich, nachdem sich bereits Unmengen an Rohöl in die See ergossen hatten, war es gelungen, die beiden Bruchstellen bei der Overfall Shoal zu kappen. Die Arbeit war alles andere als einfach, wurde durch die relativ flachen Gewässer aber enorm erleichtert. Man holte die beiden beschädigten Leitungsabschnitte mit Kränen aus dem Wasser. Die eigentliche Reparatur fand dann an Bord eines Serviceschiffes statt, bevor der gesamte Abschnitt mithilfe zweier weiterer Schiffe wieder auf den Meeresboden abgesenkt wurde.

Anschließend war es natürlich notwendig, mehrere Ventile zu öffnen, damit man feststellen konnte, ob die Reparatur hielt und die Leitung dicht war. Immerhin war eines der wichtigsten Kupplungsstücke betroffen gewesen. Als das Öl wieder floss, vermeldeten die Froschmänner keinerlei Lecks. Alles schien in Ordnung zu sein. Drei Stunden später allerdings entdeckte man zum Entsetzen aller Beteiligten etwa eine halbe Seemeile weiter nördlich einen neuen Ölteppich. Die Reparatur dieser Bruchstelle gestaltete sich jedoch wesentlich schwieriger, weil das Wasser hier sehr viel tiefer war.

Erneut wurden alle Ventile geschlossen, diesmal aber musste ein unbemanntes Mini-U-Boot in die Tiefe geschickt werden, um den bis dahin unbekannten Schaden zu inspizieren. Was man dabei entdeckte, war nicht sehr erbaulich. Auf den an die Oberfläche gesendeten Videobildern zeigte sich, weit entfernt von jedem Kupplungsstück, ein klaffender Riss in der Leitung. Das bedeutete, dass nun mithilfe zweier riesiger Spezialkräne zwei ganze Abschnitte vom Meeresgrund hochgehievt werden mussten.

Es würde ein außerordentlich kostspieliges und schwieriges Unterfangen werden. Der Dixon Entrance lag äußerst abgelegen, zudem hatte man Anfang März mit sehr rauem Seegang zu rechnen. Man veranschlagte einen Zeitraum von etwa sechs Wochen bis zwei Monaten, in denen von Yakutat kein Öl mehr durch die Leitung geschickt werden konnte. Nachdem die Raffinerie in Grays Harbor zerstört war, spielte es aber sowieso keine Rolle mehr, ob das Rohöl an der amerikanischen Westküste noch ankam. Und da es gegenwärtig auch keinerlei Rohölvorräte mehr gab, würden ebenso wenig Tanker aus dem Prince William Sound auslaufen.

Wäre die Auseinandersetzung zwischen General Rashuds Fundamentalisten und der Ölindustrie an der amerikanischen Westküste nach den Boxsport-Regeln des Marquis of Queensberry ausgetragen worden, hätte der Ringrichter den Kampf auf der Stelle abgebrochen.

Jimmy Ramshawe starrte auf den Bericht und grübelte über die ungeheuren Schäden nach. Schließlich holte er die entrüsteten Worte des Professors Jethro Flint von der University of Colorado hervor und ging sie erneut durch … *da die Pipeline nie unter realen Bedingungen darauf getestet wurde, ob sie dieser Belastung auch tatsächlich gewachsen ist. Und wenn man etwas einer Belastung aussetzt, die es bis dahin nie erfahren hat, muss man sich nicht wundern … Die Pipeline wurde, etwas unüberlegt, wie mir scheint, überlastet und ist auseinander gebrochen.*

»Falsch, Professor, falsch«, murmelte Jimmy. »Wenn es so gewesen wäre, dann hätte sie an einem Kupplungsstück brechen müssen, an ihrer schwächsten Stelle, wodurch sich der Druck sofort abgebaut hätte und das Öl unter Wasser in einem dicken Strahl herausgeschossen wäre. Dann hätte es keine zweite Bruchstelle gegeben, und schon gar nicht mitten in einem Leitungsabschnitt zwischen zwei Verbindungsstücken. Ich fürchte, alter Kumpel, deine gelehrte Hypothese kannst du in den Wind schießen. Es war nicht der Überdruck, der die Pipeline zum Platzen gebracht hat, sondern einige Terror-Sprengsätze, die von Kampfschwimmern angebracht worden waren.«

Er entwarf eine Notiz für Admiral Morris, in der er auf den offensichtlichen und entscheidenden Schwachpunkt in der Argumentationskette des Professors hinwies.

Zum Schluss schickte er noch hinterher. »Soll ich diese Erkenntnisse per E-Mail an das FBI, den Marinechef, Bob MacPherson und Admiral Morgan weiterleiten?«

Admiral Morris bejahte.

Inzwischen war es Wochenende, die Aktienmärkte hatten geschlossen. Die Medien liefen weltweit Amok und puzzelten sich die unleugbare Tatsache zusammen, dass es zu drei massiven »Unfällen« in der Ölindustrie Alaskas gekommen war. *Waren es wirklich Unfälle? Besteht ein Zusammenhang? Ist das Industriesabotage im größten Ausmaß? Falls ja, wer steckt dahinter? Hat es jemand darauf abgesehen, die USA in die Knie zu zwingen?*

Es handelte sich durchwegs um Horrorstorys, die auf der Richterskala ziemlich weit oben angesiedelt waren. Die seismischen Schockwellen waren in jedem Bereich des öffentlichen Lebens zu spüren. An vielen Tankstellen der Westküste kostete das Benzin bereits sechs Dollar die Gallone. Jede Zeitung, jede Nachrichtensendung im Fernsehen von San Diego bis hinauf zur Küste von Alaska, alle schrien sie lauthals nach Heizölrationierungen, die sofort in die Wege geleitet werden müssten.

Je nördlicher die Stadt lag, umso größer waren die Schlagzeilen. Die Zeitungen zitierten all ihre gewohnten Untergangspropheten, um unter ihrer Leserschaft für maximale Kopflosigkeit zu sorgen. Sie prophezeiten: *Kraftwerke werden ihren Betrieb einstellen … Notaufnahmen der Krankenhäuser ohne Strom (Patienten müssen sterben) … Kein Benzin mehr … Ältere Bürger erfrieren und verhungern … Schulen geschlossen … Regierungseinrichtungen sitzen im Dunkeln … Kein Strom … Keine Computer … Keine Rente mehr … Keine Baseball-Spiele … Flutlicht … Ampeln … Stroboskoplichter … Neonröhren … alles finster.*

Die Liste war so hysterisch wie endlos. So hysterisch wie zutreffend, auf den Punkt genau. Eine bislang unvorstellbare Krise. Denn nicht nur erhielt Grays Harbor, die größte Raffinerie des Landes, a) keinen Nachschub mehr und war b) völlig zerstört, sondern es gab c) auch kein Öl mehr aus dem Norden, mit dem das größte Kraftwerk Kaliforniens, Lompoc, üblicherweise betrieben wurde, ein Kraftwerk, das problemlos und exklusiv den Strombedarf der beiden urbanen Zentren San Francisco und Los Angeles deckte.

Wenigstens einmal hatten die Medien vollkommen Recht, wenigstens einmal zählten sie zwei und zwei zusammen und kamen exakt auf vier – und nicht auf fünf oder auf 87.

Allerdings hatten sie nicht die geringste Ahnung, dass die Wahrheit weitaus niederschmetternder war, als sie sich der unberechenbarste Redakteur in seinen kühnsten Träumen hätte ausdenken können. Dort draußen, irgendwo im Ostpazifik, trieb sich ein erfahrener Elitetruppen-Offizier herum, der eine Gruppe hervorragend ausgebildeter islamischer Fanatiker in einem höchst effizient eingesetzten Atom-U-Boot anführte und der anscheinend nach Belieben die USA angreifen konnte. Und der damit vielleicht noch nicht einmal fertig war.

Am Samstagmorgen um neun Uhr las Admiral Morgan mit einigem Gleichmut Jimmy Ramshawes Bericht über die Pipelinereparatur. Jedes Wort bestätigte ihm nur, was er sowieso schon wusste. Jemand war dort draußen und bereitete mit seinen Raketen, die er noch im Magazin hatte, den nächsten schweren Schlag vor. Und weder er, Arnold Morgan, noch die anderen Top-Leute der US-Streitkräfte hatten die geringste Vorstellung, wie sie dagegen vorgehen sollten.

Wie die anderen war auch der Admiral ziemlich durcheinander. Noch nie hatte er sich so verletzlich gefühlt wie jetzt. Insgeheim musste er sich eingestehen, dass ihr Gegner unauffindbar war, dass sich der Dreckskerl in seiner Austernschale verschanzte und tun und lassen konnte, was er wollte.

Alle früheren Auseinandersetzungen mit Terroristen verblassten vor diesem Konflikt. Selbst als die zusammengerotteten Irren der Al-Qaida getönt hatten, sie würden bis zum Ende kämpfen, hatten sie in den abgelegenen Bergen Afghanistans wenigstens noch ein Ziel abgegeben. Für das US-Militär war es eine schwierige, aber lösbare Aufgabe gewesen.

»Aber das«, grummelte der Admiral. *»Das ist doch einfach nur absurd ... Ich weiß noch nicht einmal, ob Russland, China oder einer dieser Wallegewand-Staaten unser Gegner ist. Ich weiß nur, dass es sich um Terrorismus handelt, und zwar von der modernsten Sorte, und es gibt keinen Schutz dagegen ... weil wir nicht wissen, von welcher Stelle aus der Gegner zuschlägt, noch wer dahinter steckt.«*

Natürlich ignorierte er geflissentlich die Tatsache, dass genau dies auch seine liebste Form der Kriegsführung gewesen wäre – den Gegner zu Boden zu werfen, wenn nötig, ihn zu Tode zu trampeln, um dann so zu tun, als hätte Amerika damit nicht das Geringste zu schaffen. *Wer? Ich? Nein. Tut mir Leid, Kumpel, davon weiß ich leider nichts. Da kann ich gerade nicht weiterhelfen. Aber wir bleiben in Kontakt.*

Im Moment jedoch steckte er in einem Dilemma wie noch nie zuvor. Alan Dickson hatte die Pazifikflotte in höchste Alarmbereitschaft versetzt. Zwei U-Boote waren von ihren Patrouillen abgezogen und vor die Küste beordert worden, um nach jedem U-Boot zu lauschen, das dort unterwegs war. Aber Admiral Morgan hatte wenig Hoffnung. *Wenn er dort draußen ist und so brillant, wie ich ihn einschätze, dann muss sich die Westküste verdammt warm anziehen und könnte eine ordentliche Portion Glück gebrauchen. Ich hoffe nur, dass er es nicht auf die Marinebasis in San Diego abgesehen hat.*

Es wäre völlig zwecklos gewesen, nachrichtendienstliche Erkenntnisse über die Bewegung chinesischer Kriegsschiffe einholen zu wollen. Das Militär in Peking war den USA weder feindlich noch besonders freundlich gesinnt. Überdies schien es unabhängig von seiner Regierung zu operieren.

Zweimal in den vergangenen Jahren war es zu Spannungen gekommen, nachdem US-Soldaten bei Einsätzen im Südchinesischen Meer von den Chinesen interniert worden waren. Auch die Taiwankrise vor nicht allzu langer Zeit hatte nicht unbedingt zu einer Verbesserung der chinesisch-amerikanischen Beziehungen beigetragen.

Russland sagte zur Abwechslung mal nichts. Und natürlich waren die USA nicht in der Lage, sich mit den islamischen Staaten an einen Tisch zu setzen, nachdem zwischen den Ländern eine Atmosphäre des Misstrauens und der Spannung herrschte.

Admiral Morgan schritt durch sein Büro. In der jüngsten Verlautbarung aus der Umweltschutzbehörde des Bundesstaates Washington war zu lesen, dass die noch immer leckende Pipeline fünf Kilometer von der Bruchstelle entfernt geschlossen wurde. Aufgrund des schweren Seegangs würde es jedoch noch einige Tage dauern, bis man versuchen konnte, den beschädigten Leitungsabschnitt aus dem Meer zu bergen, um ihn zu reparieren.

In Sacramento, der Hauptstadt des Bundesstaats Kalifornien, leitete der Gouverneur eine streng vertrauliche, auf einen ganzen Tag anberaumte Sitzung. Es waren alle Beamten anwesend, die wussten, an welch dünnem Faden die gesamte Stromversorgung des Staates nun hing. Jack Smith, der Energieminister des Präsidenten, war an Bord der *Air Force II* von Washington eingeflogen und hörte sich aufmerksam an, was die Vertreter des modernsten, effizientesten Kraftwerks des Landes in Lompoc zu sagen hatten.

Lompoc, gebaut, um die übrigen 1023 kalifornischen Kraftwerke zu entlasten, verfeuerte ausschließlich das von der Regierung subventionierte, billige Heizöl, das in Grays Harbor raffiniert wurde. Der Transport zum Werk erfolgte über die Eisenbahn. Die Linie ging vom Bundesstaat Washington über die Union-Pacific-Strecke nach San Fransisco, lief anschließend durch das Salinas-Tal zur idyllischen Halbinsel, dessen Küstenverlauf der Schienenstrang schließlich folgte.

Lompoc lag zehn Kilometer landeinwärts genau in der Mitte der dreieckigen Halbinsel, 200 Kilometer nordwestlich von Los Angeles, 380 Kilometer südlich von San Francisco. Der nördliche Abschnitt des Santa Barbara Channel bildete die nächstgelegene Küstenlinie.

Die Eisenbahnstrecke der Union Pacific folgte auf dem Weg nach Los Angeles dem Küstenverlauf der Halbinsel. Seit 2007 gab es eine Abzweigung nach Lompoc zum neuen Ölkraftwerk, die die Lebensader der gesamten Stromversorgung für L. A. und San Francisco bildete.

Nach den günstigsten Berechnungen reichten die Ölvorräte in Lompoc noch weitere drei, vielleicht sogar vier Wochen aus. Das Problem war nur, dass es kein Seeterminal gab, an dem Tanker anlegen konnten, um das Kraftwerk, falls nötig, mit Öl aus dem Golf von Mexiko zu versorgen.

Ebenso wenig war die Infrastruktur dafür ausgelegt, den Heizölnachschub über Tanklastzüge zu sichern. Lompoc und die Eisenbahn waren aufeinander angewiesen. Im Moment ratterten die letzten beiden Tankwaggonzüge nach Süden; einer befand sich etwas nördlich von Monterey, der andere westlich von San Luis Obispo, 75 Kilometer nördlich des Kraftwerks. Dank General Rashud würde es in absehbarer Zukunft zu keinen weiteren Lieferungen mehr kommen.

Im Moment schien es nahezu unmöglich zu sein, die gewaltigen Stromleitungen, die von Lompoc wegführten, an das bundesstaatliche Netz anzuschließen. Auf jeden Fall war diese Aufgabe nicht innerhalb der nächsten vier Monate zu bewältigen.

Lompoc war als eigenständige Einheit geschaffen worden. Es sollte die Stromversorgung der beiden riesigen Wirtschaftszentren Kaliforniens sichern und sie vor den Stromausfällen bewahren, mit denen in der Vergangenheit der

Bundesstaat so häufig konfrontiert worden war. Gleichzeitig wurden damit die anderen kalifornischen Kraftwerke entlastet, die nun bereits seit mehreren Wochen keine Lieferengpässe mehr zu verzeichnen hatten.

Da nun das Öl aus Alaska wegfiel, blieb nur der Straßentransport. Und da der Bundesstaat von seinen Reserven nichts erübrigen konnte, ohne die Stromversorgung in den anderen Städten zu gefährden, musste das Öl wohl oder übel aus dem Golf herangeschafft werden – durch den Panamakanal und die Westküste hinauf in den großen Hafen von Los Angeles; eine lange, mühsame Strecke von 7200 Kilometern, die, sofern es im Kanal zu keinen Verzögerungen kam, fast zwei Wochen dauerte.

Die Teilnehmer der vom Gouverneur einberufenen Notstandssitzung in Sacramento zermarterten sich das Gehirn, um mögliche Lösungen zu finden. Aber es gab keine Lösungen, nur notdürftige Flickschusterei, mit der man versuchen konnte, die Stromversorgung provisorisch aufrechtzuerhalten, bis die katastrophalen Schäden der Alaska-Pipeline und von Grays Harbor repariert waren. Sollte das Kraftwerk in Lompoc den Betrieb einstellen, würden in den großen Städten San Francisco und Los Angeles die Lichter ausgehen und man hätte eine nationale Katastrophe unvorstellbaren Ausmaßes.

Dann wären die Tage des kalifornischen Gouverneurs gezählt, sogar die republikanische Regierung in Washington wäre gefährdet. Deren Vertretern wurde vorgeworfen, sie würden lediglich Programme beschließen, die finanziell den großen Ölkonzernen zugute kamen, ansonsten aber keinen Gedanken an alternative Lösungen verschwenden, falls die großen Projekte scheiterten.

Natürlich hatte es in Lompoc und Umgebung viele Bürger gegeben, die von Anfang an vehement den Bau des Kraftwerks abgelehnt hatten. Wegen der vielen hier angesiedelten Gärtnereien, die Blumensamen vertrieben, wurde das wunderschöne Lompoc-Tal auch als »Tal der Blumen« bezeichnet. Der Vorschlag, mitten in diese Blütenpracht ein Kraftwerk zu stellen, hatte zu politischen Auseinandersetzungen geführt, die sich über ein Jahr hinzogen.

Erst durch die Intervention des Militärs, vertreten durch die nahe gelegene Vandenberg Air Base, hatte das Kraftwerk durchgedrückt werden können. Vandenberg war der erste Raketenstützpunkt der US-Luftwaffe, Schauplatz auch der *Challenger*-Katastrophe im Jahr 1986. Die unverzügliche Schließung des West-Shuttle-Programms nach dem Unfall führte in Lompoc zu einer wirtschaftlichen Rezession, nun aber, 2008, mehr als zwanzig Jahre später, war man im Begriff, hier einen kalifornischen Weltraumhafen zu errichten, wobei es natürlich von Vorteil war, wenn man nicht nur ein großes Kraftwerk in der Nähe hatte, sondern auch eine große Ölverladestation, zu der über die Union Pacific Railroad Brennstoffe angeliefert werden konnten.

Die Umweltschützer waren dennoch geschlossen dagegen und beschimpften die Verantwortlichen als »geldgeile Politiker und Marionetten der Industrie«, denen nur am Profit gelegen sei und die dafür die Zerstörung des Blumentals in Kauf nehmen würden.

Ihre Argumente, die in ihren Ohren überaus glaubhaft und wahr klangen, waren allerdings nicht gerechtfertigt. Das gesamte von Jack Smith und seinen Mitarbeitern entworfene staatliche Energieprogramm war tatsächlich ein brillanter Wurf, der darauf abzielte, Amerikas Abhängigkeit vom arabischen Öl zu vermindern.

Die unangenehme Wahrheit aber lautete: Ein großer Industriestaat wie die Vereinigten Staaten war anfällig für staatlich finanzierten Terrorismus. Auch wenn es den Senatoren in Washington nicht bewusst war, mussten sie doch für vieles dankbar sein – vor allem, dass General Rashud von Massenmord nicht viel hielt und deshalb darauf verzichtete. Die Senatoren allerdings wussten weder von der Existenz General Rashuds noch von der unerbittlichen Entschlossenheit, mit der der militärische Hamas-Führer die USA bekriegen und den Staat Israel von der Landkarte des Nahen Ostens verschwinden lassen wollte.

Am Donnerstagmorgen, dem 13. März, befanden sich General Rashud und Kapitän Badr auf Schleichfahrt in den unberührten Küstengewässern vor einigen der einsamsten Stränden Kaliforniens. Sie standen kurz davor, sich in die tieferen Gewässer 130 Seemeilen vor Los Angeles zu begeben, und machten fünf Knoten Fahrt mit Kurs nach Südwesten.

Die *Barracuda*, die vor einem Monat Petropawlowsk verlassen hatte, lief ohne Probleme, der Reaktor surrte unter niedrigem Druck vor sich hin, die Turbinen drehten auf Marschgeschwindigkeit. Für den einzigen Missklang im gesamten Boot sorgte die leicht gereizte Unterhaltung zwischen General Rashud und Korvettenkapitän Shakira Rashud.

Der erste weibliche U-Boot-Offizier der Welt war nicht davon abzubringen, dass sie mit ihrem bisherigen Verfahren, Raketen auf das amerikanische Festland loszuschicken, fortfahren sollten. Ihr Argument war bestechend: *Bislang hat es wunderbar funktioniert, keiner verfolgt uns, keiner weiß, dass wir hier sind. Wir sollten unsere erfolgreiche Vorgehensweise fortsetzen.*

Ravi hegte keine solchen Illusionen, was er seiner Frau im sanftmütigsten Ton beizubringen versuchte.

»Shakira«, sagte er, »die Amerikaner dürften von unserem ersten Angriff im Prince William Sound überrascht worden sein. Aber irgendjemand wird etwas gesehen haben, weshalb das Pentagon mittlerweile weiß, dass das Ölterminal von einem Marschflugkörper getroffen wurde. Ebenfalls dürften sie wissen, dass wir uns nahe der Stelle beim Overfall Shoal aufgehalten haben. Spätestens nach unserem Angriff auf Grays Harbor aber – wenn wir ihn denn getroffen haben – wissen sie, dass es uns gibt. Die Top-Leute im Militär müssen annehmen, dass die Raketen höchstwahrscheinlich von einem U-Boot abgefeuert wurden. Eine andere Möglichkeit gibt es nicht. Ich wäre auch nicht überrascht, wenn sie herausgefunden haben, dass die *Barracuda* nicht mehr in der russischen Marinebasis liegt.«

»Ja, aber was ist mit dem chinesischen Ablenkungsmanöver, mit ihrem Plan, uns zu helfen ...«, sagte Shakira.

»Vergiss es. Bis morgen wird nämlich nichts geschehen … und außerdem ist das auch nicht wichtig. Wichtig ist nur, dass die Amerikaner mit Bestimmtheit wissen, dass die völlige Zerstörung der Raffinerie bei Grays Harbor auf das Konto von Terroristen geht, die von einem Atom-U-Boot Raketen abschießen …«

»Aber wie wollen sie …«, unterbrach sie ihn.

»Glaub mir, Liebling«, sagte Ravi. »Wir spielen hier ein Katz-und-Maus-Spiel mit einigen der klügsten Köpfe der Welt. Ich denke dabei vor allem an den Nationalen Sicherheitsberater des Präsidenten. Glaub mir, sie wissen, was hier vor sich geht. Und es macht überhaupt nichts aus, ob die Raketen, die Lompoc treffen, aus den San Rafael Mountains kommen oder direkt über den Freeway von Santa Maria … Egal, was wir tun, sie wissen es.«

»Aber es wäre doch bestimmt besser, wenn sie aus Osten, also der unerwarteten Richtung kommen … wie die anderen auch.«

»Nein. Jede Richtung ist unerwartet. Unser einziger Vorteil, und der ist nicht zu unterschätzen, besteht darin, dass sie uns lediglich bis auf einen Umkreis von etwa fünfhundert Seemeilen lokalisieren können. Mein Befehl wird daher lauten, eine Salve aus vier Radugas direkt auf das Kraftwerk Lompoc zu feuern, direkt in den Brenner und die Turbinen. Aus etwa zweihundert Seemeilen Entfernung – die Raketen werden also zwanzig Minuten unterwegs sein. Und anschließend werden wir, noch bevor die Raketen ihr Ziel erreicht haben, schleunigst von hier verschwinden.«

»Du meinst, mit hoher Geschwindigkeit?«

»O nein, auf keinen Fall. Nur ganz langsam und leise vor der Küste, auf einem Gebiet von einer Million Quadratmeilen, dreihundert Meter unter Wasser, so bringen wir uns klammheimlich in Sicherheit. Wenn die erste unserer Raketen einschlägt, wird jeder Militär im Pentagon wissen, was wir getan haben. Ich hoffe nur, dass wir genügend Verwirrung stiften, um unbehelligt verschwinden zu können.«

»Du meinst also, meine Täuschmanöver sind von nun an überflüssig?«

»Absolut. Das ist unser letzter Schlag, Shakira. Ein Schlag, der direkt und hart kommt und zwei der sensibelsten Bereiche jeder Supermacht trifft, ihre Kompetenz und ihren Stolz – und davon haben die Amerikaner eine Menge.«

»Ich aber auch. Ich nehme an, du hast mich soeben gefeuert. Willst du, dass ich von meinem Posten verschwinde?«

»Nein. Aber vielleicht werde ich dich bitten, deine Uniform auszuziehen«, sagte Ravi mit einem Lächeln. »Wenn wir für uns sind.«

Shakira schlug ihrem befehlshabenden Offizier spielerisch gegen den Arm. »Das ist mein Schlag«, sagte sie lachend. »Direkt und hart. Hab ich dir schon mal gesagt, wie unschicklich du dich manchmal benimmst?«

»Ich glaube schon. Im Moment aber hätte ich dich lieber in der Rolle meiner Frau statt meines Raketenoffiziers. Geh doch kurz runter und hol etwas Tee und Toast, ich bin schon seit zwei Uhr morgens auf den Beinen.«

»Die letzte Demütigung. Vom Korvettenkapitän zum Steward, und das mitten im Pazifik. Die Degradierung des großen Genies, das überhaupt erst vorgeschlagen hat, Lompoc anzugreifen.«

Lächelnd sah Ravi seiner Frau hinterher, während sie die Zentrale verließ. »Nur noch ein paar Tage«, sagte er, »und wir machen uns auf den Heimweg.«

Die *Barracuda* bewegte sich langsam nach Westen in die tiefen, stillen Gewässer vor der kalifornischen Küste. Mühelos trieben die großen Turbinen unter der aufmerksamen Führung von Kapitän Ben Badr ihre 8000 Tonnen Gewicht voran.

Kalifornien unterdessen ging wie immer seinen Geschäften nach. Abgesehen von der Anspannung, die im Amtssitz des Gouverneurs herrschte, und der Panik, die die Energieversorger des Bundesstaates ergriffen hatte, ging das Leben seinen gewohnten Gang.

Mit Hochdruck allerdings wurde an der Kreuzung des Hollywood Boulevard und der Highland Avenue im Nordwesten von L. A. gearbeitet, wo Straßen ganz oder zeitweilig gesperrt wurden und man sich auf den Sonntagabend und den jährlichen Höhepunkt der Film- und Kinowelt vorbereitete – die achtzigste Verleihung der Academy Awards, die weltweit von der bescheidenen Zahl von einer Milliarde Zuschauer verfolgt wurde. Shakira Rashud hätte fast alles darum gegeben, wenn sie, todschick gekleidet, am Arm ihres attraktiven und stahlharten Mannes dort hätte anwesend sein können. In gewissem Sinne allerdings würde sie das, zusammen mit ihrem stahlharten Ehemann, sogar sein.

Wochenlang war im spektakulären, 100 Millionen Dollar teuren Kodak Theatre, dem größten Bühnenhaus der Welt, das mitten in einem der größten Einkaufszentren der Erde lag, auf das Großereignis hingearbeitet worden.

Hier in Hollywood, das im 21. Jahrhundert zur ersten permanenten Heimat der Oscars wurde, fanden sich pro Quadratkilometer mehr Elektriker als Möchtegernschauspieler. Der geschäftige Hollywood Boulevard war für insgesamt fünf Tage gesperrt. Am Abend der Veranstaltung würden auch die Highland Avenue, der Orange Drive, die Franklin Avenue und ein Dutzend andere Straßen für den Verkehr dicht sein.

Der fabelhafte Einkaufskomplex der fünfgeschossigen Hollywood and Highland Mall beherbergte siebzig Läden der gehobenen Preisklasse, Restaurants, Nachtclubs und das neue Renaissance Hollywood Hotel mit seinen 640 Betten. An jenem Donnerstagabend strömten die Schaulustigen durch die geöffneten Geschäfte, ausgespuckt von der eigens errichteten Station »H & H«, die von der Union Station im Stadtzentrum nach einer fünfzehnminütigen Fahrt mit der roten Linie der Metro Rail zu erreichen war.

Das Kodak Theatre, zu dem eine protzige Treppe mit vierzig Marmorstufen hinaufführte, lag östlich des reich verzierten, mit sechs Leinwänden ausgestatteten Grauman's Chinese Theatre und bildete den Abschluss des Award Walk mit seinen eleganten, auf Säulen montierten Tafeln, die achtzig Jahren Schauspielkunst gedachten – eine exklusive kleine Bastion für die Unsterblichen des Metiers.

Gregory Peck, Henry Fonda, Burt Lancaster, Sidney Poitier, Gene Hackman, Wayne, Newman, Pacino, Nicholson und Hanks; Susan Hayward, Kate Hepburn, Jane Fonda, Meryl Streep und alle anderen. Sie und ihre großartigen Leistungen würden am Sonntagabend erneut allgegenwärtig sein, wenn die diesjährigen Nominierten über den 150 Meter langen und fünf Fahrspuren breiten roten Teppich zum elektrischen Wunderland des Kodak Theatre schritten.

Und drinnen im Auditorium, das von einer riesigen, mit silbernen Ranken und Blattwerk verzierten »Tiara« überwölbt wurde, deren Gestalt auf Michelangelos Piazza del Campidoglio in Rom basierte, würden sich 3300 Gäste versammeln. Mehr als hundert Fernsehkameras, innen und außen, am Boden und an Schwenkarmen und Galgen und in Nischen versteckt, würden auf die Bühne und das Publikum zoomen und darin wetteifern, die besten Bilder einzufangen.

Unter den Stützbalken und in den Balkonfassaden waren versteckte Kabelschächte für die Fernsehscheinwerfer und Lautsprecheranlagen eingelassen, die für die große Nacht notwendig waren. Allein das Lautsprechersystem des Theaters brauchte so viel Strom wie ein Space Shuttle beim Start. Es gab einen eigenen Laufsteg zur Arbeit am Schnürboden und an den Scheinwerfern, selbst der Orchestergraben ließ sich elektrisch heben und absenken.

Es gab für alle Zwecke speziell konstruierte Scheinwerfer, zum Fluten, Ausleuchten, für Blitzlichter und Spots; sie schimmerten in Weiß, Rot, Violett, Blau oder jedem anderen gewünschten Farbton. Das Kodak konnte damit die Hoffnungen und Träume jedes Schauspielers, Regisseurs, Produzenten, Nebendarstellers oder Drehbuchschreibers im Publikum zum Leuchten bringen. Wenn die Lichtanlage des Bühnenkomplexes angeschaltet wurde, erzitterte das Kraftwerk in Lompoc.

Freitag, 14. März 2008, 1900
Südchinesisches Meer, östlich von Hainan

Die *Barracuda II* unter dem Kommando von Kapitän Ali Akbar Mohtaj war fast am Ende ihrer langen Reise um die Welt angelangt. Das nagelneue, von den Russen gebaute U-Boot, das am 31. Januar Uraguba verlassen hatte, war nicht mehr gesichtet worden, nachdem es am Abend des 7. Februar von der amerikanischen SOSUS-Mannschaft in Pembrokeshire in den Gewässern südlich des Rockall-Grabens, vor der irischen Küste, erfasst worden war.

Seitdem war es nicht mehr aufgetaucht, hatte auf seiner Fahrt entlang der afrikanischen Küste mit hoher Geschwindigkeit den Atlantik und dann, langsamer, den Indischen Ozean durchquert, hatte die indonesische Inselwelt backbords gelassen und anschließend Kurs nach Norden genommen, vorbei an der Ostküste der Philippinen hoch in den Pazifik.

Nun hatte es die Luzonstraße passiert, die die nördliche Hauptinsel der Philippinen von Taiwan trennte. Das Boot dümpelte vor sich hin und wartete auf den richtigen Zeitpunkt, der am darauf folgenden Tag, Samstagmorgen, gekommen sein würde. Erst dann würde es im ersten Tageslicht exakt auf dem 111. Längengrad auftauchen, die Geschwindigkeit drosseln, langsam die sonnendurchfluteten Gewässer des Südchinesischen Meeres durchmessen und direkt das Hauptquartier der chinesischen Südflotte in Zhanjiang ansteuern, das unter der Flugbahn von Big Bird lag, dem amerikanischen Spionagesatelliten, der in 35000 Kilometern Höhe zweimal am Tag vorbeikam.

Sie waren sechs Wochen auf See gewesen, sechs Wochen auf Tauchfahrt. Keiner hatte die Sonne auf- oder untergehen sehen. Kapitän Mohtajs Befehle waren klar und eindeutig gewesen: sich die gesamte Strecke über nicht blicken zu lassen, keinen Kontakt aufzunehmen. Er hatte sich penibel daran gehalten, sah man von dem achtlos abgestellten Werkzeugkasten vor der irischen Küste einmal ab.

Und selbst dort hatten die amerikanischen SOSUS-Mannschaften nicht genügend Zeit gehabt, eine positive Identifizierung durchzuführen. Wie sein Mitverschwörer Kapitän Ben Badr hatte auch der Kommandant der *Barracuda II* keinerlei Kontakt zur Außenwelt hergestellt. Keiner von ihnen wusste vom Gelingen oder Misslingen der iranischen Mission an den Küsten Alaskas und Kaliforniens.

Am Samstagmorgen um 0600 tauchte die *Barracuda II* in den leuchtend blauen Gewässern des Südchinesischen Meers auf, durchstieß die Oberfläche und pumpte Ballast ab. Ali Akbar Mohtaj lag mit seinem Boot 50 Seemeilen vor Zhanjiang, nördlich der subtropischen Strände von Hainan, und hoffte inständig, dass ein Foto von ihm geschossen wurde.

Samstag, 15. März 2008, 0900 (Ortszeit)
Fort Meade, Maryland

Admiral Morris harrte der Ankunft des Big Man und hatte in Erwartung dessen bereits seinen Schreibtisch und Schreibtischsessel geräumt. Pünktlich auf die Minute wurde die Tür aufgerissen, und mit Arnold Morgan drang ein Luftstrom vom Ausmaß eines kleineren Zyklons mit in den Raum. Die Flagge der Vereinigten Staaten kräuselte sich im Luftzug, während er durch das Büro fegte.

»George, diese Drecksäcke haben was vor!«

»Sir!«, sagte Admiral Morris.

»Um Gottes willen, spar dir das ›Sir‹! Ich hab schon genügend Probleme am Hals, da fehlt mir gerade noch, dass jetzt mein verdammt ältester Freund vor mir zu kuschen anfängt.«

Das konnte ja ein heiteres Treffen werden. »Schon verstanden«, sagte Admiral Morris. »Also … was gibt's Neues?«

»Neues? Neues? Es gibt nichts Neues. Die aus Geisteskranken und Meuchelmördern bestehende Crew sitzt noch immer vor der kalifornischen Küste und will den verdammten Staat in die Luft jagen. Nichts Neues also. Nur der immer gleiche Routinescheiß. Wieder mal wird gegen Uncle Sam ein Todesstoß geführt, wieder mal besteht die Möglichkeit, dass der ganzen Chose der Saft abgedreht wird und bei uns die Lichter ausgehen, bevor wir auch nur ansatzweise wissen, wie uns geschieht.«

»Willst du Kaffee?«

»Verdammt noch mal, natürlich will ich Kaffee. Ich weiß nicht, wie lang ich hier noch rumtoben muss, während du nur dasitzt und es dir scheißegal ist, ob ich vor Durst umkomme.«

Das reichte. Beide brachen in Gelächter aus. George Morris orderte den Kaffee, worauf Arnold auf die ernsten Dinge zu sprechen kam. »George, ich hab von unserem CIA-Mann in Murmansk Bescheid bekommen. Die zweite *Barracuda*, Rumpf K-240, jene, die die Russen nie zu Wasser gelassen haben, ist verschwunden. Nach unseren bisherigen Erkenntnissen hat sie jahrelang ihren Liegeplatz in Uraguba nicht verlassen. Aber einer unserer Top-Leute in der Gegend sagt, dass sie nicht mehr da ist. Allerdings traut er den Auskünften, die sein Informant ihm mitgeteilt hat, nicht so ganz. Er meint, da steckt noch einiges mehr dahinter. Aber mehr war aus dem Informanten nicht rauszukitzeln.«

»Gibt es irgendwelche Hinweise, dass das Boot fertig gestellt wurde? Laut unserem letzten Bericht befand es sich nicht in einem Zustand, der eine Indienststellung erlauben würde. Soll es nicht sogar als Ersatzteillager für die andere *Barracuda* verwendet worden sein?«

»Meiner Erfahrung nach, George, verschwinden U-Boote ausschließlich aus eigener Kraft. Wenn das Drecksding noch in seinen Einzelteilen rumliegen würde, wäre es noch in Uraguba, richtig? Also, unser Mann, Nikolai, sagt, es ist fort. Da selbst die Russen keine 8000 Tonnen schweren Atom-U-Boote auf einem Laster durch die Gegend gondeln, nehme ich mal an, dass das Scheißding schwimmt. Und wenn es schwimmt und nicht im Hafen ist, dann ist es irgendwo unterwegs. Und da wir und anscheinend auch alle anderen es nicht lokalisieren können, ist das eine ziemlich geheime Sache. Ich will wissen, wo es ist, vor allem, weil ich befürchte, dass es unsere Ölraffinerien mit Raketen beschießt.«

»Was hat Rankow zuletzt gesagt?«

»Er hat versprochen, sich zu erkundigen, ob es noch in Uraguba ist, hat aber nicht zurückgerufen.«

»Du meinst, das beweist, dass es irgendwo da draußen ist?«

»Das beweist nur, was ich vorher schon gewusst habe – dass Rankow ein verlogenes, hinterhältiges russisches Arschloch ist. Aber das dürfte kaum ausschlaggebend sein. Fest steht, die *Barracuda II*, wo immer sie sich auch aufhalten mag, dreht ein krummes Ding.«

In diesem Moment brachte die Ordonnanz den Kaffee, und Admiral Morris erhielt über die interne Leitung einen Anruf von Lt. Commander Ramshawe, der anfragte, ob er ihn unverzüglich aufsuchen könne.

Er legte den Hörer auf und sagte: »Ramshawe ist unterwegs, er meint, er hätte da zwei Dinge – und eins davon wär sehr heiß.«

»Das kann man von diesem schlaffen Gebräu allerdings nicht behaupten«, grummelte Arnold. »Ruf noch mal die Ordonnanz zurück und sag dem Kerl, er soll den Kaffee gefälligst brühend heiß machen, so wie ich ihn mag.«

Admiral Morris, der Chef des wichtigsten militärischen Nachrichtendienstes des Landes, hatte anscheinend nichts dagegen einzuwenden, dass er wie ein Tresenangestellter bei McDonald's behandelt wurde. Er rief nach einer Sekretärin und wies sie an, sich um die Angelegenheit zu kümmern. Dann erschien Lt. Commander Ramshawe.

»Hallo, Sir ... Oh, guten Tag, Admiral ... wusste nicht, dass Sie auch hier sind. Aber das soll mir nur recht sein. Ich hab hier nämlich ein sehr interessantes Satellitenfoto.«

Er legte auf Admiral Morris' Schreibtisch den vergrößerten Abzug des Bildes, das an diesem Morgen vor der chinesischen Marinebasis in Zhanjiang aufgenommen worden war. Und darauf war unübersehbar die *Barracuda* zu erkennen, Fünfunddreißig Tage und 3500 Seemeilen Wegstrecke von

Petropawlowsk entfernt. Im Südchinesischen Meer, genau wie die Russen behauptet hatten.

»Haben die Jungs von der Navy bestätigt, dass es sich definitiv um eine *Sierra* der Barracuda-Klasse handelt? Typ 945?«, fragte Admiral Morgan.

»Ja, Sir. Kein Zweifel. Sie sind sich hundertprozentig sicher. Das ist die *Barracuda*.«

»Also, wir sind davon ausgegangen, dass sie am Freitag, in den frühen Morgenstunden des 7. März, eine Raketensalve auf Grays Harbor abgegeben hat«, sagte Morgan. »Das war vor acht Tagen. Von unserer Nordwestküste über den Pazifik bis nach Südchina sind es verdammt noch mal fast siebentausend Seemeilen. Sie muss daher die ganze Strecke über fast vierzig Knoten gefahren sein. Aber das schafft sie nicht. Bei dieser Geschwindigkeit hätte sie zudem dreiundsiebzigmal einen SOSUS-Alarm auslösen müssen, was sie aber nicht getan hat. Dieses Boot vor Zhanjiang, Gentlemen, hat die Tat nicht begangen. So viel steht fest. Was unsere Berechnungen jedoch ziemlich durcheinander wirft.«

»Meine Fresse, genau, Admiral«, sagte Jimmy Ramshawe. »Und jetzt?«

»Nun, Lieutenant Commander, wie Sie wissen, haben die Russen eine zweite *Barracuda* gebaut, die aber angeblich ihr ganzes Leben lang im Trockendock in Uraguba verbracht hat. Ich habe Admiral Morris soeben darüber informiert, dass dieses Ding fort ist …«

»Fort, Sir?!«

»Fort. Verschwunden. Nicht mehr da.«

»Mein Gott. Das wirft ein anderes Licht auf die Sache, meinen Sie nicht auch? Ich würde sagen, das Boot vor Zhanjiang könnte die zweite *Barracuda* sein, oder? Und die erste, die *Barracuda*, die sich ins Sushi-Netz gewickelt hat, ist noch immer genau dort, wo wir sie vermuten. Vor Kalifornien.«

»Das, Jimmy, ist genau das, was mir große Sorgen bereitet. Und je länger ich darüber nachdenke, umso weniger gefällt es mir. Wollen Sie auch wissen, warum?«

»Sir?«

»Weil die Chinesen ganz offensichtlich verheimlichen wollen, dass sie *zwei Barracudas* gekauft haben, für dreihundert Millionen Dollar das Stück oder wie viel auch immer. Unter diesen Umständen hätten sie sehr viel vorsichtiger Zhanjiang anlaufen müssen, sie hätten erst im letzten Moment auftauchen und dann im Schutz der Dunkelheit die Anlegestelle ansteuern müssen, nämlich genau dann, wenn, wie sie genau wissen, unser Satellit nicht vorüberfliegt.«

Jimmy Ramshawe schwieg. Er saß nur da und starrte vor sich hin, saß eine ganze Minute lang auf seinem Stuhl und erwiderte nichts.

»Jimmy«, sagte Admiral Morris, besorgt, sein australischer Assistent sei in einen Schock- oder eine Art Trancezustand gefallen.

Ramshawe ging nicht auf seinen Vorgesetzten ein, schüttelte nur den Kopf und rief unvermittelt: *»Heilige Scheiße!«*

Admiral Morgan war etwas verwirrt.

Worauf der Lt. Commander mit der Faust in die Luft boxte. »Sir, sie haben soeben dreihundert Millionen Dollar das Stück gesagt, oder? Für die U-Boote, die China gekauft hat. *Das ist es, Sir. Verdammt noch mal, das ist es! ALTER SÄBELZAHN 600 BESTÄTIGT …* Das ist verdammt noch mal die Meldung, die wir von einem chinesischen Satelliten aufgeschnappt haben. Damit bestätigten sie jemandem, dass Russland sechshundert Millionen Dollar für *zwei Barracudas* akzeptiert hat. Sir, wenn es Ihnen nichts ausmacht, dass ich das sage – aber Sie sind verdammt noch mal ein Genie.«

Arnold Morgan, der zum ersten Mal seit einer Woche wirklich ungetrübt lächelte, erwiderte: »Jimmy, wenn es Ihnen nichts ausmacht, dass ich es sage – aber Sie sind selbst nicht auf den Kopf gefallen.«

»Sir, da fällt mir noch was ein. Der SOSUS-Kontakt letzten Monat, der vor der irischen Küste – man hat damals angenommen, es könnte sich um ein russisches Atom-U-Boot handeln, das den Atlantik hinabkriecht … Würde das Sinn ergeben?«

»Wenn es die zweite *Barracuda* war, und wenn diese jetzt China gehört«, sagte Arnold, »dann fügt sich jedes Puzzlestück zusammen. Inklusive der Möglichkeit, dass Peking mit dem ersten Boot die Wirtschaft unserer Westküste verwüstet. Übrigens, dieses mysteriöse U-Boot vor der irischen Küste, das ist am 7. Februar um 1935 aufgetaucht. Die Zahlen sind mir unauslöschlich in Erinnerung geblieben. Ich denke jeden Tag daran. Dieses verstohlene kleine Drecksding.«

»Was mir im Kopf herumgeht, Arnie«, sagte George Morris. »Warum sollte China sich auf ein so bescheuertes Abenteuer einlassen? Die Chinesen müssen doch wissen, dass solche Aktionen kolossale Vergeltungsmaßnahmen unsererseits provozieren.«

»Natürlich wissen wir nicht, ob China überhaupt für etwas verantwortlich ist«, sagte Arnold Morgan. »Wir wissen nur, dass Peking eine *Barracuda* Typ 945 gekauft hat. Die Russen haben uns das ja bestätigt. Wir haben Jimmys Säbelzahn-Botschaft, aus der wiederum hervorgeht, dass sie sogar zwei gekauft haben. Und wir haben gesehen, wie eine soeben Zhanjiang angelaufen hat, allerdings wissen wir nicht, welche der beiden *Barracudas* das war. Dennoch deutet einiges darauf hin, dass das Ganze nur ein Ablenkungsmanöver ist. Dieses Drecksding ist nämlich auf die Basis zugesteuert, als *wollte* es dabei gesehen werden.«

»Okay, Männer, was machen wir nun – die kleinen Arschlöcher in Grund und Boden bombardieren?« Lt. Commander Ramshawe meinte es nur halb im Spaß.

Admiral Morgan lachte, wenn auch etwas nervös. »Ich fürchte, da steckt noch mehr dahinter, als auf den ersten Blick ersichtlich ist, Jimmy. Und vergessen Sie eines nicht: Russland wird niemals zugeben, dass die zweite *Barracuda* verkauft wurde. China wird niemals irgendetwas zugeben… Vielleicht reden sie sich sogar damit heraus, dass eine *Barracuda* unter der Flagge eines anderen Staates Zhanjiang besucht hat. Die werden einfach behaupten, dass das alles absolut nichts mit den USA zu tun hat. Und auf unsere Vermutung, jemand greife mit Marschflugkörpern unsere Ölindustrie an, werden sie entgegnen, dass jeder Verdacht, China könnte dafür verantwortlich sein, doch völlig absurd sei – *und möchte ehrenwerter Präsident von Amelika nicht Staatsbesuch in Peking machen, und sel fleundlichel Empfang von chinesischem Volk.*«

»Außerdem«, fügte Admiral Morris an, »sollten wir das Satellitenfoto nicht vergessen, das Jimmy gerade gebracht hat. Es ist das einzige Mal, dass wir eines der beiden Boote irgendwo in der Nähe eines chinesischen Hafens zu Gesicht bekommen haben.«

»Da hast du Recht«, sagte Morgan. »Ich komme daher zu der Ansicht ... dass wir dieses Rätsel nur lösen können, wenn wir uns denjenigen schnappen, der da draußen vor der kalifornischen Küste rumschippert. Nur wie wir das bewerkstelligen sollen, weiß ich noch nicht. Jetzt noch nicht.«

»Also«, sagte Ramshawe, »dann sollten wir uns da verdammt noch mal schleunigst auf die Socken machen ... bevor dieser glitschige kleine Drecksack wieder zuschlägt.«

»Noch eins, Jimmy«, sagte Morgan. »Bevor Sie hier reingeschneit sind, hat man mir gesagt, Sie hätten zwei wichtige Informationen für uns. Worum geht's denn doch gleich bei der zweiten?«

»Sir, ich hab auf unserem Computernetz die SOSUS- und Radaraufzeichnungen der letzten Wochen durchgesehen ... Oben in der Beringsee passiert ja nicht so viel, was uns sonst interessiert. Aber ich bin da auf eine Sache gestoßen ... Am 19. Februar hatte die Marinelauschstation in North Head auf der Insel Akutan einen flüchtigen Kontakt auf dem Radar, etwa dreißig Seemeilen vor der Küste, südliche Beringsee. Keine positive Identifizierung, es wurde nur dreimal vom Abtaststrahl erfasst. Die Leute da meinten zuerst, es könnte ein Eindringling sein, haben dann aber nichts mehr gehört.«

»Das könnte alles und nichts gewesen sein«, sagte Arnold Morgan.

»Ja, natürlich, Sir. Aber diese Jungs sind darauf spezialisiert, Schiffe durch die Unmak-Passage zu verfolgen. Was immer es gewesen sein mag, es hat ihre Aufmerksamkeit erregt und ist dann verschwunden.«

»Es ist jetzt ein bisschen zu spät, um sich darüber noch Gedanken zu machen«, sagte Arnold Morgan. »Aber es gibt sowieso nur einen Schiffstyp, der einfach so verschwinden kann, was, George?«

»Nur einen, Arnie. Genau.«

Sonntag, 16. März 2008, 1800
Pazifik

150 Meter unter der Wasseroberfläche, 270 Seemeilen südwestlich von Lompoc und dem Tal der Blumen, genau 340 Seemeilen westlich von Tijuana an der mexikanischen Grenze, drehte die *Barracuda* eine Schleife. Shakira hatte sich damit abgefunden, dass sie direkt zuschlagen und sofort darauf verschwinden wollten. Das Ziel der Raketen lautete 34,39 N, 120,27 W. Sie hatten noch 120 Minuten bis zum Start.

Drinnen im Kodak Theatre hatte der wichtigste Glamour-Event der Unterhaltungsindustrie begonnen. Mitglieder der Academy of Motion Picture Arts and Sciences hatten mit den zahlreichen hoffnungsvollen, für die kleinen goldenen Statuen nominierten Künstlern ihre Plätze eingenommen.

Der Preis für die besten Spezialeffekte war bereits an Bob Ferrer, Ray Ricken und Sidney Limberg für *Terminator V* vergeben worden. Alle drei hatten allen gedankt, denen sie jemals in ihrem Leben über den Weg gelaufen waren, mit Ausnahme vielleicht der Studiokatze. Die Oscar-Verleihung 2008 hinkte bereits zehn Minuten dem Zeitplan hinterher.

Im Moment wurden Filmausschnitte für die Verleihung in der Kategorie »Beste Kamera« gezeigt – als heißer Favorit galt Hiram Rothman für seine Kameraführung in *Hope Not Glory*, der Verfilmung der Schlacht um die Gettysburg Heights. Das Bürgerkriegsepos war ebenfalls für die beste Regie (Milt Brabazon) und die beste männliche Hauptrolle (Flint Carbury) nominiert. Die gesamte Riege der Bürgerkriegskämpen erhob sich und applaudierte Hiram für den Oscar, durch dessen magisches Kameraauge sie alle höchst beeindruckend in Szene gesetzt worden waren.

Fahrt fünf Knoten, Tauchtiefe 300 … Raketenoffizier in die Zentrale …

Hiram Rothman, ein alter, würdevoller Kameramann, der im Lauf seiner langen Karriere bereits zweimal mit dem Oscar ausgezeichnet worden war, dankte lediglich allen für ihre Hilfe. Ein schnelles Dankeschön an seine siebenundzwanzig Verwandten brachte die Veranstaltung im Zeitplan wieder etwas voran. Dennoch würde man nie um 20.30 Uhr, wie veranschlagt, fertig sein. Bereits jetzt zeichnete sich ein Ende gegen 21 Uhr ab, genau wie Mrs. Rashud vorhergesagt hatte.

Es folgte die Verleihung zweier untergeordneter Kategorien, und dann, kurz vor 19 Uhr, näherte man sich einem der Höhepunkte des Abends. Edna Casey, die irische Schriftstellerin, gewann für *Timeshare* den Oscar für das beste Original-Drehbuch. Die Preisverleihung war dabei weit weniger interessant als die Entscheidung des Hauptdarstellers Troy Ramford, sich nach elf Jahren Ehe von seiner Frau und den drei gemeinsamen Kindern zu trennen, um den exotischeren Reizen der grazilen, in Galway geborenen rothaarigen Miss Casey zu erliegen.

Er hatte sich mitten in den Dreharbeiten zu *Timeshare* zu diesem Schritt entschlossen. Da er ebenfalls für den Preis für die beste männliche Hauptrolle nominiert war, hatten sich alle Klatschblätter damit beschäftigt, ob Troy und Edna gemeinsam an der Oscarverleihung teilnehmen würden.

Jetzt, vor den mit insgesamt 500 Megawatt gespeisten TV-Kameras, erfuhr es die ganze Welt. Troy hielt die überglückliche Edna in den Armen, und Hollywood, das immer dafür zu haben war, wenn eine neue Epoche eingeläutet wurde, erhob sich von den Plätzen und applaudierte. Die begabte irische Schriftstellerin begab sich schüchtern aufs Podium und verkündete dem Publikum: »Das hier bedeutet mir mehr, als ich zu sagen vermag. Troy und ich werden sicherlich für den Rest unseres Lebens die Erinnerung daran wie einen Schatz hüten.«

Damit bestätigte sie ihre Liebschaft, worauf die Medien seit gut fünf Monaten gewartet hatten. Wahrscheinlich ging in Lompoc der Stromverbrauch sprunghaft nach oben, als die Bilder von den TV-Sendern um den Erdball gejagt wurden. Im Kodak jubelte das Publikum, während Edna mit ihrem Oscar winkte.

Offizier der Wache … auf Periskoptiefe gehen … Überprüfung der Oberfläche … noch 55 Minuten bis zum Abschuss …

Die Zeremonie ging in funkelnder Harmonie weiter. Beste Filmmusik gewann der Ex-Londoner Straßenmusiker Bobby Beethoven (vormals Schwartz) für *Ramraid*, einen billig produzierten, aber intelligenten britischen Gangster- und Kleinganovenfilm, der auch für das beste Drehbuch nominiert war, das das Liverpooler Duo Fred und Anna Zimmer geschrieben hatte.

Der wunderbar in Szene gesetzte Spielfilm *Mary of Modena*, die Geschichte der italienischen Prinzessin aus dem 17. Jahrhundert, die Königin von England werden sollte, gewann wie vorherzusehen den Oscar für die besten Kostüme (Ina Shinford). Der in Irland gedrehte Film war ebenfalls für die beste weibliche Hauptrolle (Carrie Martin) und für den besten Nebendarsteller (Charles Le Pen) nominiert.

Ina Shinford hatte sich mittlerweile von dem Schlag erholt, den ihr ihre neunzehnjährige vollbusige Assistentin und Näherin Tiggy Morova versetzt hatte, als sie mit dem verheirateten Regisseur Craig Barstow, 82, durchgebrannt war. In ihrer Dankesrede erzählte Ms. Shinford von vierundzwanzigstündigen Arbeitstagen und dankte Mr. Barstow für dessen großes Verständnis. Sie überzog acht Minuten.

Billy Cohn, der seinen vierten Oscar für das beste Drehbuch nach einer Vorlage entgegennahm, mühte sich tapfer, sich kurz zu fassen, während er alle Schauspieler und Mitwirkende des 2007 gedrehten, nur einer kleinen Fangemeinde bekannten *Free Agent* lobte, eine Parodie auf den Sport, die zu nahe an der Wirklichkeit war, um als Parodie aufgefasst zu werden. Bei seiner Dankesrede ließ er seine Familie unerwähnt, brach aber in Tränen aus, als er den Oscar seinem verstorbenen Lebenspartner widmete, einem vor kurzem an Aids gestorbenen Flugbegleiter. Er musste von den untröstlichen Angestellten der Provincetown International Airways vom Podium begleitet werden.

Alle Systeme kontrollieren … neunzehn Minuten bis zum Abschuss … Korvettenkapitän Abbas Shafii in die Zentrale …

Der Kampf um den Preis für die beste Nebendarstellerin war in vollem Gange, Filmausschnitte wurden gezeigt, es wurden Hände gehalten, zu Fäusten geballt, vor weit aufgerissene Münder geschoben. Im Kodak Theatre stand die Erde still … *and the winner is* – Maggee Donald für *Free Agent*.

Die Spots suchten und fanden schließlich auch die schlanke, schöne Texanerin und Exbedienung sowie ihren unrasierten Ehemann und Country- und Westernsänger Slack Brandiron. Die Musik legte zu, und die gesamte Welt blickte auf das Mädchen, das die Liebhaberin des Agenten gespielt hatte und nun ganz allein zum von Flutern überstrahlten Podium marschierte. Es war erst ihre zweite Filmrolle gewesen.

Sie nahm ihre Goldstatue von einem schwarzen Spieler der Oakland Raiders entgegen, der ihr erzählte, er würde nach dem Abschluss seiner Football-Karriere gern den Othello spielen. Was bei Maggee einen unerhörten Lachanfall auslöste. Die Tränen schossen ihr nur so in die Augen, wobei sie unzählige Male wiederholte: »Wenn das bloß noch meine Mama gesehen hätte.«

Das Publikum war verzückt, als sie zwei Minuten vor 20 Uhr zu ihrer Rede ansetzte. »Das ist einfach … na ja, ein ganz stolzer Augenblick …«

Rohr eins bis vier – fertig machen! … Letzte Systemkontrolle … Korvettenkapitän Rashud zum Raketenkontrollraum …

»Und meiner Mama, der möcht ich auch noch danken, die ist ja erst vor sechs Monaten gestorben … Und ich weiß, ja, mein Daddy, der sitzt jetzt zu Hause in Amarillo und sieht zu … Der ist jetzt ganz bestimmt ganz stolz auf mich …«

Rohr eins – los! … Rohr zwei – los! … Rohr drei – los! … Rohr vier – los!

Maggee stemmte ihren Oscar in die Höhe und sagte: »Ich halt ihn so hoch, weil, na ja, zu Hause an meiner Highschool, da glaubt's ja sowieso keiner, wenn er's nicht mit eigenen Augen sieht. Danke, Ladies and Gentlemen, ich danke Sie, ja, aus ganzem Herzen …«

Kurs eins-drei-fünf … Fahrt acht … Tiefenruder unten zehn … auf 800 Fuß gehen … Leute, wir machen uns auf den Heimweg.

Die Academy for Motion Pictures, darauf bedacht, sich das Beste für ganz zum Schluss des Programms aufzuheben, war mittlerweile, eine Stunde vor dem anvisierten Ende der Zeremonie, bei der Kategorie der besten männlichen Hauptrolle angelangt. Das Kodak hielt den Atem an, während die Nominierten verkündet und die jeweils zwei Minuten langen Filmausschnitte gezeigt wurden, in denen die schauspielerischen Höhepunkte der Hauptdarsteller zu sehen waren.

And the winner is (Trommelwirbel) … Troy Ramford für *Timeshare*. Wieder schweiften die Spots über das Publikum und suchten nach dem groß gewachsenen, in Nebraska geborenen Oscar-Preisträger, der in diesem Moment Edna küsste, während er den Gratulierenden zuwinkte und aufzustehen versuchte.

Umgeben vom dichten Gedränge jubelnder, schreiender, ihm auf die Schulter klopfender Menschen trat er in den Gang, um seinen Preis entgegenzunehmen, und bestand darauf, dass Ms. Casey ihn begleitete. Unter den Ordnern sorgte dies für einige Unruhe, sie brauchten ein, zwei Minuten, bis sie wieder alles im Griff hatten. Schließlich war klar, dass Edna Casey entweder mit ihm nach vorn ging, oder die Academy würde den Oscar für den besten Hauptdarsteller an einen der Ordner überreichen müssen.

Zu der Zeit, als das glorreiche Paar sich auf den Weg zum Podium machte, hatten Jake Milburn und Skip Farr, die an der Westseite des Kraftwerks in Lompoc den Radarschirm beobachteten, vier Objekte ausgemacht, die in einer Linie über die kalifornische Küste hinwegrauschten. Die beiden

Männer brauchten länger als Troy und Edna, um die Situation zu erfassen.

Beide erblickten die erste Rakete, die mit mehr als 900 Stundenkilometern tief über sie hinwegflog, ungläubig sahen sie sie niedergehen und in die gewaltige Generatorenanlage einschlagen, unter dessen 25 Meter hohem Dach insgesamt 24 Turbinen standen, 60 Meter lange und drei Meter hohe Monstren, von denen jeweils drei übereinander angeordnet waren.

Das gesamte Gebäude hob regelrecht ab. Die acht obersten Turbinen, von denen jede um die 100 Tonnen wog, wurden über hundert Meter hoch in die Luft geschleudert, zwei davon in nahezu intaktem Zustand. Sie waren noch nicht am Boden aufgeschlagen, als die nächste Rakete den Brenner traf und dessen gewaltiges Röhrensystem auseinander sprengte. Zwei Millionen Liter Heizöl, die kürzlich von den Tankwaggons der Union Pacific entladen worden waren, explodierten in einem 50 Meter breiten Feuerball.

Die nächste Rakete zermalmte den Leitstand, und die letzte jagte das gesamte Öllager in die Luft, inklusive der Leitung zum Eisenbahnterminal, wo das Öl aus den Waggons in das Kraftwerk gepumpt wurde. Sowohl das Terminal als auch das Kraftwerk existierten nicht mehr. Die Flammen schlugen hoch in den abendlichen Himmel, schwarze Rauchwolken wurden vom Westwind über das Tal der Blumen getragen und hüllten die Stadt Lompoc ein.

Auf dem Freeway zur Vandenberg Airbase sah man keine vier Meter mehr weit. Der befehlshabende Offizier des Luftwaffenstützpunkts gab für alle Maschinen Alarmstufe Rot. Das alles geschah zwei Minuten nach dem ersten Raketentreffer. Und in diesem Augenblick gingen auch im Kodak Theatre die Lichter aus. Voll und ganz. Nicht der geringste Lichtschein war mehr zu sehen. Troy und Edna standen in pechschwarzer Finsternis. Filmstars kreischten, Sternchen heulten auf, Schauspieler schrien, ihre Leibwächter fluchten, und das Management versuchte das Publikum über Mikrofone zu beruhigen, die nicht mehr funktionierten.

Weltweit wurden Hunderte von Millionen Filmbegeisterte Zeuge des Stromausfalls in Hollywood. Schnell war klar, dass es sich nicht um einen gewöhnlichen Stromausfall handelte. Aus dem Kodak kamen keine Bilder mehr. Nichts kam mehr aus Los Angeles. Keiner der Fernsehsender konnte sich erklären, warum ihre Studios an der Westküste komplett zusammenbrachen.

Kurz darauf herrschte im Kodak das völlige Chaos. Fünf Minuten nach dem Stromausfall sprangen die Notgeneratoren an, die, verglichen mit der Galabeleuchtung zuvor, lediglich für ein notdürftiges Glimmen sorgten. Aber es war hell genug, um das Publikum aus dem Saal zu geleiten.

Wenn es sich denn um ein normales Publikum gehandelt hätte. Aber die hier Versammelten waren es nicht gewohnt, mit Unbequemlichkeiten konfrontiert zu werden. Vielen war seit Jahren nicht mehr widersprochen worden. Viele konnten sich gar nicht mehr daran erinnern, dass man ihnen ins Wort gefallen wäre. Und dann das! Welche Demütigung! Allesamt fühlten sie sich gewaltig aus der Bahn geworfen. Das Kodak war zu einer Arena für die weltweit größte Ansammlung von Egomanen mutiert.

Gellende Schreie erfüllten den Saal. Stimmen, die sich unheimlich wichtig nahmen, verlangten nach einer Erklärung. Die Ordner konnten gerade noch den Ausbruch von Gewalttätigkeiten verhindern, während mehr als 3000 Menschen zu den Ausgängen stürzten und jeder einzelne davon den Vorrang für sich beanspruchte.

Wenn sie nur kurz innegehalten und nachgedacht hätten, wäre ihnen vielleicht bewusst geworden, dass sie sich an einem privilegierten Ort befanden, einem großen Saal mit einem bisschen Beleuchtung, in einem Gebäudekomplex, der noch genügend mit Strom versorgt wurde, damit sie sich in das angrenzende Hotel begeben konnten, das ebenfalls über ein schwaches, aber dienliches Generatorensystem verfügte.

Draußen war es jetzt nämlich gefährlich. Die gesamte Stadt, bis hin zum Stadtzentrum von L. A. und noch darüber hinaus, bis nach Santa Ana im Süden, bis nach San Bernadino im Osten, alles lag in Dunkelheit. Nichts leuchtete mehr, keine Straßenlaternen, keine Ampel, keine Schaufenster, alle Überwachungskameras, Millionen Telefone und Fernsehapparate funktionierten nicht mehr. Wunderbarerweise gab es noch Licht im Malibu Canyon, der über das San-Gabriel-South-Mountain-System mit Strom versorgt wurde. Aber in Los Angeles herrschte finsterste Nacht, die Stadt war zum Erliegen gekommen, auf den Freeways herrschte bereits zäh fließender Verkehr, da es an jeder Straßenkreuzung zu Unfällen und Staus kam.

Mehr als 650 Kilometer nördlich ereilte San Francisco acht Minuten nach Los Angeles ein ähnliches Schicksal. Auf der Golden Gate Bridge, die die enge Einfahrt vom Pazifik in die San Francisco Bay überspannt, wurden plötzlich die Lichter schwächer, dann erloschen sie ganz. Zwei Minuten später brannte auf der gesamten Halbinsel keine einzige Lampe mehr. Auf Nob Hill ging nichts mehr, Fisherman's Wharf war schwarz wie die Nacht, die Cablecars standen still.

San Francisco fiel in sich zusammen und erstarb. Das phänomenale nächtliche Panorama, das die sagenhaften 43 Hügel der Stadt boten und dessen sich die Touristen- und Hotelbroschüren so gern rühmten, präsentierte sich den Besuchern nur noch als schwarzer Abgrund. Die einzigen Lichtpunkte stammten von fernen Autoscheinwerfern oder den vereinzelten Frachtschiffen in der Bucht. Die mächtige Hängebrücke war ein düsterer schwarzer Schatten, der sich durch die Nacht spann. Ähnlich blickte man auf den Höhen von San Gabriel in den ebenholzschwarzen Krater der Stadt der Engel.

Außerhalb der kalifornischen Küste hatte niemand auch nur die geringste Ahnung, was geschehen war. Jake Milburn und Skip Farr, die unbeschadet unterhalb der Raketenflugbahn in ihrem Außenposten westlich des Kraftwerks saßen, waren die einzigen Menschen auf Erden, die genau wussten, was vorgefallen war. Sie hatten General Rashuds Raketen auf ihren Radarschirmen erfasst, hatten sie über sich vorbeiziehen und in die Kraftwerksanlagen einschlagen sehen.

Aus Angst vor weiteren Angriffe nahmen sie nun die Beine in die Hand und sprinteten zu Jakes Wagen, warfen sich hinein, steuerten die Küste an, griffen nach ihren Handys und versuchten die Polizei und die Feuerwehr in Lompoc zu erreichen. Es war zwecklos, die betriebseigenen Rettungs- und Notfallstationen anzurufen: Von denen war nichts mehr übrig. Glücklicherweise hatten sich an diesem Sonntagabend nur wenige Menschen im Kraftwerk aufgehalten, vier vielleicht, höchstens fünf, darunter der nächtliche Sicherheitsdienst, dessen Jeep fast hundert Meter hoch in die Luft geschleudert worden war.

Wie Jake ganz richtig vermutete, waren sie alle tot. Er rief seine Frau an, teilte ihr mit, dass es ihm gut gehe, und bat sie, Mrs. Farr darüber zu informieren, dass auch Skip noch am Leben sei. Alles, was Annie Milburn zu Hause in ihrem Tal östlich der Stadt mitbekommen hatte, war irgendein Stromausfall in Hollywood, weshalb ihr vorenthalten worden war, wie Troy Ramford seinen Oscar entgegennahm.

Die Polizeidienststelle in Lompoc wurde bereits mit Anfragen von den Medien bestürmt. Diese hatten sofort reagiert, nachdem einige Radiosender von Zuhörern alarmiert worden waren, die das Inferno miterlebt hatten. Genau wie in Grays Harbor, genau wie in Valdez war die Feuerwehr in Lompoc vornehmlich darum bemüht, ein Übergreifen der Brände auf die Stadt zu verhindern.

Sofort nach Jake Milburns Anruf informierte der Polizeichef das FBI in San Diego, was zum Standardprozedere gehörte, wenn auch nur der geringste Verdacht bestand, die USA würden angegriffen. Jake hatte der Polizei erzählt, dass er und sein Kollege Skip Farr, beides ausgebildete Sicherheitsleute, beides Expolizisten aus Sacramento, die Raketen im Anflug gesehen hatten; sie hatten mitbekommen, wie die Marschflugkörper vom Meer, von Südwesten her, gekommen waren und dann tiefer gingen, als sie das Kraftwerk anvisierten.

Dadurch wurde das Unglück zu einer Sache für die nationale Sicherheit. Nur kurze Zeit später war die NSA in Fort

Meade informiert. In Maryland war es 23.30 Uhr, der Dienst habende Offizier stellte dennoch zum Direktor durch. Admiral Morris hatte jedoch sein Büro bereits verlassen, es war nur noch sein Assistent Lt. Commander Ramshawe zu erreichen, der zu seinem Entsetzen am Telefon vernehmen musste, was in Lompoc geschehen war.

Ohne eine Sekunde zu zögern, rief er über die Hotline der Agency das Weiße Haus an und befahl der Vermittlung, Admiral Arnold Morgan ans Telefon zu holen, und zwar schleunigst, egal, wo er gerade stecke, egal, wie spät es gerade sei. Dann hinterließ er Admiral Morris eine Nachricht auf dem Anrufbeantworter und bat ihn, so schnell wie möglich zurückzurufen. Der Admiral, das wusste Jimmy, würde die Nachricht in der nächsten Viertelstunde erhalten.

Wütend schrillte das Telefon bei Admiral Morgan. Arnold, der gerade mit einem Auge gelesen und mit dem anderen zusammen mit Kathy bis vor kurzem noch die Oscar-Verleihung angesehen hatte, ging ran.

»Sir, unser Mann hat soeben das Lompoc-Kraftwerk zerstört. San Francisco und Los Angeles sind ohne Strom. Zwei Sicherheitsleute haben die Raketen vom Meer her anfliegen sehen – auf niedriger Höhe, mit hoher Geschwindigkeit. Dann sind sie in die Hauptgebäude gekracht. Die Flammen schlagen fast hundert Meter hoch. Die Anlage läuft mit Öl.«

»Mein Gott!«, brüllte Arnold Morgan. »Jetzt ist es mit der Geheimhaltung vorbei. Morgen weiß es das ganze Land, dass wir angegriffen wurden. Das Ganze wird sozusagen der 12. September. Wir werden eine umfangreiche Suchaktion starten müssen ... Wo ist Admiral Morris?«

»Ist gerade gegangen. So um 23.15 Uhr. Hat heut früher Schluss gemacht.«

»Der faule Sack!«

»Okay, Sir. Was soll ich tun?«

»Sagen Sie George, er soll sich nicht von seinem Schreibtisch wegrühren. Sie begeben sich ins Pentagon. Wir treffen uns in einer halben Stunde in Admiral Dicksons Büro. Bringen Sie alles mit, was relevant ist.«

»Ja, Sir.«

Jimmy sammelte seine Karten, Dokumente und E-Mail-Ausdrucke ein, eilte zum Parkplatz, warf seine voll gestopfte Aktentasche auf den Beifahrersitz und rauschte dann über das ausgestorbene Gelände, vorbei an den abgestellten Wagen zum Haupttor. Er schaltete das Radio an und steuerte auf den Baltimore-Washington Parkway zu, ließ die Abzweigung zum Beltway rechts liegen und fuhr hinauf auf den Anacostia Freeway.

Von dort nahm er die 395 und raste über die Brücken in Richtung Pentagon. Wäre er wegen überhöhter Geschwindigkeit angehalten worden, hätte er um eine Polizeieskorte gebeten. Er war überzeugt, dass er mit seinem NSA-Ausweis und seinem Rang als Lieutenant Commander die Sache schon geschaukelt hätte. Mittlerweile wusste es bereits die ganze Welt: Nicht, dass die Stromversorgung von Los Angeles und San Francisco von Terroristen lahm gelegt worden war, sondern dass Troy Ramford, den Arm um die liebreizende Edna Casey geschlungen, wegen eines Stromausfalls seine Dankesrede nicht hatte halten können.

In den spätabendlichen Nachrichtensendungen war immer das Gleiche zu hören: Die Oscar-Verleihung war durch einen Stromausfall ruiniert worden, im Kodak Theatre gingen just in dem Moment die Lichter aus, als Troy den Oscar für den besten Hauptdarsteller in Empfang nahm und zu seiner Rede ansetzen wollte, in der er möglicherweise die anstehende Heirat mit Edna Casey verkündet hätte. Nach Jimmy Ramshawes Meinung war das so, als würde man bekannt geben, auf der *Titanic* gebe es noch einige Wäsche zu waschen.

Im Sicherheitsbereich sagte er den Beamten, dass er direkt zum Aufzug des Marinechefs im unterirdischen Parkhaus fahren werde. Als er dort ankam, stieg Admiral Morgan soeben aus seinem Stabswagen. Die Dienst habenden Wachen, zwei Marines, fragten den Lieutenant Commander nach seinem Ausweis, worauf Arnold Morgan blaffte: »Bringen Sie sofort die Wagen hier weg.«

»Jawohl, Sir!«, kam es knapp vom Marine zurück, der nur allzu gut wusste, mit wem er es zu tun hatte.

»Und machen Sie mir ja keinen Scheiß«, fügte der Admiral an.

»Nein, Sir!«, versicherte der Marine, bemüht, ein Lächeln zu unterdrücken.

Von einer Wache begleitet, nahmen sie den Aufzug in den dritten Stock, kamen auf dem Korridor 7 wieder heraus, gleich neben dem E-Ring, dem äußeren Gang, der sich um das ganze Pentagon zog. Ein junger Lieutenant der Navy empfing sie und meinte, Admiral Dickson werde in drei Minuten eintreffen. Er führte sie ins Büro und erwähnte noch, dass er ihnen unverzüglich Kaffee bringen lassen werde. Es war kurz nach Mitternacht.

»Aber heiß, Lieutenant«, sagte Arnold.

»Aye, Sir. Und mit Schrot.«

Exakt drei Minuten später erschien Admiral Dickson. Noch bevor er etwas sagte, schritt er zum großen Computermonitor, schaltete ihn an, gab einige Befehle ein, worauf auf dem Schirm in Großansicht alle U-Boot-Zufahrten in die Marinebasis von San Diego erschienen.

»Hallo, Sir«, sagte er mit einem Nicken. »Lieutenant Commander … das ist eine ziemlich üble Sache. Wir befinden uns im Krieg, daran besteht kein Zweifel mehr. Die Chancen, den Schurken zu finden, sind allerdings nach wie vor äußerst gering. Aber wir haben Fortschritte zu verzeichnen. Natürlich können wir nicht sagen, wo er ist … Aber wir sind uns verdammt sicher, wo er nicht ist.«

»Wenn das stimmt, handelt es sich tatsächlich um einen gewaltigen Durchbruch, Alan«, sagte Admiral Morgan. »Es gibt nämlich wohl nur eine unbestrittene Tatsache … Nachdem dieser Typ seine gottverdammten Raketen losgeschickt hat, fuhr er *nicht* nach Osten. Sonst wäre er direkt auf dem Strand gelandet. Alle anderen Optionen sind, soweit ich das zu beurteilen vermag, noch offen.«

»Ich glaube, die Navy hat durchaus ein bisschen mehr drauf, Sir«, sagte der CNO.

»Okay, alter Kumpel, dann schießen Sie mal los …«

»Also, wir haben zwei U-Boote vor der Küste. Beides Boote der Los-Angeles-Klasse, die *Santa Fe* und die *Tucson*. Seit letzter Woche patrouillieren sie vierhundert Seemeilen vor San Diego, in höchster Alarmbereitschaft und mit dem Befehl, nach fremden U-Booten Ausschau zu halten, vor allem nach einer russischen *Sierra I* der Barracuda-Klasse.

Der Abstand zwischen ihnen beträgt etwa zweihundert Seemeilen, meiner Meinung nach eine ganz günstige Strecke. Dazwischen haben wir einige Lenkraketen-Fregatten der Arleigh-Burke-Klasse positioniert, die *Decatur* und die *Porter*. Alle vier Schiffe liegen in einem nach Osten ausgerichteten Halbkreis. Hinter ihnen, etwa dreihundert Seemeilen entfernt, kommt ein Kreuzer aus Pearl Harbor, der mit der Raketenortung beauftragt ist. Wir haben es bereits überprüft. Was auf Lompoc abgefeuert wurde, flog nicht über die Masten dieser Schiffe hinweg. Das heißt, unser Unruhestifter liegt wahrscheinlich nah an der Küste …«

»Dem würde ich zustimmen«, sagte Admiral Morgan. »Natürlich ist es möglich, dass er ihnen entwischt ist … was ich aber für eher unwahrscheinlich halte. Außerdem entnehme ich Jimmys Notizen, dass die Sicherheitsleute die Raketen direkt aus dem Südwesten haben kommen sehen. Das heißt, die Raketen hätten über die Masten der Schiffe fliegen müssen … falls er weiter von der Küste entfernt ist, als wir meinen.«

»Genau darauf wollte ich hinaus«, sagte Admiral Dickson. »Wenn wir hier unseren Halbkreis einzeichnen und von Lompoc aus eine gerade Linie nach Südwesten ziehen, kommen wir zu dem Schluss, dass das U-Boot, das wir suchen, wahrscheinlich keine dreihundert Seemeilen von der Küste entfernt lag … Also irgendwo hier, in diesem Gebiet …«

»Dagegen lässt sich nichts einwenden«, sagte Arnold Morgan. »Nur eines vielleicht: In Valdez und in Grays Harbor flogen die Raketen ihre Ziele auf einer schleifenförmigen Bahn an. Wieso meinen Sie, dass der Gegner sie diesmal direkt abgefeuert hat?«

»Weil es keinen Sinn ergibt, die Raketen über dem Meer einige Schleifen ziehen zu lassen, noch dazu, wenn man weiß, dass einem die U.S. Navy unmittelbar im Nacken sitzt.«

»Richtig«, sagte Arnold Morgan. »Gut beobachtet. Die beiden Typen in Lompoc haben sie im Südwesten gesehen, sie kamen also direkt aus dem Pazifik ... Hm ... dieser Kreis, den Sie soeben auf den Monitor gezeichnet haben ... in dem muss sich der Dreckskerl also zweifellos aufhalten.«

»Ich habe soeben mit dem Kommandanten der Pazifikflotte gesprochen ... Sie schicken umgehend Suchflugzeuge in das Gebiet, dazu zwei Zerstörer. Die Fregatten verfügen über eine Menge U-Boot-Abwehrwaffen, wie Sie wissen.«

»Und hoffentlich auch über viele Torpedos«, sagte Admiral Morgan mit rauer Stimme. »Wie lauten die Befehle bei Feindkontakt?«

»Feind ist sofort zu vernichten. Ohne lange zu fackeln.«

»Genau meine Sprache, Alan. Wenn wir sie aufspüren, machen wir ihnen den Garaus.«

»Natürlich bleibt da noch ein großes Problem, Sir. Wir wissen nicht, in welche Richtung er flieht.«

»Stimmt. Unsere größte Sorge besteht wohl darin, dass er in einer Tiefe von vielleicht zweihundertfünfzig Metern langsam nach Nordwesten ausweicht. Dann dürfte er mit ziemlicher Sicherheit davonkommen. Es sei denn, er fährt direkt über eine SOSUS-Anlage.«

»Ich weiß, Sir. Aber ich glaube nicht, dass er nach Westen oder Nordwesten kann. In diesem Fall würden wir ihn finden, sollte er auch noch so langsam unterwegs sein. Ihm bleibt im Grunde nur Südosten, Süden und Südwesten. In diesem Neunzig-Grad-Bogen steht er zwar mit dem Rücken zur Wand, aber wenn er nur wenig Fahrt macht, spricht die Wahrscheinlichkeit, dass er entkommt, für ihn.«

»Hm. Das ist das Dumme an diesen Ozeanen«, sagte Morgan. »Die sind einfach verdammt noch mal viel zu tief.«

»Sir, wenn Sie die Entscheidung treffen müssten: Wohin würden Sie sich an seiner Stelle begeben?«

»Jedenfalls nicht nach Westen. Dort würde ich mit Problemen rechnen müssen. Vielleicht geradewegs nach Süden. So kommt er von seiner Position aus in die sehr tiefen Gewässer vor Mittelamerika. Ich glaube, er hat sich nach dem Anschlag auf Grays Harbor nah an der Küste aufgehalten, ist etwa vier Tage in den lauten Gewässern geblieben und erst dann weiter rausgegangen, um die Raketen abzufeuern.«

»Und Sie meinen, dass er das Gleiche jetzt wieder abzieht?«

»Keine Ahnung. Aber ich würde es so machen. Ich würde mich so lange wie möglich in der Nähe der mexikanischen Küste aufhalten und die Geschwindigkeit über zwei-, dreitausend Seemeilen, drei Wochen etwa, auf sieben Knoten festsetzen. Und dann einen Schwenk vollziehen, Kurs zwosieben-null nehmen und in den Südpazifik ausbrechen. Die Chancen, dort erwischt zu werden, sind gleich null. Die Fläche ist einfach zu groß.«

»Sie meinen also, Sir, wenn wir ihn aufbringen wollen, dann sollte das sehr schnell geschehen, oder?«

»Genau das meine ich, Admiral.«

»Wenn er nur einmal auftauchen oder nachtanken oder schnorcheln müsste ... dann wäre das Leben für uns sehr viel einfacher.«

»Genau das war von Anfang an das Problem, Alan. Mit diesem Boot erübrigt sich das alles. Weshalb wir ihn vielleicht auch nicht finden werden.«

»Was soll Ihrer Empfehlung nach der Präsident verlautbaren lassen?«

»Er wird sagen müssen, dass wir hinter diesen Ereignissen terroristische Anschläge vermuten, die von einem bislang unbekannten Personenkreis ausgeführt wurden. Darüber hinaus sollten wir – im Moment jedenfalls – uns alles offen lassen. Vielleicht lasse ich ihn auf Möglichkeit landgestützter Raketen oder auf Sprengsätze Bezug nehmen ... Aber ich kann die Bevölkerung nicht in Angst und Schrecken versetzen, indem ich zugebe, dass wir ein fremdes Atom-U-Boot vor unserer Küste kreuzen haben, das nach Belieben alles kurz und klein hackt. Das würde eine Massenpanik auslösen. Schlimmer noch, es würde die Führungsstelle unserer Terroristen auf den Plan rufen, um diese anzuweisen, sich noch vorsichtiger zu verhalten.«

Der Marinechef schüttelte den Kopf. Lt. Commander Ramshawe erhob sich und schritt zum Computermonitor, starrte kurz darauf und drehte sich dann zu den beiden Admirälen um.

»Darf ich etwas sagen, Sir?« Er sah zu Arnold Morgan.

»Klar, Jimmy. Nur zu. Alan und ich haben uns den Kopf schon genug zermartert.«

»Okay. Nehmen wir an, unsere Hypothesen sind richtig. Aus irgendeinem Grund erklärt sich China bereit, nicht nur eine, sondern beide russische *Barracudas* zu kaufen. Eines der Boote wurde am Polarkreis entlang nach Petropawlowsk geschickt, mit dem Auftrag, auf der relativ kurzen Route über den Nordpazifik und an den Alëuten vorbei eine Exkursion in US-Gewässer zu starten.

Etwa zur gleichen Zeit möbeln sie den verfluchten zweiten Pott zu einem Lockvogel auf und schicken das Ding um die Welt. Nur dass bis dahin niemand zugeben will, dass der Lockvogel schwimmen kann, richtig? Und als der alte Säbelzahn die Raffinerie und das Kraftwerk in die Luft jagt, taucht in Zhanjiang plötzlich großspurig der Lockvogel auf und beweist damit, dass es nicht die *Barracuda* gewesen sein konnte. Denn sie glauben ja, dass wir von dem zweiten Boot nichts wüssten.

Allerdings sind ihnen zwei Missgeschicke unterlaufen. Zum einen wurde der Lockvogel vor der irischen Küste gehört. Und zum zweiten rammt die *Barracuda* das Sushi-Boot, womit bewiesen ist, dass sie nicht dort war, wo sie hätte sein sollen. Richtig?

Wir wissen jetzt zwar, dass es zwei *Barracudas* gibt statt nur einer, aber wie wir es auch drehen und wenden, wir können es nicht beweisen.«

»Das haben Sie hervorragend auf den Punkt gebracht«, sagte Admiral Morgan.

»Nun, Sir, wir stimmen wohl alle darin überein, dass der Kopf hinter diesem Plan ein verflucht schlauer Dreckskerl sein muss. Und wenn man ein bisschen darüber nachdenkt, erkennt man, dass für jeden was dabei herausspringt. Die Russen brauchten und bekamen ihre sechshundert Millionen. Die Chinesen sind meiner Meinung nach in diesem Stück nicht die Hauptdarsteller, aber sie dürften die U-Boote für eine dritte Partei erworben haben. Und man kann Gift darauf nehmen, dass sich kein einziger Chinese an Bord befinden wird, wenn wir die Dinger erwischen sollten. *Aber* – den Chinesen könnte doch überhaupt nichts Besseres passieren als eine USA, die an chronischem Erdölmangel leidet. Sie haben zahlreiche Ölverträge am Golf übernommen, ihnen gehört die Pipeline von Kasachstan über den Iran zu ihrem Ölterminal an der Straße von Hormus. Und der Preis für Rohöl ist vor kurzem auf fünfundsiebzig US-Dollar gestiegen. Nicht schlecht, was?«

»Für wen also haben sie das U-Boot gekauft? Wer kann sich so ein Ding leisten? Da muss ein Staat dahinter stecken«, überlegte Admiral Morgan laut.

»Einerseits ja«, sagte Jimmy Ramshawe. »Aber andererseits auch nein ... Im internationalen Terrorismus treiben sich eine Menge Irrer herum. Und nicht nur ein Staat. Der Islamische Dschihad, der gegen uns und die Israelis arbeitet, ist eine grenzüberschreitende Organisation. Man muss sich ja nur den vermaledeiten Geisteskranken Bin Laden ansehen, der wurde von einer ganzen Reihe von Staaten unterstützt, von Saudi-Arabien, Afghanistan, vielleicht auch von Pakistan, dem Iran, dem Irak, vielleicht sogar von Syrien oder Jordanien.

Meiner Ansicht nach müssen wir hier unseren Gegner suchen. Natürlich könnten wir die Chinesen fragen, was sie mit ihren beiden *Barracudas* angestellt haben, aber wir werden von ihnen nie eine eindeutige Antwort bekommen. Letztlich werden sie sich darauf herausreden, dass die *Barracuda*, die angeblich vor Kalifornien liegt, nie auch nur einmal in chinesischen Gewässern war. Und die Russen? Admiral

Rankow wird uns lediglich verkünden, dass ihnen das Boot ja gar nicht gehört und wir doch bitte schön die Chinesen fragen sollen.

Was bleibt uns daher? Nichts. Außer der Möglichkeit, Moskau oder Peking mit Atombomben platt zu machen, was wir aber nicht tun werden, weil die öffentliche Meinung das nicht gutheißen wird. Amerikaner werden nur dann grob, wenn viele Todesopfer zu beklagen sind. Was bei diesen Anschlägen kaum der Fall ist. Sie werden sehen, die Öffentlichkeit wird Washington dafür verantwortlich machen, dass es aus Unachtsamkeit zugelassen hat, dass dieses Arschloch Troy Ramford seine bescheuerte Statue nicht bekommen hat.«

Beide Offiziere brachen in schallendes Gelächter aus.

»Nun, James«, sagte Admiral Dickson. »Zu welchem Schluss kommen Sie?«

»Es gibt nur eine Schlussfolgerung, Sir.«

»Und die lautet?«

»Wer immer dieses Programm geplant und durchgezogen hat, scheint verdammt noch mal ein ziemliches Genie zu sein. Er ist ausgekochter als jeder Terrorist, mit dem wir es bisher zu tun hatten. Das ist meine Schlussfolgerung.«

Arnold Morgan wirkte nachdenklich.

»Ich gehe davon aus, Sie wissen, was ich denke, Sir.«

»Jimmy, ich weiß nicht, was Sie denken. Aber ich weiß, welche Frage Ihnen und mir durch den Kopf geht.«

»Ja, Sir. Wo befindet sich dieser verfluchte Major Ray Kerman, nicht wahr?«

»Ja, Jimmy. Genau. Wo ist er jetzt?«

KAPITEL ZWÖLF

Mittwoch, 19. März 2008, 2315
Pazifik

Der stärkste Stromgenerator im Umkreis der in Dunkelheit liegenden Metropole Los Angeles bewegte sich stetig in Richtung Südosten. Hundert Meter unter der Wasseroberfläche trieben die großen Turbinen das Boot mühelos mit fünf Knoten voran. Die Lichter im U-Boot brannten hell, die Kühlsysteme funktionierten tadellos, die Luft war sauber und frisch, das Wasser rein, die Temperatur gleich bleibend.

Dass ihre Situation nicht einer gewissen Ironie entbehrte, blieb General Rashud und der *Barracuda*-Besatzung unter Kapitän Ben Badr allerdings verborgen. Sie hatten den Pazifik durchquert und erfolgreich die Stromversorgung der zwei größten Städte an der amerikanischen Westküste ausgeschaltet.

Es war ihnen gelungen, San Francisco und Los Angeles in chaotische, bedrohliche Dunkelheit zu stoßen. Schulen und Geschäfte hatten geschlossen, Krankenhäuser mussten Notprogramme aktivieren, Tausende Tonnen Lebensmittel verrotteten in Kühlschränken und Kühlhäusern – währenddessen Ravi und Ben ungerührt die Annehmlichkeiten genossen, für die ihr privater Atomreaktor sorgte, der problemlos den gesamten Hollywood-Bezirk und auch noch den größten Teil des Nordwestens von Los Angeles mit Strom hätte versorgen können.

Der Navigationsoffizier hatte Kurs auf 28.15 N, 117.00 W genommen, 80 Seemeilen südöstlich der 130 Meilen vor der mexikanischen Küste liegenden Insel Guadalupe. Bislang waren sie nicht gezwungen gewesen, wegen US-Kriegsschiffen oder Patrouillenflugzeugen den Kurs zu ändern. Ihre Geschwindigkeit hatte fünf Knoten betragen, sie betrug auch jetzt fünf Knoten, und so hinterließ das Boot auf der Wasseroberfläche keine verräterischen Wellenmuster.

Mehrere Fregatten der U.S. Navy und drei U-Boote der Los-Angeles-Klasse lagen vor San Diego und lauschten auf Motorengeräusche unbekannter Herkunft. Einige der US-Einheiten waren sogar in Richtung Süden in internationale Gewässer vorgedrungen, für eine positive Identifizierung aber war das fragliche Meeresgebiet zu groß und die *Barracuda* zu langsam. Das wussten sowohl die Jäger als auch die Gejagten.

Kapitän Badr hatte nicht die Absicht, in den nächsten drei Wochen seine Pläne, Kurs oder Geschwindigkeit zu ändern. Er und Ravi saßen in der Zentrale, ließen sich langsam nach Südosten kutschieren und gingen gut gelaunt den Fluchtplan durch, den ihnen die Chinesen ausgearbeitet hatten.

General Rashud hatte bereits im Golf von Alaska die Anweisungen aus dem mit einem Zeitschloss versehenen Safe geholt und sich zusammen mit Ben Badr einen kursorischen Überblick über die penibel aufgeführten Befehle aus der Geheimdienstzentrale in Shanghai verschafft.

Im Moment war es nicht schwer, den Angaben zu folgen. *Kurs eins-drei-fünf halten … Fahrt fünf Knoten … auf Periskoptiefe den Golf von Panama anlaufen. Bei 08,20 N, 78,30 W auftauchen … mit voller Fahrt den Liegeplatzbereich auf der Pazifikseite Panamas ansteuern … Kurs drei-sechs-null Richtung 08.51 N, 78.30 W – Tiefe zehn Faden – Treffen mit dem Patrouillenboot der Volksbefreiungsarmee am 11. April 2008, 1330 …*

Aufgrund ihrer langsamen Geschwindigkeit würde es eine verdammt lange Fahrt zum Golf von Panama werden. Sie hatten insgesamt 3000 Seemeilen zurückzulegen, was in etwa fünfundzwanzig Tagen zu schaffen war. Aber wenigstens wussten sie, wohin sie zu fahren hatten. Außerdem hatten die Chinesen allen Grund, höchste Verschwiegenheit einzufordern, mehr Grund jedenfalls als alle anderen Beteiligten. Die Russen konnten mit den Achseln zucken und behaupten, sie hätten das Boot doch verkauft. Den islamischen Terroristen war es letztlich egal, wer davon erfuhr, solange sie sicher nach Hause zurückkehrten. Was allerdings die Chinesen betraf ... Sollte jemand auch nur den geringsten Verdacht schöpfen, dass sie es waren, die hinter den ungeheuerlichen Angriffen auf das amerikanische Festland standen, würde dies wahrscheinlich den Dritten Weltkrieg auslösen.

Verschwiegenheit, dein Name sei Zhang Yushu.

Höchst zufrieden gingen General Rashud und Kapitän Badr die für sie ausgearbeitete Fluchtroute durch. Wie beide wussten, beruhte die gesamte Operation auf der Tatsache, dass China die Kontrolle über den Panamakanal übernommen hatte, sehr zum Leidwesen führender US-Militärs und zur Verlegenheit des Häufleins etwas aufgeweckterer Demokraten, die es in der einen oder anderen Form zugelassen hatten, dass ihre Partei in Person des früheren Gouverneurs von Arkansas im Weißen Haus vertreten gewesen war.

Als die USA im Jahr 1999 die Kanalzone nämlich der Regierung von Panama übereigneten, hatten sie wesentlich mehr Zugeständnisse gemacht, als überhaupt zur Disposition standen. Sofort darauf nahm die abgefeimte linke Führung des tropischen, sonnenbeschienenen Staates am Isthmus von Zentralamerika Verhandlungen mit der nicht minder abgefeimten Führung des kommunistischen Chinas auf.

Dem notorisch klammen Panama fiel damit eine Gans in die Hände, die goldene Eier legte. An jedem Kanalende lag ein großer Hafen mit Werftanlagen und einer dazugehörigen Stadt: backbords der Einfahrt vom Atlantik Cristobal, das an das unsichere Colon grenzte; und backbords der pazifischen Einfahrt Balboa, das an Panama City grenzte. Durch diese beiden Standorte hatten die USA fast ein Jahrhundert lang den Kanal beherrscht und kontrolliert.

Daneben bildete die ausgedehnte Rodman Naval Base, genau gegenüber dem Hafen von Balboa gelegen, einen uneinnehmbaren Stützpunkt, von dem aus jeglicher Kanalverkehr blockiert werden konnte. Seit 1914 konnten nur Schiffe den Kanal passieren, wenn ihnen von den US-Behörden die Erlaubnis dazu erteilt wurde – was nur recht und billig war, hatten doch die USA dieses gigantische Bauwerk errichtet, die Wände mit New Yorker Beton hochgezogen und die dafür nötigen Arbeiter gestellt.

Ohne das Know-how der Yankees hätte es nie einen Panamakanal gegeben. Bis auf den heutigen Tag galt er als eine der größten jemals verwirklichten Ingenieursleistungen – ein Kanal, der sechsundzwanzig Meter über dem Meeresspiegel lag, in dem die Schiffe, bevor sie, vom Atlantik kommend, in ihn hineinfuhren, eine gigantische Schleusenkaskade zu passieren und anschließend erneut drei hohe Schleusen zu überwinden hatten, um auf der Pazifikseite wieder auf Normalnull gebracht zu werden. Das Fluten und Entleeren der Schleusen geschah allein durch die Schwerkraft; Millionen Tonnen Wasser rauschten durch die fünf Meter breiten Röhren. Selbst Schiffe von 300 Meter Länge hatten die 80 Kilometer lange Passage zwischen den beiden Meeren durchfahren und sich dadurch den 7872 Seemeilen langen Umweg über Kap Hoorn erspart.

Das Bauwerk wurde 1914 durch die USA fertig gestellt. Sie hatten das Projekt von den Franzosen übernommen, die bei dem Versuch, den Kanal zu errichten, insgesamt 22 000 Todesopfer zu beklagen gehabt hatten. Würde man allen Sand, Schieferton, Fels und Schlamm, die beim Kanalaushub angefallen waren, auf Eisenbahnwaggons verladen, würde der Zug viermal den etwa 1000 Kilometer entfernten Äquator umspannen.

Im Dezember 1999 also wurde dies alles, das Wunderwerk der Ingenieurskunst, die Schleusen, Werften, die Steuereinrichtungen und Leitstellen samt den beiden Städten, durch die US-Regierung dem Staat Panama übergeben. Dem Vorgang lag der 1977 von Präsident Carter ausgehandelte Vertrag zugrunde, der den Schiffen der U.S. Navy für alle Zeiten das *Recht auf umgehende Durchfahrt* gewährte.

Bereits in den ersten Wochen des neuen Jahrtausends zeichnete sich ab, was wirklich geschehen war. Panama übertrug die De-facto-Kontrolle über den Kanal mitsamt den ehemaligen Einrichtungen der U.S. Navy und Army nämlich an die Lieblingsnation von Präsident Clinton, an das kommunistische China.

Panama hatte in einem 50-Jahres-Vertrag die Werft- und Hafenanlagen in Cristobal und Balboa an den Hongkonger Mischkonzern Hutchinson Whampoa Ltd. verkauft, ein Konglomerat mit unmanierlich starken Verbindungen zur China Ocean Shipping Company (COSCO), die völlig von der Volksbefreiungsarmee kontrolliert wurde. Es war dieselbe COSCO, die 1999 beinahe den Zuschlag für die US-Marinewerften in Long Beach, Kalifornien, bekommen hätte, womit die Kontrolle über diesen strategisch wichtigen Punkt im Golden State an die Volksbefreiungsarmee gefallen wäre.

Hutchinson Whampoa war sozusagen der verlängerte Arm der chinesischen Regierung. Konzernvorsitzender war der etwas zwielichtige Milliardär Li Ka-Shing, der dem Verwaltungsrat der China International Trust and Investment Corporation angehört hatte, einem der Volksbefreiungsarmee nahe stehenden Investitionsunternehmen, das von jemandem namens Wang Jun geführt wurde ... Man erinnert sich? Genau jener Wang Jun, den die Amerikaner zum letzten Mal zu Gesicht bekamen, als er im Weißen Haus im trauten Kreis eine Tasse Kaffee zu sich nahm, nachdem er 1996 der Clinton/Gore-Mannschaft eine Spende hatte zukommen lassen.

In der Folge fielen Hutchinson Whampoa die zur amerikanischen Air Station Albrook gehörende Rodman Naval Station sowie Diablo und Balboa an der pazifischen, die Werftanlagen von Cristobal an der atlantischen Seite und die Insel Telfers in die Hände.

Der Vertrag schloss die »Rechte« mit ein, auf dem Kanal, in Cristobal und Balboa Lotsenboote und Schlepper zu betreiben und allen Schiffen die Zufahrt zu den Häfen und Kanaleingängen zu verweigern, die Hutchinsons Geschäftsinteressen schadeten. Die letzte Klausel, in aller Heimlichkeit in Panamas Gesetzesbücher aufgenommen, war ein ganz klarer Verstoß gegen Carters Panamakanalvertrag. Sie erlaubte Hutchinson Whampoa zu bestimmen, welche Schiffe den Kanal befahren durften, wodurch China zum allmächtigen Wächter über den großen, von den USA erbauten Wasserweg kam.

Der Vertrag Panamas mit den Chinesen hätte mit aller Macht verhindert werden und dann getrost in Vergessenheit geraten können, hätte im Weißen Haus nur ein aufrechter republikanischer Präsident gesessen statt des selbstgerechten Linksliberalen. Präsident Clinton verschloss die Augen vor der zunehmenden Schwächung der amerikanischen Streitkräfte, deren Reihen durch die leichtsinnigen humanitären und friedenserhaltenden Missionen des Präsidenten gefährlich ausgedünnt wurden.

Die Angelegenheit mit Panama offenbarte noch eine weitere Seite dieses demokratischen Präsidenten: die des schwachen, lavierenden Verhandlungsführers. Harten amerikanischen Drohungen ließ er nur äußerst ungern Taten folgen, er war unfähig, entschieden zu handeln, es sei denn, die anderen konnten sich in ihrer Machtlosigkeit nicht dagegen wehren. Die völlig verkorkste Situation in Panama gehörte genau zu jenen internationalen Katastrophen, die unweigerlich eintraten, wenn sich eine Großmacht einen Präsidenten ins Amt wählte, der das Militär verabscheute, wie es bei Clinton zum großen Schaden seines Landes eindeutig der Fall gewesen war.

Als ehemaliger SAS-Offizier kannte General Ravi Rashud natürlich die Hintergründe zur Lage in Panama und konnte Ben Badr erklären, warum sie in der ehemaligen Kanalzone in Sicherheit sein würden.

»Die Chinesen können den Kanal jederzeit von beiden Seiten dichtmachen«, sagte er. »Ich gehe davon aus, dass sie unter irgendeinem Vorwand jeglichen Schiffsverkehr unterbinden werden, sobald wir drin sind. Außerdem dürfte bereits feststehen, dass wir von Panama aus nach Hause fliegen. Vielleicht werden uns US-Schiffe noch sichten, aber dann wird es für die zu spät sein. Die Chinesen werden einfach die Schleusentore schließen. Und die sind ziemlich stabil, jedes Tor wiegt an die achthundert Tonnen, wenn ich mich nicht irre …«

»Aber was wird aus meinem Boot, Ravi? Was geschieht mit ihm?«

»Keine Ahnung. Aus den Unterlagen hier geht nur hervor, dass wir die endgültigen Anweisungen dann erhalten, wenn vor der Einfahrt in den Kanal bei Bilbao der chinesische Lotse an Bord geht.«

»Haben Sie vor unserer Abfahrt irgendwelche Empfehlungen ausgesprochen? Es war ja ursprünglich Ihr Projekt.«

»Ja, sicherlich. Ich habe dazu geraten, das Boot zu entsorgen – an einem Ort, wo es nie gefunden werden kann, wo es nichts mehr über unsere Operation verrät.«

»Was? Dieses wundervolle Boot? Das jederzeit gegen den Satan zuschlagen kann, sofern wir es nur an die richtige Stelle steuern?«

»Ben, dieses Boot ist das reine Gift. Allein schon seine Existenz ist eine Bedrohung, nicht nur für uns, sondern auch für Russland, für China, für die gesamte Weltordnung. Es hilft uns bestimmt nichts, wenn China und die Vereinigten Staaten gegeneinander in den Krieg ziehen. Die Konsequenzen werden für uns alle gleich verheerend sein. Es ist daher in unser aller Interesse, wenn das Boot verschwindet, wenn die Amerikaner nur mutmaßen können, was wirklich geschehen ist, wenn die Chinesen sich im Hintergrund halten und die Russen alles leugnen und abstreiten. Das wäre ein großer Schritt hin zu unserem Ziel, die Amerikaner dazu zu zwingen, sich aus dem Mittleren Osten zurückzuziehen. Und außerdem hätten wir mit unserer Aktion ermöglicht, dass die Golfstaaten beträchtliche Mehreinnahmen aus der Ölindustrie erzielen. Wobei einiges davon sicherlich seinen Weg in die Taschen der Hamas finden wird.«

»Verstehe, Ravi. Aber sagen Sie mir eines: Wie entsorgt man ein Atom-U-Boot dieser Größe, ohne die gesamte Umgebung zu verstrahlen und damit die ganze Welt auf das Versteck des Bootes aufmerksam zu machen?«

»Das ist nicht gerade einfach. Wegen des Atomreaktors kann man es nicht einfach sprengen, man kann es noch nicht einmal versenken. Die radioaktive Verstrahlung würde für einen Aufschrei in der Weltöffentlichkeit sorgen. Der Westen würde in diesem Fall wahrscheinlich gegen den betreffenden Staat vorgehen, ihn besetzen, vielleicht sogar ganz vernichten. Ich halte das also für keine besonders gute Idee.«

»Nein, ich auch nicht«, sagte Kapitän Badr.

»Ich habe deshalb empfohlen, dass wir den Reaktor runterfahren und die *Barracuda* im Schlamm versinken lassen, und zwar an einer völlig unzugänglichen, unbewohnten, von dichtem Regenwald überwucherten Stelle. Dann versiegeln wir das Boot. Die Chinesen können den Turm tarnen, falls er noch über die Wasseroberfläche ragen sollte, und nach einigen Monaten wäre nichts mehr zu sehen.«

»Aber irgendwann könnte es trotzdem gefunden werden«, sagte Ben Badr.

»Ja, aber bis dahin gehen gut und gern fünfzig Jahre ins Land. Und wen kümmert die Sache dann noch?«

»Mich wahrscheinlich nicht«, sagte Ben Badr. »Trotzdem bedaure ich es, dass wir auf diesem hervorragenden Boot nur einen Einsatz gefahren sind.«

»Ich auch. Aber vergessen Sie nicht, wir haben ja noch das andere.«

Obwohl es erst Ende März war, näherte sich die Temperatur im Westflügel des Weißen Hauses dem Siedepunkt. Der Präsident war stinksauer und wollte keinesfalls einsehen, warum die U.S. Navy nicht in der Lage sein sollte, das feindliche U-Boot zu finden.

Alles gute Zureden seitens des Chefs der Marineoperationen, alle vernünftigen Argumente seitens weiß Gott wie vieler Admiräle konnten ihn nicht davon überzeugen, dass es nahezu unmöglich war, ein Atom-U-Boot aufzuspüren, das in einem Gebiet von zweieinhalb Millionen Quadratkilometern mit sehr langsamer Geschwindigkeit in unbekannte Richtung unterwegs war.

Admiral Morgan, der schließlich vom Wüten und Toben des Präsidenten genug hatte, nahm ihn zur Seite und sagte ihm unter vier Augen, er solle nicht so »verdammt bescheuert« reagieren und sich »endlich mal zusammenreißen«.

»Sie haben hier im Weißen Haus die besten Köpfe der Marine um sich versammelt«, knurrte er. »Die machen Tag und Nacht nichts anderes, als sich mit diesem Problem zu beschäftigen. Wenn etwas getan werden könnte, dann würden wir es tun. Also reißen Sie sich endlich am Riemen, und hören Sie zu.«

Noch nie war mit dem Präsidenten so gesprochen worden, niemand hatte so etwas bislang gewagt – bis auf Arnold Morgan eben, den man seines Amtes nicht einfach so entheben, den man nicht einfach so rauswerfen konnte. Für einen Präsidenten war das Ganze alles andere als ein erfreulicher Zustand. Aber wenn sein hochgeschätzter Nationaler Sicherheitsberater jetzt die Versammlung verließe, wäre er als Präsident erledigt. Wahrscheinlich würden ihm in diesem Fall auch noch seine Stabschefs in den Rücken fallen, von einer bislang immer noch undenkbaren Machtübernahme durch die Militärs ganz zu schweigen, die seine Unfähigkeit, die Nation durch diese Krise zu führen, als Notsituation begreifen könnten.

Es waren schon seltsamere Dinge geschehen. Der Präsident mochte zwar der Oberste Befehlshaber der US-Streitkräfte sein, doch war er dabei immer auf den guten Willen der einzelnen Teilstreitkräfte angewiesen. Noch nicht einmal unter Clinton war das jemals ernsthaft infrage gestellt worden. Bislang aber war das amerikanische Festland auch noch nie ernsthaft von fremden Invasoren bedroht worden. Noch nie. Aber jetzt. Und das Militär drängte sich in den innersten Machtzirkel der Regierung, weshalb das oberste Exekutivorgan sorgfältig darauf zu achten hatte, welche Schritte es unternahm.

»Arnie, tut mir Leid«, sagte der Präsident. »Aber einem Laien wie mir will es einfach nicht in den Kopf, dass die Kriegsmarine der USA nicht in der Lage sein sollte, ein U-Boot zu finden, das unsere Küsten angreift…«

»Sir, niemand kann ein Atom-U-Boot aufspüren, das hundert Meter unter der Wasseroberfläche nur fünf Knoten oder noch weniger Fahrt macht. Außer man stolpert zufällig über das verdammte Ding. Außerdem haben Terroristen noch nie ein Atom-U-Boot zum Einsatz gebracht, wir müssen also herausfinden, wer darauf seine Fingerabdrücke hinterlassen hat. Früher oder später wird der Gegner einen Fehler machen – wir warten nur darauf. In der Zwischenzeit gibt es aber noch einiges andere, über das wir uns den Kopf zerbrechen sollten.«

In dieser Hinsicht hatte der Admiral Recht. Der Ölpreis hatte sich inzwischen auf 76 Dollar pro Barrel verdreifacht und verharrte auf diesem Niveau. Die Energiemärkte waren in Aufruhr, das Gleiche galt für den Dow Jones Industrials, den FTSE-100, den CAC-40, den Nikkei, den Dax und alle anderen Indizes.

Weltweit brachen die Aktienkurse ein. Papiere aller Unternehmen, die in der einen oder anderen Form vom Öl abhängig waren, sowie von Fluggesellschaften und Transportdienstleister waren nahezu unverkäuflich. In den beiden großen kalifornischen Städten, die nicht mehr an das bundesstaatliche Stromnetz angeschlossen waren, war die gesamte Stromversorgung zusammengebrochen. Die Überreste des Kraftwerks in Lompoc brannten noch immer. Aus San Francisco und Los Angeles hatte ein Massenexodus in die mit Strom versorgten Gebiete eingesetzt, was auf den Straßen zu einem bislang ungeahnten Chaos geführt hatte.

Jedes Hotel, jedes Motel war mit Familien belegt, die der endlosen Finsternis im nächtlichen San Francisco und Los Angeles entflohen waren. Tausende von Menschen hatten sich draußen in Concord, Livermore und Modesto, in Ventura, Santa Clarita, im Moreno Valley und in Palm Springs bei Freunden und Verwandten einquartiert. Tausende kauften zu horrenden Preisen Flugtickets von Gesellschaften mit kleinen Notstromaggregaten, mit denen sie noch die Computer betreiben konnten, und kämpften sich dann in den Tagesstunden hinaus zu den beiden internationalen Flughäfen. Sie hofften, dass sie dort noch rechtzeitig ankamen, bevor die riesigen Treibstofflager vollends leer waren.

Angestellte und Manager gelangten nicht mehr zu ihrer Arbeit in den Stadtzentren. Moderne Unternehmen waren nun einmal auf Computer angewiesen, und hohe Bürotürme funktionierten nicht ohne Strom. Es gab kein Licht mehr, Aufzüge und Sicherheitssysteme waren außer Betrieb. Recht und Gesetz drohten völlig zusammenzubrechen. Jugendbanden zogen mit einsetzender Dämmerung durch die Straßen. Plünderungen waren an der Tagesordnung. Die Polizei in L. A., die über drei kleine Generatoren verfügte, bemühte sich, die meist aus Amateurkriminellen bestehenden Gangs unter Kontrolle zu halten. Über Exxon-Tanklaster wurden die Polizeiwagen mit Benzin versorgt.

Das Militär wurde gerufen, um die Straßen zu patrouillieren und die Gebäude in der Innenstadt zu bewachen. Die Wasserversorgung der beiden Städte, deren Klär- und Reinigungssysteme in höchstem Maße vom Strom abhängig waren, stand kurz vor dem Kollaps. Die Versorgung brach ein. Obwohl im Großraum L. A. die Bevölkerung um zwei Drittel zurückgegangen war, mussten nach wie vor die Bedürfnisse von gut drei Millionen Menschen gedeckt werden.

Der Gouverneur saß, von allem kaum betroffen, in seinem Regierungssitz in Sacramento. Die großen Filmstudios aber waren alle geschlossen. Alle TV-Sender der Westküste hatten den Betrieb eingestellt, was ohnehin kaum eine Rolle spielte, da nur die wenigsten noch ihren Apparat einschalten konnten. Wenn Troy Ramford in absehbarer Zeit offiziell seinen Oscar überreicht bekommen sollte, dann musste es irgendwo jenseits von San Bernadino stattfinden, dort, wo die Stromversorgung noch funktionierte. Wie die aller anderen am Strand gelegenen Anwesen der Film- und Fernsehstars lag auch sein Haus in Malibu in Dunkelheit.

Der Präsident setzte, geleitet und unterstützt von seinem Energieminister Jack Smith, so schnell wie möglich Notstandsmaßnahmen in Kraft. Die Energieversorger von San Francisco und Los Angeles wurden an das kalifornische Stromnetz angeschlossen; die Umspannpunkte lagen im Westen von San Jose, südlich von San Francisco sowie draußen im Simmi Valley, nördlich von L.A. Jack Smith rechnete damit, dass die beiden Städte innerhalb von zwölf Tagen wieder mit Strom versorgt werden konnten, was dem Präsidenten jedoch als unangemessen lang erschien.

Nachdem die Anlage in Grays Harbor zerstört war und somit kein raffiniertes Öl mehr nach Süden in die Westküstenstaaten Oregon und Kalifornien floss, blieb nur noch die Möglichkeit, das Heizöl mit US-Tankern durch den Panamakanal hinauf nach L.A. zu schicken. Das kolossal teuer gewordene Benzin wurde infolgedessen von der Regierung subventioniert. Natürlich verbrauchten auch die riesigen Maschinen der Tanker Diesel, ein Kraftstoff, der mittlerweile fast so viel kostete wie billiger Scotch.

Tanklaster aus dem Mittleren Westen waren bereits unterwegs, beladen mit Benzin, das von den großen Terminals in Chicago stammte. Sie röhrten durch die Nacht und durchquerten auf ihren Hilfsmissionen Iowa, Nebraska und das südliche Wyoming. Hunderte von Benzinlastern donnerten von Texas durch die Wüsten von New Mexico und Arizona nach Los Angeles, beladen mit Benzin, das die getroffene Stadt sehr viel dringender brauchte als minderwertiges Rohöl aus Oklahoma.

Die Medien an der Ostküste wollten unterdessen wissen, was zum Teufel der Präsident in dieser »beispiellosen Krise in der Geschichte unseres Landes« unternehme. Wie wollte er die Probleme lösen, wie die Verantwortlichen finden und die Macht und das Ansehen der Vereinigten Staaten von Amerika wieder herstellen? Natürlich sah dies alles vom Büro der *Washington Post* sehr viel einfacher aus als vom Oval Office.

Die U.S. Navy zerbrach sich den Kopf, lauschte auf einen einsamen Piepton inmitten der Weiten des Pazifiks, hoffte, dass sich die *Barracuda* Typ 945 irgendwie verraten würde, die, wie Arnold Morgan Stein und Bein schwor, dort irgendwo sein musste.

Dreimal hatte der Präsident zu dem Bevölkerungsteil gesprochen, der noch über einen funktionierenden Fernsehapparat verfügte. Er hatte hervorgehoben, wie sehr sich die Katastrophenschutzteams bemühten, die betroffenen Städte wieder ans Stromnetz anzuschließen, hatte eingeräumt, dass man von Sabotage ausgehe, er hatte sogar von terroristischen Anschlägen gesprochen und geschworen, man werde an den Tätern dieser »niederträchtigen und zerstörerischen Verbrechen gegen die Nation« Vergeltung üben.

Unerwähnt ließ er allerdings die Möglichkeit, dass ein Haufen Irrer in einem modernen Atom-U-Boot die Westküste entlangdümpelte und die wichtigsten Ölanlagen mit schweren russischen Marschflugkörpern beschoss.

Die US-Diplomaten arbeiteten auf Hochtouren und forderten von ihren internationalen Handelspartnern uneingeschränkte Kooperation. Sie drohten den Russen und Chinesen, nahmen Kontakt zu Teheran, Damaskus, Kairo und Jordanien auf und wollten wissen, ob zwischen den Anschlägen an der Westküste und arabischen Fundamentalistengruppen irgendein Zusammenhang bestehe.

Die CIA lockte mit Vergünstigungen, bestach, erpresste und setzte auf der ganzen Welt Agenten unter Druck. Aber niemand wusste offenbar etwas. Besonders die Russen gaben sich völlig ahnungslos, sie teilten lediglich mit, dass sie die *Barracuda* an die Chinesen verkauft hätten.

Die chinesische Marine bestätigte nur, dass die einzige *Barracuda*, von der sie etwas wusste, gegenwärtig das Hauptquartier der Südflotte in Zhanjiang besuche. Dort sei das Boot bereits vor dem Angriff auf Lompoc gewesen, dort befand es sich noch immer, soweit man wisse, vertäut an seiner überdachten Liegestelle. Keine andere *Barracuda* habe jemals in einer chinesischen Marinebasis angelegt. Das alles entsprach der Wahrheit. Halbwegs.

US-Satelliten waren auf die Westküste von Kanada und die USA ausgerichtet worden und deckten den gesamten Streifen vom Golf von Alaska bis zur 1250 Kilometer langen mexikanischen Halbinsel Baja California ab. Somit wurden mehr als 3000 Seemeilen vom Wasser und von der Luft aus patrouilliert. Jede einzelne Seemeile davon war wichtig, falls das Boot nach Norden oder Süden auszuweichen gedachte.

Der Oberbefehlshaber der Pazifikflotte folgerte, dass sich der Eindringling mit sehr niedriger Geschwindigkeit vorantasten musste, ansonsten wäre er von den patrouillierenden U-Booten, die Fahrgeräusche bis auf 100 Seemeilen orten konnten, oder von den höchst empfindlichen, vor der gesamten Westküste installierten SOSUS-Anlagen längst erfasst worden. Nur bei äußerst niedrigen Geschwindigkeiten wurden kaum Geräusche abgestrahlt.

Das bedeutete eine maximale Geschwindigkeit von fünf Knoten. Für 1000 Seemeilen waren somit acht Tage zu veranschlagen. In der ersten Woche der Jagd hatten es die pazifischen Einheiten der U.S. Navy daher mit einem Suchgebiet von 3000 mal 2000 Seemeilen zu tun… zwanzig Millionen Quadratkilometern, etwa der doppelten Fläche der Vereinigten Staaten. Darin fand sich noch dazu kein einziger Punkt, an dem das Boot unweigerlich vorbeikommen musste, an dem man es also hätte abfangen können.

Die Kameras der US-Satelliten waren auf diese riesige Meeresfläche gerichtet, modernste Überwachungssysteme, die Oberflächenstörungen wahrnehmen konnten, waren aktiviert worden, tasteten vom Weltraum aus den Ozean ab, auf der Suche nach verräterischen kräuselnden Wellen, die auf die Anwesenheit eines tief unter der Wasseroberfläche fahrenden Atom-U-Boots schließen ließen – wenn es sich nicht mit der Geschwindigkeit einer saumseligen Schildkröte vorwärts bewegt hätte.

Allen war klar, dass sie vor einer nahezu unlösbaren Aufgabe standen. Der Navy blieb nichts anderes übrig, als weiterzumachen, präsent zu sein, falls dem Boot doch noch ein Fehler unterlief – und um zu verhindern, dass der Präsident der Vereinigten Staaten weitere Tobsuchtsanfälle bekam.

»Das Hauptproblem ist doch«, wütete Arnold Morgan im Privatkreis, »dass keiner auch nur die leiseste Ahnung hat, welche Richtung das gottverdammte Boot eingeschlagen hat.«

Er war nach wie vor fest davon überzeugt, dass es sich auf südlichem Kurs befand, wodurch sich die Fläche des Suchgebiets immerhin auf zehn Millionen Quadratkilometer halbierte.

Am Donnerstagmorgen, dem 27. März, vier Tage nach dem hektischen, für viele ausgefallenen Osterfeiertag, hatte die Marine noch immer nichts zu vermelden. Die *Barracuda* hatte mittlerweile 1300 Seemeilen hinab zur mexikanischen Küste zurückgelegt und befand sich somit außerhalb des Suchradius der US-Kriegsschiffe und -Flugzeuge, aber noch innerhalb des Erfassungsbereichs der Satelliten. Bis zum Golf von Panama lagen noch 1800 Seemeilen vor ihr, doch mit jeder Umdrehung der drei Meter hohen Bronzeschraube schob sie sich weiter aus dem Gefahrenbereich.

Im Weißen Haus hatte der Präsident einen Frustrationsgrad erreicht, den er als nicht mehr tolerabel erachtete. Für die Probleme der Marine brachte er nach wie vor so gut wie kein Verständnis auf, murmelte ständig nur von den Dollar-Milliarden, die er jedes Jahr für Forschung und Weiterentwicklung militärischer Überwachungstechniken genehmige, nur um sich dann anhören zu müssen, dass ein 8000-Tonnen-U-Boot russischer Bauart irgendwo vor Laguna Beach sein Unwesen treibe, mit Raketen um sich feuere und keiner es finden, geschweige denn aufgreifen könne.

Die Situation entspannte sich etwas, als in Los Angeles wieder die Lichter angingen. Am Samstagnachmittag, dem 29. März, waren zwei Drittel der städtischen Stromversorgung wieder hergestellt. Es war eine sensationell gute Nachricht für die Einwohner der Stadt der Engel, auch wenn das Ganze wiederum bedeutete, dass andere Teile Südkaliforniens dafür zwei Stunden lang mit Versorgungsproblemen zu kämpfen hatten.

In San Francisco dauerte es einen Tag länger. Aber am Montagmorgen, dem 31. März, verfügten die beiden Metropolen samt ihrer Umgebung wieder über ein funktionierendes Stromnetz. Benzin allerdings war noch immer knapp, an den Tankstellen bildeten sich nach wie vor lange Schlangen.

Der Präsident zeigte sich erneut im Fernsehen und erklärte der Nation, dass die USA nun von ausländischem Öl abhängig seien und es noch mehrere Monate dauern dürfe, bis von Alaska wieder Öl fließen werde. Mit dem Wiederaufbau der Raffinerie in Grays Harbor sei bereits begonnen worden, die beiden Bruchstellen der unterseeischen Pipeline habe man inzwischen repariert. Das Energieministerium konzentriere sich auf die vorhandenen Raffineriekapazitäten und erarbeite gerade Pläne und Routen, um die vorhandenen Anlagen verstärkt mit Rohöl zu beliefern.

»Wir sollten«, verkündete er den erwartungsvollen Landsleuten, »in weiteren zwei Wochen die Lage im Griff haben. Für unsere Ölverladestationen bedeutet das eine große zusätzlich Belastung, aber Sie haben mein Wort darauf, schon in den nächsten Tagen wird der Preis für das Barrel Rohöl massiv fallen. Ich habe amerikanische Tanker weltweit ersucht, Rohöl zu den texanischen Anlagen am Golf von Mexiko zu bringen. Die Kosten, die Auswirkungen auf die Firmengewinne dürfen keine Rolle spielen – jetzt ist es an der Zeit, dass die Nation die Ärmel hochkrempelt und Benzin und Rohöl dorthin schafft, wo wir sie brauchen.«

Wieder einmal erwähnte er mit keiner Silbe das U-Boot, von dem das Pentagon annahm, dass es das Feuer auf die USA eröffnet hatte.

Im unterirdischen Lageraum des Westflügels leitete in dieser Zeit Admiral Morgan unzählige Konferenzen mit Befehlshabern der Streitkräfte und der Überwachungseinrichtungen, um auch noch das kleinste Detail des eintreffenden Datenstroms, das vielleicht ein bisschen Licht auf das mysteriöse U-Boot werfen könnte, genauestens unter die Lupe zu nehmen.

Die Navy hatte zwei weitere U-Boote der Los-Angeles-Klasse in Bewegung gesetzt, die *Boise* und die *Montpelier*. Sie durchquerten die Karibik und nahmen Kurs auf den Panamakanal. Wenn an der pazifischen Seite die Lotsen von Bord waren, sollten sie 200 Seemeilen vor der mittelamerikanischen Küste nach Norden in Richtung San Diego abdrehen und anschließend als Teil der amerikanischen Abfanglinie die mexikanisch-kalifornische Grenze patrouillieren.

Doch nichts in diesem verwirrenden Puzzle wollte so recht zusammenpassen, was vor allem im Pentagon für schlechte Stimmung sorgte. Den gesamten Tag und meist auch die Nacht hindurch überprüften die Überwachungsoffiziere ihre Daten, kontrollierten, ob die *Barracuda* inzwischen Zhanjiang verlassen hatte, verfolgten weltweit alle U-Boot-Bewegungen, betrachteten die Satellitenaufnahmen von Bandar Abbas bis Peking und nahmen die Bilder von den östlichen Gefilden des Pazifiks unter die Lupe.

Die gesamte Welt schien unter einer Flaute zu liegen. Nichts rührte sich, nichts wurde gefunden. Bis zum 11. April – als die USS *Boise*, nachdem der chinesische Panamalotse das Boot verlassen hatte, auf Tauchfahrt ging und die tieferen Gewässer außerhalb des Golfs von Panama ansteuerte. Um 1143 (Ortszeit) erfasste ihr Sonar ein russisches Atom-U-Boot. Es befand sich acht Meilen südlich der Kanaleinfahrt und des Ankerplatzbereichs für Handelsschiffe und steuerte auf Periskoptiefe mit zwölf Knoten einen nördlichen Kurs.

Der Kommandant der *Boise* hatte keine anderslautenden Befehle erhalten, die ein Abweichen von den Standard-COMSUBPAC-Bestimmungen – Feuer ist nur zur Selbstverteidigung zu eröffnen – erlaubt hätten. Außerdem wusste er um die Folgen, wenn er in den Hoheitsgewässern Panamas ein russisches Atom-U-Boot torpediert hätte ... noch dazu, wenn sich am Ende herausstellen sollte, dass es das falsche war. Überdies nahm das fremde Boot direkten Kurs auf den Kanal, wo es jeder sehen konnte.

Gemäß seinen Befehlen setzte er unverzüglich eine Satellitennachricht ab, die zum Hauptquartier der Pazifikflotte in Pearl Harbor und an die Marinebasis in San Diego weitergeleitet wurde. Vor dort wurde die Mitteilung in die Zentrale des 9000-Tonnen-Lenkraketenzerstörers USS *Roosevelt* geschickt, einem Schiff der Arleigh-Burke-Klasse, eines der bestbewaffneten Kriegsschiffe der Welt, das vor Raketen und Torpedos nur so strotzte. Auf der Heckplattform führte es zwei Lamps-III-Kampfhubschrauber mit, die mit *Penguin-* und *Hellfire*-Raketen ausgerüstet waren.

Die *Roosevelt* befand sich zu diesem Zeitpunkt auf Nordkurs, nachdem sie an der Westküste Kolumbiens gekreuzt hatte, um den einheimischen Drogenbaronen einen Dämpfer zu verpassen. Sie machte 30 Knoten Fahrt und lag etwa drei Stunden vor dem Handelsschiffhafen. Die per Satellit eingetroffenen Befehle des Kommandanten der Pazifikflotte waren eindeutig: *… das von der* USS Boise *aufgespürte russische Atom-Unterseeboot* Sierra I, *Barracuda-Klasse, Typ 945, lokalisieren … Steuert angeblich den Panamakanal an … Durch den Kanal hindurch bis zum Hafen an der Atlantikseite verfolgen … dort Treffen mit zwei Begleitschiffen … beides Boote der LA-Klasse, die* San Juan *und die* Key West, *patrouillieren sechs Seemeilen nordwestlich der westlichen Hafenmole von Cristobal …*

Die *Roosevelt* änderte ihren Kurs auf Nordnordwest und steuerte den Golf von Panama an. Der Kommandant des Schiffes, Captain Butch Howarth, befahl volle Fahrt. Kapitän Ben Badr peilte unterdessen weiterhin die Kanaleinfahrt an, um sich mit dem chinesischen Patrouillenboot zu treffen – der 24 Meter langen, mit einem Zwillingsgeschütz ausgestatteten *Gong Bian* 4405 (chinesischer Grenzschutz – Seekommando). Die beiden Schiffe hielten aufeinander zu.

Um 1300 war die *Barracuda* schließlich aufgetaucht, während die *Roosevelt*, 60 Seemeilen südöstlich, volle Kraft voraus lief. Vor sich konnte Ben Badr auf dem strahlend blauen Wasser die Tonne sehen, die den Beginn der sechs Seemeilen langen ausgehobenen Fahrrinne zum Hafen von Balboa und der von den Chinesen kontrollierten Kanaleinfahrt markierte.

Etwa einen Kilometer nordöstlich der Tonne lag eine Ausweichstelle, in der sich Frachter und Tanker aufreihten, um von dort die Reise zum Atlantik anzutreten. An diesem Tag allerdings schien kein Verkehr zu herrschen. Lediglich drei Tanker konnte Kapitän Badr entdecken, die eine Seemeile vom Rand des Hafens entfernt lagen.

Die *Gong Bian* erwartete sie bereits. Ihr Kapitän setzte das Boot neben die *Barracuda*, salutierte, hieß sie willkommen und wies daraufhin das U-Boot an, dem chinesischen Patrouillenboot langsam durch die Fahrrinne zu folgen, rote Tonnen steuerbords, um in den Hafen einzulaufen. Dort würde der chinesische Lotse an Bord kommen, um sie sicher durch die schmale Wasserstraße zu bringen.

Kapitän Badr, zu dem sich nun auch General Rashud und Korvettenkapitän Shakira Rashud gesellt hatten, gab von der Brücke herab die Befehle an den Rudergänger. Zusammen standen die drei unbekannterweise meistgesuchten Terroristen der Welt oben auf der Brücke und atmeten zum ersten Mal seit 62 Tagen wieder frische Luft, genossen zum ersten Mal den warmen Sonnenschein, seitdem sie die kalte russische Marinebasis in Petropawlowsk verlassen hatten. Die *Barracuda* hatte seither fast 7000 Seemeilen zurückgelegt, eine Strecke, auf der sich die beiden Kommandanten keinen einzigen Fehler erlaubt hatten.

Umspielt von einer leichten Bugwelle, schob sich das schwarze 8000-Tonnen-Gefährt im Fahrwasser der *Gong Bian* auf Steuerkurs drei-zwei-zwei sacht nach Nordwesten. Steuerbords ließen sie den tückischen San-Jose-Felsen hinter sich, vierhundert Meter weiter, am Ende des zwei Seemeilen langen Damms von Balboa, passierten sie die Inseln Flamenco, Perico, Paos und Culebra, an denen die Panama Railway endete, eine Eisenbahnlinie, die sich von der Atlantikküste durch den Dschungel bis hierher erstreckte.

Auch sie war, Mitte des 19. Jahrhunderts, von Amerikanern erbaut worden, ebenso wie der 1912 errichtete Damm, der seinerseits entstand, als die USA auf den vier Inseln den sagenumwobenen Fort-Grant-Komplex anlegten. Es war wohl die mächtigste Festung der Welt, die dort einst den pazifischen Eingang zum Kanal bewachte. Zwei wuchtige 35-Zentimeter-Kanonen mit einer Reichweite von 50 Kilometern hatten hier gestanden. Auf eigens für sie bereitstehenden Eisenbahnwaggons konnten sie schnell durch den Dschungel transportiert werden, falls auf der Atlantikseite Ungemach drohte.

Und dies alles – samt der historischen Eisenbahnlinie, die die beiden großen Hafenanlagen am jeweiligen Kanalende miteinander verband – war nun unter die Kontrolle der Chinesen gefallen. Zuzuschreiben war dies einem Präsidenten, der sich nie sonderlich um Amerikas Errungenschaften auf militärischem Gebiet gekümmert hatte und dem es gleichgültig gewesen war, wofür Amerika in der oftmals hilfsbedürftigen Welt stehen sollte.

Drei Kilometer hinter dem auf der Insel gelegenen Endstück der Eisenbahnlinie überspannte die imposante Puente de las Americas und mit ihr der von Panama nach Mexiko führende Pan-American Highway die Fahrrinne. Langsam kroch die *Barracuda* unter der Brücke hindurch und weiter zur Lotsenstation von Balboa, an der Ravi und Ben das Kommando über das U-Boot dem privilegierten Kreis der chinesischen Kanallotsen übergeben würden, Angestellten des Hutchinson-Whampoa-Konzerns.

Der Panamakanal war der einzige Wasserweg der Erde, auf dem selbst Kommandanten von Kriegsschiffen die Kontrolle über ihr Fahrzeug aus der Hand geben mussten.

Der chinesische Lotse kam an Bord, übernahm das Boot und erteilte den islamischen Terroristen Anweisungen in englischer Sprache. Dreieinhalb Seemeilen später näherten sie sich der hoch aufragenden Miraflores-Schleuse, der ersten der insgesamt drei Schleusen auf pazifischer Seite.

Der Wasserweg teilt sich, sodass in den 300 Meter langen Schleusenkammern der ankommende und auslaufende Verkehr unabhängig voneinander abgefertigt werden konnte. Häufig kam es vor, dass in einer Schleuse ein 80 000-Tonnen-Schiff nach oben gehoben wurde, während nur wenige Meter daneben ein anderes abgesenkt wurde. Bei jedem dieser Vorgänge fluteten 200 000 Liter Wasser in die Kammer oder wurden daraus abgelassen.

Über die beiden Teilstücke der Miraflores-Schleuse konnten Schiffe in zwei Schritten auf 16 Meter über dem Meeresspiegel gehievt oder von oben auf diesen abgesenkt werden. Nachdem sich die *Barracuda* dem ersten dieser 800 Tonnen schweren Tore genähert hatte, wurde sie an elektrischen Lokomotiven gehängt, die sie in die Kammern zogen. Die Ungetüme kosteten jeweils zwei Millionen Dollar, wurden von Mitsubishi gefertigt und halfen tatkräftig dabei mit, dass Hutchinson Whampoa Jahr für Jahr Millionen von Dollar verdiente.

Kapitän Badrs Boot brauchte eine halbe Stunde für den ersten Aufstieg zum kurzen, nur eineinhalb Seemeilen langen Miraflores-See, über den man zur letzten Schleuse auf der Pazifikseite gelangte, der Pedro-Miguel-Schleuse. Das U-Boot hangelte sich bereits durch die schmalen, flachen Gewässer, als knapp zehn Seemeilen dahinter und 16 Meter tiefer die USS *Roosevelt* den Handelsschiffhafen anlief.

Captain Howarth wurde befohlen, draußen bei den drei Tankern, die zuvor ja auch Ravi und Ben gesehen hatten, zu stoppen und sich für die Einfahrt in den Kanal in die Warteschlange einzureihen. Der US-Kommandant verlangte über Funk, dass ihm unter den Statuten des Vertrags von 1977 Priorität zustehe. Die chinesische Leitstelle in Balboa gab vor, ihn nicht zu verstehen.

Wie alle befehlshabenden US-Offiziere, die in die Verlegenheit kommen könnten, den Kanal passieren zu müssen, hatte er den exakten Wortlaut des Vertrags in seinem Computer. »*Umgehende Durchfahrt!*«, blaffte er. »Nach meinem Lexikon heißt das schnell, prompt. Dieser Vertrag wurde vom Präsidenten von Panama und dem Präsidenten der Vereinigten Staaten von Amerika unterzeichnet. Also kommt mal in die Gänge …«

Die chinesische Leitstelle verstand weder die Bedeutung der Worte »schnell« und »prompt« noch »in die Gänge kommen«. »Die Schleuse wird von Hutchinson Whampoa betrieben«, bekam er als Antwort. »Nicht vom Präsidenten der Vereinigten Staaten. Panama hat uns das Recht dafür erteilt. Und jetzt ist der Kanal geschlossen. Wegen sehr umfangreichen Reparaturarbeiten. Kann den ganzen Tag dauern, die ganze Nacht. Tut uns Leid. Sie haben zu warten.«

»*Geschlossen!*«, brüllte Captain Howarth. »*Was soll das heißen, geschlossen?*«

»Kanal geschlossen«, sagte die chinesische Stimme. »Das soll das heißen. Geschlossen. Sie können nicht hineinfahren. Schleusentore geschlossen.«

»Aber Sie haben in der letzten Stunde ein russisches U-Boot einfahren lassen«, erwiderte Captain Howarth, wobei sich seine Stimme zu überschlagen drohte.

»Da war der Kanal noch nicht geschlossen. Aber jetzt. Jetzt ist es anders.«

»Jetzt hören Sie mir mal zu«, sagte der amerikanische Offizier. »Wenn es sein muss, lasse ich den amerikanischen Präsidenten beim Präsidenten von Panama anrufen … Aber erst geben Sie mir mal Ihren Namen, Ihren Rang und Ihre Dienstnummer … Ihnen scheint nicht klar zu sein, dass Sie soeben einen internationalen Zwischenfall provozieren.«

»Mein Name tut nichts zu Sache«, sagte der Chinese gleichgültig. »Ich bin Zivilist. Ich habe keinen Rang und keine Nummer. Die Präsidenten betreiben den Kanal nicht mehr, sondern Hutchinson Whampoa. Und wir bestimmen, wer durchfährt und wer draußen bleibt. Im Moment ist der Kanal geschlossen. Sie bleiben draußen, bis wir sagen, dass Sie reinkommen können.«

Captain Howarth wusste, dass er geschlagen war. Für eine vollständige Passage mussten insgesamt sechs Schleusenpaare geöffnet werden. Drei, um nach oben zu kommen. Drei, um nach unten zu gelangen. Wenn die chinesischen Drecksäcke beschlossen hatten, sie ihnen vor der Nase zuzuknallen und nicht wieder zu öffnen, ließ sich kaum etwas dagegen unternehmen. Zumindest nicht sofort oder umgehend.

Er knallte den Hörer auf und diktierte eine Satellitennachricht, die sofort zur Marinebasis in San Diego geschickt wurde. »*Panamakanal um etwa 1435 (Ortszeit) von chinesischen Schleusenwärtern wegen ›Reparaturarbeiten‹ geschlossen. Einfahrt der* Barracuda *um 1345. Passage dürfte mindestens acht Stunden dauern. Voraussichtliche Ankunft am atlantischen Ausgang 112230APR08.* Roosevelt *wird pazifisches Ende absichern, Liegeplatz für Handelsschiffe, falls* Barracuda *den Kurs ändert. Erwarte weitere Befehle. Howarth.*«

Im Kanalabschnitt, der zur Pedro-Miguel-Schleuse führte, auf zwei Drittel des Höhenniveaus, standen Ravi und Ben mit dem Lotsen auf der Brücke und betrachteten die flachen Gewässer des Sees, die zu beiden Seiten der Fahrrinne vorüberzogen. Vor sich sahen sie die großen Schleusenportale und die riesigen Tore, die die Kammern abschotteten, von denen in einer bald das Wasser ansteigen würde, um die *Barracuda* die letzten zehn Meter hinauf zum Kanal zu heben.

Langsam schwangen die Tore auf. Die Ketten der Lokomotiven wurden um den Turm geführt, und das Boot wurde in die Kammer gezogen, worauf sich die zehnminütige Fahrt im »Aufzug« nach oben anschloss. Kapitän Badr befahl, den Atomreaktor der *Barracuda* herunterzufahren. Die Steuerstäbe wurden niedergelassen, und zum ersten Mal seit dem Verlassen der Halbinsel Kamtschatka begann der Reaktor sich abzukühlen.

Oben öffneten sich vor dem Bug des U-Boots die Tore. Ein chinesischer Marineschlepper wartete bereits dahinter, nahm das große Atom-U-Boot an den Haken und zog es hinaus auf den sonnenbeschienenen Wasserweg des Cucaracha Reach, dem zum Pazifik hin gelegenen Teilstück des Gaillard Cut.

Amerikanischer Ingenieurskunst und Tatkraft war es zu verdanken, dass hier ein 15,2 Kilometer langer Kanal durch die Kontinentalscheide, den hohen Gebirgsrücken des Isthmus, gestochen worden war.

Die Ufer ragten steil empor, und der Kanal vollführte eine Reihe scharfer Zickzack-Kurven, die von der scheinbaren

Unmöglichkeit zeugten, einen Wasserweg durch die dschungelüberwucherten Berge zu schneiden – Arbeiten unter mörderischer Hitze, die immer wieder von Erdrutschen und Felsabgängen behindert worden waren. Abertausende der von Fieber und Krankheiten geplagten französischen Arbeiter hatten hier den Tod gefunden. Aber auch für die Amerikaner, die sich besser darauf vorbereitet hatten, war es alles andere als ein Zuckerschlecken gewesen.

Dass nun auf der Brücke der *Barracuda* ein chinesischer Lotse stand, der in gewisser Weise über den von Amerikanern erbauten Kanal herrschte, war auf einen der wohl größten Irrwege der gegenwärtigen Weltpolitik zurückzuführen. Einen surrealen Anstrich erhielt dies alles noch durch die Tatsache, dass der ehemalige SAS-Major Ray Kerman nach den in einem russischen U-Boot begangenen terroristischen Anschlägen mit chinesischer Hilfe seine Flucht organisierte.

Doch genauso geschah es – während Captain Howarth draußen im Handelshafen vor Wut kochte, das Pentagon nach Erhalt seiner Satellitennachricht Gift und Galle spuckte und Admiral Morgan am liebsten durch die Decke gegangen wäre, während er in seinem Büro im Westflügel auf und ab schritt.

»Kathy!«, brüllte er. »Schaff mir in der nächsten halben Stunde den chinesischen Botschafter hierher. Und bestell schon mal einen Krankenwagen, falls ich diesem kleinen Scheißer den Garaus mache.«

Kathy wandte den Blick himmelwärts, glaubte aber irgendwie dennoch nicht, dass ihr Boss sich zu einer unbedachten Reaktion hinreißen lassen würde. Selten hatte sie im Weißen Haus eine Spannung wie die erlebt, nachdem die Meldung eingetroffen war, dass die Chinesen den Panamakanal geschlossen hatten.

Harcourt Travis, der Außenminister, sprach am Telefon mit dem Präsidenten von Panama, der vor den USA insgeheim einigen Bammel hatte – was auf den 20. Dezember 1989 zurückzuführen war, als die USA mit 26 000 Mann, rollenden Panzern und patrouillierenden Kampfflugzeugen in das Land einmarschiert waren. Die Operation *Just Cause* hatte zum Ziel,

General Manuel Noriega zu stellen, den korrupten Drogenbaron und Präsidenten, der fünf Tage zuvor etwas voreilig den USA den Krieg erklärt hatte.

Der Präsident von Panama hegte keinerlei Vorbehalte gegen das chinesische Geld und war mehr oder weniger bereit, ihnen in allen Belangen des Kanals entgegenzukommen, solange für das Land ein gewisser Anteil an den enormen Gewinnen abfiel. Andererseits beneidete er General Noriega nicht gerade um seinen gegenwärtigen Aufenthaltsort in einem Gefängnis in Florida, weshalb bereits die bloße Vorstellung, die USA könnten sauer sein, ihn seiner Mannhaftigkeit zu berauben drohte.

Die Skrupellosigkeit, mit der die Chinesen ihren Geschäften nachgingen, ließ ihn gelegentlich etwas nervös werden. Vor den USA allerdings hatte er regelrecht eine Heidenangst, vor allem wenn an der Spitze ein republikanischer Präsident stand, umgeben von harten Männern, die sich um linkspazifistische Rhetorik, die Forderungen der Dritten Welt und das leere pathetische Geifern mancher Staatenführer, die »USA bis auf den Tod zu bekämpfen«, einen Dreck scherten.

Nun hatte er einen mit allen Wassern gewaschenen, knüppelharten ehemaligen Juraprofessor aus Harvard in der Leitung, der ihm mitteilte, dass es doch jammerschade wäre, wenn der Präsident der Vereinigten Staaten äußerst erbost wäre, »denn das könnte sich für Ihr unglückliches, von Armut geplagtes, sich abrackerndes Land doch als sehr unproduktiv erweisen«.

Der Präsident Panamas war des Englischen nicht so weit mächtig, dass er wirklich jedes Wort davon verstand, Harcourt Travis' eisiger Tonfall allerdings ließ keinen Zweifel aufkommen, dass die Chinesen bei dieser Sache mit dem Feuer spielten. Allerdings wäre er derjenige, der als Erster einen kräftigen Tritt in den Arsch bekommen würde.

»Aber Mr. Travis«, protestierte er. »Sie wissen doch sehr gut, dass wir dem chinesischen Hutchinson-Whampoa-Konzern die Leitung des Kanals übertragen haben. Wir lassen ihnen freie Hand, den Betrieb nach ihren Vorstellungen kostengünstig zu gestalten. Solange dieser Vertrag läuft, kann ich wenig ausrichten.«

Harcourt Travis seufzte und fuhr mit milder Stimme fort: »Die Tatsache, dass Ihr Vorgänger mit dem in bestimmten Belangen etwas kurzsichtigen ehemaligen Präsidenten meines Landes ein falsches Spiel getrieben hat, indem er eine illegale Vereinbarung mit Rotchina traf, ist nicht unbedingt dazu angetan, sich in der gegenwärtigen Regierung Freunde zu erwerben. Wenn ich Ihnen, Herr Präsident, das in etwas einfacherer Form zusammenfassen darf: Wir bestehen darauf, dass innerhalb der nächsten zwei Stunden der Kanal wieder geöffnet wird, ansonsten ...«

»Ansonsten was?«, fragte der Präsident bekümmert. Aber die Leitung war bereits tot. Nur ein Gedanke ging dem gewählten Führer Panamas noch durch den Kopf ... der Gedanke an 26 000 Landungssoldaten, die das Feuer eröffneten, an amerikanische Panzer, die durch die Straßen Panama Citys walzten, Jagdbomber, die darüber hinwegröhrten, knatternde Kampfhubschrauber, die über der Stadt standen.

Er hatte es am eigenen Leib erfahren und war 1989 beim Einmarsch der USA um sein Leben gerannt. »So ein Mist« war alles, was dem Präsidenten dazu noch einfiel.

Damit berief er seine Minister ein und ließ sich über die direkte Diplomatenleitung mit dem chinesischen Botschafter im feudalen Punta-Paitilla-Viertel der Stadt verbinden.

Es dauerte keine drei Minuten, bis er den Botschafter in der Leitung hatte, der sich als so hilfreich erwies, wie der Präsident befürchtet hatte. *Ich weiß, es kam zu einigen Unannehmlichkeiten an der Miraflores-Schleuse ... Ja, ja, mir ist bewusst, dass es den Amerikanern nicht gefällt ... Ich kann da leider nichts tun ... Hutchinson Whampoa ist ein von der chinesischen Regierung völlig unabhängiges Unternehmen ... Es hat einen Vertrag mit Ihrem Land, nicht mit China ... Zu den Richtlinien unserer Politik gehört es, sich nicht in die Belange von Privatunternehmen einzumischen ... Ich bin nicht autorisiert, die Botschaft meines Landes in dieser Form einzuschalten ... Tut mir Leid, Herr Präsident, ich kann Ihnen nicht helfen ...*

Das brachte den Präsidenten Panamas völlig aus der Fassung. Wie jeder in Panama wusste auch er, dass Hutchinson Whampoa von keinem anderen als der chinesischen Regierung selbst geleitet wurde. Und diese hatte aus anscheinend überaus wichtigen Gründen beschlossen, den Kanal zu schließen, und würde auch weiterhin alle Bitten seitens seiner Regierung abblocken, bis Li Ka-shing der Sinn danach stand, den Kanal wieder zu öffnen.

Außerdem war er weder vorgewarnt, konsultiert noch zumindest in Kenntnis gesetzt worden. Dazu dieser schreckliche Mensch Harcourt Travis, der ihn von Washington aus anrief und mit weiß Gott was drohte. Allerdings war ihm nicht klar, dass Travis noch zu den sanftesten und besonnensten Diplomaten der US-Regierung gehörte, und dass das, was er soeben erlebt hatte, keineswegs zu vergleichen war mit den donnernden Verbalattacken, die zum gleichen Zeitpunkt auf einen anderen chinesischen Botschafter einprasselten – jenen nämlich, der Admiral Arnold Morgan gegenübersaß.

»*Wagen Sie es ja nicht, mich anzulügen!* Es interessiert mich nicht die Bohne, was in Ihrer Macht steht, und genauso wenig interessiert es mich, was Ihre großspurige, minderbemittelte Regierung denkt ... *Öffnen Sie den verdammten Kanal ... Zwei Tage! Ich sagte, in zwei Stunden ...* Und jetzt sind es noch eine Stunde und zweiundvierzig Minuten ... Vielleicht ist in dem verdammten Peking oder wo immer Sie herkommen die Zeit stehen geblieben ... Aber nicht hier in den USA, *hier läuft die Zeit weiter, verstanden?*«

Kathy O'Brien hatte Arnold noch nie so wütend erlebt. Sie wunderte sich, warum der chinesische Botschafter nicht einfach aufstand und ging. Nach einigen Sekunden wusste sie dann, warum er noch immer hier war.

»Und wenn Sie auch nur versuchen sollten, hier abzuhauen, bevor ich es Ihnen sage, dann sitzen Sie noch heute in einer Maschine nach Shanghai, ohne Rückflugticket ... Dann werden Sie *deportiert* ... kapiert? *Was soll das heißen, ich würde es nicht wagen ... Stehen Sie auf und probieren Sie es aus!*«

Was Ms. O'Brien jedoch nicht ganz mitbekam, war, dass Arnold Morgan einer ausgeklügelten Dramaturgie folgte; klar, er terrorisierte den Botschafter, bereitete dabei aber ein Finale vor, das den Diplomaten aus den Schuhen katapultieren sollte.

Es dauerte zwanzig Minuten, bis der Admiral zu seinem entscheidenden Schlag ausholte, nach dem die Welt der internationalen Beziehungen für einen kurzen Moment zum Stillstand kam.

»Eure Exzellenz«, sagte Arnold mit seidenweicher Stimme, »sollte der Panamakanal für den Rest des Tages geschlossen bleiben, werden ihn die Vereinigten Staaten von Amerika mit militärischer Gewalt nehmen. Wir werden die steinzeitlichen Hafenanlagen in Cristobal und Balboa dem Erdboden gleichmachen, wir werden beide Städte besetzen, und jeder, der sich uns dabei in den Weg stellt, vor allem, wenn es sich um Chinesen handeln sollte, wird unweigerlich den Tod finden. Sollte der Kanal bei unserem Angriff Schäden davontragen, werden wir sie reparieren. Und dann gehört der Kanal wieder uns. Wenn Sie jetzt so gut sein und diese erquicklichen Nachrichten Ihrer verschlagenen Regierung übermitteln wollen. *Und jetzt raus hier!*«

Es durfte bezweifelt werden, ob ein Botschafter seit Menschengedenken jemals so behandelt worden war. Kathy musste dem chinesischen Diplomaten ein Glas Wasser reichen, bevor er sich in der Lage sah, den Westflügel zu verlassen.

Danach brachte sie ihrem Boss frischen Kaffee mit Prädikats-Schrot, wie er die neuen kleinen goldfarbenen Süßstoffpillen nannte, die genau wie Zucker schmeckten.

»Ich hab nie verstanden, warum du keine Karriere im diplomatischen Dienst angestrebt hast«, sagte sie mit honigsüßer Stimme. »Solch subtile Formulierungen, so unaufdringlich, und dabei so überzeugend …«

»Kathy«, sagte er. »Weißt du irgendwas über die Geschichte des Panamakanals? Und warum wir heute vor dieser Sauerei stehen, die ich schon vor neun Jahren vorhergesehen habe?«

»Na ja, nicht unbedingt.«

»Ich habe jetzt nicht die Zeit, dich umfassend darüber aufzuklären«, sagte er. »Nur so viel: Carter hätte diesen Vertrag niemals zulassen dürfen. Wir hätten die Muskeln spielen lassen und weiterhin auf unserer Kontrolle bestehen sollen. Der nächste demokratische Präsident nach ihm hätte diese Drecksäcke sofort stoppen sollen, als sie die Kontrolle über die Wasserstraße China übertrugen …«

»Wie hätte er das denn tun sollen? Der Kanal gehörte doch schon Panama, oder?«, erwiderte Kathy, die als Frau immer ein gewisses Gefallen an Bill Clinton gefunden hatte.

»Weil das alles illegal war. Es waren gewisse Richtlinien vorgegeben, das Bieterverfahren zum Betrieb des Kanals war international ausgeschrieben. Die USA gaben ein Angebot ab, das sehr viel höher lag als alle anderen. Aber die Chinesen haben mit Bestechungsgeldern gelockt, die noch größer waren als das, was die ganze Verbotene Stadt wert ist, und erhielten eine zweite Chance – außerdem nannte man ihnen die Höhe des amerikanischen Angebots. Ein paar Tage später übergab die Regierung von Panama den Kanal an diesen Hongkonger Konzern, der eigentlich Peking gehört.«

»Wow!«

»Wow, genau. Obwohl ich mir wünschte, du würdest vom Gebrauch solch geistloser, abgeschmackter Ausdrücke Abstand nehmen.«

Kathy, die sich von seinem harschen Kommentar wenig beeindrucken ließ, brach in schallendes Gelächter aus, so wie sie es immer tat, wenn ihr zukünftiger Ehemann seinem Ärger Luft machte. Schließlich sprang er mit jedem auf diese Weise um, und außerdem war das Ganze bei weitem nicht so schlimm wie die Abreibung, die er soeben dem chinesischen Botschafter verpasst hatte.

»Also, was hätte das Weiße Haus dagegen unternehmen können?«

»Sie hätte der Regierung Panamas klar machen müssen, dass die USA den Kanal betreiben werden. Und hätte auch nur einer den Finger gegen uns erhoben, hätten wir das als feindseligen Akt angesehen und entsprechend reagiert. Dann hätte ich sie daran erinnert, dass der Kanal von amerikanischen Ingenieuren, mit amerikanischem Geld, amerikanischem Schweiß gebaut wurde. Und wir nie einem Schiff die Passage verweigert haben, zumindest nicht in Friedenszeiten. Wir hätten ihnen unmissverständlich klar machen sollen: Wenn sie meinen, sie könnten sich über den guten Glauben Amerikas hinwegsetzen und das verdammte Ding einem totalitären kommunistischen Regime übereignen, bei dessen Menschenrechtspolitik einem Idi Amin wie eine Märchenfee erscheint ... und ihnen dann auch noch das Recht einräumen, dass sie nach Gutdünken Schiffen die Durchfahrt verweigern ... Dann, verdammt noch mal ... Sie hätten es nur versuchen sollen, dann hätten sie von den USA mit aller notwendigen Härte aufgehalten werden müssen. So und nicht anders.«

»Und wenn Panama uns gezwungen hätte, Farbe zu bekennen?«

»Was? Dieses unfähige Gaucho-Pack? Kathy, ich spreche hier von militärischer Macht, von der Kraft und dem Mut, durch die dieser Kanal errichtet wurde. Wenn die USA etwas wollen, das doch ganz offensichtlich im Interesse der gesamten Welt ist, dann sollten wir dort einmarschieren und es uns holen. Und den gottverdammten Panamesen sagen, dass sie doch ihre flohverseuchten Mulis füttern sollen.«

»Nette Analogie, o mein Dichterfürst«, sagte Kathy. »Und übrigens, Gauchos leben in Südamerika ...«

»Okay, ein kleiner Lapsus. Von Panama sind es doch nur dreihundert Meter bis zum drogenberauschten Kolumbien, oder?«

Wieder lachte Kathy. »Ehrlich«, sagte sie, »du bist doch der abscheulichste Mensch auf ...«

»Richtig abscheulich werde ich erst in zwei Stunden werden, wenn die Chinesen den Kanal nicht aufmachen.«

Die *Barracuda* passierte in der Zwischenzeit den atemberaubenden, tief in den Berg geschnittenen Gaillard Cut, Steuerkurs drei-zwei-fünf, vorbei an den Geröllhaufen der Bergabgänge, die immer wieder auf beiden Seiten des Culebra Reach niedergingen.

Der Schlepper vollführte eine weitere Kursänderung fünfzehn Grad nach Steuerbord, bevor er in den Las Cascadas Reach einfuhr, der schließlich in den Gatun-See mündete, ein 400 Quadratkilometer großes tropisches Gewässer, das von lauernden Krokodilen patrouilliert wurde. Die Fahrrinne führte im Zickzack zwischen den Inseln hindurch.

Fünf Kursänderungen waren auf der gewundenen Route nötig, die sich an unbewohnbaren Regenwäldern und dicht bewaldeten Küsten vorbeischlängelte. Natürlich war auch der Gatun-See von Menschenhand geschaffen worden. Er wurde nach dem Bau des mächtigen Gatun-Damms angelegt, der den Chagres aufgestaut hatte. Meilenweit wurde dadurch das Land überflutet, 29 Dörfer verschwanden in den Wassermassen, die für die Fahrrinne notwendig waren.

Das riesige Bauwerk der Gatun-Schleuse mit ihrem dreistufigen Kammernsystem, das die Schiffe vom Meeresspiegel auf das Höhenniveau des Sees bringt, gilt noch immer als eine der herausragenden Leistungen menschlicher Baukunst.

General Rashud hatte seiner Frau alles über das gewaltige Betonmonument erzählt, das den Ausgang zum Atlantik markierte, weil er wusste, dass sie es nicht zu Gesicht bekommen würden. Kurz vor 2100, nachdem sie lange Zeit den Leuchtfeuern und Bojen gefolgt waren, befahlen die chinesischen Navigatoren kurz vor dem Peña Blanca Reach, zwei Seemeilen vor den Schleusen, das Boot hart nach Backbord.

Langsam brachte der Schlepper das U-Boot in den einsamen westlichen Abschnitt des Sees, der zur Vorbereitung auf die Ankunft der *Barracuda* seit zwei Tagen für Fischer, Touristen und Schnorchler gesperrt war.

Die Temperatur kühlte sich auf etwa 26 Grad Celsius ab; die Luft allerdings war feucht: eine schwüle tropische Nacht, vielleicht der Vorbote für die ersten schweren Regenfälle der Saison. In der Ferne hörten sie Brüllaffen, die sich in den Baumwipfeln noch nicht für die Nacht eingerichtet hatten, gelegentlich das Kreischen eines Aras und das hohe, stakkatoartige Sirren der Zikaden.

Im zwölf Faden tiefen Wasser schlichen sie durch die Dunkelheit. Die Navigatoren hatten große Suchscheinwerfer aufgestellt und befahlen einen Kurs von zwei-sieben-null, den sie später auf eins-acht-null änderten, um im tieferen Abschnitt entlang der zerfransten Küste zu bleiben. Völlig geräuschlos zogen sie an Trinidad Island vorbei und dann nach Süden, sechs weitere Seemeilen in die einsame Trinidad Bay hinein, eine noch sieben Faden tiefe, fast vier Kilometer breite Bucht, deren Ostseite unbewohnt war.

Klar und deutlich sprach der Lotse seine Steuerbefehle und führte das U-Boot von der Brücke aus, bis es hinter dem Schlepper nach Osten schwenkte. Eine halbe Seemeile weiter rundeten sie die Spitze von Pelican Island. Die chinesischen Pfadfinder steuerten die *Barracuda* direkt auf die Küste zu, vorbei an einem stark überwachsenen Strand, dann durch eine ausgehobene Fahrrinne, die unter dichtem, überhängendem Regenwald lag.

Erschreckt stieß Kapitän Badr noch einen Warnruf aus, doch da war es bereits zu spät. Der Bug der *Barracuda* 945 setzte im weichen Schlamm auf, gleich neben einer gelben Markierung, die eine Woche zuvor das Boot mit dem Schürfkübelbagger hinterlassen hatte. Der Turm und das Oberdeck des Bootes, das lediglich fünf Meter von der Küste entfernt lag, waren von tropischem Blattwerk bedeckt. Der Schlepper kam längsseits und schob das U-Boot in Position, dann wendete er und verschwand in nördliche Richtung.

Sofort danach näherte sich ein chinesisches Patrouillenboot und legte eine Gangway zum U-Boot, das im flachen, regungslosen Wasser lag. Sechs Maschinisten, die sonst an der U-Boot-Basis in Huladao im Gelben Meer stationiert waren, kamen an Bord. General Rashud befahl den ersten zwanzig seiner Mannschaft, ihre Sachen zu packen und das Boot zu verlassen.

Alle anderen bereiteten sich darauf vor, innerhalb der nächsten zwei Stunden von Bord zu gehen. Ravi, Shakira und der Kapitän sollten die Letzten sein, die auf der zweiten Fahrt zum Nordostufer des Sees in die Nähe des Flughafens Colon gebracht werden würden.

Es dauerte fast zwei Stunden, bis das Patrouillenboot, nachdem es die erste Hälfte der Besatzung fortgebracht hatte, kurz vor Mitternacht wieder zurückkehrte, um die restliche Hamas-Mannschaft aufzunehmen. Ben Badr hatte mittlerweile den Befehl gegeben, die Ventile der Tauchzellen zu öffnen. Langsam versank die *Barracuda* im weichen Schlamm und setzte schließlich hart auf dem Grund auf. Das Wasser strömte bereits über das Oberdeck.

Die Bug- und Heckluken waren geöffnet. Die Maschinen waren bereits zum größten Teil abgestellt worden, nur der Notfall-Diesel lief noch sowie die Pumpen, die das Wasser in die Trimmzellen pressten, damit das Boot nicht Schlagseite bekam. Alle Flutventile waren geöffnet.

Insgesamt würde es noch etwa vier Tage dauern, bis das riesige Unterwasser-Kriegsschiff zu einer stummen, toten Hülle reduziert war. Die chinesischen Maschinisten würden noch unter schrecklichen, feucht-schwülen Bedingungen zu tun haben. Aber ihre Befehle waren eindeutig: *Niemand darf jemals erfahren, dass es dieses U-Boot gegeben hat … Versenkt es im Schlamm, es muss spurlos verschwinden.*

Um Mitternacht war nur noch der Turm zu sehen. Als Ben Badr den Reaktorraum fluten ließ, sackte das Boot noch weiter in die Vertiefung, das der chinesische Schürfbagger gegraben hatte. Es war nur eine Frage der Zeit. Militärische Tarnmaßnahmen und einige von der chinesischen Marine aufgestellte Warn- und Gefahrenschilder sollten die *Barracuda* und ihre Geheimnisse für die nächsten Jahrzehnte sicher verbergen.

Alles lief nach Plan, bis Shakira in der Dunkelheit einen hellen Suchscheinwerfer entdeckte, flankiert von einem roten und grünen Positionslicht – ganz unzweifelhaft ein Motorboot, das, von ihren Scheinwerfern angezogen, mit hoher Geschwindigkeit auf sie zukam.

»Mein Gott«, sagte Ravi. »Wer zum Teufel ist das?«

Unvermittelt wurde er wieder zum SAS-Major, der sofort die Sache in die Hand nahm. Er rief dem Rudergänger des chinesischen Patrouillenboots zu: »Legen Sie ab, entfernen Sie sich, normale Geschwindigkeit, keine Panik ... Und in einer halben Stunde kommen Sie wieder zurück.«

Während das eine Boot verschwand, kam das andere langsam näher. Die helle Bugwelle schimmerte im dunklen Wasser, während es längsseits kam. Es war ein zehn Meter langer Boston Whaler. Ravi war erstaunt, eine amerikanische Stimme zu hören.

»He, Kumpel, hier ist Joe Morris aus Delaware ... Könnt ihr uns helfen, wir haben unsere Karte verloren ... Sind schon zwei, drei Tage in der Bucht, weil man hier wunderbar angeln kann ... Ist das hier der richtige Kurs zu den Schleusen, sieht ja alles verdammt noch mal gleich aus.«

General Ravi Rashud antwortete mit seinem besten englischen Offiziersakzent. »Ah, guten Abend. Wir sind Briten ... wir organisieren hier für den World Wildlife Fund eine Zusammenkunft für nächste Woche ... Aber Sie liegen schon richtig ... Immer nach Norden ... Die Schleusen kommen dann auf der Backbordseite.«

Er und Ben Badr, die auf der Brücke des versenkten russischen U-Boots standen, von dem nur noch der Turm aus dem Wasser ragte, mussten ein ziemlich albernes Bild abgegeben haben. Er hoffte bei Gott, dass der nur mit einer Taschenlampe ausgerüstete Amerikaner in der Finsternis nichts bemerken würde.

Aber der Amerikaner bemerkte es. »He, worauf zum Teufel steht ihr denn da? ... Sieht mir verdammt noch mal nach einem U-Boot aus ... Seid ihr Schmuggler oder was?«

»Ganz gewiss nicht«, sagte der Hamas-General. »Das hier ist ein Tauchboot des Wild Wildlife Fund, das wir schon in ganz Mittelamerika eingesetzt haben ... Wir beobachten damit seltene Fischarten, ein ziemlich nützliches Spielzeug ...«

»Sieht mir aber verdammt nach einem veritablen U-Boot aus«, sagte Joe Morris. »Ich war mal bei der U.S. Navy ...

Norfolk, Virginia. Dort hab ich eine Menge U-Boote gesehen, das könnt ihr mir glauben.«

»Aber keines wie dieses«, erwiderte Ravi. »Wir haben nur ein Boot mit Glasboden. Schon toll, was wir alles unter Wasser zu sehen bekommen ...«

»Wow. Klingt ja phantastisch. He, warten Sie einen Moment, ich will ein Foto schießen ... Muss nur noch den Blitz auftreiben. Das zeig ich dann zu Hause meinen Navy-Kumpels, die interessiert so was ...«

Das Blitzlicht an der Kamera von Joe Morris aus Delaware erhellte die Dschungelnacht.

»Wollen Sie vielleicht an Bord kommen, dann zeig ich Ihnen unsere Unterwasserscheinwerfer. Manchmal kommen die Krokodile ganz nah, wenn wir die anschalten ... Bringen Sie Ihre Kamera mit.«

»He, ist ja großartig. Können meine zwei Kumpel auch noch mitkommen ... Skip und Ronnie? Wir stammen alle aus Wilmington.«

»Klar ... Kommen Sie zur Strickleiter an der anderen Turmseite, die haben wir erst vor kurzem runtergelassen. Und achten Sie darauf, wo Sie hintreten ... Die Krokodile sind heimtückische Biester ... Wir wollen ja nicht, dass Sie von denen gefressen werden ...«

Ravi sprach schnell einige Worte zu Shakira, die daraufhin nach unten verschwand. Fünf Minuten später standen die drei Gäste auf der Brücke der *Barracuda*. Ravi führte sie auf das Deck darunter. Er bemerkte, dass Joe Morris eine Automatikpistole in seinen Gürtel geklemmt hatte. Die anderen beiden schienen unbewaffnet zu sein.

Das Deck unter der Stahlleiter war glücklicherweise noch nicht geflutet. Joe Morris und seine Kumpel waren bester Dinge. Als sie alle unten versammelt waren, stellte Ravi sich vor: »Willkommen an Bord, Gentlemen ... Ich bin Captain Mark Smyley, Irish Guards ... im Moment zum World Wildlife Fund abkommandiert, als persönlicher Leibwächter des Herzogs von Edinburgh ...«

»He! Na, Jungs, was sagt ihr jetzt? Haltet euch an mich,

man weiß nie, wem man übern Weg läuft!« Joe lächelte fröhlich.

Er lächelte noch immer, als Ravi ihm die Spitze eines dreißig Zentimeter langen Schraubenziehers in die Nasenwurzel rammte und ihm anschließend mit der Kante der rechten Hand die Nase tief ins Gehirn trieb. Joe war auf der Stelle tot.

Seine Gefährten hatten noch nicht einmal mehr Zeit zum Reagieren. Völlig entgeistert standen sie etwa drei Sekunden lang nur da – die letzten drei Sekunden ihres Lebens –, bis Shakira, die ganz ruhig unter dem Sehrohr stand, ihnen mit vier Feuerstößen aus einer AK 47 die Stirn wegblies.

Die chinesischen Maschinisten ein Deck darunter bekamen davon überhaupt nichts mit. Shakira und Ravi zogen eilig die Leichen in eine Ecke der mittlerweile völlig leeren Zentrale. Dann rief Ravi nach Ben Badr, und die beiden kletterten die Leiter zur Brücke hinauf, enterten Joe Morris' Boot und durchwühlten das Gepäck, bis sie die Brieftaschen und Pässe der drei Männer gefunden hatten.

Sie nahmen alles an sich, starteten die beiden Außenborder und fuhren das Boot von der Küste weg zur seewärts gelegenen Seite des U-Boot-Turms, holten die Bugfangleine nach achtern und machten damit das Heck des Whalers am U-Boot fest, setzten das Steuer geradeaus, direkt in Richtung Westen, und drehten den Gashebel der Außenborder leicht auf.

Shakira hatte mittlerweile die Strickleiter hinter dem Whaler vom Turm nach unten fallen lassen, worauf erst Ben Badr und anschließend Ravi auf das U-Boot zurückkletterten.

Der Hamas-General löste anschließend den Whaler und sah zu, wie das Boot davontuckerte. Gleichzeitig riss Shakira den Sicherungsstift aus einer Handgranate und warf sie auf das sich entfernende Boot. Sechs Sekunden später, etwa 50 Meter weiter, wurde das kleine Fahrzeug in die Luft gesprengt. Langsam versanken die Wrackteile im Gatun-See.

Shakira Rashud nahm die Pässe und Brieftaschen und schob sie ihren ehemaligen Besitzern in die Hosentaschen.

Für den unwahrscheinlichen Fall, dass das U-Boot jemals gefunden werden sollte, hätten die Ermittler dann einiges zum Grübeln: *Stromausfall in der Oscar-Nacht – das Werk von Terroristen aus Delaware.*

In den folgenden fünf Minuten erklärte Ravi den chinesischen Maschinisten, was er und Shakira getan hatten und warum das hatte geschehen müssen. Der Chef, ein Atomantriebsexperte, sprach ausgezeichnet Englisch und verstand sofort: »Sehr gut, General. Mein Admiral will nicht, dass das Boot gefunden wird. Falls doch, bin ich dran … Es gefällt mir also viel besser, wenn es Joe Morris in die Schuhe geschoben wird.«

Fünf Minuten später kehrte das Patrouillenboot zurück. General Rashud, Shakira und Kapitän Badr verabschiedeten sich von den chinesischen Maschinisten, die tief unten im U-Boot noch am Fluten waren, und gesellten sich zu ihren Hamas-Gefährten, um mit ihnen zur Nordostküste des Sees aufzubrechen.

Draußen im Atlantikhafen schickte die *San Juan* ihre mittlerweile dritte Satellitennachricht an das Hauptquartier der Pazifikflotte: *20046APR08. Panamakanal nach wie vor geschlossen. Bislang keinerlei Hinweis, dass* Barracuda *den Kanal durch die Gatun-Schleuse verlassen hat. Kein Schiff fuhr in den Kanal ein, keines kam heraus. Vierzehn Frachter und Tanker, dicht nebeneinander an ihren Liegeplätzen, warten auf die Einfahrt.* San Juan.

In Washington, das in der gleichen Zeitzone wie Panama lag, hielt sich Admiral Morgan noch immer in seinem Büro auf, sprach mit Kathy und telefonierte mit dem Pentagon und Fort Meade. Die Chinesen hatten seine harsche Warnung ignoriert, daher hatte er nun den Präsidenten und den Außenminister darüber in Kenntnis gesetzt, dass er den chinesischen Botschafter frühmorgens nach Peking ausweisen würde.

Lt. Commander Ramshawe hatte soeben angerufen und mitgeteilt, dass mittlerweile fotografische Beweise für die Einfahrt der *Barracuda* in die Miraflores-Schleuse kurz vor

1500 vorlagen. Auf der Satellitenaufnahme war sie in der schmalen geteilten Fahrrinne kurz vor den Schleusenkammern zu sehen. Sie hing noch nicht an einem Schlepper. Ihr Umriss entsprach genau demjenigen der alten russischen *Sierra I.*

»Gibt's noch irgendwelche anderen Aufnahmen, Jimmy?«, fragte der Admiral.

»Nur eine noch, Sir. Aber die ist ziemlich schlecht. Sie wurde kurz vor Einbruch der Dunkelheit geschossen. Das Boot befindet sich am Südende des Gatun-Sees. Es könnte sich sehr wohl um den alten Säbelzahn handeln, vor ihr aber liegt ein sehr viel kleineres Boot. Wahrscheinlich ein Schlepper, wie ich annehme. Aber das lässt sich nach diesem Abzug nur sehr schwer sagen. Komisch ist nur, dass über die gesamte Länge des Kanals kein einziges Schiff zu entdecken ist. Da fahren doch sonst durchschnittlich vierzig Schiffe am Tag durch.«

»Hm«, sagte der Admiral. »Das Boot hat doch nicht einfach wenden und wieder in den Pazifik hinausfahren können, oder?«

»In diesem Fall, Sir, wäre es direkt gegen die *Roosevelt* geprallt. Sie haben der chinesischen Marine gesagt, dass sie sie mal können … und sich vor einigen Stunden nah an den Ausgang rangeschoben, um ihn zu bewachen. Die Gewässer dort sind ziemlich flach. Die *Barracuda* könnte den Golf von Panama nur in aufgetauchtem Zustand durchqueren. Das verdammte Ding hätte sich also nicht an dem US-Zerstörer vorbeischieben können, ohne dass es dabei gehört oder gesehen worden wäre.«

»Nein, vermutlich nicht. Bleibt also die Frage, wohin es verschwunden ist. Die Satelliten sind auf den Kanal ausgerichtet?«

»Jawohl, Sir. Tatsache bleibt aber, dass das verdammte Ding verschwunden ist – als hätten sie es versenkt.«

»Das würden noch nicht mal die Chinesen wagen. Schon gar nicht in einem Inlandsgewässer. In der Fahrrinne werden sie es mit Sicherheit nicht auf Grund gesetzt haben. Außerdem versenkt man ein Atom-U-Boot nicht, wenn man unter den Handelsnationen nicht zum Ausgestoßenen werden möchte. Das Risiko der atomaren Verseuchung ist einfach zu groß.«

»Ja, vermutlich, Sir. Aber es macht mich ganz kirre, dass das Drecksding einfach im Kanal verschwunden ist. Ich weiß nicht, wo ich noch nach ihm suchen soll …«

»Ich auch nicht, Jimmy, ich auch nicht. Es muss irgendwo da drin sein. Mein Gott, der Kahn ist über hundert Meter lang. Das wäre ja so, als würde man das Washington Monument im Potomac verlieren.«

Er legte den Hörer auf und überlegte, ob er nach Hause gehen oder doch noch eine Weile die Stellung halten sollte. Dann besprach er das Problem mit Kathy, die ihm in aller Ruhe erwiderte: »Dieses verdammte U-Boot war, soweit ich mich erinnern kann, immer irgendwie verschwunden. Egal, wo es war, es war nicht zu finden … und jetzt ist es eben im Panamakanal verschwunden … Klingt für mich ziemlich bescheuert.«

»Unter Wasser sind solche Dinge nur schwer zu finden.«

»Das weiß ich ja. Aber es ist doch ein sehr flaches Gewässer, oder?«

»Daran musst du mich nicht erinnern.«

»Gut, nur eine Frage: Wenn jemand in einem flachen Gewässer ein U-Boot versenkt, kann es dann von Satelliten noch aufgespürt werden? Das heißt, wenn der Reaktor noch läuft … Du weißt schon, mit Infrarot und so?«

»Gut möglich, wenn der Reaktor tatsächlich noch läuft. Aber wenn man ein verdammt großes U-Boot auf den Grund eines Sees setzt, dann stellt man den Reaktor ab, schiebt die Stäbe rein, flutet es mit kaltem Wasser und lässt es abkühlen. Nach einigen Tagen ist dann keine Wärmeabstrahlung mehr zu registrieren.«

»Und dann würde auf den Satellitenfotos nichts mehr zu sehen sein?«

»Nicht, wenn gute Arbeit geleistet wurde, wenn sie es tief im Schlamm versenkt und alle Systeme abgeschaltet, vielleicht äußerlich sogar noch getarnt haben. Dann wird man es nie finden. Und mit der Zeit wird es ganz verschwinden, wird noch weiter einsinken, bis es ganz weg ist.« Admiral Morgan schwieg kurz, dann sagte er nachdenklich: »Ich habe kein gutes Gefühl bei der Sache … Dieses Drecksding wird man nur finden, wenn jemand den gottverdammten Gatun-See ablässt. Dann wird das Rätsel vielleicht gelöst werden.«

In genau diesem Moment, während Admiral Morgan sich mit Kathy unterhielt, hob eine gecharterte Boeing 747 in den Farben der Air China mit Ziel Damaskus und Bandar Abbas von der Rollbahn in Colon ab und stieg hoch hinauf in den nächtlichen Himmel über der Küste Panamas.

Die Maschine drehte bei und nahm Kurs nach Osten, in Richtung der arabischen Wüste. Nur drei Passagiere befanden sich in der im Oberdeck gelegenen Kabine der ersten Klasse. Zum Auftanken war lediglich ein einziger Zwischenstopp geplant, und zwar in Dakar im Senegal, an der Westküste Afrikas, dem ersten Land, das sie nach der Überquerung des Atlantiks erreichen würden.

Halfway home, we'll be there by morning, wie der amerikanische Folksänger Arlo Guthrie einst so treffend formuliert hatte.

KAPITEL DREIZEHN

Am folgenden Morgen um 0900 wurde der chinesische Botschafter in Begleitung von zwei Stellvertretern, drei Ersten Sekretären und zwei weiteren Diplomaten, von denen Admiral Morgan sagte, sie seien ganz klar und unverkennbar Spione, vom Dulles International Airport aus ausgeflogen.

Sie waren, da offiziell des Landes verwiesen, von 24 Marines zum Flughafen eskortiert worden. Eine Air-China-Boeing war eigens aus New York gekommen, um die Diplomaten aufzunehmen. Zuvor hatte Admiral Morgan ihnen die Drohung entgegengeschleudert, mittags wolle er »das ganze verdammte Pack ins Gefängnis werfen«, wo es bis zum Jahr 2013 versauern solle, bis ihm wegen Verbrechen gegen die Vereinigten Staaten im Zuge der völlig illegalen Schließung des Panamakanals der Prozess gemacht würde.

Weder das diplomatische Korps Chinas noch irgendjemand aus der amerikanischen Regierung zogen auch nur in Erwägung, dass der Admiral es nicht ernst meinen könnte.

Peking gab ein etwas gewundenes Kommuniqué heraus, in dem erwähnt wurde, dass die chinesische Regierung »nicht das Geringste« mit dem Panamakanal oder seinem Betrieb zu tun hätte. Die Ausweisung der rechtmäßig ernannten chinesischen Diplomaten aus Washington sei ein »klarer Verstoß« gegen die diplomatischen Gepflogenheiten. Darüber hinaus werde man prüfen, ob man nicht ähnliche Maßnahmen gegen US-amerikanische Vertreter in der Volksrepublik in Betracht ziehen werde.

Dennoch traf die Air-China-Maschine überpünktlich am Dulles Airport ein. Peking versuchte noch nicht einmal, mit dem Weißen Haus in einen Dialog zu treten. Was nur gut war. Nachdem Admiral Morgan nämlich das Kommuniqué gelesen hatte, knüllte er es zusammen und pfefferte es quer durch den Raum aus fünf Metern Entfernung in den Papierkorb. Einigermaßen zufrieden mit seiner Treffsicherheit, ballte er die rechte Hand zur Faust, wandte sich an das große Porträt von General MacArthur, das an der Ostseite des Raums hing, und ließ seinen Gefühlen freien Lauf. »*Wenn man zuschlägt, dann hart und schnell, bevor sie einen selbst treffen, was, Douglas? Diese chinesischen Saftsäcke!*«

Er wurde von Kathy O'Briens schallendem Gelächter überrascht, die in der Tür stand und auf Anweisungen für eine Antwort an die Chinesen wartete. Er konnte sich noch nicht einmal zu einem Lächeln durchringen.

»Schaff mir sofort Tim Scannell und Alan Dickson hierher«, sagte er. »Und George Morris samt seinem Assistenten Ramshawe. Harcourt ist oben. Sag ihm, in dreißig Minuten treffen wir uns bei mir. Und ruf Admiral Bergstrom in Coronado an.«

»Ich nehme an, du betrachtest es als irrelevant, dass es in Kalifornien jetzt erst sechs Uhr morgens ist?«, sagte sie mit honigsüßer Stimme.

»Korrekt.«

Acht Minuten später, genau zu dem Zeitpunkt, als ein Marinestabswagen die Rampe aus dem Pentagon-Parkhaus hochfuhr, klingelte in Admiral Morgans Büro das Telefon. Es meldete sich die scharfe Stimme von Rear Admiral John Bergstrom, dem Herrscher über die U.S. Navy SEALs. »Morgen, Admiral. Was gibt's?«

»Hallo, John, schon aus dem Bett?«

»Bin in der Fabrik. Seit zwanzig Minuten bereits.«

»Sie haben vorausgeahnt, dass es mir eilig ist?«

»Nun, Sir, nur so eine Vermutung. Aber laut den Gerüchten haben wir im Panamakanal ein Boot voller islamischer Terroristen, die wie die Ratten im Käfig feststecken.«

»Sie scheinen ja wie immer gut informiert zu sein. Und Sie haben Recht. Sie sind dort drin. In einem U-Boot. Das Problem ist nur, der Wasserweg ist etwa achtzig Kilometer lang, an beiden Ende verrammelt und verriegelt, und es gibt etwa sieben Milliarden Stellen, an denen man sich für die nächsten Jahre verstecken kann ...«

»Ein etwas ungewöhnlicher Käfig. Nehme an, Sie wollen, dass meine Jungs reingehen und sie ausnehmen?«

»Ich glaube nicht, dass das möglich sein wird. Dazu ist der Gatun-See zu groß, außerdem werden uns die Satellitenbilder keine besonders große Hilfe sein. Wir würden schon eine Streitmacht mit über 10 000 Mann auf Booten brauchen, ausgerüstet mit Sonargeräten, wenn wir auch nur eine kleine Chance haben wollten, das U-Boot zu lokalisieren. Dazu kommt, dass wir nicht ein einziges Schiff reinbekommen. Wie Sie wissen, haben die gottverdammten Chinesen den Kanal gesperrt.«

»Wollen Sie, dass wir ihn bombardieren?«, fragte Admiral Bergstrom. »Oder mit bodengestützten Marschflugkörpern angreifen?« Er meinte es todernst, da er wie immer den Glaubensgrundsatz sowohl des SAS als auch der SEALs im Hinterkopf hatte: *Die Mehrzahl aller Probleme auf dieser Welt lässt sich mit Sprengstoff lösen.*

»John, in diesem Fall, befürchte ich, sind Bomben oder Raketen zu viel des Guten, sie würden für ein zu großes Chaos sorgen. Weiß Gott, wie viele Raketen wir darauf abfeuern müssten. Diese verdammten Kanalschleusen sind wahrscheinlich die widerstandsfähigsten Betonbauten, die es auf der Welt gibt. Darüber hinaus würde ein solcher Angriff den unangenehmen Beigeschmack haben, die USA drangsalierten mal wieder einen wehrlosen mittelamerikanischen Staat. In diesem Fall müssten wir zugeben, dass die Chinesen in die Sache verstrickt sind, wahrscheinlich müssten wir uns sogar zu der tragischen Entscheidung der letzten Präsidentschaft bekennen.«

»Nun, ich nehme doch stark an, dass Sie nicht vorhaben, die islamischen Drecksäcke dort drin zu lassen, oder?«

»Tatsächlich glaube ich sogar, dass wir sie nicht erwischen werden. Aber wir werden das U-Boot finden, wir werden

den Chinesen eine saftige Abreibung verpassen – *und* wir werden uns den Kanal zurückholen.«

Admiral Bergstrom stieß einen leisen Pfiff aus. »Schießen Sie los, Sir!«

»Wir werden die Schleusen an der Zufahrt vom Atlantik sprengen.«

Kurz verschlug es dem SEAL-Kommandanten die Sprache. Dann sagte er leise: »Sagten Sie nicht soeben, Bomben würden für ein zu großes Chaos sorgen?«

»Das habe ich. Zumindest die Art von Bomben, die wir auf den Kosovo und Afghanistan und auf Saddam abgegeben haben. Hier geht es um etwas subtilere Dinge. Also, wenn diese Verrückten das U-Boot für immer verstecken wollen, müssen sie den Atomreaktor abstellen und das Boot auf Grund setzen. Dadurch kann es von unseren Infrarot-Satelliten nicht mehr erfasst werden. Und wenn sie das tun, müssen sie das Boot verlassen. Sie haben ja keine Energie mehr, keine Luft, kein Wasser, keine Kühlung, kein Licht, nichts. Höchstens noch eine Notration für einige Tage. Deshalb werden sie höchstwahrscheinlich den Reaktor abschalten, das Boot fluten und mit chinesischer Hilfe zum nächsten Flugplatz flüchten. Es würde mich nicht überraschen, wenn sie bereits außer Landes wären.«

»Also wollen Sie einen der wichtigsten internationalen Wasserwege zerstören, damit wir den versenkten Rumpf eines altmodischen U-Boots russischer Herkunft lokalisieren können, aus dem die Besatzung verschwunden ist?«

»Genau. Das will ich. Wenn wir die Schleusen an der Atlantikseite sprengen, wird der Gatun-See ins Meer abfließen. Abermillionen Tonnen Wasser. Und damit liegt das U-Boot auf dem Trockenen. Oder zumindest im Feuchten. Irgendwo. Und wenn wir das Wrack finden, wird daran irgendjemand seine Fingerabdrücke hinterlassen haben. Was uns das Recht gibt, die Chinesen im hohen Bogen aus der Kanalzone zu werfen, weil sie bewusst Terroristen Unterschlupf gewährt haben. Gleichzeitig jagen wir der Regierung Panamas einen gehörigen Schrecken ein und können den Kanal widerstandslos übernehmen. Vergessen Sie nicht, der gesamte Kanal ist von Amerikanern gebaut worden, wir sind noch immer die Einzigen, die ihn wieder aufbauen können. Und damit behalten wir die Abermillionen Dollar, die jedes Jahr an Durchfahrtsgebühren kassiert werden, für uns. Und das für eine lange Zeit.«

»Das wird Panama aber nicht gefallen.«

»Panama kann mich mal … Ich werde den kleinen Drecksäcken zeigen, was geschieht, wenn sie einen Vertrag mit den Vereinigten Staaten zerreißen und unser gottverdammtes Eigentum an das beschissene Rotchina übergeben.«

»Na ja«, sagte Admiral Bergstrom, »immerhin beruht das Ganze auf gültigen Verträgen, die wir Amerikaner mitgetragen haben …«

»Erinnern Sie mich nicht daran«, sagte Morgan. »Aber diese Sache gestern, als sie dem US-Kriegsschiff völlig illegal die Zufahrt verweigert haben, werden die Chinesen und ihre dummdreisten mittelamerikanischen Speichellecker noch jahrelang bereuen.«

»Einzelheiten, Sir?«

»Natürlich.«

»Wer sprengt den Kanal? Wie? Und wann?«

»Ihre Jungs, John. Ihre fabelhaften Jungs. Die Tore an der oberen Gatun-Schleuse, die direkt in den See führen. In achtundvierzig Stunden, von jetzt an.«

Wieder stieß der Veteran und SEAL-Chef einen Pfiff aus. »Wie groß sind die Schleusen, Sir?«

»Ach, die sind relativ handlich, wirklich … nur etwa vierundzwanzig Meter hoch, zwanzig Meter breit, gut zwei Meter dick. Auch nicht allzu massiv, lediglich achthundert Tonnen, weil sie aus Stahl sind, auf Eisenträger genietet. Aber sie sind innen hohl.«

»Oh, Gott sei Dank«, sagte Admiral Bergstrom trocken. »Ich hab schon befürchtet, sie könnten vielleicht auch noch schwer sein.«

Arnold Morgan gluckste. »John, ich möchte Sie bitten, zwei der schwersten Tore in die Luft zu sprengen, die jemals gebaut wurden. Sicherungsmaßnahmen können vernachlässigt werden. Ich erwarte nicht viel Widerstand. Und ich sage eine problemlose Landung vorher.«

»Mit dem Schiff?«

»Nein, mit Helikoptern, von einem Flugzeugträger aus. Die *Dwight D. Eisenhower* ist in Mayport, Florida, soeben überholt worden. Im Moment befindet sie sich in der Marinebasis Roosevelt Roads, Puerto Rico. Damit liegt sie etwa tausend Seemeilen nordnordöstlich von Panama, das heiß sechsunddreißig Stunden Fahrt. Sie wird morgen Nacht vor Ort sein.«

»Begleitschutz?«

»Die übliche Trägereskorte … vier Fregatten, zwei Zerstörer, der Kreuzer *Shiloh* und zwei U-Boote der LA-Klasse. Sollte ausreichen, um Ihre wertvollen SEALs zu schützen.«

»Denke auch. Wie kommen wir hin?«

»Sie fliegen nach Pensacola und von dort aus dann direkt zum Träger.«

»Darf ich fragen, wann Sie das alles ausgearbeitet haben, Sir? Das verdammte U-Boot ist doch erst gestern Nachmittag in den Kanal eingefahren.«

»Das meiste um etwa 0500 heute Morgen. Alan Dickson und ich waren die ganze Nacht auf. Er wird in wenigen Minuten wieder mit mir zusammenkommen.«

»Richten Sie ihm schöne Grüße aus. Aber eine Frage habe ich noch: Wenn wir die obere Kammer der Schleusen zum See hin sprengen, was machen wir dann, wenn die unten liegende Schleuse sich nur mit Wasser füllt und die Tore halten? Sollen meine Jungs die dann auch in die Luft jagen, oder sollen wir beide gleichzeitig sprengen?«

»John, heute Morgen hatte ich drei Jungs vom Army Corps of Engineers da, und jeder von denen hat keine fünf Minuten gebraucht, um zu einer Entscheidung zu kommen … wenn die Schleuse ganz oben am See plötzlich wegfällt, kracht das Wasser mit unheimlicher Wucht in die darunter liegende Schleuse und sprengt die Tore einfach weg. Die Schleusenkammer ist etwa dreihundert Meter lang, dreiunddreißig

Meter breit und mehr als achtzehn Meter hoch ... Da werden etwa dreißigtausend Tonnen Wasser freigesetzt, die mit großer Geschwindigkeit gegen die Tore der zweiten Schleuse donnern.

Überlegen Sie mal: Stellt man die Schleuse hochkant, ist sie höher als der Eiffelturm – es wäre also so, als würden Sie den Eiffelturm gegen die zweiten Schleusentore rammen. Das Wasser wird etwa eine Geschwindigkeit von hundert Stundenkilometer erreichen. Die Jungs meinten, die Wahrscheinlichkeit, dass die Tore der zweiten Schleuse halten, ist geringer als null.«

»Soll mir recht sein«, sagte Admiral Bergstrom. »Ich rufe in zwei Stunden wieder an. Mir wurde soeben mitgeteilt, dass eine ganze Menge Kartenmaterial und Pläne per E-Mail gekommen sind. Ich nehme an, das stammt von Ihnen.«

»Genau. Machen Sie sich an die Arbeit und teilen Sie mir mit, wie groß die Gruppe ist, die reingeht ...«

»Melde mich wieder, sobald meine Jungs einschätzen können, wie viel Sprengstoff wir für die Tore brauchen. Je mehr TNT, desto mehr Männer. Das Zeug ist schwer, zum Teil müssen wir es auch durch den verdammten Dschungel schleppen. Da kommen wir wohl nicht drum herum. Landtransport steht uns ja nicht zur Verfügung.«

»Okay, John. Wir sprechen uns später noch mal ...«

In diesem Augenblick öffnete Kathy die Tür und verkündete die Ankunft des Vorsitzenden der Vereinigten Stabschefs, General Scannell, und des Marinechefs Admiral Dickson. George Morris in Begleitung von Lt. Commander Ramshawe, der schwer an seinen Papieren und Plänen zu schleppen hatte, folgten fünf Minuten später.

Harcourt Travis, dessen Büro nur etwa fünfzig Meter entfernt lag, war der Letzte, der ankam. Etwas ermattet schlenderte er in Morgans Büro und überlegte, wie bald schon der Big Man wohl jemandem den Krieg erklären wolle. Er fragte ihn, ob er vorhabe, den Präsidenten der Vereinigten Staaten von Amerika in seine Pläne einzuweihen.

»Vielleicht«, antwortete Arnold Morgan mit rauer Stimme.

»Vielleicht. Obwohl mir bislang noch kein Zivilist begegnet ist, der nicht im Weg gestanden hätte, wenn das Militär schnell handeln wollte.«

»Ich stand nie im Weg«, sagte Harcourt Travis.

»Sie wissen es ja auch besser«, sagte Morgan. »Am Ende hätte ich Sie sogar noch dienstverpflichtet. Lieutenant Harcourt. Nette Vorstellung, gefällt mir.«

Der Außenminister lächelte. »Im Ernst«, sagte er. »Wir müssen dem Boss Bescheid sagen, baldmöglichst.«

»Kein Problem«, sagte Morgan. »Er jammert ja schon seit drei Wochen herum, dass wir nicht aktiv werden. In wenigen Stunden wird er seine Action haben.«

»Kann ich mir vorstellen«, sagte Travis. »Das hier sieht mir nicht gerade wie eine Versammlung aus, die einen Brief verfassen oder eine Untersuchung des Kongress beantragen möchte.«

Admiral Morgan knallte die Bürotür zu, ging hinter seinen Schreibtisch und brüllte dann durch das massive eichene Bollwerk nach draußen: *»Kathy! Kaffee für sechs Personen … aber heiß!«*

»Wäre es nicht einfacher gewesen, wenn Sie die Bitte vorgebracht hätten, als die Tür noch offen stand?«, sagte Travis.

»Schon möglich«, grummelte Arnold. »Aber dann hätte es der Bitte an Dringlichkeit gemangelt. Genau das ist der Unterschied zwischen einem Diplomaten und einem ehemaligen Befehlshaber der U.S. Navy. Sie sind darauf trainiert, den Druck abzubauen. Ich ziehe es vor, ihn wenn möglich noch zu steigern.«

»Mein Mitgefühl gehört wie immer der heiligen Kathy«, erwiderte Travis lächelnd.

Alle lachten über den gekonnten Wortwechsel zwischen diesen wahrhaft großen Geistern. Morgan bat die Anwesenden, sich irgendwo einen Platz zu suchen, und setzte dann zu einigen Erklärungen an.

»Natürlich müssen noch einige andere Mitarbeiter aus der Politik und dem Militär in die Sache eingewiesen werden«, sagte er. »Im Moment aber ist es mir wichtig, dass alle hier

Versammelten ins selbe Horn blasen. Sie dürften bereits bemerkt haben, dass ich Lieutenant Commander Ramshawe hinzugezogen habe. Er verfolgt die Situation bereits seit einigen Monaten und weiß besser darüber Bescheid als alle anderen.«

Alle nickten, insgeheim froh, anscheinend einen Experten in der Runde zu haben. Kurz und bündig fuhr der Admiral fort:

»Wie wir wissen, sind die USA seit einigen Wochen wiederholt Angriffen ausgesetzt. Entlang unserer Pazifikküste hat ein von Russland gebautes, aber nicht notwendigerweise von einer russischen Mannschaft gesteuertes Atom-U-Boot Raketen gegen unsere Ölanlagen und Stromkraftwerke abgegeben.

Wir konnten sie weder aufspüren noch stoppen. Sie wussten genau, was sie taten. Gentlemen, wir sind das Opfer von terroristischen Anschlägen geworden, wie sie seit dem 11. September nicht mehr vorgekommen sind. Mit weniger Toten; der Aufschrei in der Öffentlichkeit war deshalb auch geringer. Der Schaden für unser Land aber war immens. Und ich nehme an, alles ist genau so abgelaufen, wie es geplant war.

Gestern konnten wir das U-Boot lokalisieren. Es handelt sich um eine alte *Sierra I* der Barracuda-Klasse, Typ 945. Im Moment sitzt sie im Panamakanal in der Falle. Vermutlich wurde sie dort sogar versenkt. Der Atomreaktor wurde abgeschaltet, und man hat es irgendwo im Gatun-See auf Grund laufen lassen. Der Kanal fließt dort, fünfundzwanzig Meter über dem Meeresspiegel, durch diesen See, bevor er wieder zum Pazifik hin abfällt.

Wie Sie alle wissen, ist der Betrieb des Panamakanals den Chinesen überantwortet worden. Sie haben ihn einfach geschlossen, vermutlich, um die Beweise loszuwerden und unseren Feinden zur Flucht zu verhelfen.

Wir halten das natürlich für völlig inakzeptabel, bringt es uns doch um die Möglichkeit, Vergeltung zu üben oder Wiedergutmachung einzufordern. Es geht hier allerdings um sehr viel mehr. Die eigentlich inakzeptable Tatsache ist nämlich, dass China im Grunde den Kanal kontrolliert, illegal meiner Meinung nach, dank der fünftklassigen Schmierenkomödie eines viertklassigen, verlogenen mittelamerikanischen Landes, unterstützt von einem US-Präsidenten, der sein Gehirn irgendwo in der Schwanzspitze mit sich herumtrug.«

»Nach allem, was man so hörte, war da genug Platz für eine nicht unbeträchtliche Gehirnmasse«, unterbrach ihn Harcourt Travis.

»Keiner von denen hat sich für die Interessen unseres Landes und seiner globalen Rolle eingesetzt«, knurrte Arnold. »Was uns zum Kern des Problems führt – wenn wir die Chinesen aus Panama draußen haben wollen, müssen wir sie rauswerfen. Wegen der Weltöffentlichkeit brauchen wir dafür einen verdammt triftigen Grund. Wenn wir dieses gottverdammte U-Boot finden, haben wir ihn.«

Wieder nickten die fünf Männer in Morgans Büro im Westflügel.

»Gentlemen, ich schlage vor, wir sprengen die Schleusentore an der atlantischen Seite, wodurch in relativer kurzer Zeit der Gatun-See abfließt, womit wiederum das U-Boot freigelegt wird.«

Im Raum herrschte Totenstille.

»Sie meinen, wir bombardieren die Schleusen und zerstören sie?«, fragte General Scannell.

»Nein, General, wir sprengen die zum See hin gelegenen oberen Schleusentore, den Eingang in die höchste Schleusenkammer. Das Wasser wird dann für den Rest sorgen.«

»SEALs?«

»Genau.«

»Ja, das wäre zu machen, so viel kann ich jedenfalls schon sagen. Ich habe in West Point nämlich mal eine Studie über den Panamakanal erstellt, außerdem war ich bei der Invasion 1989 dabei. Die oberen Tore sind der kritische Punkt. Wenn die wegfallen, ist alles vorbei.«

Arnold Morgan grinste. »Ich bin mir ziemlich sicher, Gentlemen, dass Ihnen nicht entgangen ist, dass es für die Chinesen keinen Grund gibt, noch länger zu bleiben, wenn der Kanal erst einmal zerstört ist. Die Schlitzaugen werden Uncle Sams donnernde Stimme vernehmen, der ihnen zubrüllt: *Macht euch auf die Socken, sonst …* Wahrscheinlich werden sie sogar freiwillig abziehen. Jedenfalls werden wir Kampftruppen anlanden und den verdammten Kanal an beiden Enden säubern.«

»Was ist mit der Regierung Panamas?«, fragte Harcourt Travis.

»Meinen Sie, vor oder nachdem sie ihre Unterhosen gewechselt haben?«, erwiderte Morgan – eine Frage, bei der Lt. Commander Ramshawe herzhaft loslachte.

»Danach«, antwortete der Außenminister distinguiert.

»Wir geben ihnen unumwunden zu verstehen, dass wir den Kanal zurückfordern, den wir gebaut haben, weil sie sich als erbärmliche, verräterische Verwalter herausgestellt haben, deren Dummheit fast zu einem Weltkrieg geführt hätte. Wir sagen ihnen, dass wir unverzüglich die Gatun-Schleuse wieder aufbauen und den Weg zwischen den Meeren unter internationales Recht stellen.«

»Und wer zahlt das alles?«, fragte Travis.

»Wir. Die selbst haben keinen Penny mehr in der Tasche. Also, wir werden die völlige Kontrolle über die Kanalzone, die Eisenbahn und alle Gebiete übernehmen, die an die Zone angrenzen. Dazu gehören die Häfen und Werften sowie die Städte am jeweiligen Kanalende.«

»Sie meinen, wir gehen da wie Dschingis Khan rein?«, fragte General Scannell. »Wie Eroberer?«

»O nein«, sagte Admiral Morgan. »Panama braucht das Geld, das der Kanal abwirft. Im Moment haben sie nichts. Wir sind die Einzigen, die ihn wieder aufbauen können. Dafür wollen wir alle Einnahmen der nächsten fünf Jahre und sechzig Prozent in den Jahren darauf für uns behalten. Den Rest kann Panama haben.«

»Nett«, sagte Alan Dickson. »Wirklich sehr nett. Zwei unbezahlbare Marinebasen, die Werften, die vollständige Kontrolle über den Kanal. Und ein deftiger Tritt in den Arsch der

Schlitzaugen. Damit schlagen wir zweihundert Fliegen mit einer Klappe.«

»Mit einem Schleusentor«, sagte Morgan.

»Zwei, eigentlich«, sagte Jimmy Ramshawe. »Wir müssen zwei sprengen. Sie schwingen V-förmig auf.«

»Danke, Lieutenant Commander«, sagte General Scannell. »Sehr informativ.«

»Keine Ursache, Boss«, erwiderte der rangniedrigste Offizier im Raum und zeigte allen sein schiefes Grinsen.

Die Stimmung in der Höhle des Nationalen Sicherheitsberaters war wie immer von lockerer Kumpelhaftigkeit geprägt. Keiner erhob Widerspruch, jeder war froh um Admiral Morgans Prägnanz, seine klaren Aussagen, Motive und Schlussfolgerungen und den ganz offensichtlichen Nutzen seines Plans.

»Werden wir der Öffentlichkeit reinen Wein einschenken, wird die Welt erfahren, wer hier wem was angetan hat?«, fragte Admiral Morris.

»Auf keinen Fall«, sagte Morgan. »Alles streng geheim. Wir geben nicht das Geringste zu, ereifern uns lediglich über die kriminelle Weise, in der Panama und die Chinesen die technischen Anlagen des Kanals vernachlässigt haben. Kaum sind wir ein Jahrzehnt weg, schon bricht das ganze Ding zusammen.«

»Manche könnten dahinterkommen, was wirklich abgelaufen ist«, sagte Admiral Morris.

»Sollen sie doch. Aber sie werden nichts beweisen können, weil wir den Deckel draufhalten. Früher oder später werden die bescheuerten Medien herausfinden, dass die *Eisenhower*-Trägergruppe zum Zeitpunkt der Schleusenkatastrophe fünfzig Seemeilen vor der Küste Panamas geparkt war. Aber wir werden uns so zugeknöpft geben wie die verdammten Chinesen, falls wir das U-Boot nicht finden.«

Worauf er wieder in bester Manier in seine Chinesen-Parodie fiel: *Wissen nichts … Nicht sehen in Kanal einfahlen … Keine Ahnung, wo ist … Lussen flagen … Wil haben* Ballacuda *gekauft, die jetzt in Zhanjiang ist ... Können nicht weiterhelfen ... tut uns sell Leid, dass Lichtel ausgehen ... ha, ha, ha!*

Tim Scannell und Alan Dickson ersparten ihm die Mühe, seine Rede zu einem würdigen Abschluss zu bringen, indem sie unisono »chinesische Saftsäcke« anstimmten.

In diesem Augenblick klopfte Kathy O'Brien an die Tür, trat ein und wies eine Ordonnanz an, das große Tablett mit dem Kaffee auf den Konferenztisch zu stellen. Sie hatte den Ausdruck einer verschlüsselten E-Mail aus dem SEAL-Hauptquartier in Coronado bei sich.

Benötigte TNT-Menge zur Schleusensprengung – nach vorläufigen Berechnungen knapp eine Tonne. Wir setzen 36 Mann ab, inklusive Führungsgruppe, bestehend aus einem Lt. Commander und fünf Offizieren. Jeder trägt 30 kg Sprengstoff ins Operationsgebiet. Zwei Sikorsky Sea Stallion, ich wiederhole, zwei *Sea Stallion erforderlich. Vier Schlauchboote. Eine Tonne Sprengstoff, dazu Zündschnüre und Detcord, ein schweres Maschinengewehr plus Waffen zum persönlichen Schutz und Funkgeräte. Erkundungsteam, acht Mann, geht morgen Nacht (Sonntag) als Vorauskommando rein. Haupttruppe in beiden Helikoptern in der Nacht am Montag. Operationszeit ab Montag voraussichtlich acht Stunden. Flugroute zur Küste vor Colon und entlang des Laufs des Chagres. Voraussichtlicher Abflug San Diego/Pensacola 2100 heute Abend (Samstag). Bergstrom.*

Admiral Morgans Herzschlag beschleunigte sich – wie immer, wenn sich der harte SEAL-Befehlshaber an ein Projekt machte. Im Augenblick wollte er aber noch nicht preisgeben, wie weit seine mit Admiral Dickson in der Nacht ausgearbeiteten Pläne bereits gediehen waren.

Die SEALs schätzten die gründlich durchdachten Pläne, die ihnen vom Nationalen Sicherheitsberater des Präsidenten und dem Chef der Marineoperationen präsentiert wurden; Arnold Morgan wiederum schätzte die knallharten Lösungen, die er von John Bergstrom bekam, wenn dessen Kampftruppe die andeutungsweise skizzierten Vorgaben, die ein politisches Ziel verfolgten, in die Tat umsetzte.

Morgan reichte die Nachricht an Admiral Dickson weiter, der sie aufmerksam durchlas und dabei Notizen an den Rand kritzelte. Dann bat Admiral Morgan die Anwesenden, sich zum großen Tisch zu begeben, an dem Lt. Commander Ramshawe sie in die bisherige Route des U-Boots und die Beschaffenheit des Gebiets einweisen sollte, in dem es im Moment vermutet wurde.

Ramshawe breitete eine große Karte von Panama aus mitsamt den küstennahen Meereswegen und des Sees, durch den der Kanal floss. Er hatte darauf die Positionen und die dazugehörigen Zeitpunkte bis zu jenem Augenblick eingetragen, an dem die *Barracuda* vom Wasserweg abgewichen war, um irgendwo im dampfenden Regenwald und der Inselwelt des Gatun-Sees zu verschwinden.

Admiral Morgan wartete eine Weile, bis sich alle mit den Einzelheiten vertraut gemacht hatten, bevor er ihnen sagte, dass er im Oval Office den Präsidenten, den Verteidigungsminister Bob MacPherson und »ein oder zwei ihre Zeit absitzende Politicos« aufzusuchen habe.

Wie das erste Treffen des Tages dauerte auch dieses nicht sonderlich lang. Es endete bereits nach sechs Minuten, nachdem er dem obersten Befehlshaber der US-Streitkräfte schmackhaft gemacht hatte, dass es politisch Gold wert sei, wenn er, John Clarke, als jener Präsident in die Annalen eingehe, der den Panamakanal zurückgeholt, ihn wieder aufgebaut und unter amerikanische Kontrolle gestellt hätte, sodass, wie in den langen Jahren unter amerikanischer Aufsicht, in Friedenszeiten keinem Schiff die Zufahrt mehr verweigert werden würde.

Man konnte Präsident Clarke vieles unterstellen, aber ganz bestimmt nicht Dummheit. Er musste nicht eigens daran erinnert werden, dass seine Rede zur Übernahme des Kanals all die richtigen Phrasierungen enthalten sollte: *Diese unverantwortliche Vernachlässigung … Ursprünglich erbaut und jetzt gerettet durch amerikanische Tatkraft … amerikanisches Know-how … amerikanisches Geld … vor allem aber durch amerikanisches Gerechtigkeitsempfinden … Wir dürfen nicht zulassen, dass diese wichtige internationale Seefahrtsstraße in verantwortungslose Hände gerät ... die Fahrlässigkeit der Chinesen ... die Inkompetenz Panamas ... die Skrupellosigkeit der vorangegangenen Regierung ... Die ganze Welt, die gesamte Schifffahrt kann erleichtert aufatmen ... Dankt Gott für den mächtigen Uncle Sam.*

John Clarke gefiel die Sache. Arnold Morgan rauschte, den Präsidenten im Schlepptau, in sein Büro zurück, stellte sich an die Tür und verkündete mit großer Geste: »Gentlemen, der Präsident der Vereinigten Staaten ...«

Lt. Commander Ramshawe nahm Habachtstellung an und wurde vom Präsidenten herzlich begrüßt. Das Staats- und Regierungsoberhaupt sprach alle Versammelten mit Vornamen an, dankte ihnen für ihre Arbeit und brachte sein Vertrauen zum Ausdruck, dass in den nächsten Tagen hoffentlich viele der Probleme geklärt werden würden, die seit der Ölkatastrophe in Alaska die USA heimgesucht hatten.

»Sie glauben, das U-Boot enthält alle Informationen, die wir brauchen?«, fragte er.

»Vielleicht«, erwiderte der Nationale Sicherheitsberater. »Es wäre schön, wenn wir herausfinden könnten, wer genau unser Gegner ist. Auf jeden Fall aber werden wir einen politischen Sieg davontragen. China, das die Terroristen im Hintergrund vermutlich unterstützt, hat das nämlich die ganze Zeit über auf Kosten des Panamakanals auch getan. Die Operation wird sich daher für sie nicht auszahlen, nicht finanziell, ganz bestimmt nicht strategisch und, schlimmer noch, auch nicht in Hinblick auf ihr internationales Ansehen. Jetzt stehen sie doch wie eine Bananenrepublik aus der Dritten Welt da, und das können sie überhaupt nicht leiden.«

»Das gefällt mir«, sagte der Präsident. »Das gefällt mir ausgesprochen gut.«

»Nur wir wissen, wie groß unsere Verluste sind«, sagte Admiral Morgan. »Die Schäden an der Westküste, in der Öl- und Energieindustrie sind verheerend. Sie haben uns einige Wochen lang schreckliches Leid zugefügt und bewiesen, wie schutzlos wir Angriffen von Atom-U-Booten ausgesetzt sind. Aber mithilfe des U-Boots können wir China in dieser Angelegenheit mit einem Schlag schachmatt setzen. Es wird dann ziemlich lange dauern, bis ihnen wieder jemand Vertrauen entgegenbringt.«

»Perfekt«, sagte der Präsident. »Gentlemen, ich hoffe, es wird uns wirklich möglich sein, die Identität unserer wahren Feinde aufzudecken, der kleinen Dreckskerle, die das verdammte Ding gesteuert und das Feuer auf uns eröffnet haben.«

»Sir, wir haben da so unsere Hypothesen. Natürlich haben wir wie immer den Mittleren Osten im Verdacht. Ob wir nun die Täter finden oder nicht ... das U-Boot wird auf jeden Fall einiges Licht in die Sache bringen.«

»Glauben Sie, Panama wird sich unseren Einsatzkräften, die den See nach dem Boot absuchen, entgegenstellen?«

»Sir«, sagte der Admiral, der sich nun ganz in seinem Element fühlte. »Wenn wir ihnen *befehlen*, uns *unverzüglich* zum U-Boot zu bringen, werden sie vor Angst auf der Stelle aus ihren verdammten Ponchos kippen. Ich werde ihnen klar machen, dass wir uneingeschränkte Zusammenarbeit verlangen. *Niemand* wird das U-Boot auch nur anfassen, bis unsere Untersuchungen, die mehrere Wochen dauern könnten, abgeschlossen sind. Dass sich die Regierung Panamas und der Schrotthaufen ihrer Armee unseren Forderungen widersetzen könnten, kann angesichts der geballten US-Macht ausgeschlossen werden.«

»Vor allem, nachdem die Chinesen jetzt aus dem Spiel raus sind«, sagte der Präsident und lächelte bei dem Gedanken.

»Diese kleinen Scheißer werden zum Ende der Woche abgezogen sein«, sagte Admiral Morgan, »und ihre Ärsche endgültig nach Shanghai verfrachtet haben.«

»Gehen Sie von einer festgelegten Abfolge von Ereignissen aus, die unmittelbar nach der Sprengung der Schleusentore eintreten wird?«, fragte der Präsident.

»Aber natürlich«, sagte Morgan. »Wir werden überaus entrüstet verkünden, dass wir leider gezwungen sind, Personal in die Gegend zu schicken, um mit der Reparatur der Gatun-Schleuse zu beginnen. Wir werden den Chinesen mitteilen, dass eine Besatzungstruppe von zehntausend Marineinfanteristen in der Kanalzone landen wird und alle Chinesen, die dort leben oder arbeiten, sofort das Land zu verlassen haben. Wir werden der chinesischen Regierung raten, sich an der Evakuierung zu beteiligen, da wir ansonsten jeden chinesischen Staatsbürger so lange in Haft nehmen, bis der Kanal repariert ist. Falls sie protestieren, werden wir das ignorieren. Gleichzeitig werden Kampfhubschrauber den Präsidentenpalast umkreisen; tausend Marines, von Panzern unterstützt, werden vor dem Haupttor aufmarschieren und den Vertrag dabei haben, in dem die Rückgabe der Kanalzone an die USA verfügt wird.«

»Was ist, wenn sich der Präsident Panamas weigert, ihn zu unterzeichnen?«

»In diesem äußerst unwahrscheinlichen Fall dürften wir uns gezwungen sehen, den Ostflügel seiner verdammten Residenz platt zu machen. Aber keine Sorge. Er wird unterzeichnen. Ohne langes Zureden und ganz schnell.«

»Und das alles geschieht, um die freie Passage durch eine der wichtigsten Seefahrtstraßen der Welt zu garantieren?«

»Genau, Sir. Es ist ja ganz offensichtlich, dass weder Panama noch China die Verantwortung dafür überlassen werden kann. Zu diesem Zeitpunkt werden an die hundert Tanker nach Süden abdrehen, um das Vergnügen einer siebentausend Seemeilen langen Fahrt um Kap Hoorn auf sich zu nehmen. Die ganze Welt wird uns zujubeln.«

»Das gefällt mir«, sagte der Präsident. »Das gefällt mir ausgesprochen gut.«

»Sir, ich werde Sie bitten müssen, dieses Dokument zu unterzeichnen, damit wir das offizielle Einverständnis für die Operation *Goodwill* haben … und das Militär autorisiert ist, für einige Tage die … äh … Aufsicht über die Schleusentore zu übernehmen … und dann in Panama einzurücken, um die Kanalzone unter die Kontrolle der USA zu bringen, falls unsere Ingenieure das als notwendig erachten.«

»Brauche ich dazu die Zustimmung des Kongresses?«

»Dafür haben wir keine Zeit mehr, Sir. Setzen Sie einfach Ihren Servus hier auf die gepunktete Linie.«

Der Präsident fühlte sich unter den Top-Leuten aus der Navy und dem restlichen Militär gut aufgehoben; Leuten, die wussten, worauf es wirklich ankam.

»Klar, Arnie«, sagte er. »Mit Vergnügen.«

Sonntag, 13. April 2008, 0400
U.S. Naval Air Base, Pensacola, Florida

Der erste der beiden CODs (Carrier On Delivery) der U.S. Navy donnerte in der dunklen, schwülen Nacht über die Rollbahn der weitflächigen Pensacola Air Station. Das Flugzeug, eine modifizierte Grumman EC-2 *Hawkeye*, die größte und teuerste US-Maschine, die auf einem Flugzeugträger landen konnte, drehte über der Hovey Road nach links ab und flog über die Big Lagoon hinaus nach Südwesten in den Golf von Mexiko.

Normalerweise wäre der COD voll gestopft mit Ersatzteilen und Post für die sechstausendköpfige Besatzung des Flugzeugträgers gewesen. In jener Nacht allerdings hatte der ehemalige Kampfpilot Lt. Commander Steve Ghutzman eine völlig andere Ladung an Bord – sechzehn bewaffnete U.S. Navy SEALs mit insgesamt 36 Säcken, die jeweils 30 Kilogramm des modernsten Sprengstoffs aus dem US-Arsenal enthielten, einen teuflischen Cocktail aus RDX (Research Developed Explosive), TNT (Trinitrotoluol) und Aluminium, das für besonders hohe Sprengkraft sorgte. Das Gesamtgewicht des Sprengstoffs, der in den Säcken enthalten war, betrug etwas über eine Tonne.

Als 1982 beim Falklandkrieg Admiral Woodwards Streitmacht den argentinischen Kreuzer *General Belgrano* versenkte, führte der Torpedo, der das Schiff auf den Meeresgrund schickte, nur etwa ein Zehntel der Sprengstoffmenge mit sich, die nun im COD über den Golf von Mexiko schwebte.

Im Frachtraum der Maschine waren zwei der vier mit Außenbordern ausgestatteten Schlauchboote zusammen mit fünf Funkgeräten verstaut.

Die ersten beiden Sitze auf der linken Seite gehörten dem befehlshabenden Offizier der Operation, Lt. Commander Bill Peavey, einem großen, kräftig gebauten ehemaligen Baseballspieler der Universität von South Carolina, der einen hammerharten Schlag draufhatte. Allein sein Körperbau, 1,93 Meter groß, 95 Kilogramm schwer, war beeindruckend: ein stahlhartes Muskelpaket. Er stammte aus San Francisco, wo sein Vater, Bill Peavey Sr., eine renommierte und erfolgreiche Anwaltskanzlei betrieb.

Die SEAL-Ausbilder in Coronado hatten schnell erkannt, dass der ehemalige Baseball-Star der Trojans das Zeug zum Gruppenführer hatte. Nach nur fünf Jahren Dienstzeit in der Navy hatte er sich im Alter von 27 Jahren bei den SEALs beworben. Mit zweiunddreißig war er Lt. Commander, und jetzt, ein Jahr später, war ihm zum ersten Mal das Kommando über einen Einsatz der Spezialeinheit übertragen worden.

Er war in seinem Sitz von Karten umgeben, die die Dschungelgebiete in der Umgebung des Gatun-Sees zeigten. Über ein schmales Mikrofon diktierte er seine Anmerkungen in seinen Laptop, mit Bleistift notierte er sich Vermerke zu der Checkliste, die er für seine vier Teams führte: den aus acht Mann bestehenden Erkundungstrupp, die beiden Sprengstoffgruppen sowie die Sicherungsgruppe.

Im Augenblick war er in eine Aufrisszeichnung der oberen Schleusenkammern vertieft, deren zum See hin gelegene Tore einige Milliarden Tonnen Wasser zurückhielten. Der See, durch den die Fahrrinne des Kanals führte, bedeckte die ungeheure Fläche von 420 Quadratkilometer. Die Tore der Schleusenkammer waren 2,10 Meter dick, oben führte ein mit einem Geländer gesicherter Laufgang darüber. Jedes Tor hing an drei riesigen Scharnieren, wodurch insgesamt sechs zu sprengen waren. Die Zerstörung dieser gusseisernen Ungetüme, von denen jedes zwei Meter hoch war, stand im Mittelpunkt von Bills erster Operation.

Fasziniert las er den Bericht der Marine-Ingenieure: *Die Wucht der Explosion versetzt das Wasser in Schwingung und erzeugt in der Nähe der Scharniere gewaltige Druckwellen, vergleichbar mit einer Wasserbombe, allerdings von einer Stärke, sodass* jedes *Schiff in unmittelbarer Umgebung erschüttert wird.*

Lt. Commander Peaveys Kampfschwimmer, Chief Petty Officer Chris O'Riordan, würde in der ersten Nacht mit dem Erkundungstrupp reingehen und exakt vermessen, auf welcher Höhe die Scharniere jeweils an den beiden Toren saßen. Die sechs Sprengsätze würden an Leinen oben am Tor hängen und mussten exakt auf den Scharnieren zu liegen kommen.

Bill Peavey versuchte sich die Gewalt eines Sprengsatzes vorzustellen, der zehnmal so stark war wie jener, der das 13500-Tonnen-Schiff *Belgrano* auf den Grund des Südatlantiks geschickt hatte. Man wäre klug beraten, dachte er für sich, wenn man zum Zeitpunkt der Zündung etwa vier Kilometer Abstand dazu halten würde.

Sein Stellvertreter, Lieutenant Patrick Hogan Rougeau, ein sechsunddreißigjähriger ehemaliger Tennisprofi aus Massachusetts, saß direkt hinter ihm neben einem weiteren Mitglied des fünfköpfigen Führungsteams, Lieutenant Brantley Jordan aus Texas, der die Gruppe anführen würde, die an der diesseitigen Schleusenseite die Sprengsätze anbrachte.

Wie sein Boss Bill Peavey war auch Lt. Rougeau der Navy erst spät beigetreten. Er war ein Fitness-Fanatiker, hatte sich mit sechsundzwanzig bei den SEALs beworben und geradezu spielend die mörderische Grundausbildung hinter sich gebracht – was hieß, dass er dabei fast umgekommen wäre. Aber nachdem sich die Staubwolken wieder gelegt hatten, durfte er feststellen, dass er noch bei klarem Verstand war und geradeaus laufen konnte, etwas, was sich von den meisten anderen nicht sagen ließ.

Patrick Rougeau war nicht nur Spezialist für Funkgeräte, er war auch ein Tauchexperte, der sich sofort freiwillig für den ersten Tauchgang im See gemeldet hatte. Da er jedoch ebenfalls hervorragend mit dem schweren Maschinengewehr umgehen konnte, hatte Lt. Commander Peavey sein Angebot abgelehnt. Er wollte nicht riskieren, dass der Lieutenant von einem Krokodil gefressen wurde.

»Chief O'Riordan kann das machen«, hatte er geantwortet. »Kein Krokodil, das noch recht bei Sinnen ist, wird es wagen, sich an diesem kleinen Hurensohn die Zähne auszubeißen.«

Damit spielte er auf die legendäre Härte des ehemaligen Streetfighters in der Southside von Chicago an, der darüber hinaus Box-Champion der Navy war und auch mit dem Kampfmesser schneller und tödlicher umgehen konnte als je ein SEAL vor ihm.

Im Alter von zwanzig Jahren hatte er auf Saddam Husseins Ölfeldern gekämpft – auf jenem, das die SEALs während des ersten Golfkriegs schließlich in die Luft gejagt hatten und auf dem kein Einziger der irakischen Verteidiger das mörderische Eröffnungsfeuer der SEALs überlebt hatte.

Die drei anderen jungen SEAL-Offiziere, die zur Führungsgruppe gehörten, die Lieutenants Zane Green, Chris Hall und Brian Slocum, flogen mit dem zweiten COD, der Pensacola eine halbe Stunde später verlassen hatte, zur Trägergruppe. Beide Maschinen hatten mittlerweile ihre Einsatzflughöhe von 30000 Fuß erreicht, überflogen die Westspitze Kubas und näherten sich mit 300 Knoten dem Cayman-Graben. Die vorgesehene Ankunftszeit des ersten COD auf dem Flugdeck der *Eisenhower* war 0830. Treffpunkt: 11.80 N, 81.50 W, 1320 Seemeilen südlich von Pensacola, 200 Seemeilen vor der Nordküste Panamas, 220 Seemeilen östlich der nicaraguanischen Küste.

Jeder SEAL hatte eine Karte des nördlichen Abschnitts des Gatun-Sees und eine mit der Küste vor Colon bei sich, dazu einen Plan der Schleusen. Aus diesem ging hervor, wie die aus Millionen Tonnen Beton errichtete, 18 Meter dicke Mauer angelegt war, die die beiden Schleusen, zwei identische Konstruktionen, voneinander trennte. Eine davon war für die Schiffe bestimmt, die nach oben und zum Pazifik wollten, die andere für jene, die vom Pazifik kamen und nach unten zum Atlantik gebracht werden mussten.

Wenn sie abgesetzt wurden, würde jeder SEAL eine klare Vorstellung über den Einsatz, der Angriffs- und der Rückzugswege haben. SEAL-Befehlshaber verlangten, dass sich auch das rangniedrigste Mitglied der Einsatzgruppe der Ziele ihrer Mission vollständig bewusst war.

So studierte jetzt jeder für sich hoch über der tiefblauen Karibik die Karten und Pläne, während sie sich den heißen, kaum besiedelten nördlichen Dschungelgebieten der Republik Panama näherten. Zuerst aber stand ihnen die Landung auf dem Flugzeugträger bevor, was immer schwierig war, vor allem mit einer so großen, schweren Maschine, deren Spannweite knapp 25 Meter betrug und deren Turboprop-Motoren schwierig handhabbare Turbulenzen erzeugten.

Zwanzig Seemeilen vor ihnen machten der Pilot und sein Erster Offizier die *Eisenhower* aus, die auf Südwestkurs fuhr. Eine halbe Seemeile vor ihrem Steuerbordbug lag ein Zerstörer.

Die Insassen spürten es an ihren Trommelfellen, als der COD an Höhe verlor, der Pilot die Geschwindigkeit reduzierte und die Maschine stabil hielt, während er vom Tower des Flugzeugträgers Anweisungen erhielt. Durch das Cockpitfenster wirkte die Landefläche auf dem Träger so groß wie eine Briefmarke. Die See war rau; eine 1,5-Grad-Bewegung in der Mitte des Flugzeugträgers hatte zur Folge, dass sich das Heck zehn Meter hob und senkte. Genau das war an diesem Tag der Fall.

Lt. Commander Ghutzman hatte die Sonnenbrille auf und starrte in den grellen Schein der subtropischen Sonne; er drosselte den Schub und versuchte die Neigung des Trägerdecks einzuschätzen. Die Geschwindigkeit der Maschine fiel auf 120 Knoten. Sie lagen jetzt etwa eine halbe Seemeile hinter dem Schiff. Ghutzman verringerte die Geschwindigkeit weiter.

Das Heck der *Eisenhower*, seine weite Fläche, breitete sich vor ihm aus, während er, direkt über dem Fahrwasser des Schiffes, die Geschwindigkeit auf 100 Knoten reduzierte. Der Träger machte 30 Knoten, weshalb der COD noch langsamer erschien. Hinten in der Maschine waren daher ausnahmslos alle Passagiere felsenfest davon überzeugt, dass sie unweigerlich in das aufgewühlte, weiße Wasser unter ihnen krachen würden.

Aber Ghutzman hatte das alles bereits einige Male hinter sich gebracht; 187 Mal, um genau zu sein. Während am Heck der Maschine der stählerne Haken ausgefahren wurde, erhöhte er den Schub und rammte mit aufheulenden Motoren das Fahrwerk hart auf das Deck, bereit, sofort wieder durchzustarten, sollte der Haken am Fangseil nicht greifen – bereit, alles zu tun, um nicht mit zu geringer Geschwindigkeit vorn über die Kante des Decks zu kippen und unter dem Kiel des Trägers zerschmettert zu werden.

Alle spürten den Stoß, mit dem die Maschine sich einhakte, um dann in 2,9 Sekunden von 70 Knoten auf null abgebremst zu werden. Im Laderaum begannen sechzehn Herzen wieder zu schlagen.

Der COD wurde an seinen üblichen Stellplatz unterhalb der Insel gebracht, um aufgetankt, durch die Heckklappe entladen und erneut mit Post und einigen Besatzungsmitgliedern, die zur Basis zurückkehrten, beladen zu werden.

Das Flugdeckpersonal begab sich wieder auf die zugewiesenen Positionen, um sich auf die Ankunft des zweiten COD aus Pensacola vorzubereiten. Die Ankunft eines SEAL-Teams wurde immer mit einem Gefühl erhöhter Spannung begleitet. Jedes der 6000 Besatzungsmitglieder wusste, dass der Erkundungstrupp noch in der kommenden Nacht in unbekanntes Dschungelterrain aufbrechen würde und morgen vor Einbruch der Dunkelheit die übrigen nachfolgen würden. Gott mochte ihnen beistehen.

Die Landung der zweiten Maschine verlief mit der gleichen Professionalität wie die der ersten. Die SEALs wurden nach unten in eine eigens für sie vorbereitete Messe gebracht. Der Träger nahm Kurs nach Süden in einsamere Gewässer, um in fünf Stunden 50 Seemeilen nördlich von Colon zu stehen, wo die Operation beginnen sollte.

Lt. Commander Peavey sowie die Lieutenants Green und Slocum überwachten die Beladung der großen CH-53D Sikorsky 47, der *Sea Stallions*. Sie sollten die SEALs über die Küste Panamas und zur Mündung des Sees in den Chagres bringen, über unbesiedelten Regenwald hinweg zu einem

Punkt am Nordwestufer des Sees, eineinhalb Kilometer südwestlich des großen Damms, durch den der See aufgestaut wurde, und fast vier Kilometer von ihrem Zielobjekt entfernt, den Gatun-Schleusen.

Den SEALs wurde ein ausgezeichnetes Frühstück aus Omelette, Schinken und Bratkartoffeln samt Vollkorntoast serviert. Jeder aß so viel, wie er verdrücken konnte, bevor ihnen dann separate Schlafquartiere zugewiesen wurden. Immerhin waren sie seit Kalifornien die gesamte Nacht über unterwegs gewesen.

Der Erkundungstrupp würde um 1730 noch einmal etwas zu sich nehmen, bevor er dann um 2030, nach Einbruch der Dunkelheit, mit dem ersten *Sea Stallion* zu seinem Einsatz aufbrach. Die Männer würden zwei Schlauchboote mit sich führen, nämlich Zodiacs mit Yamaha-175-Außenbordern, dazu Pressluftflaschen, sechs Kunststoff-Benzinkanister, Paddel, Waffen zum persönlichen Schutz, das schwere Maschinengewehr, zwei Funkgeräte, Lebensmittel und Wasser für 36 Stunden, zwei 30 Meter lange Maßbänder aus Stahl, zwei Taucheranzüge, zwei Dräger-Pressluftatemgeräte, einige Handgranaten, Nachtsichtbrillen und ein halbes Dutzend Spraydosen mit Insektenschutzmittel.

Dem Rest der Gruppe, der bis zum nachfolgenden Abend an Bord der *Eisenhower* blieb, stand ein Briefing mit der Führungsgruppe bevor, anschließend würden sie auf den ersten Bericht des Erkundungstrupps warten, bevor sie sich schlafen legten.

Die zweite Gruppe würde in den beiden Helikoptern in zwei Wellen aufbrechen. Abflug: 1930. Gleiche Route, gleiche Vorgehensweise. Ziel: unverändert. Hoffentlich.

Der Sonntag verging schnell. Der achtköpfige Erkundungstrupp verließ die Messe, nachdem er zuvor noch Salat, Steak und Eier, gefolgt von einem Fruchtsalat und schwarzem Kaffee zu sich genommen hatte, und begab sich bei Sonnenuntergang zum Abflugbereich. Sie schwärzten sich die Gesichter, zogen Bandanas über, nahmen die schweren Rucksäcke auf sowie die leichten Maschinenpistolen und eilten dann, angeführt von Patrick Rougeau und CPO Chris O'Riordan, zum Flugdeck.

Der *Sea Stallion* hob sofort ab, schraubte sich unter den riesigen Rotorblättern in den Himmel, drehte nach Süden und donnerte in die Nacht hinein in Richtung der mittlerweile nur noch 50 Seemeilen entfernten Nordküste Panamas.

Zwanzig Minuten später entdeckte der junge Navigator des Helikopters durch das Nachtsichtgerät die Küste, überprüfte das GPS und lokalisierte die Mündung des Chagres. Von dort waren es nur noch acht Kilometer zum See.

Ein hell strahlender Halbmond beleuchtete den silbrig schimmernden Flusslauf, dem sie sich, fünf Kilometer westlich der oberen Schleuse, näherten. Der See war zu erkennen, eine riesige helle Wasserfläche, die sich unmittelbar vor ihnen erstreckte. Der Pilot hielt mindestens zwei Kilometer Abstand zum Gatun-Damm, an dem möglicherweise bewaffnete Wächter Dienst taten – auch wenn der Planungsstab in Coronado dies verneinte.

Tatsächlich zählte der Planungsstab Panama in militärischer Hinsicht zu einem der erbärmlichsten Dritte-Welt-Staaten der Erde. Die Küstenwache des Landes verfügte über eine Personalstärke von lediglich 600 Mann, zwanzig Patrouillenboote standen für das gesamte Land im Dienst, von denen etwa die Hälfte wegen ungenügender Wartung nicht einsatzfähig war.

Geografisch zeichnete sich das Land durch die beiden einige hundert Kilometer langen Küstenlinien am Atlantik und Pazifik aus, im Osten lag die Grenze zu Kolumbien, die sich durch Guerillaübergriffe, Drogenschmuggel sowie Flüchtlinge und Asylsuchende auszeichnete.

Militärisch brachte das Land ohne amerikanische Hilfe wenig auf die Waagschale. Wäre zufällig eines der rostzerfressenen, leicht bewaffneten Vosper-Patrouillenboote auf eine SEAL-Kampftruppe gestoßen, hätte es nicht die geringste Chance gehabt.

Selbst die gesamten Streitkräfte Panamas hätten es mit einer kleinen US-Spezialeinheit kaum aufnehmen können.

Den einzigen Unsicherheitsfaktor stellten die Chinesen dar – wie viele waren im Land, wie waren die Patrouillen an den Schleusen bewaffnet? Genau das sollte der Erkundungstrupp herausfinden.

Unbeobachtet setzte der *Sea Stallion* am Ufer des Gatun-Sees auf, eineinhalb Kilometer westlich der Guarapos, einer der zahlreichen über den gesamten See verstreuten Inselgruppen. Die Motoren wurden gedrosselt, der Rotor lief weiter, während die Männer ausstiegen und ihre Ausrüstung in den heißen, schwülen Dschungel zerrten.

Hin und wieder schob sich dankenswerterweise eine Wolke vor den Mond, während sie die beiden Schlauchboote ausluden. Sechs Männer trugen an speziellen Leinwand-Schlaufen den Außenborder.

Sie legten die beiden Boote ab und überprüften die Funkgeräte. Der große Sikorsky drehte die Motoren auf, hob ab und steuerte so schnell wie möglich nach Norden, um die Position der acht Männer nicht zu verraten.

Der Helikopter hatte dank ausgeklügelter Navigation auf einem freien, unbewachsenen Uferstreifen aufgesetzt, der etwa dreißig Meter vom Wasser entfernt lag und leicht zu einer Baumreihe anstieg, die vor einem Angriff von dieser Seite Schutz bot. Sie pumpten die Schlauchboote auf und trugen sie ans Ufer.

Lieutenant Patrick Rougeau stellte zwei Mannschaftsdienstgrade und einen Petty Officer für die neu geschaffene Basis ab und überprüfte dann ein weiteres Mal die Funkgeräte. Dann stiegen er und Chief O'Riordan, begleitet von PO/2 Brian Ingram aus North Carolina und zwei weiteren SEALs ins Boot, füllten den Benzintank und ließen sich von den anderen in den See hinausschieben, paddelten die nächsten hundert Meter noch, bevor sie den Außenborder anließen und ihre Fahrt durch die Dunkelheit zu den Gatun-Schleusen antraten.

Auf dem See war nichts zu hören. Sie nahmen Kurs nach Nordosten. Ihr Ziel war die westliche Ecke der Schleuse, an der das riesige Betonbauwerk an das zerklüftete Seeufer stieß.

Nachdem sie den Gatun-Damm passiert hatten, der backbords hoch in die Nacht aufragte, überprüfte Lieutenant Rougeau den Kompass und hielt nach der schattenhaften Schleuse Ausschau.

In der Ferne entdeckten sie Lichter, nicht viele; nur alle 15 Meter etwa – und zehn Meter über dem Wasser – war das Schimmern einer Glühbirne zu erkennen. Wie erwartet war niemand zu sehen, da der Kanal offiziell für den Schiffsverkehr geschlossen war.

Lieutenant Rougeau stellte den Motor ab, jeder der fünf SEALs griff sich ein Paddel, und lautlos setzten sie am Ufer auf, klappten den Außenborder hoch und zogen das kleine graue Boot in den Schatten unter der gewaltigen Mauer. Chief O'Riordan und zwei weitere tarnten daraufhin mit abgeschnittenen Ästen und Sträuchern das Zodiac. Wenn man nicht genau wusste, wo es lag, würde man es nicht entdecken.

Die Männer nahmen ihre persönliche Waffe und Ferngläser und eilten zur Stahlleiter, die zu den riesigen Molen links und rechts der Schleusenkammern führte. Sie hatten zwei Tauchanzüge, Flossen und die beiden Dräger bei sich. Auch hier war keine Menschenseele zu sehen. Sie stießen allerdings auf ein rechteckiges graues Gebäude, von dem aus man die obere Schleusenkammer überblicken konnte. Über Steinstufen gelangte man in den ersten Stock und von dort aus leicht auf das Dach, wo in der Dunkelheit das gesamte Schleusensystem zu erfassen war.

Fünf Minuten später waren sie alle oben, beobachteten den Komplex und hielten nach Wachen Ausschau. Das einzige Problem zeichnete sich bei der oberen Kammer ab, die geflutet und damit bereit war, ein Schiff aufzunehmen. Sie hatten mit einer leeren Kammer gerechnet.

Aber es gab keine Schiffe. Kein einziges war in Sicht. Die fünf SEALs warteten bis 0100 am Montagmorgen und beobachteten die Umgebung.

Auf ihrer Karte war eine Leitstelle eingezeichnet, drüben bei den Schleusen, die die Schiffe von der Atlantikseite nach oben hievten. Zwei Lichter brannten dort. Menschen waren nicht zu sehen.

Um 0115 gab Patrick Rougeau den Befehl. Mithilfe des jungen Brian Ingram schlüpften er und Chris O'Riordan in die Tauchanzüge. Sie nahmen die Flossen und die Dräger, stiegen vom Dach wieder hinab zur Mole, die, blickte man auf den See hinaus, rechts des riesigen Schleusentores lag.

Vorsichtig huschten die schwarzen SEALs geduckt über den Laufgang oben auf dem Tor. Patrick Rougeau reichte Chris das Ende des stählernen Maßbandes, während Brian die Flossen anlegte. Und dann stützte sich der erfahrene SEAL mit den Händen auf dem Geländer auf, ließ sich fallen und glitt nahezu lautlos in das schwarze Wasser.

Er tauchte mit dem Metallband nach unten, am mächtigen Stahlträger entlang, an dem die Scharniere befestigt waren, und strich mit der Hand darüber, bis er den oberen Rand des gusseisernen Beschlags fand. Er spürte die Vertiefung in der Betonwand, die etwa einen Meter tief und eins zwanzig breit war und die Scharniere aufnahm, wenn die großen Tore aufschwangen und im 90-Grad-Winkel bündig mit den Molenmauern abschlossen.

Er wandte sich nach unten, bis er den unteren Rand des Scharniers ertastete, das laut den Briefing-Unterlagen 2,10 Meter hoch sein musste, ging wieder einen Meter höher und suchte nach dem Riegel in der Mitte, fand ihn, prüfte erneut nach, dass er exakt die Mitte des Scharniers markierte, hakte das Metallband in der Rille ein und zog dreimal heftig daran.

Oben auf dem Tor spürte der flach auf dem Boden liegende Lieutenant Rougeau den Zug, er straffte das Maßband und las mit Hilfe einer winzigen Taschenlampe die Ziffern ab: *Genau dreieinhalb Meter, Brian.*

O'Riordan ging im pechschwarzen Wasser gleichmäßig atmend weiter runter, bis er 7,5 Meter tiefer mit den Fingern das zweite Scharnier ertastete. Wieder hakte er das Band in der Rille ein und zog dreimal.

Elf Meter.

Erneut tauchte O'Riordan in die Tiefe, schob sich zum Boden der riesigen Kammer vor und tastete in der stillen Schwärze nach dem dritten Scharnier. Er versuchte die 7,5 Meter abzuschätzen, was in der vollkommenen Dunkelheit allerdings nahezu unmöglich war. Er tauchte also einfach weiter und ließ die Finger am Stahlträger entlanggleiten, bis er fand, wonach er suchte.

Er zog das schwere, mittlerweile fast 20 Meter lange Metallband durch das Wasser, bis er es in der Mittelrille hatte. Wieder zog er dreimal daran, und die Steuerbord-Scharniere waren vermessen.

18,5 Meter.

Der nächste Teil war schwieriger. Die SEALs gingen zwar davon aus, dass die Scharniere auf der gegenüberliegenden Seite auf genau gleicher Höhe saßen, aber darauf wollten sie sich nicht verlassen.

Sie hatten sich abgesprochen. Statt auf- und anschließend wieder auf 20 Meter Tiefe abzutauchen, blieb Chris O'Riordan einfach unten und folgte, mit den Fingern tastend, dem unteren Rand der Schleuse. Oben auf der Schleuse ging Patrick Rougeau mit dem Maßband zur anderen Seite hinüber, was so aussah, als würde er einen zahmen Seehund ausführen – was er in gewissem Sinn ja auch tat.

Sie erreichten gleichzeitig die gegenüberliegende Mole. Langsam stieg Chris nun aus fast 20 Metern Tiefe in der Dunkelheit nach oben und hakte jeweils das Maßband ein, um die Positionen der Scharniere zu bestätigen. Sie lagen jeweils auf gleicher Höhe, auf 3,5, 11 und 18,5 Meter.

Und dann wandte sich Chris, noch immer einige Meter unter der Wasseroberfläche, vom Schleusentor weg und schwamm in den See hinaus, umrundete die Mole und kehrte zum Ufer zurück, wo die anderen bereits auf ihn warteten. Er streifte den Anzug, das Dräger-Atemgerät und die Flossen ab, nahm einen Schluck Wasser und ruhte sich im Boot aus, während die beiden SEALs ihre MP 5 ergriffen und sich auf das Dach des Gebäudes oberhalb der Mole begaben, wo Lieutenant Rougeau und Brian Ingram sie bereits erwarteten.

Es war exakt 0238. Nichts geschah, bis kurz vor 0400 eine Patrouille auftauchte. Vier Mann, offensichtlich Soldaten, die Waffen geschultert, schlenderten über den Laufgang und kamen direkt unter ihnen vorbei.

Es waren Chinesen. Sie lachten, rauchten und achteten kaum auf ihre Umgebung. Die SEALs beobachteten sie durch die Ferngläser, sahen sie das Ende der Schleusenkammer erreichen, umdrehen und dann zurückschlendern. Es wäre die Arbeit von wenigen Sekunden gewesen, ihnen den Garaus zu machen. Die SEALs allerdings hielten sich im Verborgenen.

Sie warteten bis 0500. Als die Morgendämmerung aufzog, kehrten sie zu dem unter den Sträuchern versteckten Zodiac zurück, ließen sich darin nieder und funkten die Ergebnisse zu ihrem kleinen Brückenkopf am Seeufer. Sie würden bis zum Einbruch der Dunkelheit abwechselnd Wache schieben und jede Bewegung notierten, die sich auf dem Schleusenkomplex abzeichnete.

Doch bereits jetzt war klar, dass die Chinesen nicht beabsichtigten, den Kanal vor Montagnachmittag zu öffnen – wahrscheinlich brauchten sie noch so lange, um das verschwundene U-Boot zu tarnen.

Montag, 14. April 2008, 0600
USS *Eisenhower*
Position: 09.07 N, 81.50 W. Fahrt: 10

Lt. Commander Peavey sah den jungen SEALs zu, die sich an den sechs großen Rollen mit 7,5 Zentimeter dicker, reißfester schwarzer Fallschirmleine zu schaffen machten. Im Kopf führte er mathematische Berechnungen durch; jeder Sprengsatz war 90 Zentimeter lang, und da dieser jeweils oben und unten 45 Zentimeter über die Mittelrille des Scharniers überstehen sollte, errechnete sich die Länge der Leinen vom Haken bis zum oberen Schleusenende aus 3,5 Meter minus 45 Zentimeter – 3,05 Meter; anschließend 10,55 und 18,05 Meter.

»Wir brauchen sechs Längen, zweimal 3,95 Meter, zweimal 11,45 und zweimal 18,95 Meter – markiert mit Klebeband genau neunzig Zentimeter vom Ende weg … Das ist für die Schlaufe … Am anderen Ende spleißt ihr den Haken fest … Berechnet dazu fünfzehn Zentimeter zum Spleißen … genauso viel, wie die Haken lang sind … Dann sollte es passen … Und umwickelt die Spleißstelle fest mit Klebeband.«

Seine Anweisungen waren präzise. Mitch Stetter aus Indiana, der Unteroffizier, der für diesen Teil der Operation verantwortlich war und die Sprengsätze von den Schleusentoren nach unten lassen würde, inspizierte jeden Handgriff seines Teams. Alles verlief entsprechend dem Standardprozedere der SEALs: bedächtig, sorgfältig, fehlerlos, mehrmals überprüft und dann ein weiteres Mal nachgeprüft.

Die Beutel mit den Sprengsätzen besaßen jeweils oben und unten einen Metallring. Mitch wollte einen Probelauf mit gewöhnlichen Fallschirmleinen durchführen, die dünner waren als jene, an denen die Haken befestigt waren, damit die Männer jeweils sechs der Beutel zu einem Paket zusammenzurren konnten. Wobei jedes Paket einen der sechs Beutel mit dem dicken hellroten Band enthalten musste, der den Zündmechanismus enthielt.

Dieses tödliche Paket umfasste insgesamt 180 Kilogramm Sprengstoff. Die Beutel würden dann mit Detcord noch dichter gezurrt werden, bevor sie in einem wasserdichten schwarzen Sack von der Schleuse nach unten gelassen und genau über einem der riesigen Scharniere zu liegen kommen würden.

Wenn sie hochgingen, handelte es sich sicherlich um den spektakulärsten Detcord-Einsatz seit Major Ray Kermans Angriff auf Nimrod, bei dem nahezu auf den Tag genau drei Jahre zuvor die politischen Gefangenen Israels befreit worden waren. Es war nur schwer zu glauben, dass die beiden Ereignisse so eng zusammenhingen. Wie und warum das jedoch so war, wussten zu diesem Zeitpunkt nur Arnold Morgan, George Morris und Jimmy Ramshawe.

Die SEALs an Bord des Flugzeugträgers übten stundenlang, die schweren Beutel zu den jeweiligen Paketen zu schnüren. Sie wussten alle, dass sie diese Arbeit das nächste Mal in völliger Dunkelheit und unter beengten Platzverhältnissen verrichten mussten, um anschließend die schweren Säcke mithilfe von Gurten zum Schleusentor hinaufzuschaffen. Bill Peavey hielt es für viel zu gefährlich, den Sprengsatz erst oben auf dem Tor zusammenzustellen.

»Es ist immer einfacher, die Säcke dort zu packen, wo wir die Ruhe dazu haben. Dann schaffen wir sie hoch zum Laufgang, knoten sie fest und lassen sie runter. Wenn sich uns dabei jemand in den Weg stellt, machen wir kurzen Prozess.«

Den ganzen Morgen übten sie, zurrten, zerrten und hievten die Beutel, packten sie in den wasserdichten Sack, verließen sich dabei nur auf ihren Tastsinn, versuchten mit geschlossenen Augen zu arbeiten, falls der Mond nicht zu sehen sein würde. Der jüngste SEAL hob die Beutel an, ein anderer rückte sie an ihren jeweiligen Platz, während ein weiterer aus jeder Gruppe sie verschnürte.

Lt. Patrick Rougeau war für das Detcord und die Zündung verantwortlich. Mitch Stetter schnitt dünne schwarze Sprengschnüre auf die Länge von vier, 11,5 und 19 Metern ab. Auf die exakte Länge kam es nicht an, sie durften nur nicht zu kurz sein. Mitch ließ etwa einen halben Meter Spielraum für die Verbindung des Zünders in dem mit einem roten Band markierten Beutel und der winzigen, dünnen, mit einem Schwimmer versehenen Antenne, die lautlos zur Wasseroberfläche steigen würde, um dort den elektronischen Impuls zu empfangen, mit dem alle sechs Sprengsätze gleichzeitig gezündet wurden.

Um 1300 gab es ein spätes Frühstück, anschließend schliefen sie bis 1730. Um 1800 nahmen sie ihre letzte Mahlzeit vor dem Abflug zu sich – Brathähnchen, Salat und Folienkartoffel.

Sie hatten soeben Platz genommen, als eine Meldung des Zerstörers USS *Roosevelt* eintraf, dessen Kommandant, Captain Butch Howarth, noch immer stinksauer auf das Kanalpersonal war. Seine Nachricht las sich sehr schlicht: … *Chine-*

sen haben Panamakanal wieder geöffnet, 141730APR08 ... Drei chinesischen Schiffen an den Liegeplätzen wurde Priorität eingeräumt ... Es handelt sich als Erstes um den Zerstörer Qingdao, *Luhu-Klasse, Typ 052, dann um zwei Frachter mit etwa 20000 Tonnen Displacement. Roosevelt wartet noch auf Freigabe. Howarth.*

Sofort wurde Bill Peavey informiert, der sein Essen mit in den Funkraum nahm, um dort eine Nachricht an den Erkundungstrupp am Seeufer aufzusetzen, wo die Wachen das schwere Maschinengewehr und das Funkgerät besetzt hielten ... *Chinesen haben Kanal geöffnet, 1730 ...* Qingdao, *Zerstörer der Luhu-Klasse, als erstes Schiff eingefahren ... Sollte um Mitternacht an der Gatun-Schleuse sein ... Passt auf ... Wir kommen um 2100. Peavey.*

Oben auf dem Flugdeck ließen die Piloten die Motoren der beladenen *Sea Stallions* an und bereiteten den Start vor. Lt. Commander Peavey führte sein Team hinaus in den windigen Bereich an der Backbordseite des Trägers.

Einer nach dem anderen gingen die SEALs an Bord, jeder hatte sein Gesicht mit Tarncreme geschwärzt, jeder hatte seine Waffe zum persönlichen Schutz bei sich, die MP 5, ein Kampfmesser und ein Fernglas. Manche waren mit Handgranaten ausgestattet, alle mit kleinen Karten und Plänen der Schleusen.

Zwei Petty Officers, der Texaner Little Joe sowie Tony McQuade aus Georgia, waren in ihre Checklisten vertieft, auf denen die gesamte Ausrüstung – die Zahl der Benzinkanister, der Pressluftflaschen, der Paddel, der schweren Detcord-Rollen, der vorgeschnittenen Leinen, der Beutel und Säcke, Funkgeräte und Wasserkanister – verzeichnet waren. Die SEALs wollten keine Spuren hinterlassen. Jeder Ausrüstungsgegenstand wurde auf dem Hin- und erneut auf dem Rückflug gezählt. Lebensmittel hatten sie nicht dabei. Der Einsatz sollte einschließlich An- und Abflug zehn Stunden dauern. Maximal.

Sie hoben um 2030 ab und folgten der Route des Erkundungsteams. Sie drangen 80 Kilometer ins Landesinnere vor, immer entlang des Flusslaufs bis zum Landeplatz am schmalen Ufersaum. Lt. Commander Peavey schwieg den gesamten Flug und ging in Gedanken das sekundengenaue Timing durch, das nun erforderlich sein würde. Wenn die Schleusentore gesprengt wurden, hatte die obere Kammer leer zu sein. Das hieß, wenn die Sprengsätze detonierten, musste das erste Schiff die Kammer verlassen haben und sich im Kanal zur zweiten Schleuse befinden. Allerdings durften sie dann auch nicht zu lange warten, weil die Chinesen die Kammer wahrscheinlich schnell wieder füllten, um den mittlerweile aufgestauten Verkehr zu bewältigen.

Der erste Sikorsky war kaum gelandet, als die drei SEALs, die das Seeufer besetzt hielten, sofort heraneilten und mithalfen, die Schlauchboote auszuladen, sie mit Pressluft zu füllen und aufzutanken. Das eine Zodiac lag noch aufgepumpt am Ufer. Die Boote waren mit einem 55-Liter-Plastiktank ausgestattet. Der Treibstoff sollte reichen, um damit sechs Stunden lang über die Runden zu kommen und die sieben Kilometer zu den Schleusen und zurück bewältigen zu können.

Alles wurde ausgeladen. Die leeren Benzinkanister wurden im ersten Sikorsky verstaut, der unmittelbar nach der Landung des zweiten abhob. Noch immer war kein Patrouillenfahrzeug entdeckt worden, nichts wies darauf hin, dass die Leitstelle oben auf der Schleuse von ihrer Landung etwas mitbekommen hatte.

Völlig lautlos schoben die 28 SEALs die drei Boote in das schwarze Wasser, klappten die Außenborder nach unten und machen sich auf den Weg zur Schleuse, vorbei am Gatun-Damm – wo das Glück sie dann allerdings verließ.

Vor ihnen, etwa 500 Meter im Norden, waren die unverkennbaren Motorengeräusche eines leistungsstarken Bootes zu hören, das direkt auf sie zuhielt. Das rote Backbordlicht und das grüne Steuerbordlicht waren in der klaren tropischen Nacht deutlich zu erkennen.

Die Taktik der unbeleuchteten Schlauchboote war oft geübt worden. Die Motoren wurde ausgestellt, zwei der Zodiacs schwenkten zur Seite, eines nach links, das andere nach rechts, und zwar in südliche Richtung. Nur das Führungsboot fuhr geradeaus weiter. Vier SEALs paddelten dem Patrouillenboot entgegen, während die anderen flach im Boot lagen und den Finger am Abzug hielten.

»Ahoi«, rief Peavey, als das Schlauchboot vom breiten Suchscheinwerfer erfasst wurde. »*No es culpa suya!*«, was, wie er hoffte, »helft uns bitte« auf Spanisch hieß. »*Incapaz, indefenso*«, fügte er noch an.

An der Reling war die vierköpfige bewaffnete Besatzung zu erkennen, die alarmiert zu ihnen herüberblickte. Aber nicht lange. Denn wie aus dem Nichts schickte Petty Officer Joe Little alle vier mit einem langen Feuerstoß, der sich in ihre Stirn fraß, zum Teufel.

Tony McQuade sprang auf das Patrouillenboot, lief in die Kajüte und gab einen Feuerstoß auf das Funkgerät ab. Mittlerweile war auch Lt. Commander Peavey an Bord. Er war bis zur Hüfte nackt und hatte die Stiefel ausgezogen. Er stellte den Autopiloten auf 284, schickte Tony zurück ins Zodiac, warf seine Maschinenpistole hinterher und eilte noch einmal in die Kajüte.

Er gab Vollgas und steuerte mit 30 Knoten direkt den Damm an, sprang dann über die Steuerbordseite in den See und wartete dort, dass das Schlauchboot ihn wieder aufnahm.

Nasse Hosen, tote Chinesen, ein Bootswrack, und das alles in den ersten zwanzig Minuten.

»Großer Gott«, sagte Bill, als sie ihn aus dem Wasser zogen.

Einige Minuten später hörten sie den dumpfen Aufprall des Patrouillenboots an der Dammmauer, wo die Wrackteile, wie der befehlshabende Offizier es geplant hatte, an die tiefste Stelle des Sees sinken würden.

»Weiter«, sagte er ruhig. »Wir haben noch einiges zu erledigen.«

Fünf Minuten später waren sie auf Höhe des Landungsabschnitts, wo sie, gefolgt von den anderen beiden Zodiacs, ans

Ufer paddelten. Zwei SEALs standen im seichten Wasser und halfen ihnen in den Schatten der hoch aufragenden Mole der Gatun-Schleuse.

Lieutenant Rougeau stand bereits mit Chris O'Riordan oben an der Metallleiter, bereit, die Sprengstoffbeutel aufzunehmen, während die SEALs unten, den Sprengstoff auf den Rücken geschnallt, über das Ufer hochstiegen.

Einer nach dem anderen machten sie sich an den anstrengenden Aufstieg. Jeder hatte ein Gewicht von 30 Kilogramm auf dem Rücken, dazu seine Maschinenpistole und, um die Brust geschlagen, die Munitionsgurte. Es war nicht möglich, dass zwei Männer sich die Last aufteilten. Es stand ebenfalls außer Frage, die Sprengsätze bereits unten zusammenzustellen, um sie dann irgendwie vom Wasser aus in die Tiefe zu lassen.

Die Sprengsätze hatten vom oberen Rand des Schleusentors niedergelassen zu werden, daran kamen sie nicht vorbei. Die SEALs mussten sie also vom Ufer nach oben befördern. Dass sie es nicht schafften, war für sie völlig undenkbar.

Die einzige Hilfestellung, die Chief O'Riordan ihnen anbot, bestand darin, eine der schweren Leinen mit dem daran befestigten Schäkel nach unten zu lassen, um ihn am Metallring der Beutel einzuhaken. Auf diese Weise hätte er ihnen auf den letzten Stufen die Last ein bisschen erleichtern können. Lt. Commander Peavey schlug es den anderen auch vor, aber keiner nahm das Angebot an. Jeder kämpfte sich die Leiter hinauf und trug die schwere Last allein. Es hatte schon seinen Grund, warum sie bei den U.S. Navy SEALs waren.

Der Letzte war um 2320 oben. Die Zeit wurde langsam knapp. Patrick Rougeau führte sie an eine im Schatten liegende Stelle, wo sie sich auf die zugewiesenen Gruppen verteilten. Zwei Teams zu je sechs Mann übernahmen das Zusammenbinden der jeweils sechs Beutel.

Zwei Gruppen stiegen die Leiter hinab und zerrten zwei der Zodiacs über das Ufer ins Wasser, um nun die Mole zu umfahren und vom Wasser aus den Männern, die hoch oben auf den Schleusentoren ihre Arbeit verrichteten, Feuerschutz zu geben. Bill Peavey glaubte, dass die einzige Gefahr vom See her kommen könnte, weniger von den anscheinend äußerst nachlässigen Patrouillen auf dem Schleusenkomplex.

Die beiden Gruppen, die die Sicherung des Ufers übernahmen, teilten sich zu beiden Seiten der Mole auf. Die eine Gruppe tat das oben auf dem Dach, das für Lt. Rougeau als Aussichtsplattform gedient hatte. Die anderen lagen flach auf der gegenüberliegenden Schleusenseite mit Blick auf die Leitstelle. Die Männer, die oben in der Nähe des Laufgangs arbeiteten, waren nun, wenn nötig, durch Maschinenpistolenfeuer gedeckt. Alle hofften, dass es nicht so weit kommen würde.

Um 2340 befanden sich die sechs fest gepackten Sprengsätze in ihren wasserdichten Säcken, waren mit Zündern versehen und mit dem Detcord umwickelt. Patrick Rougeau persönlich hatte die Zündschnüre befestigt und jeweils ein Ende mit dem Zünder im roten Beutel und das andere mit der kleinen schwimmenden Antenne verbunden.

Mittlerweile konnten sie die Lichter des chinesischen Zerstörers erkennen, der knapp drei Kilometer vor ihnen mit etwa sechs Knoten auf die Schleuse zuhielt. Den Sprenggruppen stand nun die heikelste Aufgabe der gesamten Operation bevor.

Lt. Commander Peavey ergriff die Schlaufe des ersten Sacks und hievte ihn mit drei weiteren SEALs, die an den anderen Ecken anfassten, auf den Laufsteg. Gemeinsam zerrten und zogen sie ihn die 33 Meter über das Schleusentor, wo Lieutenant Rougeau mit der schweren Leine bereits auf sie wartete. Er klinkte den Haken ein, und Mitch Stetter schob den Sack dann unter dem Eisengeländer durch.

Zusammen hielten sie das Gewicht, bis der Sack nach 2,5 Meter ins Wasser eintauchte und spürbar leichter wurde. Langsam ließen sie ihn hinab und spürten dabei, wie er gelegentlich gegen den Stahlträger stieß. Nachdem er die richtige Tiefe, etwa 18 Meter, erreicht hatte, kontrollierte Lieutenant Rougeau, ob die Klebebandmarkierung mit der Kante des

Tors abschloss; die überstehenden anderthalb Meter band er mit einem Palstek am Fuß der Endstrebe des Geländers fest, den Rest kappte er. Wenn beim Öffnen der Schleusentore das Geländer des Laufstegs automatisch nach unten klappte, würde sich die Strebe über die Leine legen und diese abdecken und somit verbergen.

Zweimal wiederholten sie die Prozedur, zerrten die schwere Last über das Schleusentor und ließen sie ins Wasser sinken, sicherten sie mit einem Palstek und spürten sie sanft gegen die Scharniere schlagen.

Das Gleiche geschah auf der näher gelegenen Seite des Schleusentors, wo den Männern um Chief O'Riordan der knochenharte Weg über den Laufsteg erspart blieb. Nur gut, dass Bill Peavey, einer der stärksten und muskulösesten Männer der gesamten U.S. Navy, in dieser dunklen Nacht mit dabei war.

Um Mitternacht hatten die SEALs ihre Posten bezogen. Lieutenant Rougeau und drei Wachen lagen mit ihren MP 5 und leistungsstarken Nachtsichtbrillen oben auf dem Dach des Gebäudes. Lt. Commander Peavey fuhr in einem der Zodiacs auf den See hinaus, alle anderen räumten die Ausrüstungsgegenstände zusammen und bereiteten sich auf den Abmarsch vor.

Der befehlshabende Offizier wurde von Chief O'Riordan begleitet, der über Funk mit Patrick Rougeau verbunden war. Sie befanden sich mehr als einen halben Kilometer weit draußen im See und damit noch innerhalb der Reichweite des Relais, das das elektronische Signal gleichzeitig an alle sechs auf dem Wasser treibenden Antennen vor den Schleusentoren weitergeben würde.

Ihr Plan war denkbar einfach: Lieutenant Rougeau würde das Signal zur Zündung geben, wenn der chinesische Zerstörer die obere Schleusenkammer passiert hatte und, fast zehn Meter tiefer, von den Lokomotiven zur zweiten Kammer gezogen wurde. Seit Generationen hatten diese mehrfach modifizierten Fahrzeuge diese Aufgabe übernommen – wie bei den altmodischen Autowaschanlagen, wo die Fahrzeuge durch die Seifenschaumbürsten gezogen wurden.

Die Männer auf dem See wollten sechs Minuten warten, damit die SEALs vom Dach flüchten und am Ufer das letzte Boot besteigen konnten. Dann würden sie das verhängnisvolle Zündsignal geben.

Die SEALs, die westlich vom Kurs des Zerstörers lagen, beobachteten, wie dieser sich langsam den Schleusentoren näherte. Wie sich diese, angetrieben von nicht weniger als 92 Elektromotoren, langsam in den See hinaus öffneten, konnten sie allerdings nicht sehen. Was sie aber beobachten konnten, war der 140 Meter lange Rumpf des Kriegsschiffs, der sich allmählich zwischen die Molen schob. Chief O'Riordan wusste, dass die Sprengsätze sich in diesem Moment in die breiten Vertiefungen der Schleusenmauer geschoben hatten.

Oben auf dem Dach sahen Patrick Rougeau und sein Team die Lokomotiven, die das Kriegsschiff in die Kammer zogen, dahinter schlossen sich die riesigen Tore. Und irgendwo unter ihnen hörten sie das ferne Donnern des Wassers, Millionen Liter, die durch die Röhren rauschten, wodurch sich die Schleusenkammer leerte. Das Schiff schien sich kaum zu bewegen, aber fünf Minuten später allerdings lag es zweifellos tiefer als zuvor.

Zwanzig Minuten lang warteten sie, und zwar bis zu einem Zeitpunkt, wo die Aufbauten des Schiffs fast völlig verschwunden waren. Dann sahen sie die Tore am anderen Ende der Schleuse sich langsam öffnen und sie hörten anschließend die Lokomotiven, die das Schiff aus der Kammer und in den schmalen Kanal zur nächsten Schleuse zogen, den Eingang zur mittleren Schleuse.

Drüben in der Leitstelle beobachteten vier chinesische Techniker diese Ereignisse auf dem knapp zwanzig Meter langen elektronischen Modell, das alle Vorgänge, den Weg jedes Schiffes durch den Kanal verfolgte. Alle 1500 Elektromotoren wurden von hier aus überwacht. Nun zeigte es den Zerstörer der Luhu-Klasse am Anfang der kurzen Strecke zum zweiten Schleusenpaar.

»Zeitpunkt D! D minus sechs!«, meldete Patrick Rougeau, wobei »D« für Detonation stand.

Draußen im Zodiac drückte Bill Peavey auf die Stoppuhr, die sechs Minuten runterzählte – die Zeit, die Rougeau und seine Jungs brauchten, um das Dach zu verlassen, über die Leiter auf die Mole zu kommen und dann über die lange Leiter zum Seeufer, um dort mit dem letzten Schlauchboot den Ort des Geschehens zu verlassen.

CPO O'Riordan rief über Funk die *Sea Stallions*, die sich auf dem Flugzeugträger zum Abflug bereithielten. Sie sollten gemeinsam die Landungszone erreichen.

Fünf Minuten vergingen. Lieutenant Rougeau und sein Team stiegen ins Schlauchboot. Sie warfen den Außenborder an, kümmerten sich nicht mehr um den Motorenlärm und steuerten geradewegs in den See hinaus, um aus dem Gefahrenbereich der Sprengsätze zu kommen, deren Detonation die gesamte Schleuse, Millionen Tonnen Beton, himmelwärts jagen würde. Sie waren etwa 300 Meter weit gekommen, als Bill Peavey auf den Knopf drückte.

Der elektronische Impuls trug sein Signal über das schwarze Wasser zu den kleinen Antennen und zündete gleichzeitig alle sechs 180-Kilogramm-Sprengsätze. Sie entluden sich mit schrecklicher Gewalt und ohrenbetäubendem Knall. Ihr Druck schickte eine sieben Meter hohe Welle in den See hinaus, auf dem Peavey, O'Riordan und die anderen in ihrem Zodiac mit 40 Knoten nach Südwesten flohen.

Die Detonation zerstörte die großen Eisenscharniere und schleuderte beide Schleusentore fünfzehn Meter hoch in die Luft. Gleichzeitig donnerten die Wassermassen, eine gewaltige, zwanzig Meter hohe Flutwelle, in die leere Kammer.

Mit einem Druck, der das gesamte Pentagon platt machen würde, krachte die Welle gegen die zweiten Tore, die wie Pappwändchen umgedrückt wurden. Die wirbelnde Strömung, angetrieben von den nachdrängenden Wassermassen, erfasste die unglückliche *Qingdao*, riss sie von den Ketten der Lokomotiven und schleuderte sie nach vorn.

Der spitz zulaufende Bug des chinesischen 9000-Tonnen-Kriegsschiffes rauschte etwa zehn Meter höher als vorgesehen durch die Tore der zweiten Kammer, die unter dem Aufprall des Kiels und der Schrauben zersplitterten und aus ihren Scharnieren gerissen wurden.

Die gischtende, vom See gespeiste Flut brandete durch den schmalen Betonkanal und hievte den Bug des Zerstörers nach oben, sodass er im 50-Grad-Winkel durch die zweite Kammer geschoben wurde, während die Schrauben über den Betonboden schrammten.

Der Zerstörer verlor kaum von seiner Geschwindigkeit, als er durch diesen Kanal auf die letzten Schleusentore zugeschwemmt wurde, durch die er, einem Rammbock gleich, mit ungeheuerer Wucht brach, um dann die letzten 8,5 Meter in die Karibik hinunterzukrachen.

Patrick Rougeau meinte zu seinen Kollegen lakonisch, sie hätten soeben die schnellste Schleusendurchquerung in der vierundneunzigjährigen Geschichte des Panamakanals miterlebt. Für die letzten beiden Kammern hatte die *Qingdao* keine 45 Sekunden benötigt.

Aber das Ganze war noch lange nicht vorbei. Die aus dem Gatun-See schwappende Flutwelle war nicht mehr aufzuhalten. Die Wassermassen stürzten durch die Schleusen, donnerten in die Tiefe und trugen die *Qingdao* aus dem Kanal in tiefere Gewässer. Das Schiff war völlig verbeult und verschrammt, viele aus der Besatzung hatten den Tod gefunden, viele waren verletzt, aber das Schiff schwamm noch.

Unterdessen röhrte das Wasser des 400 Quadratkilometer großen Sees unvermindert durch das größte Abflussloch, das die Welt wohl je gesehen hatte. Sieben Tage lang setzte sich das alles fort, bis der See nahezu trockengelegt war.

Und die SEALs? Die rasten zurück zur Landungszone und luden ihre Ausrüstung in die Hubschrauber, mit Ausnahme allerdings der viel zu schweren Schlauchboote. Diese schickten sie in den See hinaus und warfen jeweils eine Handgranate hinterher. Vom Ufer aus sahen sie mit an, wie die Boote in etwa zwanzig Meter Entfernung explodierten. Dann drängten die Männer sich in die *Sea Stallions* und flogen zur *Eisenhower* zurück.

Lt. Commander Bill Peaveys Meldung war kurz und bündig: »*Einsatz erfolgreich abgeschlossen. Panamakanal zerstört. Keine Verwundeten.*«

EPILOG

Freitag, 25. April 2008, 18 Uhr
Karnak-Bar, Damaskus

Ravi und Shakira saßen jeder mit einem kalten Bier vor sich an ihrem Lieblingsecktisch, von dem aus sie den Platz der Märtyrer überblicken konnten. Bei ihrem kurzen Besuch in der *Librairie Avicenne* hatten sie zwei amerikanische Filmzeitschriften, eine Ausgabe des Londoner *Sunday Telegraph* und die Dienstagsausgabe der *New York Times* ergattert.

Shakira betrachtete das große Titelbild, das Troy Ramford eng umschlungen mit der irischen Schriftstellerin Edna Casey zeigte. Es war bei der Preisverleihung in den Geschäftsräumen der Screen Actor's Guild aufgenommen worden, wo Troy doch noch seinen Oscar für *Timeshare* hatte in Empfang nehmen können.

Die Bildunterschrift lautete: *Einen Monat nachdem die Lichter ausgingen: Troy bekommt seine Statue, Edna ihren Mann.*

Shakira wusste natürlich, dass an der amerikanischen Westküste die Stromversorgung zusammengebrochen war. Sie waren seit fast zwei Wochen wieder zu Hause, und die Zeitungen im Mittleren Osten hatten selbstverständlich ausführlich darüber berichtet. Die iranische Regierung hatte der Hamas in weiser Voraussicht allerdings untersagt, sich zu den Anschlägen zu bekennen.

Shakira grinste über das ganze Gesicht. Ihrem erstaunlich präzisen Timing war es zu verdanken gewesen, dass die Oscarverleihung des Jahres 2008 nachhaltig gestört worden war und Troy seine Statue nun in einem Geschäftsbüro hatte entgegennehmen müssen.

Ravi andererseits las nicht weniger gefesselt. Der Titel der *New York Times* lautete:

> USA ÜBERNEHMEN PANAMAKANAL
> Umsturz ohne Blutvergießen – Präsident Panamas unterzeichnet tausendjährigen Vertrag

Es folgte ein geradezu unerhörtes Interview mit dem Nationalen Sicherheitsberater des amerikanischen Präsidenten, nämlich mit Admiral Arnold Morgan, der erklärte:

> »Der internationale Seeweg durch den Panamakanal ist vor nahezu hundert Jahren von den USA finanziert und errichtet worden und sollte friedlichen Zwecken dienen, zum Nutzen aller Schiffe der Welt. Zwei Präsidenten der Demokraten ist es gelungen, den Panamakanal nicht nur aus der Hand zu geben, sondern ihn sogar unter die Kontrolle Rotchinas fallen zu lassen.
>
> Die große Seestraße zwischen den Weltmeeren befand sich daher in den Händen eines zurückgebliebenen Dritte-Welt-Landes und eines totalitären kommunistischen Regimes, zweier Staaten, die es doch noch nicht einmal schafften, ein vernünftiges Passagierflugzeug zu entwickeln, geschweige denn, eines der größten technischen Wunderwerke der modernen Welt zu pflegen und zu warten.
>
> Vor einigen Wochen mussten wir miterleben, welche katastrophalen Konsequenzen es hat, wenn man jemandem eine Verantwortung überträgt, der er nicht gewachsen ist. Die großen oberen Schleusentore am Gatun-See wurden Opfer jahrelanger Vernachlässigung und mangelnder Wartung. Wie wir alle wissen, wurde durch die Flutwelle die gesamte Schleusenanlage an der Atlantikseite zerstört und der See ausgetrocknet.

Die USA betrachten dies als eine Vernachlässigung kriminellen Ausmaßes und halten es für ihre Pflicht, den Kanal im Interesse der internationalen Gemeinschaft wieder aufzubauen. Kein anderer Staat wäre dazu in der Lage. Allerdings haben wir nicht die Absicht, uns für einen Kanal zu engagieren, der uns nicht gehört.

Deshalb haben wir 10 000 US-Marines im Zuge einer Friedensmission ins Land geschickt und dem Personal der Hutchinson Whampoa Corporation, einem Unternehmen, das von der chinesischen Volksbefreiungsarmee kontrolliert wird, dringend nahe gelegt, die Kanalzone zu verlassen. Das Unternehmen gehörte zu den Nutznießern eines gesetzeswidrigen Vertrags und erwies sich als unfähig, den Betrieb des Kanals zu garantieren.

General Mo Sherman unterrichtete den Präsidenten Panamas über unsere Ansichten. Der Präsident hatte keinerlei Einwände gegen unseren Vorschlag, dass die Chinesen das Land zu verlassen hätten. Er teilte unsere Besorgnis und dankte den USA für das großzügige Angebot, den Kanal wieder herzustellen und auch in Zukunft zu betreiben.

Es freut mich sehr, nunmehr verkünden zu können, dass die Chinesen das Gebiet verlassen haben und die USA erneut die Kontrolle über die gesamte Kanalzone einschließlich der Hafenanlagen an der atlantischen sowie der pazifischen Seite der Wasserstraße übernommen haben. Darüber hinaus haben wir die alte amerikanische Marinebasis in Rodman besetzt und die Eisenbahnlinie unter unsere Aufsicht gestellt, jene, die von Colon bis zu Fort Grant bei Balboa am Pazifik führt.

Die Arbeiten an den oberen Schleusentoren werden in einem Monat beginnen. Wir erwarten den Abschluss der Bautätigkeit für etwa Mitte 2009. Die USA haben der Regierung Panamas einen Gewinnanteil versprochen, der sich aus den Einnahmen der Durchfahrtsgebühren speist, sobald sich die Kosten für den Wiederaufbau amortisiert haben. Er dürfte wohl im Jahr 2013 in Kraft treten.

Die Regierung Panamas hat ihre Zustimmung zu diesen Bedingungen signalisiert. Angesichts der unsicheren politischen Lage im Land haben die USA eingewilligt, zur Sicherung des Friedens ›in nächster Zukunft‹ ein kleines Kontingent an Marineinfanteristen in Panama zu stationieren.«

Laut *New York Times* waren US-Kampfhubschrauber gesichtet worden, die die Woche zuvor den Präsidentenpalast umkreist hatten. Über Panama City sei eine völlige Nachrichtensperre verhängt worden. Der *Times*-Reporter, der sich der Hauptstadt nur auf dreißig Kilometer Entfernung nähern konnte, bezeichnete alle Informationen als außerordentlich unsicher.

Admiral Morgan im Weißen Haus äußerte dazu lediglich: »Mir liegen keinerlei Informationen vor über militärische Aktionen seitens der US-Streitkräfte in der Republik Panama.«

Ravi lächelte. »Natürlich nicht, Admiral. Ganz sicher nicht. Du infamer, hinterhältiger Dreckskerl.«

Montagmorgen, 28. April 2008
Weißes Haus

Lt. Commander Jimmy Ramshawe saß vor dem Big Man, der gerade den neuesten CIA-Bericht über die streng vertraulichen US-Ermittlungen zur *Barracuda* 945 las, die schließlich im Gatun-See aufgespürt worden war. Sie lag halb versunken im Schlamm, die Innenräume von Schlick überspült; ihre aktive Zeit war vorüber. Bald würde sie ganz im Morast einsacken und spurlos verschwunden sein.

Der CIA-Bericht belief sich auf 46 Seiten. Die beste Nachricht war, dass sich Panama den Amerikanern nicht in den Weg gestellt, sondern ihre Erkundungen am Ufer der Pelican

Island per Hubschrauber sogar unterstützt hatte. Zu der Verzögerung war es gekommen, weil das Wasser für Boote zu flach und der Untergrund für Fahrzeuge noch zu weich gewesen waren. Und nachdem im Regenwald keine Lichtung zu finden war, in der ein Hubschrauber hätte landen können, hatten sie eben warten müssen, bis der Schlamm getrocknet war.

Dann aber umschwärmten die Amerikaner eine Woche lang das U-Boot. Im Rumpf war nichts mehr zu finden, keine Papiere, keine Dokumente, keine Fingerabdrücke, keine Kleidung. Sechs Raketen waren noch vorhanden, nachdem Ravi und Shakira von den 24 Radugas nur 18 abgefeuert hatten. Andere Waffen befanden sich nicht an Bord. Arnold Morgan nahm an, dass die Terroristen bereits alles im Pazifik über Bord geworfen hatten, lange bevor sie den Kanal erreichten.

Was man natürlich fand, waren die Leichen von Joe Morris aus Wilmington, Delaware, und die seiner beiden Gefährten Skip und Ronnie. Sie trieben unterhalb des Periskopgeräts im Wasser. Ihre Pässe und andere Dokumente, die einzigen Papiere, die an Bord gefunden wurden, waren noch zu entziffern.

Der Bericht über ihren Tod war sehr ausführlich. Skip und Ronnie war der halbe Schädel von einem Feuerstoß aus einer russischen AK 47 weggefräst worden. Joe Morris dagegen war auf eine sehr ungewöhnliche Art und Weise gestorben. Der Schädelknochen war zwischen den Augen, vier Zentimeter oberhalb der Nasenwurzel, mit einem stumpfen Gegenstand zerschmettert, das Nasenbein war ihm mit ungeheurer Wucht ins Gehirn getrieben worden.

Lt. Commander Ramshawe hatte die Stelle mit einem grünen Leuchtstift markiert. Hier blieb Arnold Morgan beim Lesen hängen.

»Mein Gott«, sagte er. »Das war er, was, Jimmy? Unser alter Kumpel, Major Ray Kerman, unser Nahkampfexperte.«

»Jawohl, Sir. Ja, das war er. Ein SAS-Unteroffizier, ein britischer Parlamentsabgeordneter, ein amerikanischer Tourist.

Alle auf die gleiche Weise getötet – zeugt von einem hohen Grad an Professionalität.«

»Und wir wissen verdammt noch mal noch immer nicht, wo er steckt.«

»Nein, Sir. Alles wie gehabt – wir wissen nicht, wo er steckt.«

»Aber ich sag Ihnen was«, knurrte Morgan. »Wir wissen verdammt noch mal genau, wo er gesteckt hat.«

DANKSAGUNG

Vieles, was ich an Wissen und Erfahrung besitze, floss in diesen Techno-Thriller, nunmehr mein sechster, ein. Dennoch habe ich auch hier wieder auf die ausführlichen Ratschläge meines langjährigen Lehrers, Admiral Sir Sandy Woodward, zurückgegriffen.

Will man beschreiben, wie man ein großes Atom-U-Boot durch die gefährlichen, elektronisch überwachten arktischen Gewässer steuert, ist es hilfreich, neben jemandem zu sitzen, der das tatsächlich gemacht hat. Der Admiral ist nicht nur ein ehemaliger SSN-Kommandant, sondern war zudem Flaggoffizier (U-Boot) der Royal Navy und, natürlich, Oberbefehlshaber der Royal Navy Task Force, die Argentinien im Falklandkrieg besiegte.

Außerdem fühle ich mich verpflichtet einzugestehen, dass er es war, der meinte, die nächste wirklich große terroristische Bedrohung für die Welt könne von einer Vereinigung aus dem Mittleren Osten ausgehen, der ein Atom-U-Boot in die Hände falle.

Er betrachtet meine Bücher als Warnung für den Westen. Sie fordern auf, wachsam zu bleiben und das Spiel zu kontrollieren, um nicht eines Tages übertölpelt zu werden.

Dank schulde ich auch mindestens drei Offizieren von Spezialeinheiten, die mich sehr großzügig mit ihrem Fachwissen unterstützt haben. Besonders einer davon, ein Sprengstoffexperte, versorgte mich mit vielen Details, die in diesem Buch einigen Raum einnehmen. Mehrere Wochen schlug er sich mit meinem komplizierten Sprengproblem herum, bis er es endlich gelöst hatte.

Schließlich möchte ich meinem Freund Hitesh Shah danken, der mich mit seiner üblichen guten Laune durch einige Feinheiten des moslemischen Glaubens gesteuert hat.

Patrick Robinson